三百余年两宋史,恰如一串词牌

始于『破阵子』

兴于『清平乐』

衰于『雨霖铃』

终于『如梦令』

千千阕

宋词里的大宋小史

常华 著

广西师范大学出版社
·桂林·

千千阕：宋词里的大宋小史
QIANQIANQUE : SONGCI LI DE DASONG XIAOSHI

图书在版编目（CIP）数据

千千阕：宋词里的大宋小史 / 常华著. —— 桂林：广西师范大学出版社，2025.3. —— ISBN 978-7-5598-7936-3

Ⅰ. I267.1

中国国家版本馆 CIP 数据核字第 2025DS6207 号

广西师范大学出版社出版发行

(广西桂林市五里店路 9 号　邮政编码：541004　)
　网址：http://www.bbtpress.com
出版人：黄轩庄
全国新华书店经销
广西广大印务有限责任公司印刷
(桂林市临桂区秧塘工业园西城大道北侧广西师范大学出版社集团有限公司创意产业园内　邮政编码：541199）
开本：880 mm × 1 240 mm　1/32
印张：18.125　　　　字数：420 千
2025 年 3 月第 1 版　　2025 年 3 月第 1 次印刷
印数：0 001 ~ 8 000 册　　定价：108.00 元

如发现印装质量问题，影响阅读，请与出版社发行部门联系调换。

序
品读宋词，走近宋人

  中国是诗词的国度，早在《诗经》出现之前，我们的先民们在华夏大地上就已经开始用诗歌记录他们的生活，而当周朝的采诗官们巡游各地，采集民间歌谣，以体察民俗风情、政治得失，这些散落民间的经典便以文字的形式固定成永恒。由此，在风、雅、颂的脉脉流韵中，我们一路吟着"关关雎鸠""呦呦鹿鸣"，走进《楚辞》的天空，走进《古诗十九首》的意象与张力，走进慷慨悲凉的建安风骨，走进自由奔放的唐诗，走进清雄婉约的宋词……走进诗词里的中国，我们收获的，是炽烈燃烧的文明之火，是打开中国历史、政治、文学、军事以及民俗民风的钥匙，是探寻中国文人心路历程的通关密码。

  作为大盛于宋的文学形式，宋词与唐诗一起，共同耸峙起中国文学史上两座巍峨高峰，成为泱泱诗国的象征。宋词的兴盛，得益于宋代经济文化的高度发展，诚如王国维所云："天水一朝人智之活动，与文化之多方面，前之汉唐，后之元明，皆所不逮也。"当然，宋词能成为一座令人仰止的高峰，更离不开唐诗的繁盛。大唐王朝近300年的历史，让唐诗成为上至公卿贵族下至贩夫走卒钟爱的抒情方式，而当这种深入人心的抒情方式与宫廷燕乐相遇，也便逐渐过渡为"依曲拍为句"的制辞形式。正因如此，在琵琶等各种乐器共同构成的乐阵中，写出"旧时王谢堂前燕，飞入寻常百姓家"的刘禹锡，开始在作品中呈现出"春去也，多谢洛城人。弱柳从风疑举袂，丛兰裛露似沾巾。独坐亦含颦"的全新样貌，这是唐代文人"因声以度词，审调以节唱"的集体变奏，也是词体得以确立的重要阶段，当张志和的《渔歌子》、韦应物的《调笑令》、刘禹锡的《潇湘神》、白居易的《长相思》，共同构成这些诗人洋洋诗篇背后的另一道风景，我们发现，诗与词，恰如江河入海，交融，互通，一路澎湃。

由此，宋词的成熟与鼎盛也便水到渠成。经历过大唐的肇始、五代的丰富，穿越过花间词的金粉香艳、南唐词的深幽文雅，进入到宴饮无歇弦歌不绝的宋代，词作为一种诗歌体裁，已经成为宋人生活的重要内容，而当我们在宋词的低吟浅唱中一路行走，便会发现，品读宋词去理解宋人、感悟宋人，是一个多么便捷的方式，又是一种多么直观的体验！

是的，这就是宋词的魅力！"花底忽闻敲两桨。逡巡女伴来寻访。酒盏旋将荷叶当。莲舟荡。时时盏里生红浪"，只有读到这样的词句，我们才会看到，北宋文坛盟主欧阳修是如何在努力摈弃花间派词人的铺金缀玉，以效仿和吸收民歌的方式形成其词作的语近情深；"席上青衫湿透，算感旧、何止琵琶。怎不教人易老，多少离愁，散在天涯"，默诵这样的词句，我们的脑海中就会浮现出"文辞纯浑，有西汉风"的司马光的形象，看到一位"不通时变"的臣子，如何将自己的政治观点投向历史的深处；而沉浸在"莫听穿林打叶声，何妨吟啸且徐行。竹杖芒鞋轻胜马，谁怕？一蓑烟雨任平生"的生命交响之中，我们相信，苏东坡这位被流放到天涯海角最终病逝于归途的北宋诗文大家，其实一直都在叩问命运，只是叩问的方式有些特别，一路绝尘，不闻鞭响，只听得阵阵鼓声……

当然，我们还要和"醉里挑灯看剑，梦回吹角连营"的辛稼轩一起，擦拭那柄壮志未酬的利剑；和写出"一川烟草，满城风絮，梅子黄时雨"的贺方回一起，感受江南的梅雨；和吟诵着"今宵酒醒何处，杨柳岸、晓风残月"的柳三变一起，共同喝光一壶浊酒。最后，我们还要追上李清照那艘为夫鸣冤的快船，问一问这位中国第一女词人，当她将"九万里风鹏正举。风休住，蓬舟吹取三山去"融入《渔家傲》的韵脚，是否看到了前方乌云蔽日，大浪滔天……

感谢宋词！让我们得以和宋人形成精神的对视和心灵的对话！感谢宋词！让我们得以在国运昌明的今天，以多元的视角和不断的求索，完成一次说走就走的穿越宋朝之旅。走进三百余年两宋史，它的轨迹，恰如一串词牌：始于"破阵子"，兴于"清平乐"，衰于"雨霖铃"，终于"如梦令"；而走进《清明上河图》这幅北宋长卷风俗画，物阜民丰的背后，伴随着清明时节的哀声阵阵，浮华喧嚣的终点，是国破家亡的黍离之悲……

当然，我只是一名历史爱好者，专业的考据和研究自知力有不逮，但我更愿意亦文亦史，文史兼顾地走进宋朝三百余年时空。循着宋词的足迹，我愿意用历史随笔的方式，去面对大宋君臣，体悟什么是"三十功名尘与土"，去描摹那些远去的文人背影，千年之后，仍盼望"一尊还酹江月"，去融入那段滚滚红尘，领略"东风夜放花千树"。宋词，宋史，宋人，在时间长河里，我愿乘一只不系之舟，享受书写的自由。

最后，我真诚希望，广大读者朋友能将本书看作是了解宋词的一个小小窗口，每个人对中国传统文化经典都有着自己的理解，这本书权当是一种进入的方式。对宋词乃至对中国传统文化经典价值的再发现，是文化传承的重要引擎，为此，我愿抛砖引玉，接受广大读者朋友的批评和指教，同时，面对未来，我的选择仍旧是：不敢懈怠，继续行走！

是为序。

常　华

目 录

第一部分　三十功名尘与土
　　　　　宋词里的大宋君臣

003 | 无为有为之间
012 | 变革风暴里的孤家寡人
022 | 支离的花押
033 | 匆匆而过的接棒者
042 | 无法雄起的天子
052 | 权力游戏的局外人
061 | 牵着皇帝的衣角，孤注一掷
070 | 文如其人的悖反
078 | 悲情"拗相公"
088 | 用真知作为行吟的词牌
097 | 笔锋下的欲望
107 | 血路与退路
116 | 从《满江红》到风波亭

- 125 | 黄天荡,一个被忽视的影像
- 134 | "秫家"下的权相
- 142 | "没奈何",揶揄了谁?
- 150 | 手执旄节,走过雪野
- 158 | 一个文官的武戏
- 167 | 蟋蟀为谁而鸣
- 176 | 孤勇者

187 | 第二部分　一尊还酹江月
　　　　　　宋词里的文人背影

- 189 | 风雨欧公柳
- 198 | 庙堂江湖,履霜而行
- 208 | 在虚拟的情境中播撒离愁
- 218 | 砸缸者的人生两面
- 227 | 让流放成为心灵的出猎
- 239 | 高山流水有知音
- 249 | 在矫情的歌声中建立真实
- 258 | 苏门学士难豪放
- 267 | 梦境里的荣光
- 275 | 循着既定的韵律前行
- 283 | 骑着狼毫飞行
- 294 | 在对立中建构平衡
- 303 | 被消解的黍离之悲
- 312 | 嬗变的诗心
- 321 | 挑灯看剑英雄泪

330 | 铁马冰河一场梦
340 | 被异化的鸿儒
350 | 清风明月万里行
358 | 将乐谱变作诗篇
368 | 岳麓书院的千年回望

377 | **第三部分　东风夜放花千树**
　　　　宋词里的滚滚红尘

379 | 风中的花蕊
387 | 孤山不孤
397 | 融入红尘的修行
405 | 樊楼一粒沙
413 | 以劫富济贫的方式叩谢皇恩
421 | 上半场温婉，下半场执着
430 | 《钗头凤》，撑起一座园林
439 | 在癫狂中禅修
448 | 散处江湖的歌手
458 | 春风得意"折丹桂"
469 | 人间有味是清欢
481 | 茶香，氤氲而起
491 | 一曲新词酒一杯
501 | 峭窄春衫小，忽掩赭黄衣
512 | 二姓欢佳耦，喜气拥朱门
523 | 一夜鱼龙舞
536 | 钱塘，水汽纵横

545 | 埙声,只吹给自己听

555 | 三寸金莲的生命之痛

564 | 跋:谛听宋词的余响

第一部分

三十功名尘与土

宋词里的大宋君臣

无为有为之间

秦始皇以降，第一个庙号为"仁"的皇帝是宋朝第四代皇帝宋仁宗赵祯。

说起宋仁宗赵祯，人们并不陌生，作为"狸猫换太子"的主角，他的形象随着戏曲、笔记小说等多种艺术形式早已深入民间，有很高的知名度。"狸猫换太子"演绎的是一出宋室宫闱遗案：赵祯的生母本是一位李姓妃子，在和宋真宗有过一夜缠绵后，遂珠胎暗结，这件事让刘皇后知道，不仅妒火中烧，因为刘后不能生育，而连夭五子的宋真宗又急于立储，因此，当李妃有孕之事传入刘皇后的耳朵，她就意识到了自己皇后地位的危机。很快，工于心计的刘皇后就想了一条毒计，她将李妃所生之子换成了一只剥了皮的狸猫，诬说李妃生的是个妖孽，结果真宗大怒，将李妃打入冷宫。后来这个被偷梁换柱的婴儿当了皇帝，是为仁宗，在包拯的彻查下，终于真相大白，仁宗迎回生母，一直垂帘听政的刘皇后畏罪自杀。

其实，撇开这段宫闱秘闻不谈，单说说这位宋王朝在位时间最长的皇帝，就确有可圈可点之处。宋仁宗在位42年——整个北宋，共历九帝167年，仁宗一朝就占了四分之一的时间。这42年间，边事太平，经济发达，百姓安居乐业，呈现出一派鼎盛气象。比起开国初的太祖太宗，仁宗算是一位稳稳当当的守成之君，但守成能守到42年间"民不知兵，富而教之"（苏轼语），也颇为难得，而他执政的一个重要特点——"仁"，成了他耀眼的标识。

> （仁宗）在位四十二年之间，吏治若偷惰，而任事蔑残刻之人；刑法似纵弛，而决狱多平允之士。国未尝无弊幸，而不足以累治世之体；朝未尝无小人，而不足以胜善类之气。君臣上下恻怛之心，忠厚之政，有以培壅宋三百余年之基。子孙一矫其所为，驯致于乱。《传》曰："为人君，止于仁。"帝诚无愧焉！

当编修《宋史》的史家们用中国传统政治的最高境界"仁"字来评价这位宋朝皇帝，宋仁宗赵祯实际已经享受到一份旷古未有的殊荣。

对赵祯如此高的评价，固然有史家的过誉之处，但也看出人们对他的尊敬。那么，仁宗之"仁"究竟体现在何处呢？首先还是体现在他对臣子的宽容仁厚上。要做到宽仁，对于一个皇帝而言并非易事，而对于批龙鳞、逆圣听的大臣，皇帝有生杀予夺大权，"宽仁"，其实是对皇帝提出了更高的要求，然而，宋仁宗却是一个出了名的怕大臣的皇帝，有三个例子体现得颇为充分。

一是包拯斥张尧佐事。在戏剧文学作品中，包拯一直都是

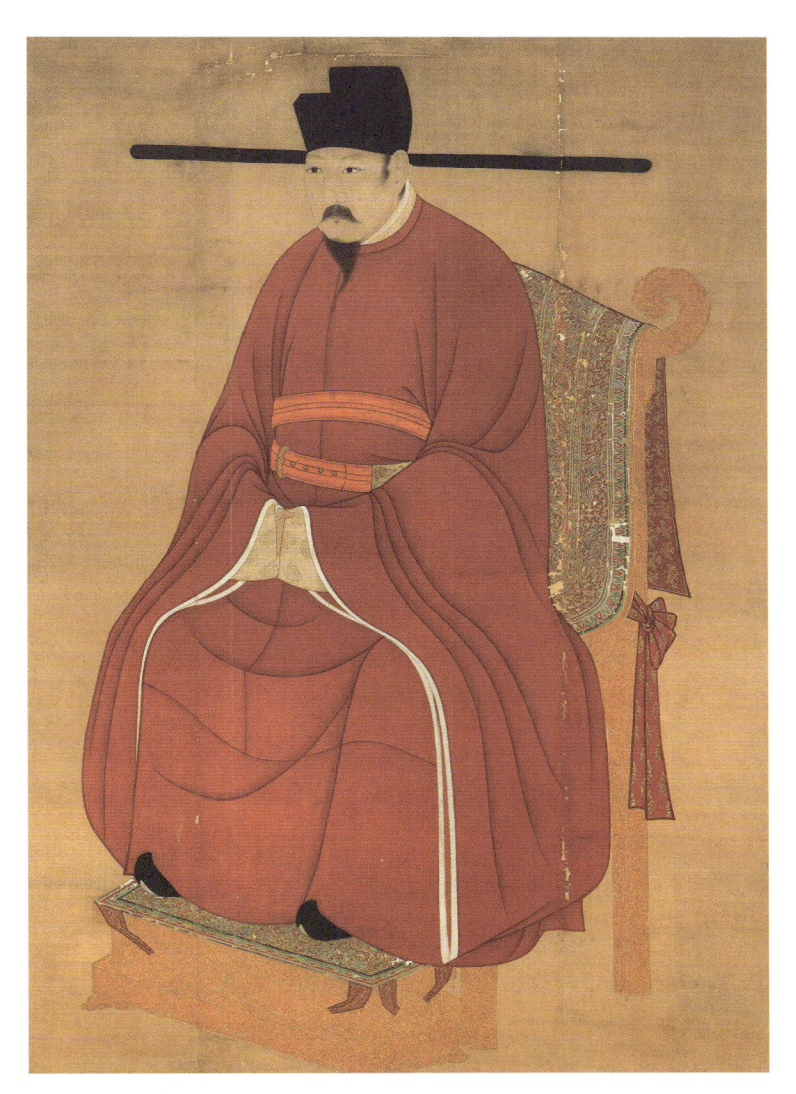

宋仁宗

以刚正不阿、为民请命的形象示人的。这个"包青天"不仅不畏权贵，在皇帝面前也是据理力争，不让寸步。据说有一次在朝堂之上，包拯指陈三司使张尧佐不作为，要仁宗撤掉其职务，而张尧佐是仁宗宠妃张氏的伯父，面对包拯的奏折，仁宗最后改任张尧佐为淮康军节度使、宣徽南院使，也算是对张贵妃有个交代。然而，包拯却不依不饶，认为仁宗有开启"外戚干政"的危险，带着七名谏官和仁宗死磕到底，不仅连续上书，而且在退朝后还留班不退，言辞激烈处，包拯的唾沫星子都溅到了仁宗脸上，仁宗虽然没被唾沫星子惹恼，但还是对着以包拯为首的几个谏官说了句："节度使粗官，何用争？"不想包拯言辞更为激烈："节度使，太祖、太宗皆曾为之，恐非粗官。"就这样，仁宗这场朝堂公议到底也没说服包拯等人，最终张尧佐也没做成节度使和宣徽使。"汝只知要宣徽使，汝岂知包拯为御史乎？"当退朝之后的仁宗见到急切等待结果的张贵妃，对她说出这番无奈之语，我们看到的仁宗，表面上是被臣子们折了面子，但能做到折了面子而不龙颜震怒的皇帝，又有几个呢？

还有一个例子也和谏官有关。话说这天仁宗退朝回到寝宫，因为头痒，便唤来梳头太监给他梳头。这梳头太监见仁宗手里还拿着一份奏折，便问收到的是一份什么样的奏折，仁宗说，这是谏官让他减少宫女和侍从的，这太监于是便道："大臣们家里有歌儿舞女，一朝晋升还要增加，他们怎么还盯着陛下这点宫人侍从，是不是管得太宽了！"仁宗并未搭话，接着梳头太监又道："这些谏官之言，陛下打算采纳吗？"仁宗道："谏官建议，朕当然要听。"这梳头太监听了，仗着自己是皇帝身边之人，竟不满地说道："如果陛下采纳谏官之言，那么就请将我作为削减的第一人。"仁宗一听，立刻头也不梳了，站起来就招呼主管太监过来，当即清点名册，将29名宫人和这个干涉朝政的梳头太监削减出宫。事后，皇后觉得仁宗这样做有点过，毕竟梳头太监是多年亲信，但仁宗认为，这个梳头太监让自己拒绝谏官忠言，那就是在挑拨君臣关系，这种人坚决不能留。为了不得罪大臣，而把身边亲信太监轰出宫门，仁宗对大臣的"怕"由此可见一斑。

吕中《宋大事记讲义》载："台谏之职在国初则轻，在仁宗之时则重；在国初则为具员，在仁宗之时则为振职。"可以说，北宋的台谏体系是由宋仁宗一手扶持起来的，正是在仁宗朝，谏院成了一个独立机构，谏官由皇帝亲自除授，而其职能则从规谏君主扩大到了监督百官，职能不断强化，用欧阳修《上范司谏书》的话讲，就是"谏官虽卑，与宰相等"，甚至到了可以与宰相相提并论的地步，而这些可广泛参与国事的谏官在仁宗一朝由于"执政畏其言"，"进擢尤速"。有学者统计，仁宗朝任谏官的67人中，有40人都得到了升迁，像范仲淹、韩琦、富弼等知名谏官，更是曾经出任宰辅要职。当然，强化台谏体系的宋仁宗在力倡谏诤之风的同时，也势必会给自己的帝王生涯套上紧箍圈，如前所述，妃子们的枕边风会立马被谏官们的唾沫星子压住，谏官呈上一份奏折，仁宗的后宫就得没商量地裁员，更重要的是，广有四海的仁宗平时想有个赏赐，都得偷偷摸摸。史载，有一天宫里做道场，仁宗看得兴起，当即赏赐给每个和尚一匹紫绸，出宫之前，仁宗再三叮嘱他们要将紫绸藏于怀中，个中原因，就是怕谏官将此事记录在案，拿来说事。

可以说，正是仁宗对大臣们的这种"怕"成就了他的宽仁政治。据南宋陈亮《中兴论》载，有人曾劝仁宗要拿出皇帝的威仪，独断专行，仁宗却说："卿言固善，然措置天下事，正不欲专从朕出。若自朕出，皆是则可，有一不然，难以遽改。不若付之公议，令宰相行之，行之而天下不以为便，则台谏公言其失，改之为易。"在仁宗看来，皇帝一言九鼎，说出的话作出的决定不能轻易更改，但臣子办错事相对容易改，所以还是要注重廷议。事实上，正是这种与臣子们商量着来的做法，让仁宗朝呈现出由强势君主乾纲独断到君臣共治的清平图景，在他执政的42年间，名臣云集，英才辈出。苏轼曾说："仁宗之世，号为多士，三世子孙，赖以为用。"这并非溢美之词，打开仁宗朝的名臣卷册，我们可以看到一串响当当的名字，他们之中，有锐意改革主持庆历新政的范仲淹，有明察秋毫为民请命的包拯，有学富五车纵横写史的司马光，有跃马横刀冲锋陷阵的狄青……宋仁宗的仁政，给了这些臣子施展抱负的舞台，而也正是这些名字，撑起了宋王朝的黄金时代。

> 仁宗尝春日步苑中，屡回顾，皆莫测圣意。及还宫中，顾嫔御曰："渴甚，可速进熟水。"嫔御进水，且曰："大家何不外面取水而致久渴耶？"仁宗曰："吾屡顾不见镣子，苟问之，即有抵罪者，故忍渴而归。"
>
> ——魏泰《东轩笔录》

这段宋人笔记中的文字，体现了仁宗之"仁"的另一面，那就是律己悯人。因为担心随从因服务不到位而受到责罚，即使口渴难耐，也要"忍渴而归"，这种对属下细致入微的体恤，好像很难与九五之尊的皇帝挂上钩，但无论官方正史也好，民间野史也罢，仁宗类似这样的故事，还真不少。

据说有一次，仁宗处理奏章一直到深夜，饥肠辘辘，很想喝一碗羊肉汤，但想了想还是忍住没说出来。第二天上朝，大臣们看到仁宗气色不佳，以为他昨夜在后宫御幸过度，都委婉地劝他要保重龙体，仁宗听后笑着解释道，其实自己差的是一碗热羊汤，想到祖宗未开此先例，一旦开了这个头，以后御厨们可就有得忙了，必定会每晚宰羊，以备皇帝不时之需，积年累月，所宰之羊将数不可计，为了一时的口腹之欲，而造成宫中这种无谓的奢侈浪费，正因如此，他才愿忍下一时之饥。

与这个例子形成呼应的，是仁宗拒吃蛤蜊一事。一年初秋，有官员敬献蛤蜊给仁宗，仁宗问是从哪里弄来的，大臣回答说是从远道运来。又问多少钱，回答说共两万八千钱，仁宗立刻变色道："朕常常跟你们说要节俭，现在吃几枚蛤蜊就得花费二万八千钱，朕吃不下！"仁宗面对这份美味珍馐，最终未动一箸。

作为一位13岁即位，经历过刘太后11年垂帘听政，直至24岁才亲政的皇帝，宋仁宗在史家小说家的笔下，已经将"仁民爱物"做到了极致：他寝宫的被子，由于很久未换，竟会洗到由明黄变为暗黄；他对服饰不求奢华，甚至能补则补，以至于影响到六宫及朝臣，"当时不唯化行六宫，凡命妇入见，皆以盛饰为耻"；而他在位时颁布的不得进诸瑞物的诏令，更能看出仁宗对自然的敬畏和对百姓的体恤。当然，这些故事逸闻也许不乏史家、小说家们的渲染、夸张甚至杜撰，但我们又必须发出这样的疑问：类似的故事，为什么没有发生在其他皇帝身上？而仁宗的故事又为什么独此一份，成为不可复制的"孤本"？

毫无疑问，作为仁宗之"仁"最令人赞叹的，还是他对文人的宽待。从6岁起，仁宗便就学于宋真宗为众皇子设立的资善堂，自幼接受儒家文化教育，使得仁宗"天纵多能，尤精书学"，飞白体自成一家，堪称"儒者皇帝"，而生于仁宗朝的文人显然是封建时代最幸福的文人，这份幸福，正得益于宋仁宗的儒学修养和仁厚胸襟。《渑水燕谈录》载，嘉祐六年（1061），苏辙参加制科考试，依据道听途说，写下了"闻之道路，陛下宫中贵姬，至以千数，歌舞饮酒，欢乐失节。坐朝不闻咨谟，便殿无所顾问"的过激之言，试后苏辙认为自己抨击圣上，言语失当，一定会落榜，而初考官也准备以跑题为由，将苏辙的试卷甩至一边。然而让这位巴蜀举子没想到的是，仁宗看过此论之后竟大赞苏辙敢于直言，说："朕设制举，本待敢言之士。辙小官，如此直言，特与科名。"不久便授予苏辙商州军事推官一职。

和苏辙的这个故事异曲同工的，是另一位岁数较大的巴蜀老秀才。这位老秀才也许是久考不中，想发发牢骚，竟然写了"把断剑门烧栈阁，成都别是一乾坤"这样的诗句献给成都知府，当时就把他吓得不轻！这分明是反诗啊，又要"烧栈阁"，又要"一乾坤"，这不明摆着要犯上作乱吗？成都知府自然不由分说，直接将这位老秀才绑了，将他缚送京城，请朝廷处置。不想仁宗看到奏报后，竟莞尔一笑，认为这位老秀才不过是"急于仕宦而为之"，不但没有问罪，反而给了他一个司户参军的官职。

这两个例子，反映出的正是仁宗对读书人的宽容。由于这份宽容，使得仁宗在位期间，文人呈现出"和而不同"的局面，42年间，没有一起文字狱，有的只是文人气性的放旷和舒张。程颐、程颢兄弟因为这股自由的空气，得以将理学广泛播扬；而唐宋八大家中，除了唐代的韩愈、柳宗元，欧阳修、苏洵、苏轼、苏辙、王安石、曾巩都是闪耀在仁宗朝的星斗；就连打着皇帝旗号"奉旨填词"的柳永，也没有因讽刺仁宗获罪，相反，在文风自由的环境中，柳永的个性更加狂放，最终成为"凡有井水饮处，即能歌柳词"的民间填词高手。

> 缵重明。端拱保凝命。广大孝休德，永锡四海有庆。舳坛寓礼正典名。幄室雅奏，彩仗崇制定。五位仿古甚盛。蒿宫光符辰星。高秋嘉时款芎灵。交累圣。上下来顾，寅畏歆纯诚。三阶平。金气肃，转和景。翠葆御双观，巽风兑泽布令。脂茶划荡墨索清。远迩向附，动植咸遂性。表里穆悦，庶政醇酽，熙然胥庭。唐舜华封祝，如南山寿永。愿今广怀宁延，昌基扃。
> ——赵祯《合宫歌·皇祐二年飨明堂》

仁宗的仁政，最终赢得的是民心。"缵重明。端拱保凝命。广大孝休德，永锡四海有庆。"当宋仁宗在吟着《合宫歌》的时候，自己绝不会想到，在他驾崩之日，"京师罢市巷哭，数日不绝，虽乞丐与小儿，皆焚纸钱哭于大内之前"。当讣告送到辽国，"燕境之人无远近皆哭"，连敌国皇帝耶律洪基都握住使者的手，号啕痛哭道："四十二年不识兵革矣。"并将仁宗所赐御衣"葬为衣冠冢"；而当金兵占领中原后，尽管曾大肆盗掘宋陵，但慑于仁宗之名，"独昭陵如故"。在中国封建帝王中，宋仁宗并不是一位最出色的皇帝，在其统治后期，冗官、冗费现象已渐成王朝的沉疴，而史家、小说家们对他大为称道的"仁"，也存在仁而无断、仁而无矩的弊病，但不可否认的是，这位"百事不会，只会做官家"的仁厚之君，造就了一段长达42年的和谐与繁华，为深受诟病的宋代皇帝们赢得了一点荣光，赢得了后世人们的一些掌声。

变革风暴里的孤家寡人

两宋18代皇帝大多碌碌无为,真正可圈可点的并不多,除太祖、太宗、仁宗外,值得一说的可能就剩下宋神宗赵顼了。这位只活了37岁的皇帝,曾经在朝野上下轰轰烈烈地掀起过一场变革风暴。他夙兴夜寐,励精图治,但也正是这样一股劲头,让他成了真正的孤家寡人。

治平四年(1067)正月,宋英宗驾崩,19岁的皇太子赵顼登基。史载,赵顼从小便谦谨好学,"动止皆有常度,而天性好学,请问至日晏忘食,英宗常遣内侍止之。帝正衣冠拱手,虽大暑,未尝用扇"。及长,受封为淮阳郡王、颍王,更是与名士韩维"论天下事,语及功名"。然而,这位锐意求治的宋王朝第六任皇帝即位伊始,不得不面对祖宗留给他的巨大财政危机。此时,宋王朝的气脉已经运行百年,早已显现出疲态,连年的岁贡令国库空虚,仁宗的葬礼费用刚消耗掉巨额的财力,英宗的突然驾崩又让财政雪上加霜。而庞大臃肿的官僚体系更让朝廷不堪重负,宋太祖赵匡胤定鼎之初,全国官员约5000人,到了神宗朝，已达2.4万多人，官俸总支出已是宋初的80倍，再加上逾百万的军队所产生的庞大军费，宋神宗刚刚君临天下，就必须面对冗官、冗兵、冗费这三大沉疴。

年少气盛的宋神宗赵顼决意掀起一场改革弊政的风暴。为此，他先是找到了宰相韩琦，这位三朝元老当年曾在仁宗朝雷厉风行地发起过一场庆历新政。然而，年轻皇帝的治世雄心并没有得到热烈的回应，神宗即位不久，思想已趋保守的韩琦就称病坚辞相位，出判相州；接下来，神宗又找来了另一位三朝元老富弼，热情澎湃地向他讨教富国强兵之策，可是和韩琦一样，这位老者也早已不复当年和韩琦等人一起参与庆历新政时的锐气，他颤巍巍地对这位少年天子说："人主好恶，不可令人窥测；可测，则奸人得以傅会。……陛下临御未久，当布德行惠，愿二十年口不言兵。"（《宋史·富弼传》）这些位高权重的老臣投给宋神宗的，是老态龙钟的背影和一盆浇熄热情的冷水。

这就是宋神宗赵顼在即位之初所面对的朝堂，因循守旧的臣僚们都在明哲保身，根本无意革除积弊，对心怀壮志的宋神宗而言，这无疑是一种孤独的处境。然而，宋神宗在孤独的行走中，还是发现了一个人，他，就是王安石。早在仁宗朝，颇富治国韬略的王安石就曾经写过一篇洋洋万言的《上仁宗皇帝言事书》，指出宋王朝内部的诸多危机，并针对这些危机提出了具体的改革方略。这是一篇言辞激切的谏言，尽管并未引起宋仁宗的重视，却让当时的皇孙赵顼记在了心里。等到赵顼即位，当他失望地面对着满朝文武，王安石的名字再次震响在耳畔。他先是将王安石任命为江宁知府，六个月后，便将王安石调入京师，任命为翰林学士，早已等不及的神宗很快便召其"越次入对"，话题直指改革。此时，47岁的王安石面对20岁的新皇帝，力主其效法尧舜推行改革，并呈上《本朝百年无事札子》，从吏治、科举、农业、财政、军事、教育等方面提出诸多改革方案，令神宗大为赞赏，旋即将王安石擢升为参知政事，次年又升其为同中书门下平章事，开始着手变法事宜。对于王安石的火箭式提拔，朝中众臣颇多微词，当时的参知政事唐介更是以王安石"好学而泥古，故议论迂阔"，拒绝与其同事。然而，即便周遭都是反对的声音，年轻的宋神宗也从未动摇过对这位"慨然有矫世变俗之志"的臣子的信任，他将反对之声抛弃一边，同时，对王安石言听计从，视其为"师臣"，关系俨然超出了君臣之谊。在宋神宗看来，即便整个朝堂都喑哑无声也没有关系，他只要有一个王安石就够了。这一年是熙宁二年（1069），在风雨声中，血气方刚的宋神宗和踌躇满志的王安石上路了。熙宁变法从一开始就很悲壮。

事实证明，王安石的到来，令宋神宗陷入了更深的孤独。作为大宋王朝的首席执行官，王安石的确有着过人的政治才能，在他的主持下，均输、青苗、农田水利、免役、市易、保甲、方田均税、保马等诸项新法相继出台。随着新法的陆续施行，宋王朝的国力大大增强，社会生产力有了巨大发展。然而，王安石执拗的性格也让他在推行新法的过程中，树立起了太多的敌人。史载，王安石"个性刚愎，不通人情"，朝中人称"拗相公"，这样一种性格的人主持变法，当然很难争取到更多人的支持，以至于后来许多中间派都倒向了守旧派。北宋政坛的三朝元老曾公亮当时曾坚信王安石是"治国之才"，没少在神宗面前举荐王安石，及至王安石荣升相位，曾公亮更是认为"上与安石如一人，此乃天也"。然而随着变法的深入，这位年届古稀的老臣已经因无法与王安石达成政见上的一致而产生分歧，最终请求致仕还乡。神宗还是颖王时,担任王府记室参军的韩维每当讲经被称赞,他都会说"非某之说,某之友王安石之说",对王安石后来被神宗重用起到重要作用;然而当变法大幕拉开,韩维却无法与王安石形成政治上的契合,转而成为坚决的守旧派。

而随着新法的施行,朝中守旧势力和宗室外戚的利益已经被触及,他们不仅向朝廷上书抵制新法,围攻王安石,更煽动两宫皇太后教训新皇帝"祖宗法度不宜轻改"。面对整个朝堂的一片呵责之声,宋神宗没有动摇自己改革的初衷,他曾当着太皇太后的面对王安石褒奖有加,认为"群臣中惟安石能横身为国家当事耳"。当这位"拗相公"有时丝毫不顾及九五之尊的颜面,"有所争辩时,辞色皆厉",神宗竟能马上"改容为之欣纳""一切屈己听之"。被财政赤字压得喘不过气来的神宗太需要用一场雷霆万钧的改革来摆脱危机了,而在他身边有太多看热闹甚至干脆躺平的臣子,在这样一种背景下,即便王安石有这样或那样的问题,他也必须毫不动摇地用他做开路先锋。青苗法实施过程中,针对朝中两派的争论,神宗曾一度动摇,但他最终顶住了压力,力挺王安石;募役法规定,乡户如不去官府当差,可缴纳"免纳钱",这种做法本是给乡户多一个选择,却因执行走样而招致非议,御史杨绘、刘挚纷纷向神宗指陈"募役法十害",结果神宗细询王安石,认为是一项好政策,命杨、刘二人当面认错;熙宁三年(1070)至熙宁七年(1074),王安石曾五次请辞相位,以一种近乎要挟的态度让神宗为自己撑腰,每一次神宗都不得不降手诏逊谢……对于王安石这位改革旗手,神宗始终在以"师臣"相待,既然是"师臣",就要给他更多的空间,让他心无旁骛,放手一搏。

刘安世《元城语录》记载："得君（王安石）之初，与人主若朋友，一言不合己志，必面折之，反复诘难，使人主伏弱而已。"事实上，在熙宁变法这段时间，王安石与宋神宗之间已是相互依存的君臣关系，一个是孤臣，一个是孤君，正是这样的一种状态，支撑着熙宁变法的节奏。为了推行新法，神宗力排众议，一如既往地信任王安石，给了王安石更多的权力，就在将他任命为宰相的同时，对皇命唯命是从的"三旨相公"王珪也被任命为参知政事，王氏父子一时风光无两；不仅如此，为了扫除变法路上的层层障碍，神宗先后罢退了一批反对变法的官员，如御史中丞吕公著"以请罢新法出颍州"；"御史刘述、刘琦、钱顗、孙昌龄、王子韶、程颢、张戬、陈襄、陈荐、谢景温、杨绘、刘挚，谏官范纯仁、李常、孙觉、胡宗愈皆不得言，相继去"；"翰林学士范镇三疏言青苗，夺职致仕"；"富弼以格青苗解使相"……依靠皇权的推动，熙宁变法进入高潮，王安石提出的"民不加赋而国用饶"，在一系列变法措施的推行中，看似正一步步地实现，但宋神宗心里明白，为了变法，为了王安石，他已经把所有人都得罪了，一大批年纪较长的重臣，如欧阳修、司马光、王陶、范镇、吕海、富弼等人，已经相继走下权力巅峰。皇帝固然拥有生杀予夺的大权，但同样需要强有力的支持，当变法进行两年之后，他的身边仍旧只有王安石这样一个可用的臣子，宋神宗已经感到了莫大的孤独与悲凉。

宋神宗第一次对自己力推的改革产生强烈的挫败感，源自一幅《流民图》。此前，各地反常的天象早已成为守旧派借题发挥的谶词，他们将河北大风、华山崩裂这些不祥之兆归咎于变法，对此，宋神宗并不以为然，可当熙宁七年（1074）的大旱之年，一个叫郑侠的官员献上这幅《流民图》时，这位年轻皇帝的心里再也无法平静。"俸薄俭常足，官卑清自尊"的郑侠，早前曾是王安石非常器重的得力助手，但二人最终因政治上的分歧而形同陌路。熙宁七年，当时已被王安石贬为监门小吏的郑侠不堪民苦，为民请命，画了这幅《流民图》，并写成《论新法进流民图疏》，请求朝廷罢黜新法。人微言轻的郑侠自然被挡在阁门之外，他遂假称秘密紧急边报，发马递直送银台司，呈给神宗皇帝，疏中称：

> 但经眼目，已可涕泣，而况有甚于此者乎？如陛下行臣之言，十日不雨，即乞斩臣宣德门外，以正欺君之罪。

呈现在神宗面前的《流民图》，是一幅充满了饥饿和死亡的图画，画中的流民骨瘦如柴，因干旱导致颗粒无收迫使他们背井离乡，卖儿鬻女。事实上，在看到这幅《流民图》之前，神宗已经看到一些来自灾区的奏报，由于久旱不雨，赤地千里，导致百姓疲羸困厄，身无完衣，而各地官吏不顾百姓死活，仍然催逼灾民交还青苗法所贷本息。对于这些奏报，神宗当时还认为是有人借题发挥，但当郑侠这幅《流民图》在他面前徐徐展开，他已经不能不怀疑起熙宁变法的初衷，一心要改善民生的宋神宗怎么也不会想到，他的轰轰烈烈的改革在大旱之年竟毫无成效。史书记下了神宗看这幅令他触目惊心的《流民图》时的一系列反应："反复览图，长吁数四，袖以入，是夕寝不能寐。"就在第二天，他在朝堂上宣布，暂停青苗、免役、方田、保甲等十八项法令。"安石乱天下"，太皇太后曹氏、皇太后高氏看过《流民图》的反应言犹在耳，再加上一大批反对变法的大臣对王安石的口诛笔伐，终于让神宗无法再给这位"师臣"任何庇护，他不得不接受王安石的辞职。尽管第二年二月王安石便回京复职，但熙宁九年（1076），由于爱子王雱英年早逝，加之旧派势力不断对他施压，这位锐意改革的老臣终于被压垮，他再次向宋神宗递交了辞呈，从此退居金陵，再也不问政治。空荡荡的朝堂之上，宋神宗目送着这位疲惫的臣子远去，他已经隐约感到冬天的来临。

> 西母池边宴罢，赠南枝、步玉霄。绪风和扇，冰华发秀，雪质孤高。汉陂呈练影，问是谁、独立江皋。便凝望、壶中珪璧，天下琼瑶。
> 　　清标。曾陪胜赏，坐忘愁、解使尘销。况双成与乳丹点染，都付香梢。寿妆酥冷，郢韵佩举，麝卷云绡。乐逍遥。凤凰台畔，取次忆吹箫。
>
> ——赵顼《瑶台第一层》

对于"瑶台第一层"这个词牌，宋陈师道《后山诗话》云："武才人出庆寿宫，裕陵得之。会教坊献新声，为作词，号《瑶台第一层》。"东晋王嘉在《拾遗记·昆仑山》中，则描述瑶台道："（昆仑山）傍有瑶台十二，各广千步，皆五色玉为台基。"少年时代便博览群书的神宗，用这个词牌进一步丰富着自己对道教理想中的神仙境界的想象，但同时，也用一句"汉陂呈练影，问是谁、独立江皋"表达内心的那份孤独。就在王安石第二次罢相的第二年，宋神宗将年号改为元丰，他向天下颁布了《寄禄格》，旨在精简机构，裁汰冗员。如果说熙宁变法还是宋神宗和王安石君臣如一的联袂出演，那么到了元丰改制，实际上

宋神宗

已经变成了宋神宗一个人的改革。接下来的事实证明，在元丰改制中，本来旨在使顶层设计更加简洁的对三省行政事务的严格划分，却反而降低了行政效率，以至于神宗差点要重新采用旧制。为了尽早显现变法的成效，又不致引起朝野的更多争论，宋神宗在前十年的变法基础上，开始转向强化军兵保甲的改革，旨在对外提高对辽、西夏的战斗力，同时改变守旧派对变法的排斥状态。然而，文官带兵的传统是宋王朝百年羸弱的主因，并非一朝一夕所能改变，元丰四年（1081），西夏皇室内乱，急于雪耻以节省"岁贡"的宋神宗以为历经改革，宋军已成铁军，遂出兵五路进攻西夏，结果由于深入腹地各军粮草不济，冻馁死伤，先后溃退，无功而返。元丰五年（1082），神宗又听给事中徐禧之计，筑永乐城，谋攻西夏横山地区，不料西夏发30万大军围攻永乐城，城陷，徐禧等战死，宋军两次征讨西夏，共计折损军兵数十万人。

南宋李焘《续资治通鉴长编》载，宋神宗听到永乐城陷的消息后，"涕泣悲愤，为之不食。早朝，对辅臣恸哭，莫敢仰视"。900多年过去，当我们翻到这一页史册，仍能听见这个心忧社稷的皇帝那响彻朝堂的哭声。这是无助的哭声，宋神宗的富国强兵之举，换来的是孤立无援的境地；这是无奈的哭声，十几年旨在为百姓带来福祉的变法，最后却惹怒苍生，以致民怨沸腾；这是无望的哭声，变法形成了新旧两派对立的阵营，旧派是一堵难以撼动的高墙，而所谓的新派却与自己离心离德，完全背离了改革的初衷。元丰八年（1085），就在宋神宗当廷痛哭三年之后，这位一心想成为尧舜之君的皇帝终于一病不起，驾鹤西去，年仅38岁。

据野史记载，宋神宗在执政之余，还颇通望闻问切之道，

《说郛》中记录了这样一件事:"有内侍病肿,太医言不治。帝为诊之曰:阴虽衰阳未竭,犹可疗也。令食蒜煮团鱼而愈。"精通医术的宋神宗可以治愈内侍的重病,但面对身染沉疴的大宋江山,却回天乏术,尽管他开出了一剂药方,但这剂药方实在缺少太多的药引,直到他赍志而殁,也改变不了宋王朝病入膏肓的命运。

支离的花押

　　两宋皇帝中，最有艺术天分的，非宋徽宗赵佶莫属。然而，和中国历史上所有艺术家皇帝一样，宋徽宗在书画的布局设色方面炉火纯青，可经营起自己的江山来，却是一塌糊涂。难怪主修《宋史》的脱脱会如此评价这位皇帝："徽宗诸事皆能，独不能为君。"

　　说宋徽宗"诸事皆能"，绝非过誉之辞。作为神宗第十一子，赵佶和南唐后主李煜有着太多的相似之处，他们都是被强推上历史舞台的皇帝，如果不是长兄在即将继位时突然暴病身亡，李煜不过是南唐小朝廷里一个悠闲自在的皇子。同样，如果不是其兄哲宗死得早，皇帝的御座怎么也轮不到赵佶坐，而赵佶和李煜最大的相同之处，就是他们都是天赋异禀的艺术家皇帝，深厚的艺术造诣让他们在中国皇帝中达到了属于自己的巅峰。南宋张端义《贵耳集》载，宋神宗有一次在秘书省看到李煜的画像，对这位南唐后主的丰神俊朗啧啧称叹，晚上又梦见李煜毕恭毕敬地前来拜谒，结果第二天一觉醒来，赵佶就降生了。这个故事一定有附会的成分，但从另一个角度看，早在南宋时人们就已经习惯将宋徽宗赵佶和南唐后主李煜联系在一起。当然，在时人看来，徽宗"文采风流过李主百倍""诸事皆能"，在艺术领域，没有哪个皇帝能比得上宋徽宗。

和李煜的金错刀一样，宋徽宗赵佶的瘦金体透出的是淋漓的王者之气。早在做端王时，赵佶就"善写墨竹君，能挥薛稷书"，即位之后，更是独辟蹊径，创造性地运用鹤膝、竹节等笔法，形成瘦峭挺拔、宛若龙蛇的独特书体，从而超越法度严谨的唐书，在尚意之风盛行的北宋，高高挑起瘦金体的旗帜，其存世的《千字文》，早已成为书家争相临摹的珍品。赵孟頫曾评价宋徽宗的瘦金体"天骨遒美，逸趣蔼然"，《书史会要》对宋徽宗的书法更是不吝赞美之辞，说其"行草正书，笔势劲逸，初学薛稷，变其法度，自号瘦金书，意度天成，非可以形迹求也"。

宋徽宗的书法彪炳书史，其画作更是工谨细丽，栩栩如生。南宋邓椿在《画继》中称徽宗的画"冠绝古今之美""艺极于神"，而细品这位艺术家皇帝为我们留下的《芙蓉锦鸡图》《腊梅山禽图》《瑞鹤图》等花鸟作品，我们会发现，邓椿的评价并非虚夸。在《芙蓉锦鸡图》的构图中，我们看到的是浸染秋霜一日三变的木芙蓉，是斑斓肥硕的锦鸡，是翩然起舞的双蝶，是"秋劲拒霜盛，峨冠锦羽鸡"的晚秋气韵；在《腊梅山禽图》的意象中，我们看到的是疏影横斜的腊梅，是依偎枝头的白头翁，是迎风盛放的水仙花，一派简净疏朗，清丽明艳；而《瑞鹤图》更是宋徽宗书画结合的经典之作，一边是瘦峭劲逸的瘦金体，一边是款款振翅于宣德门上空的群鹤，"清晓觚棱拂彩霓，仙禽告瑞忽来仪"，在一幅画作中，这位艺术家皇帝已将书画技法浑然一体熔于一炉。

> 徽宗建龙德宫成,命待诏图画宫中屏壁,皆极一时之选。上来幸,一无所称,独顾壶中殿前柱廊栱眼《斜枝月季花》,问画者为谁,实少年新进。上喜赐绯,褒锡甚宠。皆莫测其故,近侍尝请于上,上曰:"月季鲜有能画者,盖四时、朝暮、花、蕊、叶皆不同。此作春时日中者,无毫发差,故厚赏之。"

《画继》记载的这则逸事,颇能说明徽宗的勤于观察,一丝不苟,众多画师的画作皆不入眼,唯独一个年轻画师画的月季得到了他的赏赐。至于为什么要赏赐,徽宗说得已经很清楚,因为要想画好月季绝非易事,每个季节每个时辰,其花、蕊、叶都不同,而年轻画师的画作在春时日中,不差分毫,所以厚赏。这则逸事,反映出一个书画皇帝敏锐的洞察力,在这样的高手面前,画师们要想蒙混过关实在是太难了。

《画继》里还有一则关于画孔雀的逸事。宣和殿前种的荔枝结果了,偶有孔雀在树下徘徊,徽宗兴之所至,便命众画师将这一幕绘成图画,当他看到其中有几幅画的是孔雀正在登上藤墩,立指其谬道:"孔雀升高,必先举左。"一时间,令众画师折服。和观察月季一样,对孔雀的观察也不差毫厘,面对这么较真的皇帝,臣子们只有仰视的份儿了。

一个皇帝在书画艺术上的双绝,直接带动的是他在位期间艺术的空前繁荣。徽宗一朝,画工的地位被抬升到了中国历史上从未有过的高度,他着力设立了画学,正式将书画科纳入科举考试之中,纷至沓来的画工们根据技法的高下,被分为士流和杂流，分别进行考核，在具体的考核中，对儒学和文学修养的考核常常与艺术素养并重，诸如"野渡无人舟自横""乱山藏古寺"这样的试题经常会成为考题。画工一朝考入画院，也便有了和书画真迹谋面的机会。徽宗每隔十天便会遣宦官送来两匣皇家秘藏画卷，供学生心摹手追。对其中的佼佼者，徽宗更是不遗余力，亲自指导，曾画出《千里江山图》的王希孟就深得徽宗真传。画院浓厚的艺术氛围对这些北宋"艺术生"无疑是巨大的人生偏得，正是通过在画院的系统学习，让他们脱离了匠气，由画工转型成为画师，而他们中出类拔萃的画师更是在经过画院的历练之后，成为颇具政治地位的画官。当画学正、艺学、待诏、祗侯、供奉这些官职成为徽宗朝官制的特有名目，当画师的俸禄令其他艺人心生羡慕，宋徽宗，这位中国历史上最具权势的艺术家，已经用他可以调动的举国之力，让北宋大大小小的画院呈现出百花齐放的繁荣景象，让北宋的书画艺术人才迅速成长，丰盈起北宋后期绚丽多姿的文化表情。

毫无疑问，宋徽宗是一位经营丹青的圣手，然而，在经营自己的王朝上，却显现得懦弱无能。这位终日笔不离手的皇帝，从未在臣子的奏折中下过一分心力，他将朝中政事统统交付给以蔡京为首的一班佞臣。"蔡京既相，怀奸植党""阴托'绍述'之柄，钳制天子"，这个长期独揽相权的奸佞，虽然在表面上维系了徽宗朝政治经济的稳定，但他及其同党对朝政的操控，实际上是将宋王朝一步步拖向万劫不复的深渊。而浸淫于艺术享受中的宋徽宗显然不自知，他完全沉迷于蔡京为他描绘的"丰亨豫大"的幻景之中。当宴饮无歇、偎红倚翠成为惯常，宋徽宗恍然觉得，他的大宋已是物阜民丰，一片太平，在这样一种清明之境中，他这个皇帝唯一要做的，就是继续写他的瘦金体，

宋徽宗赵佶《芙蓉锦鸡图》

山禽矜逸态
梅粉弄轻柔
已有丹青约
千秋指白头

宣和殿御製并書

宋徽宗赵佶《腊梅山禽图》

画他的瑞鹤图，他要用笔下的繁华对应天下的"繁华"。

　　创意和灵感对艺术家而言，是创作的必需，但如果是一位艺术家皇帝，他的创意和灵感就很有可能成为天下苍生的灾难。宋徽宗在位期间，曾经完成过一个中国历史上颇为奢侈的创意，那就是修建艮岳。所谓艮岳，其实是一座人工堆砌而成的假山园林，但你绝对想象不出，这座假山园林硬是从开封城东北一直延伸到了景龙江南岸。艮岳分为东西二岭，其中最高峰达150米。李濂《汴京遗迹志》载，政和七年（1117），徽宗命"户部侍郎孟揆于上清宝箓宫之东筑山象余杭之凤凰山，号曰万岁山，既成更名艮岳"。而说到修建艮岳的缘起，则是因为徽宗听信了一个叫刘混康的道士的蛊惑。这个道士号称茅山第二十五代宗师，哲宗在位时就对其颇为信任。及至徽宗即位，刘混康看到徽宗没有儿子，于是便向其传授"广嗣之法"，"指点"他增高开封东北方（艮位）的地势，以祈"多男之祥"。求子心切的徽宗对刘混康言听计从，艮岳工程很快便付施行。事实证明，这座人工堆砌的巨大假山，大大超出了刘道士的预想。艺术家皇帝的最大优势也是最大问题，就是可以为了艺术享受，不计时间不计成本，倾大量帑银，造浩大工程。一座旨在求子的艮岳，硬是被宋徽宗整整建了六年。六年时间里，蔡京党羽朱勔为博取皇帝的欢心，广泛搜罗怪石、鲜花，"指取内帑，如囊中物，每取以数十百万计。于是搜岩剔薮，幽隐不置。凡士庶之家，一石一木稍堪玩者，即领健卒直入其家，用黄封表识，指为御前之物，使护视之。微不谨，即被以大不恭罪"（《宋史纪事本末》）。朱勔由此成为臭名昭著的花石纲的背后执行人。与此同时，来自全国的能工巧匠云集京师，民间劳役数十万人，在艮岳之上挥汗如雨，昼夜无休。当一船船浸着血泪的奇石被运进雕梁画栋的皇家园林，当一批批珍禽异兽成为精工细作的画卷主角，宋徽宗已经沉醉其中，"真天造地设，神谋化力，非人力所能为者"。站在平地而起的艮岳之上，游走于身材妙曼的美人丽姝中间，宋徽宗享受着自己这份宏大的"创意"，除了琴瑟箫管，已经听不进任何劝谏之声。

  寰宇清夷，元宵游豫，为开临御端门。暖风摇曳，香气霭轻氛。十万钩陈灿锦，钧台外、罗绮缤纷。欢声里，烛龙衔耀，黼藻太平春。
  灵鳌，擎彩岫，冰轮远驾，初上祥云。照万宇嬉游，一视同仁。更起维垣大第，通宵宴、调燮良臣。从兹庆，都俞赓载，千岁乐昌辰。
——赵佶《满庭芳》

这首《满庭芳》，描写的是元宵之夜君臣同乐的盛景，而在这首词中出现的"冰轮远驾，初上祥云""万宇嬉游，一视同仁"这样的铺排，在彰显张灯结彩的喜庆气氛的同时，也在张扬着一个皇帝对道家仙境的向往与痴迷。艮岳的落成，果真"应验"了那个叫刘混康的道士的预言，徽宗儿女成群，得三十二子，三十四女，而这位艺术家皇帝也开始对道教笃信不疑，在位期间从未停止过求仙问道的脚步。长生不老似乎是每个皇帝都不能跳出的黑色幽默，宋徽宗也希望自己纸醉金迷的生活可以永世延续，为此，他曾多次下诏搜罗道书，设立经局。他下诏编撰的《道史》和《仙史》，成了中国历史上规模最大的道教史和道教神化人物传记。而这股崇道之风在政和七年（1117）发展到了最高潮，就在这年四月，在宋徽宗的授意下，群臣上表册立其为"教主道君皇帝",群臣也都相应地担任了道教官职,而"道家者流始盛,羽士因援江南故事,林灵素等多赐号'金门羽客',道士、居士者必锡以涂金银牌,上有天篆,咸使佩之,以为外饰;或被异宠,又得金牌焉"(《铁围山丛谈》)。在升腾的烟霭中,在此起彼伏的诵经声里,宋徽宗浑然不知,宋王朝的国运已岌岌可危。

很快,这位皇帝的好日子便走到了尽头。就在宋徽宗开始被各地风起云涌的民变搞得焦头烂额的同时,觊觎中原已久的金国悍然于宣和七年(1125)向宋王朝发起猛攻,惊惶之下,宋徽宗迫不得已让位给了他的儿子钦宗,自己做起太上皇。然而,第二年,也就是靖康元年(1126),金兵便攻陷汴梁,一片焦土之中,昏聩的宋徽宗和刚刚即位才一年的宋钦宗,以及一大批皇室宗亲、文武大臣,被金兵赶出汴梁这座昔日繁华的帝都,押往荒蛮的金国;而宋徽宗精心收藏的大量书画珍品,也成为金兵攻陷汴梁后最丰厚的战利品。最具反讽意味的,莫过于徽宗倾全国之力修建的艮岳,金兵攻城时,宋廷内无粮草,外无救兵,便取艮岳山禽水鸟十余万只"投之汴河",同时,"拆屋为薪,凿石为炮,伐竹为笆篱""又取大鹿千百头杀之,以啖卫士"(《宋史·地理志》)。擅营丹青的宋徽宗怎么也不会想到,他劲逸洒脱的瘦金体会给自己带来这样的结果,而他摄入画中的江山,更经不起任何兵燹,全如齑粉流沙,灰飞烟灭。

> 裁剪冰绡,打叠数重,冷淡燕脂匀注。新样靓妆,艳溢香融,羞杀蕊珠宫女。易得凋零,更多少、无情风雨。愁苦。闲院落凄凉,几番春暮。
>
> 凭寄离恨重重,这双燕,何曾会人言语。天遥地

远,万水千山,知他故宫何处。怎不思量,除梦里、有时曾去。无据。和梦也、新来不做。

——赵佶《燕山亭·北行见杏花》

这首百感交集的《燕山亭》,为宋徽宗在"北狩"路上所作。对于徽、钦二帝被俘北上的遭际,南宋朝野更习惯用"北狩"一词来遮蔽靖康之耻。"易得凋零,更多少、无情风雨。愁苦。闲院落凄凉,几番春暮。"此时,正值春暖花开时节,看到盛放的杏花,涌上这位艺术家皇帝心头的,已不是剪红刻翠的激情,而是韶华易逝的感伤。

更让已成庶人的宋徽宗无法承受的,是尊严扫地的耻辱,史载,徽、钦二帝到达金上京会宁府后,均素服跪拜金太祖庙,"宋帝后均帕头民服,外袭羊裘。诸王、驸马、王妃、帝姬、宗室妇女、奄人均露上体,披羊裘"。在金国的宗庙,这群来自大宋的阶下囚,赤裸上身,披着羊裘,昔日的养尊处优已经被此时的奴役之辱所代,九年后宋徽宗死在五国城囚所。然而,这位皇帝所遭受的凌辱并未结束,《大宋宣和遗事》载,宋徽宗死后,金人将其尸体扔到了土坑上,"用茶肭及野蔓焚之。焦烂及半,复以水灭,以木杖贯其尸,曳弃坑中"。享尽荣华的宋徽宗绝对不会想到,自己的生命最终会贱如草芥,这位在诗词、书画领域无一不精的北宋第八任皇帝,从降生的那一天起,似乎就和南唐后主李煜的命运轨迹高度重合,他们都是天赋异禀的通才,都对艺术达到了痴迷之境,但也正因如此,让他们都走出了一段错位的人生,成了令人唏嘘的亡国之君。

据说,中国书画界普遍流行的花押,在北宋时达到极盛。所谓"花押",即个人任意书写变化而生的个人签名。在历代流传的花押中，宋徽宗的花押被后世收藏者视为绝押。如今，在他传世的《芙蓉锦鸡图》上，我们依然可以看到宋徽宗这个极具个性的签名。这是一个被变形的"天"字，"天"的第一笔和下面的部分刻意拉开了一段距离，取意为"天下一人，唯我独尊"。现在看来，宋徽宗颇为自得的这个花押，更像是一个黑色的谶示：当天下被一个艺术家皇帝进行过艺术的支离与解构，其实，就已经注定了它的坍塌。

匆匆而过的接棒者

两宋皇帝中，如果不算四岁被抬上龙椅的恭帝赵㬎和八岁就被大臣背着投海而死的赵昺，宋钦宗赵桓可以说是在位时间最短的一个，从宣和七年（1125）十二月匆匆即位，到靖康二年（1127）初被金兵远掳金国，他的在位时间仅有短短一年零两个月。而对于这位倒霉的皇帝，我们似乎只能用"哀其不幸，怒其不争"来评价他。

说宋钦宗是不幸的，许多人可能会打个问号：皇帝贵为天子，口体之养无所不用其极，何来不幸？但了解一下宋钦宗即位的时代背景，我们便可以看出，宋钦宗其实更像是一个被推进北宋王朝这间破败老屋的"挡风"皇帝。宣和七年十二月，金兵大举南下，终日风流放浪的宋徽宗被越来越近的铁蹄声吓得魂飞魄散，慌忙举行禅让礼，将自己25岁的儿子赵桓推上了皇位，自己做起了太上皇。显然，在这个时候即位的宋钦宗没有一点可以笑起来的资本，一方面，他的浪荡父亲交给他的是一个被掏空的家底，军队毫无斗志，百姓苦不堪言，农民起义此起彼伏，而另一方面，则是金兵一路杀伐掳掠。在内忧外患的夹击下，此时的北宋皇位已经像一个烫手的山芋，没有半点吸引力。

作为一个匆匆即位的接棒者，嫡长子赵桓其实并不是徽宗眼中最合适的皇位继承人。任何一个封建帝王在立储时都希望立一个和自己在性情禀赋上相似的皇子，书画家皇帝宋徽宗最中意的人选也是"学造渊深"的嘉王赵楷。和他父亲一样，赵楷"禀资秀拔，为学精到""多士推服，性极嗜画"，深得徽宗钟爱。政和八年（1118）三月，徽宗为了在人前显示这位皇子的才华，特诏"嘉王楷令赴集英殿试"，考官心领神会，赵楷当廷唱名第一，获得满足的徽宗当然要谦让一番，降诏"嘉王楷有司考在第一，不欲令魁多士，以第二人王昂为榜首"。和赵楷的受宠相比，赵桓显然难得父皇的垂青，徽宗的艺术基因在他身上没有传承到一分，"声技音乐一无所好"，至于徽宗的好色崇道，赵桓也不感兴趣，不仅"不迩声色"，而且看到徽宗大兴土木，崇道抑佛，甚至还在大殿之上和他争了个面红耳赤。朝臣们都是会察言观色的，已当了十年太子的赵桓因为和当朝皇帝在性格禀赋上迥然有别，身边的支持者自然也不会有受宠的嘉王赵楷多，在皇位继承的逻辑里，赵桓这个储君其实过得小心翼翼，如履薄冰。

然而，历史却让赵桓于狼烟骤起之际登上了御座。北宋皇帝都有一个心结，那就是收复燕云十六州，宋徽宗同样也希望用一场漂亮的收复之役为自己镀上一层金。机会出现在政和五年（1115）。这一年，女真族首领完颜阿骨打建立金国，这让徽宗看到了灭辽的希望，他和群臣想出了一个"以夷制夷"之策，特派人走海路绕开辽国和金国签订了"海上之盟"，寄望形成宋

宋钦宗

金同盟一举灭掉辽国。而后来事态的发展显然不是这个以"天下一人"花押名世的皇帝所希望看到的：在风驰电掣的金军面前，辽军节节败退，而说好的宋军对辽军的围追堵截却总是跑风漏气，不仅没有和金军形成呼应之势，反而将自己在军事上的劣势给"盟友"金国探了个底儿掉。由此，结果便可想而知，在辽国被金国灭掉之后，这个于冰天雪地间建立起来的王朝抖抖肩头的落雪，转而就扑向了门户洞开武备废弛的中原大宋王朝。当女真人浩荡的铁蹄直抵黄河岸边，与宋都汴京的路程仅有七日之遥，自顾不暇的宋徽宗早已顾不上什么更立储君，他要做的，是带着一干近臣迅速逃往相对安全的镇江府（今江苏省镇江市），虽然此前在李纲等大臣的坚持下，他万分不舍地行了禅让礼，自己做起太上皇，但在兵临城下的危急时刻，让一个当了十年储君的儿子出来给自己扛雷顶包，怎么说也还是划算的。

就这样，并不被徽宗看好的赵桓即位，是为宋钦宗。显然，这位在大厦将倾之际穿上龙袍的皇帝，接过的是一份糟糕透顶的政治资产。早在金兵南下之前，出知定州的张舜民就曾针对宋军武备废弛的状况上疏发出过预警："今日河朔之势，正如陕西宝元、康定之前，将不知兵，兵不知战，一旦仓促，不可枝梧。边臣若预为振举，则谓之张皇，而朝廷亦自不容；若依旧宴安，号为无事，则纲目日日见颓废，有不胜举之忧。""又为将者，多是膏粱子弟，畏河东、陕西不敢往，尽欲来河北。百年之间，未尝知烽火之警，虽有出屯，不离本路。惟是优游暇日，安得不骄且惰也。"这样涣散的队伍，在金兵的铁蹄下当然不堪一击，而更加让新皇帝不知所措的，是一班主和派的煽风点火，危言耸听，尤其是曾做过十四年太子宫僚的耿南仲，更是让还未行登基大典就面对金军兵临城下危局的宋钦宗陷入恐慌之中。《历代名臣奏议》对在钦宗即位后担任尚书左丞的耿南仲评价极低，言其"沮渡河万全之战，遏勤王已到之兵，今日割三镇，明日截黄河，自谓和议可必无患，凡战守之具，若无事于切切然者"。而对这位跟随自己时间最长，在自己储君之位动摇之际也没"变节"的臣子，钦宗显然"信如蓍龟，敷奏之语，盖未尝不从"。这个倒霉的接续者，等着当皇帝等了足足有十年时间，但真正坐在了这个烫屁股的御座上，尽管号称"恭俭之德，闻于天下"，他却恨不得马上结束这场当皇帝的噩梦。

在历史上，总是英雄与小人并存，忠臣与奸佞同在，而越是在乱世，这样的两极对比也就越明显。此时，在宋钦宗面前的朝堂，虽说充斥着类似耿南仲这样的贪生怕死之辈，但也不乏像李纲、种师道这样为国家兴亡甘愿赴汤蹈火的忠直之臣，正是这两位主战派的坚持，让本已垂头丧气的宋钦宗又重新打起了精神，决定坚守汴京。靖康元年（1126）正月初三，钦宗下诏："祖宗典训具存，纲纪修明，朕当与执政大臣共遵成宪。"并下令"应亲征合行事件，令有司并依真宗皇帝幸澶渊故事，疾速检举施行"。这纸诏令对于守城官兵而言，无疑是巨大的鼓舞，面对城下的金兵，尚书右丞李纲大义凛然，精心组织防卫，率领众将士坚壁清野，在汴京保卫战中没有让金兵讨到一丝便宜，而外围策应的老将种师道，更是赤胆忠心。看到汴京保卫战取得初步胜利，钦宗长舒了一口气，王朝危如累卵时，他视皇位如同针毡，随着危机的暂时解除，他又仿佛找到了当皇帝的感觉，而这种感觉的一个最大表征就是疑心。毫无疑问，李纲和种师道都是不可多得的宋廷脊梁，然而，这样的脊梁对于皇帝而言，在外患凸显之际，是其重要的倚仗，而随着外患消退，他们的存在则成为皇帝的心头之患，历代皇帝都走不出臣子们功高震主的危机感，刚刚定下心神改元的新皇帝更不能不对有退敌之功的臣子心存戒备。就在汴京保卫战初步取得胜利之后，被钦宗任命为亲征行营使的李纲为了更好地调动兵马应对金兵南侵，曾提出要求行营使司取得高于三省、枢密院的军事指挥权。正是这一要求，让钦宗对李纲产生了疑心，他不仅没有答应其请求，反而进一步削弱了其兵权，李纲只能节制城内兵马,而城外的勤王之师则由种师道节制,同时又任命姚平仲为宣抚司都统制,行营使司和宣抚司分别向钦宗负责,二者互不统属。

分权制衡向来是皇帝的驭臣之术,但大敌当前的这套驭臣之术显然影响了军政效率,而更加要命的是,优柔寡断的宋钦宗开始在可耻的投降主义和冒险的机会主义之间左右摇摆。劳师远征的金军担心夜长梦多,向宋廷提出了议和的条件,即割让太原、中山、河间三处战略要地,同时还要增加岁贡,这样的条件简直就是狮子大开口,一时间宋廷主战派与主和派之间交锋激烈,钦宗无心恋战,已决定妥协。就在此时,大批勤王的宋军从西北策援而来,钦宗这才重又兴奋起来,然而,这个兴奋过头的皇帝很快就使出了一个昏招,那就是"劫寨之谋"。

其实,所谓"劫寨之谋"不过是钦宗主导的一次蹩脚的偷袭。眼见勤王之师日增,几天前还心惊胆战的钦宗仿佛被打了鸡血,尤其是新任命的宣抚司都统制姚平仲提出的偷袭金营、生擒敌首的建议,更让他头脑一热,想都没想就拨给了这个曾在种师道手下号称"小太尉"的姚平仲七千精锐。尽管李纲和种师道都极力反对,认为此举与自杀无异,但钦宗却一意孤行,还是决定派姚平仲前去劫寨。而后来的事实证明,行事张扬的姚平仲根本就没将劫寨做得秘而不宣,反倒大张旗鼓,毫不掩饰,结果金营早已探得消息,七千劫寨精锐有去无回,劫寨不仅成了闹剧,还成了金人要挟的借口。面对气势汹汹的金兵,钦宗不仅罔顾主战派乘机击敌的上奏和陈东等一众太学生的集体请愿,同意了金人割地、增岁贡的要求,同时还罢免了李纲、种师道的职务。"惟辟作福,惟辟作威,大臣专权,浸不可长",当汴京之围以屈辱的方式得到化解,这位坐了御座仅几个月的皇帝望着因太学生集体请愿而被贬被杀的"六贼"背影和李纲、种师道两位守城主帅的落寞神情，发出了这样一道御批。900多年后，这道冰冷的御批仍令人周身寒彻。事实上，学着当皇帝的宋钦宗始终不得要领，当深重的疑心让他在一年时间里走马灯似的换了26位身边宰执，当一次次的割地求和最终变成难以填满的沟壑，当意在灭宋的金兵再次席卷而来，内无共谋之臣、外无可用之将的宋钦宗已无半点招架之力。

由此，靖康之耻注定让宋钦宗成为北宋王朝最后一个接棒者。靖康元年（1126）十一月，金兵攻破汴京，一心以为拱手称臣就可保富贵的宋钦宗，在被金主骗至金营之后，很快就被关进了一间四处漏风的小屋，成了一个可怜的人质。为了满足金主"金一千万锭，银二千万锭，帛一千万匹"的无理要求，惊慌失措的宋廷和入城的金兵一起，开始了对汴京掘地三尺的搜刮，一时间，哭声相闻，火光四起，呼啸的北风卷带着漫天大雪，流离失所冻饿而死的百姓不计其数。然而，尽管宋廷对金主百般讨好，仍不能摆脱亡国的厄运，靖康二年（1127）二月，钦宗被金主废为庶人，不久，太上皇徽宗也被押至金营。当钦宗的龙袍被金兵强行剥掉，透过史书的墨迹，我们依稀可以看到这位短命皇帝无望的泪光，一年零两个月，北宋积贫积弱的国运虽不是他一人的昏聩无能所致，但历史还是让他成了一个断送江山社稷的罪人。

　　历代恢文偃武，四方晏粲无虞。奸臣招致北匈奴。边境年年侵侮。

> 一旦金汤失守，万邦不救銮舆。我今父子在穹庐。
> 壮士忠臣何处。
>
> ——赵桓《西江月》

当《西江月》的韵律和风声一同响起，宋钦宗已经和他的父亲一起，被掳到金国，直到此时他才意识到自己执政的懦弱和壮士忠臣的可贵。然而，这份悔悟为时已晚，史载，这位亡国之君在北狩途中受尽了金兵的凌辱，日暮宿营时，金兵"縶帝及祁王、太子、内人手足并卧"，以防其逃跑；翻山越岭，他则被缚于马背之上，饱受颠簸之苦；到了金上京宗庙，更是经历了屈辱的献俘之仪。后来的野史笔记曾详细记录下了金天会六年（1128）八月二十四日献俘之仪的凄惨：

> 黎明，虏兵数千汹汹入逼至庙，肉袒于庙门外。二帝、二后但去袍服，余均袒裼，披羊裘及腰，縶毡条于手。……妇女千人赐禁近，犹肉袒。韦、邢二后以下三百人留洗衣院。朱后归第自缢，苏，仍投水薨。

南宋初年，宋廷对这段屈辱的"靖康耻"极为忌讳，曾多次下诏禁止私人修史，遍焚有关靖康年间的笔记小说，同时，为了掩饰这段皇室丑闻，还特将宋高宗生母韦太后年龄虚增十岁。但作为靖康耻的核心当事人，对于赵桓而言，自己宠爱的朱皇后决绝赴死的一幕已不可能从他的记忆里删除，那些在北狩路上被凌辱、被蹂躏、被强嫁的妃嫔宫女同样也成为这个短命皇帝后半生难以走出的噩梦。

是夕，宿树林下，月色微明，闻番人吹笛声，呜咽如哭，盖奚国兵后队也。帝与太上太后闻之曰："与化成乐何如？"时太上口占一词曰："玉京曾忆旧京华，万里帝王家。琼楼玉殿，朝喧弦管，暮列笙琶。花城人去今萧索，春梦绕胡沙。家山何处，忍听羌笛，吹彻梅花。"少帝唱其词，复和之曰："宸传二百旧京华，仁孝自名家。一旦奸邪，倾天坼地，忍听琵琶。如今塞外多离索，迤逦绕胡沙。家邦万里，伶仃父子，向晓霜花。"歌不成曲，三人大哭而止。

这段记录于宋人笔记《南烬纪闻》中的文字，充斥着徽、钦二帝这对亡国父子的悲凉与无奈。身处苦寒之地，怅望漫天飞雪，赵桓还寄望着他的弟弟赵构能够打马杀来救自己脱离苦海，甚而至于在韦太后同徽宗灵柩归宋时，钦宗还声泪俱下地请求韦太后转告高宗，如能归宋，他不会去与其争皇帝，只求当个太乙宫主足矣。然而，这最终是一个杳不可及的梦，偏居江南的新皇帝此时正在重演着割地求和的老套路，在虚无的靡靡之音中，他怎么可能请回一个和自己争夺皇位的对手？

关于宋钦宗死因，有两种说法，一说是中风而死，另一说则甚为惨烈。据《大宋宣和遗事》记载，绍兴三十一年（1161），金主曾命钦宗和一班大臣比赛马球，因长期囚禁加上心情沉郁，让他染上了严重的风疾，再加之不善骑术，比赛一开始，他便一头从马上栽下，被后面的乱马践踏成了一堆肉泥。其实，这位可悲的末代皇帝早在被金人掳掠的那一刻，就已经死了，那个在金国苟活了近30年的阶下囚，不过是一具没有灵魂的躯壳。

无法雄起的天子

在两宋皇帝中,宋高宗赵构算是寿命最长的一个,活了81岁;然而,这位长寿皇帝生前身后却背负了昏庸无能、卖国求和等诸多骂名。

赵构的即位颇具戏剧性。身为徽宗第九子,康王赵构其实根本不具备当皇帝的任何筹码,然而,历史还是不由分说地将他推向了前台。靖康元年(1126),金兵挥戈南指,刚刚接受徽宗禅让在皇位上还没坐几天的钦宗惊惶失色,面对兵临城下的金人开出的割让太原、中山、河间三镇及以亲王为质的苛刻条件,《三朝北盟会编》以这样一段文字记录下了康王赵构的闪亮登场:

> 上召诸王曰:"谁肯为朕行?"康王越次而进,请行。康王英锐神武,勇而敢为,有艺祖之风。将行,密奏于上曰:"朝廷若有便宜,无以一亲王为念。"

这段文字,为我们活画出的,是一个激昂大义蹈死不顾的英勇形象，但事实果真如此吗？翻检更多的史料，我们看到，这位徽宗的第九子，生母为韦贤妃，由于本是庶出，又排行靠后，在皇族中并没有显赫的地位。金兵围城之际，徽宗带着一干妃嫔皇子仓皇出逃，康王赵构也没在名单之中。当时留在汴京的皇子只有康王赵构和肃王赵枢，而这个赵枢在皇子中排行第五，相较而言比康王赵构地位稍显尊贵。所以，为了答应金人的条件，钦宗派出赵构去金营做人质也便在情理之中。《三朝北盟会编》作为成书于南宋的史籍，当然少不了为尊者讳，把赵构的被动做人质说成是主动请缨，形象自然会高大起来，当"英锐神武""勇而敢为"的赵构以这样一种形象亮相于史书之中，谁不为这个顾全大局的皇子竖起拇指呢？

然而，一个戏剧性情节的插入却打乱了历史的节奏。就在赵构进入金营不久，发生了姚平仲劫营事件。对于这次以失败告终的劫营事件，金帅斡离不（完颜宗望）十分恼火，他致书宋廷，诘问"虽以康王、少宰为质，决是无所顾惜，辄敢有此侵犯？"而这种对康王身份的质疑显然已是更加强化的一种递进，因为早在劫营事件发生之前，金人就觉得这个宋室亲王有些不对劲，据《续宋编年资治通鉴》载：

> 先是，康王留金营，与金国太子同射，连发三矢，皆中筈，连珠不断。金人谓将官良家子，似非亲王，岂有亲王精于骑射如此？乃遣归，更请肃王为质。

这段文字，显然和宋廷的劫营事件构成了一个令金人质疑的逻辑链。身为人质的赵构在金人喝令下与金国太子较射，且"连发三矢，皆中筈"，如此精于骑射，怎么可能是不识干戈的宋廷皇子？而接下来的宋军劫营又全然没有投鼠忌器，让金人彻底坚信了康王这个所谓的亲王，不过是宋将之子，既然是"假冒"的，那就没商量，赶紧换个真亲王吧！就这样，康王赵构阴差阳错地被遣返回来，换了肃王赵枢，这个赵枢于是成为赵构的替死鬼。

而康王赵构的人生却从此实现逆转，靖康二年（1127），靖康之变，徽、钦二帝被掳，此时，身为河北兵马大元帅的赵构见势不好，"衔命出和，已作潜身之计；提兵入卫，反为护己之资"。他不仅没有出兵勤王，反而在一众文武官吏的"劝进"声中开始酝酿登基继位，"黄河之渡，则阴未凝而冻忽合；济州之瑞，则红光见而火德符。天命彰彰著闻……大王其可久稽天命乎？"当众多"祥瑞"之兆终于为这位排行第九且素无声望的康王积聚起不可抗拒的"天意"，赵构最终于公元1127年五月在应天府称帝，匆匆组建了南宋政权，是为宋高宗。

总结宋高宗在位期间做的两件"大事"，基本可以概括为"逃跑求和"与"残害忠良"。尽管赵构在应天府即位，但真正在这里驻足却没几天，自建炎元年（1127）到绍兴八年（1138）的十余年间，这位南宋首任皇帝的行程始终喧腾着金兵的铁蹄声。在金兵的追赶下，赵构先是跑到了扬州，接着又奔向越州（今浙江绍兴），看到金兵步步紧逼，又一路颠簸到明州（今浙江宁波）、定海（今浙江镇海）、昌国（今浙江定海），最后无路可逃，竟然逃到了温州附近海域，在船上组建起一个"流亡政府"。而金国大将完颜宗弼，为"绝南人之望"，很快便开始搜山检海。在攻克明州后，他大举调集战船，准备将这支赵宋余脉剿杀于海上。但这一次，赵构再次大难不死，随着海上骤起风暴，不习水性的金军战斗力锐减，宋军水师趁机出击，大败金兵。就这样，在海上逃亡了四个多月之后，穷追不舍的金人终于退兵，赢得喘息之机的赵构慌忙奔赴杭州，将这片鱼米之乡作为自己苟且偏安的都城。

> 一湖春水夜来生。几叠春山远更横。烟艇小，钓丝轻。赢得闲中万古名。
>
> ——赵构《渔父词》

这首《渔父词》，为《全宋词》收录的赵构所作十五首《渔父词》中的一首。

> 绍兴元年七月十日，余至会稽，因览黄庭坚所书张志和《渔父词》十五首，戏同其韵，赐辛永宗。

通过这段序，我们可知这首词作于赵构逃亡途中，本就慌不择路，还有心情填词，也算得其父徽宗衣钵。最早以吴地吴歌中的渔歌为依托，创制《渔父词》的唐人张志和不会想到，他的经典诗句"西塞山前白鹭飞，桃花流水鳜鱼肥。青箬笠，绿蓑衣，斜风细雨不须归"，会在三百多年后被一个不断变换行在的宋代皇帝演绎出十五种风格相近的版本。

"薄晚烟林澹翠微。江边秋月已明晖。纵远舵，适天机。水底闲云片段飞。"走进这样的江边晚景，恬淡的禅意便氤氲而起。

"青草开时已过船。锦鳞跃处浪痕圆。竹叶酒，柳花毡。有意沙鸥伴我眠。"与锦鳞沙鸥相遇，一幅青绿山水图便有了灵气。

"暮暮朝朝冬复春。高车驷马趁朝身。金拄屋，粟盈囷。那知江汉独醒人。"漫步这样的梦境，那个"江汉独醒人"便成为一个孤独的造梦者……

对于赵构的十五首《渔父词》，孙宗鉴《东皋杂录》赞曰："水涵微雨湛虚明，小笠轻蓑未要晴。一深于情景，二善于意志，即操觚专家不过如是。"南宋藏书家廖莹中在《江行杂录》中更是推崇备至，认为"虽古人之骚人词客，老于江湖，擅名一时者，不能企及"。而直到晚清，文人况周颐在《历代词人考略》中仍对赵构的这十五首《渔父词》赞不绝口："唐张志和制《渔父词》，清超绝俗，和者甚多，皆逊原唱。……惟高宗所和同工异曲，几驾原唱而上之。"

然而，这十五首《渔父词》虽以其清丽脱俗逸出尘外赢得了文人们的赞誉，却难掩一个"逃跑皇帝"心中的惊悸与悲凉。"烟艇小，钓丝轻。赢得闲中万古名。"这样的词境，其实要消解的正是赵构逃亡路上挥之不去的噩梦，从扬州到越州，从明州到定海，再到风高浪急的海上，赵构似乎已经过惯了被人撵着跑的日子，但坐在烟艇上静心垂钓，却始终是这位"逃跑皇帝"一路亡命的动力。好在后来金兵也追得累了，再加上不习海战，一路又掳获了太多的奇珍异宝，美女丽姝，终于不再恋战，鸣金北归，南宋小朝廷这才在杭州立稳脚跟。对于这座自己在逃亡路上几进几出的城市，赵构早在建炎三年（1129）七月驻跸这里时，升杭州为临安府，他希望给人的感觉是，这座在柳永笔下"烟柳画桥，风帘翠幕"的城市和此前所有的行在一样，只是一处临时安顿的居所，待兵强马壮，再行恢复之事。但谁都看得出来，当赵构于绍兴二年（1132）决定迁都临安，这个在兵荒马乱中匆匆即位的皇帝已不想再折腾。多年的颠沛流离，早已让赵构紧张的神经变得更加脆弱。在候潮门外钱塘江上，他常年准备着二百艘船，并在舟山群岛积蓄了大量的船只粮草，而这样做的目的，不为应战，就为了随时准备再次出逃。"羌管弄晴，菱歌泛夜"的城市风情，固然是赵构选择将临安作为南宋都城的一个原因，但更重要的原因，其实是它以一支巨型喇叭的形状对接起一片汪洋大海，在金人搜山检海中因漂行海上而幸存的赵构坚信，关键时刻，浩瀚无边的大海就是他最后的庇护所。

在这样一种背景下，南宋军民收复失地的愿望注定要成为泡影。已成惊弓之鸟的赵构早已不敢直面金人的兵锋，尽管他拥有骁勇的韩世忠、岳飞，剑锋所指之处，金兵望风而逃。尤其是岳飞，更是相继取得了郾城、颍昌大捷，收复了黄河南北的部分州县，让金兵发出了"撼山易，撼岳家军难"的浩叹，并决定放弃开封渡河北逃。然而，经历长年逃亡已经毫无斗志的赵构，更希望将这些得之不易的胜利果实作为议和的筹码，他任用以秦桧为首的一批佞臣，极力寻找议和的机会，而前方将士越是浴血奋战，他就越是惊悸不安，特别是天天吵着要"直捣黄龙"迎回徽、钦二帝的岳飞，更让他头痛不已。事实上，这个偏安的皇帝一生都没有什么安全感，当年做人质的阴影时常让他足底发软，一路被金兵追杀的经历总让他噩梦缠身，而最让他寝食难安的梦魇其实还不是金人，而是他的部将，发生在建炎三年（1129）三月的那场苗刘兵变，始终让他历历在目，心有余悸。

事情的起因是这样的：赵构即位之后不久，便在以黄潜善和汪伯彦为代表的投降派的建议下，罢免了只担任77天宰相的李纲，处死了力主抗敌的太学生陈东，并很快就放弃了应天府，一路逃往扬州。在扬州被袭之后，他又让自己的宠臣王渊断后，保护自己渡河南下，逃奔杭州。然而，这个因和宠宦康履勾结而上位的御营都统制，所谓的"断后"，竟是用战船运送自己的财宝，致使数万宋军失陷敌营，至于宦官康履，更是仗着赵构宠信，一路强占民宅，聚敛钱财。御营军的两位将军苗傅和刘正彦见此情景，愤而发动兵变。他们带着义愤填膺的兵士先取了王渊和康履的首级，继而围困杭州城，要求赵构退位，策立年仅二岁的皇太子赵旉为帝，迫于压力，赵构随即下诏逊位。苗傅和刘正彦以为兵变成功，不想处在外围的韩世忠、张俊等将领迅速集结队伍，飞奔前来勤王，苗、刘势单力孤，统兵才能又远不及韩、张，不到一个月的时间便被平定，苗、刘二人皆身首异处。建炎三年（1129）四月，"太后下诏还政，皇帝复大位"。

苗刘兵变差点重演马嵬故事，不能不让重登皇位的赵构对手握重兵的将领心怀警惕，而最让他坐立不安的，正是他曾亲授精忠之旗的岳飞。曾几何时，这个从一介偏校成长起来的勇将，一直被赵构视为家国之臣，但后来事态的发展，却让他发现，岳飞眼中的家与国和他眼中的家与国实在无法重合在一起，而这种君臣关系一旦由亲密无间到分道扬镳，也就宣告了一个臣子的死期。当沉醉在西湖歌舞中的宋高宗一次次收到岳家军的捷报，他终于坐不住了，连下十二道金牌将岳飞强行调回，并很快指使秦桧以"莫须有"的罪名将其诛杀。可怜岳飞，一颗丹心，一腔热血，最终化作一声留在史书中的长叹。

事实上，在诛杀岳飞之前，这位逃跑皇帝的偏安政策便已经全面铺开，韩世忠等一大批主战派官员纷纷被褫夺兵权贬谪流放，而专为对金作战而设置的三个宣抚司也随之撤除。绍兴十一年（1141），也就是在岳飞被杀的前一年，赵构忙不迭地在本已赢得战略主动的情况下，与金人签订了屈辱的"绍兴和议"。

宋高宗

和议规定：宋向金称臣，金册宋康王赵构为皇帝；划定疆界，东以淮河中流、西以大散关（今陕西宝鸡西南）为界，以南属宋，以北属金。宋割唐（今河南唐河）、邓（今河南邓州）二州及商（今陕西商洛）、秦（今甘肃天水）二州之大半予金；宋每年向金纳贡银、绢各二十五万两、匹，自绍兴十二年（1142）开始，每年春季运送至泗州交纳。然而，这纸和议持续了仅二十年，绍兴三十一年（1161），金国撕毁和议，再起兵锋，尽管虞允文取得了采石矶大捷，再次保住了南宋江山，但经过这次惊吓，赵构已将皇位视若针毡，第二年六月，便以"淡泊为心，颐神养志"宣布禅位给太子赵昚，是为宋孝宗。史载，赵昚初名赵伯琮，为宋太祖赵匡胤七世孙，赵构的亲生儿子赵旉此时早已夭折，未再有子的赵构遂在宗室中物色了两个候选继承人——赵伯玖和赵伯琮，将他们收为养子，据说为了考验一下这两个人靠不靠谱，赵构曾各赏二人十个美人，结果十日后，给赵伯玖的十个美人全部"破瓜"，而赵伯琮的则"完璧也"，最终赵伯琮才成了太子，继而坐上皇位。

宋代皇位的传承，自赵光义至赵构，始终在赵光义一脉传承，而随着宋孝宗的即位，皇权重回赵匡胤一脉。对于此次禅位，赵构自云："托付得人，吾无憾矣。"而事实亦如此，自从当上太上皇的那天起，他便在德寿宫优哉游哉地开始了养老生活。据说德寿宫本为秦桧府邸，秦桧死后，收归官有。这座极尽奢华的皇家园林，可以说再造了一个小西湖，不仅引活水造湖造景，而且还人工垒成一座"飞来峰"。在这里，足不出户欣赏"西湖"美景的赵构，不仅对魏晋六朝书法碑帖心摹手追，而且极重养生，曾亲抄嵇康《养生论》，自此又续命20余年，一直活到了81岁。

其实，赵构更像是一个矛盾的复合体，史载他膂力过人，可平举110斤重物，行走数百步，骑马射箭，开弓可达一石五斗，按照宋代军制，已达到禁卫军的标准。然而，当年在扬州的仓促逃跑，令他终生无法雄起；在皇城中，他曾经精心组建一支相扑营，内中有一百余名相扑高手，他们都是从全国征调而来，每三年还要通过比赛进行淘汰，然而，这位皇帝却无心建立一支所向披靡的铁军，威名赫赫的岳家军硬是让其拆成了一盘散沙。

> 高宗……其始惑于汪、黄，其终制于奸桧，恬堕猥懦，坐失事机。甚而赵鼎、张浚相继窜斥，岳飞父子竟死于大功垂成之秋。一时有志之士，为之扼腕切齿。帝方偷安忍耻，匿怨忘亲，卒不免于来世之诮，悲夫！

对于这个昏庸之君，《宋史》的评价，可以说没留一点情面。

权力游戏的局外人

宋宁宗赵扩的悲剧,在于始终不能活出自己。

绍熙五年(1194),对于赵扩而言,是一个重要的人生分野。此前,这位宋光宗的次子从未想过有朝一日会君临天下,由于兄长早亡,赵扩便成了光宗唯一的儿子,但这位自幼养在深宫的皇子从未想过自己那么快就会成为一国之君。他的皇祖父孝宗对其疼爱有加,直到他25岁还幽居深宫,未让他有过政务国事的历练,而他的父亲光宗更是受到专横的李皇后的控制,对赵扩没有什么管束。尽管赵扩被封为嘉王,但如何当皇帝、怎样当个好皇帝,光宗也没有给他面授过什么机宜。当然,作为一个在位仅短短五年的南宋皇帝,光宗临御期间的表现也实在乏善可陈,而他的李皇后倒是一个狠角色,据说光宗洗手时发现一宫女双手甚白,便随口夸了几句,结果用膳时,竟发现这个宫女的双手已被李皇后砍下,放在了食盒里。由于李皇后悍妒狠毒,孝宗曾几次要将其废黜,并拒绝认可李皇后之子赵扩为储君,而这也让李皇后与孝宗结下了仇怨。她不仅操控病恹恹的光宗退居深宫，极少临朝听政，而且还怂恿光宗减少去重华宫朝拜孝宗的次数。结果，这位听话的窝囊皇帝还真就照办了，由最初的一月六拜减至一月四拜，再至一月一拜，到了绍熙四年（1193），光宗去重华宫的次数更是骤减到了四次。而这样的报复显然还没有结束，绍熙五年六月，随着孝宗驾崩，已有半年未见过孝宗，即便他病入膏肓也未曾前去探望的光宗，再次做出了让朝臣们认为无视孝道有悖人伦之举，在李皇后的阻拦下，竟然不为孝宗服丧，尽管众臣恸哭恳求，光宗和李皇后也无动于衷。当朝中百官发现这个得了失心疯的皇帝已经完全置孝道人伦于不顾，一场逼宫大戏便开始悄然酝酿。这一年是绍熙五年，史家将这场逼宫大戏称作"绍熙内禅"，作为这一事件的当事人，生于深宫长于深宫的嘉王赵扩，还没有做好当太子的准备，就一步跨越上了皇座，成为南宋第四任皇帝。

"绍熙内禅"的幕后操控者有两个人：一个是宋太宗赵光义八世孙——时任知枢密院事的赵汝愚，另一个是北宋名臣韩琦后裔韩侂胄。宗室出身的赵汝愚曾于乾道元年（1165）擢进士第一，只因为自己是皇室宗亲才屈降第二。他工诗属文，藏书万卷，堪称儒士，在朝中素有声望。和赵汝愚相比，韩侂胄差了点儿，虽说出身名门望族，但他缺乏科举出身，不过是通过恩荫入仕，此外，韩侂胄还和皇室有一层裙带关系，他不仅娶了高宗之妻吴太后的侄女，同时，自己的侄孙女也许配给了当时的嘉王赵扩，有这样一层关系在，韩侂胄虽身居负责进出宫门的阁门司，却是外戚独有的殊荣。绍熙五年六月，当孝宗驾崩，光宗不执丧礼，赵汝愚便与韩侂胄、殿帅郭杲等人密议，决定逼宫，逼光宗禅位，拥立皇子赵扩为皇帝。赵汝愚之所以与韩侂胄密议，就是看准了他能以外戚身份出入慈福宫，与太皇太后吴氏谋议并取得其支持。这个办法很奏效,早对光宗不执丧礼之举看不惯的吴太后于7月垂帘,成为这次宫廷政变最坚强的后盾,当赵汝愚等率文武百官在孝宗灵柩前请求太皇太后吴氏宣示光宗禅位诏,已经老态龙钟的太皇太后吴氏当着众臣工的面作出了这样的决定:"皇帝心疾,未能执丧,曾有御笔,欲自退闲,皇子嘉王扩可即帝位。"

就这样,命运将嘉王赵扩推上了御座,和他的先祖赵匡胤一样,经历了"黄袍加身"的过程。当然,《宋史》中的这两次"黄袍加身"还是有着本质的区别:赵匡胤站在陈桥驿的朝霭中,被众将士披上黄袍,实际是一次有预谋的操作,而当他的后世子孙赵扩被赵汝愚和韩侂胄等人强推上皇位,披上黄袍,这位无心称帝的储嗣一再说的只有五个字:"恐负不孝名。"如果说赵匡胤的"黄袍加身"开启了一个王朝,那么发生在南宋皇帝赵扩身上的这次"黄袍加身",实际上带来的是其自身生命的禁锢和一个王朝的阴霾。

阴霾从即位伊始就笼罩在了这位年轻皇帝身上。由于有定策之功,宋宁宗即位之后,即将赵汝愚擢升为右丞相,以独相身份执政;而同样自恃在"绍熙内禅"中颇为卖力的韩侂胄,本以为能做个节度使,却因赵汝愚在宁宗面前一句"外戚不可言功",官阶只升一级,被授为宜州观察使。韩、赵二人的梁子就此结下,为了将赵汝愚排挤出朝廷,此时尚兼任枢密都承旨的韩侂胄利用了宋代帝王极为看重的台谏制度。有宋以来,朝廷设置的台谏官有纠正皇帝疏失、弹劾百官的权力,刚刚登基的宋宁宗也认为"台谏者,公论自出,心尝畏之"。然而,这个从一开始即位就处于权力争斗之中的"局外人",显然缺乏驾驭臣子的睿智和明辨是非的能力,从小就身处幽宫的宁宗宪法不会想到，御史台这块看似一尘不染的净土其实始终就没有真正干净过，尤其是当韩侂胄将自己的心腹耳目安插进来后，更是乌烟瘴气，颠倒黑白。当刘德秀、许及之等人从卑官迅速蹿升至言官之位，他们对举荐自己的韩侂胄感激涕零，纷纷站在了韩氏阵营，而韩侂胄也由此羽翼丰满，"绍熙内禅"刚过去半年，他便牢牢控制了御史台。他迅速赢得了宁宗的信任，即便帝师彭龟年多次就内廷权势的增长对宁宗发出过预警，要求罢免韩侂胄，宁宗也认为"侂胄朕之肺腑，信而不疑"。而随着赵汝愚的支持者纷纷被从要津免职，赵汝愚实际上已是一位落寞的孤臣，这个时候，当被蒙蔽的宋宁宗接过一封封由韩侂胄党羽罗织的赵汝愚贪赃枉法的奏报，再加上一个"宗室不可身居宰执高位"的"理由"，这个倒霉的臣子已经无路可走，在数度贬谪的路上最终暴卒。

如果说宋宁宗在韩侂胄的蒙蔽下保不住一个臣子还是件小事，那么，由一个臣子牵扯出一场文化浩劫就已经让宋宁宗变得很可悲。由于赵汝愚尊奉理学，韩侂胄"恨屋及乌"，他先是将理学宗师朱熹赶出朝堂，随后又假皇帝之口宣布理学为伪学，凡是支持朱子理学的统统被视为逆党，当时的许多文化名流因此惨遭清洗，要么削官流放，要么迫害致死，一度繁荣的理学盛景凋零不堪，而一些举子由于是朱熹的门生，也被挡在了科举取士的门外，枉费了多年的寒窗苦读。

> 宁宗庆元二年，韩侂胄袭秦桧余论，指道学为伪学，台臣附和之，上章论列。刘德秀在省闱，奏请毁除语录。既而，知贡举吏部尚书叶翥上言："士狃于伪学，专习语录诡诞之说、《中庸》《大学》之书，以文其

> 非。有叶适《进卷》、陈傅良《待遇集》，士人传诵其文，每用辄效。请令太学及州军学，各以月试合格前三名程文，上御史台考察。太学以月，诸路以季。其有旧习不改，则坐学官、提学司之罪。"是举，语涉道学者，皆不预选。

这段记录于《宋史》中的文字，让我们看到韩侂胄专权时道学之士被排斥打击的残酷现实，当"稍涉义理，即见黜落"让天下举子们纷纷改弦易辙，根据朝廷之令调整自己的苦读方向，以至于"当时场屋媚时好者，至攻排程氏，斥其名于策云"，我们看到，这场被称为"庆元党禁"的文化浩劫，始作俑者是权臣韩侂胄，但发出这道诏令的宋宁宗却因此背上了践踏文化的骂名。

得罪读书人，让宋宁宗成了孤家寡人，而得罪黎庶苍生，则让宋宁宗百口莫辩。在"庆元党禁"之后，韩侂胄已经权势熏天，他"凿山为园，下瞰宗庙，出入宫闱无度"，至于生活用度更是奢侈无比。据说他过生日，百官都要争相献上奇珍异宝，有个叫赵师𥌾的官员进献了四顶北珠冠，引得韩侂胄妻妾争要，这个赵师𥌾马上又用十万贯铜钱买了十顶北珠冠。当然，位极人臣锦衣玉食的韩侂胄也有危机感，当他看到"庆元党禁"让他渐失人心，便决定铤而走险，用北上伐金给自己的政治生涯加分。为了遮蔽自己的野心，他向宋宁宗提议为岳飞平反，追谥"武穆"，又革去秦桧的王爵，改谥"谬丑"，与此同时，他开始厉兵秣马摩拳擦掌准备北伐。韩侂胄的这一系列举动很快令宋廷的主战派士气大振，而宋宁宗的形象也开始在人们的眼中变得可爱起来。

然而，宋宁宗知道，从即位那一天起，自己就已注定是韩侂胄手中的一枚棋子，而不是战略决策的有力制定者。综观当时宋金对峙的局势，许多有识之士已经预感到韩侂胄的北伐必定无功而返，叶适不仅拒绝起草宣战诏书，还上书宋宁宗，认为轻率北伐"至险至危"；武学生华岳上书，认为此时南宋"将帅庸愚，军民怨恨，马政不讲，骑士不熟，豪杰不出，英雄不收，馈粮不丰，形势不固，山砦不修，堡垒不设"，认定此次北伐将"师出无功，不战自败"。而最主张北伐的辛弃疾更是对宋金双方战力洞若观火，开禧元年（1205）春，在镇江知府任上的辛弃疾站在北固山上，面对滚滚奔流的长江水，挥笔写下了《永遇乐·京口北固亭怀古》：

> 千古江山，英雄无觅，孙仲谋处。舞榭歌台，风流总被，雨打风吹去。斜阳草树，寻常巷陌，人道寄奴曾住。想当年，金戈铁马，气吞万里如虎。
>
> 元嘉草草，封狼居胥，赢得仓皇北顾。四十三年，望中犹记，烽火扬州路。可堪回首，佛狸祠下，一片神鸦社鼓。凭谁问，廉颇老矣，尚能饭否。
>
> ——辛弃疾《永遇乐·京口北固亭怀古》

"元嘉草草，封狼居胥，赢得仓皇北顾。四十三年，望中犹记，烽火扬州路"，善于用典的辛弃疾在这首《永遇乐》中，用当年刘宋文帝草率北伐导致惨败的历史教训警示韩侂胄不要急功近利，仓促出兵，为了更清晰地陈述自己对战局的分析，他还提出了北伐"更须二十年"的慎重主张。然而，包括辛弃疾、叶适等人在内的这些有见地的声音很快就被韩侂胄压了下去，当他得意扬扬地挥舞战旗，号令三军，宋宁宗已在喊杀声中丧失了一个皇帝对时局应有的判断。

事实证明了叶适、辛弃疾等人的正确，这支被韩侂胄仓促组建起来的北伐军由于缺乏有效的训练，没有像样的统兵之将，从一开始，就处于被动挨打的境地。开禧二年（1206），身任平章军国事的韩侂胄未做充分准备，便贸然派遣宋军多路出击，命山东、京东招抚使郭倪派兵攻打宿州，建康府都统制李爽率部攻打寿州，江陵府副都统制皇甫斌攻打唐州，江州都统制王大节攻打蔡州。然而，正如拒绝起草宣战诏书的叶适所担心的那样，金军早有准备，看似多点开花的战略布局皆以失败告终，只有镇江副都统制毕再遇连战皆捷，但也无法扭转败局。而杀得兴起的金军则乘胜南下，一路兵锋锐利，恰在此时，四川宣抚副使吴曦又叛宋降金，割让了关外四郡，导致宋军雪上加霜。当他们被迫转攻为守，金兵乘势占领了真州、扬州、西路军事重镇和尚原及蜀川门户大散关，这场匆匆挑起的北伐第二年就偃旗息鼓了。

然而，随着宋的战败，金人气焰再起，向宋廷提出了割地赔款、缚送首谋等五个条件。此时，宋宁宗已全无主见，而原来一直站在韩侂胄阵营的礼部侍郎史弥远觉得机会来了，他很快与宁宗的第二任皇后杨氏建立了同盟。出身卑微的杨皇后由于颇有权谋，深为韩侂胄所忌，故在自己的侄孙女韩皇后去世后，力劝宁宗不要立杨氏为皇后，结果杨皇后上位之后，对韩侂胄恨之入骨，当北伐失败消息传来，史弥远又主动找上门来，二人遂一拍即合。开禧三年（1207）年十一月的一天凌晨，据说在畅饮达旦后，韩侂胄醉眼蒙眬地乘着官轿前去参加早朝，结果在皇城墙的六部桥附近被殿前司中军统制夏震率领的数百禁军精锐拦截，他们将韩侂胄五花大绑着拖至皇城墙外的玉津园，当场槌杀，此后史弥远又让人割下韩侂胄首级函装送往金国。对于发生在皇城根的这场政变，宁宗知情却无可奈何，一个权臣说死就死了，还是死在皇帝的眼皮底下，既能看出此时宋廷权力之争的惨烈，同时也看出了宋宁宗的无力，当宋宁宗不胜哀伤道，"恢复岂非美事，但不量力尔"，这位羸弱的皇帝实际已经由韩侂胄的傀儡转而成为史弥远的傀儡。嘉定元年（1208），南宋王朝与金朝签订了屈辱的"嘉定和议"，和议条款为：两国边界不变；宋金两国皇帝以侄伯相称；增岁币予金为银、绢各三十万两、匹；宋纳予金犒师银三百万两。对这纸屈辱的"嘉定和议"，时人刘克庄一首七言绝句在讥讽中充满了悲愤：

  诗人安得有青衫？今岁和戎百万缣。
  从此西湖休插柳，剩栽桑树养吴蚕。
        ——刘克庄《戊辰即事》

  此后，朝政实际已由史弥远一手操控，在史弥远的操控下，宋宁宗仍旧是一个无法活出自己的窝囊皇帝，当他在57岁病死时，已经无法改变这样一段历史：这位子嗣早夭的皇帝钦定的养子太子并没有继承大统，取而代之的是由史弥远另立的皇帝赵昀，而在宁宗后期到理宗前期，赵宋王朝成了史弥远的天下。

  花似醺容上玉肌。方论时事却嫔妃。芳阴人醉漏声迟。
  珠箔半钩风乍暖，雕梁新语燕初飞。斜阳犹送水精卮。
        ——赵扩《浣溪沙·看杏花》

吟着软词的宋宁宗其实并不是一位声色犬马的皇帝，史载，他"无声色之奉，无游畋之娱，无耽乐饮酒之过，不事奢靡，不殖货利，不行暴虐"。在生活上，他更是节俭力行，据说每到用膳时，他总是命两个小黄门背着"少吃酒，怕吐""少食生冷，怕病"的两个小屏风作为前导。然而，宋宁宗也许不会知道，真正的英主，除了这些，关键一点，是要有审时度势的英气和力挽狂澜的王气，而这些，做了一生傀儡的宋宁宗显然不具备。

牵着皇帝的衣角,孤注一掷

"朕得寇準,犹文皇之得魏徵也。"坐在高高的御座上,宋太宗当着满朝文武对参知政事寇準发出了这样的褒奖。毫无疑问,这是皇帝对臣子至高无上的精神奖励,这样的精神奖励显然要比赏赐良田美宅厚重得多。但是,翻检《宋史》,看一看寇準的宦海生涯,这位社稷之臣真的像魏徵那样慎终如始吗?他所忠心效命的宋王朝又给了他多少施展抱负的机会?

在宋朝相当严格的科举制度下,19岁中进士、33岁即成为参知政事的寇準,堪称宋代官场的奇迹。然而,这样一位多才早慧的臣子并没有一路平坦地走完自己的人生。从参知政事到宰相,转而到太子太傅、莱国公这样的虚职,以至于最后客死雷州司户参军任上,造成这样生命轨迹的根本原因,是他高傲耿直、刚正不阿的性格。"性格决定命运",在寇準身上,这句话得到了最直接的体现。

《宋史》中有这样一小段文字颇为引人注目:

> （準）尝奏事殿中，语不合，帝怒起，准辄引帝衣，令帝复坐，事决乃退。

在这段简洁的文字中，我们可以想象这样一幅图景：手持笏板的寇準在殿中慷慨陈词，全然不顾及皇帝的感受，当至高无上的皇帝终于按捺不住，怒而起身，寇準竟冒着杀头的危险，硬是将皇帝按在了御座上，直到事情彻底解决方肯罢休。批龙鳞逆圣听者历代均有，但像寇準这般敢于上前揪拽龙袍、喝令皇帝的臣子却不多见，看来，宋太宗能说出"朕得寇準，犹文皇之得魏徵也"这样的话也确实发自肺腑。

关于寇準刚猛耿直的个性，还有一个例子。淳化二年（991）春耕时节，久旱不得甘霖，而这已经是连续三年大旱了，太宗很是焦虑，遂召集群臣询问执政得失。群臣皆噤若寒蝉，唯独寇準大胆地站了出来，他对太宗说，之所以久旱不雨，其实是量刑失当的表现。前不久，祖吉、王淮两个官员因为贪赃枉法，数额巨大，获罪下狱，然而，真正到最后量刑时，对两人的处理却迥然不同，祖吉被处斩，罚没家产，而比他贪墨更多的王淮却因为是副宰相王沔的弟弟而免于死罪，只是被杖责了几下，继续做官。因为同罪不同罚，老天爷也看不下去了，所以用天下大旱来惩罚。对于寇準这番借题发挥的话，史书记载太宗的反应是："上大悟，明日见沔，切责之。"一直以唐太宗自期的宋太宗对寇準这样的直臣，当然要做出个从谏如流的姿态来，至于此后又以类似"罪己诏"的形式给宰相吕蒙正、副宰相王沔写信，让他们为自己在文德殿前砌一高台，自己在上面求雨，更是做给寇準和群臣看的。这件事虽然最后真的以一场大雨收场，但从另外一个侧面看，宋太宗对寇準的话还是比较在意的。

当然，任何一个皇帝听逆耳忠言的耐性都是有限的，开创贞观盛世的唐太宗都曾经想要杀魏徵以泄愤，更何况无论从气度到胸襟都远不及唐太宗的宋太宗？当生性耿介不懂迂回的寇準一次次在朝堂上据理力争，当九五之尊的威严一次次受到挑战，皇帝终于震怒，在太宗一朝，寇準曾先后两度外放，一次外放青州知州，一次外放邓州知州。"鼠雀尚知人意，况人乎？"（《宋史·寇準传》）对于这位"不通人情"的臣子，宋太宗就像碰到了个烫手的山芋，直到他驾崩，也没有让寇準回朝复官。

一个王朝总是在危如累卵时才会意识到诤臣的重要。景德元年（1004），一直被宋朝视为心病的契丹趁新皇帝宋真宗即位未稳，悍然发兵，一路烧杀掳掠，兵锋直指黄河北岸的澶州城下。在这危急时刻，宋真宗想到了外放的寇準，将他召回，任命他为集贤殿大学士，共商退敌之策。此时，以王钦若为首的一班贪生怕死之辈极力怂恿真宗迁都金陵或成都等地，而刚刚回朝的寇準却铮骨不改，不仅与王钦若等人当廷激辩，直言"谁为陛下画此策者？罪可诛也"，更拿出了当年拽龙袍的劲头，要求宋真宗御驾亲征，以励士气。

> 今陛下神武，将臣协和，若大驾亲征，贼自当遁去。不然，出奇以挠其谋，坚守以老其师，劳佚之势，我得胜算矣。奈何弃庙社欲幸楚、蜀远地，所在人心崩溃，贼乘势深入，天下可复保邪？
>
> ——《宋史·寇準传》

《宋史》中寇準的这段切谏可谓掷地有声，面对这番无可辩驳的言辞，宋真宗不得不御驾亲征；而当软弱的宋真宗到了澶州地界，看到契丹兵先头部队已与宋军交锋，怕有危险，不愿渡河劳军，仍旧是寇準执意固请，宋真宗方起驾渡河。寇準的冒险坚持换来的是守城将士高昂的士气："（帝）御北城门楼，（将士）远近望见御盖，踊跃欢呼，声闻数十里。契丹相视惊愕，不能成列。"（《宋史·寇準传》）

依寇準的想法，宋军宜乘胜追击，继而一举收复当年石敬瑭拱手相让的幽燕之地。然而，根本无心恋战的宋真宗并不想扩大战果，而是以澶州保卫战的胜利作为筹码，急着要和契丹签订城下之盟；此时，契丹也由于长线作战，辎重补给已成问题，正巴不得赶紧捞些好处打道回府。这一次尽管寇準一再苦谏也无济于事了，无奈之下，寇準在盟约最后的条款上将屈辱的岁贡压到了最低，允诺每年向契丹提供"助军旅之费"银十万两，绢二十万匹，以白沟河为国界，双方撤兵，这便是历史上的澶渊之盟。

尽管澶渊之盟是一个屈辱的盟约，但"银十万两，绢二十万匹"这样的岁贡对于宋朝的国力来说，并未伤筋动骨，而从后来的历史看，这纸盟约确实保持了宋辽之间100多年的和平局面。对于寇準在澶渊之盟中的贡献，仁宗朝的参知政事范仲淹曾给予高度评价："寇莱公当国，真宗有澶渊之幸，而能左右天子，如山不动，却戎狄，保宗社，天下谓之大忠。"身为熙宁变法的主导者，王安石对这位耿介之臣更是英雄相惜，特作《澶州》一诗旌扬寇準之功：

去都二百四十里，河流中间两城峙。
南城草草不受兵，北城楼橹如边城。
城中老人为予语，契丹此地经钞虏。

黄屋亲乘矢石间，胡马欲踏河冰渡。
天发一矢胡无酋，河冰亦破沙水流。
欢盟从此至今日，丞相莱公功第一。
——王安石《澶州》

而宋人陈莹中更是言辞中肯："当时若无寇準，天下分为南北矣。"可以说，正是寇準这种不畏皇权，敢于"左右天子"的个性，使他成为有宋一代力挽狂澜的社稷再造之臣。

然而，对于这位社稷再造之臣，宋真宗给予他的又是什么呢？还记得那个在兵临城下时劝宋真宗迁都避险的王钦若吗？君子最难防的就是小人，当年在朝堂上寇準曾对其发出"罪可诛也"的厉声呵斥，在澶渊之盟后终于让这个小人找到了报复的机会。王钦若对宋真宗说，在澶渊之盟后"颇矜其功"的寇準，其实一直都在拿皇上做孤注一掷，这种孤注一掷是可怕的，更是不可饶恕的！

> 一日会朝，準先退，帝目送之。钦若因进曰："陛下敬寇準，为其有社稷功邪？"帝曰："然。"钦若曰："澶渊之役，陛下不以为耻，而谓準有社稷功，何也？"帝愕然曰："何故？"钦若曰："城下之盟，《春秋》耻之。澶渊之举，是城下之盟也。以万乘之贵而为城下之盟，其何耻如之！"帝愀然为之不悦。钦若曰："陛下闻博乎？博者输钱欲尽，乃罄所有出之，谓之孤注。陛下，寇準之孤注也，斯亦危矣。"由是帝顾準浸衰。
> ——《宋史·寇準传》

《宋史》中的这段君臣对话，让我们看到的是三个形象：一个是妒贤嫉能挟私报复的小人王钦若；一个是面对社稷之臣起了疑心的宋真宗；还有一个，就是不知险之将至被人暗捅刀子的孤臣寇准。历来刚正之臣少有不是孤臣的，他们逆圣听斥群小的刚直不阿极容易让自己陷入孤立之境，贞观后期的魏徵如此，北宋初年的寇准更是如此。

当王钦若等人的谗言充塞皇帝的耳朵，当寇准耿直的个性触怒圣上威严，等待寇准的，是他生命中又一个寒冷的冬天，就在景德三年（1006）二月，寇准再被罢相，官贬陕州。

> 春色将阑，莺声渐老。红英落尽青梅小。画堂人静雨蒙蒙，屏山半掩余香袅。
>
> 密约沉沉，离情杳杳。菱花尘满慵将照。倚楼无语欲销魂，长空黯淡连芳草。
>
> ——寇准《踏莎行》

在北宋初期，寇准的诗文造诣已相当了得，他的七言绝句"比较地不依傍前人，最有韵味"（钱锺书语）。吟诵"高桐深密间幽篁，乳燕声稀夏日长"，我们对应的是《四库提要》的精到点评："骨韵特高，终非凡艳所可比。"走进"落日动离魂，江花泣微雨"的诗行，我们听到的是杨慎对其"妙处不减唐人"的诗评……而寇准不仅将缠绵的思绪化作了诗句，更带入到了他的词作之中。在《全宋词》中，寇准的词仅辑录六首，却以特有的清丽在宋初词坛博得一席之地。从寇准留给世人的这六首词作中，我们可发现，这位文名被勋名所掩的臣子，用寥寥可数的词作，勾勒了他沉浮起落的一生。

"四十年来身富贵。游处烟霞，步履如平地。紫府丹台仙籍里，皆知独擅无双美。"在《蝶恋花》的意境里，我们看到的，是寇準前半生仕途的顺遂与心情的畅快。

"春色将阑，莺声渐老。红英落尽青梅小。"走进《踏莎行》，我们看到的，则是寇準羁旅行役宦海沉浮的无尽感伤。宋人多以闺怨表达况怨，而寇準的这首闺怨词却表达得克制而含蓄，与五代的浮艳之词做了切割。

"倚楼无语欲销魂，长空黯淡连芳草。"当寇準以情景交融的笔法写出女主人对远行的夫君渺茫无期的等待，我们便理解了宋人胡仔对寇準"诗思凄婉，盖富于情者"的评价。在北风怒号的外放之路上，这位胸怀社稷却壮志难申的臣子，心中的落寞与悲凉早已被填得满满的，无法释放，更无处消弭，只能化成一阕忧伤的词，徘徊低回，隐入尘烟。

寇準被外放之后，朝中群小当道，被时人称为"五鬼"的王钦若、刘承珪、陈彭年、林特、丁谓一班佞臣争相伪造"天书"，献祥瑞之报，粉饰太平，弄得整个朝堂乌烟瘴气。而宋真宗却一面大兴土木，一面声势浩荡地搞起泰山封禅，在虚无的幻境中，他自欺欺人地做起"帝业永昌"的迷梦。就是在这样的氛围之中，急于回朝效命的寇準做了一件令他一生都抱憾不已的事情——违心地向当朝皇帝进献"天书"。这种阿谀奉承之举曾最为寇準所不齿，但为了直达圣听，这又好像是唯一可能的方式。果然，在各地纷纷进呈的"天书"中，宋真宗终于发现了寇準的名字，他没有想到这位清正之臣也会歌功颂德，高兴之余，马上召寇準回朝委以重任。

然而，以一纸违心的"天书"重回朝中的寇準已经无力推倒群小营造的厚重障壁。就在回朝后不久，真宗病倒，刘皇后开始干政，尽管年幼的赵祯被立为太子，但真正在幕后操控的则是刘皇后,加之"五鬼"祸国,寇準终于按捺不住,大胆进谏。

> 时真宗得风疾,刘太后预政于内,准请间曰:"皇太子人所属望,愿陛下思宗庙之重,传以神器,择方正大臣为羽翼。丁谓、钱惟演,佞人也,不可以辅少主。"帝然之。准密令翰林学士杨亿草表,请太子监国,且欲援亿辅政。已而谋泄,罢为太子太傅,封莱国公。
> ——《宋史·寇準传》

寇準的不入俗流,结果只能有一个:继续被罢官外放。天禧四年(1020),也就是在回朝不足一年时间,寇準先是被罢为太子太傅,后又外放道州,既而再被外放雷州。

> 塞草烟光阔,渭水波声咽。春朝雨霁轻尘歇。征鞍发。指青青杨柳,又是轻攀折。动黯然,知有后会甚时节。
> 更尽一杯酒,歌一阕。叹人生,最难欢聚易离别。且莫辞沉醉,听取阳关彻。念故人,千里自此共明月。
> ——寇準《阳关引》

寇準这首化用唐人诗句写就的《阳关引》,被词评家胡仔视为送别词第一。"更尽一杯酒,歌一阕。叹人生,最难欢聚易离别。"时隔千年,我们已无从知晓这首《阳关引》是寇準在真诚地送别友人,还是凭轩感愤之作,但无论是送友也好,自况也罢,《阳关引》的背后,寇準更多的是在为自己的人生完成一次送别。从车马繁华的汴京到烟瘴之地的雷州,从三登宰辅的勋臣到贬谪千里的司户参军,走了两个多月方到达贬所的寇準,面对浊浪滔天的琼州海峡，心中暗念着当年写下的"到海只十里，过山应万重"的诗句，应当会惊讶于自己一语成谶。时年61岁的寇準不曾想到，雷州会成为他最后的外放之地，更是他生命的终结之地，而若干年后，将有一位和他一样仕途坎坷的臣子路过雷州，经历琼州海峡的风吹浪打，一路颠沛流离去往比他更远的儋州。

> 多病将经年，逢迎故不能。
> 书惟看药录，客只待医僧。
> 壮志销如雪，幽怀冷似冰。
> 郡斋风雨后，无睡对寒灯。
>
> ——寇準《病中书》

就在外放雷州的第二年，寇準，这位饱经沧桑的老人郁郁而终。

《宋史》载，寇準在官贬陕州知州时，曾为一位叫张咏的朋友饯行，临行之际，有这样一段对话：

> 问曰："何以教准？"
> 咏徐曰："《霍光传》不可不读也。"
> 准莫谕其意，归取其传读之，至"不学无术"，笑曰："此张公谓我矣！"

这位友人对寇準可谓了解颇深，在他看来，寇準虽有奇才，但学识仍然不足，而且欠"变通之术"，而正是这种毫无矫饰清正率直的个性，最终导致了寇準悲凉的生命结局。

文如其人的悖反

人们常说文如其人，其实，有的时候，文格与人格并不能简单地对应，北宋时期的佞臣丁谓，就是文如其人的一个反例。

丁谓，北宋淳化年间进士，历任三司户部判官、工部员外郎、盐铁副使、参知政事，封晋国公，这位历经太宗、真宗、仁宗三朝的元老，以其骄纵钻营、阿谀谄媚，被世人唾骂成祸乱真宗朝的"五鬼"之一。然而，丁谓在入仕之初，在许多人的眼中却是一位颇负才干的青年俊杰。他是身体力行的急先锋，在福建转运使任上，正是因为他一次次不辞劳苦地穿行于深山密林之中，一遍遍地尝试在建茶的制作工艺上提升改进，才得以使其研制的贡茶精品——北苑龙凤团茶成为宋代天下第一名茶，而他所著的《建阳茶录》更是被蔡襄拿来与陆羽的《茶经》相比较，认为这部茶学专著"独论采造之本"；他是处理民族问题的高手，在夔州转运使任上，他以羁縻安抚之法有效地化解了当地的民族冲突，并增加了当地财赋收入；他是精于理财的"计相"，在三司使这一朝廷最高财政长官要职上，他厘清了赵宋王朝的收支家底，并编订了详细的《会计录》作为调整财政收支的重要依据……可以说，丁谓刚过40岁便能进入中央权力的中枢，固然离不开他的善于钻营，但与他的精明强干也密不可分。

而丁谓的文学才能更是他在仕途上春风得意的资本。史载，丁谓"机敏有智谋""文字累数千百言，一览辄诵""善谈笑，尤喜为诗，于至图画、博弈、音律，无不洞晓"。丁谓的诗作以其华丽的辞藻和铺张的表现手法著称。

"宿月欧凫立浅沙，落花芦荻露人家。天寒夜静长无物，一片清江浸九华。"这是丁谓笔下的九华山夜色。

"雨惊鱼食钓翁归，手把丝纶下藓矶。家在渡头冲湿去，碎声繁点逐蓑衣。"这是丁谓描绘的雨中钓翁。

对于丁谓的诗文，当时的文坛领袖王禹偁颇为赞赏，曾赞其道："自唐韩愈、柳宗元之后，二百年始有此作。"并赠诗云："二百年来文不振，直从韩柳到孙丁。如今便可令修史，二子文章似六经。"将丁谓的才学与韩柳比肩，可见评价之高。吟诵着镂金刻玉的小令，张扬着风流倜傥的诗思，丁谓，用饱满的才情将其政治野心和猥琐的人格包了个严严实实。

被丁谓的才气蒙蔽最深的，当属一代名相寇準。这位北宋耿介之臣，以敢于犯颜直谏为世人所仰，然而，在识才用才方面，寇準却陷入了文如其人的圈套。当写得一手锦绣文章的丁谓出现在寇準面前，寇準立刻赞不绝口，引为同道知音。早在真宗即位之初，寇準就曾向宰相李沆极力举荐丁谓。《东轩笔录》载，当时李沆对丁谓为人颇为不屑，曾对寇準道："如斯人者，才则才矣，顾其为人，可使之在人上乎？"寇準却说："如谓者，相公终能抑之使在人下乎？"李沆笑曰："他日后悔，当思吾言也。"两位忠直之臣的这番对话,实际反映的是他们不同的用人标准:看到丁谓的文章,寇準对其治世之才深信不疑,认为丁谓应当大用;而李沆却认为丁谓"才则才矣",却操行甚下,绝不可重用。正是因为这种评判标准的不同,使得寇準当上宰相后做的第一件事,就是将他眼中的才俊丁谓擢升为参知政事,这是一个相当于副宰相的官职,一心要有所作为的寇準相信,有了丁谓这个副手,一定会将大宋江山治理得生机盎然。

然而,事实证明,丁谓不但没能成为寇準的得力助手,反而成为祸乱朝廷的奸臣。当丁谓爬上权力的高位,其逢迎巧佞的嘴脸便显露无遗。史载,在一次宴会上,寇準的胡须碰到了羹汤,丁谓看到后,急忙上前为其捋须,对这种拍马行为,寇準毫不领情地说:"参政国之大臣,乃为长官拂须耶?"当时,丁谓羞窘难当,遂怀恨在心。对长官尚且奉迎如此,对当朝皇帝的谄媚就更不消说,如果说当年在福建转运使任上他不舍昼夜研制出北苑龙凤团茶,从一个侧面体现出他的高效勤勉,那么从另一侧面看,这种动力则是基于他媚主求荣的政治野心。据《画墁录》记载,丁谓监造的龙凤团茶,当时"不过四十饼,专拟上供,虽近臣之家,徒闻之而未尝见"。而也正是因为喝好了这种千金难买的顶级贡茶,丁谓才进入宋真宗的视野。及至步入权力中枢,随着邀功请赏的心态日趋膨胀,丁谓的"文采"也愈发充满了歌功颂德的味道,史载:"真宗朝岁岁赏花钓鱼,群臣应制。尝一岁,临池久之而御钓不食,时丁晋公《应制诗》云:'莺惊凤辇穿花去,鱼畏龙颜上钩迟。'真宗称赏,群臣皆自以为不及也。"这句"恰到好处"的奉承之作,在让皇帝脱离了窘境的同时,已经让一个臣子的文格彻底沉沦,当丁谓将所有的才思都用在了博取皇帝的笑容时,他的文字再华丽,也注定是虚无浮躁,淡而无味。

> 十二层楼春色早。三殿笙歌,九陌风光好。堤柳岸花连复道。玉梯相对开蓬岛。
> 莺哢乔林鱼在藻。太液微波,绿斗王孙草。南阙万人瞻羽葆。后天祝圣天难老。
> ——丁谓《凤栖梧》

在《全宋词》中,丁谓仅存词两首,用的都是"凤栖梧"这个词牌,此为其一。有学者考证,此词当作于大中祥符年间。澶渊之盟后,宋辽间的战事基本消弭,宋初经济也开始进入一个长足的发展期,随着国力日盛,宋真宗对促成盟约的寇準十分倚重,对自己的功业颇为自得。然而就在此时,朝中佞臣王钦若却给真宗泼了盆冷水,他"提醒"真宗道:"城下之盟,《春秋》耻之。澶渊之举,是城下之盟也。以万乘之贵而为城下之盟,其何耻如之!"同时,更是火上浇油地将寇準的力请真宗亲征说成是挟皇帝孤注一掷。正在兴头上的真宗果然不高兴了,他先是于景德三年(1006)二月将寇準以"无大臣体"罢相,此后,更像中了魔一样听信了王钦若的"天书"谗言,将所谓的"天降之书"视为祥瑞,改年号为大中祥符,并有意赴泰山进行"天书封祀"。这本是一出粉饰太平的荒诞闹剧,但笃信道教的丁谓却认为这是一个可以让自己继续往上爬的好机会,本来此时的真宗对前去泰山封禅的经费问题还没什么谱,但丁谓却以一句"大计有余"给皇帝吃了颗定心丸。"南阙万人瞻羽葆。后天祝圣天难老",当一路随行的丁谓在此后真宗堂皇煊赫的"东封西祀"中担当起"粮草官"之职,不仅绝口不提国库虚空之事,反而以颂圣之词去讨得沉浸于太平醉境的皇帝的欢心，我们看到的，是一个"能吏"可悲的生命滑落。

> 朱阙玉城通阆苑。月桂星榆，春色无深浅。箫瑟篪笙仙客宴。蟠桃花满蓬莱殿。
> 九色明霞裁羽扇。云雾为车，鸾鹤骖雕辇。路指瑶池归去晚。壶中日月如天远。
>
> ——丁谓《凤栖梧》

大中祥符五年（1012）十月，沉迷太平幻境的宋真宗又在梦中遇到了赵宋圣祖赵玄朗仙驾下凡，这个梦中仙祖对真宗的执政很满意，赞其"抚育苍生，无怠前志"。惊觉之后，真宗大为振奋，他马上将赵玄朗降生的七月一日定为先天节，不久又将其降临延恩殿的吉日定为降圣节，此后朝中百官络绎不绝的斋醮便成为一道荒唐的景观。"九色明霞裁羽扇。云雾为车，鸾鹤骖雕辇"，丁谓这首颇具道教色彩的《凤栖梧》正是写于此时，御用文人的文字就是奉和圣制之作，为了继续"撑圆"一个皇帝的梦境，丁谓又怎么会轻易放弃谀上颂圣的好机会？月桂星榆，云雾为车，在这样一种太虚幻境之中，丁谓的作用，就是让皇帝常在梦中不复醒。

"天书封祀"对宋朝的财政影响无疑是巨大的，《宋史》载："景德郊祀七百余万，东封八百余万，祀汾阴、上宝册又增二十万。"而为了迎合帝意，掌管宋廷财政的丁谓不仅对财政赤字视而不见，反倒以其对道教的研究与笃信，极尽虚夸之能，将各地报来的"神雀""异光""祥云"等异象统统看成是祥瑞之兆，进献真宗。史载，有一次，皇城使刘承珪诣崇政殿新制天书法物，有鹤十四来翔，丁谓遂上奏道："双鹤度天书辇，飞舞良久。"次日，真宗对丁谓道："昨所睹鹤，但于辇上飞度，若云飞舞良久，文则文矣，恐不为实，卿当易此奏也。"虽说皇帝喜欢听漂亮话，但漂亮话说得太多了，皇帝也要打个问号，而反应敏捷的丁谓显然是阿谀逢迎的高手，他给真宗的回答是："陛下以至诚奉天，以不欺临物，正此数字，所系尤深。皇帝徽猷，莫大于此，望付中书载于《时政记》。"这种毫无原则的谄媚，当然会博得皇帝的欢心，一句"皇帝徽猷，莫大于此"，不仅化解了自己的尴尬，更让皇帝觉得自己是明察秋毫的明君，换谁听了会不受用呢？而"鹤度天书辇"这样的"祥瑞"几乎已经成为丁谓媚上的重要伎俩，东封泰山时，是他屡次向真宗禀报鹤舞山间，每每"天书"降临之际，又是他第一个煞有介事地宣称有鹤为先导。当振翅而飞的白鹤成为丁谓呈报祥瑞的重要意象，"鹤相"这个"雅号"也便在朝野不胫而走。这个"雅号"，既是对瘦弱枯干的丁谓的精准描摹，更透露出时人对其巧佞嘴脸的鄙夷不屑。

如果说连年累月的"东封西祀"和铺天盖地的"祥瑞"让真宗皇帝忘记了屈辱的岁币和金兵的马蹄声，那么随着鳞次栉比的宫室道观拔地而起，则更让他真的以为进入了河晏风清的承平世界。为了免除"东封西祀"之苦，真宗打算修建一座感应上天的建筑——玉清昭应宫，召集大臣商议，很多大臣都认为殚国财力，不可为之，尤其是殿前都虞候张旻更是直言土木之侈，不足以承天意。真宗又问丁谓，丁谓给出的回答则是："陛下有天下之富，建一宫奉上帝，且所以祈皇嗣也。群臣有沮陛下者，愿以此论之。"丁谓用求皇嗣作为建玉清昭应宫的理由可谓高明，真宗共有六子，前五子皆早夭，此时仁宗尚未出生，而皇帝无嗣显然是一件攸关国体的大事，哪个臣子敢挡着不让皇帝求子呢？据说当晚有个叫王旦的大臣曾密奏真宗不宜建玉清昭应宫，真宗用丁谓给出的这个理由回复王旦，果然好用，王旦再也没有复奏。真宗很高兴，建玉清昭应宫的事就这么定下来了，而为其献计的丁谓则水到渠成地成了玉清昭应宫使，专门负责督建玉清昭应宫事宜。

沉重的打夯声就这样一声接一声此起彼伏。玉清昭应宫最初是按照十五年的计划建成的，但想讨皇帝欢心的丁谓怎么可能等上十五年？为了加快施工进度，他罔顾国库空虚，征募大批民工。

> 昭应宫初相地，止尽内殿直班院。丁谓等复请增衍之，凡东西三百一十步，南北四百三十步。多黑土疏恶，乃于东京城北取良土易之，自三尺至一丈有六寻，日役工数万。
>
> ——《皇宋通鉴长编纪事本末》

更令人痛恨的是丁谓对民力的滥用，据说为了修建这座玉清昭应宫，丁谓命"修昭应宫役夫，三伏日执土作者，悉罢之。自余工徒，如天气稍凉，不须停作"。为了让玉清昭应宫早日落成，丁谓竟请赐皇帝命役夫在三伏天仍不停劳作，可见其为了讨皇帝欢心，已经不顾百姓的死活。当华屋连栋气势恢宏的玉清昭应宫最终用七年时间建成，当共计2610楹的奢侈布局张扬起一个好大喜功的皇帝的迷梦，丁谓，已经成为宋真宗最佳的"造梦人"。

除了邀功事主，丁谓对政敌的排挤打压更是不择手段。大中祥符年间，他曾借修钱塘江堤一事，构陷政敌陈尧佐，指责其擅自占留物资，使得本欲修堤福泽一方的陈尧佐蒙受不白之冤。如果说，打击同僚让丁谓找到的是一种挥霍权力的快感，那么对曾提携自己的恩师恩将仇报，则让他最终登上了权力的高位。天禧四年（1020），真宗中风病倒，丁谓与刘皇后等人狼狈为奸，在朝野专横跋扈。此时，寇準对这位昔日自己眼中的青年才俊早已是痛恶至极，他和一班忠直之臣开始极力反对丁谓专权，然而，丁谓却先下手为强，他向病榻上的真宗屡进谗言，污蔑寇準等人欲挟太子专权，真宗盛怒之下，将寇準贬为相州知州，八月，丁谓又发布矫诏，将寇準再贬为道州司马，当丁谓当上一国宰相，他与恩师寇準更是恩断义绝，将其一贬再贬，直至流放雷州。

多行不义必自毙，就在排挤走寇準之后不久，丁谓的宦海生涯也走到了尽头。因为在造陵一事上欺君罔上，丁谓被人告发，很快便官贬崖州。雷州是崖州的必经之路，当外放的丁谓途经雷州，谪居于此的寇準送给了他一份特别的"礼物"：一只蒸熟的羔羊。有人说这显露了寇準开阔的胸襟，但这只蒸熟的羔羊更像是一个辛辣的嘲讽。

据说，早年力赞丁谓之才的王禹偁在后来发觉其品行不端时，曾道："今谓之第一进士，得一中允，而欲与世浮沉，自堕于名节，窃为谓之不取也。"性格刚直的王禹偁同寇準一样，在识才用人方面都看走了眼，文格绝对不能等同于人格，华章大赋最终无法遮蔽丁谓诡谲诌媚的猥琐人格，"与世浮沉，自坠于名节"，对于丁谓而言，实际上只是个时间问题。

悲情"拗相公"

领导者政治人格的缺陷,最终让一场轰轰烈烈的变法功败垂成。

积贫积弱的赵宋王朝,走到神宗朝,已渐成沉疴之躯,"内则不能无以社稷为忧,外则不能无惧于夷狄",面对这样一个危局,年轻的新皇帝忧心忡忡。在遍寻朝堂无一人可力挽狂澜之际,一个远离京城的臣子开始走进神宗的视野,他就是王安石。《宋史》载:"安石议论高奇,能以辩博济其说,果于自用,慨然有矫世变俗之志。……士大夫谓其无意于世,恨不识其面,朝廷每欲畀以美官,惟患其不就也。"而神宗对这位臣子最早的印象则缘于一篇谋篇工整言辞中肯的《上仁宗皇帝万言书》,在这篇洋洋万言的奏疏中,时任三司度支判官的王安石提出:"法其意,则吾所改易更革,不至乎倾骇天下之耳目,嚣天下之口,而固已合先王之政矣。"在他看来,变革政治乃当务之急,而变革既要"法先王",更要"法先王其意"。同时他还提出:"因天下之力以生天下之财,取天下之财以供天下之费,自古治世未尝以财不足为天下公患也。患在治财无其道耳。"直陈理财的重要性，认为朝廷必须将财政的开阖敛散之权牢牢把控在手，将理财作为治国的首要政务。对于王安石这番切中肯綮的谏言，此时已在位三十余年的宋仁宗并没有表现出多大的热情，但在他即位之后，力图变革振兴的他面对老臣们的集体失语，让他深信，只有王安石才是自己苦苦寻觅的治世之才。

> 农民坏于徭役，而未尝特见救恤，又不为之设官，以修其水土之利。兵士杂于疲老，而未尝申敕训练，又不为之择将，而久其疆场之权。宿卫则聚卒伍无赖之人，而未有以变五代姑息羁縻之俗。宗室则无教训选举之实，而未有以合先王亲疏隆杀之宜。其于理财，大抵无法，故虽俭约而民不富，虽忧勤而国不强。赖非夷狄昌炽之时，又无尧、汤水旱之变，故天下无事，过于百年。虽曰人事，亦天助也。
>
> ——王安石《本朝百年无事札子》（节选）

这段文字，出自王安石《本朝百年无事札子》，熙宁元年（1068）四月，神宗曾召问王安石："祖宗守天下，能百年无大变，粗致太平，以何道也？"王安石遂在深思熟虑之后，呈上了这篇《本朝百年无事札子》。如果说仁宗朝那篇《上仁宗皇帝万言书》还只是王安石最初的设想，那么，在神宗即位之初呈上的这篇《本朝百年无事札子》，则在剖析北宋肇建以来百余年间太平无事的原因的同时，不客气地列出了仁宗朝统治后期的诸多弊病，指出"百年无事"的背后，其实是暗流涌动的各种危机。这篇奏折显然让意气风发的宋神宗为之一振，熙宁二年（1069），神宗正式任命王安石为参知政事，"变风俗，立法度，最方今之所急也"。当王安石的铿锵之声喧响在新皇帝的心头，一场轰轰烈烈的政治变革遂告开始，史称"熙宁变法"，又称"王安石变法"。

不可否认，在经过一番号脉之后，王安石为赵宋王朝开出的是一剂准确的药方，那就是要富国强兵，而要做到这一点，就必须用雷霆行动将散握在富商大贾手中的天下之财尽数掌控在朝廷手中。基于这样一种想法，变法很快就有了犀利而极富针对性的措施：熙宁二年七月，《均输法》率先出台，《宋史纪事本末》载："今江、浙、荆、淮发运使实总六路赋入，宜假以钱货，资其用度，凡上供之物，皆得徙贵就贱，因近易远，预知在京仓库所当办者，得以便宜蓄买，而制其有无。庶几国用可足，民财不匮。"王安石一拉开变法的架子，就开始践行起他"民不加赋而国用饶"的理财主张。同年九月，再推青苗法，根据规定，青黄不接时，官府贷钱于民，"正月放而夏敛，五月放而秋敛，纳息二分，以救民急"，这项举措，用《剑桥中国宋代史》的话说，其"所指的目标就是再分配：建立一个国营乡村贷款制度，通过打破对乡村高利贷者的依赖，使两个最穷困的拥有土地的农民阶层有能力偿还借贷"。而此后，随着农田水利法、募役法、市易法等一系列新法的出台，我们看到，那个曾秉烛而书《上仁宗皇帝万言书》《本朝百年无事札子》的臣子，已经甩开膀子，针对宋廷的百年积弊真刀真枪地拿出自己的解决方案。

　　登临送目。正故国晚秋，天气初肃。千里澄江似练，翠峰如簇。归帆去棹残阳里，背西风、酒旗斜矗。彩舟云淡，星河鹭起，画图难足。

> 念往昔、繁华竞逐。叹门外楼头，悲恨相续。千古凭高，对此谩嗟荣辱。六朝旧事随流水，但寒烟、芳草凝绿。至今商女，时时犹唱，后庭遗曲。
>
> ——王安石《桂枝香》

这首《桂枝香》，曾是英宗当政时王安石在金陵的一首怀古之作，堪称宋词里的名篇，杨湜《古今词话》赞曰："金陵怀古，诸公寄调《桂枝香》者三十余家，惟王介甫为绝唱。"始终以政治家自期的王安石并未将以诗文名世作为自己的人生追求，但作为"唐宋八大家"之一的他还是给后人留下了许多脍炙人口的文学遗产。作这首《桂枝香》时，王安石已经四十九岁，即将进入知天命之年的他尚在江宁府知府任上，当时一肚子的政治郁气正难以纾解，一句"至今商女，时时犹唱，后庭遗曲"，实则是怀古而视今，不希望看到宋廷重蹈六朝覆辙。而随着自己在神宗朝被重用，随着变法的路线图日渐清晰，此时已经位极人臣的王安石再次吟唱起自己的这首旧作，充溢心头的，已是一份志在必得的自信和革故鼎新的豪情。

然而，随着变法的深入，不仅来自各方的阻力越来越大，作为变法的操盘手，王安石本人政治人格的缺陷也日渐显现。一个成熟的政治家，不单要有刚毅执着的个性，清晰明确的思路，明于治乱的能力，更要善于协调各方面的关系，团结更多可以团结的力量。可是，身为一国宰相的王安石却是执着有余，而器量不足。王安石的变法背景，实际是积重难返的宋代社会现实，由于变法的目的就是要拿富商巨贾们开刀，而恰恰是这些人，掌控着国家的话语权，尽管有皇帝站在这场改革的背后，但这并不意味着拿着一把尚方宝剑就可以扫除变法路上的所有

王安石致通判比部尺牍

障碍，而这个道理，一心要狂飙突进摧枯拉朽的王安石显然没有在意。对于以雷霆之势横扫全国的变法运动，司马光等一班保守派"痛心疾首"地列出其四大罪状，直言新法"舍是取非，兴害除利，名为爱民，其实病民，名为益国，其实伤国"，在他看来，"礼义法度"一旦确立，便不可变，先王之法度皆合于道，后人只需效法，不容更改。在朝中，像司马光这样从一开始就对变法抱抵触情绪的大有人在，早在王安石拜相之前，三朝元老韩琦就没给王安石说过好话，他在出知相州前向神宗说："安石为翰林学士则有余，处辅弼之地则不可。"据传苏洵甚至还写

王安石

过一篇《辨奸论》，指出"凡事之不近人情者，鲜不为大奸慝"，字里行间对王安石含沙射影，影射其不近人情，大忠似奸。

当然，在众多的批评之声中，也不乏一些善意的批评，如苏轼就并不是全盘否定新法，而是就其中的一些操作方式提出过质疑，而对王安石有提携之恩的欧阳修更是变法的支持者，只不过对变法的一些做法有些异议。然而，面对这么多的批评，王安石显然缺乏甄别善恶的能力和从善如流的度量，在他看来，凡是对变法提出批评的朝臣，都被他视作因循守旧尸位素餐之辈，都是自己变法路上的绊脚石，必须铲除，方能保证变法的顺利施行。他曾对神宗道："陛下明智，度越前世人主，但刚健不足，未能一道德以变风俗，故异论纷纷不止。"在不断给神宗皇帝打强心剂的同时，他多次借助皇权罢免了一大批反对变法的官员，御史中丞吕公著被外放颍州，御史刘述、刘琦、钱𫖮、孙昌龄、张戬、陈襄等人相继被贬，老臣富弼被解除相位，苏轼更是被数度外放，就连恩师欧阳修和好友曾巩也被王安石视同陌路。对于王安石的这些做法，很多人都表达过不满，孙固曾说王安石"文行甚高""狷狭少容"，吕诲则认为其"虽有时名，然好执偏见，轻信奸回……置诸宰辅，天下必受其祸"。当"拗相公"成为朝野上下送给这位改革者的绰号，当王安石和神宗皇帝面对着日渐清冷的朝堂，当荒凉的驿路上满是颠沛流离的外放朝官，王安石的执拗个性和器小少容的胸襟，不仅让他失去了壮大新党阵营让更多德高望重之臣为之效力的机会，更使这场有着美好初衷的变法成为不被祝福的跛脚政治。

随着政敌越树越多，王安石已经感到了孤独。为了尽快培植新党势力，这位曾在选才标准上提出过"教之、养之、取之、任之"精辟见解的政治家，再次显出了他政治人格的缺陷。当重臣元老们纷纷站到变法的对立面，王安石迫于形势的"组阁"标准已经非常简单，那就是只问态度不问信仰，只要有人愿意为变法高唱赞歌，就能得到高官厚禄，享受荣华富贵。吕诲曾说王安石"喜人佞己。听其言则美，施于用则疏"，这样的评语其实并不过分，看一看王安石匆匆组建的内阁，我们便会发现，权柄归于一门的王安石先后将王雱、沈季长、谢景温、李定这样的亲属门生列入重要岗位，而混入新党阵营的相当一部分人都是阿谀拍马投机钻营之辈。他们中，有将王安石比作伊尹再世的邓绾，一句"笑骂从汝，好官须我为之"，已成为官声狼藉的代名词；有"安石事无大小必谋之"，却见利忘义落井下石最后欲置王安石于死地而后快的吕惠卿……事实上，在高高扬起的变法大旗下，真正心怀社稷的为数甚少。新党阵容内部的不纯洁直接导致变法运动的彻底变味：本欲免除农民高利贷盘剥的青苗法，最终成为官府垄断的高利贷，由于执行不一，有些地方的利息甚至达到了原先设定的35倍；而本欲富国强兵的保甲法，最终却导致民不聊生，一些地方的农民为免除兵役，甚至"截指断腕"以自残……

更让这场变法难以为继的，是整个新党内部的动摇和分化。熙宁七年（1074）四月，在层层重压之下，神宗被迫同意王安石辞相，接替他的，是被称为"传法沙门"的韩绛和"护法善神"的吕惠卿。王安石的这次罢相更多的是缓兵之计，虽然自己看似回到了原点，继续回去当自己的江宁知府，但神宗却给了他随时入朝参议政事的特权，而在王安石看来，这两位他安排好的继任者，无疑是自己变法意志的坚定执行者，可"守其成模不少失"。然而，王安石眼中的"护法善神"吕惠卿并非善辈，这个被司马光讥为"谄谀之士"的奸诈小人一看王安石失势，马上落井下石，恨不得除之而后快，好在韩绛及时发现，劝神宗急召王安石还朝，才没有生出祸乱。

然而，于熙宁八年（1075）二月"再相"的王安石已经陷入变法阵营分崩离析的困境之中。由于吕惠卿等一班奸佞之徒根本不能与王安石同心同德，最终导致如火如荼的变法渐渐背离富国强兵的初衷，不仅给旧党以更多斥责的口实，更让民间百姓对新法的施行怨声载道。当反对的声浪此起彼伏，已经陷入孤独的宋神宗再也无法留住这位政治热情有余而政治手段简单的臣子，熙宁九年（1076），由于爱子王雱英年早逝，伤心至极的王安石请辞相位退居江宁,而神宗也没有过多挽留,尽管对其爵位屡加,但王安石再也没能出现在变法的阵营之中。

> 平岸小桥千嶂抱。柔蓝一水萦花草。茅屋数间窗窈窕。尘不到。时时自有春风扫。
> 午枕觉来闻语鸟。欹眠似听朝鸡早。忽忆故人今总老。贪梦好。茫然忘了邯郸道。
> ——王安石《渔家傲》

这位"拗相公"存词甚少,因为他不屑作小词,而这首他隐退江宁时所作的《渔家傲》是个例外。吴聿《观林诗话》云:王安石"尝于江上人家壁间见一绝,深味其首句'一江春水碧揉蓝',为踌躇久之而去,已而作小词,有'平岸小桥千嶂抱。柔蓝一水萦花草'之句。盖追用其词"。显然,这首纵情山水的恬淡之词折射出了这位北宋政治家的另一面,但隐于山水的王安石真的能安于山水,"茫然忘了邯郸道"吗?宋哲宗元祐元年(1086),保守派重掌权柄,新法尽废,望着自己苦心经营的变法最终成为历史的灰烬,王安石长叹一声:"亦罢至此乎!"不久便郁郁而终。

传说王安石晚年患有痰火之症,太医院嘱他饮阳羡茶,并须用长江瞿塘峡水煎烹。尽管苏轼曾因反对新法获罪,但苏轼对王安石其人还是很敬重,因他是蜀地人,曾受王安石之托赴三峡取水。不久,苏轼取水归来,王安石遂命人汲水烹茶。取白定碗一只,投阳羡茶一撮于内,等汤如蟹眼,急取倾入碗内,其茶色半晌方见。

王安石问:"此水何处取来?"

苏轼答:"巫峡。"

王安石道:"是中峡了。"

苏轼回:"正是。"

王安石笑道:"此乃下峡之水,如何假名中峡?"

苏轼大惊,只得据实以告。原来苏轼因贪恋三峡风光,船至下峡时,才记起所托之事,只得汲一瓮下峡之水充之。

苏轼不解道:"三峡相连,一般样水,老太师何以辨之?"

王安石道:"瞿塘水性,出自《水经补注》。上峡水性太急,下峡太缓,惟中峡缓急相半。此水烹阳羡茶,上峡味浓,下峡味淡,中峡浓淡之间。今茶色半晌方见,故知是下峡。"

现在看来,王安石验水的这个故事更像是一个对变法的隐喻:王安石的执拗自负不通人情,让变法最终面对的是一堵难以撼动的高墙;而对水性的了解则与他在政治上的不能知人善任形成巨大的反差。在历史的深处,王安石变法留给后人的只是唏嘘。

用真知作为行吟的词牌

身处吟风弄月的时代，却能矢志不渝地叩响科学之门，北宋沈括，是一个另类的官员，更是一个横跨数学、物理、化学、地理、天文学、水利学等诸多学科的科学通才。

梳理沈括的为官履历，我们看到的是一条平缓的轨迹。仁宗嘉祐八年（1063）高中进士，神宗时期成为王安石变法的骨干，熙宁五年（1072）提举司天监，熙宁九年（1076）任翰林学士，权三司使，整顿陕西盐政，元丰五年（1082）因宋军永乐城之战驰援不力为西夏所败，致仕归田。可以说，在20年的宦海生涯中，沈括既没有让我们看到太高的波峰，也没有让我们看到太低的波谷。

然而，如果我们再看一看沈括人生的另一条轨迹，便会发现一条闪烁着智慧之光的科学之路。这位在政治上并未引人关注的大宋官员，其彪炳史册之处恰恰是在当时被认为奇技淫巧的理科。在奉立德、立功、立言为圭臬的封建中国，能够产生科学家的土壤本身就很贫瘠，而能够出现一位影响后世的卓越科学家就更加难得。然而，就是在这样一种生存状态下，沈括却为中国的科学发展史写下了浓墨重彩的一笔：他被誉为"石油之父"，当他看到陕西延州一带居民取流于沙石间的"脂水"燃火为炊，十分兴奋，认为"此物后必大行于世"，并将其命名为"石油"，这个称呼取代了以往的"石漆""石脂水""猛火油"等叫法，一直沿用至今；沈括还是世界上第一个发现地磁偏角的人，早在航海家哥伦布远渡大西洋观测到地磁偏角位置的400多年前，沈括就已经发现"方家以磁石磨针锋，则能指南，然常微偏东，不全南也"。他在数学方面的贡献更是可圈可点，他创立的隙积数，发展了自《九章算术》以来的等差级数问题，而他创立的会圆术，不仅促进了平面几何学的发展，更为中国球面三角学的发展做出了重要贡献。

和许多官员不同，沈括的"在其位谋其政"渗透进了自己更多的创造性劳动。司天监是宋代专门负责观察天象、制定历法的机构，在担任司天监之职时，沈括治学严谨不徇私情，先后罢免了六名不学无术的旧历官，同时不计出身，破格举荐精通天文历算、布衣出身的卫朴进入司天监，主持修订新历。沈括力主从观测天象入手，以实测结果作为修订历法的根据，据说为了准确观测天象，这位一丝不苟的科学家曾连续三个月每天夜里亲自用"窥管"观测北极星的方位，并将初夜、中夜、后夜所看到的北极星的位置准确地画在地图上，最终测算出了北极星同北极之间的距离。在他的主持下，重新修订的奉元历终于在熙宁八年（1075）颁布施行，此后，他又进一步提出了"十二气历"的主张，他以十二气作为一年，一年分四季，每季分孟、仲、季三个月，并且按节气定月份，立春那天算一月一日，惊蛰算二月一日，依此类推，这种历法已经与我们今天使用的阳历十分相似。

作为王安石变法的骨干,沈括和一众文官的最大不同是能够将自己的科学实践精神融入变法的进程之中,正如变法失败后守旧派对沈括的攻讦:"朝廷新政规画,巨细括莫不预。"这虽是一句守旧派射向沈括的"投枪",但从另一个侧面也证明了沈括在王安石变法的过程中,起到了重要的作用。在任河北西路察访使时,沈括行至镇州和定州时发现:"中山城北园中亦有大池,遂谓之'海子'……展海子直抵西城中山王冢,悉为稻田,引新河水注之,清波弥漫数里,颇类江乡矣。"正是沈括这种积极的作为,大大促进了当地的农业生产,尤其是他在两浙地区提出"宽民力""毋伤农"的经济主张,更促使沈括关注农业实践和生产技术,并将自己的研究成果运用到实践之中。而随着变法的深入,沈括的能力也愈发得到彰显,熙宁七年(1074),他曾受命兼管军器监,正是在这一任上,他提出了"百炼钢"的锻冶之法,即"但取精铁,锻之百余火,每锻称之,一锻一轻,至累锻而斤两不减,则纯钢也,虽百炼不耗矣"。而在分析了吐蕃的铁甲制法之后,他更是创造性地提出,"凡锻甲之法,其始甚厚,不用火,冷锻之,比元厚三分减二乃成",认为要锻造"柔薄而韧"的铁甲,冷锻之法更佳。由于沈括的钻研精神,使得宋军拥有了坚甲强弓。当这些精良的兵器列装全军,谁能想到,它们,竟然出自一位孜孜不倦善于观察的大宋文官之手。

用自己的聪明才智造福一方百姓,最典型的事例还是他独出机杼的分层筑堰法。熙宁五年(1072),沈括开始主持汴河的水利建设,汴河是从京都汴梁经淮河入运河,到达江南的唯一水上通道,但由于多年治理不力,淤塞严重,极大影响了流域内的农业灌溉和航运。为了治理汴河,沈括亲自测量了汴河下游从汴梁到泗州淮河岸共840多里河段的地势，在实测过程中，他独创了一种全新的分层筑堰法，即把汴渠分成许多段，分层筑成台阶形的堤堰，引水灌注入内，然后逐级测量各段水面，累计各段水面的差，从而测得汴梁和泗州地势高度相差19丈4尺8寸6分。这种分层筑堰法无疑是世界水利史上的创举，仅仅五年时间，汴河便"过尽千帆，斜晖脉脉"，而流域内的引水淤田也达到1.7万多顷。

> 楼上正临宫外，人间不见仙家。
> 寒食轻烟薄雾，满城明月梨花。
> ——沈括《开元乐》

以科学家名世的沈括，很少有人对其文学造诣予以关注。事实上，深受儒家传统影响的沈括也有诗词存世，只是数量不多，这首《开元乐》即是其一。品读沈括的词，我们看不到剪红刻翠，嗅不到红袖添香，和他对科学的求真务实精神一样，沈括在诗词创作上也不喜夸张虚构，浮华造作，同样是用了"开元乐"这个词牌，我们看到其另外两首词也秉持了这种简隽的风格。

"殿后春旗簇仗，楼前御队穿花。一片红云闹处，外人遥认官家。"在平实的表述中，我们看不到华丽的铺排。

"鹳鹊楼头日暖，蓬莱殿里花香。草绿烟迷步辇，天高日近龙床。"在清丽的描摹中，我们看到的是道家的香火。

在沈括留给后世的60余首诗作中，这样的写作原则更是俯拾皆是：

"卷幔夕阳留不住，好风将雨过梅塘。"这是沈括笔下的江南烟雨。

"雨急喧流水，溪深噪乱鸦。"这是沈括眼中的简约山水。

"回看秦塞低如马，渐见黄河直北流。"这是沈括状写的廓延气韵。

在诗词中行走，不喜夸张严谨求真的沈括显然另辟蹊径，而也恰恰因为这一点，他常常成为被文人们讥笑诟病的"靶子"。比如，沈括曾说"杜甫《武侯庙柏》诗云：'霜皮溜雨四十围，黛色参天二千尺。'四十围乃是径七尺，无乃太细长乎？"再如，沈括评"韦楚老《蚊诗》云：'十幅红绡围夜玉。'十幅红绡为帐，方不及四五尺，不知如何伸脚？"这两个例子曾是许多文人对其讥讽的笑料，笑其不懂文学夸张，过度较真其实是一种迂腐。然而，谁也不可否认，这位存词不多的科学家，尽管在文人扎堆的宋代显得是那么独立不群，但正是他的较真，让僵硬的数字翩翩起舞，让吟风弄月的时代呈现出多元的声音。当沈括选择用真知作为自己行吟的词牌，谁又能忽视这位勤思敏行的科学奇才的存在呢？

元丰五年（1082），对于沈括而言，是其政治生涯的终点。就在这一年，为抵御西夏军，给事中徐禧决定以逸待劳，在距西夏都城银州25里的永乐川筑城。永乐城建好后，西夏举全国之兵围困这座沙洲小城，他们切断了宋军的补给线，断绝了通向城中的水道，使一座刚刚建成的新城顿时成为一座死城。此时，守卫米脂的沈括欲率军驰援，但得报正有一支西夏军杀向绥德，危及关中，便"先往救之，不能援永乐"，结果永乐城陷，徐禧战死，而沈括则以"始议城永乐，既又措置应敌俱乖方"的罪名被贬为均州团练副使，基本上就宣告了沈括政治生命的终结，元祐三年（1088），就在贬官六年之后，经皇帝恩准，他在润州的梦溪园致仕归田。

离开了政治的羁绊，沈括更加自由，他开始潜心著述，认真总结自己一生的科学活动，并广泛搜集记述前人及同时代人的研究成果，最终完成了一部旷世奇书《梦溪笔谈》。"予退处林下，深居绝过从，思平日与客言者，时纪一事于笔，则若有所晤言，萧然移日。所与谈者，惟笔砚而已，谓之《笔谈》。"在这部几乎包罗万象的巨著中，我们看到的是沈括在浩瀚的自然科学领域的信然独步，是他在多项学科中的苦心孤诣。《梦溪笔谈》共计二十六卷，再加上《补笔谈》三卷和《续笔谈》一卷，合计三十卷，内容涉及天文、历法、气象、数学、地质、地理、制图、物理、化学、生物、医药、建筑、冶金、文学、史学、考古、音乐、艺术等各个方面。尤其值得一提的是，沈括在《梦溪笔谈》中，详细记录了毕昇发明活字印刷术的过程，从而使这项惠泽后世的发明有了可以传承的文字载体。而身为科学家，不存门户之见，能将默默无闻的印刷技工毕昇抬升到发明家的序列之中，更能看出沈括的虚怀若谷和严谨的治学精神。

> 国初，两浙献龙船，长二十余丈，上为宫室层楼，设御榻，以备游幸。岁久腹败，欲修治，而水中不可施工。熙宁中，宦官黄怀信献计，于金明池北凿大澳，可容龙船。其下置柱，以大木梁其上，乃决水入澳，引船当梁上，即车尽澳中水，船乃笇于空中。完补讫，复以水浮船，撤去梁柱。以大屋蒙之，遂为藏船之室，永无暴露之患。

《梦溪笔谈》中的这段文字，体现了沈括的创作态度和研究方法。文中提到的这位聪明的太监，其实想出的是一个两全之法，龙船腹部需要维修，又不能在水下施工，怎么办？这个黄姓太监想出一个办法，挖一可容龙船的大澳，在大澳底部竖起若干立柱，架上大梁，然后引水入澳，船便浮于水中，再把水排出去，船就落在了横梁上，工人们便可修缮船腹，等修复完毕，再将水重新注入，撤去梁柱，并在大澳上方建屋，就成了藏船之室，不至于在阳光下暴晒干裂。和这则修龙船的故事相类似，沈括还收录了一则北宋大中祥符年间丁谓复建宫室的办法。《梦溪笔谈》载：

> 祥符中，禁中火。时丁晋公主营复宫室，患取土远，公乃令凿通衢取土，不日皆成巨堑。乃决汴水入堑中，引诸道竹木排筏及船运杂材，尽自堑中入至宫门。事毕，却以斥弃瓦砾灰壤实于堑中，复为街衢。一举而三役济，计省费以亿万计。

北宋真宗朝的丁谓人品很差，但脑子却很灵光，皇宫着火，丁谓任修葺使主持修复宫室，他想出个一举三得之法：在宫外凿街衢以取土，继而引汴水入沟堑，将建筑材料从水路运至宫中，待新宫建成，又将废墟的建筑垃圾填入沟堑，复成街衢，遂"一举而三役济，计省费以亿万计"。

事实上，诸如修龙船、造宫室这类奇思妙想在《梦溪笔谈》中还有很多，它们凝聚着古人的智慧，也彰显了沈括这位北宋通才的科学观和方法论。他注重科学实践，在《梦溪笔谈》中，他曾言：

> 古今言刻漏者数十家，悉皆疏缪。历家言晷漏者，自《颛帝历》至今，见于世谓之大历者，凡二十五家。其步漏之术，皆未合天度。予占天候景，以至验于仪象，考数下漏，凡十余年，方粗见真数，成书四卷，谓之《熙宁晷漏》，皆非袭蹈前人之迹。

正是这样充满独立思索的科学实践，让沈括研制改进的漏壶在时间测定上变得更加精准。他善于观察推演，认为"观古人者，当求其意，不徒视其迹"，说到底，就是主张透过现象看本质。他曾去过太行一带，在那里，他看到山崖间"往往衔螺蚌壳及石子如鸟卵者，横亘石壁如带"，由此，他推演得出结论："此乃昔之海滨，今东距海已近千里。所谓大陆者，皆浊泥所湮耳。"他更尊重世间万物的运行规律："大凡物理有常、有变：运气所主者，常也；异夫所主者，皆变也。常则如本气，变则无所不至，而各有所占。"正是这种"有常有变"的唯物主义立场，让这位封建时代的士大夫可以跳出所谓的五行灾异之说，以一种尊重自然运行规律的态度，一丝不苟地进行科学研究……

《梦溪笔谈》前后共创作七年，身处润州梦溪园的沈括曾说，在这部书中，"圣谟国政，及事近宫省，皆不敢私纪。至于系当日士大夫毁誉者，虽善亦不欲书，非止不言人恶而已"。抛却世事纷杂，不记录人之短长，事之毁誉，己之荣辱，而专注一心地将其打造成一部充满科学探索精神的百科全书，这正是历经近千年的时光之后，沈括和他的《梦溪笔谈》仍历久弥新、烛照后世的主因。这部《梦溪笔谈》，不仅国内学者将其作为研究中国科学史的重要依据，外国学者对它所蕴含的学术价值，同样评价甚高。日本著名数学家三上义夫赞道："沈括这样的人物在世界数学史上找不到，唯有中国出了这个人。""日本的数学家没有一个比得上沈括。"英国著名学者李约瑟则说沈括"是中国科学史上最奇特的人物"，他的《梦溪笔谈》是"中国科学史上的坐标"。

　　据《梦溪笔谈》载，当时沈括为了研究光的直线传播现象，在总结前人的基础上，曾做过一个小孔成像的实验。他在纸窗上开了一个小孔，使窗外的飞鸟和楼塔的影子成倒像于室内的纸屏之上，根据实验结果，他形象地指出了物、孔、像三者之间的直线关系。这位伟大的科学家也许不会知道，通过《梦溪笔谈》这个孔洞，他呈现给后人的，同样是一个丰富而特别的影像。

笔锋下的欲望

翻检《宋史》,有一个劣迹昭著的名字不能不引起我们的注意,他就是北宋头号佞臣蔡京。蔡京历经神宗、哲宗、徽宗三朝,五次任相,经历了三朝皇帝60余年的统治期,在朋党势力此消彼长的这60余年,他的宦海生涯绝对算是个奇迹,然而,这样的为官奇迹,对北宋而言实际是一场灾难。靖康元年(1126),蔡京被罢相,而时隔不到一年,风雨飘摇的北宋便宣告了灭亡。

说起蔡京的发迹史,不能不提及轰轰烈烈的王安石变法。由于蔡京的弟弟蔡卞是王安石的女婿,依托裙带关系,蔡京很快便由推官升任负责朝廷机要的中书舍人,不久又知开封府。举步维艰的王安石需要变法的得力助手,但这位激进的改革者在扩大新党阵营的时候,吸纳了太多的投机分子,蔡京便是其中一个。据说在神宗熙宁末期,王安石曾对其婿蔡卞叹道:"天下无可用之才,不知我之后,谁堪执掌国柄?"然后掰着手指自语道:"我儿元泽算一个!"回头对蔡卞说:"贤兄(指蔡京)如何?"

又掰下一指，沉吟良久，才说："吉甫（指吕惠卿）如何？且算一个吧。"然后颓然道："没了！"能成为"拗相公"眼中屈指可数的三人之一，足见蔡京颇得王安石的信任。

封建君主改革的一个突出特点便是人亡政息，当神宗赍志而殁，少年哲宗被保守的高太后控制，王安石变法也便走到了尽头。此时，司马光等一班旧臣再执权柄，开始实行"元祐更化"，全面推翻变法成果。按理说，身为新党成员，蔡京少不了成为旧党的攻击对象，但见风使舵的性格却使他避开了党争的锋芒。据说司马光当政后，曾限令各地在五日之内将王安石推行的免役法改回原来的差役法，当时很多官员都觉得时间太短，结果五日之后，只有蔡京一人如约完成任务，"悉改畿县差役，无一违者"。看到昔日为王安石变法摇旗呐喊的新党干将转过头来为旧党不遗余力，雷厉风行，司马光不禁大喜道："使人人奉法如君，何不可行之有？"

由于蔡京"及时"改变了阵营，使得他安然躲过了党争的旋涡，并没有受到多少影响。高太后死后，哲宗亲政，重续神宗遗志，本已是"旧党"一员的蔡京再次使出了他"随风倒"的本事，看到新党再次当朝，蔡京摇身一变又成了"新党"。当新党首领章惇提出要改革现行的差役法，蔡京立刻举双手拥护："取熙宁成法施行之尔，何以讲为。"当年创下五日之内执行差役法纪录的人是蔡京，此时，第一个站出来极力要废除差役法的人依然是蔡京，其见风使舵之功由此可见一斑。很快，这位"识时务"的臣子便获得了宋哲宗的信任和赏识，禄位官爵自不消说。

蔡京真正凭借投机钻营的手段爬上权力的巅峰，是在徽宗朝。元符二年（1099），年仅25岁的哲宗驾崩，徽宗即位。一朝天子一朝臣，不久蔡京便被谏官弹劾，徽宗索性将其提举杭州洞霄宫，逐出京师，去江南任个闲差。宫观官制，是宋代的一种特殊官制，作为一种"优老优贤"的特殊官制，始于真宗，盛于徽宗，滥于高宗，是朝廷安抚老病阁僚及冗员的一个重要手段。神宗朝，为整顿吏治，同时又不过于激化矛盾，有相当一部分官员被假名解去实际职务，祠禄阙位使任宫观，且给以优厚的俸禄。宋室南渡后，由于"凡世家之官于朝者多从行"，为安排这些官员，宫观官制开始日益冗滥，一时间，奉祠员额大增。有数据统计，宋室南渡后，单是被授"提举洞霄宫"职衔的官员就多达160余人，副相以上的宰执官员有43人，名相李纲、张浚等都曾位列其中，因此时人又称洞霄宫为"半个朝廷"。在党争中左右逢源的蔡京，一朝被外放成提举洞霄宫这样的闲差冷职，心情当然是非常郁闷的，面对西湖的一泓碧水，他没有半点游兴，涌上心头的只有外放的失意与落寞。

　　幽窗小砌西湖住，青嶂排云入户。槛外长江东注，芳草天涯路。
　　别来松菊应如故，花落花开几度。惆怅未能归去，入似桃源误。

　　　　　　　　　　　——蔡京《忆凤凰家山》

　　彳亍在西子湖畔，蔡京用一句颇具文采的"惆怅未能归去，入似桃源误"抒发自己想当一个隐士的况怨。然而，这个从福建山野间走出来的熙宁进士又怎么会轻易放弃对权力的追逐呢？机会出现在崇宁元年（1102）。就在这一年的三月，意在"崇法熙宁变法"而改元的徽宗派内侍童贯去杭州办差，书得一手好字有着极高艺术悟性的蔡京听闻，马上找到了一条可以向徽宗这位艺术家皇帝讨好的捷径。他搜罗了大量江南书画让童贯转呈徽宗，在蔡京看来，没有比这样的贡品更能让徽宗关注自己了；而对于办差的内侍童贯，他更是使出了浑身解数结交，将其打点得乐乐呵呵。他给童贯找出了一个冠冕堂皇的贿赂理由：国家府库皆为天子私物，理应供内侍近从取用。童贯返京后，"大播此语，于是宫人近习，人人恨不得蔡内翰即日为相矣"。

蔡京对内廷宦官的拉拢结交显然是奏效的。满载而归的童贯回京后便对徽宗极力美言，徽宗对这位先朝臣子的艺术鉴赏力也颇为认可，而他在此后源源不断送往京师的书画藏品中加入的颇为入耳的论奏，更让徽宗认定蔡京可堪大任。此时，曾布和韩忠彦两位宰辅的明争暗斗已让徽宗十分厌倦，他很需要一个跳出党争圈子的人打破朝堂上两派的僵局，就这样，蔡京被从杭州召回了京师，终于可以不用再发出"入似桃源误"的归隐之叹。而此时，摇着蔡京手书的团扇，自创瘦金体的宋徽宗不仅将这位书家臣子看成了自己艺术上的知音，更因其曾是新党"干将"，对其青眼有加。他曾语重心长地对蔡京道："神宗创法立制，先帝继之，两遭变更，国是未定。朕欲上述父兄之志，卿何以教之？"当徽宗一边赏玩着字画，一边提拔蔡京为左仆射时，他已经将赵宋王朝的命运交到了一个国家蠹虫的手中。

攀上权力高峰，成为一国重臣之后，蔡京给徽宗交出的不是一份整饬朝纲的答卷，而是拉帮结党、祸国殃民的斑斑劣迹。他深谙内侍对于皇帝的作用，上任伊始，便废除了旨在控制宦官升迁的内侍寄资法，使得内侍在直转正官过程中省却了考察的麻烦，因此深得内侍的拥戴。继而蔡京又对自己有汲引之功的童贯拉拢备至，对朝中同僚广布私恩，对他们"于寄禄官俸钱、职事官职钱外，复增供给、食料等钱"，对内外卫士，则"增侍立食钱，因禁中有盗，环皇城置巡铺卒，日给钱一百五十"，相比旧例增加了近十倍。在营私结党的同时，蔡京也在不断强化自己的权力，表面上他仿效王安石变法制度，实则在扩大自己的权力范围和党羽阵营。他在尚书省设了讲议司，自任提举，并以其党羽吴居厚、王汉之等十余人为僚属，将重要的国事如宗室、冗官、国用、商旅、盐泽、赋调、尹牧等大事悉数交由他们负责，所有的决策，也都出自讲议司。在官员的任命选拔上，蔡京则"创造性"地完成了一项制度的结构调整。崇宁元年（1102）八月，他说服徽宗"以学校为今日先务"，令州县都仿照太学三舍法考试选官，在汴京城南建辟雍，表面上作为太学的外学，用以安置各地学者；实则建立起了一个替代了科举考试的扩大化的官学系统，从而使自这个系统选拔出来的普通官员都成为其忠诚的嫡系。当一系列固结人心之举相继出于这位大宋首席执行官之手，我们看到的蔡京，早已不是那个在西湖边长吁短叹的落魄之臣，而是一步步成为主宰国家政策、凌驾于帝制政府运作之上的权相。

　　对权力的固化，在蔡京身上还体现为手段狠辣地排除异己。他在给徽宗的一份奏章中对元祐年间的大臣言辞狠毒地攻讦，将他们斥为"朋奸罔上""神考之罪人"，并将这些先朝旧臣按照"同己为正，异己为邪"的标准分出了六个等级，满朝文武竟然有540多人被列入邪等。他们当中，包括前任宰相司马光、吕公著、吕大防等人在内，这些已故的旧党领袖全部被剥夺了一切品级，以"权臣擅邦，倡率朋邪，诬诋先烈"之名，对他们进行了无情的"挞伐",而他们的后嗣及亲族则一律不准为官,甚至被逐出京师;至于尚健在的"元祐奸党",要么被流放到遥远的边疆州府,要么被抄家处死。

> 其姓名,朝廷虽尝行下,至于御笔刻石,则未尽知也。……欲乞特降睿旨,具列奸党,以御书刻石端礼门姓名下,外路州军,于监司、长吏厅立石刊记,以示万世。

崇宁二年(1103)九月,当一个匿名谏官恳请徽宗颁布这样一道旨意,司马光、文彦博、吕公著、范纯仁、范纯礼、苏轼、苏辙这些名字已被宋徽宗写进了一纸长长的黑名单,并被刻在遍布各州府的"元祐奸党碑"上,遭受着精神与肉体的双重折磨。尽管这些"元祐奸党碑"在三年后便陆续拆除了,但权相蔡京对政治对手最诛心最残酷的迫害已经是尽人皆知。

在党同伐异、巩固权力的同时,蔡京对宋徽宗的邀宠示好更是无所不用其极。他特意从《易经》中选取了"丰、亨、豫、大"四字,吹嘘宋室国运亨通。史载,徽宗在一次宴会上,拿出精美的玉杯、玉卮等给大臣们欣赏,说:"我很想用这些东西,又担心有人说我太奢侈。"

蔡京马上道:"臣曾出使契丹,契丹国主拿着玉盘、玉杯在臣前夸耀,说我们大宋朝没有这些东西。现在陛下用它们来祝寿,并不过分。"

徽宗又说:"以前先帝做了数尺长的小台,结果就有很多人上书劝谏,我很怕他们说闲话。这些玉器已经放置很久了,如果人们又说闲话,我百口莫辩啊。"

宋徽宗赵佶《听琴图》

蔡京遂道:"事情如果合乎情理,即便再多人上书也不必害怕。陛下就应当享受天下的供奉,区区玉器,又算得了什么呢!"

佞臣最大的本事就是善于伺察人主,当徽宗的秉性心理被蔡京摸了个底掉,这位艺术家皇帝已经将蔡京视为最可信任的知音,而当他与蔡京的亲密关系被定格在一幅留存至今的《听琴图》中,时隔近千年,我们仿佛仍然能够听到他们二人超越君臣关系的笑声。

为了保持这样的"君臣蜜月",蔡京可谓费尽心机。他大兴土木,为徽宗建造大量离宫别馆,其中,尤以艮岳为最。艮岳层峦叠嶂,其间舞榭歌台不计其数,为了装点这座艮岳,蔡京专设了制造局,在各州又设立了应奉局,大量征购全国的奇花异石,被称为"花石纲"。为了运送这些花石纲,有数以千计的役夫终日忙碌在淮汴两岸,苦不堪言。据蔡京之子蔡絛《铁围山丛谈》载,当时在艮岳正门有一块高达46尺的太湖石,是蔡京让其亲信朱勔于宣和五年(1123)用大船运抵汴京的。由于石头巨大,耗费大量人力,沿途还拆毁了很多桥梁房屋,用时数月方到。蔡京的儿子蔡攸常在徽宗身边,在淫歌艳曲中,蔡攸换上短襟的戏服,脸上涂上油彩,与倡优侏儒一起,讲一些市井野语博笑于徽宗。在蔡京精心营造的一派歌舞升平之中,徽宗彻底沉醉了,对蔡京更是宠信有加,殊不知,他百般信赖的这位臣子正一步步地将宋王朝带向深渊。当蔡京和童贯、王黼、朱勔等人沆瀣一气,将整个朝廷弄得乌烟瘴气,被朝野痛斥为"六贼";当一次次被弹劾罢相,又能一次次因遍布朝中的亲信党羽的助力而重返相位,蔡京,这个长期操控北宋朝政的不倒翁,已经将宋王朝推到了岌岌可危的境地。

就在宋廷歌舞升平的同时,金兵已是一路攻城拔寨,如入无人之境。看到北宋各州县纷纷沦陷，徽宗慌忙将帝位传给儿子赵桓，自己做起了太上皇。此时，愤怒的声浪一浪高过一浪，朝臣们纷纷上书"请诛六贼，以谢天下"，无奈之下，钦宗将蔡京流放儋州。史载，在流放之前，蔡京将他的金银珠宝装了满满一船，然而纵有家财万贯，他却难以买到沿途的一杯茶，一碗粥。宋人王明清《挥麈后录》载："初，元长（蔡京字）之窜也，道中市食饮之物，皆不肯售，至于辱骂，无所不至。"当他行至潭州，病困交加，这位曾经权倾朝野的佞臣不禁仰天长叹："京失人心，何至于此。"最后"腹与背贴"，饿极而死。

  八十一年住世，四千里外无家。如今流落向天涯。梦到瑶池阙下。
  玉殿五回命相，彤庭几度宣麻。止因贪此恋荣华。便有如今事也。

——蔡京《西江月》

这首绝命词透出的是蔡京那份迟来的悔悟，他死得很凄凉，没有棺木，随从们只用一块尸布将其草草包裹，便扔进了专门收葬无家可归者的漏泽园中。

史载，蔡京当权之时，生活用度极尽奢侈，据说他光吃一次鹌鹑羹，就要杀掉几百只鹌鹑。而宋人罗大经在《鹤林玉露》中记录的一件事更能佐证蔡京生活的铺张：

  有士大夫于京师买一妾，自言是蔡太师府包子厨中人。一日，令其作包子，辞以不能。诘之曰："既是包子厨中人，何为不能作包子？"对曰："妾包子厨中缕葱丝者也。"

后厨的分工已经细到了专门剥葱的工种,听来不能不令人咋舌。然而,这位极尽口腹之欲的权臣永远不会想到,自己生命的最终结局不是寿终正寝,而是活活饿死,抛尸荒野。

血路与退路

放眼两宋，忠臣难得，而忠直之臣能申大志以报国者，更不多见。

提到靖康之耻，人们想到的更多是徽、钦二帝的昏庸无能，但如果我们仔细回望那个让赵宋皇族蒙难的历史断片，便会发现，在杀气腾腾的金兵兵临城下的时候，有一个人却有如松柏般矗立，他，就是时任兵部侍郎的宋代名臣李纲。

李纲引起人们的关注是在宣和元年（1119）。史载，这年六月，汴京发生水灾，黄河洪峰过境时，水位高达十丈以上，一时间，"京城之西，大水渺漫如江湖，漕运不通；畿甸之间，悉罹其患，无敢言其灾异者"。面对这场突如其来的大水灾，宋徽宗竟荒唐地找人以"厌胜"（古代一种巫术）之法退水，满朝上下无一人发出质疑之声。见此情景，时任国史编修的李纲不顾从六品的低微身份，连上两书，不仅直言徽宗应"寅畏天戒""博询众谋"，要下罪己诏，同时提出了"治其源，折其势，固河防，恤民隐，省烦费，广储蓄"等六项治防水患措施。一个从六品的官员竟胆敢将大灾异和天谴联系在一起，又是让皇帝下罪己诏又是影射皇帝大兴土木空耗国力，当然让徽宗十分恼火，很快便以"挟奸卖直"之罪，将李纲贬为承务郎，监南剑沙县税务。沙县为闽中古城，与李纲的祖籍福建邵武相距不远，初到贬所，李纲不仅没有被贬谪的落寞，反而为能吃到当地味美多汁的荔枝而倍感惬意，"不烦传送之劳，以资口腹之适，快平生之素愿，饱珍味而无斁"，当李纲在《荔枝赋》中抒发自己啖食荔枝的快乐，我相信，这位曾以第一名的成绩考入太学的京官，实际是在以一种生命的达观看待自己首次因言获罪的境遇。

忠耿之臣的特点就是永远不会绕弯子。时间走到宣和七年（1125），就在这年冬天，金军大举南侵，步步进逼宋都汴梁。社稷危难，徽宗手足无措，朝中大臣更是一片议和之声。就在此时，担任朝中太常少卿的李纲再次挺身而出。如果说六年前的水灾让李纲看到了一个王朝的溃堤之患，那么六年之后，李纲已经从汹汹而来的"兵灾"中看到了大厦将倾的危险。仍然是"狷介"得难以讨喜的性子，仍然是没什么话语权却又不吐不快的态度，所不同的是，这一次李纲的劝谏更有了一层"逼君就范"的味道，他用匕首在自己的胳膊上划开了一道口子，蘸着鲜血写下了一封措辞激越的血书。

> 皇太子监国，典礼之常也。今大敌入攻，安危存亡在呼吸间，犹守常礼可乎？名分不正而当大权，何以号召天下，期成功于万一哉？若假皇太子以位号，使为陛下守宗社，收将士心，以死捍敌，天下可保。

这封血书，是李纲随着一道颇具战略眼光的"御戎五策"

奏书一同献上的，在这封谏书中，李纲直言不讳，几乎是以不容商量的口吻劝徽宗马上禅位，速立新君以提振士气。在李纲看来，大敌当前，大宋王朝太需要一个振臂一呼应者云集的天子了，而淫奢怯懦的徽宗显然不能挽狂澜于既倒，这时，必须效仿唐朝故事，像安史之乱唐玄宗仓皇奔蜀之际肃宗灵武即位那样，以一个全新的国君面孔重拾王朝的信心。

李纲的这封血书，绝对是冒着掉脑袋的危险呈上去的，自古皇位继承之事本身就是君臣之间的敏感话题，况且李纲的这封血书显然不是和徽宗探讨，而是直接逼宫，让徽宗赶紧交出皇权。然而令所有朝臣都没有想到的是，徽宗看到李纲的血书，不仅没治李纲谋逆之罪，反而没打任何折扣就同意了。其实，此时43岁正值春秋鼎盛的徽宗比谁都清楚，兵临城下的皇位更像一个烫手山芋，与其天天听着金兵的马蹄声坐立不安，不如赶紧找个人给自己当挡箭牌，而这个当口，李纲的血谏正好给自己一个台阶。很快，这位并不算老的艺术家皇帝就将皇位禅让给了25岁的儿子赵桓，自己则忙不迭地当起了太上皇，带着后宫妃嫔和一众旧臣仓皇逃离汴京。

新皇帝钦宗即位，确实给人们带来了一些令人振奋的气象，这位在李纲眼中有恭俭之德可守宗社的新天子即位伊始，就任命李纲为尚书右丞兼亲征行营使，委以防卫京都的重任。看到钦宗能积极应战，李纲十分兴奋，马上便发动军民，严密布防，加固城堞。靖康元年（1126）正月，凶悍的金兵开始向汴梁城发起猛攻，在飞矢如蝗的进攻中，整座汴梁城都能感觉到这支金兵铁骑所带来的阵阵杀气，但让金兵困惑的是，这一次，他们面对的不再是一触即溃的疲弱之师，而是一面打不透撞不碎的铜墙铁壁。在连续十昼夜的激战中，李纲身先士卒不畏矢石，始终在城头督战，并屡挫从城沟来袭的金兵。最终，远程奔袭的金兵补给不足，死伤惨重，被迫退去。汴梁保卫战，是屡弱的宋朝为数不多的胜仗，而李纲是这场战役卓越的军事指挥者。

然而，得来不易的胜利果实很快就化为乌有。一场汴梁保卫战，鼓舞了广大军民的士气，却驱不走朝堂的颓靡之气。此时的宋钦宗，早已被金兵的喊杀声搅乱了神经，他优柔寡断，一直都在战与和之间徘徊，最终令宋廷失去了乘胜追击的战机；而面对朝中大臣们不绝于耳的议和之声，宋钦宗不仅没有保持一个皇帝应有的威严，反而唯唯诺诺，首鼠两端，成了一个失败的胜利者。早在金兵昼夜攻城之际，钦宗就已如坐针毡，一些主张弃城逃跑的大臣遂撺掇钦宗不要再和金兵硬碰硬。见此情景，李纲力谏钦宗，并对打算逃跑的钦宗晓以利害："今六军父母妻子皆在都城，愿以死守，万一中道散归，陛下孰与为卫？敌兵已逼，知乘舆未远，以健马疾追，何以御之？"这个说话不会绕弯子的直臣对钦宗表达的意思已经很明确了：我们所有人就打算据城死守了，你既然想逃走，我们也没办法护卫你，万一被敌兵追上，你的身家性命可就堪忧啊！钦宗听此一言，也就放弃了逃跑之念，他对李纲道："朕今为卿留。治兵御敌之事，专责之卿，勿令有疏虞。"看看，这就是曾被李纲认为可守宗社的新君，一句"朕今为卿留"，让我们仿佛觉得钦宗能留下来纯粹是给扶自己上位的臣子一个面子，殊不知，李纲的据城死守给的又是谁的面子！有这样一个软骨头的皇帝在，接下来的发展轨迹自然是可想而知，在反反复复的拉锯战中，钦宗再也不想硬撑危局了，最终倒向了投降派一边。即便以陈东为首的太学生猛击登闻鼓，组织起一场声势浩大的请愿运动也无济于事，在痛快答应金兵苛刻的议和条件的同时，钦宗不惜自毁长城以示其诚，守城有功的李纲不仅未得任何封赏，反被以"专主战议，丧师费财"的罪名罢官，一直贬到了比福建沙县更偏远的重庆。靖康元年（1126）十一月，就在汴梁保卫战胜利不到十个月，金兵卷土重来，宋钦宗在外无御敌之将，内无首辅之臣的情况下，叫天天不应，叫地地不灵，遂发出一道急诏封李纲为资政殿大学士，领开封府事，令他火速赴京勤王。然而，已经走到湘江边的李纲又怎么可能来得及救火呢？就在李纲日夜兼程北返到中途的时候，汴京城破，钦宗和他那位太上皇父亲一起，成为远徙荒蛮的囚徒，而"靖康"，也由此成为宋人心中一个挥之不去的耻辱年号。

　　汴京城破后，赵构在应天府匆匆即位，是为宋高宗。作为一个怎么也轮不到当皇帝的九皇子，赵构为了稳固岌岌可危的帝位，即位之后，马上任用李纲为尚书右仆射兼中书侍郎。对于这个在战乱中草草组建的南宋朝廷，前朝老臣李纲同样不改其忠贞本色，甫一入相，便代表主战派向高宗上陈十议，奏议直接提出反对和议、收复失地的主张。在李纲看来，"能守而后可战，能战而后可和……今欲战则不足，欲和则不可，莫若先自治，专以守为策，俟吾政事修，士气振，然后可议大举"。李纲上陈的这十条奏议堪称是对南宋朝廷的精准献策，弱国无外交，没有强盛的国力，就不可能有与金人对峙的筹码，将永远改不了被动挨打的局面，而以守为策，整饬军政力量，稳定经济以稳住民心，无疑至关重要。

　　立足未稳的高宗对李纲言听计从，短短几十天时间，李纲的十议主张便得以顺利推行，在惩办张邦昌、莫俦等卖国贼后，李纲开始有条不紊地整饬废弛的朝纲。在他的力荐下，张所、傅亮、宗泽等抗金志士相继被重用，使匡复中原收复失地成为上下共识，与此同时，采取寓兵于农策略，"仍创骁胜、壮捷、忠勇、义成、龙武、虎威、折冲、果毅、定难、靖边凡十号，每号四军，每军二千五"，迅速集结起军事力量。为了更有效地扩大抗金的有生力量，李纲又上奏高宗选派将领，经略两河，增援义军，一时间，"两河响应，忠义民兵首领傅选、孟德、刘泽、焦文通等皆附之"。当两河地区腾踏起收复失地的滚滚黄尘，当石州、陕州、绛州相继重归宋廷，李纲，这个在以文驭武的时代挺身而出的战时宰相，用自己强健的军事人格为新生的政权赢得了可以立足的空间。

除了在政治和军事上彰显出卓越的才能，在一系列经济政策上，李纲更是出手不凡。为了让这个新生政权在风雨飘摇之中立足，李纲殚精竭虑，推行了一系列积极政策。当他看到，"汴河上流为盗所决者数处，决口有至百步者，塞久不合，干涸月余，纲运不通，南京及京师皆乏粮"，新生的南宋政权随时有倾覆之危，遂"命都水使者陈求道等措置，凡二十余日，而水复旧，纲运沓来，间拨入京师，米价始平"（《李纲行状中》）。形势扭转后，李纲开始大力整饬南宋的经济秩序，他认为中央对地方的盘剥是造成民力疲弱的主因："夫民犹鱼也，财犹水也，鱼恃水以生，民恃财以养，水日汲而至于涸则鱼亡，财日取而至于匮则民散。故善养鱼者，蓄之于陂池深渺之间；善养民者，临之以宽厚简易之政。"（《乞减上供数留州县养兵禁加耗以宽民力札子》）在这样的执政理念下，李纲大刀阔斧，施行了一系列缓解地方财政的措施。可以说，正是这位南宋首任宰相的呕心沥血，才使得南宋朝廷在肇建之初，得以保持了财政的稳定。对此，朱熹评价甚高："方南京建国时，全无纪纲，自李公入来，整顿一番，方略成个朝廷模样。"

李 纲

然而，就是这样一位忠心耿耿的老臣，最终难逃被废黜的命运。当南宋政权稍微稳定，宋高宗想到的不是收复失地，而是议和与迁都。而在李纲的人生信条里，只有血路，绝无退路，面对徽、钦二帝如此，面对高宗，李纲更是不改初衷。听闻迁都江南，李纲曾数次上书，力陈迁都之弊，极力主张挥师北伐。

> 自古中兴之主，起于西北，则足以据中原而有东南，起于东南，则不能以复中原而有西北。盖天下精兵健马皆在西北，一旦委中原而弃之，岂惟金人将乘间以扰内地；盗贼亦将蜂起为乱，跨州连邑，陛下虽

欲还阙,不可得矣,况欲治兵胜敌以归二圣哉?……况尝降诏许留中原,人心悦服,奈何诏墨未干,遽失大信于天下!

历史跨越900年,当我们再回头审视这段充满激情的文字,不能不为李纲的忠耿与洞见所折服。这位历经三朝的臣子,好像使命就是要做宋王朝的一堵墙,每当皇帝想要撤退逃跑,他便不由分说地堵住皇帝的退路。

然而,一心偏安的宋高宗早已不是刚刚即位的宋高宗,他对李纲的任用,与其说是量才而用,不如说是小朝廷初建时的权宜之计,他要稳住臣民的情绪,也要做出迎回徽、钦二帝的姿态,而当这样的价值已经失去,李纲的奏议即便再具真知灼见,也会被束之高阁。建炎元年(1127)八月,相任上才77天的李纲被罢职了。"纲罢而招抚、经制二司皆废,车驾遂东幸,两河郡县相继沦陷。凡纲所规画军民之政,一切废罢。金兵益炽,关辅残毁,而中原盗贼蜂起矣。"

> 塞上风高,渔阳秋早。惆怅翠华音杳。驿使空驰,征鸿归尽,不寄双龙消耗。念白衣、金殿除恩,归黄阁、未成图报。
>
> 谁信我、致主丹衷,伤时多故,未作救民方召。调鼎为霖,登坛作将,燕然即须平扫。拥精兵十万,横行沙漠,奉迎天表。
>
> ——李纲《苏武令》

这首《苏武令》,为李纲被罢官时所作。在此后的宦海生涯里，这位始终不给自己留退路的臣子被一贬再贬，最后竟被贬谪到了海南岛上的万安军，而这处贬所，竟然比当年苏轼的贬所还要远！尽管此后不久李纲便被高宗赦免，准予放还，居处自便，但这位老臣的心已如同死灰。当他一路颠簸从海南回到故乡福建邵武，当曾经的一腔激情被冲荡得气息奄奄，李纲郁闷成疾，不久便病逝。"横行沙漠，奉迎天表"，对这位涕泗满襟的老英雄而言，不过是一个虚幻的梦境。

李纲为官洁身自好，两袖清风，据传在他邀人过生日的请柬上，都要特意注明"主人清茶待客，贺客勿带礼品"字样，然而有一次过生日，李纲却破了个例。据说有一次李纲回乡探亲，正赶上大雨，乡间小路泥泞难行，当地村民苦不堪言。看到此景，李纲有心为百姓修一条路，但苦于囊中羞涩，就在这时，他忽然想到过几天就是自己的生日了，于是便马上写起了请柬，这一次，李纲在请柬后只写了"主人清茶待客"字样，当友人收到请柬，都以为这位老臣终于想通了，于是纷纷带着金银珠宝玉器前来祝贺，李纲都一一笑纳。事后，当一条平坦的乡间道路修整完毕，人们才恍然大悟，原来这条路是李纲变卖了他们送的礼物修成的。对上披肝沥胆对下宅心仁厚的李纲，一直都在努力为国家社稷铺设一条通途，而回望他的人生轨迹，我们看到的却是崎岖坎坷，充满了报国无门的血泪和壮志难酬的哀伤。

从《满江红》到风波亭

"撼山易，撼岳家军难！"当失魂落魄的金国四太子完颜宗弼（金兀术）面对所向披靡的岳家军，发出这样一声哀叹时，他根本不会想到，自己会在这声叹息之后卷土重来，而更让他不曾想到的是，当这声叹息还未从马嘶弓鸣的战场上消失，他所敬畏的对手岳飞，已经用一地鲜血将自己的生命定格在历史的刻度上。

从寂寂无闻的一名普通士兵到拥有一支军纪严明骁勇善战的岳家军，岳飞只用了不到十年时间。经历了金兵的铁蹄，看到徽、钦二帝被掳金国，"尽忠报国"成了岳飞浴血沙场的强大动力，而也正是这样一种动力，让当时还仅仅是一名偏校的岳飞向刚刚即位不久的宋高宗赵构慨然上书：

> 陛下已登大宝，社稷有主，已足伐敌之谋，而勤王之师日集，彼方谓吾素弱，宜乘其怠击之。……臣愿陛下乘敌穴未固，亲率六军北渡，则将士作气，中

原可复。

——《宋史·岳飞传》

刚刚被金国太子完颜宗弼搜山检海吓得仓皇南渡的南宋皇帝赵构，还惊魂未定，当然不想再冒亲征的危险收复失地，他以"小臣越职，非所宜言"将一腔热血的岳飞赶出了军营。

然而，战战兢兢的新皇帝不会想到，正是这位血气方刚的无名小卒，日后会成为牵制金军南下的主力。在此后的几年时间里，岳飞先后投名将张所、宗泽麾下，屡建奇功。此后，一路气势如虹，收复了江南重镇建康，绍兴四年（1134），他又率部再次收复襄阳、随州、唐州、邓州等六郡，奉皇命班师回朝，驻节鄂州。随着首次北伐的成功，时年不过32岁的岳飞已是荣耀加身，被授清远军节度使、湖北路荆襄潭州制置使，特封武昌郡开国侯，成为有宋一代最年轻的建节者。

> 遥望中原，荒烟外、许多城郭。想当年、花遮柳护，凤楼龙阁。万岁山前珠翠绕，蓬壶殿里笙歌作。到而今、铁骑满郊畿，风尘恶。
>
> 兵安在，膏锋锷。民安在，填沟壑。叹江山如故，千村寥落。何日请缨提锐旅，一鞭直渡清河洛。却归来、再续汉阳游，骑黄鹤。
>
> ——岳飞《满江红·登黄鹤楼有感》

这首《满江红》，为岳飞驻节鄂州时所作。此时的岳飞，虽已封侯挂印，但骨子里仍旧是当年那位愤而投军的"敢战士"，登临高标崚嶒的黄鹤楼，一身金甲的岳飞凭栏远眺，抚今追昔，感慨万千，当他用一句"却归来、再续汉阳游，骑黄鹤"，和唐人崔颢的名句"昔人已乘黄鹤去，此地空余黄鹤楼"形成时空上的对应，我们相信，充溢在这位年轻将领心中的，是一份直薄云汉的生命豪情。

　　由此，攻势如虹的北伐注定成为岳飞人生轨迹中不可磨灭的章节，而在一次次的交锋中，女真贵族对岳飞率领的岳家军早已闻风丧胆，完颜宗弼曾仰天长叹道"撼山易，撼岳家军难！"随着岳家军在一度颓败的宋金战场力挽狂澜，宋高宗赵构和岳飞之间也进入一段"君臣相得"的蜜月期。"料敌出奇，洞识韬钤之奥；摧锋决胜，身先矢石之危"，这是赵构在赞许岳飞的用兵之神；"千里行师，见秋毫之无犯；百城按堵，闻犬吠之不惊"，这是赵构在旌扬岳飞的爱民如子。为了让这位宋廷中难得的猛将安心退敌，他给岳飞的敕封也越来越重，从镇南军承宣使到蕲州制置使，从检校少保到宋朝最高的武将官职太尉，随着捷报如雪片般飞来，岳飞的荣宠也达到了极致，除韩世忠、张俊所部外，岳飞所辖兵士已经占到了全国总兵力的五分之三。当浩浩荡荡的岳家军将宋高宗御书的"精忠岳飞"的大纛高高举起，烽烟腾起之处，一身征尘的岳飞跃马扬鞭，踌躇满志。

　　　　怒发冲冠，凭栏处、潇潇雨歇。抬望眼、仰天长
　　啸，壮怀激烈。三十功名尘与土，八千里路云和月。
　　莫等闲、白了少年头，空悲切。
　　　　靖康耻，犹未雪。臣子恨，何时灭。驾长车踏破，
　　贺兰山缺。壮志饥餐胡虏肉，笑谈渴饮匈奴血。待从

头、收拾旧山河,朝天阙。

——岳飞《满江红·写怀》

这首脍炙人口的《满江红》,究竟是否为岳飞所作,已是一桩在学界持续了近一个世纪的聚讼纠纷公案。其实,抛开学术的聚讼纷争,我更愿意相信这首荡气回肠的《满江红》就是文武兼备的岳武穆亲手为之。"壮志饥餐胡虏肉,笑谈渴饮匈奴血",胸怀平虏之志一心要雪靖康之耻的岳飞,从未让自己身下的坐骑停止奔跑:商州之战,他用一杆银枪喝退汹汹来犯之敌;虢州之战,他的多谋善断让岳家军所向披靡;顺州、长水之战,他更是身先士卒高扬岳家军的威名,缴获上万匹战马,收复了大片失地。"三十功名尘与土,八千里路云和月",当这些慷慨激昂的文字被嵌进《满江红》的韵脚,我们相信,一骑绝尘的岳飞早已将"精忠报国"化成了戎马相随的云影与月光。

然而,一心想收复失地的岳飞显然忘记了大宋开国之年"杯酒释兵权"的故事。"黄袍加身"的武人赵匡胤在开创大宋基业的同时,也意识到武将兵权过重的危险,为此,这位心机颇深的皇帝以杯酒释兵权的方式解除了开国将领石守信等人的兵权,并将右文抑武作为一条祖训传承下来。事实上,占全国大半兵力的岳家军在攻城拔寨的同时,也正日益成为宋高宗赵构心中难以释怀的块垒。"冻死不拆屋,饿死不掳掠"的岳家军是一支英武之师,也是一支仁义之师,而身为一军主帅,岳飞更是以身作则,治军严明。他不近女色,不蓄私财,驻节鄂州期间,通过屯田、营田,岳家军"并公使、激赏、备边、回易十四库,岁收息钱一百十六万五千余缗",过手钱如此之多,岳飞却丝毫不为所动,以至于后来蒙冤被抄家时,"家无余财",经办官员都"慨然叹其贫"。而对待兵士，岳飞却总是慷慨与之，"所得锡赉，率以激犒将士，兵食不给，则资粮于私廪"，用自己的私财贴补军费。至于吊死问疾，更是成为岳飞治军的常态，"其有死事者，哭之尽哀，辍食数日。育其孤，或以子婚其女。士卒有疾，辄亲造抚视，问所欲，至手为调药"。

然而，封建王朝的历史铁律告诉我们，越是这样洁身自好心系社稷的臣子，越容易招致君主的猜忌。人格几近无瑕的主帅带领着一支军纪严明的军队，谁能保证有朝一日也不会重演一段黄袍加身的历史？偏安江南的赵构对于这位抗金名将始终抱着矛盾的心理：他需要岳飞挡住金兵南下的马蹄，以保住自己偏安一隅的帝王生活；但他又不希望岳家军过于强势，太强势了，自己的皇位就会有倾覆之危。这是任何一个帝王都会有的复杂心态，而这种复杂的心态随着岳家军一路排山倒海的攻势也在急剧激化，当郾城之战大获全胜，当颍昌之战捷报传来，岳飞收复中原，迎徽、钦二帝回朝的信心也与日俱增，他乐观地对众将士发出邀约："直抵黄龙府，与诸君痛饮尔！"(《宋史·岳飞传》)为抗金而戒酒多年的岳飞雄心勃勃地畅想着直捣黄龙和众将士痛饮的场景，而此时的赵构却如坐针毡，眼看岳飞要直捣黄龙，徽、钦二帝归宋指日可待，赵构却再也无法高兴起来，他很清楚，徽、钦二帝一旦归宋，自己的帝位便将不保，而这对于刚刚尝到几天当皇帝滋味的赵构来说又岂能放弃？

由此，屈辱的议和便成为必然，而这也正是赵构和岳飞君臣蜜月的转捩点。在这个转捩点上，发生在绍兴年间宋高宗赵构与岳飞之间的政治论对《良马对》，可以说撬开了这对南宋君臣之间的第一道裂隙。此时，一路征尘的岳飞被宋高宗宣召上殿入对，急于议和的宋高宗为了试探这位抗金主帅，特意问岳飞是否有良马，岳飞的回答是这样的：

"骥不称其力，称其德也。臣有二马，故常奇之。日啖刍豆至数斗，饮泉一斛，然非精洁则宁饿死不受。介胄而驰，其初若不甚疾，比行百余里，始振鬣长鸣，奋迅示骏，自午至酉，犹可二百里。褫鞍甲而不息不汗，若无事然。此其为马，受大而不苟取，力裕而不求逞，致远之材也。值复襄阳，平杨么，不幸相继以死。今所乘者不然，日所受不过数升，而秣不择粟，饮不择泉。揽辔未安，踊跃疾驱，甫百里，力竭汗喘，殆欲毙然。此其为马，寡取易盈，好逞易穷，驽钝之材也。"帝称善。

在这场君臣论对中，岳飞对"良马"与"驽马"提出了自己清晰的见解，同时也向宋高宗表明了心迹，以"受大而不苟取，力裕而不求逞"自喻，希望高宗立足长远，授自己以重任，以直捣黄龙，收复失地。

然而，并无收复失地宏愿的赵构只希望自己能够偏安江南一隅，越是前方捷报频传，北宋初年杯酒释兵权的故事越是萦绕在这位心机重重的南宋皇帝心头。他的心情是如此矛盾，他害怕岳飞功高盖主，但同时他又需要岳飞抑止住金人的兵锋，这样，和议的筹码才会更多，胜算也会更大。此时，宋高宗赵构与岳飞之间的关系已经由蜜月走向冰点，"夷狄不可信，和好不可恃，相臣谋国不臧，恐贻后世讥议"，这是岳飞在表明自己矢志抗金的决绝态度；"唐末五季藩镇之乱，普能消于谈笑间。如国初十节度使，非普亦孰能制？辅佐太祖，可谓社稷功臣矣"，这是赵构在缅想杯酒释兵权的核心人物赵普。很明显，一个要增加兵力直捣黄龙，一个要偏安一隅守内虚外，建炎及绍兴初期君臣相得的一幕早已成为过往云烟，现在，赵构只需要一个时机，一个最佳的议和时机，一个最佳的削权时机。

这个时机，出现在绍兴十年（1140）六月。此时，随着郾城、颍昌大捷，岳家军已长驱直入，大有逼近汴京之势。刚刚在金国权力更迭中掌握军政大权的完颜宗弼面对汹涌而来的岳家军铁骑，不由捶胸顿足，发出"自我起北方以来，未有如今日之挫衄"的长叹。也正在这个时间点上，赵构看到了议和的筹码所在，他对以秦桧为首的投降派提出的暗通金使之策点头称善，使本已胜券在握的战局因一纸屈辱的和约让铩羽的金兵重抖精神，而本欲做退兵打算的完颜宗弼气焰也再度嚣张起来。相传他给秦桧的书信中提到："汝朝夕以和请，而岳飞方为河北图，必杀飞，始可和。"（《宋史·岳飞传》）这是一个令宋廷自毁长城的条件，而更关心自己皇位的赵构早已顾不上那么多，很快，赵构便颁出了令岳飞退兵的第一道诏书，不明就里的岳飞马上写了一道奏章反对班师回朝：

> 契勘金虏重兵尽聚东京，屡经败衄，锐气沮丧，内外震骇。闻之谍者，虏欲弃其辎重，疾走渡河。况今豪杰向风，士卒用命，天时人事，强弱已见，功及垂成，时不再来，机难轻失。臣日夜料之熟矣，惟陛下图之。

然而，急于议和的赵构此时早已听不进岳飞的苦谏，就在金人气息奄奄之际，岳飞一天之内竟收到来自朝廷的十二道金

平虏亭记甚佳读之勤诚匆名但无情之誉而为此迹挫所宜当怀友之

岳武穆奋自行伍名震夷夏然吐辞挥染人未易及勤力王事勤僚佐以忠也俟营寨了便如长沙勤劳邦家也

若平虏亭记处已以谦也武饰以文勇守以谦犹不克谗俟之于哀哉

飞

牌，措辞严厉的诏令就像十二支闪着寒光的利箭，岳飞长叹一声"十年之功，废于一旦"，不得不挥泪班师。

接下来的一幕无疑是中国历史上沉重的一章。当岳飞率部刚刚班师回朝，便立即被解除了兵权，威震敌胆的岳家军就此成为一个夹进史书中的名字。而秦桧等一群奸佞小人对岳飞的迫害却仍在步步紧逼，绍兴十一年（1141）十月间，岳飞被诬以谋反之罪投入大理寺狱中。十一月初七日，在前方几无御敌之将的情况下，宋金达成"绍兴和议"：宋向金称臣，将淮河以北的土地全部划归金国，并每年向金贡奉银、绢各二十五万两、匹。当然，这个屈辱的"绍兴和议"除了要走南宋朝廷大量的真金白银，还需要一颗精忠报国的人头，绍兴十二年十二月二十九日（公元1142年1月27日)，除夕前夜，岳飞、岳云、张宪被赵构、秦桧一党以"莫须有"的罪名押至杭州大理寺狱中杀害。当凛冽的北风夹着飞雪掠过一颗带着充满遗憾的头颅，宋廷已再无舍身御敌之将，一个王朝也开始走进其孱弱下行的轨道。

据《宋史》载，由于岳飞御敌于前，战功赫赫，"帝初为飞营第，飞辞曰：'敌未灭，何以家为？'或问天下何时太平，飞曰：'文臣不爱钱，武臣不惜死，天下太平矣。'"一生精忠报国，早已抱定必死之心的岳飞，永远不会找到答案：自己生命的最后一滴血为什么不是洒在抗金杀敌收复失地的战场，而是落进当朝皇帝苟且偷生的一杯酒中。

黄天荡，一个被忽视的影像

在南宋的抗金战场，曾活跃着两支所向披靡的铁军，一支是岳家军，另一支就是韩家军。被称为"中兴之佐"的南宋初年名相张浚曾说："诸将中尤称韩世忠之忠勇，岳飞之沉鸷，可倚以大事。"然而，伴着烈烈大风和马嘶弓鸣，岳飞，成为家喻户晓彪炳千秋的抗金英雄，而作为他的战友，同样战功赫赫的韩世忠，却湮没不彰，成为一个被人忽略的影子。

其实，身为南宋"中兴四将"之一，韩世忠身上并不乏耀眼的光环。《宋史》说他"性戆直，勇敢忠义"。而孙觌在为韩世忠所写的墓志铭中，更是称其"天资拳勇，未尝以一毫挫于人。……靖康、建炎，戎狄内讧，天下多敌，公起行间，忠愤感发，奋不顾身，以徇国家之急"。崇宁四年（1105），西夏军队大举犯边，十七岁的韩世忠在银州之战中，第一个攻入城中，将敌将首级扔出城外，宋军乘势入城，此后，他又奋勇斩杀了西夏监军驸马，一时令敌人闻风丧胆。经过银州之战，韩世忠开始被朝廷重视，不久，便以功转进武副尉，此后，在抗辽、

[宋]刘松年《中兴四将图》

抗金的战场上,韩世忠挺一杆银枪,成为宋王朝的一道坚固屏障,尤其是在抗金的战争中,他更是跃马扬鞭,冲锋在前。据说有一次韩世忠率部驰援赵郡守将王渊,与数万金兵遭遇,部下劝其乘隙突围,他却在雪夜率三百死士突袭敌营,使金兵阵脚大乱,互相攻杀,金兵主将死于乱军之中。此役不久,还是康王的赵构在济州被困,仍是韩世忠,率千余部将突入数万敌骑,最终,他单人独骑,力斩金兵首领,解了康王之围。

和岳家军一样,韩家军也是一支人马整肃、所向披靡的铁军,而这正是缘于其主帅韩世忠的治军严明。史书载:"世忠每出军,必戒以秋毫无犯,军之所过,耕夫皆荷锄而观。"

宋廷规定,军功封赏需以敌人首级为据,因此很多将士为了邀功请赏常滥杀平民以充数,对此,韩世忠向上切言不能以首级计功,对下则严禁冒功请赏,正如《忠武王碑》所载:"诸

帅保奏将士武功，左武各有队伍，惟王所部须实有功乃奏，终不以毫发假人。"不仅如此，韩世忠还多次在军中明示："除粮食必藉乡村百姓供应外，一行军士如敢攘夺财物，劫掠妇女，并行军法及处分大将。"

在驻守楚州的十余年间，韩世忠带兵不仅军法如山，更是爱兵如子，"不以赏罚佐喜怒，藜羹粝饭与众均之，士以故乐为用，摧锋陷坚，百战不殆，威名凛然"。作为赵郡守将王渊手下昔日的一员偏将，王渊的轻财嗜义对韩世忠影响颇深，因此在此后掌兵的三十年间，韩世忠始终不曾有干没贸迁之私，皇上给他的赏赐，他都悉数分给将士们，能和将士们同甘共苦，自然会赢得将士们的拥戴，这一点，韩世忠和岳飞非常相似。仓皇南渡的高宗赵构应该感到庆幸，在南宋的抗金战场上，如果没有荆襄主帅岳飞和淮东主帅韩世忠这样不爱财不惜死的中流砥柱，就不会有令金人闻风丧胆的岳家军、韩家军，而赵构的卧榻又何谈安稳？

在韩世忠指挥的上百场战斗中，真正让其名噪天下的，当数黄天荡一役。南宋建炎四年（1130），完颜宗弼率十万大军南下，所到之处，如入无人之境。面对来势汹汹的金兵，朝中的投降派纷纷劝高宗赵构弃临安迁长沙，就在朝堂几乎众口一词大谈迁都的时候，韩世忠发出了铿锵有力的声音："国家已失河北、山东，若又弃江淮，更有何地？"看到这位武将如此坚决，再想想自己终日被金兵追打无处安身，于是高宗便派韩世忠扼守江南重镇镇江。当时，正值元宵灯节，完颜宗弼率军浩浩荡荡发起猛攻，仅有八千余兵力的韩世忠临危不惧，与其夫人梁红玉一起率部并肩而战，顽强应敌。首轮交锋，完颜宗弼大败，无奈之下，金兵只得自镇江逆流西上，"宗弼循南岸，世忠循北岸，且战且行"。一路上，韩世忠出动数艘艨艟大舰，斩杀了大量金兵。很快，金兵被引入黄天荡，双方"接战江中，凡数十合，世忠力战，妻梁氏亲执桴鼓，敌终不得济"。

在将来犯之敌围困进黄天荡这只巨大的口袋之初，韩家军屡出奇兵，作战勇猛。韩世忠让将士们用大船钩沉了许多金兵乘坐的小船，整个水荡之中，金兵鬼哭狼嚎之声不绝于耳。惶惧之下，完颜宗弼派信使求见，欲将所劫掠的金银和上好马匹进献宋军以借道，韩世忠不为所动，厉声斥道："还我两宫，复我疆土，则可以相全。"考虑到敌众我寡，此后韩世忠对金兵采取合围之策，堵死黄天荡的出口，只待金兵粮草不济，不战而胜。

作为长江上一个淤塞多年的小港汊，黄天荡形成一个天然的包围圈，再加之江流在此改变流向，暗流涌动，异常凶险，船只被困其中，插翅难飞，如果不出意外，熟谙兵法的韩世忠这一制敌之策一定会有收效，生擒完颜宗弼也只是时间而已。然而，历史还是在烟波浩渺的黄天荡撕开了个口子，就在完颜宗弼进退失据穷途末路之际，建炎四年（1130）四月，乡民为完颜宗弼献出了一条掘渠之计。完颜宗弼依计，命人星夜挖掘，一夕渠成，"凡五十里，遂趋建康"。循此水道，完颜宗弼率残部狼狈退走。因金兵所乘为小船，而宋军多为大船，在黄天荡金兵新开出的港汊里受阻，再加之坐镇长江上游的范宗尹等守将对韩世忠部没有及时驰援，最终使得"敌人果自上流乘风纵掠，而世忠孤军挫敌"，完颜宗弼侥幸逃出生天。

　　黄天荡一战，宋金双方共相持了四十八天，韩世忠率领的八千兵马不仅大挫金兵，还差点生擒完颜宗弼，经过此役，"金人不敢复渡江矣"，从此兵戈止于长江沿岸。而一度有"畏金"情绪的宋廷在黄天荡之战后，也好像有了战胜金人的底气，赵构甚至认为："今冬金人南来，似有可胜之理。"建炎年间的这场战役对宋廷上下颇具提振意义，黄天荡白色的苇花漫天飞舞，它们飘飞于浩荡的水面，不仅收纳下当年的金戈铁马之声，更在昭示着这段英雄的传奇。

　　在韩世忠的抗金战例中，另一场可堪旌表的战役则是大仪镇之战。绍兴四年（1134）自春至秋之间，金军与伪齐军被吴玠和岳飞的军队打得大败，在川陕与荆襄一带伤亡惨重。为了挽回败局，金主又命左副元帅完颜宗辅、右副元帅完颜昌和元帅左都监完颜宗弼与伪齐皇子刘麟合兵一处，进犯淮南。在这个区域，刘光世、张俊、韩世忠都有驻军，按理说，金兵挺进淮南是一着险棋，然而令人扼腕叹息的是，刘光世听说金兵来了，竟然不战而逃，至于张俊，更是决不过江迎敌，结果，真正与金兵交锋的只剩了韩世忠一部。"自承州退保镇江府"的韩世忠见此情景，没有犹豫，而是率军北上一江之隔的扬州，在大仪镇附近利用宋廷使节迷惑金兵，打了一场漂亮的伏击战。《三朝北盟会编》中，对这场大战有一段精彩的描述：

> 王（韩世忠）纵虏骑过吾军之东直北，传小麾，鼓一鸣，伏者四发。吾军旗与虏杂出，虏军乱，我师伍伍迭进，步队各持长斧，斫马足。虏全装陷涂淖，弓刀无所施，王东西麾劲骑四面蹂之，虏大半乞降。余皆奔溃，追杀数十里。兀术乘千里马以遁。积尸如丘垤，擒其骁将挞孛耶，女真千户长五百余人，获战马五百余匹，器械辎重与山等齐。……

大仪镇之战，再次提升了韩世忠的赫赫威名，也让金兵在南宋抗金战场有了除岳飞之外另一个令他们闻之胆寒的名字。对于这位戎马倥偬的将军，《韩忠武王世忠中兴佐命定国元勋之碑》不吝其辞，称其"平全闽、夷江西、剪湖湘、歼苗刘、摧乌珠、鏖大仪、拓东海、扞扬楚、震淮阳，所当无非掠寇剧贼，而功益俊伟不可及"，定论其为"中兴武功第一"；而经过他整饬调教出来的韩家军，更是和当时岳飞率领的岳家军一起，成为南宋政权建立初期两道坚不可摧的防线。

按理说，韩岳二人都是出生入死，功业相当，理应拥有同样的知名度，然而，事实却是岳飞名扬千古，岳庙香火不绝，而韩世忠却成为一颗被岁月流云遮蔽的星斗。为什么会形成这样的结果呢？这可能要更多归结于韩岳二人不同的生命结局。被十二道金牌催回朝廷的岳飞，没有死在浴血杀敌的战场，而是在北风凛冽的大理寺狱中发出了最后一声充满血色的叹息。当凄凄寒风吹拂那颗永不瞑目的头颅，善良的人们当然要向这位壮志未酬身先死的英雄投去深深的敬意。此后，随着各类小说、话本的广泛流传，岳飞的"精忠报国"成为人们口口相传的传奇，岳飞本人自然家喻户晓，妇孺皆知。相比之下，终老林泉的韩世忠尽管同样战功煊赫，但由于生命的结局比岳飞要好得多，名气也就逊于岳飞。

然而，谁都无法否认，韩世忠与岳飞身上都流淌着一腔英雄血，而身处黑色的时代，韩世忠的命运也势必和岳飞一样，成为一颗被废黜的棋子。事实上，早在陷害岳飞之前，屡建战功的韩世忠就成了秦桧一党的眼中钉肉中刺，更让赵构对这位兵权过重的猛将心怀忌惮。绍兴十一年（1141）五月，高宗赵构曾命张俊、岳飞前往楚州检点韩世忠兵马，此举的最终目的是削夺韩世忠兵权，妒贤嫉能的张俊很快就揣摩出上意，他对随行的岳飞道："上留世忠，而使吾曹分其军，朝廷意可知也。"不想岳飞却凛然答道："不然！国家所赖以图恢复者，惟自家三四辈，万一主上复令韩太保典军，吾侪将何颜以见之？"随后的事实表明，自从楚州阅兵得罪了秦桧、张俊，更主要是得罪了高宗赵构之后，岳飞已成了他们的众矢之的，直至他被从形势大好的抗金战场召回，打入囚牢，他的命运已如秋风落叶，令人叹息。

而韩世忠的命运则是从为岳飞申诉开始，逐渐走向黯淡。韩世忠是在听闻岳飞被奸人陷害满朝文武都噤若寒蝉的情况下，对秦桧发出质问的，这位比岳飞大十三岁的将军，太了解岳飞的为人了。韩岳之交，是基于同仇敌忾的知音之交，更是基于精忠报国的生死之交，正是在一次次战斗中，二人结成了生死与共的金兰之谊，正因如此，他对秦桧的厉声呵斥才底气十足，才震慑朝堂。"飞子云与张宪书虽不明，其事体莫须有。"而韩世忠的反诘则让我们在史书的夹缝中，感到了一种振聋发聩的力量："'莫须有'三字，何以服天下！"韩世忠知道，此时的他是孤独的，在南宋朝廷的投降政策下，他根本无力撼动这桩硬生生被"坐实"的冤案，但他依然要发声，依然要让世人知道，一个将军在流血的同时，是怎样同时将悲愤的泪水流在了漆黑的囚牢之中！

> 人有几何般。富贵荣华总是闲。自古英雄都如梦，为官。宝玉妻男宿业缠。
> 年迈衰残。鬓发苍浪骨髓干。不道山林有好处，贪欢。只恐痴迷误了贤。
> ——韩世忠《南乡子》

毕生浴血沙场的韩世忠并不擅文墨，但这首《南乡子》却以无限苍凉的笔触道出一位抗金将领的无奈。就在岳飞被杀害后不久，在秦桧等人的怂恿下，韩世忠也被高宗赵构解除了兵权，自此，这位一生杀敌无数的将军，再也没有了跃马扬鞭的机会。彻底归隐的韩世忠为了保全家人和韩家军众将士的性命，一方面效昔人大买田宅游宴蓄妾以自污，另一方面，则"独好浮图法，自号清凉居士"，闭门谢客，"绝口不言兵，时跨驴携酒，从一二奚童，纵游西湖以自乐，平时将佐罕得见其面"。而这首表面看似"林下道人语"的《南乡子》，正是他在一个友人家中醉酒写就。我们完全可以想见，当这位"十指仅全四"、全身"刀痕箭瘢如刻画"的南宋名将迎着西湖的暖风吟起低沉的

《南乡子》，涌上他心头的，是怎样一股壮志难酬的悲凉。

在《说岳全传》中，清人钱彩虽然将一生忠勇的韩世忠写成了岳飞的影子和陪衬，但他对韩世忠指挥的黄天荡之战还是进行了一番渲染，不仅如此，好像是有意要和岳飞的《满江红》相应和，钱彩假托韩世忠之口也写了一首《满江红》：

> 万里长江，淘不尽、壮怀秋色。漫说道、秦宫汉帐，瑶台银阙。长剑倚天氛雾外，宝弓挂日烟尘侧。向星辰、拍袖整乾坤，难消歇。

这首词被钱彩放在了韩世忠与夫人梁红玉首战告捷饮酒舞剑的背景中，其实，和吟诵着"三十功名尘与土，八千里路云和月"的岳飞一样，韩世忠的一生，也在追逐着云影和月光。

"秽冢"下的权相

因为嫌恶一个人的品行，致使一个叫"桧"的汉字永远不再被人作为名字使用；因为不齿一个人的操守，纵然他写得一手好字，也不能与颜柳欧赵一样自成一家；还是因为痛恨其丑恶的灵魂，他被铸成了一尊黑色的跪像，千载而下，人们从未停止过对他的唾弃……这个被人们深恶痛绝的人是谁？他，就是南宋祸国巨蠹秦桧。

秦桧是作为臭名昭著的南宋投降派的代表被写入史册的，这个前后两次担任南宋宰相的奸佞之臣，其实并不是从一开始入仕就走投降路线，相反，在靖康之难前后，他甚至是主战派的代表，并在士人中颇有声望。作为出身寒微的徽宗朝进士，秦桧早年曾做过私塾先生，但自视甚高的他并未满足于此，"若得水田三百亩，这番不做猢狲王"，当他写下这行诗句的时候，已经踏上了赶考之路。政和五年（1115），秦桧以二十六岁的风华之年一举高中，不久又中词学兼茂科，成为这一年科场中五位"文学之士"中的一员。跻身士林后，诗才书艺兼备的秦桧便开始向着他的梦想迈进。他写得一手好字，师法黄、米，又独树一帜。经游定夫和胡安国等人举荐，至靖康之难前，秦桧已官至太学学正。

"不宜示怯，以自蹙削"，这是靖康元年金人兵临汴梁城下时秦桧在《上钦宗论边机三事》中的文字。当时，金要宋割太原、中山、河间三镇，钦宗执意求和，秦桧坚决主战，反对割让三镇。及汴梁失守，金欲挟宋百官立张邦昌为傀儡皇帝，担任御史中丞的秦桧又一次上书反对。此时的秦桧，尚以主战派的正面形象出现在史书之中，也正因如此，当靖康之难发生时，这个在金人心中挂了号的主战派也就成了一名重要的战俘，和徽、钦二帝，公卿大臣，妃嫔媵嫱一起，被裹挟其中，驱掳北上。

在"北狩"的浩荡人群中，徽、钦二帝涕泗横流，神情黯然。这两个亡国之君，使"靖康"变成了一个充满耻辱的年号，而所有的被俘者也和他们一起，开始颠沛流离的囚徒生活。亡国奴的命运自然无从选择，这群囚徒不仅遭受金人的凌辱，他们的生命也危在旦夕。然而，就在这群人中，秦桧却是一个例外，金朝统治者不仅专门宴请秦桧，还请京都王公贵戚的姬妾为他侍酒，并让他做了金国贵族挞懒的帐下幕僚。一个俘虏为什么能受到如此礼遇呢？说到底，是金朝统治者看到了秦桧的价值。据徐梦莘《三朝北盟会编》和李心传《建炎以来系年要录》记载，秦桧和徽、钦二帝被掳至燕山后，秦桧曾代徽宗给完颜宗翰致信一封，内中极尽卑词，表示愿意子子孙孙奉金正朔，并向金纳贡；为了打通关节，秦桧还厚赂了完颜宗翰。有关秦桧在金国的记载，充满了迷雾，很多过程与细节也都语焉不详，但有一点是肯定的，那就是秦桧正是通过这样一封替徽宗转呈的"卖身契"，成功地博得了金国贵族的好感。这个在靖康之难前还意志坚决的主战派，也正是在金人攻城的喊杀声和一路被俘北上的风雪中，逐渐消弭了意志，丧失了气节，可悲地成了一个变节者。在金人眼中，这个变节者显然比众多唯唯诺诺的北宋降官更有利用价值，尤其是在他被金太宗赐给金国贵族挞懒后，挞懒更是将他视为身边谋士，任命他为"参谋军事"。在攻打淮东之际，挞懒对秦桧言听计从，面对楚州军民的英勇反抗，写得一手绝妙好词的秦桧亲笔写下了一封劝降书。正是这封劝降书，让秦桧彻底从曾经的主战派蜕变成为奴颜婢膝的投降派。当楚州军民最终粮尽援绝，在城破之日，纷纷"抑痛扶伤巷战，虽妇人女子亦挽贼俱溺于水"，以视死如归的气概回应那封被撕得粉碎的劝降书。

攻下楚州后，挞懒对秦桧更加信任了，金国统治者对这个"有头脑"的北宋降臣也更加重视了，尤其是当秦桧献上"南人归南，北人归北"的策略，更令金国统治者看到了这枚棋子的价值。所谓的"南人归南，北人归北"，实际上就是将南宋北方领土拱手割让给金国，实行南北分治。基于秦桧这样的"政治智慧"，金国统治者认为，若将刚刚成立的南宋政权置于亡国之境，秦桧，无疑是最佳的内奸人选，"若纵其归国，必是得志，可济吾事"。

事实证明，秦桧没有"辜负"金人对他的厚望。在金国没待多久，秦桧便杀了"金人监己者"（《宋史·奸臣传》），弃舟南归了。关于秦桧到底是"纵归"还是"逃归"，学界曾有一些争论。由于传世的史料没有留下太多的证据，这种学术争论亦属正常，但如果我们置身当时宋金对峙的时代，又不能不提出这样的疑问：在汴京众君臣都成为阶下囚的时候，秦桧作为一个降臣，怎么可能带着家眷和大量金银细软取道涟水军水寨，穿行2800里，安然返回南宋行都临安？邓广铭先生曾说，"女真贵族阴遣汉奸秦桧归南宋"，王曾瑜先生认为"判断秦桧是奸细，大致是没有冤枉他的"，而漆侠先生更是明确指出，"秦桧是女真贵族豢养的、并被派到南宋的一个内奸"。当这些严谨治学的宋史专家拨开历史迷雾，对这个千年前的宋人作出定评，我们相信史家的判断，更相信历史的眼睛。

事实上，关于秦桧的顺利南归，南宋王朝的君臣们也颇多质疑。"朝士多谓桧与（何）㮚、（孙）傅、（司马）朴同拘，而桧独归；又自燕至楚二千八百里，逾河越海，岂无讥诃之者，安得杀监而南？就令从军挞懒，金人纵之，必质妻属，安得与王氏偕？"（《宋史·奸臣传》）从南宋朝野上下对秦桧南归的质疑之声，我们仿佛看到了一双双充满怀疑的眼睛。然而，秦桧还是用自己当年在靖康之难中的慷慨形象实现了自救，最终，"宰相范宗尹、同知枢密院李回与桧善，尽破群疑，力荐其忠"。

随着怀疑被解除，宋高宗对这位千里迢迢"舍身归宋"的"忠臣"开始格外垂青，他曾在朝堂上对大臣们说，"桧朴忠过人，朕得之喜而不寐"，深感秦桧如"苏武之在匈奴，常持汉节"，得秦桧犹得"一佳士也"（《金佗续编》）。由于得到宋高宗的赏识，秦桧很快官拜右仆射，爬上了权力的高位。

那么，这个南宋权相给风雨飘摇的南宋王朝交出的又是一份怎样的"政绩"呢？《宋史·奸臣传》是这样写的："始，朝廷虽数遣使，但且守且和，而专与金人解仇议和，实自桧始。"如果说宋高宗赵构在建立南宋政权之初，还在战与和之间摇摆，那么秦桧的"回归"，则彻底将南宋政权推向了议和投降的轨道。尽管刚即相位不久，秦桧因抛出"南人归南，北人归北"的投降政策而招致众怒，甚至高宗也认为"桧言'南人归南，北人归北'，朕北人，将安归？"将秦桧罢去相位，但很快，根本无意恢复只求偏安的宋高宗便认可了秦桧"南人归南，北人归北"的主张，将其官复原职，秦桧由此再次拜相。此后三年间，随着宋军抵抗与金国势颓，这位于忙乱中建国的皇帝不仅没将形势逆转之功记在奋力抗金的南宋军民头上，反认为这得益于秦桧提出的"南人归南，北人归北"之策。

重掌权柄之后，秦桧植党营私、排除异己便再无顾忌，而作为一个被女真贵族豢养的奸细，其投降主义的路线更是毫无掩饰地推行开来。此时，作为一个在靖康之难中的"受益者"，宋高宗在朝野上下自然要制造孝悌的假象，绍兴八年（1138），就在秦桧再次拜相之际，高宗在朝堂"动情"地说道："先帝梓宫，果有还期，虽待二三年尚庶几。惟是太后春秋高，朕旦夕思念，欲早相见，此所以不惮屈己，冀和议之速成也。"有了高宗这层铺垫，善于察言观色的秦桧不失时机地和高宗形成应和："屈己议和，此人主之孝也。见主卑屈，怀愤不平，此人臣之忠也。君臣之心，两得之矣！"当这对南宋君臣站在孝道的制高点上，将"屈己议和"变成囿于道德层面的不得已，又将群臣的忠和皇帝的孝实现道德上的绑架，宋金议和已不可避免。尽管有一些大臣提出反对之声，但高宗一句"朕独委卿"，众臣只能徒唤奈何。金国的"诏谕"到了，秦桧忙不迭地替高宗在金使面前代行接受诏书的跪拜之礼，而随后屈辱的议和条件是：宋向金称臣，岁贡银二十五万两，绢二十五万匹，金送还徽宗梓宫以及亲族。在这个金国贵族代理人的操纵下，宋高宗以迎回徽宗梓宫及生母韦太后为幌子，奴颜婢膝地向金人讨得了一时苟安。而此刻的朝堂，已成为被秦桧左右的朝堂，当朝中一些像李光、胡铨、赵鼎这样的忠直之臣纷纷上书请斩秦桧以谢天下，秦桧一党极尽构陷栽赃之能，将这些大臣全部贬黜。"秦桧之罪所以上通于天，万死而不足以赎买，正以其始则唱邪谋以误国，中则挟虏势以要君……而末流之弊，遗君后亲，至于如此之极也。"（《戊午谠议序》）当朱熹声色俱厉地给秦桧下了这句按语，他痛感到，此时的南宋王朝，已经被这个祸国巨蠹啃噬得不成样子。

秦桧最为人所唾弃的，是他对抗金名将岳飞的迫害。绍兴十年（1140），就在宋金议和不到一年的时间，金撕毁和约，完颜宗弼再次挥师南下，而身为南宋主战派的代表，岳飞高擎着高宗手书的"精忠岳飞"的大旗，成为金兵最忌惮的对手。在宋金双方的数次交锋中，岳飞率领他的岳家军一路攻势如虹，所向披靡，战颍州，攻蔡州，克郾城，战功赫赫。然而，这位高呼"直抵黄龙府，与诸君痛饮尔"的将领，可以躲过明晃晃的刀枪，却难防背后射来的冷箭。就在岳飞攻城拔寨，光复在望之时，秦桧却怂恿宋高宗道，时"兵微将少，民困国乏，岳飞若深入，岂不危也？愿陛下降诏，且令班师"（《三朝北盟会编》）。宋高宗在秦桧的撺掇下，连下十二道金牌催岳飞班师回朝，这位一心收复失地的臣子只能仰天长啸，拭一把壮志难酬的英雄泪，败于垂成之际；而在签订了屈辱的"绍兴和议"后，心狠手辣的秦桧更是不择手段，给岳飞罗织了"莫须有"的罪名，最终将其残忍杀害。

岳飞死后，秦桧的卖国求荣变本加厉，他不仅向金国百般示好，大肆推行其投降政策，同时竭民膏血，卖官鬻爵，其积蓄财富足可敌国，而经他举荐的官军都"不治兵而治财，刻剥之政行，而附摩之恩绝；市井之习成，而训练之法坏。二十年间，披坚执锐之士，化为行商坐贾者，不知其几"(《建炎以来系年要录》)。当抗金防线在秦桧的手中迅速坍塌，南宋王朝已再无统兵御敌之将，只能任人宰割。

> 腊残春早。正帘幕护寒，楼台清晓。宝运当千，佳辰余五，嵩岳诞生元老。帝遣阜安宗社，人仰雍容廊庙。尽总道，是文章孔孟，勋庸周召。
>
> 师表。方眷遇，鱼水君臣，须信从来少。玉带金鱼，朱颜绿鬓，占断世间荣耀。篆刻鼎彝将遍，整顿乾坤都了。愿岁岁，见柳梢青浅，梅英红小。
>
> ——康与之《喜迁莺·丞相生日》

这首《喜迁莺》，出自秦桧门下"十客"之一的康与之之手。这个无行文人因为攀附秦桧，得以官运亨通。在日常的谀颂之作中，康与之就极尽逢迎之能，及至秦桧生日，他更要用"生花妙笔"吹嘘这位权倾朝野的"恩公"。在秦桧把持朝政近二十年的时间里，像康与之这样的"文丐"不胜枚举，当"文章孔孟，勋庸周召"这类肉麻的颂词对应起秦桧的"功德"，当祝寿之词"篇什之富，烂然如云，至于汗牛充宇，不可纪极"，南宋朝廷的政治生态，已经被秦桧搅得乌烟瘴气。

秦桧之佞，不仅在其祸国殃民，更在其对历史的疯狂篡改。这位"词学兼茂，才华卓绝"的"文学之士"，将自己的文采用到了对国史的任意涂抹上。他深知自己恶名昭著，不能见容于后世，遂命其子秦熺负责编修国史和高宗在位以来的日历，他隐瞒了自己变节投敌的事实，为自己做了大量粉饰，同时，对岳飞的诸多战功则刀削斧砍，大肆篡改，致使官史中"凡所记录，莫非其党奸谀谄佞之词，不足以传信天下后世"。不仅如此，秦桧还严禁私人修史，凡是私人著述中涉及岳飞之处，统统遭到了毁灭性的破坏。秦桧对历史的疯狂篡改，导致的直接后果就是岳家军战功战果记录的严重缺失，以至于后来当宋孝宗为岳飞平反昭雪，议赐"武穆"谥号时，竟"因博询公平生之所以著威望，系安危，与夫立功之实，其非常可喜之太略，虽所习闻，而国史秘内，无所考质"。秦桧对史实的删削、隐毁，更给后世学者研究宋史带来了巨大障碍，很多历史真相已经被彻底尘封，成为一道道难以解开的谜题。

据说秦桧死后，宋高宗仍对其恩宠不减，特在其墓前立碑，然而，虽"丰碑屹立"，却无人愿为其镌一字，更无人愿为其撰写碑文。后宋将孟珙率军与金兵作战，回朝经过秦桧墓时，特意在其墓前屯军，并命军士粪溺其上，时人遂称秦桧墓为"秽冢"。自南宋开始，民间便通过炸制一种捏成人形的面食来表达愤怒，名之为"油炸桧"，此后，"油炸桧"逐渐演变为人们今天吃的油条。当一个人的品行达到人神共愤的程度，秦桧不会想到，即便他篡改了历史，仍旧难逃历史的谴责。

"没奈何",揶揄了谁?

南宋"中兴四将",除岳飞、韩世血染征衣外、忠心昭日月,刘光世、张俊则是有名无实,而此二人中,又尤以张俊贪婪狡黠,阴鸷狠毒。

从一个名不见经传的弓箭手到最终官封清河郡王,张俊的发迹史离不开"投机钻营"四字。这个早年曾做过盗匪的武人,在镇压京丰、河北起义军的战斗中,曾立过一些小功,而善于抓住机会的张俊不仅大肆渲染战果,晋升了几阶官职,更用这些"功劳"做文章,带着一彪人马最早去当时的康王赵构那里报到。此时,赵构正处于被金兵追打孤立无援的境地,看到张俊风风火火地前来解救,心中立即宽慰许多,视之为忠心护主的嫡系,而张俊也不失时机地搭上了时任兵马大元帅的康王赵构这条线,尤其是在靖康之难后,他更是率先站出来拥立赵构为帝。张俊在赵构由康王变高宗的过程中,充当了一位不遗余力的"劝进"者,"大王皇帝亲弟,人心所归,当天下汹汹,不早正大位,无以称人望",当康王赵构的军帐一次次响起张俊的

"劝进"之声，赵构终于不再"拂人所望"，在自己临时的"行在"称孤道寡。这位后来庙号为高宗的南宋第一任皇帝，没有忘记张俊的勤王"劝进"之功，在多个场合，他都强调"张俊之功，与诸将万万不同"，视之为"腹心旧将"，从此，张俊以御营前军统制身份成为赵构集团的亲信。随着金兵一路追击，张俊又"不失时机"地献出南渡之策，认为："今敌势方张，宜且南渡，据江为险，练兵政，安人心，俟国势定，大举未晚。"当一个善于投机钻营的武人与一个立足未稳只想逃跑的皇帝在思路上达成一致，这对乱世君臣的关系也便缔结得更紧密了。

张俊进一步赢得赵构的信任，是在建炎三年（1129）的"苗刘兵变"之后。这年三月，苗傅、刘正彦的军队护卫逃往杭州的宋高宗赵构，韩世忠、张俊、杨沂中、刘光世等均分守其他要害，苗刘二人遂打出"清君侧"之名，诛杀了宋高宗赵构宠幸的权臣及宦官，逼迫赵构将皇位让给两岁的太子赵旉。"苗刘兵变"发生后，正驻军吴江的张俊随即率部八千人退回平江，与韩世忠、刘光世等击溃苗刘军队，扶高宗复辟。因在"苗刘兵变"中救驾有功，张俊更得高宗信任，旋即被任命为浙东制置使。当这一年的年底高宗被搜山检海的金兵一直追打到海上，这个即位之后没睡过一天安稳觉的乱世之君已经将张俊视为救命稻草，在逃往海上之前，他曾亲自给张俊修书一封：

> 惟卿忠勇，事朕累年。朕非卿，则倡义谁先；卿舍朕，则前功俱废。卿宜戮力共扦敌兵，一战成功，当封王爵。

从这段文字中，我们可以看到这位"逃跑皇帝"的驭臣之术。在这封信中，他赞扬了张俊的忠勇，提到了他的"定策"之功，但也半明半暗地提醒张俊，如果"卿舍朕，则前功俱废"。张俊当然听懂了高宗的意思，此后的两次明州之战，张俊都击溃了金军余部。但张俊的"忠勇"又是有选择的，尽管此时张俊已身兼浙西、江东路制置使等职，除刘光世、韩世忠两军外，其余诸将均由他节制，但他面对金军的主力，却彳亍不前，当签书枢密院事赵鼎请张俊速解宋廷之围，这位手握重兵的权将给赵鼎的回答却是："敌方济师，挞懒善兵，其锋不可当，立孤垒，危在旦夕，若以兵委之，譬徒手搏虎，并亡无益。"而在藕塘之战和柘皋之战中，惯于养寇自重、隔岸观火的张俊也同样先是避而不战，在其他部队与敌军交战到了一定的"火候"时，才跑去抢夺战果。张俊此举自然引起朝中大臣不满，宰相赵鼎曾多次上书奏请严惩张俊，但张俊凭借其谄媚钻营之能，无须浴血沙场便加官晋爵，平步青云，最后竟做到了清河郡王的高位。

　　这对于南宋王朝来说是一场灾难。同为武将出身，张俊人格操守的卑下和军事素养的低下与一身正气的岳飞简直判若云泥。在岳飞的训导下，岳家军与金兵交锋，从来都是不计生死，前赴后继，对待沿途百姓，更是"冻死不拆屋，饿死不掳掠"，成为一支深受人们爱戴的子弟兵。再看看张俊麾下的张家军，则完全是另一番景象：这是一支长年驻扎在临安的军队，平时既不打仗也不习练，懒散至极，在这支军队中，张俊挑出了许多身材高大的兵士，让他们在手背上小腿上统统刺青，并穿成一身短打扮，招摇过市，被百姓讥为"花腿军"。不仅如此，张俊的这支军队还经常骚扰百姓，"虏掠良人妻妾，夺取财物，其酷无异金贼"，百姓避之唯恐不及，被称作恣意妄为的"自在军"。当军纪松散、趁火打劫成为张俊治军的"特色",我们实在很难将他和南宋"中兴之将"画上等号。

如果说一个武将的庸碌无为还只是让其身披的铠甲失去烽火的光泽,那么,张俊与奸相秦桧沆瀣一气,向金人摇尾乞怜,并最终合谋害死岳飞,则使其永远地被钉在历史的耻辱柱上。就在岳飞一路攻城略地,收复失地指日可待之时,资历年龄比岳飞都大出许多的张俊已经无法容忍这位昔日部将在名望和军功方面超越自己。张俊对岳飞的嫉恨是在一场场战役、一次次交锋中累积起来的:淮西之役,张俊以粮草不济搪塞岳飞,岳飞不为所动,取得大捷,高宗传旨褒奖岳飞,特别提到了"转饷艰阻,卿不复顾",结果张俊以小人之心度君子之腹,认为岳飞在高宗面前告了自己的黑状;张岳二人有一次同赴楚州,张俊欲加固城池以备金兵来犯,岳飞却认为:"当戮力以图恢复,岂可为退保计?"张俊因此对岳飞衔恨在心。还有一次,张俊看到韩世忠得罪了权相秦桧,遂与岳飞暗中商量将韩世忠的背嵬军瓜分,结果被岳飞断然拒绝。凡此种种,注定了岳飞与张俊的"道不同不相为谋",同时也注定了岳飞不可能在浴血杀敌的战场上和张俊结为生死战友,相反,就在岳飞率领众将士在前线奋勇拼杀的时候,身在后方的张俊不但不施以援手,反而处处掣肘,历史的悲剧在进一步演化。

秦桧看出了张俊的妒贤嫉能之心,便拉其入伙,将其拽到了投降主和的阵营,一起拉住岳飞战马的缰绳。在张俊看来,和秦桧攀上关系,既可保自己官位无虞,又能赢得本来就偏安苟且的高宗的欢心。当张俊收起杀敌的长剑,抽出暗藏的短刀,"莫须有"的罪名被他和秦桧罗织成一张无法逃脱的网,被十二道金牌催回的岳飞,最终只能一声长叹,屈死在风雪之夜。

害死岳飞之后的事情却显示出了这个武人的世故圆滑。《续资治通鉴》中有一段高宗和张俊意味深长的对话：

> 帝问曾读《郭子仪传》否，俊对以未晓。帝谕云："子仪方时多虞，虽总重兵处外，而心尊朝廷，或有诏至，即日就道，无纤介顾望，故身享厚福，子孙庆流无穷。今卿所管兵，乃朝廷兵也，若知尊朝廷如子仪，则非特一身飨福，子孙昌盛亦如之。若恃兵权之重而轻视朝廷，有命不即禀，非特子孙不飨福，身亦有不测之祸，卿宜戒之。"

这番对话，相信说出了所有皇帝的心里话。王朝肇建之初，皇帝需要能征善战的武将为其打天下，危难之际，皇帝更需要所向披靡的勇士为其血染战袍，然而，进入太平时期，拥有重兵的武将又是皇帝最难挥去的梦魇。作为一个名不正言不顺趁乱登上御座的皇帝，宋高宗的这重忧虑显然更深。正因如此，在战局稍有缓和，有了点议和的筹码之后，他和秦桧一党率先除掉了不听招呼天天喊着"迎回二圣、直捣黄龙"的岳飞，拆散了本来攻势如虹的岳家军。与此同时，他也没忘记搬出唐朝的郭子仪，给一起杀害岳飞的帮凶张俊上一课。在高宗眼中，郭子仪无疑是一位"最懂事"的武人，收复洛阳长安两京，平定安史之乱，郭子仪可谓战功赫赫，用唐肃宗的话说，绝对是再造家国之臣。然而，郭子仪的"懂事"之处却在于，他并没有居功自傲，相反却痛痛快快地交出了兵权，对皇帝的赏赐也统统照单全收，其家"良田美器，名园甲馆，声色珍玩，堆积羡溢，不可胜纪""家人三千，相出入者不知其居"。如此没有野心的武将又怎么会成为皇帝的梦魇，让皇帝食不甘味、寝不安榻呢？

对于宋高宗的这番弦外之音，张俊当然心领神会，在排除了异己、巩固了自己的地位之后，张俊将手中兵权悉数交出，求田问舍，甘心做一个解甲归田的田舍翁。深谙宋太祖杯酒释兵权意图的张俊很清楚，手中的兵权对自己不是荣耀，而是祸患。而看到张俊如此晓事，高宗赵构自然高兴，不仅赐给了他大量珠宝美女，还为他建造豪华府邸，其堂皇程度已近皇家。史载，绍兴十二年（1142），也就是岳飞被杀害这一年，高宗一次就赏赐给张俊临安核心地段的府邸268间，同时，在平江府，另赐其"朱勔宅园地基一段"。除此之外，每年张俊过生日，高宗也要赐其"生日羊、酒、米、面等"。当张俊凭"却敌之功"被高宗"赐赉甚厚"，我们看到，这对南宋君臣已各取所需，达成了一种政治上的默契。

当然，交出了兵权的张俊，并没有交出自己的贪欲之心，开始了疯狂的圈地运动。他大肆兼并土地，短短几年时间，便兼并了100万亩良田，如果这些良田按每年收租米60万石（另一说为100万石）计算，相当于南宋最富庶的绍兴府全年财政收入的两倍以上。此外，张俊还占有大批园苑、田庄、宅第，仅收房租一项，每年就多达7.3万贯钱，而张氏家族分布于各地的田庄，更是成为其暴敛钱财的重要来源。他派了专人打理经营这些田庄，在经营过程中，经常霸占水利、围湖造田，使周边百姓苦不堪言，甚至连高宗都看不下去了，专将张俊"召入禁中，戒以毋与民争利，毋兴土木"。而膨胀的私欲一旦打开，又怎会有填平之日！据说张俊在世时，家中的银子已堆积如山，无处存放，为防窃贼，他命人将所有的银子铸成了若干个百斤一个的大银球,名曰"没奈何",意即小偷见了也无可奈何,抬不动也搬不走。

在史书中,最让张俊出名的,还是他为高宗摆的一次极尽奢华的家宴。绍兴二十一年(1151),宋高宗赵构驾临张俊府邸,张俊为了讨好高宗,不惜重金,准备了堪称史上最奢华的家宴。这次家宴的奢华程度究竟如何呢?据《武林旧事》记载,在这次家宴上,光是名目就分为初坐、再坐、歇坐好几轮,而单是"再坐"这一环节,就上了六轮,每轮十一道,总共是六十六道果品;正式的御筵有下酒菜十五盏,每一盏是两道菜,也就是说,正菜总共是三十道,光是吃螃蟹,就有洗手蟹、螃蟹酿橙、螃蟹清羹和蝤蛑签等四种吃法。再加上不计入正菜的二十八道插食、三千两金器、六万九千多颗珠子、三十件玛瑙碗,四十多件精细玉器,一千匹绫罗缎锦,为了讨皇帝的欢心,张俊可以说极尽铺张之能事,令人咋舌。

> 月洗高梧,露溥幽草,宝钗楼外秋深。土花沿翠,萤火坠墙阴。静听寒声断续,微韵转、凄咽悲沉。争求侣,殷勤劝织,促破晓机心。
>
> 儿时,曾记得,呼灯灌穴,敛步随音。任满身花影,犹自追寻。携向华堂戏斗,亭台小、笼巧妆金。今休说,从渠床下,凉夜伴孤吟。
>
> ——张镃《满庭芳·促织儿》

张镃是张俊的曾孙,张氏家族到了张镃这一代,已实现由武向文的转变,"诸子俨列,闾闾焉有向儒之风",而在良田美宅之外,藏书已成为张氏家族的重要资产。身为南宋中期的著名词人，张镃颇为自得的便是"诗书满屋藏"，自豪于"生长勋门富贵中，秕糠将相以诗雄"，而他的这首《满庭芳》，更是他与"江湖散人"姜夔在一起时的矜夸之作，一句"携向华堂戏斗，亭台小、笼巧妆金"，道出了儿时张镃所过的锦衣玉食的生活。当然，这样的生活离不开其祖上张俊的"擅长经营"，富可敌国的张俊，让张氏家族的显赫贯穿了整个南宋。

史载，在一次宫廷宴会上，酒过三巡，一个戏子拿着一枚铜钱称可以看到每个人是天上哪颗星，照到高宗，说是"帝星"，照到秦桧，说是"相星"，最后照到张俊，戏子说："没看到任何星象，就看见张郡王坐在钱眼里。"众人皆笑。翻开尘封的历史，当我们一边注视着坐在钱眼里怡然自得的张俊，一边听着岳飞发出的"文臣不爱钱，武臣不惜死，天下太平矣"的长叹，我们实际看到的，是一种尴尬的对应。

手执旌节，走过雪野

苏武牧羊的故事可谓家喻户晓，这位西汉时期的节义之臣迎着漠北的朔风，在放牧羊群的同时，也放牧了自己人生中最宝贵的19年时光。其实，在南宋历史上，同样也有一位苏武式的人物，他叫洪皓，15年间，他将自己的名字深深地刻在了金国的白桦林中。

洪皓入仕很早，27岁便以卓尔不群的才学进士及第，当时，正值以蔡京为首的"六贼"当道，"六贼"中的王黼、朱勔都有意将风神俊朗的洪皓引为金龟之婿，以壮大其奸党阵营。这样一个能攀附权贵的好机会很多人都求之不得，洪皓却不为所动，疾恶如仇的他断然拒绝了此二人伸出的橄榄枝，从一开始就和"六贼"奸党划清了界限。宣和六年（1124），在浙江秀州担任司录微职的洪皓更是做出了一个惊人之举，由于这一年秋天发生了水灾，很多良田都被淹没，为了解决灾民和粮荒问题，洪皓主动请缨，紧急调运秀州存粮，以平价售给灾民，但不久便钱粮耗尽，情势危殆。就在此时，恰有"浙东纲米过城下"，洪皓当机立断，请求郡守截留纲米，以赈灾民，郡守不允，洪皓慨然道："愿以一身易十万人命！"在洪皓的坚持下，这批纲米最终让秀州灾民度过饥荒。人们对这位敢于担当的卑微小吏心怀感激，称其为"洪佛子"，而洪皓也因此举不仅未被追责，反而被奉旨勘察灾情的廉访使王孝竭举荐，提升了官职。

升职后的洪皓继续保持着抗上的本色，即便是皇帝也要犯颜直谏。南宋建炎三年（1129），靖康之难刚刚过去两年，面对来势汹汹的金兵，登基未稳的高宗赵构欲迁都金陵，洪皓听说，当即上奏，认为此时轻率迁都，只会引得金兵一路追击，不如派近臣先做准备，再做打算。可无心迎战的高宗哪能听得进洪皓的奏言，直到慌不择路地被金兵追杀，才在宰相吕颐浩的举荐下又想起洪皓，他速召洪皓，"迁皓五官，擢徽猷阁待制，假礼部尚书"，目的就是以其忠直的性格和机敏的辩才作为出使金国的"通问使"，一来寻求与金人议和，二来去看望被囚金国的徽、钦二帝。此时，徽、钦二帝正在遭受着金人的凌辱，而匆匆即位建立南宋朝廷的高宗赵构，一方面不希望自己的哥哥钦宗回来和自己争皇位，另一方面，又要摆出个姿态，给自己的父兄带去点希望。正是在这种背景下，洪皓奉命出使金国。手持大宋通问使的印符，高擎着宋使的节旄，洪皓率领使团出发了，迎着呼啸的北风行进，寒气越来越重，但洪皓全然不会想到，自己生命的寒冬也即将开始。

这支出使金国的队伍，本来计划取道南京（今河南商丘）、太原、云中（今山西大同），燕京（今北京），最后到达金上京会宁府（今黑龙江哈尔滨），然而，刚刚到达云中，就被金国权臣完颜宗翰扣留了，洪皓探视徽、钦二帝的要求不但没得到允许，还被逼迫到金人控制的傀儡刘豫政权任职。对此，洪皓严词拒道:"恨力不能磔逆豫,忍事之邪!留亦死,不即豫亦死,不愿偷生鼠狗间,愿就鼎镬无悔。"(《宋史·洪皓传》)完颜宗翰大怒,下令推出去斩首,洪皓镇定自若,面不改色。一位金国贵族见状叹道:"此真忠臣也!"遂跪求完颜宗翰免洪皓一死,盛怒的完颜宗翰虽然赦免了这位南宋使臣,却将他羁押到了更遥远的冷山(今黑龙江五常境内)。

由此,洪皓便开始走进了生命的严冬,肆虐的风雪皲裂了他的脸庞,冻伤了他的双手,但他始终紧握着大宋使节的印符,心中的信念从未动摇。历经60天的艰难行进,洪皓终于来到冷山这片荒蛮之地。

冷山是女真贵族完颜希尹家族的驻地。作为发动靖康之难的重要谋臣,完颜希尹对这个被冒雪羁押来的"大宋通问使"当然不会有什么好感。他连续两年都没给洪皓提供食物,盛夏时节让他穿粗布衣服,数九寒天也不给他送去任何烧柴。不仅如此,还不断遣人前来劝降。然而,心如磐石的洪皓凭着坚强的毅力活了下来,就像当年被困匈奴噬冰卧雪的苏武一样,洪皓在阴冷的寒风中,用马粪燃火煨面,跳跃的焰火映红了他的脸庞,同时,也照亮了他坚定的双眸。

> 万片随风正可嗟,残枝带雨认梨花。
> 胭脂洗尽余香雪,翠幄光生散绮霞。
> ——洪皓《山顶花》(节选)

这首《山顶花》,为洪皓被软禁在冷山的第二年夏初时所作。当时,因为气候恶劣,水土不服,洪皓自道使金"中间两大病,天怜羁苦,偶幸再生"。在宋人的诗词意象中,梨花最不堪风雨,但洪皓在冷山所误认的"梨花"——山顶花，却以顽强的生命力"翠幄光生散绮霞"。盛放的山顶花已成为洪皓昂扬不屈的精神写照。而以花自喻的洪皓在冷山的绚烂山野之中，显然不会拘于一花一草，始终向阳而生的葵花更是成为这位大宋忠臣的心灵折射："休嗟芍药随风陨，待看葵花向日新。万里远来逢一饱，粗胜夫子厄于陈。"当厄困冷山的洪皓在金国短暂的暖阳中手抚一枝向日而开的葵花，他对徽、钦二帝的思念更深了，也更坚定了。

然而，洪皓还是没能实现自己探望徽、钦二帝的使命。绍兴五年（1135）四月，经历了靖康之难、献俘之辱的徽宗在五国城病故。噩耗传来，身在冷山的洪皓长歌当哭，遣人专门到燕山做道场追荐，并写了一篇无限哀伤的祭文，"虽置河东之赋，莫止江南之哀，遗民失望而痛心，孤臣久縶而呕血"。四月的冷山依旧阴风怒号，洪皓痛悼先皇南望故国的心绪和北风交织在一起，冰冷而凌乱。

绍兴十年（1140），已经在冷山被软禁九年的洪皓被完颜希尹带到燕京，商讨宋金议和事宜。九年的相处，让创制了女真文字的完颜希尹为富才饱学又忠正耿直的洪皓深深折服，他最终同意了洪皓的请求，带他去燕京完成他的出使任务。然而，由于金国几位权臣在与宋议和问题上出现严重分歧，最终演变成了一场惨烈的内讧，完颜希尹被完颜宗弼所杀，虽因与完颜希尹有过异论，洪皓躲过了金人的屠刀，但议和已经无法进行，至于归宋，更成了遥遥无期的奢望。而在羁留燕京之后，劝降和封官的诱惑几乎每天都在考验着洪皓的忠诚。在燕京，他遇到了自己的昔日好友宇文虚中，这位被徽宗赐名的大宋高官，在建炎二年（1128），曾和洪皓一样，作为大宋祈请使，奉旨出使金国，迎回徽、钦二帝，结果被扣于云中，数年后被金人招降，历任翰林学士知制诰、太常卿、翰林学士承旨兼礼部尚书，封河内郡开国公，并被尊为"国师"。看到昔日的好友，宇文虚中分外热情，他多次劝洪皓归降金国，并极力向金熙宗推荐洪皓，金熙宗对这位饱学多才的宋臣格外青睐，几次要授其翰林直学士，洪皓都固辞不受。为了留住他，金人又想出一个办法。根据金法规定，即便未曾任官，但一旦被金国任使，则"永不可归"。不久，金人即令洪皓"校云中进士试"，对于这个不是任命的任命，洪皓深知其意，他慨然辞道："今取士以诗赋，吾故学经耳。"擅长词赋的洪皓有意躲过了金人科举的监考工作，其实也表明了自己不食金禄的决心。在凛冽的风雪中，这位望断南天的忠义之臣从没有想到在异国的土地上求得一官半职，"贫贱不能移，威武不能屈"，洪皓，和当年的苏武一样，用生命的放牧对这十个字做了生动的诠释。

>天涯除馆忆江梅。几枝开。使南来。还带余杭、春信到燕台。准拟寒英聊慰远，隔山水，应销落，赴诉谁。
>
>空凭遐想笑摘蕊。断回肠，思故里。漫弹绿绮。引三弄、不觉魂飞。更听胡笳、哀怨泪沾衣。乱插繁花须异日，待孤讽，怕东风，一夜吹。
>
>——洪皓《江梅引·忆江梅》

此词为洪皓著名的四首《江梅引》中的一首。绍兴十二年（1142）四月，就在洪皓被羁留金国的第十四个年头，金国同意将宋徽宗、郑皇后的灵柩和高宗生母韦太后一并移交南宋朝廷。

就在南宋接运使臣即将到来的一天晚上，被软禁的洪皓听到了一位歌者演唱王观的《江城梅花引》（又名《江梅引》）。"念此情，家万里"，当忧伤的旋律穿越耳畔，远离故国的洪皓不禁百感交集，当晚便写下了四首饱含思归之情的《江梅引》。

在宋代文人的眼中，梅花始终都是一个清标孤傲的意象，无论是林和靖的"疏影横斜水清浅，暗香浮动月黄昏"，还是陆放翁的"零落成泥碾作尘，只有香如故"，都在以梅作喻，彰显着文人洁身自好不入浊流的信条，而洪皓与他们相比，显然更多了一层身在金国的残酷考验。正因如此，我们才在洪皓的《江梅引》小序中，看到了另一番以梅明志的深意：

> 既归，不寝，追和四章，多用古人诗赋，各有一笑字，聊以自宽。如暗香、疏影、相思等语，虽甚奇，经前人用者众，嫌其一律，故辄略之。卒押吹字，非风即笛，不可易也。此方无梅花，士人罕有知梅事者，故皆注所出。

在酷寒的金国，洪皓的梅花就这样在心中盛放了，它们"映雪衔霜，清绝绕风台""引领罗浮，翠羽幻青衣"。在漫天大雪中，手执旌节的洪皓，"空凭遐想笑摘蕊""曾动诗兴笑冷蕊"，在"笑坐雕鞍歌古曲"的同时，自信而笃定地说一声"今年梅开依旧雪，人如月，对花笑，还有谁？"纵览两宋写梅的文人，洪皓的梅花词不是写得最好的，但这样的"无梅之梅"，这样的"心与梅融"，却是独一无二的。他的儿子洪迈后来在《容斋五笔》中，对这四首《江梅引》特作解释道："每首有一'笑'字，北人谓之《四笑江梅引》，争传写焉。"我们相信，在梅中笑的洪皓，笑声一定很爽朗，一定很通透。

其实，身陷金国的洪皓，正是以这样一种达观的精神笑看生命的沉重。在滞留金国的岁月里，这位精通经史，"书无所不读，虽食不释卷"的文人，始终在以一种积极的态度活着。"无纸，则取桦树叶写《论语》《大学》《中庸》《孟子》，时谓'桦叶四书'"。这份特别的"桦叶四书"，不仅让洪皓找到了生命的寄托，更使他成为一位重要的文化导师。女真人在洪皓的教授下，对汉文化有了更深入的了解，而洪皓也在与女真人的接触中，和他们建立了深厚的情谊。据说，他每到一地，人们"争持酒食相劳苦"。在涿州，过鞑靼帐，"其酋闻洪尚书名，争邀入庐，出妻女胡舞，举浑脱酒以劝"（《容斋五笔》卷三）。而在南望故国的目光中，这位南宋忠臣从来就没有放弃过一丝希望。在云中，洪皓探知徽、钦二帝已被移囚五国城，便秘密通过商人携书信前往探视，同时带去了桃、李、粟、面，以示"逃离束冕"之意，告诉他们赵构已经登基，恢复失地指日可待。初到冷山，尽管自己处境艰难，他仍不忘接济流落至此的北宋遗民。看到汉人赵伯璘生活困苦，便设法为他寻找食物；看到被掳去的官宦人家子女沦落为奴，便求人为他们开释；看到自己的同乡陇州功曹录事石昉在对敌作战中被金人俘获，便千方百计施以营救。对于宋金之间的兵锋，洪皓更是从未停止过关注：完颜希尹曾计划谋取蜀中，他对洪皓夸海口道："孰谓海大？我力可干，但不能使天地相拍尔。"洪皓却给这个气焰嚣张的金国贵族当头就是一盆冷水："兵犹火也，弗戢将自焚，自古无四十年用兵不止者。"洪皓最终以一己之力，使巴山蜀水免于涂炭。当他听闻刘锜在顺昌之战中以少胜多，大败完颜宗弼不久，岳飞又取得郾城大捷，金兵士气低落，已经准备将存放在燕京的珠宝转迁北方，遂马上派人密报宋廷："金已厌兵，势不能久，异时以妇女随军，今不敢也。若和议未决，不若乘势进击，再造反掌尔。"洪皓迫切地希望宋廷能抓住战机，大举北进，收复失地，然而，他的这番苦心最终也没能唤醒苟安的南宋朝廷，结果坐失良机。

绍兴十三年（1143），金主因生子实行大赦，终于将洪皓等人放归宋朝。在迎接洪皓的仪式上，看到这位宁死不改其节的忠臣，高宗感叹道："卿忠贯日月，志不忘君，虽苏武不能过。"不仅赐其重金，而且还升任其为徽猷阁直学士，提举万寿观。然而，归宋后的洪皓并不快乐。他朝思暮想了十五年的故国没有一丝收复失地的气息，相反，映入他眼中的是一派醉生梦死的景象。对通敌求荣的秦桧，洪皓更是不能容忍，曾当廷揭发秦桧为金将起草受降檄文的丑行。很快，这位不懂迂回的臣子便开始了被贬谪的命运，先是被贬饶州，再贬英州，寓居在一间寺庙之中，那里"湿奥庳窄，出门茅不见人，四旁皆狐狸所穴"，九年后，又迁袁州，绍兴二十五年（1155），死于南雄（今广东境内）。可怜洪皓，没有冻死在金国的狂风暴雪中，却含恨长眠在南国的卑湿酷热之中。

一个文官的武戏

位于安徽省马鞍山市西南5公里处，有一座半壁突入长江的山崖，这里是采石矶，它和岳阳城陵矶、南京燕子矶一起，并称"长江三矶"。由于采石矶扼守长江东西咽喉要冲，雄踞南北跨江之险，因此，这里历来都是兵家必争之地。

毫无疑问，采石矶是专属于武人们的舞台，滚滚东逝的长江水涤荡着陡峭的山岩，一如武将出场时铿锵激昂的战鼓声。然而，就在840多年前，这里却由一个文人上演了一出气壮山河的武戏，让奔涌的大江在记录下无数披坚执锐的将军的同时，特别记录下一个来自南宋王朝的文官——虞允文。

时间上溯到绍兴三十一年（1161），就在这一年，刚刚弑君篡位不久的金主完颜亮，一边吟着"万里车书一混同，江南岂有别疆封？提兵百万西湖侧，立马吴山第一峰"，一边将"绍兴和议"撕得粉碎，悍然倾兵南下，意图一举摧毁立足未稳的南宋政权。此时，完颜亮率领的四十万金兵，"毡帐相望，钲鼓之声不绝"，兵锋甚盛，而疲弱的南宋朝廷早已无力抵挡，精忠报国的岳飞魂断风波亭，老将韩世忠也已染病身亡。就在全国上下一片颓丧的背景下，宋高宗被迫起用老将刘锜担负起江淮防线的抗金大任。然而，多年的武备废弛注定了这条防线的脆弱，淮西主帅王权刚刚进抵庐州，一听说金兵已经渡过淮河，立刻仓皇逃窜，使金兵一路兵不血刃，直抵长江要塞采石矶北岸。接到战报，宋高宗临时改调芜湖守将李显忠火线接任，并命中书舍人虞允文以参谋军事的身份星夜前往采石矶犒师。

　　宋高宗派虞允文以参谋军事的身份前往采石矶，是基于虞允文对金人的了解。出生于四川，"六岁诵九经，七岁能属文"的虞允文44岁方进士及第，最初一直在四川一带为官，秦桧死后，经人举荐，才得高宗召对，被任命为秘书丞，后迁礼部郎官，得以参与宋金外交。绍兴三十年（1160）正月，听说金主完颜亮大修汴梁城，虞允文上书高宗，认为和议不可靠，"金必败盟"。同年十月，在奉命出使金国途中，虞允文探知金人正在加紧打造战船，运粮屯兵，这些信号都让他预感到即将有战事发生，回国后便迅速禀明宋高宗，须提防金兵毁盟南侵，加强淮海防务。很快，虞允文的军事预见就得到了验证，随着次年完颜亮挥戈南下，兵临军事要冲采石矶，只求苟安的宋高宗忽然意识到了虞允文的军事才能。"儒臣不当遣，以卿洞达军事，勉为朕行"，当他任命虞允文为参谋军事，前往采石矶犒军，他自己绝对不会想到，正是这个决定，拯救了岌岌可危的南宋政权。

　　虞允文来到采石矶后，看到群龙无首的宋军"解鞍束甲坐道旁"（《宋史·虞允文传》），而对岸的金兵却军容齐整虎视眈眈。当时，李显忠尚未率兵赶到，情势危急，令他必须马上作出决定，迎着猎猎江风，虞允文扯过一杆帅旗，对着毫无生气的宋军将士大声呼道："金帛、告命皆在此，待有功！"（《宋史·虞允文传》）颓靡的将士们立刻山呼海啸，群起响应，誓退金贼。就在此时，一位随从悄声对虞允文道："公受命犒师，不受命督战，他人坏之，公任其咎乎？"而虞允文的一声断喝却裂岸排空："危及社稷，吾将安避？"这一声反诘响若洪钟，无疑是懦弱的南宋朝廷久违多年的声音，而虞允文不会想到，就在他将这句话砸向采石矶的同时，自己已经不留退路地挑起了抗金的重任。

  显然，此前从未指挥过一场战役的虞允文面对的是一场严重失衡的危局：江北，是四十万杀气腾腾的金兵；江南，则是匆匆集结起来不足两万的南宋军民。然而，面对这样悬殊的军事对比，虞允文却镇定自若。他命令将士们排列大的阵式，按兵不动，同时，"分戈船为五，其二并东西岸而行，其一驻中流，藏精兵待战，其二藏小港，备不测"。数十艘金兵战船气势汹汹地驶来，宋军船只稍有退却，虞允文亲入战阵指挥，看到宋将时俊，拍着他的肩背说道："汝胆略闻四方，立阵后则儿女子尔。"时俊受此一激，立刻"挥双刀出，士殊死战"。与此同时，虞允文更是抓住金兵长途奔袭，不谙江道，且战船底阔如箱、行动不稳的弱点，亲率数艘海鳅船迎头撞击敌船，一时间，敌船纷纷沉入江中。就在双方激战正酣之时，一支宋军溃部从光州来到采石矶，虞允文遂交给他们军旗和战鼓，让他们在采石矶摇旗呐喊，擂鼓助威。金兵以为来了增援，纷纷后退，遭到南宋军民船只猛攻，"无不一当百，俘斩略尽"，共计杀死金兵4000余人，俘获500余人。采石矶一役，宋军初战告捷。消息传来，刚刚因奸人妒忌而遭到弹劾、尚在芜湖赋闲的张孝祥欣喜若狂，当即挥就一首《水调歌头》，字里行间，盛赞虞允文临危不乱的大将之风：

雪洗虏尘静，风约楚云留。何人为写悲壮，吹角古城楼。湖海平生豪气，关塞如今风景，剪烛看吴钩。剩喜然犀处，骇浪与天浮。

　　忆当年，周与谢，富春秋。小乔初嫁，香囊未解，勋业故优游。赤壁矶头落照，肥水桥边衰草，渺渺唤人愁。我欲乘风去，击楫誓中流。

　　　　——张孝祥《水调歌头·和庞佑父》

　　张孝祥和虞允文是同年进士，二人相交甚厚，而作为主战派，张孝祥和虞允文一样，渴望收复失地不愿与金人媾和。早在进士及第之初，他便上书为岳飞鸣冤，虽人微言轻，也毫不畏惧，后来，面对秦桧党羽曹泳的提亲，他也拒而不应，坚决与主和派划清界限。这种鲜明的立场，自然要得罪秦桧一党，尽管后来秦桧死了，但主和派对他的弹压仍有增无减，以至于他最后被人一纸弹劾，罢官外放。罢官以后，张孝祥在芜湖赋闲期间，完颜亮率兵南下，张孝祥虽无官职，仍对战局密切关注，并提出抗金之策，致书李显忠、王权等江淮守将，具陈战略。"我欲乘风去，击楫誓中流。"当这首《水调歌头》被张孝祥乘兴一挥而就，我们完全可以感受到这位爱国词人的激动心情。在气势雄浑的铺陈中，我们既能看到张孝祥对好友虞允文立功采石矶的由衷赞颂，更能看出他渴望建功立业、浴血沙场的壮志豪情，慷慨报国之意跃然纸上，拳拳报国之心清晰可鉴！

　　采石矶初战告捷，宋军上下士气高涨，但虞允文也清醒地意识到，采石矶初战只是小胜，金兵不会善罢甘休，还会卷土重来。他命人将战船拉往上游地区，又在杨林河口调兵遣将，告谕士卒："若敌船自河出，即齐力射之，必与争死，毋令一舟得出；如河口无敌船，则以'克敌神臂弓'射北岸。"次日，果不出虞允文所料，金兵复来，宋军两面夹攻，金兵三百余艘战船被焚毁，损失惨重，宋军士气再次为之一振。

连遭两败，完颜亮再生一计，他派人给早已闻风"跑路"的原淮西主帅王权送去"诏书"，让宋军误以为王权是他们的内奸，以造成宋军内乱的目的，结果此伎俩当即被虞允文识破："此反间也！"就在发出这声断喝之后，完颜亮疾走扬州，虞允文遂果断对刚刚率部来到采石矶接替王权的宋将李显忠道："敌入扬州，必与瓜州兵合。京口无备，我当往，公能分兵相助乎？"于是李显忠派了一支1.6万人的队伍封锁京口，虞允文自己则亲赴京口督师，并火速赶赴镇江与杨存中和成闵的20万大军会合。为震慑金兵，虞允文让宋军驾车船沿金山沿岸往复行驶三次，劈波斩浪，疾行如飞，构成一道密不透风的防线。此时的完颜亮，已经被这位不起眼的文官彻底惹恼，他不顾军中暗地滋生的怨气，一意孤行，欲强行用三天时间渡江，并发出了"敢后者死"的军令。而就在此时，金兵后院起火，完颜亮堂弟完颜雍被众臣拥立登基，在辽阳即位，一时间，金营大乱，兵士们趁乱缢杀完颜亮于瓜州渡并焚其尸后，丢下兵甲战具，仓皇北退。

> 天丁震怒，掀翻银海，散乱珠箔。六出奇花飞滚滚，平填了山中丘壑。皓虎颠狂，素麟猖獗，掣断真珠索。玉龙酣战，鳞甲满天飘落。
>
> 谁念万里关山，征夫僵立，缟带沾旗脚。色映戈矛，光摇剑戟，杀气横戎幕。貔虎豪雄，偏神英勇，非与谈兵略。须拚一醉，看取碧空寥廓。
>
> ——完颜亮《念奴娇》

这首《念奴娇》，为完颜亮所作。作为一位精通汉学且颇有文才的金国皇帝，完颜亮不仅与留居金国的宇文虚中等北宋名士多有交往，且效法苏轼、黄庭坚文风，其词雄浑遒劲，气象恢宏，充满了雄霸之气。然而，弑君篡位的完颜亮其兴也勃，其亡也忽，他的"貔虎豪雄，偏裨英勇，非与谈兵略"，彰显出其南下牧马的勃勃野心，但令这位文武兼备的金国皇帝没有想到的是，自己南下的铁蹄竟绊倒在一个南宋文官的帅旗之下。而他的败亡，看似缘于一场金国内讧，实则与这场采石矶大败密不可分。正是因为连现败绩，昏招迭出，完颜亮威严尽失，金军阵脚大乱，最终被缢杀于瓜州渡，一个海陵炀王的废号，成为历史对他最大的嘲谑。

而采石矶一役，虞允文最终以少胜多，完胜于大江之上。据说，虞允文到镇江后，曾去看望抱病卧床的刘锜，这位老迈的武将拉着虞允文，满面愧色道："疾何必问！朝廷养兵三十年，大功乃出书生手，我辈愧死矣！"

采石矶大捷，让虞允文一战成名，这道长江绝壁从此平添了一份儒雅的英雄气。这场战役，打乱了金兵南侵的计划，使南宋军民士气为之一振，岌岌可危的南宋政权又得以续命。对于这位南宋再造之臣，宋高宗及时给予了肯定："虞允文公忠出天性，朕之裴度也。"（裴度：唐宪宗朝有平乱之功的宰相）很快，便将他由中书舍人擢升为川陕宣谕使。受采石矶大捷的鼓舞，虞允文也信心倍增，在向高宗辞行时，他慨然道："金亮既诛，新主初立，彼国方乱，天相我恢复也。"虞允文相信，趁金主新立，乘胜追击，恢复中原，将指日可待。

然而，虞允文在此后的时光中生活得并不快乐。到任之后，虞允文和抗金名将吴璘勠力同心，共谋经略中原，收复了陕西的许多失地，然而，朝廷割地求和的声音却让虞允文的心中始终无法平静，尤其是高宗禅位做起太上皇、孝宗即位后，由朝中求和派史浩代传的诏书更是让虞允文义愤填膺，"弃鸡肋之无多，免狼心之未已"，得知朝廷放弃三路十三州的诏令，这位血气方刚的文臣再也坐不住了，他向朝廷连上十五道奏章，可这些言辞恳切的奏折都被束之高阁。隆兴元年（1163），宋孝宗以张浚为都督，主持北伐，对于刚刚即位上面还有个太上皇的宋孝宗而言，他也许感觉到一味地求和只会让自己一步步陷入尴尬的境地，正因如此，他不仅为岳飞平反，以礼改葬，同时派张浚部署李显忠与邵宏渊两军十三万人马挥师北伐。然而，这场匆匆组织起来的北伐显然缺乏必要的准备，当宋军在符离被金兵大败，宋孝宗刚刚点燃的北伐热情很快被浇熄。在主和派的压力下，宋孝宗不得不派使臣向金求和。就在隆兴二年（1164），孝宗与金人签署了"隆兴和议"。这项和议虽将金宋两国的称谓由君臣关系改成了叔侄关系，岁币金帛减去了十万，但南宋朝廷仍需无条件归还金国的"失地"。

"隆兴和议"的签订，也让虞允文意识到了打一场有准备之仗的必要性。他向孝宗提出："当今事之最大者，莫过于世仇未报，舆图未归，南北生灵未底于休息""而事几之急，莫急于兵、财"。正是基于这样的北伐思路，虞允文在三次经略四川的过程中，在募兵、筹粮、治军方面做了大量卓有成效的工作。他将军队按怯、壮分为三等，上等备战，中下等备辎重，并淘汰老弱万余人，与此同时，在将士任用上也格外严明："如有避事不职、贪污苛扰之人，乞许本司量度事体轻重勘劾，或一面对移讫，续具情犯奏闻。其廉谨办职之人，亦许本司保明，取旨旌

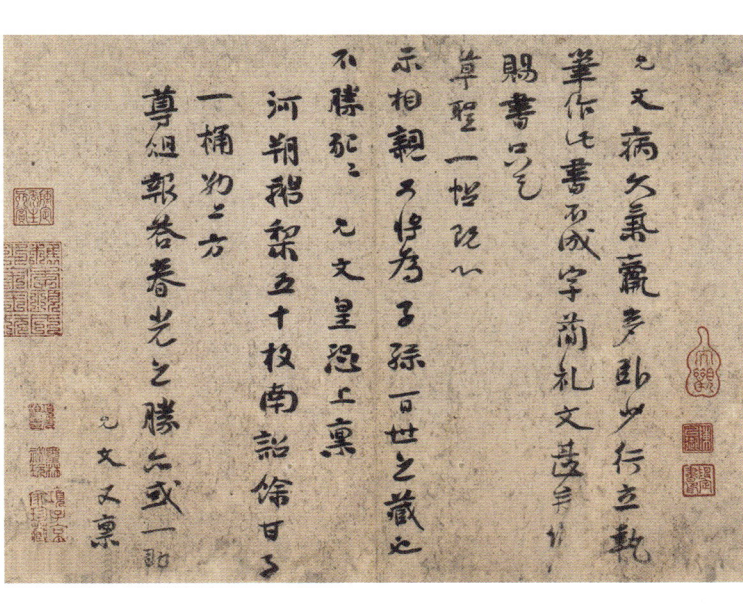

虞允文《病久气羸帖》

赏。"正是由于这样奖惩分明的军纪，使得四川的宋军一改贪墨涣散之气，军容为之一振。在严格治军的同时，虞允文深感军粮的重要性，为解决军粮问题，他提出了"营田"和"因粮于敌"的办法，让军中老弱"资其锄犁粮种之费，授田以优其生"，同时，通过深入敌境，解决军粮供给。在他看来，"今河南汝、蔡、襄、郑之间，房之积粟亡虑十数万，亦何患无可因之粮？"在虞允文的精心筹划下，四川的宋军战力得以提升，当地经济也得到发展，到他去世时，宣抚司所储"钱七百四十三万缗，金八千二百两，银四万六千两，采帛二万三千四百匹"。采石矶江水奔流，这位远离长江战场多年的文臣，其实一直在默默做着北伐的准备。他的治蜀之功，与其说渗透着一个出生于斯的蜀人反哺桑梓的情怀，不如说是在矢志不渝地遥望北方，收复失地，才是他终极的愿望。

　　虞允文65岁死于四川任所。据《建炎以来朝野杂记》称，孝宗因虞允文镇蜀时未曾有过明确的北伐计划，心中颇为衔恨，而在四年后，阅军见到军伍壮盛，慨然道："前此虞相行拣汰之法今方见成效。"这位御敌乏术又不知臣的君主不会知道，自从沾过采石矶的江水后，写得一手好字作得一手好文章的虞允文就不再舞文弄墨，他将每天的大部分时间都放在了操练军队上，只为有朝一日能够重现当年采石矶上的荣光。然而这个愿望最终成为一个遥不可及的梦，虞允文到死都没能实现。

蟋蟀为谁而鸣

当专横跋扈到极致，贾似道，已经将赵宋王朝的丧钟提前敲响。

对于这位南宋末代宰相，《宋史》载曰"少落魄，为游博，不事操行"。然而，尽管终日斗鸡走狗寻花问柳，却并不妨碍这位浪荡子弟官运亨通。贾似道虽不具治国之才，却因同父异母的姐姐受宠于后宫而成为朝官。按理说，既为朝廷命官，理应有所收敛，然而，贾似道却恃宠不检，骄奢淫逸远甚从前。史载，一日宋理宗夜游西湖，见湖中灯火辉煌，莺歌燕舞，一问左右，方知是贾似道在通宵放纵。对于这件事，理宗只给了其口头警告，并未深究，相反倒是因为贾似道的阿谀拍马，深得理宗信任，一路对他擢升提拔，从一任知州一直提到镇守两淮重地的宣抚使。《庶斋老学丛谈》记载：

> 公自江陵易阃两淮，方三十岁。有饯以词者，后云："握虎符，持玉节，佩金鱼。三十正当方面，此事

世间无。寄语东淮父老，夺我诗书元帅，于汝抑安乎。早早归廊庙，天下尽欢娱。"

三十岁便成为南宋封疆大吏，贾似道除了依托裙带关系得以迅速爬升，还有一层原因，就是他善于积累人望。从荆阃至淮阃，贾似道随行银数十万两，黄金数万两，皆其所蓄，这些金银就是用来拉拢人心的。他不仅沿途一路犒赏，同时用这些钱广交两淮士人。粗通文墨的贾似道深知，若想平步青云，必须有一群为他歌功颂德的吹鼓手，而和文人士大夫们诗酒风流，便可将他们收入彀中。

> 似道开阃日，有《桃符》一联云："笑迎珠履三千客，坐拥貔貅百万兵。"人皆称羡。一客独笑曰："若是则客居主位矣！何不曰'坐拥貔貅兵百万，笑迎珠履客三千'？"贾大喜，厚赠之。其他若"威行塞北几千里，春满淮南第一州""阳春膏雨三千里，明月香风十二楼"，皆门客所诣献也。

这段记录于《西湖游览志余》中的文字，反映了在贾似道的拉拢下，一群无行文人的谄媚之态。事实上，在两淮宣抚使任上，才三十岁出头的贾似道不仅喜欢听一班文人的谄献之词，更大摆寿筵，在肉麻的鼓吹声里酩酊大醉，这首由时任江东制置使参议张榘所作的《满江红》，正是这个时期"寿贾词"的"代表作"：

> 淮海波澄，湛桂影、半规凉月。又还是、中秋相近，垂弧时节。纶诰飞来宸眷重，彩衣着处慈颜悦。

注紫清、花露入瑶卮，琼香滑。

挥羽扇，持旄钺。鲸海浪，阴山雪。看威声到处，遏冲都折。沙溪远标铜柱界，关河尽补金瓯缺。庆君臣、千载会风云，看伊说。

——张榘《满江红》

贾似道真正"挥羽扇，持旄钺"，攀上权力的顶峰，是在宝祐六年（1258）。就在这一年，蒙古大汗蒙哥兵分三路向苟且江南的南宋王朝发起猛攻。危局之下，理宗慌忙派遣贾似道督师湖北。毫无统军御敌之能的贾似道，面对来势汹汹的蒙古铁骑，根本无心应战，当天就遣使夜入中路军的忽必烈大营，奴颜婢膝地表示愿意纳岁币乞和，除答应称臣外，并划江为界，岁奉银二十万两，绢二十万匹。起初，一路势如破竹的忽必烈志在荡平南宋政权，对议和根本不屑一顾，但恰在此时，攻打四川的蒙哥阵亡，忽必烈谋臣郝经认为：

师不当进而进，江不当渡而渡，城不当攻而攻，当速退而不退，当速进而不进。役成迁延，盘桓江渚，情见势屈，举天下兵力不能取一城，则我竭彼盈，又何俟乎？且诸军疾疫已十四五，又延引月日，冬春之交，疾必大作，恐欲还不能。彼既上流无虞，吕文德已并兵拒守，知我国疵，斗气自倍。……区区一城，胜之不武，不胜则大损威望，复何俟乎！

郝经一番话让忽必烈茅塞顿开，立刻收缩战线，仅留一支重兵断后，大部人马由他亲率北归，回去争夺帝位，同时接受了贾似道的议和条件。对于这个天上掉下来的"战机",贾似道大喜过望,为了制造大败蒙古军的假象,贾似道在蒙古军撤退之际,率军截杀了一百余名官兵。站在蒙古军扔下的皂旗之下,这位沽名钓誉好大喜功的督军忙不迭地向朝廷高奏凯歌:"鄂围始解,江面肃清,宗社危而复安,实万世无疆之休!"面对这份虚假的奏章,宋理宗毫不怀疑,感激涕零,当即传令文武百官到郊外迎师凯旋,同时下诏道:"贾似道为吾股肱之臣,任此旬宣之寄,殷然疹患,奋不顾身,戎乘一临,士气百倍。吾民赖之而更生,王室有同于再造。"当制造"鄂州大捷"的贾似道以社稷"再造之臣"凯旋班师,这位"元勋伟绩"堪比大宋开国名臣赵普的封疆之吏,已经以少傅、右丞相、卫国公的身份入朝,走上了权力的巅峰。

当时,蒙古军虽退,但南宋王朝已经成为坐在火山口上的政权。然而,在这样一种危局之下,位极人臣的贾似道想的不是如何整肃朝纲,而是千方百计排除异己,树立自己在朝中的权威。在他的排挤打压之下,以左丞相吴潜为代表的一批矢志抗蒙的忠直之臣纷纷被贬谪流放,吴潜更是在循州贬所被贾似道秘密派人鸩杀。排除了吴潜后,已成"独相"的贾似道更加党同伐异,无所顾忌。他对鄂州之战中轻视自己的高达、曹世雄、向士璧等几位文臣武将秋后算账,以侵吞钱物为名,将他们排挤出朝;同时,将在四川合州保卫战中立下战功的王坚"出知和州",使其郁郁而死;至于和他对着干的李芾、文天祥、陈文龙等人,也皆遭窜贬。在排挤政敌的同时,贾似道对自己亲信的扶植提拔却不遗余力。在他的庇护下,吕文德被"列之于三孤,崇之以两镇,以至开荆南之制阃,总湖北之利权";在襄阳之战中屡打败仗的亲信范文虎不降反升,权知安庆。"专恣日甚，畏人议己，务以权术驾驭。不爱官爵，牢笼一时名士。又加太学餐钱，宽科场恩例，以小利啖之。由是言路断绝，威福肆行。"当《宋史》对这位权势熏天的南宋"独相"作出如此评价，贾似道已将自己的党羽亲信遍布满朝要津，无人能撼动其地位。

> 道过江南，泥墙粉壁，石具在前。述某州某县，某乡某里，住何人地，佃何人田。气象萧条，生灵憔悴，经略从来未必然。惟何甚，为官为己，不把人怜。
> 思量几许山川，况土地分张又百年。正西蜀巉岩，云迷鸟道，两淮清野，日警狼烟。宰相弄权，奸人罔上，谁念干戈未息肩。掌大地，何须经理，万取千焉。
> ——无名氏《沁园春》

这首《沁园春》，抨击的是贾似道推行的公田法之弊。一旦巩固了自己的地位，这位权相搜刮起民脂民膏更是不择手段，景定四年（1263），贾似道开始极力推行买公田之法，表面看买公田只是朝廷强行购买大户地主的土地，但最后由于很多有权势的大户隐瞒土地数量甚至拒不卖田，各级官吏为了交差，最后便强行将这项重负转向了无权无势的普通百姓，一时间，百姓苦不堪言。就在公田法实施一年之后，贾似道的敛财手段更变本加厉，开始实行"经界推排法"，企图假借田税地租搜刮民脂民膏，各级官吏在实际清查过程中，变相地增加了许多小农户的税赋。"宰相弄权，奸人罔上，谁念干戈未息肩。掌大地，何须经理，万取千焉。"臭名昭著的公田法和"经界推排法"，让贾似道找到了拥有权力的快感，殊不知，正是他的这种倒行逆施，让本来就已经内忧外患的南宋政权更加岌岌可危。

景定五年（1264），理宗驾崩，度宗继位，这位傀儡皇帝据说曾创过日幸妃嫔三十余人的纪录，而也正是他在位期间，贾似道专横跋扈到了极致。度宗继位前，膝下无子的理宗在储君人选上，有意将他的胞弟荣王赵与芮的儿子，忠王赵禥立为太子，遭到吴潜等大臣的反对，而善于逢迎的贾似道却颇识"时务"，不仅"陈建储之策"，支持理宗立忠王为太子，而且同时借机攻击吴潜"奸谋叵测"，令理宗将其罢相并贬谪循州。随后，理宗驾崩，忠王继位，是为度宗。据说这位七岁才会说话的新皇帝在继位伊始，便念贾似道拥立之功，特封其为魏国公，"以策立功制国命，上拱手而已"，索性将朝政事无巨细统统交给了贾似道处理，自己落得个安逸享乐。而贾似道也的确"不负圣托"，大权独揽，令朝中大臣称其为"周公"，每次退朝时，皇帝都必须目送他远去方可坐下。为了进一步显示自己的重要，贾似道曾有意称病辞朝，同时派人放言，说已称帝改元的忽必烈正遣大军南下，畏敌如虎的度宗不得不数次请其"出山"，才最终"退敌"。更有甚者，当贾似道母丧，皇帝和文武百官尽数冒雨吊唁，太后以下所有皇亲国戚都要设台祭奠，其规格和排场俨然国母新丧。

凌驾于皇权之上的快感让贾似道更加目无朝纲，肆无忌惮。理宗在位时，就曾赐贾似道宅第于集芳园，给钱百万建家庙，"诏太傅丞相贾公似道奕世勋劳，再造王室，其锡家庙于行都，乃作俎豆，供奉时荐"；到了度宗继位，更是对他言听计从，赐第西湖葛岭，使养其中。一时间，堪比皇室的贾氏园池不仅成为贾似道宣淫泄欲的后花园，强掳来大批良家妇女、歌妓和尼姑，终日花天酒地，纸醉金迷，而且还成为他进一步敛财的养乐园。他建了一座多宝阁，搜尽天下奇珍异宝，为满足其占有欲不择手段。晚宋收藏家周密曾在《云烟过眼录》中记录过家中珍藏的碑帖被贾似道之子贾德生巧取豪夺的经历："余家亦有米老自撰自书《天一禅师第二碑》，字画绝妙，藏之甚久，为德生豪夺去，意甚惜之。"而《宋稗类钞》所录之事更是令人发指："贾似道为相日，令陈振、谭玉、赵与枏等广收奇玩珍宝。余玠有玉带殉葬，发冢取之。"当然，除了巧取豪夺，这座多宝阁也成为贾似道收受"雅贿"的重要场所。《宋史》载，贾似道独相十余载，"吏争纳赂求美职，其求为帅阃、监司、郡守者，贡献不可胜计。赵溍辈争献宝玉，陈奕至以兄事似道之玉工陈振民以求进，一时贪风大肆"。最让贾似道满意的莫过于一个叫王楠的官员。周密《癸辛杂识》载，为了感谢贾似道将自己从荒僻无名的郴州知府提拔为福建市舶使的肥差，王楠"为螺钿卓面屏风十副，图贾相盛事十项，各系之以赞，以献之。贾大喜，每燕客，必设于堂焉"。可见，贾似道已经习惯了这种矜功自赏、歌功颂瑞的生活。如果说当年30岁的他在两淮宣抚使任上就已经被纷至沓来的"寿贾词"迷乱双眼，那么，当他权倾朝野，连皇帝也对他畏惧三分的时候，这种极尽肉麻的"寿贾词"更是铺天盖地，接踵而来。

　　神鳌谁断，几千年再，乾坤初造。算当日、枰棋如许，争一著、吾其衽左。谈笑顷、又十年生聚，处处豳风葵枣。江如镜，楚氛余几，猛听甘泉捷报。

　　天衣细意从头补。烂山龙、华虫黼藻。宫漏永、千门鱼钥，截断红尘飞不到。街九轨，看千貂避路，庭院五侯深锁。好一部、太平六典，一一周公手做。

赤舄绣裳，消得道、斑斓衣好。尽庞眉鹤发，天上千秋难老。甲子平头才一过，未说汾阳考。看金盘，露滴瑶池，龙尾放班回早。

——陈合《宝鼎现·寿贾师宪》

这首《宝鼎现》，为陈合在贾似道61岁寿辰之时所献寿词，在华丽的铺陈中，陈合对贾似道的援鄂之功、治世之能、神仙风度吹捧得无以复加。像陈合这样的无行文人，在贾似道当政之时不在少数，"每岁八月八日生辰，四方善颂者以数千计。悉俾翘馆誊考，以第甲乙，一时传颂，为之纸贵，然皆诒词呓语耳"。更致命的是，贾似道生活的糜烂腐化直接影响着宋廷颓废的政治风气。当这位一手遮天的奸佞由最初的三日一入朝改为五日一入朝，直到最后在西湖游船上，一边和美人丽姝恣情调笑，一边处理百官奏折，"朝中无宰相，湖上有平章"便不再是孩童们口中简单的歌谣，而更像是一个王朝的谶语。西湖水平如镜，赵宋帝国的孱弱之躯却被一股黑色的暗流急遽地拉向深渊。

就在贾似道控制朝野的同时，元军已经开始对岌岌可危的宋廷再次发起猛攻。咸淳九年（1273），襄阳失守，不久元军又攻下鄂州，在满朝文武的巨大压力下，贾似道被迫出师抗元。这时，贾似道又想重操故伎，妄图以缴纳岁币求得苟安。然而，岁币已经难以满足元军的胃口，他们觊觎的是大宋的江山。元军铁蹄过处，一片断壁残垣，而宋军在贾似道的"指挥"下，却节节败退。贾似道的丧师辱国终于激起了朝野上下的一致愤怒，纷纷上书欲斩之而后快。逼不得已，宋廷将这位权臣连降三级，发配婺州，然而婺州百姓却避之若瘟神，张贴告示将其驱逐。于是朝廷再次将其贬至循州，由县尉郑虎臣负责押解。对这位祸国殃民的乱臣贼子，郑虎臣痛恨至极，一路上，不仅掀其轿顶，令其暴晒于烈日之下，更是讽刺揶揄，令其羞愧难当。

> 去年秋，今年秋，湖上人家乐复忧。西湖依旧流。
> 吴循州，贾循州，十五年前一转头。人生放下休。
> ——无名氏《长相思》

不可一世的贾似道也许根本不会想到，当年迫害老臣吴潜的流放之路，在十五年后，自己也会踏上。当贾似道行至漳州木棉庵，见到当年吴潜经过时的题诗，不禁面有悔色。然而，毕竟悔之已晚，还没有到达循州贬所，愤怒不已的郑虎臣便趁贾似道服毒未死如厕之机，将其锤杀于厕中。当贾似道在粪池中吐出他罪恶人生的最后一个气泡，赵宋王朝的气数也即将宣告终结。祥兴二年（1279），即贾似道死后的第四年，风雨飘摇的南宋政权最终被浩浩荡荡的元军铁骑踏成了历史的齑粉。

史载，贾似道对斗蟋蟀颇有心得。在葛岭别墅，他终日与群妾斗蟋蟀，甚得其乐，还写了一部《促织经》，内中详细讲述了各种蟋蟀的品类和具体斗法，算得上是一部斗蟋蟀的绝佳教材。然而，这位陶醉在蟋蟀叫声中的"独相"不会知道，其实，蟋蟀的叫声就是一声高过一声的丧钟之鸣，在葛岭的红墙之下，贾似道，已经提前宣布了赵宋王朝的死期。

孤勇者

明知不可为而为之，面对坍圮的王朝，文天祥留给后人的，是傲然屹立的背影。

对于这位妇孺皆知的抗元英雄，人们在感慨他宁死不屈、忠贞守节的同时，更多的是对他的扼腕叹息。生于江西吉州这片文章节义之地，文天祥从幼年起就身处儒家文化的浸润之中。在其父文仪蓄书如山的"竹居"书斋，文天祥领悟到儒家文化中仁义为本的精髓，深知"文死谏，武死战"的儒家道德规范。尤其是在进入吉州白鹭洲书院求学后，在山长欧阳守道的教诲下，文天祥不仅在经史方面受到严格训练，更是培养出胸怀天下蹈死不顾的浩然之气。宝祐四年（1256）正月，二十岁的文天祥踌躇满志地奔赴临安参加省试，临行前，他写就了一首《次鹿鸣宴诗》，以"二宋高科犹易事，两苏清节乃真荣。囊书自负应如此，肯逊当年祢正平"的铿锵之声传达自己不逐名图利、看重清节的豪情。放榜之日，文天祥金榜题名，七日后，宋理宗在集英殿殿试众举子，文天祥面对宋廷积弊，痛陈其害，并大胆提出改革方案，洋洋洒洒写就万言策论，尤其是在策论的最后，文天祥更是掷地有声："臣始以'不息'二字为陛下勉，终以公道、直道为陛下献。陛下以万几之暇，倘于是而加三思，则跻帝王、轶汉唐，由此其阶也已。"是论，主考官众口一词，赞"是卷古谊若龟鉴，忠肝如铁石"。对于这位从江西白鹭洲书院走出的举子，理宗更喜得人，钦点文天祥为一甲头名状元。这无疑是文天祥生命里的高光时刻，在二十岁的韶华之年状元及第，纵观整个中国科举史也是凤毛麟角。宋理宗对这个新科状元的名字大感其趣，认为"天之祥，乃宋之瑞也"，当廷为其赐字"宋瑞"，我们看到，这位才摆脱奸相史弥远阴影不久的南宋第五任皇帝，已将其亲政之后恢复中兴的希望寄托在了以文天祥为代表的这一批新科进士身上。

然而，尽管这位当年排名第一的进士曾以言辞激切的《御试策》打动过宋理宗，其"法天不息"的改革主张更是一度被理宗看作是"切至之论"，但文天祥依旧无法改变南宋王朝的积弊。开庆元年（1259）九月，蒙古军大举侵宋，忽必烈所率大军突入长江沿线，宋廷上下一片惊惶，理宗贴身宦官董宋臣劝说皇帝迁都避难，朝臣都噤若寒蝉。是时，文天祥丁父忧期满，朝廷照例补授他为承事郎、签书宁海军节度判官厅公事。文天祥听说此事后怒不可遏，慨然上书，认为大敌当前，必须从四个方面救治宋廷沉疴之躯，"一曰简文法以立事""二曰仿方镇以建守""三曰就团结以抽兵""四曰破格以用人"，与此同时，"乞斩（董）宋臣，以一人心"，结果，这些真知灼见有如泥牛入海，杳无消息。而这时，贪图享乐、纵容奸佞的宋理宗早已不复当年刚刚亲政时立志中兴的锐气；及至理宗驾崩，度宗继位，这个花天酒地智力低下的皇帝更是成为有"策立之功"的贾似道的傀儡，一时间，朝堂上下大盛谀贾之风，而权直学士院的文天祥却对此祸国巨蠹嗤之以鼻，因为贾似道假称要致仕，文天祥不肯起草挽留的制诰，结果被贾似道命手下上疏弹劾，文天祥被罢官，回到了故乡吉州庐陵。直到度宗驾崩，小皇帝赵㬎即位，元军兵临临安城下，朝臣星散无一可用之将，贪生怕死的皇族们才想起在江西吉州还有一位被放逐多年的臣子，于是，主持朝政的太皇太后谢氏连忙向文天祥发出《哀痛诏》，召其迅速组织勤王之师，解宋廷于危急。

当时，心灰意冷的文天祥正过着不问世事的隐逸生活，奸佞的排挤，朝政的昏暗，让这位耿直之臣被迫辞官。据说，回乡之后，文天祥"自奉甚厚，声伎满前"。然而，真正的忧国之士是无法消受这份宁静的，尽管身边莺歌燕舞，但文天祥的佩剑却从未入鞘，始终在等待着为国效力的时刻。正因如此，当他接到朝廷诏书，不禁激动万分，马上传檄各地，招兵买马，并倾囊捐出全部家产充作军用，很快就募集了近两万军士。对于文天祥的毁家纾难之举，他的朋友颇为疑惑，曾劝他道："今大兵三道鼓行，破郊畿，薄内地，君以乌合万余赴之，是何异驱群羊而搏猛虎？"而文天祥却凛然回道："吾亦知其然也。第国家养育臣庶三百余年，一旦有急，征天下兵，无一人一骑入关者，吾深恨于此。故不自量力，而以身殉之，庶天下忠臣义士将有闻风而起者。义胜者谋立，人众者功济，如此则社稷犹可保也。"

"故不自量力，而以身殉之"，正是这种知其不可为而为之的精神，支撑着文天祥在大厦将倾之际仍旧能够挺直脊梁。血战平江，坚守独松关，文天祥的孤军即便再骁勇善战，还是无法阻挡元军的铁蹄。德祐二年（1276），元军占领临安，谢太后和小皇帝赵㬎投降，文天祥随之被一同押往元大都。然而，面对无可挽回的败局，这位末世忠臣却从未想到一丝放弃，在押解途中，他趁机逃脱，并很快找到了由陆秀夫、张世杰等人拥立小皇帝赵昰在福州匆匆组建的流亡政府。在那里，他积极招募兵马，训练军队，在闽、粤、赣大地上，开始了一个孤勇者卓绝而悲壮的抗元斗争。

祥兴元年（1278）十二月，文天祥率军转战广东海丰五坡岭一带，在那里，他赶走了潮州盗贼陈懿，斩杀了叛附无常的刘兴，一时间群情振奋，各地义军云集影从。然而，由于陈懿暗中勾结元军将领张弘范，帮助、引导元军逼攻潮阳，致使文天祥的孤军陷入元军的重重包围之中，他再次被元军俘虏。

山风怒号，乌云蔽日，没有英雄的时代，文天祥的坚持是如此孤独。他比任何人都清楚，自己的沙场横戈，根本挡不住肆虐的风暴，但如果说江山社稷是由无数脊梁支撑起来的，他愿意做那最坚挺的一个。正因如此，许多人认为，南宋的终结之地应该是在广东海丰五坡岭，正是在这里，文天祥兵败被俘，三百余年的赵宋王朝已经行将就木，气若游丝。

> 辛苦遭逢起一经，干戈寥落四周星。
> 山河破碎风飘絮，身世浮沉雨打萍。
> 惶恐滩头说惶恐，零丁洋里叹零丁。
> 人生自古谁无死，留取丹心照汗青。
> ——文天祥《过零丁洋》

这首家喻户晓的《过零丁洋》，已成为文天祥磊落人格的光辉写照。文天祥被俘后，陆秀夫、张世杰等人被迫带着七岁的

元代钱选绘文天祥像

清代叶衍兰绘文天祥像

小皇帝赵昺（此前，宋端宗赵昰在流亡途中已受惊而死）退守崖山，元军开始对这支宋廷的最后余脉发起大规模围剿。在这场惨烈的海战中，已是囚徒的文天祥成为元军战船上一位身不由己的看客，元军将领张弘范命文天祥"使为书招张世杰"，而文天祥的回答却是这首慷慨激昂的《过零丁洋》，令张弘范见诗，"但称好人好诗，竟不能逼"。当南宋最后一个小皇帝赵昺被汹涌的浪涛吞噬，当成群的战船消失在茫茫海天之间，在《宋史》的最后一页，不应是悲壮的崖山海战，而应是这首令人荡气回肠的《过零丁洋》。

南宋灭亡后，文天祥被押北上。在北上大都（今北京）途中，南宋故土的一草一木都成为这位抗元志士最难割舍的黍离之情。

> 梅花南北路，风雨湿征衣。
> 出岭同谁出？归乡如此归！
> 山河千古在，城郭一时非。
> 饿死真吾志，梦中行采薇。
> ——文天祥《南安军》

这首《南安军》，为文天祥抵达南安（今江西大余）跨越大庾岭南北两路时所作，囚服在身的文天祥没有"近乡情怯"，而是选择从迈入南安地界起便开始绝食，只求在七日后到达故乡庐陵时为国尽节，结果未能如愿。

> 满城风雨送凄凉，三四年前此战场。
> 遗老犹应愧蜂蚁，故交已久化豺狼。
> 江山不敢人心在，宇宙方来事会长。

翠玉楼前天亦泣，南音半夜落沧浪。

　　　　　　　　　　——文天祥《赣州》

　　这首《赣州》，同样是文天祥一首重要的自传诗。行经赣州，想到这里曾是自己早年宦游和起兵勤王之地，文天祥抚今追昔，百感交集。事实上，文天祥这种尊崇杜诗以地名记事的诗风早在他隐居文山时便已开始，而在他转战多地抗元及至被俘北上的这段时期，更是成为他表达心志直抒胸臆的重要载体。诚如文天祥在《指南录后序》中所云，《指南录》中的诗歌均是"在患难中，间以诗记所遭"。其实，串起文天祥这段悲壮岁月的又何止他数百慷慨激昂的诗篇，这位南宋末年的状元宰相，其浩气长存的诗词更是让北行路上的草木为之含悲，风云为之变色。

　　乾坤能大，算蛟龙、元不是池中物。风雨牢愁无着处，那更寒虫四壁。横槊题诗，登楼作赋，万事空中雪。江流如此，方来还有英杰。
　　堪笑一叶漂零，重来淮水，正凉风新发。镜里朱颜都变尽，只有丹心难灭。去去龙沙，江山回首，一线青如发。故人应念，杜鹃枝上残月。

　　　　　　　　　——文天祥《酹江月·和友驿中言别》

　　这首《酹江月》，为文天祥被押送大都时途经金陵驿所作。词中所和友人是与其一同抗元的好友兼同乡邓剡。抵金陵后，邓剡因病滞留，临别时邓剡作《念奴娇·驿中言别》以赠，文天祥以此词和之。"横槊题诗，登楼作赋，万事空中雪。江流如此，方来还有英杰"，纵观文天祥留给后人的诗词，浩然之气始终弥漫其中，而他宁死不屈的精神和凛然正气更是烛照后世。从宋德祐元年（1275）到元至元十九年（1282），文天祥在七年的时间里，经历了太多的"死"，当这些"死"难之境被一一记录在《指南录后序》之中，我们看到的，已是一个可知可感的抗元英雄，一段可歌可泣的生命传奇！

> 呜呼！予之及于死者，不知其几矣。诋大酋，当死；骂逆贼，当死；与贵酋处二十日，争曲直，屡当死；去京口，挟匕首以备不测，几自刭死；经北舰十余里，为巡船所物色，几从鱼腹死；真州逐之城门外，几彷徨死；如扬州，过瓜洲扬子桥，竟使遇哨，无不死；扬州城下，进退不由，殆例送死；坐桂公塘土围中，骑数千过其门，几落贼手死；贾家庄几为巡徼所陵迫死；夜趋高邮，迷失道，几陷死；质明，避哨竹林中，逻者数十骑，几无所逃死；至高邮，制府檄下，几以捕系死；行城子河，出入乱尸中，舟与哨相后先，几邂逅死；至海陵，如高沙，常恐无辜死；道海安、如皋，凡三百里，北与寇往来其间，无日而非可死；至通州，几以不纳死；以小舟涉鲸波出，无可奈何，而死固付之度外矣！呜呼，死生，昼夜事也。死而死矣，而境界危恶，层见错出，非人世所堪。痛定思痛，痛何如哉！

对于这位南宋忠臣，元世祖忽必烈极为重视，据说他曾当廷询问群臣道："南方、北方宰相，谁是渠能？"群臣皆答："北人无如耶律楚材，南人无如文天祥。"为了招降文天祥，忽必烈先派出了丞相孛罗，当孛罗问"既知其不可，何必为"时，文天祥答道："父母有疾，虽不可为，无不下药之理。尽吾心焉，不可救，则天命也。天祥今日至此，唯有一死，不在多言。"招降不成，他们便叫了南宋降臣留梦炎前去游说，结果他刚一开口，就被文天祥骂了个狗血喷头。眼见劝降又挫，元朝又搬出了已经降元被封为瀛国公的小皇帝赵㬎，面对赵㬎的劝说，文天祥面北而跪，涕泗横流道："乞回圣驾。"当这些招数都不能使文天祥屈服，元朝统治者便开始动用他的亲属劝降，已在元朝居官的文天祥之弟文璧，女儿柳娘、环娘及两妾均被当作劝降的工具，他们声泪俱下，"哀哭劝公叛"，而文天祥却没有丝毫动摇，他给弟弟文璧写诗道："去年我别旋出岭，今年汝来亦至燕。弟兄一囚一乘马，同父同母不同天。"表达了他的视死如归之志，同时，他对身陷囹圄的妻妾子女道："汝非我妻妾子女也，果曰真我妻妾子女，宁肯叛我而从贼耶？"又在给妹妹的信中写道："人谁无妻儿骨肉之情，但今日事到这里，于义当死，乃是命也。"这股充溢于字里行间的凛然之气，时隔数百年，我们仍能感受得到。

最终，元世祖忽必烈决定亲自见一见这位南宋囚臣，而文天祥面对这位马上皇帝，仍是长揖不跪，对元世祖的宰相之许更是不为所动。最后，忽必烈问道："汝何愿？"文天祥答曰："天祥受宋恩，为宰相，安事二姓？愿赐之一死足矣。"忽必烈沉默良久，面对这位抱着必死之心的"南人"，他除了钦佩，更多的是不解，"皮之不存，毛将焉附？"一个亡国之人，这种坚持究竟有何意义？然而，文天祥最终投给忽必烈的却是一个面南背北的从容就义之姿，当不屈的头颅定格在历史的黄昏，人们记住了这个充满血色的日子，至元十九年十二月初九（1283年1月

9日),同时,也记住一个令人扼腕叹息的年龄,47岁。

>天地有正气,杂然赋流形。
>下则为河岳,上则为日星。
>于人曰浩然,沛乎塞苍冥。
>皇路当清夷,含和吐明庭。
>时穷节乃见,一一垂丹青。
>
>——文天祥《正气歌》(节选)

这首文天祥作于狱中的《正气歌》,是他在生命最后时刻的心灵独白。在该诗的序中,我们发现,尽管在两年多的时间里,这间狱中斗室,"污下而幽暗""诸气萃然",文天祥却像孟子所说的那样,"吾善养吾浩然之气",用自己的浩然正气消解掉了狱中的水气、土气、日气、火气、米气、人气、秽气等七气,成为这间死囚牢的生命奇迹。据史载,文天祥就义后在其衣带中发现了这样一段赞文:

>孔曰成仁,孟曰取义,惟其义尽,所以仁至。读圣贤书,所学何事?而今而后,庶几无愧!

这就是文天祥,在用孤弱的双肩担起道义的时候,他从未想过,自己是一个人在战斗。

第二部分

一尊还酹江月

宋词里的文人背影

风雨欧公柳

平易朴实的文格对应不加矫饰的人格，让欧阳修成为令后世景仰的一代文宗。

纵观两宋文学史，我们可以发现，如果没有北宋文坛盟主欧阳修倡导的诗文改革运动，也许浮华空洞的西昆体会蔓延成一股不可扼制的诗风，而有宋一代的文学也许会因此陷入太学体文字佶屈聱牙、片面追求奇险的泥淖。在欧阳修生活的北宋中期，成型于魏晋的骈体文历经700多年的发展，已经渐渐进入了一味追求声律对偶、刻意堆砌雕琢辞藻的误区。到了宋真宗时期，由于杨亿、刘筠等一批编修官合撰的一部诗集《西昆酬唱集》，在当时的朝野颇为盛行，使得空洞华丽歌功颂德的西昆体很快便成为"取科第，擅名声，以夸荣当世"的敲门砖，天下士子参加科举考试，如果诗文不入考官法眼，便很难登科入仕。当时，少年丧父幸赖母亲以荻画地相教，及至后来博览群书颇负才名的欧阳修，对流行的西昆体颇不以为然，相比之下，他更喜欢韩愈朴实晓畅的文风。据说欧阳修少年时嗜书如命，但苦于家贫少书，便常去一李姓人家借书抄录，一天，他在李家屋角的一个破筐里发现了一本残缺不全的《昌黎先生文集》，顿时如获至宝，马上向李家讨得此书，如饥似渴一口气读完。此时的欧阳修年方十余岁，但韩愈这位"文起八代之衰，道济天下之溺"的唐代古文运动领袖对欧阳修的影响却贯穿他的一生，韩文的雄浑奔放挥洒自如成为欧阳修追慕的榜样，而那部少年时期偶得的韩文旧本，在经过他日后多方参校增补后则成为欧阳一门的传家之宝。可以说，一部《昌黎先生文集》，促成了唐宋两位文学大家的跨时空握手，更成为欧阳修日后傲立两宋文坛的重要基石。

然而，在最初求取功名的日子里，追慕韩愈文风的欧阳修却经历了很长一段科场蹉跎的时期。早在17岁时，欧阳修首次参加乡试就写出了为人称颂的名句"外蛇斗而内蛇伤，新鬼大而故鬼小"，但由于韵脚超出了规定的官韵而落榜；三年以后，虽通过乡试，但在随后的礼部考试中欧阳修再遭黜落；直到天圣八年（1030），24岁的欧阳修才得以在礼部试中绽放光华，以第一名的成绩摘得这一榜的省元，历经三试最终以时文登第。

一朝金榜题名，这位特立独行的青年才俊便彻底开始与西昆体叫板。入仕之后，欧阳修亲自校订韩集，使之刊行天下。在与几个朋友共同发起的诗文改革运动中，欧阳修是一个充满激情的精神领袖，更是身体力行的文化先驱。在40多年的宦海生涯中，欧阳修创作的诗文堪居一时之冠，苏轼评其文时说："论大道似韩愈，论事似陆贽，记事似司马迁，诗赋似李白。"尤以文风清丽畅达的散文成就最高。欧阳修一生共写下了500余篇散文，在这些流芳后世的散文中徜徉，我们很少看到浮靡华丽的词语和剪红刻翠的行文，正是这些不施粉黛素面朝天的文字，

欧阳修

让人们看到了他驾驭文字的深厚功力。"醉翁之意不在酒,在乎山水之间也。山水之乐,得之心而寓之酒也。"以《醉翁亭记》为代表的诗文一扫西昆体的矫揉造作,为北宋文学吹进了一缕清新质朴的新风。

  领袖的意义不在于独善其身,而在于能够领导并影响更多的人。欧阳修在身先垂范的同时,也在广纳天下士子。这位北宋文坛领袖对很多晚辈后生不仅毫无保留地倾其所学,更是不遗余力地为他们延誉奔走。在众多弟子中,曾巩的入仕尤其离不开欧阳修的襄助。

"吾奇曾生者，始得之太学。初谓独轩然，百鸟而一鹗。"这是欧阳修初见曾巩时对他的高度评价。此时的曾巩风华正茂，虽然有过一次科举失利的经历，但敏而好学的他并未气馁，而是于庆历元年（1041）秋冬之交，背起行囊，从家乡江西南丰出发，一路来到汴京进入太学，再次向科考冲刺。曾巩素知欧阳修声名，甫一入京，便携两册杂文时务策投书欧阳府。欧阳修看过曾巩文章，对这位江西老乡赞不绝口，将他视为自己诗文改革运动的骨干，不仅对他悉心指点，更为他积极奔走，希望他能有个好的前程。

然而，曾巩在次年的礼部试中还是落榜了。对于曾巩的落榜，欧阳修深以为憾，在安慰曾巩的同时，他还特地撰写了《送曾巩秀才序》，对主考官的墨守成规大加斥责。"呜呼，有司所操果良法耶！何其久而不思革也。"应该说，这声质问既是欧阳修对曾巩的一份宽慰，更是成为他日后痛革科场积弊的内生动力。嘉祐二年（1057），欧阳修主持会试。正是在这位锐意革新的文坛领袖的力挺下，当年的科举考试一改从前，黜落险怪奇涩之文。也正是这一年，曾巩没有辜负恩师提举之恩，一举登第，金榜题名。

由欧阳修担任主考官的这场嘉祐二年的科举考试，可以说不仅是曾巩之幸，更是北宋文人之幸。正是在欧阳修的坚持下，一大批文风清新不坠时文的文坛新星得以崭露头角，苏轼、苏辙、吕大钧、程颢、张载、朱光庭等人，都是一榜入选，这些青年俊杰在日后不仅令北宋文坛风气为之一变，他们中的很多人更是成为北宋政坛的中坚力量。纵观光耀文坛的"唐宋八大家"，我们更发现这样一个现象，那就是在此八人中，除唐人韩愈、柳宗元外，另外六位宋人（欧阳修、王安石、曾巩、苏洵、苏轼、苏辙）竟同聚于欧阳一门。正如南宋文学家叶梦得在《避暑录话》中指出："庆历后，欧阳修以文章擅天下，世莫敢有抗衡者。"毕仲游《欧阳叔弼传》则云："本朝欧阳庐陵文忠公起于天圣、明道间，主天下文章之盟三十年。"经过欧阳修及其后继者的共同努力，宋代诗文改革运动结束了骈文统治文坛的历史，开启了古文清新质朴的新历程。

  花底忽闻敲两桨。逡巡女伴来寻访。酒盏旋将荷叶当。莲舟荡。时时盏里生红浪。
  花气酒香清厮酿。花腮酒面红相向。醉倚绿阴眠一饷。惊起望。船头阁在沙滩上。

——欧阳修《渔家傲》

  有学者认为，和欧阳修其他的文学创作相比，这位北宋诗文大家一直在用余力写词，词的创作并非其创作的主流，但不可否认的是，欧阳修是北宋词由前期向中期发展的关键人物，诚如清末学者冯煦所云，欧阳修"即以词言，亦疏隽开子瞻，深婉开少游"，而作为其深婉特质的代表作，恰是他用"渔家傲"这一词牌创作的六首采莲词。"花底忽闻敲两桨，逡巡女伴来寻访"，当欧阳修摈弃花间派词人的铺金缀玉，以效仿和吸收民歌的方式构成其词作的语近情深，我们看到的，正是他与自己所倡导的朴实无华的文风的高度一致。

  和清新质朴的文风相对应，是欧阳修正直磊落不加矫饰的人格。《宋史·欧阳修传》称其"天资刚劲，见义勇为，虽机阱在前，触发之不顾。放逐流离，至于再三，志气自若也"。此评语可谓公允切当。欧阳修不仅是一位文坛领袖，更是一位政界直臣，这位曾任过几年朝廷谏官的文人一扫士林论卑气弱之貌，经常不畏权贵，犯颜直谏。

"不怕身微而当众怒"，面对宋廷内外交困的局势，欧阳修曾积极上奏，揭示造成危局的"三弊五事"。在欧阳修看来，澶渊之盟后，宋廷积贫积弱的颓势已到了必须扭转的地步，而所谓"三弊"，正是"不慎号令""不明赏罚""不责功实"等军政弊端，"五事"则指兵、将、财用、御戎之策、可任之臣。欧阳修所指陈的"三弊五事"直接击中了宋廷存在的痼疾。也正是这篇奏文，与范仲淹的奏文一起，共同构成了此后庆历新政的内核。

庆历元年（1041）十月，一场旨在革除冗兵、冗官、冗费等"三冗"之弊的改革拉开了帷幕。这场由范仲淹主导的庆历新政，从一开始，就鲜明地提出了明黜陟、抑侥幸、精贡举、择长官、均公田、厚农桑、修武备、推恩信、重命令、减徭役等十条改革措施，随着改革的推行，以吕夷简、夏竦为代表的守旧派成为最大的绊脚石。当时，担任谏官同时又是范仲淹至交的欧阳修，始终坚定地站在改革派一边，他不仅奏请朝廷颁布条例，限制贵胄子弟以恩荫入仕，同时连上奏折，对虽已致仕却仍在干扰改革的吕夷简大加挞伐，一针见血地指出吕夷简"私宠仆奴而乱国法""暗入文书，眩惑天听"，请求宋仁宗"任贤勿贰，去邪勿疑"。及至夏竦等人阴谋炮制出党论，令仁宗面对改革派与保守派所形成的激烈党争踯躅不前，又是这位文坛盟主挥笔写就了《朋党论》，切中肯綮地指出，"君子以同道为朋，小人以同利为朋"，并建议仁宗"退小人之伪朋，用君子之真朋"。当庆历新政失败，范仲淹等人被贬，朝中大臣都噤若寒蝉时，还是欧阳修不顾个人安危，为范仲淹等人辩冤，痛斥吕夷简之流"不复知人间有羞耻事"。

欧阳修的直率个性，导致他数度被贬，他的人格也多次受到诋毁和侮辱。景祐三年（1036），他因朋党案被贬夷陵；庆历五年（1045），保守派诬陷他与外甥女张氏私通，再贬滁州；嘉祐二年（1057）他主持贡举时，对当时流行的险怪奇涩的不正之风坚决痛斥，以致受到一些浮浪子弟拦路围攻，甚至写祭文诅咒他；治平四年（1067），由于刚直不阿，不徇私情，欧阳修再次被人泼上了"扒灰长媳"的脏水，罢政出知外。

然而，尽管欧阳修屡遭构陷，仕途蹭蹬，却始终不改其操。处江湖之远，欧阳修给当地百姓留下的，不仅是宽简高效的政声，更有锐感多情的文字。

> 夜闻归雁生乡思，病入新年感物华。
> 曾是洛阳花下客，野芳虽晚不须嗟。
> ——欧阳修《戏答元珍》（节选）

这是欧阳修初贬夷陵之时，面对早春二月残雪压枝，春笋抽芽，发出的顽强的生命高歌。

> 聊咨别后著，大出箧中篇。
> 问传轻何学，言诗诋郑笺。
> ——梅尧臣《代书寄欧阳永叔四十韵》（节选）

这是欧阳修挚友梅尧臣在乾德之聚中，对贬谪于此却对《春秋》《诗经》执着探求的欧阳修表达敬意。当因在庆历新政中得罪群小被人上书与外甥女张氏私通的欧阳修被贬谪到滁州，滁州的山水早已在静候这位诗文大家的到来，澄明的山水对应着澄明的内心，蒙受不白之冤的欧阳修并未就此沉沦，千古名篇《醉翁亭记》正是在山高林密的滁州一挥而就。

> 环滁皆山也。其西南诸峰，林壑尤美，望之蔚然而深秀者，琅琊也。山行六七里，渐闻水声潺潺而泻出于两峰之间者，酿泉也。峰回路转，有亭翼然临于泉上者，醉翁亭也。作亭者谁？山之僧智仙也。名之者谁？太守自谓也。
>
> ——欧阳修《醉翁亭记》（节选）

滁州有幸！琅琊山有幸！山水永远是中国文人心灵的寄托。当碧水青山一洗文人的政治郁气，我们看到的，是激昂的文字和滂沛的热情！事实上，得山水之乐的欧阳修早已将其豁达的心性铺陈在了他外放贬谪的每一片土地上：他是扬州大明寺山门下载月而归的歌者；他是青州田垄间阻止广遭诟病的青苗法施行的父母官；当然，他更是那个在颍州西湖坐在不系之舟上的致仕老人。

> 天容水色西湖好，云物俱鲜。鸥鹭闲眠。应惯寻常听管弦。
> 风清月白偏宜夜，一片琼田。谁羡骖鸾。人在舟中便是仙。
>
> ——欧阳修《采桑子》

当十三首《采桑子》在颍州西湖上平静地升起，我们看到的，是一位屡遭构陷、仕途坎坷，却始终心如止水的豁达文人。欧阳修自号"六一居士"，即"藏书一万卷，金石拓片一千件，酒一壶，棋一局，琴一张，醉翁一人"。事实上，这位主编《新唐书》，苦撰《新五代史》，在二十四史中独树其声的文坛巨匠，一直都在以一颗平常心面对自己的文字和人生，时人誉其"以文章道德为一世宗师"，并不为过。

> 平山阑槛倚晴空。山色有无中。手种堂前垂柳，别来几度春风。
>
> 文章太守，挥毫万字，一饮千钟。行乐直须年少，尊前看取衰翁。
>
> ——欧阳修《朝中措·送刘仲原甫出守维扬》

在扬州知州任上，欧阳修曾于扬州西北郊的蜀冈之上建过一座平山堂，之所以取名"平山堂"，是因为蜀冈地势较高，坐于堂中，江南诸山恰与视线相平。平山堂建成后，欧阳修还亲自在堂前栽下一棵柳树，被人称为"欧公柳"。这首《朝中措》，是欧阳修八年后重返京师，送好友刘敞出知扬州时所作，词中的"堂前垂柳"指的就是那棵欧公柳。及至北宋末年，有个叫薛嗣昌的官员，因其官声狼藉，行为不检，被贬扬州，在平山堂前，他也栽下一棵柳树，自命为"薛公柳"。但这棵薛公柳实在不能和苍翠挺拔的欧公柳相提并论，就在薛嗣昌卸任不久，薛公柳便被愤怒的人们砍成了烧柴，倒是欧公柳一直笑傲风雨，矗立不倒。这位薛姓官员不会知道，要想在人们的心中栽下一棵大树，需要的不是赫赫官威，而是一份质朴无华的品格。

庙堂江湖，履霜而行

"先天下之忧而忧，后天下之乐而乐。"当范仲淹将心声注入《岳阳楼记》中时，他就已经在一碧万顷的洞庭湖畔，建立起了警示时人和后世的精神坐标。

范仲淹勤学笃行的故事，一直被人们作为励志的范本。这位幼年丧父的北宋政治家、文学家、军事家，虽出身贫寒，却"慨然有志于天下"，十五岁即被举为学究，后来得其继父友人引荐，在邹平县醴泉寺寄宿读书。为了能专注一心，不受干扰，范仲淹每天早上要煮上一锅稠粥，待粥凉后，划成四块，再拌上几根咸菜，便是自己一天的口粮。千年以后，重温这则"划粥断齑"的故事，我们仍然能在脑海中浮现出这样的画面：清冷的精舍中，一个手不释卷的年轻人伴着一盏青灯，正不舍昼夜地苦读，在他的旁侧，是一锅凉粥。寺院中，纷飞的雪花和单调的木鱼声都在传递着佛门的清净，然而，透过精舍的烛光，我们知道，在这座并不起眼的丛林禅刹，真正参禅入定的，其实不是那些诵经不止的僧侣沙弥，而是这个孜孜不倦的年轻学子。

真正改变范仲淹命运的，是位于商丘的应天书院。正是在这座遐迩闻名的书院，范仲淹用了整整五年的时间埋头攻读，"入学舍，扫一室，昼夜讲诵，其起居饮食，人所不堪，而公自刻益苦"。大中祥符八年（1015），范仲淹顺利通过科举考试，由一名寒儒步入仕途，自此，强烈的忧患意识贯穿了范仲淹四十多年的宦海生涯。从广德军司理参军到兴化县令、秘阁校理、陈州通判、苏州知州，再权知开封府、陕西经略安抚招讨副使、参知政事，及至后来历知邠州、邓州、杭州、青州、颍州，无论是"居庙堂之高"，还是"处江湖之远"，我们看到的，始终是范仲淹兢兢业业克己奉公的背影：天禧五年（1021），范仲淹调任泰州西溪盐仓监，他看到旧海堤因年久失修，多处溃决，海潮倒灌、毁坏盐灶，当地百姓深受水患之苦，遂重修捍海堰，横跨通、泰、楚三州，全长约二百华里，使百姓生活有了保障。一座范公堤，成为范仲淹"仁民爱物"的外化呈现。天圣四年（1026），范仲淹丁母忧寓居应天，受时任知府晏殊邀请，出掌应天书院，"常宿学中，训督学者，皆有法度，勤劳恭谨，以身先之"，一时间，求学者云集，应天书院文风炽盛。天圣七年（1029），时年十九岁的宋仁宗准备在冬至日率百官为垂帘听政的刘太后祝寿，范仲淹认为此举混淆了家礼与国礼，天子"奉亲于内，自有家人礼。顾与百官同列，南面而朝之，不可为后世法"，并在众人缄口的朝堂，上书建言垂帘听政的刘太后还政于仁宗……胸怀社稷的范仲淹，无论置身何处，一直都没有背离他心忧天下的赤子之心。

宋太祖赵匡胤可能不会想到，其重文抑武的国策决定了宋廷外交的懦弱，但也给了范仲淹这样的文官施展军事才能的机会。宝元元年（1038），党项族首领元昊在兴庆府（今宁夏银川）称帝，建立西夏。康定元年（1040），西夏大举攻伐延州，范仲淹为陕西转运使。国家危难之际，范仲淹受命戍边，任陕西经略安抚副使，兼知延州，和韩琦等人一起，率兵前往西线御敌。迎着朔风，满腹诗书的范仲淹给军士们展示的是他勇武决绝的另一面。他治军严明，自宋建国以来，边防旧制存在诸多问题，导致出现了"将不知兵，兵不知将"的局面，军中将士堕怠戎事、不思边功已成积习。范仲淹到任后，从一开始就将整饬军纪作为头等大事来抓。他果断地将克扣兵士军饷的鄜州军曹司马勋、张式、黄贵等人斩首，同时，对在战斗中冲锋陷阵的张建侯、狄青等人上陈边功，"乞赐酬奖"，从而使军容为之一振。他审时度势，看到被西夏军焚毁的城寨，认为"修复城寨即是远图"，在他的主持下，从延州去平夏的道路得以恢复管辖，延州有了萧森的壁垒。为了进一步阻断西夏军南进之路，他又派种世衡督修青涧城，从而使整个鄜延地区十余座城寨形成掎角之势，对西夏军构成了有效的钳制。他寓兵于农，陕北"气候苦寒，境内陂陀砂碛，十居八九，土脉枯瘠，岁运多歉，青草鲜毓"，为了恢复农业生产，改变延州一带千里萧条、民生凋敝的状况，范仲淹到任伊始便大力募耕，寓兵于民，推行屯田政策，从而不仅稳定了当地蕃户，也保障了军粮供应，对稳定军心、巩固边防起到了重要作用……当严明的治军理念锻造出一批像狄青、种世衡这样卓越的将领，并训练出一批骁勇善战的士兵，当刚健的军事人格在无数次战斗实践中被不断强化不断提升，人们对这位从应天书院走出的书生已生出深深的敬意。当地边民中曾有这样的歌谣："军中有一范，西贼闻之心胆寒"，而西夏军中也认为"小范老子腹中有数万甲兵"，一时不敢轻取延州。

> 塞下秋来风景异，衡阳雁去无留意。四面边声连角起，千嶂里，长烟落日孤城闭。
>
> 浊酒一杯家万里，燕然未勒归无计。羌管悠悠霜满地，人不寐，将军白发征夫泪。
>
> ——范仲淹《渔家傲·秋思》

在词人扎堆的宋代，仅存词五首的范仲淹实在不能以量取胜，但在词史的发展中，范仲淹却占据着承前启后的重要地位，尤其是他这首驻防延州期间创作的《渔家傲》，更是成为脍炙人口的千古名篇。当一身戎装的范仲淹踏着西北的秋霜，当长烟落日、悠悠羌管和无限思绪统统融入《渔家傲》的雄浑乐阵，我们看到的是这位心怀家国的文人对边患未除、将士思乡的切肤之痛，是对建功边地、马上荣归的无限缅想。一曲《渔家傲》，范仲淹将笔底豪情和金戈铁马进行了最有机的链接。

如果说"出将"让范仲淹将坚毅的背影融入了边关冷月，那么"入相"则让他将一腔肝胆披沥于症结丛生的庙堂。回望范仲淹的政治生涯，最值得一说的，当然是由他主导的庆历新政。庆历三年（1043）九月，宋仁宗将固守西线五年的范仲淹匆匆召回，这位策马回朝的臣子还未洗掉边塞的征尘，就先是被任命为枢密副使，继而又被任命为参知政事，并和韩琦、富弼、欧阳修等一起迅速组成了一个班底，接受了一项重要使命——迅速起草改革方案，平息各地蹿升的民怨。当时，随着军费开支陡增，各种徭役赋税也在不停增加，百姓不堪其苦，多次发生骚乱和暴动。那么，究竟应如何化解当下的危机呢？范仲淹、富弼等人认为，不可头痛医头，脚痛医脚，"欲正其末，必端其本；欲清其流，必澄其源"，一定得从根上进行改革。这个病根，其实并不是单纯的军费开支，而是恩荫制度带来的冗官、冗费。官宦子弟可以世袭官爵，许多在位的虚官其实都在空食俸禄，大量的冗官造成了朝廷庞大的开支，而这种开支，都要转嫁到平民百姓身上，骚乱和暴动也便此起彼伏。事实上，早在十六年前，也就是天圣五年（1027），范仲淹就曾在《上执政书》中提出了"固邦本、厚民力、重名器、备戎狄、杜奸雄、明国听"的改革方案，可惜那时他还人微言轻，加之仁宗皇帝还没有意识到改革的迫切性，也便搁置下来。十六年后，随着防御西夏为范仲淹带来了巨大声望，加之仁宗此时又觉得改革已势在必行，于是，"出将"归来的范仲淹转而"入相"，成为这场改革的旗手。庆历三年（1043）的秋天来得过早，汴京的街道上已落叶纷纷，而在以范仲淹为代表的改革派看来，此时的汴京太需要一场涤荡尘埃的秋风，它的落点要准，力度要狠。

很快，这场史称"庆历新政"的改革就有了可以依托的纲略，那就是范仲淹呈送仁宗的《答手诏条陈十事》。在这份中国改革史上颇为著名的奏折中，范仲淹认真总结了自己从政多年来酝酿已久的政治思想，大胆提出了十项改革主张，即明黜陟、抑侥幸、精贡举、择长官、均公田、厚农桑、修武备、推恩信、重命令、减徭役。如果说十六年前范仲淹在应天书院执教期间写就的《上执政书》更多地洋溢着一份远离政治中心却心忧天下的济世情怀，那么历经十六年之后，这份《答手诏条陈十事》已经有了更多元的指向，同时，也更加具备了可操作性。我们不妨来看看范仲淹为宋廷开出的其中几剂药方：

明黜陟，针对的是一批尸位素餐之辈。北宋官制规定，"文

明人绘范仲淹像

资三年一迁，武职五年一迁，谓之磨勘"，很多"太平官"不作为却可照例升迁。为矫此弊病，范仲淹提出，一切官吏，"有大功大善，则特加爵命；无大功大善更不非时进秩，其理状寻常而出者，祗守本官"。抑侥幸，直指恩荫之滥。依宋制，凡高级官吏任职到一定年限，可在重大节日自荐子弟一人为官，致使出现冗官泛滥、"贤与不肖，同升一朝"的现象。为此，范仲淹主张必须对恩荫加以限制，以给寒门学子更多机会。精贡举，这一条指向科举制。出身寒门的范仲淹认为，北宋的科举制度"专以辞赋取进士，以墨义取诸科"，结果形成了"虽济济盈庭，求有才有识者，十无一二"的局面，若革此弊，当以"策论高辞赋"，先"策论而后诗赋"，从而达到"教以经济之业，取以经济之材"的目的。修武备，此条针对的是军制。北宋肇建之初，采取的是强干弱枝政策，使得大量兵源聚集京师，不仅开支巨大，"衣粮赏赐丰足"，且战力疲弱，深谙统兵之道的范仲淹提出效仿唐制，使士兵"三时务农，大省给赡之费；一时教战，自可防虞外患"……

范仲淹的《答手诏条陈十事》，构建了庆历新政的基本框架，仁宗看过大为赞赏，马上诏令颁布全国，北宋历史上的政治体制改革由此拉开帷幕。在范仲淹、富弼等一批忠直之臣的推动下，庆历新政很快便取得一些成效：庞大的官僚体系开始精简；恩荫子弟的入仕开始受到限制；不作为的"太平官"很难得到提拔重用；科举考试的实用性大大增加。看到自己的政治理想以雷霆之势向前推进，范仲淹凭栏远眺，踌躇满志。

然而，历代改革面对的都是一堵厚重的高墙，在仁宗时代，由守旧势力筑起的这堵高墙更是坚固得难以撼动。随着新政的迅速推行，各种流言诽谤也开始充斥宋仁宗的耳朵，尤其是一些奸佞小人构陷范仲淹等人的朋党谗言，更是让仁宗坐立不安。对任何一个皇帝而言，当臣僚们拉帮结党，形成了势力，就意味着自己的权力被削弱，自己的地位被架空，而这，显然是不可碰触的敏感底线。《范文正公遗事录》载：

> 仁宗尝语张士逊曰："人言仲淹尝欲乞废朕，朕但未见其章疏耳。"士逊曰："陛下既未见其章疏，不可以空言加罪，望陛下访之。"积十数请，仁宗曰："竟未之见也，然为朕言之多矣。"

从这段文字，我们仿佛可以看见仁宗充满怀疑的目光。而恰在此时，作为范仲淹的好友，同时也是改革派的一员，欧阳修抛出了一篇《朋党论》，劝说仁宗要辨别君子之党与小人之党，"退小人为伪朋，用君子之真朋"，结果不仅没有帮成范仲淹，反而让仁宗更加坚定了解散朋党停止改革的决心。庆历五年（1045）三月，当宋仁宗将各项业已执行的新法尽数废除，范仲淹等人整顿吏治革除弊政的成果顷刻间便化为乌有，一场大刀阔斧的庆历新政仅仅施行了不到两年时间便中道夭折了。

> 罗绮满城春欲暮。百花洲上寻芳去。浦映芦花花映浦。无尽处。恍然身入桃源路。
> 莫怪山翁聊逸豫。功名得丧归时数。莺解新声蝶解舞。天赋与。争教我辈无欢绪。
> ——范仲淹《定风波·自前二府镇穰下营百花洲亲制》

庆历新政失败后，范仲淹被贬到河南邓州，在那里，这位退出政治中心的政治家将城东南的百花洲重新修缮，这里成为他晚年经常光顾之地。"莺解新声蝶解舞。天赋与。争教我辈无欢绪。"沉浸于莺歌蝶舞中的范仲淹，改革失败的抑郁当然不会轻易释怀，一句"争教我辈无欢绪"，揭示了这位北宋政治家的心态。然而，也正是这样的心态，让即将步入花甲之年的范仲淹开始了他人生新的跋涉。他踏察民间，劝课农桑，一如既往地关心百姓疾苦；不仅如此，他还兴学育才，在当地建了一座花洲书院，请各方学者前来讲学。庆历六年（1046），范仲淹的好友，被贬到湖南岳州的滕宗谅（字子京）来信说他重修了洞庭湖畔的岳阳楼，同时附上了一幅《洞庭晚秋图》，请范仲淹作记。邓州与岳州，各处豫湘一端，尽管相距遥远，但两位挚友却天涯咫尺，心意相通，从未登临岳阳楼俯瞰过洞庭湖的范仲淹，面对一幅《洞庭晚秋图》，却能心游万仞，笔走龙蛇，片刻之间，便写就了气势雄劲的《岳阳楼记》。

> 不以物喜，不以己悲。居庙堂之高，则忧其民；处江湖之远，则忧其君。是进亦忧，退亦忧。然则何时而乐耶？其必曰"先天下之忧而忧，后天下之乐而乐"乎！

这篇《岳阳楼记》甫一面世，就赢得了时人的赞誉，欧阳修在《资政殿学士户部侍郎文正范公神道碑铭》中说："公少有大节，于富贵、贫贱、毁誉、欢戚，不一动其心，而慨然有志于天下，常自诵曰：士当先天下之忧而忧，后天下之乐而乐也。"而稍晚的黄庭坚则在其《跋范文正公诗》中说："范文正公在当时诸公间第一品人也……所谓'先天下之忧而忧，后天下之乐而乐',此文正公饮食起居之间先行之,而后载于言者也。"

这两位宋人显然更了解范仲淹。事实上,《岳阳楼记》更像是范仲淹用一生宿构而成的千古文章,他在江湖的心系乾纲,他在庙堂的心忧社稷,最终在邓州变作了这篇不足四百字的台阁名胜记。当它被高悬在修葺一新的岳阳楼上,辉映着烟波浩渺的洞庭湖,范仲淹,已经将自己的人生信条彰昭后世,成为激励人们前行的精神明灯。

据陆游《老学庵笔记》载:"范文正公喜弹琴,然平日只弹《履霜》一操,时人谓之范履霜。"其实,只弹《履霜》曲的范仲淹,在其坎坷的生命旅途中,又何尝不是履霜而行呢?回望这位忧国忧民的改革家所走过的足迹,我们能够看到,尽管风冷霜寒,但他留在史书中的每一个脚印,都是那么沉实,有力。

在虚拟的情境中播撒离愁

　　身处富贵优游之中,却以娴雅离愁之词见长,品读晏殊的《珠玉词》,总感觉华丽有余,而亲切不足。

　　在文采灿然的有宋一代,晏殊显然是一个令人艳羡的达者。在《宋史·晏殊传》的开篇,一段简短的文字已足够令许多寒窗苦读的文人嫉妒:

> 晏殊……七岁能属文。景德初,张知白安抚江南,以神童荐之。帝召殊与进士千余人并试廷中,殊神气不慑,援笔立成。帝嘉赏,赐同进士出身。

　　七岁便能写一手好文章的神童在宋代也许并不稀奇,但能在十四岁便和众多考生一起,接受皇帝的考试,并被赐同进士出身,不能不说是一种幸运。这种好运气几乎伴随了晏殊一生,看看这个神童的仕途轨迹,我们便只有羡慕的份了:他先是被任命为秘书省正字,后迁太常寺奉礼郎、光禄寺丞,再后来又当上了太子舍人、翰林学士,庆历中又官拜集贤殿学士、同平章事兼枢密使、礼部刑部尚书、观文殿大学士知永兴军、兵部尚书,一路可谓顺风顺水,最后做到了宰相的高位。

本身就少年得志,加上身处仁宗朝这样的承平时代,让晏殊这位"太平宰相"的日子极为好过。据说真宗在位时期,时任秘书省正字的晏殊并不像其他官员那样耽于享乐,而是"独家居,与昆弟讲习",令真宗颇为器重,遂内批其为东宫官。不想晏殊听说自己是因为这个原因而擢升,竟对真宗据实以告:"臣非不乐燕游者,直以贫无可为之。臣若有钱亦须往,但无钱不能出耳。"晏殊的这番禀告颇为高明,一方面,自己没有因为"不合群"而在同僚面前"拉仇恨",另外,也进一步加深了皇帝对他的好印象,让真宗对他更加放心。皇帝其实最怕的就是无欲无求的臣子,眼前的这位年轻臣子这么谨慎诚实,还有什么可疑心的呢?当即,"益嘉其诚实,知事君体,眷注日深。仁宗朝,卒至大用"。

在仁宗朝"至大用"的晏殊确实如他在真宗皇帝前所说的那样,将燕集游乐当作生活中的一项重要内容。叶梦得《避暑录话》载:

> 晏元献公虽早富贵,而奉养极约,惟喜宾客,未尝一日不燕饮。而盘馔皆不预办,客至,旋营之……每有嘉客必留,但人设一空案一杯。既命酒,果实蔬茹渐至,亦必以歌乐相佐,谈笑杂出。数行之后,案上已灿然矣。稍阑,即罢遣歌乐曰:"汝曹呈艺已遍,吾当呈艺。"乃具笔札相与赋诗,率以为常。

从这段文字，我们可以想见这位重臣的生活是何等惬意，宋代士大夫阶层的清雅闲适之风，在晏殊身上无疑是一个缩影。《宋史》称晏殊"文章赡丽，应用不穷，尤工诗，闲雅有情思"，所作小词"风流蕴藉，一时莫及"，正因如此，沉浸于燕集游乐之中的晏殊，没有诗词相佐，显然是不成的。还是让我们回到叶梦得的《避暑录话》吧，当酒过三巡，菜过五味，大家的情绪都已达到高潮的时候，也便是这位"太平宰相"大显身手之时。他罢遣了歌乐，道一声："汝曹呈艺已遍，吾当呈艺。""乃具笔札相与赋诗，率以为常。"仁宗朝是中国封建文人的黄金时代，身处富贵优游之中，才情斐然的晏殊当然要吟词助兴，将文字悉数抖落进杯觥里。当一首首雍容华贵、珠圆玉润的小令借着酒劲流淌而出，我们看到，晏词已非"宴词"，它们已经超出侑觞佐舞的意义，更多的是，它们在众人的追捧与喝彩中，已经成为一种象征——权力的象征，身份的象征。

  菊花残，梨叶堕。可惜良辰虚过。新酒熟，绮筵开。不辞红玉杯。
  蜀弦高，羌管脆。慢飐舞娥香袂。君莫笑，醉乡人。熙熙长似春。

——晏殊《更漏子》

翻检晏殊留给后世的《珠玉词》，我们可以看到，在他130余首词作中，有相当一部分内容都在铺陈男欢女爱，相思离别，而这些作品大部分就是在酒宴上完成的。尤其是他在酒宴上对歌妓的描述，更是极度彰显出晏词的富贵之色。

"蜀弦高，羌管脆。慢飐舞娥香袂。君莫笑，醉乡人。熙熙长似春。"这首《更漏子》，细腻描摹了鼓乐升平之中歌妓们高超的舞技，曼妙的舞姿，纤细的腰肢，迷人的笑靥。当众人皆入醉乡的时候，我们可以想见，晏殊的这首即席而作的小令是怎样的恰到好处，它定格了一场相府欢宴的瞬间，也留存住了歌妓们的青春韶华，以至于近千年以后，这些美女丽姝的形象仍跃然纸上，可知可感。事实上，正是这些歌妓词所张扬的富贵特征，渲染了晏殊相府一场场欢饮达旦的聚会："兰堂帘幕高卷，清唱遏行云。持玉盏，敛红巾。祝千春。"读着这样的词句，我们的脑海中会浮现出收敛红巾手执玉盏的丽人形象。"春葱指甲轻拢捻。五彩条垂双袖卷。雪香浓透紫檀槽，胡语急随红玉腕。"走进这样的画面，我们能够感受到主人对家妓们的一丝怜爱欣赏之情。"萧娘敛尽双蛾翠。回香袂。今朝有酒今朝醉。遮莫更长无睡。"伴着萧娘的翩跹舞姿，我们更能看到，醉态朦胧的晏殊已是今朝有酒今朝醉，只愿常住醉境，不愿醒来。

阆苑神仙平地见，碧海架蓬瀛。洞门相向，倚金铺微明。处处天花撩乱，飘散歌声。装真筵寿，赐与流霞满瑶觥。

红鸾翠节，紫凤银笙。玉女双来近彩云。随步朝夕拜三清。为传王母金箓，祝千岁长生。

——晏殊《长生乐》

在晏府的推杯换盏中，除了描写歌妓的艳词，像《长生乐》这样的祝寿词也很常见。作为北宋写祝寿词数量最多、成就最高的词人，晏殊在一次次的大宴宾客中，也将北宋初年朝野上下愈演愈烈的祝寿之风用华丽的辞藻推向了极致。"随步朝夕拜三清。为传王母金箓，祝千岁长生。"有学者认为，晏殊这首写给贵人的祝寿词绝非一般的贵人，而是仁宗皇帝的叔父荆王赵元俨，也就是民间传说中的"八贤王"原型之一。身居高位的晏殊，当然知道这位贵人的重要性，当他在府中用"红鸾翠节，紫凤银笙"的仪仗为"八大王"的寿诞增添气氛，用"洞门相向，倚金铺微明"营造出一派道家仙境，我们相信，这种富贵之气早已弥散进晏词的字缝之中，想要抽离绝无可能。纵览晏殊三十余首祝寿词，我们便会发现，无论是"四海一家同乐。千官心在玉炉香。圣寿祝天长"这样的圣寿词，还是"画堂元是降生辰，玉盏更斟长命酒"这样的他寿词，甚至是"谁唤谢娘斟美酒，萦舞袖，当筵劝我千长寿"这样的此前文人从来没有写过的自寿词，总感觉虚诞了些，尘俗了些，谀佞了些，虽然历经时间的磨洗，字里行间还是充满了挥之不去的酒气与喧嚣。

但作为北宋富贵闲人的晏殊，作为仁宗朝具备相当话语权的文人，已注定要成为一面被时人追捧的旗帜。这位游走于温（庭筠）韦（庄）花间、以南唐冯延巳为师的宰相，在将大量赡丽的小令填充进宋初寂寥词坛的同时，已被人们奉为"北宋倚声家初祖"；而随着晏殊的小令成为士大夫阶层争相传阅的佳作，这位江西才子也对富贵气象有了更加居高临下的定义。据欧阳修《归田录》记载：

> 晏元献公喜评诗，尝云："老觉腰金重，慵便枕玉凉"，未是富贵语，不如"笙歌归院落，灯火下楼台"，此善言富贵者也。

在晏殊看来，颇得晚唐体奥义的寇準这句"老觉腰金重，慵便枕玉凉"显然对富贵气的描写过于直露,这样的炫富之词怎么能赶上白居易的"笙歌归院落,灯火下楼台"?乐天居士仅用十个最平实的字就展示出了欢宴的余响,灯火的余辉,看似曲终人散,实则是一种真正的炫耀,真正的富贵。

当然,对富贵之词的表达,晏殊在搬出白居易的同时,其实是对自己有着更充分的自信。据吴处厚《青箱杂记》记载:

> 晏元献公虽起田里,而文章富贵,出于天然。尝览李庆孙《富贵曲》云:"轴装曲谱金书字,树记花名玉篆牌。"公曰:"此乃乞儿相,未尝谙富贵者。故余每吟咏富贵,不言金玉锦绣,而惟说其气象。若'楼台侧畔杨花过,帘幕中间燕子飞''梨花院落溶溶月,柳絮池塘淡淡风'之类是也。"故公自以此句语人曰:"穷儿家有这景致也无?"

优游于舞榭歌台的晏殊,对词的淡化与雅化可谓颇下功夫,他在自己的文字中尽力回避着富贵,但骨子里却难掩那份远离乡野俚俗的倨傲之气。

> 一曲新词酒一杯,去年天气旧亭台。夕阳西下几时回。
> 无可奈何花落去,似曾相识燕归来。小园香径独徘徊。
>
> ——晏殊《浣溪沙》

这首广为流传的《浣溪沙》,被认为是最能代表晏殊词风的名篇，尤其是那句"无可奈何花落去，似曾相识燕归来"，更是用一联巧对抒发了对时光流逝和人事变迁的感叹，明代杨慎认为"'无可奈何'二语工丽，天然奇偶"，清人刘熙载则认为此二句堪称"触著之句"。关于这联绝对，有好事者还附会了一则故事，《复斋漫录》载：

> 晏元献因观王琪大明寺诗板，大加称赏，召至同饭。饭已，又同步池上。时春晚，有落花。晏公每得句，书墙壁间，或弥年未尝强对。且如"无可奈何花落去"句，至今未能对也。王应声曰：似曾相识燕归来。……

全词由此生机盎然。和这首《浣溪沙》并驾齐驱的，是晏殊的另一首《蝶恋花》，其中，"昨夜西风凋碧树，独上高楼，望尽天涯路"，更是被王国维收入《人间词话》，认为是古今之成大事业、大学问者必经的三境界之一。

然而，读着这些文采绮丽的小令，总感觉像是隔着一层，有一种疏离之感。吟诵着"无可奈何花落去，似曾相识燕归来"的时候，我们对应不上一位终日莺歌燕舞锦衣玉食的朝廷重臣的情绪，而默念着"昨夜西风凋碧树，独上高楼，望尽天涯路"，我们又很难想象它会出自一位平步青云官运亨通的文人。不可否认，晏殊是一位虚拟情境的高手，但这样的情境虚拟得越真实，离真实就越远。当他呼朋引伴，弦歌不绝，将小令统统装进他颇为自得的《珠玉词》，当"借他人之酒杯，浇心中之块垒"成为晏殊的写作惯性，我们看到，比之羁旅愁苦的柳永，一生困顿的苏轼，报国无门的辛弃疾，这位太平宰相在钟鸣鼎食中

晏　殊

脱口而出的那份离愁别绪，总感觉缺少了一份行路的征尘和世事的风霜。

> 晚趋宾馆贺太尉，坐觉满路流欢声。
> 便开西园扫径步，正见玉树花凋零。
> 小轩却坐对山石，拂拂酒面红烟生。
> 主人与国共休戚，不惟喜悦将丰登。

须怜铁甲冷彻骨，四十余万屯边兵。
　　　　　　——欧阳修《晏太尉西园贺雪歌》(节选)

　　如果说晏殊在诗词创作上一生都在以力避富贵气的方式张扬着自己的富贵之气，那么，这位太平宰相在为官之道上则在以一生的明哲保身、守成忌变维持着自己的富贵之气。欧阳修这首《晏太尉西园贺雪歌》所表达的，正是当时身为谏官的欧阳修对晏殊的不满情绪。中国词学史历来公认为他们是北宋仁宗词坛的领袖，究其原因，一是二人都以大量的词作打破了宋初词坛的沉寂，还有一个更重要的原因，就是他们之间是一种绝对的师承关系。天圣八年（1030），欧阳修在两次落第之后，第三次参加科举考试，而这一年的主考官正是晏殊，晏殊对欧阳修之才大为赞赏，将其定为"省元"，从此欧阳修便以晏殊门生自称。然而，这段堪称文坛佳话的师生情很快便终结了，原因就是生性耿介爱憎分明的欧阳修看不惯晏殊在许多军国大事上的暧昧态度和不作为。创作《晏太尉西园贺雪歌》这首长诗正缘于此，据《东轩笔录》记载，宋仁宗庆历年间，西夏犯边，战事紧张，朝廷任命晏殊为枢密使，处理军务。值雪夜，欧阳修担心老师劳累，遂前往府中探望，然而一到晏府，发现晏府正欢声笑语，载歌载舞，全无大战将至的紧张气氛。耿直刚正的欧阳修哪里看得了这般景象，于是丝毫没考虑师生之谊和身份之殊，即席写就了这首《晏太尉西园贺雪歌》，意在规劝晏殊应以边关军事为重，不可"小轩却坐对山石，拂拂酒面红烟生"。一个亲手提携起来的学生竟如此让自己下不来台，这让晏殊极为恼火，就在这次见面之后，晏殊开始"不喜欧阳公"（《邵氏闻见录》）。

晏殊与欧阳修最终的交恶，其实是因为晏殊在触及个人禄位时的三缄其口，明哲保身。在以范仲淹、富弼、欧阳修为主导的庆历新政中，我们几乎看不到这位太平宰相对这场旨在富国强兵的改革发出的支持之声，相反，对改革不置一词的晏殊因为担心自己与范仲淹、欧阳修的师承关系，与富弼更是有着翁婿之情，竟有意与这些改革闯将划清了界限，以免引火烧身，以至于其婿富弼对这位老泰山都大为不齿，当着仁宗的面斥其"殊奸邪，党夷简以欺陛下"。作为晏殊曾经的得意门生，欧阳修在晏殊去世之后，对晏殊的为官态度仍耿耿于怀，在《晏元献公挽辞》中，直接用"富贵优游五十年，始终明哲保身全"概括这位太平宰相风平浪静的一生，可以说毫不留情面。

让我们再回到《宋史·晏殊传》吧。就在"帝嘉赏，赐同进士出身"的第二天，皇帝又当廷复试其诗、赋、论，结果晏殊一看试题，"殊奏：'臣尝私习此赋，请试他题。'帝爱其不欺，既成，数称善，擢秘书省正字"。无可否认，少年晏殊用自己的率真与诚实为自己的人生铺就了一条通途，但他的文字却从此多了一分隔膜，而他的人生更是少了一分真诚，也许，这便是生存的悖论吧。

砸缸者的人生两面

在中国儿童的启蒙读物中,司马光砸缸的故事历久不衰。这个机智勇敢的孩子,在玩伴跌进水缸的时候,并没有像其他孩子那样惊惶失措,而是沉稳如常,果断地投石砸缸,救出了困在水缸中的同伴。这个故事早在北宋时期就已脍炙人口,当时的汴梁、洛阳一带人们还将故事绘制成图,流传甚广,而今,这则故事仍是中国儿童的重要读本。

其实,沉稳的个性对于司马光而言,更像是决定其人生轨迹的一个重要刻度:在刻度的左边,是沉稳带来的保守,求稳守成的政治观点使其成为王安石变法过程中最坚决的反对者;而在刻度的右边,我们看到的,则是因沉稳而生出的严谨,一部疏密有秩内容详信的《资治通鉴》,让他彪炳千秋。

史载,司马光"生七岁,凛然如成人,闻讲《左氏春秋》,爱之,退为家人讲,即了其大指。自是手不释卷,至不知饥渴寒暑"。司马光不仅学习刻苦,而且入仕很早,在担任天章阁待制等职时,对朝廷不合礼法的事总是抗颜直谏。英宗爱妃董氏去世，英宗决定在董氏的葬礼上使用天子出行时的仪仗，司马光认为有违礼法，遂上书道：

> 董氏秩本微，病革方拜充媛。古者妇人无谥，近制惟皇后有之。卤簿本以赏军功，未尝施于妇人。唐平阳公主有举兵佐高祖定天下功，乃得给，至韦庶人始令妃主葬日皆给鼓吹，非令典，不足法。

英宗无奈，只好收回成命，按礼制处置。初入仕途的司马光，已经将先王礼法看得很重，为了礼法，他不惜触龙颜，逆圣听。

然而，司马光一直恪守的"先王之法不可变"，到了神宗朝，开始受到改革派王安石的有力挑战。这位一度与司马光、吕公著、韩维并称为"嘉祐四友"的"拗相公"，在宋神宗刚刚即位不久，便以"三不足"（即"天变不足畏，祖宗不足法，人言不足恤"）的胆魄，主张进行政策和制度上的改革。王安石坚信，财政、军事上的诸多痼疾，必须通过雷霆手段，大刀阔斧地改革才能奏效，司马光却认为："治天下譬如居室，敝则修之，非大坏不更造也。"一个是激进的改革派，一个是求稳的保守派，这两个挚友的政见势同水火，拉开了北宋党争的序幕。

> 臣愚伏望陛下于边鄙之事，常留圣心，特降诏书，明谕中外，应文武臣僚，有久历边任，或曾经战阵，知军中利害及戎狄情伪者，并许上书自言。陛下勿以其人官职之疏贱及文辞之鄙恶，一一略加省览……有可取者，即为施行。仍记录其姓名，置于左右，然后

选其中勇略殊众者，擢为将帅。若能称职有功，则劝之以爵赏；昏懦败事，则威之以刑诛。加以选练士卒，留精去冗，申明阶级之法，抑扬骄惰之气，诚能如此，行之不懈，数年之后，俟将帅得人，士卒用命，然后惟陛下之所欲为。

——《司马光集》卷33《西边札子》

这封奏疏，是司马光针对西夏战事提出的一套解决方案。此时，王安石旨在通过征兵制解决宋廷冗兵问题的保甲法正酝酿推行，针对这条颇具扩张性的御敌之策，司马光认为，"夫兵者凶器，圣人不得已而用之"。在他看来，真正的养兵之术，"务精不务多也"，如果久历边阵的文武臣僚允许让更多通晓军情的士卒"上书自言"，且皇帝能"勿以其人之官职之疏贱及文辞之鄙恶"而广开言路，"留精去冗"，那么，数年以后，则"将帅得人，士卒用命"，可供皇帝任意差遣。

显然，这封奏疏秉持了司马光"非大坏不更造"的保守政治主张。王安石希望以府兵制取代募兵制，而司马光则主张继续维持募兵制，只是通过对兵将的筛选来减少冗兵之害。实际上，王安石与司马光在观念上的对立又岂止一条保甲法。熙宁二年（1069），在变法之初，司马光就曾向神宗呈《上体要疏》，直言新法之弊。熙宁三年（1070）二月，司马光再呈《乞罢条例司常平使疏》，列举出青苗法实施后的诸多隐患，建议神宗废除青苗法。此后，司马光又给王安石连写三封信，尤其是在第三封信中，他更是不客气地向王安石提出："当举其大而略其细，存其善而革其弊，不当无大无小，尽变旧法，以为新奇也。"然而，正在为新法推行冲锋陷阵的王安石怎会听进保守的司马光这番"陈腐"之言?一心想革除积弊的宋神宗又怎会对这种和富弼、韩琦等守旧之臣如出一辙的奏疏青眼有加?熙宁四年(1071)四月,当司马光的一系列奏折被束之高阁,这位将祖宗之法看得格外重要的老臣最终申请外调,赴洛阳设局编书,而一场由年轻皇帝撑腰的改革随之大张旗鼓地铺开。

从后来的事实看,王安石的变法并不是一次完美的变法,而身为旧党领袖的司马光也不能简单地被界定成变法的绊脚石。变法初期,确实取得了一定成效,但因王安石的偏执个性和用人不当,在后期的执行过程中开始暴露出诸多问题,以至于民不堪命,怨声载道。正因如此,当神宗驾崩,哲宗继位,高太后垂帘听政,司马光作为新法最坚定的反对者,很快便成为坊间"相天子,活百姓"的最佳人选。当他被朝廷再度起用,由洛阳重返汴京,据笔记小说记载,当时汴京百姓"叠足聚观",以至于车马都无法通行。这位在洛阳一直隐忍着的老臣显然没有辜负"众望",出山后做的第一件事便是尽废新法,彻底回到变法之前的政治状态。一句"作青苗、免役、市易、赊贷等法,以聚敛相尚,以苛刻相驱。生此厉阶,迄今为梗",使青苗法很快被废止;一句"使兵夫数十万,暴骸于旷野,资仗巨亿,弃捐于异域",使募役法成为历史;一句"生事之臣""欲乘时干进,建议置保甲、户马、保马,以资武备;变茶盐、铁冶等法,增家业、侵街、商税等钱,以供军须。遂使九土之民,失业困穷,如在汤火",使保甲法、市易法也很快被废止……在司马光看来,新法就是穿肠毒药,必须立即废止。被公推为反对新法旗帜人物的司马光显然在这场卷土重来的"斗法"中铆足了劲,只凭意气便将新法一概废之。当被司马光引为同一阵营的苏轼都摇头而叹"司马牛",当元祐更化这场看似拨乱反正的风暴在短短十几个月内便成为中国历史上一个矫枉过正的代名词，司马光、王安石，这两个水火不容的政敌，都因其性格的弱点，走偏了自己的人生轨迹。

> 红日迟迟，虚廊转影，槐阴迤逦西斜。彩笔工夫，难状晚景烟霞。蝶尚不知春去，谩绕幽砌寻花。奈猛风过后，纵有残红，飞向谁家。
>
> 始知青鬓无价，叹飘零官路，荏苒年华。今日笙歌丛里，特地咨嗟。席上青衫湿透，算感旧、何止琵琶。怎不教人易老，多少离愁，散在天涯。
>
> ——司马光《锦堂春》

这首《锦堂春》，为司马光退居洛阳时所作。虽然司马光在文学上成就斐然，但他并不以文学自矜，尤其是对藻绘雕饰的文辞不以为然，他一生推崇扬雄，对扬雄"雕虫篆刻，壮夫不为"的文学创作观念深表赞同，坚信"不专为文"，文以载道，有道行之。正因如此，其存词甚少，只有三首，诚如苏轼所言："其文如金玉谷帛药石也，必有适于用，无益之文，未尝一语及之。"纵览司马光留给后世的三首词，我们发现，《西江月》呈现给我们的，是"相见争如不见，有情何似无情。笙歌散后酒初醒，深院月斜人静"的动情之笔。《阮郎归》呈现给我们的，是"落花寂寂水潺潺，重寻此路难"的记梦之词。当然，最能凸显这位北宋重臣落寞之情的，还是这首《锦堂春》。"席上青衫湿透，算感旧、何止琵琶。怎不教人易老，多少离愁，散在天涯"，当求稳守成的政治主张在狂飙突进的神宗时代格格不入，这位"文辞纯浑，有西汉风"，将作词视为余技的文人，

司马光

开始在自己为数寥寥的诗词中杂糅进对年华易逝的伤感，但更多的，是将自己的政治观点投向历史的深处。早在英宗朝，司马光就有意编纂一部简明扼要的通史，记录历代执政得失，给皇帝以镜鉴；到了神宗执政，他认为此举"鉴于往事，有资于治道"，遂将该书赐名为《资治通鉴》。然而，中国历史源远流长，究竟从何处起笔呢？司马光选择了这样一个年份：周威烈王二十三年，即公元前403年。之所以将这一年作为《资治通鉴》的起点，是因为就在这一年，周威烈王命晋大夫魏斯等为诸侯，弃了"先王之礼"，废了"祖宗之法"。将自己的政治态度缝合进史书之中，司马光的目的很明显，就是要让步入"变法歧路"的宋神宗迷途知返。

这也许是司马光不曾想过的，退居洛阳，一退就是15年。15年，消解了政治生涯的郁气，成就了一部旷世之书，此时，那个在政治上保守的臣子又回到了其沉稳的性格刻度，并将这份沉稳熔炼成治学修史的严谨作风。《资治通鉴》共耗时19年，而司马光和他的助手们在洛阳潜心著述的15年无疑是最卓绝的时期。在《资治通鉴》序言中，司马光写道："每患迁、固以来，文字繁多，自布衣之士，读之不遍，况于人主，日有万机，何暇周览？臣常不自揆，欲删削冗长，举撮机要，专取关国家盛衰，系生民休戚，善为可法，恶为可戒者，为编年一书。"秉持着这样的初衷，司马光和他的助手们从编纂《资治通鉴》开始，就严格地从汗牛充栋的史料中举撮机要，删削冗长，尤其是退居洛阳的15年间，这个标准更是被有力地执行。司马光选择三位助手刘恕、刘攽、范祖禹的标准：首先，在政治立场上，必须是自己的同道。此三人，都是司马光反变法阵营的中坚力量。其次，则是形成年龄梯次。司马光初为主编时已有48岁，而刘攽、刘恕、范祖禹同修之初，年龄分别为44岁、35岁、30岁，这样的年龄梯次，既可以老带新，保证修史的质量，又可新老碰撞，保持修史的活力，到最后，以新代老，还可保证修史的赓续。当然，最重要的是，刘攽、刘恕、范祖禹三人既是博古通今的通才，又在某一领域有自己的专攻，如刘攽是两汉史专家，刘恕是魏晋南北朝史与五代史专家，而范祖禹则对唐史颇有建树。有学养深厚、严谨务实的司马光做主编，有刘攽、刘恕、范祖禹三位精于史学的专家做助编，这样的修史班底，无疑构成了北宋中期最强大的学术阵容，也注定了《资治通鉴》

的学术光芒。

刘恕之子刘羲仲在回忆父亲的文章中曾云:"先人在书局,止类事迹,勒成长编,其是非予夺之际,一出君实(司马光字)笔削。"据说,司马光每天修改的稿子不仅达到一丈多长,而且上面无一草字,尤其是对史料的考究极其认真,为了一个事件,一个年代,常常反复斟酌,思量再三。《资治通鉴》全书共218条史论,除了引用前人99条史论,余者119条都是"臣光曰"。司马光深知,这需要一份纵贯古今的学术洞察,更需要一份一丝不苟的修史担当。除了批览十七史,司马光和他的助手们更是对前代留下的大量史籍广泛引用,在他洛阳的宅邸,"聚书出五千卷"。据后人统计,《资治通鉴》所引用的史籍达到了300种之多。当全书编纂完成,未用的残稿足足堆满了两间屋子!

由此,我们得以在北宋中期的高层士大夫群体中看到这样两支分别由王安石和司马光带领的队伍,他们的走向不同却各放异彩,他们政见抵牾却共同丰富了一个时代的表情,诚如葛兆光先生所言:

> 十一世纪六十年代末到七十年代,在政治首都汴梁,正当持实用策略的一批官僚在皇帝的支持下,紧锣密鼓地推行他们实用的、速见成效的新政策时,在文化中心洛阳,却聚集着一批一直相当有影响、却暂时没有权力的高级士大夫,他们坚守着一种高调的文化保守立场。

"臣今筋骨癯瘁,目视昏近,齿牙无几,神识衰耗,目前所为,旋踵而忘。臣之精力,尽于此书。"神宗元丰七年(1084),

当65岁的司马光将294卷、300余万字的《资治通鉴》进呈宋神宗，宋神宗看到的，是这个墨守成规的保守派生命中的另一面。

由此，《资治通鉴》注定让司马光的名字光耀学林。这部上起周威烈王二十三年（前403），下至后周显德六年（959），共记载了16个朝代、1362年历史的史学巨著，其流畅的行文、丰富的史料和细致的考据令历代封建帝王和学者推崇备至。宋元之际的史学家胡三省曾云：

> 为人君而不知《通鉴》，则欲治而不知自治之源，恶乱而不知防乱之术。为人臣而不知《通鉴》，则上无以事君，下无以治民。为人子而不知《通鉴》，则谋身必至于辱先，作事不足以垂后。

清代史学家王鸣盛更是将《资治通鉴》推向一个高峻的学术海拔，认为它是"此天地间必不可无之书，亦学者不可不读之书"。

关于司马光的故事，除了砸缸广为流传，他发明的警枕同样也为人们津津乐道。所谓"警枕"，其实就是用一截圆木做枕头，只要警枕一滚动，司马光便起身读书，由此可见这位史学大家的刻苦用功。其实，这个警枕更像是司马光沉稳性格中的刻度，无论它滚向哪一边，我们看到的，都是那个为国操劳、夙兴夜寐、秉烛疾书的背影。

让流放成为心灵的出猎

当自己不能掌控命运之舟的走向，便以一颗沉静淡泊的心做锚，随遇而安，气定神闲。苏轼，在逆风飞扬的时候，用一首首清雄豪放的诗词记录他跌宕起伏的人生。

这位北宋时期的诗文大家，在21岁出蜀入汴京时，已经"学通经史，属文日数千言"（《亡兄子瞻端明墓志铭》）。他以礼部复试第一名的身份成为当时的文坛领袖欧阳修的得意门生，同时，又以出色的政治才能博得宋英宗赏识，年纪轻轻便被任命为大理寺评事签书凤翔府节度判官厅公事。不久英宗驾崩，神宗即位。这位志在成为尧舜之君的皇帝即位伊始，就立刻起用锐意变革的王安石，意气风发地开始了一场史称"熙宁变法"的革新。按理说，以苏轼的政治禀赋，对这场由皇帝牵头的变革只需"少加附会，进用可必"（《杭州召还乞郡状》），但他没有这么做。尽管这场变革大刀阔斧，雷厉风行，解决了不少前朝遗留的痼疾，但与之相生的诸多问题也层出不穷，针对这种情况，言直口快的苏轼向皇帝上书，直陈变法之弊。正处在兴头上的皇帝当然不喜欢这样的声音。随着新党势力的日益壮大，苏轼的年轻气盛、不流于俗更使他陷入危机之中。蔡絛在《铁围山丛谈》中说："（苏轼）以高才狎侮诸公卿，率有标目，殆遍也。"当他率性地在自己的诗文中针砭时弊，他全然没有意识到，自己的宦海沉浮行将开始。

熙宁四年（1071）至元丰二年（1079），对于苏轼来说，可谓仕途辗转，八年间，苏轼先后出任杭州通判和密州、徐州、湖州等三地的知州，始终远离京城。其间，苏轼的态度一直是积极的。在杭州任上，他疏通六井，整治西湖；在徐州任上，他抗洪抢险，加固城墙；而在担任密州知州期间，人们更是记住了一位心怀家国、才华横溢的文人。

老夫聊发少年狂，左牵黄，右擎苍，锦帽貂裘，千骑卷平冈。为报倾城随太守，亲射虎，看孙郎。

酒酣胸胆尚开张。鬓微霜，又何妨！持节云中，何日遣冯唐？会挽雕弓如满月，西北望，射天狼。

——苏轼《江城子·密州出猎》

这首气势沉雄的《江城子》，正是苏轼在密州任上的潇洒之作。一句"老夫聊发少年狂"，让人们觉得苏轼已垂垂老矣，其实，此时的苏轼不过37岁，正当壮年，所谓"老夫"，不过自嘲而已。在密州，苏轼堪称"为官一方，政通词美"，不仅在执政上减免赋税、兴修水利、除灭蝗灾，在文学艺术方面也形成了自己的豪放词风，一句"会挽雕弓如满月，西北望，射天狼"，让我们看到这位自称"老夫"的文人并不老，而是充满了用世的豪情。

当然，外放的苏轼也有思念，也有乡愁。熙宁九年（1076）中秋之夜，皓月当空，银辉洒遍大地。在与弟弟苏辙分别之后，苏轼已经有七年未能与之相聚。"欢饮达旦，大醉"，面对一轮朗月，心潮起伏的苏轼情难自已，一首传唱千古的《水调歌头》便一挥而就。

> 明月几时有，把酒问青天。不知天上宫阙，今夕是何年。我欲乘风归去，又恐琼楼玉宇，高处不胜寒。起舞弄清影，何似在人间。
>
> 转朱阁，低绮户，照无眠。不应有恨，何事长向别时圆。人有悲欢离合，月有阴晴圆缺，此事古难全。但愿人长久，千里共婵娟。
>
> ——苏轼《水调歌头》

远离京城的苏轼思念着亲人，更渴望着回朝效力的那一天，然而，他不会想到，当他真正踏上赴京的征途，竟会被戴上一副沉重的枷锁！元丰二年（1079），就在苏轼到湖州任上短短几个月之后，一个生命的劫数降临到了他的头上。按照惯例，苏轼就任新职，要上表谢恩，这位湖州知州很快就写了一封《湖州谢上表》，内中是这样写的：

> 此盖伏遇皇帝陛下，天覆群生，海涵万族。用人不求其备，嘉善而矜不能。知其愚不适时，难以追陪新进；察其老不生事，或能牧养小民。而臣顷在钱塘，乐其风土。鱼鸟之性，既自得于江湖；吴越之人，亦安臣之教令。敢不奉法勤职，息讼平刑。上以广朝廷

之仁，下以慰父老之望。臣无任。

苏轼的真性情流淌在他的诗词中，也印刻在他的政见中。然而，他显然没有注意到，他所身处的变法时代，也是党争激烈的时代，作为旧党成员，稍不留意，就会被新党阵营攻击。这封《湖州谢上表》很快就送达了京师，然而，也正是这封表，让苏轼惹祸上身，监察御史何正臣从"知其愚不适时，难以追陪新进；察其老不生事，或能牧养小民"这句话中嗅出了嘲讽新法、不满君上的味道，随之马上奏报神宗。此后，御史中丞李定又从"东海若知明主意，应教斥卤变桑田""岂是闻韶解忘味，迩来三月无食盐"这些本是苏轼信手拈来的诗句中发现了"大逆不道"的苗头。一时间，新党一干人如获至宝，何正臣认为苏轼愚弄朝廷，必须严惩，"大明诛赏，以示天下"。李定更是指陈苏轼有"傲悖之语，日闻中外""言伪而辩，行伪而坚"等"可废之罪"。众口铄金，积毁销骨，神宗龙颜大怒，马上命御史台派人赴湖州押解苏轼入京。在神宗祖母曹太后及一众官员的求情下，苏轼虽免一死，却在狱中度过了130天备受煎熬的至暗时刻，成了北宋开国以来最著名的文字狱的直接当事人。因为汉代御史府遍植柏树，常有乌鸦数千栖宿其上，故御史台又被称为"乌台"，后世史家遂将这个当时震惊朝野的事件称作"乌台诗案"。

经历过一番牢狱之灾，苏轼于当年被赦，官贬黄州团练副使。初到黄州，这个"荒山大江"的地方让这位遭逢厄运的文人面对的是肉体与精神的双重打击。因为是戴罪之身，苏轼不得签书公事，官舍也不得居住，全家人曾一度寓居在黄州一处叫定慧院的寺庙之中，一家人的生活陷入困顿。苏轼在给秦观的信中说:"廪入既绝,人口不少,私甚忧之,但痛自节俭,日用不得过百五十。每月朔,便取四千五百钱,断为三十块,挂屋梁上。平旦,用画叉挑取一块,即藏去叉。"(《答秦太虚书》)即便如此,仍难解决全家的饥馑。好在此时有一位叫马正卿的书生素来仰慕苏轼,为他请得黄州城东数十亩荒地,让他耕种以解决吃饭问题,才算让苏轼一家得以渡过难关。苏轼在《东坡八首》的序中这样写道:

> 余至黄州二年,日以困匮。故人马正卿哀予乏食,为于郡中请故营地数十亩,使得躬耕其中。地既久荒为茨棘瓦砾之场,而岁又大旱,垦辟之劳,筋力殆尽。释耒而叹,乃作是诗,自愍其勤。庶几来岁之入,以忘其劳焉!

我们可以想象这样的画面:每当朝阳初升,苏轼便带着家人持耒荷锄,来到东坡。在这片布满茨棘瓦砾的荒地上,这位诗书满腹的大宋贬谪之官,粗衣麻鞋,躬耕其中,挥汗如雨,俨然一个勤劳的农夫。"端来拾瓦砾,岁旱土不膏",他为土地的贫瘠惆怅;"家童烧枯草,走报暗井出",他为忽然发现的泉眼惊喜;"种稻清明前,乐事我能数",他按照农人的时令耕作;"种枣期可剥,种松期可斫",他按照自己的喜好植树。在宦海的风刀霜剑中,人们看到的是苏轼愈发旷达和坚强的个性,他虽因文字罹祸,但并未因此而放弃文字,而是通过文字丰盈生命的历程。黄州四年,苏轼的诗词创作达到了顶峰,风格自成一家。

> 缺月挂疏桐，漏断人初静。时见幽人独往来，缥缈孤鸿影。
>
> 惊起却回头，有恨无人省。拣尽寒枝不肯栖，寂寞沙洲冷。
>
> ——苏轼《卜算子》

这首《卜算子》，为苏轼官贬黄州寓居定慧院时所作。初到黄州，又因正处于罪废之余，"平生亲友，无一字见及"，苏轼的幽居离索状态自然在情理之中。然而，即便如此，苏轼仍是"拣尽寒枝不肯栖"，以一颗孤高超拔之心傲视流俗。尤其是这首《定风波》，更是让我们看到了他笑傲风雨的达观态度。

> 莫听穿林打叶声，何妨吟啸且徐行。竹杖芒鞋轻胜马，谁怕？一蓑烟雨任平生。
>
> 料峭春风吹酒醒，微冷，山头斜照却相迎。回首向来萧瑟处，归去，也无风雨也无晴。
>
> ——苏轼《定风波》

"三月七日，沙湖道中遇雨。雨具先去，同行皆狼狈，余独不觉。已而遂晴，故作此词。"这是苏轼在《定风波》词前的一段小序，事实上，在大雨中除去雨具而浑然不觉的苏轼一直在进行着心灵的叩问，带着叩问，当他走到黄州赤壁之下，答案已如滔滔江水一般兼天涌来。"大江东去，浪淘尽、千古风流人物。故垒西边，人道是，三国周郎赤壁。乱石穿空，惊涛拍岸，卷起千堆雪，江山如画，一时多少豪杰！"在黄州的赤壁之下把酒临风，荡漾于他胸中的是冲天的豪气！在"诗庄词媚"已成传统的北宋时期，大多数文人雅士早已将绵软的词风当作了抒发满腹牢骚的载体，然而在这样一种文学创作的氛围中，最有牢骚可发的苏轼呈现给人们的却是他豪放旷达的人生态度。宋人胡寅在《酒边词序》中评价东坡词时说："一洗绮罗香泽之态，摆脱绸缪宛转之度，使人登高望远，举首高歌，而逸怀浩气，超然乎尘垢之外，于是《花间》为皂隶，而柳氏为舆台矣。"谁都不会想到，窘蹇的牢狱之灾、拮据的贬谪生活会成为苏轼一段弥足珍贵的人生偏得。正是在这片荒僻的土地上，他吸取儒、释、道三家精髓，形成了自己专属的"黄州禅"。这份丰赡通透的禅意，融汇在他疏宕萧散的赤壁双赋中，"浩浩乎如凭虚御风，而不知其所止；飘飘乎如遗世独立，羽化而登仙"；同时，这份禅意也萦绕在那座于早春飞雪中落成的雪堂之上。当诗书画皆通的苏轼在正堂"绘雪于四壁之间，无容隙也"，此时的他，已经完成了由"子瞻"向"东坡"的转变——那个从眉州走出的苏子瞻已成为悠悠过往，而在黄州山水间蜕变的苏东坡，则在中国文人的精神世界高高矗立起令人仰视的丰碑！

"人亡政息"是封建专制政体的常态。元丰八年（1085），随着宋神宗赍志而殁，声势浩荡的熙宁变法随之偃旗息鼓。当倾向旧党的高太后坐在年仅十岁的哲宗身后垂帘听政，司马光等一班反对改革的旧党马上成为风光显赫的一群。由于当年对改革提出诸多质疑，旧党成员们对苏轼视若羽翼，从元丰八年五月至元祐元年（1086）九月短短一年多时间里，苏轼的官职从黄州团练副使擢升到京师三品大员，跨越了十二个官阶。官职失而复得，生活境遇大大改善，按理说应当倍加珍惜才是，但回京后的苏轼却始终不改其本色。当看到司马光等人矫枉过正，实行"元祐更化"，全面废黜新政，苏轼遂像当年指陈变法之弊

(传)[宋]李公麟《东坡笠屐图》

[明]孙克弘《苏学士东坡像》

那样，再次秉笔直言，批评司马光"专欲变熙宁之法，不复校量利害，参用所长"。本来司马光对苏轼有提拔之恩，可偏偏生性耿直的苏轼并不买账。与当政者相抗的直接后果就是被继续孤立——不久，苏轼再度被外放杭州。

在朋党的夹缝中生存，注定了苏轼的孤独。元祐八年（1093），高太后薨逝，十九岁的哲宗亲政，已经下野的新党再次执掌权柄，卷土重来的新党对旧党的打击可谓不遗余力。绍圣元年（1094），时年五十九岁的苏轼以"语涉讥讪""讥斥先朝"之罪，在一年之中数度遭贬，谪令屡改，于当年十月奔命惠州。贬至惠州的第三个年头，苏轼终于在当地的白鹤峰建起了一座新居。"已买白鹤峰，规作终老计"，已经在宦海沉浮中深谙"此心安处是吾乡"的苏轼，显然已将惠州作为自己生命的最后一站。在与亲友的团聚之日，他挥毫泼墨，写下了《纵笔》一诗：

白头萧散满霜风，小阁藤床寄病容。
报道先生春睡美，道人轻打五更钟。

对于此诗，纪昀认为："盖失意之人作旷达语，正是极牢骚耳。"而即便已被贬到了岭南的荒蛮之地，宰相章惇还是没有放过自己的政敌，在他看来，这个苏东坡在黄州能有一座雪堂，到了惠州又能在白鹤峰优哉游哉地过起神仙日子，看来吃的苦头还不够，于是索性将苏轼一路南贬，最后竟跨过琼州海峡，将他贬到了海南儋州。

儋州比之当年的黄州，更加偏远，也更加荒蛮，苏轼在《桄榔庵铭》中称此地"海氛瘴雾，吞吐吸呼。蝮蛇魑魅，出怒入娱"。

经历过黄州、惠州贬谪之苦的苏轼当然不是圣人，孤悬海外,猛虫出没,瘴气弥烈,曾一度让他心生消极,"俯仰可卒岁,何必谋二顷",认定自己将必死无疑。初到海南,他曾一度为缺少冬衣而发愁,"尽卖酒器,以供衣食",最后还是在当地百姓的帮助下,才得以度过饥寒。而更痛苦的,莫过于精神世界的孤寂。由于仅有苏过陪侍,这位"海外老人"必须面对"出无友"的困境。当罪臣身份与地理因素共同构成苏轼与主流社会的疏离,海南的狂涛巨浪和当地百姓都会发出疑问:在这个海岛上,他,还能撑多久?

> 己卯上元,予在儋州,有老书生数人来过,曰:"良月嘉夜,先生能一出乎?"予欣然从之。步城西,入僧舍,历小巷,民夷杂揉,屠沽纷然。归舍已三鼓矣。舍中掩关熟睡,已再鼾矣。
> ——苏轼《书上元夜游》

这段文字,记录了苏轼与儋州当地百姓共度上元佳节的情景,而这,也是苏轼在贬谪海南后作出的人生回答。其实,历经人生沉浮的苏轼一直都在叩问命运,只是叩问的方式有些特别,一路绝尘,不闻鞭响,只听得阵阵鼓声:"久安儋耳陋,日与雕题亲",这是他与习惯文面的当地百姓亲如一家;"春秧几时花,夏稗忽已穟",这是他和黄州时一样,在辟地耕种,自给自足;"我本儋耳人,寄生西蜀州",这是他在儋州办学堂,已将这片土地作为自己的第二故乡;"肉与浆入水,与酒并煮,食之甚美",这是他在夸赞海南生蚝的美味——这个老饕,甚至在这篇《食蚝》的文末,提出"每戒过子慎勿说,恐北方君子闻之,争欲为东坡所为,求谪海南,分我此美也"……在海氛瘴雾中行走，充斥在苏轼眼中的，不再是狂涛浊浪，蝮蛇魑魅，而是颇具情调的椰风海韵，一派生机盎然的天涯独美。"九死南荒吾不恨，兹游奇绝冠平生"，这位在宦海中颠沛流离的老人，面对着海南这座无比巨大的政治监狱，迸发而出的却是旺盛的少年狂。谪居海南三年，他"到处文章，未尝一日废也"，留下诗文300多篇，在流放的岁月里他没有行路的落寞，只有生命的礼赞。

建中靖国元年（1101），苏轼卒于遇赦北归途中，时年65岁。在多年的流放生活中，苏轼始终保持着乐观的精神状态，他用飘逸的行草穿越岁月，用绿色的文字繁荣生命，硬是将每一次流放，都当成了心灵的出猎。据宋代费衮《梁溪漫志》载，苏轼曾笑问婢女自己腹中有何物，众婢女答曰："都是文章""都是见识"，苏轼皆不以为然，轮到宠妾王朝云，"乃曰：'学士一肚皮不入时宜。'坡捧腹大笑"。"不入时宜"的个性让这位文坛巨擘经受了岁月的坎坷，但也磨砺了他旷达的个性。"问汝平生功业，黄州惠州儋州。"当苏轼临终前在自画像上写下这句概括自己一生的按语，相信这位饱经沧桑的老人，不是在慨叹命运的不公，而是在高歌生命的丰厚。

高山流水有知音

师生之谊，手足之情，放眼两宋文人，黄庭坚和苏轼的友情，堪称山高水长。

提及唐诗，李杜光焰万丈；而说到宋诗，苏黄则是耸峙的双峰。在宋代诗坛上，苏轼以其清雄豪迈的诗篇一骑绝尘，而身为他的门下弟子，同时也是他的一生挚友，黄庭坚紧随其后，成为宋诗特征最典型的代表。黄庭坚自幼聪敏，据说七岁时便作了一首《牧童诗》：

> 骑牛远远过前村，吹笛风斜隔陇闻。
> 多少长安名利客，机关用尽不如君。

这首小诗，透露出黄庭坚的少年灵气，然而，真正让黄庭坚在文学上自成一家的，还是缘于和苏轼的交往。熙宁年间，黄庭坚的岳父孙觉和舅舅李常都是苏轼的好友，他们都热心地将黄庭坚的作品推荐给苏轼，苏轼对黄庭坚的文才赞叹不已。

元丰元年（1078），初入仕途的黄庭坚将自己的两首古风诗寄给了时任徐州知州的苏轼，苏轼给他写了一封言辞中肯的书信，称赞其诗"托物引类，真得古诗人之风"，黄庭坚接到书信，当即复信道："天下无相知，得一已当半。"就在这次书信往来之后，黄庭坚正式成了苏轼门下弟子，和秦观、张耒、晁补之一起，并称"苏门四学士"。对于"苏门四学士"，苏轼曾在《答李昭玘书》中说："如黄庭坚鲁直、晁补之无咎、秦观太虚、张耒文潜之流，皆世未之知，而轼独先知之。"东坡居士这番评述并不为过，正是因为苏轼的独具慧眼，识才惜才，才让此四人在诗赋文章上得苏轼衣钵，进而在北宋文坛得以引起关注，尤其是黄庭坚，更因他在精神与灵魂上和苏轼实现了高度契合，而被人们以"苏黄"并称，得到广泛的认同。"见足下之诗文愈多，而得其为人益详，意其超逸绝尘，独立万物之表，驭风骑气，以与造物者游。"当苏轼在《答黄鲁直书》中以这样一段文字高度褒扬弟子黄庭坚的为人与为文，我们能够感受到，这对师生，在内在与外在上已经实现统一，东坡之赞是送给弟子黄庭坚的，又何尝不是自己生命人格的写照？

苏门文友的交酬唱和，构成了北宋中期一道独特的文化景观，同时，也成为黄庭坚创作生涯中一段弥足珍贵的时光。从元丰八年（1085）到元祐四年（1089）前后五年，是黄庭坚与苏轼往来最密切的时间，也是黄庭坚真正执弟子之礼的时间。为什么这么说呢？这是因为，此前二人长达七年的诗文唱酬一直是鸿雁传书，彼此并没有见面，全在神交。初入仕途，黄庭坚先是在河北大名府出任国子监教授一职，继而又相继任职于齐鲁、江西，正是这段时间，黄庭坚写出了他"桃李春风一杯酒，江湖夜雨十年灯"的名句；而此时的苏轼，则因与其势正盛的新任宰相王安石政见不合，一度被外放杭州、密州、徐州、湖州，此后，又因乌台诗案被贬为黄州团练副使，在黄州度过了一段艰难却又文思澎湃的岁月。直至元丰八年（1085）神宗驾崩，九岁的哲宗即位，高太后临朝听政，被打上旧党烙印的苏轼返京，才与时任秘书省校书郎的黄庭坚得以真正相见。从长达七年的神交，到成为京师的同僚，苏轼与黄庭坚的师生之谊更加紧密了，在诗词的切磋唱和上也更加频繁。身为一代宗师，苏轼能够兼收并蓄，虚心学习"庭坚体"，而黄庭坚更是对苏轼格外尊崇：收到来自家乡江西的双井贡茶，他会迫不及待地拿去和老师一起分享，"我家江南摘云腴，落硙霏霏雪不如。为君唤起黄州梦，独载扁舟向五湖"，在缕缕茶香中，黄庭坚和苏轼一起回望那段可称为苏东坡人生至暗的黄州岁月；求到一块珍贵的洮河砚台，黄庭坚会第一时间给老师奉上，面对这块来自甘肃的名砚，苏轼甚是喜欢，在砚台之侧，特别写下铭文："洗之砺，发金铁，琢而泓，坚密泽。……岁丙寅，斗南北，归予者，黄鲁直。"当这样一串铭文伴着悠悠墨香一起走进这对师生把盏互答的汴京时光，我们仿佛依稀能听到二人爽朗的笑声。当然，黄庭坚在这段时光里，对苏轼执弟子之礼不仅体现在物质上，更体现在精神上。《邵氏闻见录》载，黄庭坚一直将苏轼的画像悬于高堂，每天早上都要对着画像焚香施礼，对此，许多人不解，认为黄庭坚比苏轼不过小八岁，名声又相仿，大可不必行如此大的尊师之礼，但黄庭坚听后却正色道："庭坚望东坡，门弟子耳，安敢失其之序哉？"

殊为难得的是，这对师生在日常的交往中并不是保持着距离，而是更像可以相互轻松戏谑的兄弟。黄庭坚曾说过："（东坡）文章妙一世，而诗句不逮古人。"苏轼也曾说："黄九诗文

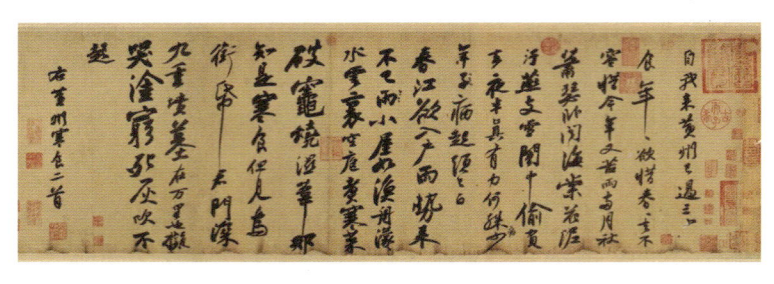

苏轼《黄州寒食帖》

黄庭坚《题苏轼黄州寒食帖跋》

黄庭坚

如蝤蛑江珧柱,格韵高绝,盘餐尽废,然而不可多食,多食则发风动气。"最有趣的一则逸事,是他们二人曾一起将张志和的《渔歌子》稍改曲度变成《浣溪沙》的故事,据说苏轼赋词一首后,黄庭坚思忖片刻,马上和道:"新妇矶头眉黛愁,女儿浦口眼波秋。惊鱼错认月沉钩,青箬笠前无限事。绿蓑衣底一时休,斜风吹雨转船头。"苏轼听罢,评其词"清新婉丽""真得渔父家风",但同时也指出:"然才出'新妇矶',便入'女儿浦',此渔父无乃太澜浪乎。"这种看似戏谑的交流,也许是文人间传情达意的一种特殊方式,但毋庸置疑的是,正是这种不存芥蒂轻松愉悦的批评方式,让二人亦师亦友,在文风上相互影响,相得益彰。

> 引调得、甚近日心肠不恋家。宁宁地、思量他,思量他。
> 两情各自肯,甚忙咱。意思里、莫是赚人吵。嗷奴真个唞、共人唞。
>
> ——黄庭坚《归田乐令》

综观《全宋词》,黄庭坚这首《归田乐令》是比较特异的存在,通篇俚语俗话的运用,让它与众多清雅婉转的宋词迥然有别,以至于造成后世对黄庭坚词的褒贬不一,而这,也正是黄庭坚与苏轼师生情中一个重要的基石,那就是和而不同。不容否认,黄庭坚的词风受到了苏轼的影响,诚如他在《子瞻诗句妙一世乃云效庭坚体盖退之戏效孟郊樊宗师之比以文滑稽耳恐后生不解故次韵道之》中所说:"我诗如曹郐,浅陋不成邦。公如大国楚,吞五湖三江。"对苏轼景仰备至,他的《定风波》《南乡子》《鹧鸪天》等词都彰显出与东坡词一样的沉雄豪健,但这位与苏轼一样在书、画、诗、词、散文等诸领域都精通的全才,又不是一味地泥师效师囿于师法,"不为牛后人"的底气,让他自信"自成一家始逼真"。正因如此,黄庭坚在承继苏轼"诗化"词学观的同时,也在坚持着自己的个性。如果说苏词在做着词的雅化,那么,黄庭坚则有意识地在让词走向俚俗。"然不易其意而造其语,谓之换骨法。窥入其意而形容之,谓之夺胎法。"当黄庭坚运用这种作诗的夺胎换骨之法冲破词的艳科樊篱,继而在诗歌创作上追求摆脱技巧的束缚而达到无斧凿痕的最高艺术境界,黄庭坚,这位生于江西修水的诗人最终在宋代诗坛形成了以他为代表的一个重要的诗歌流派——江西诗派。

诗词如此，书法亦然，作为宋代"苏黄米蔡"中的两大重要书家，黄庭坚与苏轼之间，同样是和而不同。比如二人在醉书的理解上，颇有相似之处，黄庭坚曾说："然颠长史、狂僧皆倚酒而通神入妙，余不饮酒，忽十五年，虽欲善其事，而器不利，行笔处时时蹇蹶，计遂不得复如醉时书也。"点明了酒在书法创作中具有通神入妙的作用。苏轼则说："吾醉后能作大草，醒后自以为不及。然醉中亦能作小楷，此乃为奇耳。"对醉书也表现出一定程度的热衷。但这对共同开创北宋书法中兴局面的师生，在书学思维上又都各自讲求创新精神。苏轼曾对颜真卿、柳公权的书法艺术作过评价，进而提出了"短长肥瘦各有态"的书法理念，而黄庭坚则秉承了他在诗词创作方面"自成一家始逼真"的创新热情，师古而不泥古，"观船夫荡桨"而悟笔法，自成一家。苏轼与黄庭坚用自成一家的书法艺术构成北宋书法飘逸灵动的景致，我们相信，他们之间，已经不是简单的师承关系，而是彼此影响，并肩笃行。

其实，苏轼与黄庭坚的高山流水之交，更重要的还在于彼此性格上的相互感染，文格上的相互融合。黄庭坚是苏门弟子，经常与苏轼酬答往来，因此不可避免地要陷入政治的漩流当中。在新旧两党激烈的党争之中。黄庭坚因为苏轼的原因被划入旧党，当苏轼因乌台诗案罹祸，继而在此后的宦海生涯中浮沉起落，身为苏门学士的黄庭坚同样也在经受着人生的颠沛流离。然而，这对在文学上相互影响的挚友，面对仕途坎坷所表现出的却是如出一辙的淡然与从容。在贬谪流放的岁月，苏轼将每一次放逐都看成是心灵的出猎，所贬之地都留下了他豪放豁达的诗篇。受苏轼的影响，黄庭坚同样也是"临大节而不可夺"，淡泊名利，崇尚本真，当他堪称"元祐史笔"的《神宗实录》成为新党构陷的把柄，当频繁的流放一次次震荡着诗人的神经，黄庭坚给人的背影永远是平静和淡定。在一次流放中途的彭蠡湖口，黄庭坚邂逅了正被贬往岭南的苏轼，二人相聚了三天才依依挥别。当困顿的人生际遇将这对师友聚集在喧响潮声的水畔，我们看到的，不是他们的满面愁云，而是朋友间真诚的互勉和永不衰退的生命激情。

> 断虹霁雨，净秋空，山染修眉新绿。桂影扶疏，谁便道，今夕清辉不足。万里青天，姮娥何处，驾此一轮玉。寒光零乱，为谁偏照醽醁？
>
> 年少从我追游，晚凉幽径，绕张园森木。共倒金荷家万里，难得尊前相属。老子平生，江南江北，最爱临风曲。孙郎微笑，坐来声喷霜竹。
>
> ——黄庭坚《念奴娇》

这首《念奴娇》，为黄庭坚谪居戎州期间所作。彭蠡一别，苏黄二人都没有想到，那次短暂的三日之聚竟是永诀，此后，这两条悲壮的生命轨迹再也没能交会过。绍圣元年（1094），新党再起，苏轼被贬惠州；绍圣四年（1097），62岁的苏轼再次被贬到更远更荒凉的海南儋州。而作为"旧党余孽"，黄庭坚的命运同样蹇楚坎坷，元符元年（1098），黄庭坚在黔州谪居三年之后，继续被流放到比黔州更荒僻的四川戎州。初到戎州，面对那里的穷山恶水，黄庭坚曾一度心意消沉，寓居南寺时，他将自己的寓所命名为"槁木庵""死灰寮"，足见他已是心如槁木，万念俱灰。然而很快，黄庭坚就和当年被贬黄州的苏轼一样，找到了疏通心灵的密码和傲视俗世的出口。在这里，他结识了戎州守彭道微、阆州节度推官王蕃、苏轼侄婿王庠等四十余位志趣相投的文学之士，他们之间，常常雅集唱和，诗歌互答。当朋友的欢聚冲涤开政治的郁气，颇得苏氏风骨的黄庭坚已经将坚忍融入了自己的文学创作。和苏轼那首著名的《定风波》一样，黄庭坚作这首《念奴娇》时，也用一段小序记录下了当时的情形：

> 八月十七日，同诸生步自永安城楼，过张宽夫园待月。偶有名酒，因以金荷酌众客。客有孙彦立，善吹笛。援笔作乐府长短句，文不加点。

从这段小序中，我们能够感受到，此时的黄庭坚，已不再是那个在寓所忧伤地写下"槁木庵""死灰寮"的黄庭坚，而是和当年的黄州东坡一样，做到了遇雨而不觉，"莫听穿林打叶声，何妨吟啸且徐行"。尤其是小序中"文不加点"四字，更是道出自己面对政治高压时倔强的生命姿态，而这样的生命姿态，显然和苏轼站在黄州时的生命姿态形成了时空上的呼应。如果说苏轼的"大江东去，浪淘尽、千古风流人物"彰显了他超尘拔俗的风骨，那么，黄庭坚的"老子平生，江南江北""孙郎微笑，坐来声喷霜竹"则以开阔的豪健之气在戎州的山风中逆势飞扬，诚如宋人胡仔评此词："或以为可继东坡赤壁之歌。"

建中靖国元年七月二十八日，遇赦北归的苏轼卒于常州。初闻苏轼海南遇赦，黄庭坚万分欣喜，当即写下《鹊桥仙》，一抒相思之苦：

> 八年不见，清都绛阙，望河汉、溶溶漾漾。年年牛女恨风波，拚此事、人间天上。
>
> 野麋丰草，江鸥远水，老去惟便疏放。百钱端欲问君平，早晚具、归田小舫。

依旧是蔑视富贵功名的文字，但在平实的文字中，黄庭坚已经与相别八年的挚友定下了"归田小舫"共隐江湖的约期。然而不久，苏轼病逝于归途的噩耗传来，黄庭坚与苏轼相约归隐的愿望亦化为泡影。就在一年后，黄庭坚来到了当年苏轼被贬黄州时的东坡和雪堂，抚拭着苏轼留下的石刻手迹，涌上心头的是他对这位挚友的眷眷思念，而诉诸笔端的，却不是落寞与伤感，而是依旧承续了苏轼以诗为词的那份孤傲与旷达。尽管此后不久，黄庭坚便以幸灾谤国之罪被除名羁管广西宜州，并最终病逝于此，但我们看到，在这段生命的最后时光，黄庭坚依然将对功名的否定和对归隐的向往构成了他重要的创作导向，这样的精神导向，尽管不全受苏轼的影响，但苏轼无疑是黄庭坚最后岁月里经常回望的重要一人。

据说，就在元符元年（1098），黄庭坚谪居戎州时，他曾着人仿王羲之《兰亭集序》中曲水流觞的意境，在贬所附近凿石引水为池，谓之"流杯池"。此时，饱受颠沛之苦的苏轼正在海南经受着风雨的侵袭，而我们可以想象，面对着缺少知音的流杯池，同处贬谪之中的黄庭坚，一定是举酒浩歌，在对友人的思念中，汲取生命的力量，而这种友情的力量，知音的力量，时隔千年，依然令人动容。

在矫情的歌声中建立真实

在官方正史中寂寂无闻的柳永,不会想到会在秦楼楚馆中找到让自己名动天下的出口。

柳永原名柳三变,所谓"三变",语出《论语·子张》:"君子有三变:望之俨然,即之也温,听其言也厉。"从这个引经据典的名字,我们可以知道柳永出身于世宦之家,他的五世祖柳奥曾宦游山西后徙居福建崇安,其父柳宜在南唐以"褐衣"入仕,累官至监察御史。生于这样的世宦之家,求取功名经世致用对于柳永而言,当然是毋庸置疑的正道,他在《劝学文》中曾说:

> 父母养其子而不教,是不爱其子也。虽教而不严,是亦不爱其子也。父母教而不学,是子不爱其身也。虽学而不勤,是亦不爱其身也。是故养子必教,教则必严,严则必勤,勤则必成。学,则庶人之子为公卿;不学,则公卿之子为庶人。

这番话的最好注脚，是《古今词话》中的一段记载："真州柳永，少读书时，以无名氏《眉峰碧》词题壁，后悟作词章法。一妓向人道之，永曰：'某于此亦颇变化多方也。'然遂成屯田蹊径。"正是因为师法民间的勤奋，让柳永之词从一开始就冲破了花间词的窠臼，形成了自己独特的创作风格。

由此，文采斐然的柳永自然要在风华正茂的年纪向着心中的梦想冲刺。大中祥符元年（1008），柳永在一路欣赏过沿途的壮丽山川后，千里迢迢来到汴京，准备参加科举考试。汴京的繁华当然对这个年轻人构成一种吸引，但即将到来的春闱，更是吸引柳永的一块巨大的磁石，依托《长寿乐》的词牌，柳永用这样一阕长短句抒发自己的踌躇满志：

> 情渐美。算好把、夕雨朝云相继，便是仙禁春深，御炉香袭，临轩亲试。对天颜咫尺，定然魁甲登高第。等恁时、等著回来贺喜。好生地。剩与我儿利市。

叶嘉莹先生在评价柳词时，曾指出其最值得关注的一个特色，便是将"他所看到高远的景物，结合了志意的追寻"，此评可谓切中肯綮。当"夕雨朝云相继"成为这个应试举子的青春背景，当"对天颜咫尺，定然魁甲登高第"成为一个可以笑醒的梦，柳永相信，在汴京博取功名，定如探囊取物，手到擒来。

然而，事与愿违，信心满满的初试，等来的却是落榜的消息，郁闷之下，这位心高气傲的才子借着酒劲挥就了一首狂词《鹤冲天》：

>   黄金榜上。偶失龙头望。明代暂遗贤，如何向。未遂风云便，争不恣狂荡。何须论得丧。才子词人，自是白衣卿相。
>
>   烟花巷陌，依约丹青屏障。幸有意中人，堪寻访。且恁偎红翠，风流事、平生畅。青春都一饷。忍把浮名，换了浅斟低唱。
>
> ——柳永《鹤冲天》

这首《鹤冲天》，与其说是柳永一时的泄愤之作，莫如说是决定了柳永命运的一语成谶之作，此后的若干年里，柳永曾多次参加科举考试，均以落第告终，即便新皇帝即位，也是如此，初次落第时写就的这首《鹤冲天》，却被新即位的仁宗记个了扎实。吴曾《能改斋漫录》记载，柳永又一次参加科举考试时，本来已经中第，但仁宗皇帝"临轩放榜时，特落之曰：'且去浅斟低唱，何要浮名！'"皇帝的御批重似千钧，彻底改变了柳永的人生轨迹。尽管野史记载柳永改名后，在51岁时登第，最后做了屯田员外郎，但这位"多才多艺善词赋"（《击梧桐》）的东南才子已注定不可能在官场上有太多作为。

人生的轨迹就这样偏离了正统的航道，也许连柳永本人都不曾想过，自己不被官方认可的才情，竟会在秦楼楚馆中得到淋漓尽致的抒发。就在宋仁宗写下那句沉重如山的御批后，柳永已经真的"忍把浮名，换了浅斟低唱"，他自嘲是"奉旨填词"的"白衣卿相"，终日纵游于娼馆酒楼间，再无顾忌。这位在文学和音乐方面有着极高禀赋的落魄书生，开始在勾栏的调笑声里寻找创作的灵感，在香艳的绣褥中让自己的文字彻底沉沦。"近日来，陡把狂心牵系。罗绮丛中，笙歌筵上，有个人人可意。""知几度、密约秦楼尽醉。仍携手，眷恋香衾绣被。"风月场中的娇声软语，香汗锦衾，一经柳永的点化，便少了一分狎谑，多了一分温馨。随着烟花巷陌的丝竹不断奏响柳词，柳永渐渐成为歌妓们倾慕的才子。由于柳永排行第七，又称柳七，当时在东京汴梁歌妓之间，曾盛传着"不愿君王召，愿得柳七叫；不愿千黄金，愿得柳七心；不愿神仙见，愿识柳七面"的说法。南宋罗烨《醉翁谈录》则载："耆卿（柳永字）居京华，暇日遍游妓馆。所至，妓者爱其有词名，能移宫换羽，一经品题，声价十倍，妓者多以金物资之。"而教坊乐工和歌妓似乎也有一个不成文的规矩，每有新腔新调，都必请柳永为之填词，然后方能流传开来。手抚青楼的雕栏，倾听镶嵌在红牙拍板中自己的词作，柳永，收获的是一份沉沦中的平衡。

有人说，柳永就是为秦楼楚馆而生的词人，此言不虚。终日混迹于歌妓堆中，柳永得到的不仅有借以度日的润笔，还有一份被尊重的荣光和一份生命的真实。在柳永流传下来的210多首词中，情词达到了130多首，其中咏妓词则占到了80多首。这好像是一个悖论，在最浮华最逢场作戏的情境中，柳永却和众多歌妓超越了世俗的关系，渗透进了生命中最真实的情愫。有宋一代，狎妓之风盛行，歌舞妓更像一种可以任意买卖的商品，一件侑觞佐酒的工具，没有自由可言，更无从把握自己的命运。然而，流连于烟花巷陌之中的柳永，却在一声声浅唱低吟中成为这些风尘女子生命意志的代言人。正如清人田同之所云："男子而作闺音"，融入香软红尘之中的柳永，很多时候是将自己的主体身份变作了一个啼泪装欢的歌妓，一个倚栏卖笑的娼优。"镇相随，莫抛躲。针线闲拈伴伊坐。和我。免使年少，光阴虚过。"在《定风波》的流韵里，柳永就是那位渴望与爱郎过平淡日子的重情女子,"再三追往事,离魂乱、愁肠锁。无语沉吟坐。好天好景,未省展眉则个",在《鹤冲天》的旋律中,柳永又化身为芳华已逝内心痛楚的风尘怨女……应当说,宋代士大夫吟咏歌妓之作不胜枚举,"男子而作闺音"者也不乏其人,但能像柳永这样,从细微处去体察青楼歌妓的心理,去悲悯她们的苦难,去"共振"她们的命运的,却只有柳永真正做到。在柳永的笔下,歌妓们不仅有曼妙的身姿,精湛的才艺,更有丰沛的情感,绝不是水性杨花,逢场作戏,而像心娘、佳娘、虫娘、酥娘这些本该湮没于滚滚红尘中的名字,一经走进柳永的文字,便在坊间迅速流传,成为世相里粉色的风景,风雨中带露的玫瑰。

> 寒蝉凄切。对长亭晚,骤雨初歇。都门帐饮无绪,留恋处、兰舟催发。执手相看泪眼,竟无语凝噎。念去去、千里烟波,暮霭沉沉楚天阔。
>
> 多情自古伤离别。更那堪、冷落清秋节。今宵酒醒何处,杨柳岸、晓风残月。此去经年,应是良辰、好景虚设。便纵有、千种风情,更与何人说。
>
> ——柳永《雨霖铃》

翻检柳永的情词,他离开汴京时为心爱的歌妓所作的这首《雨霖铃》是一定要提的。关于"雨霖铃"这个词牌的来历,南宋王灼《碧鸡漫志》卷五引《明皇杂录》及《杨妃外传》记云:

> 明皇既幸蜀,西南行,初入斜谷,属霖雨涉旬,于栈道雨中闻铃,音与山相应。上既悼念贵妃,采其

声为《雨霖铃》曲，以寄恨焉。时梨园弟子惟张野狐一人，善觱篥，因吹之，遂传于世。

马嵬驿兵变，让唐玄宗这个开创了开元盛世的风流天子痛失杨贵妃，在仓皇奔蜀的途中，当雨中闻铃，音与山相应，那场曾经沧海的欢爱再次勾起玄宗痛苦的回忆，随着一声觱篥破空而起，"雨霖铃"也便凝固成一个忧伤的词牌。这位痛失爱妃的皇帝绝对不会想到，在时隔二百多年后，一个落魄的北宋文人会以同名的词牌去演绎一段最底层的爱情悲歌，并成为《雨霖铃》的正体，传唱至今。"都门帐饮无绪，留恋处、兰舟催发。执手相看泪眼，竟无语凝噎。"在喧哗躁动的琴筝声里，在晓风残月的杨柳岸边，看似沉沦的柳永实际坦露着最真实的内心，在他的眼中，歌妓们是可以心意相通的知音，是邻家的姐妹。"奉旨填词""浅斟低唱"的柳永，其实活得很纯粹。

当青楼的歌声被柳永一人垄断，封建士大夫们终于坐不住了，他们纷纷跳将出来，直斥柳永和柳絮一样飘飞的柳词。《能改斋漫录》称柳词为"淫冶讴歌之曲"，《苕溪渔隐丛话》称柳词多"闺门淫媟之语"，《碧鸡漫志》称柳词"浅近卑俗，自成一体，不知书者尤好之。予尝以比都下富儿，虽脱村野，而声态可憎"。最能说明这个问题的还是张舜民《画墁录》中记载的一件事，即柳永曾登门谒见朝中显贵晏殊。

晏公曰："贤俊作曲子么？"
三变曰："只如相公亦作曲子。"
公曰："殊虽作曲子，不曾道'彩线慵拈伴伊坐'（编者按：此句即《定风波》中'针线闲拈伴伊坐'）。"

柳遂退。

显然，在晏殊这位文声显达的前辈眼中，柳永不过是一个专作俗词艳曲、薄于操行的低俗词人，根本就不屑一顾。

然而，士大夫阶层对柳永的不屑，并不能妨碍柳永成为宋词的大师。毫无疑问，在宋代词人中，柳永是第一个有意大量填制慢词的词人。尽管慢词长调并不始自柳永，早在唐代，大量民间歌曲的出现，就已经可以视作长调慢词的先声，但若论创作量之大，对慢词发展起到决定作用的词人，非柳永莫属。慢词最重要的手法就是铺叙，而柳永恰恰是这方面的高手，清代冯煦《蒿庵论词》云："耆卿词，曲处能直，密处能疏，奡处能平，状难状之景，达难达之情，而出之以自然，自是北宋巨手。"刘熙载《艺概》则云："耆卿词，细密而妥溜，明白而家常，善于叙事，有过前人。"当然，对柳永铺排之功最有趣的表述还是俞文豹《吹剑录》中的这段对话：

> 东坡在玉堂日，有幕士善歌，因问："我词何如柳七？"对曰："柳郎中词只合十七八女郎，执红牙板，歌'杨柳岸、晓风残月'；学士词须关西大汉，铜琵琶，铁绰板，唱'大江东去'。"东坡为之绝倒。

俞文豹记录下的这则逸闻，多少有些褒苏贬柳的意味，但仔细分析又不尽然。尽管苏东坡的"大江东去"需关西大汉用铜琵琶铁绰板方能彰显出雄浑的气势，但文学的生态是多元的，谁又能说，由十七八女郎执红牙板悠然唱响的"杨柳岸、晓风残月"，体现的不是细腻铺陈的文字功力和缠绵悱恻的情绪变化呢？我们注意到，在这段记载的最后，有一句"东坡为之绝倒"，这也许表明了苏轼对那位幕士之言的认可，但又未必尽然。兼收并蓄的苏轼以诗济词，将豪放词作到了极致，但这并不妨碍他对柳词的认可，尤其是柳词中传唱甚广的《八声甘州》，更是让苏轼"绝倒"的佳作：

> 对潇潇、暮雨洒江天，一番洗清秋。渐霜风凄紧，关河冷落，残照当楼。是处红衰翠减，苒苒物华休。惟有长江水，无语东流。
> 不忍登高临远，望故乡渺邈，归思难收。叹年来踪迹，何事苦淹留。想佳人、妆楼颙望，误几回、天际识归舟。争知我、倚栏干处，正恁凝愁。
> ——柳永《八声甘州》

对于柳永的这首《八声甘州》，东坡居士评价甚高："世言柳耆卿曲俗，非也。如《八声甘州》之'霜风凄紧，关河冷落，残照当楼'，此语于诗句不减唐人高处。"事实上，综观柳词，我们便会发现，这位一生漂泊，直至暮年才做个小官的底层文人，其实不只沉迷于秦楼楚馆，以红粉佳人作为歌咏的内容，在移宫换羽的歌吟中，更像是一个折枝为笔的江湖圣手。他上承敦煌曲，用民间口语完成了大量俚词，下开金元曲，用更多新腔、美腔实现了宋词的音乐美，创作了大量"不减唐人高处"的佳句。在柳永的笔下，喧嚣的市井，风尘中的姐妹，羁旅行役的驿站，都成为吟咏的意象。一句"重湖叠巘清嘉，有三秋桂子，十里荷花。羌管弄晴，菱歌泛夜，嬉嬉钓叟莲娃"，描绘的是杭州的富庶繁华，令金主完颜亮"遂起投鞭之意"；走进

"江山如画，云涛烟浪，翻输范蠡扁舟。验前经旧史，嗟漫载、当日风流。斜阳暮草茫茫，尽成万古遗愁"的意境，我们的脑海中与之对应的，是苏东坡的《念奴娇》、辛弃疾的《永遇乐》；而步入"倾城。尽寻胜去，骤雕鞍绀幰出郊坰。风暖繁弦脆管，万家竞奏新声"的画中，柳永为后人描绘的，是不可复制的太平气象……当这些从社会底层升起的文字，使柳词与杜诗一样，构成一种文采斐然的史证，当"豪苏腻柳"构成宋词中壮观的两极，当柳词赢得"凡有井水饮处，即能歌"的赞誉，柳永，已经成为状写宋代平民社会生活图卷的大师。

据《方舆胜览》记载，柳永卒于襄阳，死之日，家无余财，群妓合资葬于南门外。每春日上冢，谓之"吊柳七"，也叫"上风流冢"。后渐成风俗，没有入"吊柳会"、上"风流冢"者，甚至不敢到乐游原上踏青，这种风俗一直持续到宋室南渡。当在秦楼楚馆咽泪装欢的舞妓歌女们纷纷迎着清明时节的断魂雨，共同祭奠她们心中的白衣秀士，这位在《宋史》中只字未提、在文人学士诗文集笺中也乏有记载的宋词大家，获得的已是人生最大的殊荣。

苏门学士难豪放

　　北宋文坛，有一个引人关注的群体，他们就是"苏门四学士"。这个由黄庭坚、秦观、晁补之、张耒组成的文学群体，是苏轼众多门生中的佼佼者，因为一代文学大家的发现和引荐，而会聚于苏门，成为北宋文坛璀璨的星辰。苏轼曾云"黄庭坚鲁直、晁补之无咎、秦观太虚、张耒文潜之流，皆世未之知，而轼独先知"，正是由于苏轼将他们的名字并提同时加以宣传，"苏门四学士"很快名满天下。然而，在深受苏轼影响的四个人中，文学造诣颇高的秦观，尽管留下了诸多诗文，却难以像苏轼那样真正做到清雄豪放，而在人生态度上，更难以做到像"一蓑烟雨任平生"的苏轼那样从容达观。

　　秦观与苏轼的相识是在参加科举之前。秦观少时聪颖，博览群书，"一见辄能诵"，还取"经、传、子、史之可用者"，自编为《精骑集》。由于远祖曾任武将，一度拥有私门列戟的显赫门庭，秦观在家道衰微之际，一直有志于仗剑出边塞，功名马上取，他曾言："读兵家书，乃与意和。谓功誉可力致，而天下无难事。"并"字以太虚",以张扬自己的鸿鹄之志。

当然,尽管秦观有一颗尚武之心,却并不影响他文学天赋的迸发,他曾纵游于湖州、杭州、润州一带,在柳浪闻莺的大好春光里,这位风流倜傥的江南才子,自然要放纵自己的才情,这首著名的《行香子》,便出自这一时期。

> 树绕村庄,水满陂塘。倚东风,豪兴徜徉。小园几许,收尽春光。有桃花红,李花白,菜花黄。
> 远远围墙,隐隐茅堂。飏青旗,流水桥旁。偶然乘兴,步过东冈。正莺儿啼,燕儿舞,蝶儿忙。
> ——秦观《行香子》

"树绕村庄,水满陂塘。倚东风,豪兴徜徉",徜徉于明媚的春色中,满腹锦绣的秦观享受着无边的美景,而这样的春词在秦观的笔下总能如不竭之泉,汩汩而出;"香靥凝羞一笑开,柳腰如醉暖相挨,日长春困下楼台",在《浣溪沙》的韵律中,秦观笔下的少女调皮而慵懒;"菖蒲叶叶知多少,惟有个、蜂儿妙。雨晴红粉齐开了。露一点、娇黄小",在《迎春乐》的曲调中,盎然的春意跃然纸上……当然,走在春天里的秦观也在憧憬着灿烂的前程,大约在熙宁十年(1077),当苏轼自密州移知徐州,早就对这位文坛宗师敬仰已久的秦观马上前往拜谒,他在托人介绍前,特意给苏轼写了首诗,说"我独不愿万户侯,惟愿一识苏徐州",表明自己对苏轼的仰慕之意。此时的秦观已经29岁,少年时代弓马沙场的志向在北宋重文轻武之风的影响下,正在发生变化,由于仅有"薄田百亩""敝庐数间",丰满的理想很难支撑骨感的现实,秦观开始趋时合俗,奔走科场,而熙宁十年这次与时年43岁的苏轼的徐州初识，正是在秦观入京应试的路上。其时，在与苏轼会于徐州之前，秦观就已做了十足的功课。据惠洪《冷斋夜话》载，秦观听说苏轼经过维扬，曾仿其笔语，题壁于一山寺中，苏轼果不能辨，大惊，后来见到秦观的朋友孙觉，他拿出了秦观的数十首词，苏轼不禁叹道："向书壁者，定此郎也！"有了之前的好印象，加之在徐州的初识，苏轼对这位比自己小14岁的文学后生顿生好感，称赞他"有屈（原）、宋（玉）才"，在同游的那段时间里，苏轼多次劝说秦观要经世致用，求取功名。然而，信心满满的秦观两次应试都是落第而归。就在他抑郁不已的时候，又是苏轼不断为他加油鼓劲。在写给秦观的信中，苏轼说："然见解榜，不见太虚名字，甚惋叹也。此不足为太虚损益，但吊有司之不幸尔。"不仅如此，元丰七年（1084），苏轼路经江宁时，还特意向王安石力荐秦观，后又致书说："愿公少借齿牙，使增重于世。"王安石看过秦观的诗文，也大为激赏，称其"清新似鲍、谢"。正是因为有了这两位文坛巨擘的背书站台，才让秦观重新鼓足了勇气。尽管在落第之后，他已将自己的字由"太虚"改为"少游"，以表达对汉将马援从弟马少游不求闻达、不逐富贵的追慕，但他始终不甘隐于乡野，遂于元丰八年（1085），第三次赴京应试，结果一举中第。

如果说秦观步入仕途，离不开苏轼的热情鼓励，那么当他和黄庭坚、晁补之、张耒三人齐聚于苏氏一门，秦观得到的，已是苏轼身上的澎湃热力。元祐七年（1092），苏轼自扬州召还，进端明殿学士、翰林侍读学士，任礼部尚书，秦观迁国史院编修，与黄庭坚、晁补之、张耒同时供职史馆，人称"苏门四学士"。正是在这段时间，苏轼与秦观他们四人开始了频繁的文学交往。在苏轼的引导下，这四位苏门学士都十分注意文学自身"如精金美玉"的价值，他们经常以题跋、书简等形式相互润色诗文，逐渐形成了明确的门户观念，组成了以苏轼为盟主的文人集团。毫无疑问，这是一段惬意的时光，在这段时光里，秦观和黄庭坚、晁补之、张耒一样，汲取着苏轼丰厚的文化营养，让自己的诗词创作进入了一个崭新阶段。

> 琼苑金池，青门紫陌，似雪杨花满路。云日淡、天低昼永，过三点、两点细雨。好花枝、半出墙头，似怅望、芳草王孙何处。更水绕人家，桥当门巷，燕燕莺莺飞舞。
>
> 怎得东君长为主，把绿鬓朱颜，一时留住。佳人唱、金衣莫惜，才子倒、玉山休诉。况春来、倍觉伤心，念故国情多，新年愁苦。纵宝马嘶风，红尘拂面，也则寻芳归去。
>
> ——秦观《金明池》

这首《金明池》，为秦观参加御赐金明池宴集时所作。金明池为北宋著名的皇家园林，池中可通大船，建筑富丽堂皇，能被皇帝钦点，在阳春三月和一干汴京臣子共赴金明池盛宴，秦观备感荣幸。当"琼苑金池""青门紫陌"这样的皇家意象被诉诸笔端，秦观已喜不自胜，尽管下片的"纵宝马嘶风，红尘拂面，也则寻芳归去"道出了一丝对时光稍纵即逝的叹惋，但这并不妨碍他在苏门的畅快淋漓。在享受这段快乐时光的同时，秦观的职位也在不断升迁，"鱼藻雍容里，云霄俯仰中。更无舟楫碍，从此百川通"，当秦观升任黄门校勘，洋溢在这位苏门学士脸上的，是春风得意的神情，他相信，有苏轼这样一位老师的提携引领，他的仕途一定青云直上。

然而，这位在政治上太过天真的文人很快就进入了生命的冬天。元祐九年（1094），随着太皇太后高氏崩逝，哲宗亲政，新党之人相继还朝，旧党之人被贬谪遭罢黜的命运不可避免，就在苏轼被一路向南贬谪的同时，秦观等苏门学士同样难逃被逐出京师的厄运。秦观先是遭监察御史刘拯的弹劾，被革去国史编修官职，出为杭州通判；途中又以"影附苏轼，增损《实录》"的罪名，贬监处州酒税；绍圣三年（1096），秦观因"使者奏其谒告写佛书"，再贬郴州；绍圣四年（1097），又移至横州编管，不久被勒令除名，永不收叙，移迁雷州编管。"奇祸一朝作，飘零至于斯"，作为苏门学士的秦观怎么也不会想到，自己和苏轼这位恩师的并黜竟会远远多于同升，昔日诗文唱和的美好日子这么快就成了风中的回忆。

然而，这位苏门学士学得了东坡对文字的练达，却没学得东坡对人生的练达。在黄州、惠州乃至最偏远的儋州，苏轼始终在以生命的豪情面对风刀霜剑，而他诸多脍炙人口的诗词也正是创作于那段晦暗萧瑟的岁月，当"乱石穿空，惊涛拍岸，卷起千堆雪"荡涤着苏轼的心宅，当"莫听穿林打叶声，何妨吟啸且徐行"成为苏轼在贬谪路上的行走姿态，人们对这位信然独步的大文豪投去了深深的敬意。事实上，和老师一起被贬的秦观也深为"东坡在黄甚能自处，了不以迁谪介意"感染，努力学着淡定从容。绍圣元年（1094）春，秦观在被贬杭州通判离京之时，曾以一首《江城子》表达自己的心境。

> 西城杨柳弄春柔。动离忧。泪难收。犹记多情，曾为系归舟。碧野朱桥当日事，人不见，水空流。
>
> 韶华不为少年留。恨悠悠。几时休。飞絮落花时候、一登楼。便做春江都是泪，流不尽，许多愁。
>
> ——秦观《江城子》

纵览秦观留给后世的近50首春词，我们看到的是一个北宋文人不断下行的生命轨迹。如果说青年时代的《行香子》充满了明媚的基调，人到中年的《金明池》洋溢着官场的得意和对时光流逝的淡淡隐忧，那么这首被贬出京师的《江城子》更像一场人生音乐会的断崖式降调。此时，贬往黄州的苏轼已经在城外的东坡上放下心情，耕耘光阴，秦观也想学着老师从容看淡自己的宦海沉浮，但他又太难走出自己的脆弱："西城杨柳弄春柔。动离忧。泪难收。""西城"正是当年自己被御赐宴集的金明池，然而，景致没变，心情已变，再到"西城"，已是伤感的告别。这样的愁绪还没等延宕到杭州，就转而弥散到了处州，"便做春江都是泪，流不尽，许多愁"，在贬监处州酒税时，秦观曾经常到法海寺念经理忏，抄写佛经，在他的后期诗作中，更是明确地否定儒家，向往道家，甚至他在闲居期间，也闭门读书，扁舟漫游，"所遇而自适"。但是，毕竟秦观的器局不及苏轼，胸襟还是偏于狭促，面对多舛的人生际遇，还是难以自我排解，无法真正做到超尘拔俗，释然达观。

> 昔我游京室，交通五陵间。
> 主客各英妙，袍马相追攀。
> 千金具饮啜，百金雇吹弹。

缨弁罗广席，当头舞交竿。
鲜妆耀渌酒，采缬生风澜。
灯烛暗夜艾，士女纷相班。
欢娱易徂歇，转眄如飞翰。
覃覃负孤愿，离离衔永欢。
山鸟窥茗饮，檐花笑蔬餐。
弃捐勿重陈，事定须盖棺。

——秦观《春日杂兴（其七）》

在条件艰苦的处州，秦观又开始了春天的歌吟。走进这首《春日杂兴》，我们看到的只是他对京城岁月的无限缅怀："昔我游京室，交通五陵间。主客各英妙，袍马相追攀。"齐聚苏门的诗词互答，曲水流觞的知音之聚，作为这组诗歌的重要构成，不仅冲淡了处州的落寞，也填充了贬谪的空虚。然而，这样的诗境显然无法与直面贬谪困厄的苏轼相比，无论是脍炙人口的"赤壁三绝"，还是飘散着香气的东坡肉，都已成为苏轼留给黄州百姓的精神遗产，而秦观在处州的收获，似乎只有"因循移病依香火，写得弥陀七万言"，同时，也恰恰因为这样一句诗，被政敌抓到把柄，再贬郴州。

而郴州也没能成为秦观的最终落脚之地。唐代诗人刘禹锡曾因玄都观桃花不断经历人生的"桃花劫"，"种桃道士归何处，前度刘郎今又来"，两首"桃花诗"，串起了刘禹锡的贬谪之路。对于秦观而言，春天就是他的梦魇：走在春天里，秦观一路低吟着"春去也，飞红万点愁如海"，从浙江处州来到了湖南郴州；走在春天里，一句"可堪孤馆闭春寒，杜鹃声里斜阳暮"，又让秦观从湖南郴州诏移到了广西横州；还是走在春天里，秦观又从广西横州"永不收叙，移送雷州"，正是在这片"化外之地""瘴疠之乡"，已过知天命之年的秦观终于与从海南儋州量移廉州的苏轼有了一次短暂的重逢。此时，这位已心如死灰自作挽词的苏门学士见到经历过海风磨蚀的苏轼，早已不复当年徐州初逢的朝气，他将落花、暮云、孤鸿这些灰暗的意象组合在一起，形成了自己在仕途蹭蹬时眼中另一番春天的模样。

> 南来飞燕北归鸿。偶相逢。惨愁容。绿鬓朱颜，重见两衰翁。别后悠悠君莫问，无限事，不言中。
> 小槽春酒滴珠红。莫匆匆。满金钟。饮散落花流水、各西东。后会不知何处是，烟浪远，暮云重。
> ——秦观《江城子》

一切景语皆情语，作为苏门学士的秦观，最终没能继承苏轼清雄豪放的文风，而是以自己诗词特有的婉丽凄美，被尊为婉约派的一代词宗，这也许正是性格使然。秦观最后卒于遇赦北归途中，据说当时他口渴难耐，待人送水至，已经撒手人寰。当时苏轼"闻少游噩耗，两日为之食不下"，这位在野史逸闻中将自己的妹妹许配给秦观的文学大家不会想到，短暂的雷州之会，竟是永别！"少游已矣，虽万人何赎！""哀哉！痛哉！世岂复有斯人乎！"就在发出这声长叹不到一年，苏轼也溘然而逝。

> 少游谪雷，凄怆，有诗曰："南土四时都热，愁人日夜俱长。安得此身如石，一时忘了家乡。"鲁直谪宜，殊坦夷，作诗曰："老色日上面，欢情日去心。今既不如昔，后当不如今。""轻纱一幅巾，短簟六尺床，无客

日自静，有风终夕凉。"少游情钟，故其诗酸楚；鲁直学道休歇，故其诗闲暇。至于东坡，《南中》诗曰："平生万事足，所欠惟一死。"则英特迈往之气，不受梦幻折困，可畏而仰哉！

这段出自《冷斋夜话》的文字，对苏轼和秦观作出了中肯的评价。在一路被贬的7年时间里，秦观用24首伤心之词为他博得了"古之伤心人"的称号，但也正是这样难以豪放的心性，让他倒在了比他还艰难困厄的苏轼前面。900多年后，当我们再次回望这对文学师徒，我们相信，在九泉之下与恩师重逢的秦观，一定会向着境遇比自己更加窘蹇的东坡居士问一声：通达，应当如何做到？豪放，怎样才得精髓？

梦境里的荣光

　　沉浸在虚无的慢板中怅望繁华，坐在清新绮丽的宋词中怀念往昔，晏幾道，是一个生活在梦中的词人。

　　宋代词人中，晏幾道的词作可圈可点，这位一生都在雕刻琢磨小令的词人，在留给后世一部温婉绮丽的《小山词》的同时，也留下了让人们索解自己生命的密码。在晏幾道存世的260余首词作中，我们可以看到这位早慧词人的不羁才情，更能看到他的欢喜与悲伤。晏幾道是北宋"太平宰相"晏殊之子，由于承袭了晏殊的婉约词风，时人将这对父子称为"大晏小晏"，并将其二人"追佩李氏父子"，直比南唐李璟、李煜。陈廷焯在《白雨斋词话》中称："北宋晏小山（晏幾道）工于言情，出元献（晏殊）、文忠（欧阳修）之右，措辞婉妙，则一时独步。"晏幾道好友黄庭坚在《小山词序》中，称其词"嬉弄于乐府之余，而寓以诗人之句法，清壮顿挫，能动摇人心"。冯煦在《宋六十一家词选例言》中更是赞誉有加："淮海（秦观）、小山（晏幾道），古之伤心人也。其淡语皆有味，浅语皆有致，求之两宋，实罕其匹。"

为什么晏幾道的词风博得这么多人的激赏呢？细品《小山词》，我们不难发现，这位生活在北宋中期的词人博人赞誉之处正是他用长短句所营造的梦境。生于簪缨之家，晏幾道少年倜傥，过的是钟鸣鼎食奢华自在的生活，"水调声长歌未了，掌中杯尽东池晓"，在他的少年生活中，充满了歌儿舞女，日弦夜歌，而走进"金鞭美少年，去跃青骢马。牵系玉楼人，绣被春寒夜"的意境，我们脑海中则会浮现出一位跃马扬鞭、玉树临风的贵公子形象。当然，如果仅是这些，晏幾道与宋初的贵胄子弟还没有什么不同，毕竟，作为当朝宰相晏殊四十七岁喜得的"暮子"，含着金汤匙出生，长于妇人之手，终日珠围翠绕亦属正常。最重要的，是晏幾道有着与生俱来的偏得，那便是，他有一位被人们奉为"北宋倚声家初祖"的词人父亲。守着文采斐然的父亲，沉浸于满书房的文史典籍，在每日的宴饮聚会中接触的都是当时顶流的文人，这样浓厚的家庭文化氛围，势必让少年晏幾道耳濡目染，受益良多；加之和他父亲一样，聪颖早慧，使得晏幾道很早便"潜心六艺，玩思百家，持论甚高"（黄庭坚语）。据说有一次宋仁宗在宫中设宴，特召晏幾道去应和填词，晏幾道文思敏捷，当场便作了一首《鹧鸪天》，甚得仁宗喜爱。

　　碧藕花开水殿凉。万年枝外转红阳。升平歌管随天仗，祥瑞封章满御床。

　　金掌露，玉炉香。岁华方共圣恩长。皇州又奏圜扉静，十样宫眉捧寿觞。

——晏幾道《鹧鸪天》

"鹧鸪天"词牌名取自唐人郑嵎的诗句"春游鸡鹿塞,家在鹧鸪天"。及至宋代,《鹧鸪天》以其曲调"风流蕴藉",甚得文人喜爱,《全宋词》共收录《鹧鸪天》703首,在宋词所用词调中高居第三。而晏幾道创作的19首《鹧鸪天》词,无论是在数量上还是在质量上,都是北宋时期创作数量最多、影响最大的。"碧藕花开水殿凉。万年枝外转红阳。升平歌管随天仗,祥瑞封章满御床。"透过晏幾道早期创作的这首《鹧鸪天》,我们看到的是一个见过世面的贵族公子笔下呈现的富贵气象,恰如当年其父晏殊说出的那句"穷儿家有这景致也无?"少年晏幾道,已将其骨子里的矜持与骄傲不无自得地渗透进了《鹧鸪天》的韵脚之中。

然而,光阴流转,繁华易逝,就在晏幾道18岁那年,晏殊去世,一度热闹的晏府门庭顿时变得冷清起来,殷实富足的家境也就此中落。尽管在晏殊去世之初,晏幾道还有兄嫂关照,凭着恩荫,依然可以过着富足的生活,但这样的日子已无法和晏殊在世时同日而语。这样的反差对于心思敏感的晏幾道显然难以接受。此情此景,涌上晏幾道心头的是落魄的酸楚和无尽的感伤。自此,晏幾道再也不是当年那个"水调声长歌未了"的翩翩少年,而是成了一个生活在回忆中的"伤心人",因为只有回忆,才能驱散他心头的阴霾。

在梦境中逡巡徘徊,晏幾道守望着往昔岁月,同时,也在寻找着自己的生命寄托。在《小山词自序》中,晏幾道说:"篇中所记,悲欢合离之事,如幻、如电,如昨梦前尘,但能掩卷怃然,感光阴之易逝,叹境缘之无实也。"有人曾做过统计,晏幾道的260首词作,其中竟有52首59句写到"梦","相寻梦里路,飞雨落花中""一夜梦魂何处,那回杨叶楼中""莫道后期无定，梦魂犹有相逢""梦里相逢酩酊天""梦魂长在分襟处""眼中前事分明，可怜如梦难凭""梦云归去不留痕""到情深，俱是怨，惟有梦中相见"，现实的冷漠，世态的炎凉，使得晏幾道不得不用顿挫的小令搭建起梦境以自守。

小令尊前见玉箫。银灯一曲太妖娆。歌中醉倒谁能恨，唱罢归来酒未消。
春悄悄，夜迢迢。碧云天共楚宫遥。梦魂惯得无拘检，又踏杨花过谢桥。

——晏幾道《鹧鸪天》

看，又是一首《鹧鸪天》！但此时的《鹧鸪天》早已不再是当年那首在仁宗皇帝面前一挥而就的《鹧鸪天》，在酒精营造的酩酊醉梦之中，晏幾道的这首《鹧鸪天》，全是对往昔的回望和当下的幻觉。梦幻之中，他仿佛重新回到了父亲在时觥筹交错的相府飨宴之中，穿行于歌儿舞女构成的乐阵，他依稀看到了那个名唤"玉箫"的歌妓。唐范摅《云溪友议》卷中《玉箫记》载："唐韦皋少游江夏，馆于姜氏。姜令小青衣玉箫伏侍，因渐有情。韦归省时，约五至七年娶玉箫。后衍期不至，玉箫遂绝食死。后转世，仍为韦侍妾。"而当晏幾道的思绪一朝穿越到唐朝，众多歌妓的形象也便从玉箫开始，纷至沓来。"梦魂惯得无拘检，又踏杨花过谢桥"，当晏幾道的思绪沿着唐代宰相李德裕侍妾谢秋娘归家必经的小桥去约会这位已经香消玉殒的丽人，他已经无法走出自己编织的玫瑰梦。在梦中，他还是那个鲜衣怒马的少年；在梦中，他还是那个偎红倚翠的公子。难怪认为"作文害道"的理学家程颐，吟诵到晏幾道这句"梦魂惯得无拘检,又踏杨花过谢桥",都不禁拊掌叹道:"鬼语也!"

在梦境的穿梭与游走中,晏幾道不仅思接前朝,也将实际生活中对歌女的爱恋融入自己的记梦词之中。桐筝起处,她们身着罗裙,粉靥桃腮,充满了青春的活力和迷人的风姿,而这样的场景往往呈现在上片之中,下片则是笔锋一转,回到梦醒时分的冰冷现实。在为父亲守孝三年后,晏幾道经常与友人沈廉叔、陈君龙等人一起宴乐优游,在其《小山词自序》中讲道:"始时沈十二廉叔、陈十君龙家,有莲、鸿、蘋、云,品清讴娱客。每得一解,即以草授诸儿。吾三人持酒听之,为一笑乐。"正是在一次饮酒赋词中,晏幾道对友人沈廉叔、陈君龙家中莲、鸿、蘋、云四位歌妓产生了浓烈的爱意,并将她们的名字一一嵌入自己的小令之中。他知道,现实的障壁太厚重,但在梦境的搭建与经营中,他却可以消解掉现实带给他的苦闷,获得生命的满足,尽管这份满足来得那么虚无,那么沉重。

> 梦后楼台高锁,酒醒帘幕低垂。去年春恨却来时。
> 落花人独立,微雨燕双飞。
> 记得小蘋初见,两重心字罗衣。琵琶弦上说相思。
> 当时明月在,曾照彩云归。
> ——晏幾道《临江仙》

守望在梦境中,晏幾道唯愿长醉不愿醒。事实上,梦境既是这位落魄公子的精神寄托,同时,也是盛装他孤傲个性的容器。对现实世界的愤懑,是催生梦境的缘起,但能够安于梦境,在梦境中守住一份生命的孤独,却是晏幾道不同常人之处。如果说在晏殊去世后的最初几年时间里,晏幾道承朝廷恩荫,虽有一个"太常寺太祝"这样的九品闲职，日子过得还算富足，那么，随着岁月的流逝和晏殊影响力的日渐消弭，自幼过惯了歌舞升平日子的晏幾道终究必须面对仕途的坎坷和世态的炎凉。

晏幾道生命的拐点出现在宋神宗熙宁七年（1074）。这一年，郑侠因献《流民图》反对王安石变法而被罗织罪名，交付御史台治罪，随后，有司查办与郑侠相交密切之人，结果晏幾道因赠诗与郑侠，而被政敌以讽刺新政、反对改革为名，将其逮捕下狱。"小白长红又满枝，筑球场外独支颐。春风自是人间客，主张繁华得几时？"这是单纯的晏幾道不会想到的，本来写给友人的赠诗竟会成为自己人生的谶词。这位"人间客"经历了繁华的人生上半场，却因此诗而急转直下进入了人生的下半场。郑侠的《流民图》案牵涉到了很多人，作为仁宗朝"太平宰相"的后人，晏幾道也没能逃过一劫。

出狱后，晏幾道的家境每况愈下，原本坐吃山空的家底也日渐微薄。这时候，晏幾道还希望通过晋身仕途来改变现状。神宗元丰五年（1082），晏幾道监颍昌许田镇，这是相当低微的官职。当时担任颍昌知府的韩维曾是晏殊弟子，晏幾道遂在上任伊始便向韩维献上了几首自己的词作，他相信，以自己的才学应当会博得这位父亲的门生故吏的赏识。但晏幾道显然忘了人走茶凉的社会现实，韩维的回复很快就来了，"得新词盈卷，盖才有余而德不足者。愿郎君捐有余之才，补不足之德，不胜门下老吏之望"。这个昔日晏府的"门下老吏"，站在道德的制高点上，以才有余而德不足的刻板言辞给了晏幾道兜头一盆冷水，让他彻底看清了世态炎凉。

仕途碰壁之后，性格上的矜骄与孤傲让晏幾道更加不入俗流，他的记梦词一首接着一首，全都是上片繁华，下片凋伤。

在醉与梦的流连徘徊之中，他将自己的人生完全搭建在一片幻觉的大雪之中，当数不清的雪花飞进只属于他的小令，我们看到的，是一片光怪陆离的色彩，在高墙深院里和舞榭歌台间闪耀。这时的晏幾道依然是那个在宴席上玉树临风的少年，他仿佛听到了渐行渐近的弦歌之声，于是他要循声走过冰封的湖面，殊不知，一道深深的裂痕，已经开始在他脚下迅速扩展……

这道裂痕，既是晏幾道性格的洁癖所致，更是他政治人格的洁癖所致。熙宁以后，随着王安石推行新学、新法，当时的读书人为了能晋身仕途，纷纷改弦更张，适应"新进士语"，而沉浸于情词写作的晏幾道却越来越如同唐代诗僧皎然那样，追求"至丽而自然，至苦而无迹"的境界，晚年即便已经到了衣食不济、烟火不举的境地，依旧不改其孤高自负的个性。据《砚北杂志》记载："元祐中，叔原（晏幾道字）以长短句行，苏子瞻因鲁直（即黄庭坚）欲见之，则谢曰：'今日政事堂中半吾家旧客，亦未暇见也。'"在当时，苏轼正如日中天，颇得皇帝、皇后赏识，在朝中任着中书舍人、翰林学士，按理说，这位文化巨擘主动放下身价欲登门造访，别人都是求之不得，而晏幾道却宁愿放弃这次文人间的握手，可见其志之坚。

> 九日悲秋不到心。凤城歌管有新音。风凋碧柳愁眉淡，露染黄花笑靥深。
>
> 初见雁，已闻砧。绮罗丛里胜登临。须教月户纤纤玉，细捧霞觞滟滟金。
>
> ——晏幾道《鹧鸪天》

这首《鹧鸪天》，作于大观元年（1107），此时，距离晏幾道

梦境里的荣光

的生命终结仅余三年。这一年重阳节，在汴京只手遮天的权相蔡京爱慕晏幾道才华，派人请其填写新词，作为应节歌唱之用，晏幾道很快就写了两首《鹧鸪天》，上面的这首便是其中之一。应该说，权相求词，绝对是一次改变人生境遇的好机会，但孤傲的晏幾道此时已经什么都不需要了，他写给蔡京的两首《鹧鸪天》，通篇都在顾左右而言他，无一言提及蔡京，与其说是应节之作，不如说是敷衍之作。用十九首《鹧鸪天》贯穿一生的晏幾道，从朝堂上的奉和之作开始，到给权相的敷衍之作结束，梦的开始，缤纷绚丽，梦的结束，只留下空寂的鹧鸪之声。在对梦境的固守中，晏幾道已经决然地走向了更深沉的悲伤，清人夏敬观说："叔原以贵人暮子，落拓一生，华屋山丘，身亲经历，哀丝豪竹，寓其微痛纤悲，宜其造诣又过于父。"当时光的流逝和人世的离合都化作梦境，在不经意间，晏幾道已经凭借自己的伤心之作，在中国词史上博得一席之地。

在《小山词序》中，黄庭坚曾称晏幾道有"四痴"：

> 仕官连蹇而不能一傍贵人之门，是一痴也。论文自有体，不肯作一新进士语，此又一痴也。费资千百万，家人寒饥，而面有孺子之色，此又一痴也。人百负之而不恨，己信人，终不疑其欺己，此又一痴也。

怀抱梦境，固守"四痴"，晏幾道，赢得的是身后的荣光。

循着既定的韵律前行

低吟颤婉的慢词，拨响华丽的锦瑟，周邦彦沉醉在炫技的快乐与满足之中。作为两宋十大词人之一，周邦彦是和他遗存的近200首慢词一起名播于世的。这位生活在北宋末年、"负一代词名"的词人，以格律谨严明丽清雅的文字张扬起一面炫目的旗帜，为众多格律派词人所宗，一些词论甚至称其为"词家之冠"。然而，当我们徜徉在周邦彦沉郁顿挫、"富艳精工"的长短句中，不禁要发出这样的疑问：周邦彦的慢词，除了吞吐的铺排和雕琢的辞藻，我们还能看到什么？

认识周邦彦，还要从《汴都赋》说起，因为也许正是这篇充满炫技色彩的赋所享受的殊荣，直接影响了周邦彦后来的创作态度。《宋史》载，周邦彦"疏隽少检，不为州里推重，而博涉百家之书"，为了能在人才济济的太学中脱颖而出，这位以"风流自命"的学子想到了一个吸引皇帝眼球的办法，那就是费尽心机，倾其所学，为当朝皇帝唱一曲虔诚无比的赞歌。正是带着这样一种创作心态，周邦彦挥笔写下了七千余字的《汴都赋》。"推蓬泽之固境，昔合麋之所至，芒砀涣涡截其面，金堤玉渠累其脊，雷夏灉沮绕其胁，累邱訾娄夹其腋。"在这篇《汴都赋》中，周邦彦用了大量的古文奇字，以至于当这篇赋上呈宋神宗手中，神宗命博学多闻的侍臣李清臣读于迩英殿，李清臣竟多有不识，只好"多以边旁言之"。此时，神宗的熙宁变法刚刚开始，反对声正隆，而这篇文辞华丽极尽铺张炫耀之能的《汴都赋》无疑让身单力孤的宋神宗找到了一丝安慰，龙颜大悦之下，宋神宗立刻将周邦彦任命为太学正。

其实，献赋的周邦彦在宋代并非孤例。这股从西汉便开始刮起的献赋之风，由于司马相如、董仲舒、刘向等人的推动，不仅成为文人干禄立身的方式，更促进了赋体文学的繁荣，此后，历经六朝、隋唐的演化，到了以文治立国的宋代，赋更是成为文人粉饰太平晋身富贵的重要抓手。宋太祖重修丹凤门，翰林学士梁周翰以一篇《丹凤门赋》引得武人出身的赵匡胤啧啧称赞；宋太宗亲征太原，时年十八岁的王钦若随即进献《平晋赋论》，直接铺平了自己未来的仕途；及至仁宗朝，有个叫林从周的潮州人更是以岁稔人和、作奸犯科者少为内容写了一篇极尽歌功颂德的大赋，令仁宗大喜，不久便给了他一个度支员外郎的官职做。可以说，身处神宗朝的周邦彦不用举太远的例子，单纯宋初几朝皇帝执政时期的这几篇赋就已完全能成为自己晋身仕途的资本了，况且此时熙宁变法尚处于新旧势力斗争胶着之际，而"不为州里推重"的周邦彦作为太学的一名外舍生，补内舍升上舍进而释褐为官简直难如登天，那么，什么是登天之梯呢？事实证明，周邦彦呈献的《汴都赋》正是这个当时穷酸落魄的太学生的登天之梯。"朝廷郊庙，罔不崇饰；仓廪府库，罔不充牣；经术学校，罔不兴作；礼乐制度，罔不厘正……"当周邦彦在长赋中对熙宁变法中的市易法、均输法、农田水利法及整饬军备、改革科举学制等一系列举措由衷赞颂，当16个以"鱼"为偏旁和近20个以"鸟"为部首的生僻字排列成令人完全无法识别的方阵，这位名不见经传的太学生，终于引起了当朝皇帝的重视，得以逆天改命。

此后，周邦彦虽在旧党的倾轧下受了些影响，但到了哲宗、徽宗执政，这篇《汴都赋》仍在发挥着作用：佶屈聱牙的文字成为皇帝左右舆论的工具，而周邦彦也凭此赋先后任秘书省正字，考功员外郎，及至提举徽宗朝的最高音乐机构——大晟府。"哲宗既置之文馆，徽宗又列之郎曹，皆以受知先帝之故，以一赋而得三朝之眷，儒者之荣莫加焉。"（楼钥《清真先生文集序》）用满纸的生僻字彰显自己的才情，铺平自己的仕途，周邦彦从此找到了炫技的快感和创作的方向。

> 新绿小池塘。风帘动、碎影舞斜阳。羡金屋去来，旧时巢燕，土花缭绕，前度莓墙。绣阁凤帏深几许，曾听得理丝簧。欲说又休，虑乖芳信，未歌先咽，愁近清觞。
>
> 遥知新妆了，开朱户，应自待月西厢。最苦梦魂，今宵不到伊行。问甚时说与，佳音密耗，寄将秦镜，偷换韩香。天便教人，霎时厮见何妨。
>
> ——周邦彦《风流子》

和"欧晏""秦黄"一样，将周邦彦和柳永相提并论，是清代以来词学批评惯例，而之所以如此，其一是他们都精通音乐，工于词律，擅作慢词，其二则是他们二人都曾流连舞榭歌台，与众多舞妓歌女交往甚密。如果说杭州作为柳永的驻足之地，留下了他错综交织的情事，也留下了他太多缠绵悱恻的情词，那么，对于生长于杭州虽家境败落却还保有贵公子生活习气的周邦彦而言，大量咏妓词和艳词的创作则比柳永有了更多"先天"的优势。这首《风流子》，可以视为周邦彦这类描摹闺情春怨的代表作，在低吁婉转的咏叹中，一位欲说还休、欲见而不得的思春女子的形象就呈现在了我们面前，对此，张炎《词源》评曰：

> 词欲雅而正，志之所之，一为情所役，则失其雅正之音。耆卿、伯可不必论，虽美成亦有所不免。如"为伊泪落"；如"最苦梦魂，今宵不到伊行"；如"天便教人，霎时得见何妨"；如"又恐伊寻消问息，瘦损容光"；如"许多烦恼，只为当时，一晌留情"；所谓淳厚日变成浇风也。

陈廷焯也认为："美成艳词，如《少年游》《点绛唇》《意难忘》《望江南》等篇，别有一种姿态，句句洒脱，香奁泛语，吐弃殆尽。"与王士禛齐名的清初词人彭孙遹更是认为："美成词如十三女子，玉艳珠鲜，政未可以其软媚而少之也。"可见，在清代词评者的眼中，周词与柳词有着太多的相似之处，无论是周邦彦的"衣染莺黄"也好，还是柳永的"晚晴初"也罢，都是宋词"长调极狎昵之情者"（沈谦《填词杂说》）。

然而，如果仔细品读二人的咏妓伤春之词，我们却发现二人的词格有着本质的不同。尽管柳词已经渗透到了"井水饮处"，尽管柳永将肆意横流的情感状写得直露而真切，却不能见容于当时的士大夫阶层，在他们看来，柳词"词语尘下"；而同样冶游邪狎出入烟花巷陌的周邦彦，却硬是用回环吞吐的技法将轻薄浮浅的艳词包装成了正对士大夫胃口的所谓雅词。

  怨怀无托。嗟情人断绝，信音辽邈。纵妙手、能解连环，似风散雨收，雾轻云薄。燕子楼空，暗尘锁、一床弦索。想移根换叶。尽是旧时，手种红药。
  汀洲渐生杜若。料舟依岸曲，人在天角。谩记得、当日音书，把闲语闲言，待总烧却。水驿春回，望寄我、江南梅萼。拚今生，对花对酒，为伊泪落。
  ——周邦彦《解连环》

这首《解连环》，可以视作周邦彦回环吞吐的代表词作之一，《词谱》云："此调始自柳永，以词有'信早梅、偏占阳和'，及'时有香来，望明艳、遥知非雪'句，名《望梅》。后因周邦彦词有'妙手能解连环'句，更名《解连环》。"同为精通音律的高手，都有过羁旅行役的经历，让周邦彦和柳永之间有太多的相似之处，但恰如"解连环"这个词牌一样，周邦彦也试图走出柳永的影子，以一种曲线回环的结构方式与柳永做着个性上的分别，许多本该直陈之事，在周邦彦这里加入了迂回倒叙、暗线交错等多种笔法。对此，周济认为，周词"层层脱换，笔笔往复""勾勒之妙，无如清真（周邦彦号清真居士），他人一勾勒便薄，清真愈勾勒愈厚"，而夏廷观更是将周柳之词加以对比，认为"耆卿多平铺直叙，清真特变其法，一篇之中，回环往复，一唱三叹，故慢词始盛于耆卿，大成于清真"。"凡作词，当以清真为主。盖清真最为知音，且无一点市井气。"（沈义父《乐府指迷》)在豪门飨宴的侑觞佐酒之中，为文字披上堂皇外衣的周邦彦显然比徘徊于豪门之外的柳永更能入士大夫们的法眼，更符合士大夫们的道统。

而这样的分野，在周邦彦提举大晟府之后，体现得便更加明显。精通各种艺术门类的宋徽宗自认为功高盖世，按照"功成作乐"的古圣王之道，他于崇宁四年（1105）设置了大晟府这个机构，这个机构的职能就是制作新乐，既供沉歌醉舞之用，又可粉饰太平。由于这个机构是皇室的吹鼓手，自设立之初，就是令人眼热的去处，而周邦彦的幸运就在于，他曾因《汴都赋》被划到了新党阵营，即位后曾一度要继先帝之志的徽宗对他颇有好感："上问《汴都赋》其辞云何？对以'岁月久，不能省忆'，用表进入。帝览表称善，除徽猷阁待制，提举大晟府。"显然，"献表"的方式已经让周邦彦尝到了甜头，哲宗朝时，他就已在《重进〈汴都赋〉表》中"涕泗横流""亲奉圣训"，这一次，不过是"涕泗横流""亲奉圣训"的重演。而一朝走进大晟府，官职虽不显赫，但和同样具备卓越音乐才华的柳永相比，已是天渊之别。柳永一生，自度曲甚多，然终归只能在青楼的歌笑里移宫换羽，求得润笔，而周邦彦却只需按月进献新词，便可获得丰厚的朝廷俸禄。在红墙碧瓦之下，周邦彦和大晟府一班人讨论古音，审定古调，在琴瑟之声中为皇室编织着奢靡的乐阵，而他们按月进献的新词，自然无法脱离盛世祥瑞的范畴。当安逸的创作氛围远离了社会生活的根基，当纸醉金迷的歌台泛起虚无的优雅，词境的干瘪与单薄已经不自觉地成为周邦彦填词的符号。

章台路。还见褪粉梅梢，试花桃树。愔愔坊陌人家，定巢燕子，归来旧处。

黯凝伫。因念个人痴小，乍窥门户。侵晨浅约宫黄，障风映袖，盈盈笑语。

前度刘郎重到，访邻寻里，同时歌舞。唯有旧家秋娘，声价如故。吟笺赋笔，犹记燕台句。知谁伴、名园露饮，东城闲步。事与孤鸿去。探春尽是，伤离意绪。官柳低金缕。归骑晚、纤纤池塘飞雨。断肠院落，一帘风絮。

——周邦彦《瑞龙吟》

这首《瑞龙吟》，为哲宗亲政后罢黜旧党，周邦彦奉诏返京之作，词中一句"前度刘郎重到"，化用的正是中唐永贞革新代表人物刘禹锡"种桃道士归何处，前度刘郎今又来"的名句。显然，周邦彦此时的心情已和当年重游长安玄都观的刘禹锡形成了时空上的应和，但相似的意境，相似的表达，却无法逾越"前度刘郎"，就连将周词奉为"极则"的宋代词人周密都说"不过桃花人面，旧曲翻新耳"。其实，在周邦彦的词作中，这种旧曲翻新几乎无处不在。有学者统计，在周词中化用唐人诗句最多的依次为杜甫70次，李商隐43次，韩愈19次，李白18次，刘禹锡13次，元稹12次，温庭筠12次。而在具体行文中，又多处点化前人诗句，如"雨肥梅子"是点化杜甫"红绽雨肥梅"，"容我醉时眠"是点化李白"我醉欲眠卿且去"。至于意象的撷取，周词和柳词又有太多的重合之处，如《浪淘沙慢》中出现的"长亭""都门""兰舟""杨柳""暮霭""断云""晓风""残月"这些代表送别、相思的意象，总是让我们想到柳永那首著名的《雨霖铃》，诚如《柯亭词论》所云："周词渊源，全自柳出，其写情用赋笔,纯是屯田家法。"不可否认,在文学作品中,点化前人诗句入题亦属常见,但当自己的作品需要拾大量前人牙慧来支撑门面,便折射出一个文人才情的枯竭。在花影参差的御花园里,皇帝的笑容就是一首词的中心,为赋一首应景之作,博览群书的周邦彦开始疯狂地搜索记忆,在将前人的意象回炉再造中,精细地创设起自己的语言。

  对于这位将慢词雕琢得玉润珠圆的词人,许多学者都不客气地提出了批评。清人刘熙载在《艺概》中指出:"论词莫先于品,美成词信富艳精工,只是当不得一个贞字。"王国维则认为周邦彦"创调之才多,创意之才少",他在《人间词话》中,对周邦彦的评价更是不留情面:"词之雅郑,在神不在貌。永叔(欧阳修)、少游(秦观)虽作艳语,终有品格。方之美成,便有淑女与倡伎之别。"王国维之所以用到这样看上去甚至有些恶毒的评语,无非是因淑女之情真,而娼妓之情假,说到底,还是在批评周词缺少真情。周邦彦不会知道,他精心提炼的每一首词,在历经岁月的淘洗之后,已干瘪如脱水之花。

  据说,周邦彦曾将自己的书房命名为"顾曲",此二字典出《三国志·周瑜传》,说周瑜精于音律,知误必顾,时人遂谣之曰:"曲有误,周郎顾。"对音乐颇为自负的周邦彦经常在词作中以周瑜自喻,在他的《蓦山溪》中,我们看到的是"周郎逸兴,黄帽侵云水",走进他的《六幺令》,我们看到的则是"惆怅周郎已老,莫唱当时曲",而这位创作了"花犯""瑞龙吟""塞垣春"诸调、在词的创作上"下字用韵,皆有法度"的"词家之冠"不会想到,当他将"顾曲"的匾额高高挂起,就已经不可避免地循着既定的韵律前行,他善听的耳朵,早已在恢宏的皇家九部乐中尽数失聪。

骑着狼毫飞行

循着斑斑墨迹,我们走近一代书家——米芾。

在艺术氛围浓厚的宋代,米芾和苏轼、黄庭坚、蔡襄,无疑是书法艺术的集大成者,他们用手中的健笔,在转折顿挫中筑起了一座壮丽的文化峰峦。四人的书法,可以说各领风骚,但若论投入之深入,笔势之飘逸,当首推米芾。纵观米芾留给后世的墨迹,我们可以看出这位书家十分注重运用正侧、偃仰、向背等技法形成超迈的气势,在结构和用笔上,他主张"稳不俗,险不怪,老不枯,润不肥""骨筋、皮肉、脂泽、风神俱全,犹如一佳士也"。米芾曾称他的字是"刷字",明代董其昌对他评价甚高,在《画禅室随笔》中,他说:"吾尝评米字,以为宋朝第一,毕竟出于东坡之上。即米颠书自率更得之,晚年一变,有冰寒于水之奇。"同时代的苏轼对米芾也是不吝赞美之辞:"米书超逸入神。""海岳平生篆、隶、真、行、草书,风樯阵马,沉着痛快,当与钟、王并行。非但不愧而已。"米芾的书法对后世的影响很大,尤其是在明末,更是被奉为圭臬,像徐渭、王觉斯、傅山这样的大家都曾从临摹米书中渐渐形成自己的风格。生逢中国艺术史上的黄金时代，米芾用他厚重而灵动的书法作品为世人留下了一个超拔俊朗的形象。

成就米芾旷世之名的，是他迥异于常人的癫狂。艺术创作需要进入物我两忘之境，对于米芾而言，书法艺术更像是与之朝夕相伴的情人。因为米芾的母亲阎氏曾侍奉过英宗高皇后，所以和同时代的书法家苏轼、黄庭坚的科举入仕相比，米芾的入仕并未费多少周折。但尽管蒙荫皇恩，米芾的仕途却始终平淡无奇，未曾显达，从秘书省校书郎到浛光尉、雍丘知县、涟水军使，再到发运使、太常博士、书画博士等职，最终也不过是个从六品的官职，为什么会这样呢？其因有二，一是米芾为人清高，个性鲜明，"不入党与"。米芾出身于武将世家，蔡肇《故南宫舍人米公墓志》云：

> 自其曾、高以上，多以武干官显，父光辅，始亲儒嗜学。公生秀颖，六岁日读律诗百首，一再过目辄背诵。稍长，博记洽闻。于书务通大略，不喜从科举学。

由于从小就"不喜从科举学"，对儒家经典不感兴趣，加上武夫家世在重文抑武的宋代不受待见，又因后来继位的神宗不忘米芾母亲阎氏的乳褓旧情而让他享受恩荫入仕，被同僚哂为"出身冗浊"，这样的出身和这样的入仕"捷径"，很难让米芾融入以科举入仕的士大夫阶层。而在党争激烈的北宋，米芾偏偏又不喜"站队"，他曾写过一首《庖丁解牛刀》的诗，表达的正是这样一种夹缝求存的心境：

> 庖丁解牛刀，无厚入有间。
> 以此交世故，了不见后患。
> 奈何触褊心，忿气益滋蔓。
> 是非错相干，恶成那及谏。
> 智者善持己，颇觉操修辨。
> 此道固不远，可约可以散。
> 黄帝本斋心，斯民即晏粲。
> ——米芾《庖丁解牛刀》

在这首诗中，米芾将自己在官场中的周旋比作庖丁解牛，认为只要避开朋党间的"褊心"与"忿气"，便可在官场游刃有余，而为官最关键还是要保持一颗"斋心"，唯此，"斯民即晏粲"。相信写下这首诗的米芾，当时心境一定很复杂，保持"斋心"在新旧两党彼此激烈交锋的现实中何其难也，而"不入党与"始终是"边缘人"的米芾又怎么会在仕途上有升迁之机？

另一个很重要的原因，就是他对书法艺术的痴狂。"棐几延毛子，明窗馆墨卿。功名皆一戏，未觉负平生。"在这首小诗中，米芾将功名看得轻若尘埃；而与这种漫不经心的官场态度形成强烈反差的，是米芾对书艺的精益求精。他的字被称为"集古字"，在他看来，只有学到真迹才能悟到书家精髓，正因如此，他反对学习经刻工二次加工雕凿失韵的石刻，而将搜罗名家真迹作为其一生嗜好；对执笔的姿态，他更是坚持用"五指包管法"，以使作书时不受拘束，运笔自如；当然，更重要的一点，是和苏轼、黄庭坚、蔡襄相比，米芾对书法艺术的执着与投入应当是排在首位的，另三家并未完全将精力投注于书法，尤其是苏轼，书法不过是其随身一技而已，但米芾则不同，史载，他"一日不书，便觉思涩，想古人未尝半刻废书也"。他的儿子米友仁说他大年初一都临池不辍，而他给自己定的目标则是："智永砚成臼，乃能到右军（王羲之），若穿透始到钟（繇）、索（靖）也，可永勉之。"

由于痴迷书法艺术，时人戏称米芾为"米颠"（"颠"同"癫"），在宋明墓志、笔记小说中，米芾的癫行可谓比比皆是。宋人叶梦得《石林燕语》载：

> 米芾诙谲好奇，在真州，尝谒蔡太保攸于舟中，攸出所藏右军《王略帖》示之，芾惊叹，求以他画易之，攸意以为难。芾曰："公若不见从，某不得生，即投此江死矣。"因大呼，据船舷欲坠。攸遽与之。

看到人家炫耀珍藏的王羲之真迹，就想拿自己的藏画作交换，人家面露难色，就干脆站在船头以跳江相逼，最后对方不得已赶紧把王羲之真迹给他才算罢休，这样近乎耍赖皮的行为若非癫非痴如何做得？要知道，这蔡攸乃权臣蔡京长子，米芾却不管不顾，为了一件墨宝直接以死相逼，不是书痴谁又能有此胆量？类似的故事宋人范公偁在其《过庭录》中也记了一则，说是米芾还是区区一雍州县令时，和范公偁位高权重的曾祖范纯仁相交甚厚，听说范纯仁收藏一幅唐江都王李绪的马画，"每到相府求观，不与言，唯绕屋狂叫而已，不尽珍赏之意"。既精书又通画的米芾对古人书画已经痴迷到了无以复加的地步，为了能一饱眼福，竟然能扯着嗓子在好友的相府绕屋狂叫，这样的痴癫之态纵观古今，应该也算空前绝后了吧？

文人相轻,书家也相轻,对于癫狂的米芾而言,不仅同时代的书家能入其法眼的不多,就是前朝的大家他也照样口不留情。早年米芾曾遍学唐代诸家,对颜柳欧褚心摹手追,他尝自言:

> 余初学颜,七八岁也,字至大一幅,写简不成。见柳而慕紧结,乃学柳《金刚经》。久之,知出于欧,乃学欧。久之,如印板排算,乃慕褚而学最久。

从这段文字,我们可以看到早年米芾习唐之笃,其深厚的楷书功底正是由此打下根基。当然,对于唐草中的"颠张醉素",米芾也是相当推崇:

> 人爱老张书已颠,我知醉素心通天。
> 笔锋卷起三峡水,墨色染遍万壑泉。
> 兴来飒飒吼风雨,落纸往往翻云烟。
> ——米芾《智衲草书》(节选)

在这首颂诗中,米芾甚至用"弃笔为山""洗墨成池"表达自己要达到张旭、怀素的境界。然而,一度尊唐的米芾却在32岁这一年陡然转向,改学晋人。元丰五年(1082),米芾由长沙返京途中经过黄州,见到了贬谪至此的苏轼。初次见面,比米芾大14岁的苏轼对其书法大加赞叹,称其字"风樯阵马,沉着痛快",但同时,也劝米芾弃唐习晋。在苏轼看来,晋人书法"点画信手",更强调简远淡雅,而唐书则过度讲求法度,影响个人意趣的抒发。与东坡居士的这番黄州初遇,无疑是米芾习书重要的转捩点,正是从那次相遇开始,米芾开始抑唐崇晋,逐渐成为北宋尚意书坛的旗手。而曾一路习唐、转而习晋之后,本身就狂悖不羁的米芾对唐人书法的批判也便口无遮拦,想说则说。他说,"欧、虞、褚、柳、颜,皆一笔书",笔法单一,缺少变化,"安排费工,岂能垂世",尤其是对柳公权的批评,米芾更是毫不客气,认为他背离了魏晋古法,"柳公权师欧,不及远甚,而为丑怪恶札之祖。自柳世始有俗书",在"声讨"柳公权令"古法荡无遗"的同时,米芾连曾经要"弃笔为山""洗墨成池"以习之的"颠张醉素"也一并带上,认为"张颠与柳颇同罪,鼓吹俗子起乱离。怀素獦獠小解事,仅趋平淡如盲医"。当唐楷与唐草均成为米芾批判的对象,当"锋势郁勃,挥霍浓淡"的王羲之父子成为米芾的人生偶像,当"千年谁人能继趾?不自名家殊未智"成为米芾决意张扬个性、自成一家的狂浪誓言,我们看到,对书法艺术已经痴迷到骨子里的米芾,更像是一位骑着狼毫飞行的舞者,高蹈于众人的目光之上,用成片的墨汁,画出一道只属于他自己的艺术轨迹。

> 平生真赏。纸上龙蛇三五行。富贵功名。老境谁堪宠辱惊。
> 寸心谁语。只有当年袁与许。归到寥阳。玉简霞衣侍帝旁。
> ——米芾《减字木兰花》

在宦海中如赤子般前行的米芾注定只能沉居下僚,但对书法艺术的痴迷却让他找到精神的栖居之地。"平生真赏。纸上龙蛇三五行。富贵功名。老境谁堪宠辱惊。"这种痴迷,让他蔑视富贵功名，也是这种痴迷，让他宠辱不惊，即便在皇帝面前，其癫狂也全无半点收敛。据宋代钱世昭《钱氏私志》记载，徽宗于崇宁五年（1106）任命米芾为书画学博士，这个职位不高，但能和艺术家皇帝在一起切磋书画技艺，已是对米芾的认可。这一天，米芾被召到宫中写字，当时他并不知道皇帝正端坐帘后，看到四下无人，"米乃反系袍袖，升高就上，跳跃便捷，落笔如云，龙蛇飞动"，正写得兴起，听到帘子后皇帝的声音，他便回头大声说："奇绝，陛下！"徽宗听后，不禁大笑。更有甚者，是《春渚纪闻》记载的一件事：

> 上与蔡京论书艮岳，复召芾至，令书一大屏。顾左右宣取笔砚，而上指御案间端砚，使就用之。芾书成，即捧砚跪请曰："此砚经臣芾濡染，不堪复以进御，取进止。"上大笑，因以赐之。芾蹈舞以谢，即抱负趋出，余墨沾渍袍袖，而喜见颜色。

怀抱端砚，全然不顾墨汁飞溅一身，此时，在米芾的眼中，形象体统都不重要，书法艺术已经成为他生命的唯一主宰。

对于米芾而言，癫狂是一种融入血液的生命状态，尽管这种状态在常人看来是那样的不近情理，不可理喻。《梁溪漫志》曾记载了米芾"拜石为兄"的故事，说是米芾在安徽无为做官时，听闻河边有一块奇石，当地人奉为仙石，不敢妄动，米芾便立刻派人将其搬进自己宅邸，设案焚香，向怪石虔诚叩拜。后来，这件事被传出来，米芾因此遭人弹劾而被罢官。明人李东阳在《怀麓堂集》中说："南州怪石不为奇，士有好奇心欲醉。平生两膝不着地，石业受之无愧色。"事实上，与其说米芾玩物

宋知淮陽軍米公芾

嶔崎磊落
古之畸人
精書善畫
曠然天真

米 芾

（传）米芾《听瀑图》

丧志，莫如说他在实现着自己对事物的心灵独语，正是他，在醉心赏石的同时，创造性提出了"瘦、皱、漏、透"的奇石标准，以至于最终成为后世赏石者遵循的金科玉律。在权贵面前癫狂不拘礼法，在天子面前也敢索砚的米芾，却能对着怪石双膝着地，顶礼膜拜，物我两忘，沉醉其中，癫狂的米芾，实际在保持着一份超尘拔俗的心境。

　　率性而为的癫狂个性让米芾在书法艺术的海洋中畅游，同时，也影响着他的生活习惯。你能想象得到吗？这位笔走龙蛇的大师，日常的服饰竟是戴高帽，穿缁衣，用其好友张大亨的话说，就是"衣冠唐制度，人物晋风流"。因为戴着高帽无法乘轿，米芾竟索性让人将轿顶拆了，把帽子露出在轿子外面，"见者莫不惊笑"，而他却全然不入世法，不避他人眼色，被人讥为"活封影"。如果说在穿衣戴帽方面米芾异于常人，那么关于米芾的洁癖就更值得一说。史载，米芾洗手从来不用巾擦，常常是相拍甩干，有一次他的朝靴为他人所拾，心甚恶之，于是回家数次搓洗，直到弄得破损不可再穿；米芾曾经做过太常博士，在祭祀时官员们穿的祭服上都绘上了水藻和火焰的图案，可米芾却嫌弄脏了衣服，回到家中就把这些图案全都洗掉了，后来就因此事，他再次被人弹劾丢官。最有意思的，是米芾竟因名嫁女，说建康有个后生叫段拂，字去尘，米芾听之，当即认为他是自己的金龟之婿，"既拂矣，而又去尘，真吾婿也"。这番话说出没多久，米芾就把女儿嫁给了这个段拂。

> 砧声送风急，蟋蟀思高秋。我来对景，不学宋玉解悲愁。收拾凄凉兴况，分付尊中醽醁，倍觉不胜幽。自有多情处，明月挂南楼。

怅襟怀，横玉笛，韵悠悠。清时良夜，借我此地倒金瓯。可爱一天风物，遍倚阑干十二，宇宙若萍浮。醉困不知醒，欹枕卧江流。

——米芾《水调歌头》

深受禅宗及道家思想影响的米芾，就这样以癫狂的方式活在自己的世界里，在其书论《论草书》中，米芾曾云，"草书若不入晋人格，辄徒成下品"，事实上，秉持"崇晋卑唐"书学观的米芾在日常生活中，也将"晋人格"当作自己的处世标准，正因如此，在《清明上河图》呈现给我们的宋人生活画卷中，米芾更像是一个游离于时代之外不入俗流的高士，一个不通世故人情癫狂悖逆的怪才。"可爱一天风物，遍倚阑干十二，宇宙若萍浮。醉困不知醒，欹枕卧江流。"当米芾峨冠博带，高挑着他"米家书画船"的旗帜，不合时宜地划过世人的目光，他是孤独的，也是超脱的。

纵观米芾一生，其实更像一场特立独行的行为艺术，而也正是这种生命的癫狂与痴迷，最终让米芾成为中国历史上影响深远的一代书家。关于米芾享年，有49岁、57岁、58岁、60岁等多种说法，而这位享年模糊的另类书家在生命的最后时刻，留给世人的仍旧是一段特别的影像。据说在去世前一个月，米芾就开始安排后事，写书信与亲友一一告别。他将自己钟爱的字画器玩统统销毁，并提前准备好了一口香楠木棺，饮食起居全在棺材里。去世前七天，米芾斋戒沐浴，焚香清坐。去世当日，他召集同僚，手举拂尘道："众香国中来，众香国中去。"说罢掷拂尘便合掌而终。在飞扬跌宕的墨迹中，米芾，用一颗特异的禅心完成了自己人生精彩的演出。

在对立中建构平衡

两宋词人中，贺铸（字方回）呈现给世人的，是一种生命的对立姿态。在这位北宋鬼才身上，我们可以看到很多对立面：陆游《老学庵笔记》称贺铸"状貌奇丑，色青黑而有英气，俗谓之'贺鬼头'"。然而，就是这位样貌丑陋的"贺鬼头"，却吐气如兰，满腹锦绣，一生中创作了大量刚柔相济的诗词。贺铸身长七尺，豪爽粗悍，但他真正让人记住的，却是一个感情丰沛心灵细腻的文人形象。贺铸的朋友程俱在《贺方回诗集序》中，曾这样评价他：

> 方回为人，盖有不可解者：方回少时，侠气盖一座，驰马走狗，饮酒如长鲸，然遇空无有时，俯首北窗下，作牛毛小楷，雌黄不去手，反如寒苦一书生；方回仪观甚伟，如羽人剑客，然戏为长短句，皆雍容妙丽，极幽闲思怨之情。方回慷慨感激，其言理财治剧之方，亹亹有绪，似非无意于世者，然遇轩裳角逐

之会，常如怯夫处女。

寥寥数语之中，贺铸身上那种和谐的对立清晰可见。这种生命的对立，直接影响了贺铸的生命走向。身为宋太祖孝惠皇后的族孙，他本不应有衣食之虞，前途之忧，然而，纵观贺铸一生，我们可以看到，贺铸从未有过显达之日。自17岁离家赴汴京，他先后任过右班殿直、监军器库门、临城酒税一类的闲差冷职，以至于他都自嘲"四年吟笑老东徐"。尽管此后经苏轼等人举荐，他弃武从文，担任过一段时间的承事郎，但直到50余岁致仕归隐苏州，其身份仍不过是一个职位低微的承议郎。

为什么会是这样一种生命轨迹呢？无他，性格决定命运。《宋史》载，贺铸任侠喜武，"喜谈当世事，可否不少假借，虽贵要权倾一时，小不中意，极口诋之无遗辞，人以为近侠"。在贺铸身上，豪侠之气贯穿了其生命始终，他最引以为傲的是，自己是春秋战国时期豪侠之士庆忌的后代，在《庆湖遗老诗集》自序中，曾云：

> 庆湖遗老者，越人贺铸方回也。贺本庆氏，后稷之裔。太伯始居吴，至王僚遇公子光之祸，王子庆忌挺身奔卫，妻子迸渡浙水，隐会稽上。越人哀之，予湖泽之田，俾擅其利。表其族曰庆氏，名其田曰庆湖，今为镜湖，传讹也。汉孝安帝时，避帝本生讳，改贺氏，水亦号贺家湖焉。

从这段文字中，我们可以看到贺铸对祖上荣光的追慕。因为以恩荫晋身武弁，在贺铸的梦想中，一直都有浴血沙场的家国情怀，虽沉居下僚，却豪气干云。更难能可贵的是，这位以宋太祖孝惠皇后族孙身份晋身官场的贵族后裔，并未沾染上贵族后裔的恶习，相反，对身边这类人的恶行，他从不姑息迁就。据说贺铸早年做监军时，同僚中有一纨绔子弟骄横跋扈，后来这位富家子损公肥私，被贺铸发现，将其杖责了一顿，自此，当地"诸挟气力颉颃者，皆侧目不敢仰视"。

贺铸不仅面对权贵从不阿谀奉承，对待同道文友，也经常是"尚气使酒"，狂傲不羁。《宋史》中有一段有趣的记载，颇能说明他这一点："是时，江淮间有米芾以魁岸奇谲知名。铸以气侠雄爽适相先后。二人每相遇，瞋目抵掌，论辩锋起，终日各不能屈，谈者争传为口实。"贺铸与米芾可谓交游甚笃，二人都和皇族沾亲带故，因此都没经历科举便以恩荫入仕，在性格上，二人也有颇多相似之处，都任性率真，对看不惯的人和事从来都不藏着掖着，随意臧否，毫不留情。当然，因此二人均非循规蹈矩之辈，又都以疏狂著称，相谈酬和之间，自然常常会就某些话题争得面红耳赤，正如《宋史》的这段记载一样，贺铸和米芾这两个身材魁伟的壮汉真的可以不顾世人的目光，在市井之中"瞋目抵掌，论辩锋起"。也许这样的情景看来有些可笑，但这就是贺铸，率直耿介的性格成就了他的名气，但也正因如此，他才不为人所容，一生都屈居下僚，不得美官，走过了一段惨淡的仕途。

贵族后裔的身份与耿直性格的对立构成了贺铸困厄窘蹇的生命状态，但正是这样的生命状态造就了一道对立而又怡然相融的创作景观。由于出身武职之家，在宋代重文抑武的社会氛围中，贺铸自觉身处卑位，因此，他一方面与苏轼及苏门弟子黄庭坚、秦观、张耒等富才饱学之士保持着密切的文学往来，一方面则倍感压力,始终在努力提升自己的文学素养。当然,这位"北宗狂客"骨子里的狂傲并未有一分消磨,"吾笔端驱使李商隐、温庭筠常奔命不暇",当转益多师、兼收并蓄构成贺铸执着的创作态度,其婉约豪放兼具的词风,势必成为一面心雄万夫誓要马革裹尸、一面临轩独处发幽闲思怨的贺铸特有的创作特征。

> 少年侠气,交结五都雄。肝胆洞,毛发耸。立谈中,死生同。一诺千金重。推翘勇,矜豪纵。轻盖拥,联飞鞚,斗城东。轰饮酒垆,春色浮寒瓮,吸海垂虹。闲呼鹰嗾犬,白羽摘雕弓,狡穴俄空。乐匆匆。
> 似黄粱梦,辞丹凤。明月共,漾孤篷。官冗从,怀倥偬。落尘笼,簿书丛。鹖弁如云众,供粗用,忽奇功。笳鼓动,渔阳弄,思悲翁。不请长缨,系取天骄种,剑吼西风。恨登山临水,手寄七弦桐,目送归鸿。
> ——贺铸《六州歌头》

贺铸这首著名的《六州歌头》,作于元祐三年(1088),此时,贺铸正处于报国无门的忧愤岁月。贺铸常常会迁想到自己的远祖庆忌,但纵有豪侠之气激荡于胸,却难以找到释放的出口,尤其是时值西北边境屡遭西夏军袭扰,把持朝政的保守派却一味退让求和,更让人微言轻的贺铸面对孤星冷月,徒唤奈何。正是在这样一种背景下,作为贺铸20余首豪放词中最为耀眼的《六州歌头》,有如疾风骤雨,倾泻而下,呼啸而出!

贺铸这首词所用的词牌"六州歌头"中的"六州",指中国古代九州之荆、梁、雍、豫、徐、扬六州,宋人程大昌《演繁露》卷十六云："《六州歌头》本鼓吹曲也，近世好事者倚其声为吊古词。"作为兴起于宋的词牌，此调之始词为北宋初年李冠《项羽庙》的吊古之作，至南宋初年，张孝祥也曾在建康留守席上用此词牌即兴填词博得众人称誉，但这个词牌的正体，却是贺铸的《六州歌头》。这首词，被后人称为第一首表现"豪侠情怀"的宋词，"不为声律所缚，反能利用声律之精密组织，以显示其抑塞磊落、纵恣不可一世之气概"。宋人赵闻礼评价道："飘飘然有豪纵高举之气，酒酣耳热，浩歌数过，亦一快也。"当有如排山倒海般的多个三字句构成急促有力的音节，当密集铺陈的用韵彰显出豪放峻切的气势，我们相信，"闲呼鹰嗾犬，白羽摘雕弓，狡穴俄空。乐匆匆"必定是贺铸侠纵江湖的内心映射，而"恨登山临水，手寄七弦桐，目送归鸿"则应当看作是贺铸对苏轼在豪放词创作上的致敬与传承。

提到苏轼，不能不提到这位诗文大家对贺铸的提携，正是在苏轼等人的积极争取下，贺铸得以在四十岁的盛年由武转文，任承事郎。宋代重文抑武，文官在薪俸、恩赐、休假等诸多方面都比武官待遇优厚，因此能由武官转为文官是许多武人的梦想，贺铸也不例外。但由于在北宋中后期，由武转文朝廷已有严格限制，使得"今荐而用，百不得一"，在这种背景下，贺铸能转文成功，心中的欣喜自然可想而知。

> 当年笔漫投，说剑气横秋。
> 自负虎头相，谁封龙额侯。
> 聊辞哙等伍，滥作诗家流。
> 少待高常侍，功名晚岁收。
>
> ——贺铸《易官后呈交旧》

当踌躇满志的贺铸真正以一个"文人"形象跻身北宋士大夫行列，尽管身份依旧卑微，但他的诗词创作已呈井喷之势，尤其是受到苏轼的影响，贺铸的豪放词更是大放异彩。

> 控沧江。排青嶂，燕台凉。驻彩仗、乐未渠央。岩花磴蔓，妒千门、珠翠倚新妆。舞闲歌悄，恨风流、不管余香。
>
> 繁华梦，惊俄顷，佳丽地，指苍茫。寄一笑、何与兴亡。量船载酒，赖使君、相对两胡床。缓调清管，更为侬、三弄斜阳。
>
> ——贺铸《凌歊·铜人捧露盘引》

在《凌歊》的气势里，我们可以对接苏轼的"多情应笑我，早生华发"；"六国扰。三秦扫。初谓商山遗四老。驰单车。致缄书。裂荷焚芰，接武曳长裾"，在《将进酒》的韵味中，我们同样可以看到贺铸像苏轼一样对用典的偏好；"原上草，露初晞，旧栖新垅两依依。空床卧听南窗雨，谁复挑灯夜补衣！"这首催人泪下的悼妻词《鹧鸪天》，我们仿佛能看到贺铸伤逝的泪水，它和苏轼的"十年生死两茫茫"一起，成了宋词中不朽的爱情悼歌！

当然，贺铸性格的多面性注定让这位"北宗狂客"不会只拘泥于豪放一派，由武转文，对于贺铸而言，是一种生命的对立，豪放与婉约兼具，更是体现出贺铸在北宋词坛的对立之姿。"苏门学士"张耒曾盛赞贺铸"盛丽如游金、张之堂，而妖冶如揽嫱、施之祛，幽洁如屈宋，悲壮如苏李"，晚清著名词评家陈廷焯则认为"方回词,儿女、英雄兼而有之"。

由此,我们不妨沿着贺铸独特的婉约词行走。"信人间,自古销魂处,指红尘北道,碧波南浦,黄叶西风""一声横玉吹流云,厌厌凉月西南落",在景略情繁的描摹中,我们既可以看到柳永的悲秋怀人,羁旅行役,同时,又能感受到贺铸的遒劲利落,健笔柔情:"不眠思妇,齐应和,几声砧杵。惊动天涯倦宦,骎骎岁华行暮。"透过这些在宋词中占比颇多的怨妇主题,我们看到的,是贺铸游走于峭拔与细腻之间的特有风格。当我们走进《石州引》,吟着"薄雨收寒,斜照弄晴,春意空阔",感受着"欲知方寸,共有几许清愁,芭蕉不展丁香结",我们所看到的贺铸,已经与周邦彦形成文字上的呼应,其作词的织锦功夫,直接让贺铸有了跳脱北宋词坛的多种可能。当才气纵横的贺铸右手执笔,左手执杯,穿行在由关西大汉执铜琶铁板和十七八女郎援红牙拍板构成的乐阵中,我们看到的,正是一种融洽的对立之美。

说到贺铸,如果不提及他傲立词坛的《青玉案》,就等于没有读懂真实的贺铸。

凌波不过横塘路。但目送、芳尘去。锦瑟华年谁与度。月桥花院,琐窗朱户。只有春知处。

飞云冉冉蘅皋暮。彩笔新题断肠句。试问闲情都几许。一川烟草,满城风絮。梅子黄时雨。

——贺铸《青玉案》

这首《青玉案》,为贺铸退居苏州横塘时所作,尽管不足百字,看似闲来之笔,却不容置疑地奠定了贺铸在中国文学史上的地位。龚明之在《中吴纪闻》中说:"铸有小筑在姑苏盘门外十余里，地名横塘，方回往来于其间。"在往返横塘的路上，心怀"闲愁"的贺铸，经过对意象的精心捕捉，"闲愁"已经不再抽象，而是变成了辽阔无边的"一川烟草"，漫天飞舞的"满城风絮"，连绵不绝的"梅子黄时雨"——在时空的广度、密度和深度上，我们看到的是贺铸卓绝奇伟的想象力和驾驭文字的非凡功力。有学者试图在贺铸友人李之仪的《题贺方回词》中，寻找隐藏于《青玉案》中的一段情事，原文道：

> 右贺方回词。吴女宛转有余韵，方回过而悦之，遂将委质焉。其投怀固在所先也。自方回南北，垢面蓬首，不复与世故接。卒岁注望，虽传记抑扬一意不迁者，不是过也。方回每为吾语，必怅然恨不即致之。一日暮夜，叩门坠简，始辄异其来非时，果以是见讣。继出二阕，予尝报之曰："已储一升许泪，以俟佳作。"于是呻吟不绝韵，几为之坠睫。尤物不耐久，不独今日所叹。予岂木石哉！其与我同者，试一度之。
> ——李之仪《姑溪居士文集》（卷四十）

从这段文字中，我们看到的，是贺铸与一位不知名"吴女"的一段凄美而无果的爱情故事，确切地说，是贺铸的一种单相思，对于这位在贺铸眼前惊鸿一瞥的曼妙女子，贺铸并没有真正表白，直至吴女病亡，那个"爱"字也没说出来。佳人已逝，贺铸内心痛苦不已，在与好友李之仪倾诉之时，曾涕泗横流地吟诵出自己的两首旧作，对于这两首旧作究竟是什么，李之仪并未言明，但循着蛛丝马迹，有学者似乎找到了答案，而这段未果之情的一个答案，正是贺铸这首脍炙人口的《青玉案》！

"若问闲情都几许?一川烟草,满城风絮,梅子黄时雨。"悠悠千年事,我们早已无法回归这位在精神世界与外在仪容间存在着太多对立的北宋词人的晚年生活现场,我们只知道,经历了丧妻之痛的贺铸,生活是困顿的,内心是苦闷的,出世思想也是浓烈的。在这样一种生存背景下,迎着满城风絮和淅沥梅雨,贺铸的眼前,也许真的会因一位江南女子的轻盈而过,而生出对美好生活的渴望与追索。也许,这样的景象更是一场雨中幻象,那个给他留下倩影的女子,何尝不是他曾相濡以沫的亡妻?

不管怎样,贺铸注定要在生命的晚秋,因这首《青玉案》而被人铭记。"苏门学士"黄庭坚对此词评价颇高,他曾赞道:"解作江南断肠句,只今惟有贺方回。"不仅是黄庭坚,据说此后宋金词人中步其韵和仿效者竟达25人之多。而贺铸也因"梅子黄时雨"这句惊人之语,从此在士人的口口相传中,得到了一个"贺梅子"的别名。

史载,贺铸"博闻强记,于书无所不读,家藏书万余卷",晚年退居横塘,他更是皓首穷经,终日潜心研读。不仅如此,他还亲自整理、校勘所藏古籍,"无一字误,以是杜门将遂其老"。尽管晚年生活困顿,但他从不肯转卖这些藏书。其实,尽管这位高产的诗词大家呈现给世人的是一种对立的生命状态,但他一直在坚守着一种心灵的平衡,而在他校勘的万卷藏书中,他一定不会知道,自己的人生之书,本身就颇为耐读。

被消解的黍离之悲

纵观两宋之交的诗人，陈与义不容忽视。陈与义师尊杜甫，同时推崇苏轼、黄庭坚和陈师道，号为"诗俊"，与"词俊"朱敦儒和"文俊"富直柔同列洛中八俊。元代诗论家方回在《瀛奎律髓》中称杜甫为江西派的"一祖"，黄庭坚、陈师道、陈与义为"三宗"。陈与义并不是江西人，和黄庭坚等人好用典的习惯迥然不同，他更注重意境，擅长白描，归入江西诗派实属牵强。而在这里，我们并不想陷入对陈与义所属流派的纷争，更想说说这个人。在陈与义49岁短暂的生命历程中，有一份文人的自觉，同样也有一份文人的无奈，呈现在他的诗词创作和精神状态中，便是一份被消解的黍离之悲。

生于官宦之家的陈与义自幼聪敏，为同侪所重。《宋史》本传说他"天资卓伟，为儿时已能作文，致名誉，流辈敛衽，莫敢与抗"。24岁这年，也就是宋徽宗政和三年（1113），他登上舍甲第，授文林郎、开德府（今河南濮阳）教授。宣和二年（1120），陈与义在汝州服母丧，正是在这段时间，他频繁出入汝州天宁寺，与寺僧觉心、洪智、超然等相交甚笃，"嗟予晚闻道，学看传灯录""晚说汝州禅，饱啖天宁斋"。在丛林禅刹的晨钟暮鼓中，陈与义潜心研习佛典，和禅师谈禅论道，谛听天籁之声，在游寺、住寺时，将四时的风霜雨雪、佛门的清幽静谧统统诉诸笔端；尤其是在结识了州守、词人葛胜仲后，他更是将佛典与禅心融入自己的诗歌当中。看到漫天飞雪，他脱口便是一句"密雪来催诗，似怪子不作"，大醉酩酊时，他便道"海棠脉脉要诗催，日暮紫绵无数开"，而加入以葛胜仲、富直柔等人为代表的汝州诗人大合唱，他更是交酬唱和，乐在其中，声称："宁食三斗尘，有手不揖无诗人。宁饮三斗醋，有耳不听无味句。"随着文人间的心声互答日益深入，葛胜仲对陈与义之才更加欣赏，两年后，葛胜仲入京任显谟阁待制，陈与义经他汲引，得到徽宗赏识，入京做了太学博士，后来又升任符宝郎。

含章檐下春风面，造化功成秋兔毫。
意足不求颜色似，前身相马九方皋。
——陈与义《和张规臣水墨梅五绝（其四）》

这首《和张规臣水墨梅五绝》，是陈与义《墨梅》组诗中的一首，据说陈与义能得到徽宗赏识，入职京官，就是因为这首诗。当时，年轻的陈与义早已博涉百家，建安、陶潜、李杜、东坡，都成为他师法的范本，而在融会贯通的创作实践中，陈与义也在不断寻求自己的突围之道，形成自己的诗风。对于《墨梅》组诗，南宋陈善在《扪虱新话》曾有这样的记载：

客有诵陈去非《墨梅》诗于予者，且曰："信古人未曾到此。"予摘其一曰："'粲粲江南万玉妃，别来几度见春归。相逢京洛浑依旧，只是缁尘染素衣。'世以简斋诗为新体，岂此类乎？"客曰："然。"予曰："此东坡句法也。坡《梅花》绝句云：'月地云阶漫一樽，玉儿终不负东昏。临春结绮荒荆棘，谁信幽香是返魂。'简斋亦善夺胎耳。"

陈与义字去非，号简斋，陈善在这段文字中说陈与义师法东坡，"夺胎换骨"，说的正是他融会贯通的创作功力。而初入京师的陈与义也确实以诗名占尽风光，据说他的诗在当时曾"洛阳纸贵"，用洪迈的话说就是"京师无人不传写"。一个文人能在朝野上下拥趸众多，自然是春风得意。"忆昔甲辰重九日，天恩曾与宴城东"，当他经常被皇帝召对，并能够跻身皇帝的赐宴名单，陈与义自然是踌躇满志。他曾在写给陈国佐、胡元茂这两位同年的诗里说："昔吾同年友，壮志各南溟"，以鲲鹏为喻，表达自己积极用世的壮志豪情。

然而，接下来的时局变幻却让这个心怀梦想的文人猝不及防。就在刚升任省闱考官、符宝郎的第二年，他便因朝廷内讧被牵连而被贬为陈留监酒税，刚到陈留没多久，便赶上了金兵大举南下，汴京失守，徽、钦二帝被掳。位于汴京附近的陈留当然也被兵燹波及，陈与义只能南奔湘汉，流离湖湘。南渡避虏的颠沛之旅，陈与义感时抚事，心境沉郁。由河南入湖湘，陈与义眼里充斥的是战乱的硝烟和背井离乡的人们。被屈原奠定了屈骚文化根基的湖湘大地，一直都是贬谪文人倾吐孤愤之地。西汉的贾谊曾在这里写下其化入离骚体风格的《鵩鸟赋》："其生兮若浮，其死兮若休；澹乎若深渊之静，泛乎若不系之舟。"在谪居长沙的日子里，这位满腹才学的臣子与一只飞入斗室之中的硕大的鵩鸟完成了一场时空对话，与其说是自慰之作，莫如说是自嘲之作。而走进群星璀璨的唐代，这里更是收纳了太多贬谪文人的泪水，王昌龄、刘禹锡、柳宗元，都曾在湖湘纵横的水脉中凭吊过屈原，用自己的诗行应和千古辞赋《离骚》。当"皆本于骚"成为湖湘特有的文化传承，贬谪文化似乎也就成了这片土地特有的文化根脉。

流寓至此的陈与义虽然不是以贬谪的心态面对着这里的山山水水，但"屈骚"中怨愤与忧国的精神内核却是相通的。如果说此前文人的吟咏中更多地渗透了个人宦海沉浮的悲凉，那么此时的陈与义作为一个南渡的流亡者，在目睹了沿途的满目疮痍之后，袭上心头的已不仅是对个人命运的慨叹，更是对家国沦丧的黍离之悲。

> 洞庭之东江水西，帘旌不动夕阳迟。
> 登临吴蜀横分地，徙倚湖山欲暮时。
> 万里来游还望远，三年多难更凭危。
> 白头吊古风霜里，老木沧波无限悲。
> ——陈与义《登岳阳楼（其一）》

这是陈与义登临岳阳楼时写下的诗歌。流寓岳州期间，陈与义曾三登岳阳楼。如果说当年范仲淹的《岳阳楼记》彰显的是大宋王朝鼎盛时期的清平岁月，那么陈与义三登岳阳楼所写下的系列诗歌，则充满了雄浑悲慨之气。事实上，这样的经历对于陈与义的诗歌创作而言更应视为一件幸事。如果说南渡之前，陈与义的诗歌还未能走出优渥的士大夫生活和寻章摘句的书斋之语，那么当他"避地湖峤，行路万里"，经历过南奔避乱的人生际遇，源源不绝的诗歌素材与诗歌情感已经让他完成了对过往诗风的超拔与裂变，变得"忽有好诗生眼底"，变得"安排句法已难寻"。更突出的变化则来自陈与义对杜甫的重新观照与自省。南渡之前，仕途平顺的陈与义虽然也学杜诗，但更多的是习其句法，对于杜甫关注现实的创作态度并不以为然，甚至认为"人生本是客，杜叟顾未知。今年我闻道，悲乐两脱遗"，以归隐之乐消解杜甫的生命悲慨。然而，历经金兵南下的铁蹄和家国的沦丧之苦，身处南奔避乱之中的陈与义终于与安史之乱中的杜甫产生了心灵的呼应，尤其是在与金兵遭遇险些丧命之后，陈与义更是深深懂得了杜甫，理解了杜甫，一句"但恨平生意，轻了少陵诗"，不仅道出了这位南渡文人对曾经忽视诗圣的深深悔意，更明确了他在流亡过程中的创作方向。

由此，我们看到的诗句便日渐雄浑顿挫起来。在"白头吊古风霜里，老木沧波无限悲"的字里行间，我们的思绪会由陈与义登临的岳阳楼对应起杜甫《登高》里的"无边落木萧萧下，不尽长江滚滚来"，面对"天地困腐儒，江湖托孤楫"的生命之痛，我们的目光又会从陈与义行经的华容县穿越到杜甫的"夜深彭衙道，月照白水山"。当然，和杜甫一样，陈与义在流亡过程中，不仅将行经的每一地作为了自己南渡的写作场，以纪行的方式贯穿起身若浮萍的命运，同时，更将对家国的忧思嵌入了自己的诗行之中。

"海压竹枝低复举，风吹山角晦还明。不嫌屋漏无干处，正要群龙洗甲兵。"这是诗人不为屋漏而烦恼，只愿早日克敌恢复中原。

"慷慨赋诗还自恨，徘徊舒啸却生哀。灭胡猛士今安有，非复当年单父台。"这是诗人雨中登楼,慨叹收复失地无可用之将……

当宋末文坛领袖刘克庄用"造次不忘忧爱,以简严扫繁缛,以雄浑代尖巧,第其品格,故当在诸家之上"评价陈与义经过战乱淬炼的"简斋体",写下340余首南渡纪行诗的陈与义,已学得杜诗精髓,不仅和杜甫实现了跨越时空的共鸣,更走出了一条悲慨而雄阔的诗歌之路。

绍兴元年(1131),陈与义寓湖湘,绕广东,过福建,一路南下,又一路北上,抵达了当时的南宋行在绍兴,已匆匆即位的高宗嘉其忠心,任命他为礼部侍郎。不久,随着南宋小朝廷在杭州落脚,陈与义又历任徽猷阁直学士、中书舍人、知制诰,最后做到了参知政事。

然而,尽管官越做越大,作为文人的陈与义却难以放下那份充溢心头的黍离之悲。陈与义的文学成就主要在诗。如果说南渡之前,陈与义的诗还多流连于风光小品,那么经过国破家亡的丧乱,尤其是经过自陈留至临安一路担惊受怕的路途辗转,已经在陈与义的心中留下了难以愈合的伤痛。正是以宋室南渡为分水岭,陈与义的诗歌开始变得充满了社稷之忧,黍离之悲,呈现出撼动人心的力量。四库馆臣纪昀在读陈与义《简斋集》时曾云:"简斋风骨高秀,实胜宋代诸公。"而检索陈与义的诗歌我们便会发现,如果没有南渡之后的诗歌作支撑,陈与义是断不能胜此称誉的。

然而,尽管陈与义忧国如此,却只能徒唤奈何,只能让这份黍离之悲在文字中曲折隐约地呈现。他没有辛弃疾的武才,在他的诗歌中,找不到"马作的卢飞快,弓如霹雳弦惊"的句子;他没有陆游的康健,活了85岁的陆游曾自言"六十年间万首诗"，堪称中国最高产的诗人之一，而陈与义刚刚30岁出头就已须发皆白，走路常要拄杖，他的诗集中有30余处直说自己是个"病夫"；更重要的，是他在许多爱国名臣如李纲、张浚相继遭谗被贬之后，已经没有了抗颜直谏的勇气。

　　九日登临有故常。随晴随雨一传觞。多病题诗无好句。孤负。黄花今日十分黄。
　　记得眉山文翰老。曾道。四时佳节是重阳。江海满前怀古意。谁会。阑干三抚独凄凉。
　　　　　　　　　　　　　　——陈与义《定风波》

　　这首《定风波》，写于绍兴五年（1135）重阳节。陈与义一生留诗600余首，留词却甚少，仅有18首，但质量颇高，这首《定风波》便是其中之一。秋风初起之时，也是赏菊登高之时，此时，尽管距离靖康之难已过去了将近十年，但萦绕在陈与义心头的，仍是难以摆脱的伤感。节庆的美酒端上来了，陈与义只道了一声"随晴随雨一传觞""多病题诗无好句"，全然没有节日的喜庆；登上了高阜，也只说了句"江海满前怀古意。谁会。阑干三抚独凄凉"。同样是《定风波》，身居高位的陈与义显然不能找到苏轼谪居黄州时"莫听穿林打叶声，何妨吟啸且徐行"的洒脱，倒是临安的一派沉歌醉舞让陈与义只能长叹一声，将灰暗的色调投向词牌，让重阳多了一重黯淡，让词牌添了一层哀伤。

　　而宋高宗偏安苟且的日子并不会被一首忧伤的词打断。史载，当时丞相赵鼎曾劝高宗："人多谓中原有可图之势，宜便进兵，恐他时咎今日之失机。"希望高宗能顺应民意，打回汴京，收复中原，否则可能会贻误战机，而高宗却说："今梓宫与太后、渊圣皆未还，若不与金议和，则无可还之理。"认为徽、钦二帝被掳，连同太后都在金人手里，若不议和他们恐难于返回。身为参知政事的陈与义在旁边听了之后，赞成丞相的用兵，反对高宗的议和，便婉转说道："若和议成，岂不贤于用兵；万一无成，则用兵必不免。"高宗只说了一个字："然。"但从此再无下文。对于这个偏安苟且的皇帝，陈与义既缺少坚持进谏的勇气，又无法排遣心中的忧痛，最后的结果，只能是托病请辞。因宋代凡执宰大臣去位者，皆以"提举宫观"系衔，坐食俸禄而不管事，称为"祠禄之官"，陈与义索性领了个提举临安洞霄宫的虚职，辞官回到湖州，仅仅四个月之后，便溘然而逝，年仅49岁。

> 忆昔午桥桥上饮，坐中多是豪英。长沟流月去无声。杏花疏影里，吹笛到天明。
> 二十余年如一梦，此身虽在堪惊。闲登小阁看新晴。古今多少事，渔唱起三更。
> ——陈与义《临江仙》

这首《临江仙》，为陈与义辞官后退居青墩镇僧舍时所作，堪称他为数不多的词作中最为重要的作品。"杏花疏影里，吹笛到天明"，陈与义的文字中，充满了对徽宗朝承平无事生活的怀念，那种觥筹交错"吹笛到天明"的惬意时光，已成为陈与义心中挥之不去的记忆。这首《临江仙》虽然不是陈与义生命里的最后一段文字，但我们相信，他所说的"二十余年如一梦"，不仅是他个人命运的写照，更是家国罹乱的写照，二十余年的梦里逡巡，陈与义自始至终，都没能走出来。

陈与义的词集名曰《无住词》，盖因他曾在青墩溪畔的无住庵住过之故，而"无住庵"一名则取自《金刚经》中的一句话："应无所住而生其心。"其实，这位常怀亡国之痛黍离之悲的文人之所以将自己的词集取名为《无住词》，是希望自己的思绪能超尘拔俗，能从思国怀旧中走出来，但越是如此，就越难消弭，当他的悲伤被孱弱的病体和满是议和之声的朝堂拖得气若游丝，这个无限追慕屈原的文人，最后只能徒留一声叹息，将自己的盛年，交付给一抔黄土。

嬗变的诗心

宋代词人中,朱敦儒是个不太好界定的人物。宋人汪莘在《方壶诗余自序》中将他与苏轼、辛弃疾相提并论,认为他是词中三变之一,对他给予了高度评价:

> 唐宋以来,词人多矣。……余于词,所爱喜者三人焉:盖至东坡而一变,其豪妙之气,隐隐然流出言外,天然绝世,不假振作。二变而为朱希真(朱敦儒字),多尘外之想,虽杂以微尘,而其清气自不可没。三变而为辛稼轩,乃写其胸中事,尤好称渊明。此词之三变也。

汪莘将朱敦儒的文学成就放到唐宋词史上特别重要的位置,朱敦儒这位跨越两宋活了近80岁的词人,在当时就已颇负盛名,而在他身后却远不及苏、辛那样被人关注,甚至他的时代归属也变得模糊不清。这究竟是何原因?汪莘所说的朱敦儒"杂以微尘",又是怎么回事呢?回顾朱敦儒的心路历程,我们看到的,其实是一颗文人嬗变的诗心。

年轻时的朱敦儒过的是一种疏简放旷轻狂不羁的生活,这位生于神宗时期的文人,家境殷实,无衣食之虞,也正因如此,让朱敦儒这个本来被家族赋予儒家济世思想的名字从一开始就向着相反的路径行进。和富家公子一样,他狎饮游宴,任醉横眠,"当年弹铗五陵间,行处万人看,雪猎星飞羽箭,春游花簇雕鞍",出入于瓦肆勾栏,纵情声色,"换酒春壶碧,脱帽醉青楼";他追求魏晋风度,与元祐党人及其后代过从甚密,常常"坐间玉润赋妍辞,情语见真乐",尤其是对陶渊明推崇备至,希望像他一样"拄杖穿花""菊篱瓜畹"。当然,最让他心驰神往的,还是李白"谪仙人"的生命状态,他用"酒美三杯真合道"对应着李白的"三杯通大道,一斗合自然",用"云荐枕,月铺毡,无朝无夜任横眠"对应李白的"闲窥石镜清我心,谢公行处苍苔没"。当一系列"仙官""仙家""仙宴""仙宅"这样的清远澄静的意象出现在朱敦儒的词作之中,超然飘逸的朱敦儒已经将自己想象成继李白之后又一位浩然飞举的"谪仙人"。由此,宋人黄昇在《中兴以来绝妙词选》中说朱敦儒"博物洽闻,东都名士……天资旷远,有神仙风致",另一个南宋文人张端义在《贵耳集》中则称:"朱希真南渡以词得名。月词有'插天翠柳,被何人,推上一轮明月'之句,自是豪放。赋梅词如不食烟火人语,'横枝消瘦一如无,但空里疏花数点',语意奇绝。"这段时期他脍炙人口的佳作,则是《鹧鸪天·西都作》,在字里行间,我们看到,冲和淡远的朱敦儒呈现给我们的已不仅仅是清逸之趣,更有一份来自骨子里的倨傲与疏狂。

> 我是清都山水郎。天教分付与疏狂。曾批给雨支风券，累上留云借月章。
>
> 诗万首，酒千觥。几曾着眼看侯王。玉楼金阙慵归去，且插梅花醉洛阳。
>
> ——朱敦儒《鹧鸪天》

"诗万首，酒千觥。几曾着眼看侯王。"事实上，此时的朱敦儒不单是在词风里超尘拔俗，更放弃了作为仕进通道的科举考试，在精神上睥睨着权势与功名。徜徉于洛阳山水之间，他叠石造园，啸歌终日，吟诗作画，自成一统。当然，和他的清疏之气相应，他栖居的小园也简朴自然，不事张扬，这一点，他对司马光的独乐园颇为认同，在他看来，独乐园"不满五亩，亭堂三四，小且庳，台一仞，有半沼，仅袤丈，结竹曰庵，种药曰圃，无佳花怪石殊异之观，视诸家园亭为甚俭"。《宋史》载："朱敦儒，字希真，河南人，志行高洁，虽为布衣，而有朝野之望。靖康中，召至京师，将处以学官，敦儒曰：'麋鹿之性，自乐闲旷，爵禄非所愿也。'固辞还山。"这个以"希真"为字的宋代文人，其实更希望且行且歌地做个独得全真的神仙，至于功名利禄，都是浮云。

然而，身处富贵优游之中毫无入世之念的朱敦儒却在不惑之年遭遇到了家国之难。靖康二年（1127），是宋王朝一个惨痛的转捩点。这一年，金兵大举南下，汴京失守，徽、钦二帝被掳，曾经鼎盛一时的北宋王朝宣告灭亡，史称"靖康之变"。靖康之变不仅让一个王朝拖着沉重的背影仓皇南迁，颤巍巍地开启了它的下半场，更让天下生灵涂炭，百姓流离失所，苦不堪言，而在逃难的人群中，就有曾经衣食无忧的朱敦儒。此时的朱敦儒，从洛阳退到淮阴，又从淮阴退到金陵，从金陵退到嘉禾，又从嘉禾退到江西洪州，最后到了更加荒僻的南雄州。

当颠沛流离的逃亡彻底让曾经歌舞升平衣食优渥的日子成为回忆，朱敦儒再也无法跳出尘外，在为"稻粱谋"的同时，他的词风也在悄然发生着变化，吟风弄月雕章琢句不再是他创作的基调，逃亡路上不堪回首的经历直接刺激着朱敦儒敏感的诗心。听到熟悉的旋律，这位曾经的"升平闲客"黯然神伤，"侧帽停杯泪满巾"；看到南行的雁阵，他再也没有"射麋上苑，走马长楸"的心境，一句"扁舟去作江南客，旅雁孤云，万里烟尘"，道出南渡途中的灰暗与沮丧；而承平时节，他的天空里，是"插天翠柳，被何人，推上一轮明月"，此时再仰首看天，已是"万里东风，国破山河落照红"。从一个疏狂的"西都散汉"，到一路风尘的天涯倦客，朱敦儒身上裁诗醉舞的任性与逍遥正在一点点消弭，代之的是家国罹难的苍凉凝重。"霜风急，江南路上梅花白。梅花白，寒溪残月，冷村深雪"，面对历经兵燹火劫十室九空的村庄，他笔下的梅花已惨白得如同失血；"惨黯蛮溪鬼峒寒，隐隐闻铜鼓"，身处凶险的处境，擅长援词入画的他笔下彤云密布阴霾满天……南渡路上，朱敦儒的词风在发生着变化，而随着"卜算子""念奴娇""采桑子""点绛唇"这些词牌一一成为他纪行的载体，我们看到，曾经追慕李白的朱敦儒，已不自觉地向着杜甫靠拢。如果说安史之乱让杜诗成了大唐特有的一段诗史，那么，在逃亡南渡的岁月里，朱敦儒则用一颗悲悯的文心完成了一段记录靖康之难的词史，尤其是这首《相见欢》，更是写出了他在辗转金陵时发出的黍离之悲：

金陵城上西楼。倚清秋。万里夕阳垂地、大江流。

> 中原乱。簪缨散。几时收。试倩悲风吹泪、过扬州。
>
> ——朱敦儒《相见欢》

对于这首《相见欢》，清人陈廷焯评价甚高，认为此词"慷慨激烈，发欲上指""足以使懦夫有立志"，而此词的情境与心境，也正是朱敦儒的诗心开始发生嬗变的直接表现。尽管宋高宗曾"诏举草泽才德之士，预选者命中书策试，授以官。于是，淮西部使者言朱敦儒有文武才，召之"，但朱敦儒并未应召而往，不久，"张浚奏赴军前计议"，朱敦儒的反应同样是"弗起"。不过这两次朱敦儒的拒召和靖康之际的拒召有所不同，当他经历了更多的漂泊之苦后，当抗金复国的声浪越发高涨的时候，他终于意识到必须在"希真"的路上收住脚步，转而决定以"敦儒"的形象经世安邦，做一番大事。而刚刚即位的宋高宗对人才的招募在朱敦儒的眼中还是过于粗放，"募群盗并能灭贼众者官之"，对于这种鱼龙混杂式的大规模招募，当然不是朱敦儒心志所向，他更大的抱负，其实在一首《蓦山溪》中已有过明确的表露：

> 西江东去，总是伤时泪。北陆日初长，对芳尊、多悲少喜。美人去后，花落几春风，杯漫洗。人难醉。愁见飞灰细。
>
> 梅边雪外，风味犹相似。迤逦暖乾坤，仗君王、雄风英气。吾曹老矣，端是有心人，追剑履。辞黄绮。珍重萧生意。
>
> ——朱敦儒《蓦山溪》

在这首《蓦山溪》的下片，朱敦儒连用三典。"追剑履"，用了楚庄王的典故。楚庄王派访齐国的使臣申舟途经宋国时，因没向宋国借路而被宋国人所杀，楚庄王得知申舟被杀，急于为其报仇，遂"投袂而起"，捧履的人追到寝门通道才追上他，捧剑的人追到寝门之外才追上他，驾车的人追到蒲胥之市才追上他，最终，"秋九月，楚子围宋"。"辞黄绮"的"黄绮"，则是秦末隐者夏黄公、绮里季的合称。"萧生意"，则暗指萧何助刘邦起兵之事。同时将三个慷慨激昂的典故融入一首词作中，传达的正是朱敦儒渴望建功立业不再幽隐林泉的决心，而也正是基于这样的心态转化，绍兴二年（1132），当宋高宗在江南的政权逐渐稳定，朱敦儒与几位"声流天京，风动郡国"的名士同时被荐，他终于接受了朝廷授予他的秘书省正字的官职，尔后兼兵部郎官，迁两浙东路提点刑狱。在朱敦儒看来，时值国难当头，不能再躲进小楼成一统，应该投身到抗金复国的行动中去。

> 酒壶空，歌扇去。独倚危楼，无限伤心处。芳草连天云薄暮。故国山河，一阵黄梅雨。
>
> 有奇才，无用处。壮节飘零，受尽人间苦。欲指虚无问征路。回首风云，未忍辞明主。
>
> ——朱敦儒《苏幕遮》

出仕为官的朱敦儒被宋高宗赐进士出身，十余年的时间里一路仕途顺畅，然而，对于主战的朱敦儒而言，这十余年的为官经历却是痛苦和郁闷的。由于宋高宗、秦桧君臣沆瀣一气，根本无心北伐，使得包括朱敦儒在内的主战派只能对空长叹，弹剑悲歌。"有奇才，无用处。壮节飘零，受尽人间苦"，如果说早年尚是"西都散汉"时，朱敦儒还不曾有过壮士难酬的彷徨与落寞，那么当他在南宋官场十余年，身处苟安求和的政治气氛中，这样的悲鸣便成为主题。尽管此时朱敦儒的职责不过就是修史草制，但这显然不是当初他"幡然而起"时想要的状态。绍兴十六年（1146），朱敦儒因发表主战言论，与主战派李光等人一道，受到右谏议大夫汪勃"专立异论，与李光交通"的弹劾，被免去了两浙东路提点刑狱的职务。三年后，朱敦儒致仕，重新又回到了隐逸的生命状态。在史书的夹缝中，我们很难一窥朱敦儒当时的心境，他郁闷吗？为什么自己正义的主战言论反倒会让他丢了官职？他懊悔吗？也许当初就不应该改变自己不愿为官的初衷？我们不得而知，但我们知道的是这位本来就喜欢林泉的文人最终还是选择了林泉，当嘉禾的山水成为朱敦儒的生命栖居之地，他便闭门谢客，终日不问世事，焚香诵经，只求清闲自在。

在嘉禾隐居的日子让朱敦儒在青年时代对陶渊明的仰慕变成了流淌在文字里的现实。"高人已逐烟霞去，此地犹余岩壑存"，他给自己的小园取名"岩壑"。在这方精神家园里，他日出而作，日落而息："一个小园儿，两三亩地。花竹随宜旋装缀。槿篱茅舍，便有山家风味。等闲池上饮，林间醉。"文人自然离不开书，摆脱了官场的羁绊，让朱敦儒可以更加潜下心来，与书为伴："日长几案琴书静，地僻池塘鸥鹭闲。寻汗漫，听潺湲。澹然心寄水云间。"而垂钓更是朱敦儒晚年隐逸生活中的快事，泛舟水云间，朱敦儒"活计绿蓑青笠，惯披霜冲雪"，风里浪里，他也要"一棹五湖三岛，任船儿尖要"。当一部收录了朱敦儒生命行藏的词集《樵歌》，以灵动之姿飞扬于放鹤洲畔，我们相信，两次隐居林泉的朱敦儒已经让自己的心灵彻底走向宁静。

如果按照这样一条生命轨迹发展，朱敦儒的隐士形象也许会更完美，而他短暂的宦海生涯也不过是隐逸人生的一段小插曲。然而，让人们扼腕而叹的是，就是这样一位出尘的隐士，却在75岁的垂暮之年做了一件让他晚节不保的事。《宋史》载："敦儒素工诗及乐府，婉丽清畅。时秦桧当国，喜奖用骚人墨客以文太平。桧子熺亦好诗，于是先用敦儒子为删定官，复除敦儒鸿胪少卿。"从这段记载看，我们知道，因为秦桧的"提拔"，已经隐居多年的朱敦儒再次出山了，但这次"出山"显然引发了一片讥责之声，人们不理解这个当年因"主战"言论而被罢官的清高文人，多年后竟会晚节不保，转向主降奸臣的怀抱。尤其是朱敦儒上任仅半个月，秦桧便一命呜呼，他马上又以秦氏集团重要成员的身份再次被罢免，立刻成了人们争相议论的笑柄。

"少室山人久挂冠，不知何事到长安。如今纵插梅花醉，未必侯王着眼看。"这是当时人们在拿朱敦儒当年的词作讥讽取笑，就连宋高宗赵构也认为这个"静退无竞，安于贫贱"的文人投靠秦桧太不可思议，是"始恬退而晚奔竞"。

　　元是西都散汉，江南今日衰翁。从来颠怪更心风。做尽百般无用。

　　屈指八旬将到，回头万事皆空。云间鸿雁草间虫。共我一般做梦。

——朱敦儒《西江月》

这首《西江月》，是年近八旬的朱敦儒即将走到生命尽头时对自己一生的总结。从"西都散汉"到"今日衰翁"，充斥朱敦儒心头的，是无尽的忏悔。对于朱敦儒的"晚节不保"问题，南宋著名政治家、文学家、"庐陵四忠"之一周必大对这位"词俊"还是寄予了同情，认为他是"老爱其子，而畏避窜逐，不敢不起"。但无论怎样，遭人诟病的朱敦儒还是在人生的暮年陷入了一片道义的谴责之中，他的内心悔恨不已，最后也是带着深深的自责郁郁而终。这个跨越两宋清高一生的文人，在他近八十年的人生轨迹中，经历了起起伏伏的诗心嬗变，却决然没有想到，最后会因为自己的软弱，毁了自己的一生清誉和那颗遗世独立的诗心。

挑灯看剑英雄泪

本应是一位浴血沙场的将军，却不期成为宋代存词最多的词人，辛弃疾，在晦暗的岁月里用电一般的目光，照亮600余首沉雄壮阔的长短句，却看不清崎岖的前路和命运的峰峦。

其实，活了68岁的辛弃疾永远是那个当年在金兵铁蹄下愤而揭竿的义军将领。绍兴三十一年（1161），山东济南2000多农民不堪金兵蹂躏，揭竿而起，时年21岁的辛弃疾意气风发冲在队伍的最前面。此时的辛弃疾已经颇负才名，但对这位胸怀壮志的青年将领而言，赋一首新词的快感远远不及斩杀金贼那样酣畅淋漓。当这支义军一路拼杀，最终与活跃在济南的另一支义军合兵一处，整个山东立刻沸腾起来，成为一股不可阻挡的洪流。"季子正年少，匹马黑貂裘"，在这支日益壮大的义军队伍中，辛弃疾像一道切入敌营的闪电，刺目的光芒之后，便是轰天巨响。此时，人们所知道的辛弃疾，是一员横刀立马虎虎生威的猛将，谁都没注意到，在猎猎旌旗背后，他还是一位填词作赋的高手。

然而，辛弃疾最终让人记住的还是他粗犷奔放的词，而不是他浴血杀敌的剑。对于一位一心想当将军的壮士来说，这是一种悲哀吗？也许是。如果当年辛弃疾不是胸怀一颗抗金救国之心，在耿京被杀后孤军入敌营生擒叛将张安国，并率众义军弟兄投奔宋廷，他也许会在与金兵短兵相接的战场上杀他个昏天黑地痛痛快快，直至最后血染战袍马革裹尸；或者，干脆就来个拥兵自重，与疲软懦弱的宋王朝划江而治，分庭抗礼。然而，辛弃疾对南宋朝廷所抱的期望实在太高了，他梦想着自己不是以一支游击武装的领袖出征，而是以一个国家正规军统帅的身份冲锋陷阵，但是，这个美好的初衷在宋廷一派议和之声中，更像一个不合时宜的玩笑。从绍兴三十二年（1162）辛弃疾奉表南归开始，直至最后抱憾而死，这位力主抗金的英雄并没有得到一天重用，45年间，除了短暂担任过一些地方的安抚使和知州，竟有一半的时间在江西农村赋闲。

"徒见胜不可保之为害，而不悟夫和而不可恃为膏肓之大病"，这是辛弃疾在其著名的《美芹十论》中的一句话。在宋金对峙中，金人一方面频频南侵，一方面又不断逼迫宋廷纳贡称臣，孱弱的宋廷畏敌如虎，为求苟安，与金人签订了屈辱的"隆兴和议"，正是在此背景下，刚刚南归不久的辛弃疾将自己对局势的研判和战略主张写成一道切中肯綮的奏章，呈给宋孝宗，这便是集中彰显辛弃疾强健军事人格的《美芹十论》。在洋洋万言的《美芹十论》中，辛弃疾针对当时朝野上下盛行的"南北有定势"、江南"不足以争衡于中原"的"恐金论"，鞭辟入里地从审势、察情、观衅、自治、守淮、屯田、致勇、防微、久任、详战等十个方面，提出具体的作战部署和图强之举。此后几年，辛弃疾又再陈《九议》，提出"今事之情有三：一曰无欲速，二曰宜审先后，三曰能任败"，进一步将抗金复国构想进呈朝廷。然而，奉表南归的辛弃疾始终也没能冲破朝堂上下蝇营狗苟的政治气氛，更无法摆脱自己作为"归正"之人被猜忌被诋毁的命运。南宋赵升《朝野类要》载："归正，谓元系本朝州军人，因陷蕃后来归本朝……归朝，谓元系燕山府等路州军人归本朝者。忠义人，谓元系诸军人，见在本朝界内，或在蕃地，心怀忠义，一时立功者。"归来人、归朝人、忠义人，又统称为"归正人"，这个称呼颇具歧视意味，它意味着这群人在政治上将处于被防范、被约束的地位，他们的陷蕃经历，将被深深地质疑，而他们所被授予的官职，也只能是毫无实权的闲官。作为义军首领又率军南渡的辛弃疾，在南宋朝廷中正是这样一种"归正人"的尴尬身份，当他和所有"归正人"一样，共同陷入被谗毁、排斥、猜忌的境地，这位空有一腔英雄气的恢复之士只能徒唤奈何。

> 楚天千里清秋，水随天去秋无际。遥岑远目，献愁供恨，玉簪螺髻。落日楼头，断鸿声里，江南游子。把吴钩看了，栏干拍遍，无人会、登临意。
>
> 休说鲈鱼堪脍，尽西风、季鹰归未。求田问舍，怕应羞见，刘郎才气。可惜流年，忧愁风雨，树犹如此。倩何人，唤取盈盈翠袖，揾英雄泪。
>
> ——辛弃疾《水龙吟·登建康赏心亭》

这首妇孺皆知的《水龙吟》，作于宋孝宗淳熙元年（1174）辛弃疾再官建康府时期。早在6年前，辛弃疾做建康通判时，就以一句"儿辈功名都付与，长日惟消棋局"，在建康下水门城上的赏心亭发出过报国无门的况怨；6年后，时年35岁的辛弃疾再官建康，尽管职务微升至江东安抚司参议官，但老大无成的苦闷仍是他再次登临赏心亭所要抒发的主题。"楚天千里清秋，水随天去秋无际"，邓广铭《稼轩词编年笺注》认为：

> 此词充满牢骚激愤之气……盖当南归之初，自身之前途功业如何，尚难测度；嗣后乃复沉滞下僚，满腹经纶，迄无所用，迫重至建康，登高远眺，胸中积郁乃不能不以一吐为快矣。

当青山秋水、断鸿落日一起构成"献愁供恨"的悲凉意象，当季鹰之思鲈望乡、许汜之求田问舍、桓温之睹木兴叹共同被融入《水龙吟》的凄怆韵脚，当"把吴钩看了，栏干拍遍，无人会、登临意"外化出一个孤危之臣的心头翳影，站在建康城楼上，辛弃疾已将心中的愤懑化入感伤的词牌。秋风起处，有人看见，这位失意的英雄猛地推剑入鞘，任凭泪水风干。

纵观辛弃疾的仕宦生涯，我们发现，其一生之中曾历任24个职位，官职虽在不断提升，但每一个职位任期都没有超过一年，始终被排挤在统治权力之外。当然，政治上的不被信任，并没有消弭辛弃疾"秉奉祖训，志切国仇"的初心：淮南滁州任上，他践行自己《美芹十论》的"守淮"主张，实行兵民结合的屯田制度，组建起民兵武装，恢复了一方经济；任职湖南安抚使期间，他创建起一支颇具战斗力的"飞虎军"，"雄镇一方，为江上诸军之冠"；迁转江西，他一到任，便张贴出"闭粜者配，强籴者斩"的告示，从而使当地百姓得以度过粮荒……然而，身处晦暗的时代，他出色的政治才能和军事才能只能招来群小的嫉妒与排挤："长门事，准拟佳期又误。蛾眉曾有人妒。千金纵买相如赋，脉脉此情谁诉？"当辛弃疾在《摸鱼儿》的乐阵中，一改豪放之风，完成摧刚为柔的别样书写，他已遭人弹劾，被罢免江西安抚使，在江西上饶带湖过起退居生活。

这是辛弃疾没有想到的，他赋闲栖居的江西上饶带湖，竟会成为自己汩汩奔涌的创作之源。中国山水因为有了中国文人的观照，才会声名远播，带湖便是如此。它本是上饶城外一个狭长的无名湖泊，因其"枕澄湖如宝带"而名之"带湖"，而带湖的真正扬名，却是因为辛弃疾的到来。在这里，他的创作有如泉涌，这首著名的《丑奴儿》便是沾上了带湖的水汽，氤氲至今。

少年不识愁滋味，爱上层楼。爱上层楼，为赋新词强说愁。
而今识尽愁滋味，欲说还休。欲说还休，却道天凉好个秋。
——辛弃疾《丑奴儿·书博山道中壁》

这是辛弃疾在带湖居住期间，闲游于博山道中，无心赏玩当地风光，眼看国事日非，一腔愁绪无法排遣，遂在博山道中一石壁上题写了这首词。"而今识尽愁滋味，欲说还休。欲说还休。却道天凉好个秋"，在屡遭弹劾的境地中，辛弃疾把江西当作了自己休憩心灵的港湾，在上饶带湖附近，他建了一片"带湖新居"。辛弃疾在新居旁单辟出一块稻田，并在田边修筑了一座庄园，取名"稼轩"，以表明自己欲躬耕田园的心境。"稼轩日向儿童说，带湖买得新风月。头白早归来，种花花已开"，满朝上下苟且偷安的气氛令这位矢志抗金的"诗书帅"只能以陶渊明作为自己的精神支撑。"便此地,结吾庐,待学渊明,更手种,门前五柳",这是他在学陶种柳;"东篱多种菊,待学渊明",这是他在学陶植菊。然而,渴望重返沙场的梦想又一遍遍让他在层层稻浪中夹杂进铁血之声:"算平戎万里,功名本是,真儒事,君知否",谛听十里蛙鸣,他的耳畔始终喧响着如水的马蹄声;"短檠灯,长剑铗,欲生苔。雕弓挂壁无用,照影落清杯",夜里抚拭雕弓,他的面前,是兼天涌来的敌兵,是枕戈待旦的军阵……也许是连上苍也觉得辛弃疾这股英雄气不应过早消散于山水田园之中,在带湖闲居十年后,当朝皇帝不知触动了哪根神经,在人们已经快要淡忘的时候,他又想起了这位退居乡野的臣子,于是,辛弃疾再度被任命为福建安抚使。在这段时间,辛弃疾热情不减当年,为了能打造一支像当年在湖南一样的"飞虎军",他计划打造万副铠甲,招募壮士,严加整饬,同时建了"备安库",广积粮草,以备战时之需。显然,退居带湖的辛弃疾是不甘心学陶的,马嘶与剑鸣早已充塞了他的胸腔,他的心中根本无法容下菊花与杨柳。然而,这位时刻准备奔赴沙场的将军还是没能跳出自己的任职周期率,上任不到三年,辛弃疾便又被以"残酷贪饕,奸赃狼藉"的罪名弹劾罢官,再次回到带湖居所。

故将军、饮罢夜归来,长亭解雕鞍。恨灞陵醉尉,匆匆未识,桃李无言。射虎山横一骑,裂石响惊弦。落托封侯事,岁晚田间。
谁向桑麻杜曲,要短衣匹马,移住南山。看风流慷慨,谈笑过残年。汉开边、功名万里,甚当时、健者也曾闲。纱窗外斜风细雨，一障轻寒。

——辛弃疾《八声甘州》

这首悼古伤今的《八声甘州》，为辛弃疾重返江西农村时所作。词前有一短序："夜读李广传，不能寐。因念晁楚老、杨民瞻约同居山间，戏用李广事赋以寄之。"秉烛夜读《史记·李将军列传》，辛弃疾与早于自己千年的李广实现了跨越时空的对话，这位在创作中大量用典的卓越词人，饱蘸着笔墨，用富于张力的语言串起"飞将军"的故事，同时，也用一句"汉开边、功名万里，甚当时、健者也曾闲"浇开心中块垒。当然，在文字中安营扎寨绝非辛弃疾所愿，而谛听风声也不是辛弃疾与生俱来的习惯，但那么多的长短句，那么多被彻底颠覆的词牌，还是让辛弃疾成了披挂金甲的将军，一路骑着快马，让细雨霏霏的宋词，充斥着震耳的雷霆。

辛弃疾的战马最终也没能跳出书房的宣纸，57岁时一场意外的大火，让他文思驰骋的"稼轩"灰飞烟灭，无奈之下，辛弃疾迁至铅山瓢泉。这位豪情满怀却又始终不能披挂出征的老将军，生命的更多轨迹和水有关。带湖的清波碧水蕴润出辛弃疾荡气回肠的词风，而汩汩奔涌的瓢泉则承载了他永不枯竭的才思。"我见青山多妩媚，料青山见我应如是"，身处孤独之中，独对青山绿水的辛弃疾将经史子集和民间俚语统统诉诸笔端，"无意不可入，无事不可言"（刘熙载《艺概·词曲概》）。当一首首出自带湖和瓢泉的词作随风飘进人们的心中，江西，已经成为以笔为剑的辛弃疾决胜词坛的福地。

南宋文人谢枋得在《祭辛稼轩先生墓记》中说："公有英雄之才，忠义之心，刚大之气，所学皆圣贤之事。"但"平生志愿百无一酬"。辛弃疾的学生范开则称他是"一世之豪，以节气自负，以功业自许"。现实与理想的严重错位，势必让辛弃疾这位"词中之龙"将生命的大悲痛悉数倾泻进文字，在众多侑觞佐舞的宋词中形成豪放词风。后人常将辛弃疾与苏轼并称豪放词派的代表，谓之"苏辛"，但与词风清雄高旷的苏轼相比，辛弃疾好像更能让人感受到铁与血的声音。曾经的戎马倥偬，让这位壮志难酬的词人在字里行间渗进了一份不可替代的烽火之色，而有着这种色彩的宋词显然已不适合用红牙拍板演奏，演奏它们的乐器应该是刁斗和角弓。

"不恨古人吾不见，恨古人、不见吾狂耳。知我者，二三子。"在孤独的境遇中行走，辛弃疾异常挑剔地寻找着自己的知音。好在这颗孤独的心还有两个志趣相投的友人互答。他们是朱熹和陈亮，前者是南宋著名的理学大师，后者则是以"救济时艰"为治学宗旨的著名学者。他们三人曾经同游铅山的鹅湖寺和瓢泉，纵情山水之间，抗金救国收复失地是他们共通的话题："憩鹅湖之清阴，酌瓢泉而共饮，长歌相答，极论世事。"当"鹅湖之会"成为一段词坛佳话，又有多少人会想到，在语言和心灵遭受挤压的那个黄昏，伫立在鹅湖之畔的这三个人负荷着怎样的孤寂与孤独。

> 醉里挑灯看剑，梦回吹角连营。八百里分麾下炙，五十弦翻塞外声。沙场秋点兵。
>
> 马作的卢飞快，弓如霹雳弦惊。了却君王天下事，赢得生前身后名。可怜白发生。
>
> ——辛弃疾《破阵子·为陈同甫赋壮词以寄之》

源自唐教坊军曲的《破阵子》，以其词调自身所具的军旅雄风和家国主旨，深得辛弃疾喜爱，在他创作的五首《破阵子》中，尤以这首慷慨沉雄的《破阵子·为陈同甫赋壮词以寄之》，最能代表辛弃疾的豪放词风。同甫是陈亮的字，辛弃疾为他写下这首气吞山河的壮词，足见二人惺惺相惜。据说，在辛弃疾当年隐居的铅山瓢泉附近的驿道上，曾有一座高大的石拱桥，当地人称之为"斩马桥"。当年骑马会友的辛弃疾和陈亮就是在此初遇，据宋人赵溍《养疴漫笔》：

> 陈同甫名亮，号龙川。始闻辛稼轩名，访之，将至门，过小桥，三跃马而三却。同甫怒拔剑挥马首，推马仆地，徒步而进。稼轩适倚楼，望见之，大惊异。遣人询之，则已及门，遂定交。

如今，800多年过去，那摊殷红的马血早已化作了历史的尘埃，而那条曾经喧响过誓言的驿道如今也换成了开阔平整的现代公路。但如果在这条公路边上静静地闭上眼睛，坐上一会儿，你应该会听到扬眉剑出鞘的铿锵之声。

铁马冰河一场梦

当心中的块垒无法消解，诗词歌赋便成为精神的最佳出口。

在南宋文坛，有两个特殊文人的生命追求颇为相同，他们便是辛弃疾和陆游。这两个文人，说他们特殊，是因为他们的诗词文章一度让颓靡哀婉的南宋文坛发出铿锵之声，但这又并非他们的终极理想，事实上，比之翰墨文章，他们更希望成为横刀立马的将军，血沃沙场的英雄，只是时代的阴霾太过浓重，没有给他们拔剑出鞘的机会。

和辛弃疾的"奉表南归"相比，陆游的入仕经历要更加曲折一些。早在16岁时，陆游就曾赴临安参加过科举考试，7岁便能赋诗的他对于这次科举考试主要是抱着试一试的态度，而与待在严苛的场屋中相比，陆游更想结交几个志同道合的朋友。正因如此，"酒酣耳颊热，意气盖九州""夜卧相踏语，狂笑杂嘲讴"所描摹的，完全是一派放旷不羁的少年豪气。及至19岁时，陆游在师从南渡诗坛领袖曾幾一年之后，又一次来到临安参加科举考试。此时的陆游，诗文已更加精进，而力主抗金的曾幾在教授陆游诗文之余，更将一腔爱国豪情倾注在了陆游身上，"落笔辄千言，气欲吞名场"，志在报国的他这一次是踌躇满志地走进科场的，但他不会想到，正是他这种"不合时宜""喜论恢复"的个性，让他广遭排斥，第二次科考，陆游又一次落第还乡。

"冀北当年浩莫分，斯人一顾每空群。国家科第与风汉，天下英雄惟使君。……"这首陆游作于晚年的诗歌，怀念的是他在绍兴二十三年（1153）第三次参加科举考试时的主考官陈之茂。当时，经历了与唐琬的一段被母亲棒打鸳鸯的痛苦婚姻，29岁的陆游在时隔10年之后，再次走进科场。这一次，陆游要参加的是专为现任官吏和恩荫子弟而设的两浙转运使锁厅试，因陆游出身名门望族，因此有了这样一次晋身仕途的机会。在这次锁厅试中，还有一个特殊的考生，他就是秦桧的孙子秦埙，秦埙虽已官居右文殿修撰，但秦桧还是希望自己的孙子有一个进士的出身。主考官陈之茂看到陆游的文章，大加赞赏，当即将陆游录取为第一名，秦埙位居其后。权倾朝野的秦桧当然不会善罢甘休，在第二年的礼部考试中，秦桧对陆游这个"少年志欲扫胡尘"同时又抢了自己孙子风头的人毫不手软，公然将其黜落，可怜陆游尽管胸怀锦绣，科举入仕之梦还是破灭了。

  西风挟雨声翻浪。恰洗尽、黄茅瘴。老惯人间齐得丧。千岩高卧，五湖归棹，替却凌烟像。
  故人小驻平戎帐。白羽腰间气何壮。我老渔樵君将相。小槽红酒，晚香丹荔，记取蛮江上。
  ——陆游《青玉案·与朱景参会北岭》

这首《青玉案》，为陆游35岁时所作。绍兴二十五年（1155），秦桧病死，主战派终于在一边倒的朝堂有了一些话语权。迫于形势和舆论压力，高宗不得不起用主战之士，而陆游的入仕之路也正是在这时才算出现一丝转机。绍兴二十八年（1158），陆游被任命为福州宁德县主簿，虽说官职卑微，但毕竟有了为国效力的机会，"千岩高卧，五湖归棹，替却凌烟像"，当陆游在福州宁德任上与友人登高把酒，写下这首《青玉案》，看似云淡风轻，想做个隐士，其实是在感慨岁月蹉跎。抗金杀敌，收复失地，是多么地时不我待啊！

绍兴三十一年（1161），经人举荐，陆游被召回临安，很快便升任大理寺直兼宗正簿。也就在他回到临安的这一年，宋金关系再次紧张起来，九月，金兵分三路南下，金主完颜亮亲率大军直逼淮水。面对金兵咄咄逼人的攻势，陆游积极请缨，主张北伐，然而，昏庸的高宗赵构不但没有理会陆游的满腔热忱，反而在同年十月将其罢官。尽管这次金兵南侵因为虞允文率兵坚决抵抗和金兵内讧而结束，但对于陆游来说，心头的郁闷却是可想而知的。

陆游再度被起用，是在孝宗即位之后。孝宗素闻陆游有"小李白"的美誉，遂召其入宫，赞其"力学有闻，言论剀切"，并特赐其进士出身。受到孝宗知遇之恩的陆游在展示自己诗才的同时，更是不遗余力地向这位新皇帝展示出自己卓越的政治和军事才能。他上书指出，当以全国十分之九兵力镇守江淮，扼守要害，按兵不动；以少数精兵勇士轮番袭敌，待时机成熟，大军再迅速推进，他认为这样一来，"进有辟国拓土之功，退无劳师失备之患"。除此之外，陆游更是力主孝宗迁都建康，认为建康地处上游，下临中原，利于组织北伐，收复失地。在《老

陆　游

学庵笔记》中，陆游曾对建康城池有过这样一番描述：

> 建康城，李璟所作。其高三丈，因江山为险固，其受敌惟东、北两面，而壕堑重复，皆可坚守。

透过这段充满真知灼见的文字，我们可以深切地感知陆游在军事政治人格方面的强健，虽然在此后宋廷发出的北伐之师中，陆游并没能策马军前，但他对北伐主帅张浚的热情致书，对西夏的沉稳安抚，对沦陷区百姓的情绪点燃，为孝宗的北伐打了一针强心剂，当宋廷发兵六万，一路破宿州，战灵璧，取得一连串胜利，刚刚即位的孝宗似乎看到了收复失地的一线希望，在与朝臣的对谈中，这位年轻皇帝的底气仿佛也更足了。

然而，南宋政权懦弱的政治基因注定要枉费陆游的良苦用心。当北伐的王师在符离一带遭受重创，孝宗刚刚树立起来的信心顷刻便荡然无存，很快，孝宗重启议和之门，于隆兴二年（1164），与金人签订"隆兴和议"。"隆兴和议"的条件仍然是屈辱的，尽管陆游等主战派慷慨陈词，力阻议和，但这样的直言进谏对于一个偏安的皇帝而言已经毫无意义，此时，这位念念不忘北伐的臣子已经招致了孝宗的反感，不久，陆游便再度被罢官回乡。

> 莫笑农家腊酒浑，丰年留客足鸡豚。
> 山重水复疑无路，柳暗花明又一村。
> 箫鼓追随春社近，衣冠简朴古风存。
> 从今若许闲乘月，拄杖无时夜叩门。
>
> ——陆游《游山西村》

此诗作于宋孝宗乾道三年（1167）初春，当时陆游正罢官闲居在家。当陆游受到投降派的排挤打击，以"交结台谏，鼓唱是非，力说张浚用兵"的罪名，从隆兴府通判任上罢官归乡，这位一心报国的诗人心情是相当复杂的。但他并未心灰意冷，"山重水复疑无路，柳暗花明又一村"，与其说这一千古名句是诗人在歌咏故乡的山水，寄情自己的林泉之乐，不如说是在给自己暗中打气。陆游相信，尽管已被罢官回乡，但自己的仕途并不止于此，还会有披挂上阵的机会。

对于陆游来说，可能真正找到披坚执锐的感觉还是在他47岁这年。这一年，陆游接到时任四川宣抚使王炎的招请，来到了"北瞰关中，南蔽巴蜀"的军事要塞南郑，在这里，陆游成为王炎幕府的一个幕僚。作为西北边防的统帅，王炎矢志抗金，一直在为抗金厉兵秣马，做着积极的准备，而走进南郑这座地理位置极为重要的军事要塞，陆游早就将手中的笔幻化成了冲锋陷阵的长缨，进入了铁马冰河的梦境，找到了跃马扬鞭的感觉。在威武如山的军阵前，他好像看到了所向披靡的北伐浪潮；在战马腾踏的黄尘中，他仿佛听到了隆隆炸响的雷霆。

"忆昨王师戍陇回，遗民日夜望行台。不论夹道壶浆满，洛笋河鲂次第来。"这是陆游在状写南郑百姓配合官军作战的火热激情。

"昔日从戎日，身由许国轻。阵如新月偃，箭作饿鸱鸣。"这是陆游在描述南郑宋军的严整威武……

这位在纸上笔走龙蛇的诗人，其实耳畔喧响更多的是马嘶弓鸣，是飞镝流矢，那是收复失地的战场，更是他纵横驰骋的舞台。

然而，这位血脉偾张的文人最终也没能成为暴发的山洪，当王炎被朝廷下令调回临安，其苦心经营的这支精锐之师没有与金兵交过一次手，便宣告解散。陆游在南郑这段军旅生涯中的唯一辉煌也不是斩杀金贼，而是与人合力打死过一只猛虎。

僵卧孤村不自哀，尚思为国戍轮台。
夜阑卧听风吹雨，铁马冰河入梦来。
——陆游《十一月四日风雨大作》

这首著名的《十一月四日风雨大作》，为陆游自南宋光宗绍熙元年（1190）再次被罢官后，闲居家乡山阴农村时所作。当时诗人已经68岁，虽然年近古稀，但爱国情怀丝毫未减，十一月四日这天夜里风雨大作，诗人辗转反侧，无法成眠。听着窗外风吹雨打的声音，陆游翻身而起，挑亮一盏油灯，用充满激情的文字记录下了自己的心绪，而也正是这句"夜阑卧听风吹雨，铁马冰河入梦来"，让后世的人们记住了中国历史上一个再普通不过的日子，十一月四日，那一夜，风雨如磐，那一夜，中国有个诗人彻夜未眠。

在一片苟且求和之声中，陆游是孤独的，而在这种孤独的处境中，几个志同道合的朋友便显得弥足珍贵。纵观陆游的人生，我们可以发现，陆游与辛弃疾这两位令南宋词坛为之一振的文人，曾经有过为数不多的几次交往，然而，虽然交往不多，但共同的政治理想，让他们成为相互砥砺的知音。庆元六年（1200）六月，一直闲居江西的辛弃疾被朝廷起用为绍兴知府兼浙东安抚使，到任后，他做的第一件事就是登门拜访比自己大15岁的陆游，二人很快便成为莫逆之交。后来辛弃疾被召至临安，准备北伐事宜，陆游写了一首长诗《送辛幼安殿撰造朝》送给他，瑟瑟风中，这位饱经沧桑的老人目送和自己同样有着英雄梦的知音远去，心中涌动的仍旧是一份不熄的豪情。

> 驿外断桥边，寂寞开无主。已是黄昏独自愁，更着风和雨。
> 无意苦争春，一任群芳妒。零落成泥碾作尘，只有香如故。
> ——陆游《卜算子·咏梅》

一生酷爱梅花的陆游写下这首《卜算子》时，已经是一位风烛残年的老人，半生寥落，一世蹉跎。陆游以梅花自况，感叹人生的失意坎坷，但同时，他并没有自怨自艾，而是用一句"零落成泥碾作尘，只有香如故"，抒发自己坚贞不渝的爱国情操和不入俗流的高洁人格。然而，就是这样一位心忧家国的诗人，最终也没能等来北伐胜利的消息，在85岁高龄的生命尽头，这位老人心中的遗憾已经成为不可能抚平的伤痛：

> 死去元知万事空，但悲不见九州同。
> 王师北定中原日，家祭无忘告乃翁。
> ——陆游《示儿》

声声泣血的文字流淌在宣纸上，陆游的耳畔至死都没有听见真正的铁马冰河之声。

这也许是连陆游自己都没有想到的，没能在沙场上冲锋陷阵过的他，会在自己的诗篇中撑圆自己的梦境。据通行的汲古阁本《陆放翁全集》所收，陆游为我们留下《渭南文集》50卷，《剑南诗稿》85卷，共计收录古近体诗词9138首，这笔文学遗产，不仅在两宋文学中是一个量的高峰，在整个中国文学史上，也是一座高耸的丰碑。作为一个生活在江南的文人，陆游一生中从未到过西域，但在他的诗作中，却充满了玉关、安西、北庭、楼兰、天山这样苍凉悲怆的西域意象。

"将军枥上汗血马，猛士腰间虎文帐。阶前白刃明如霜，门外长戟森相向。"只有走进这样的画卷，我们才能感受陆游披坚执锐的生命豪情。

"凉州四面皆沙碛，风吹沙平马无迹。东门供张接中使，万里来宣布袄敕。"只有感悟这样的慢镜头，我们才会将陆游心中的边塞与岑参眼中的边塞实现跨越时空的对接。当这样的雄浑与壮魄被摄入长短句的乐阵，我们听到的是从历史深处吹来的一阵悲风，从生命之秋带来的一片萧瑟。

当年万里觅封侯。匹马戍梁州。关河梦断何处，尘暗旧貂裘。

胡未灭，鬓先秋。泪空流。此生谁料，心在天山，身老沧洲。

——陆游《诉衷情》

是的，这就是陆游。握笔的手，本应握紧金枪，梅花零落成泥，马蹄叩碎梦境，昏暗的时代令他心力交瘁，他却抛给时代一个守望的背影。人们尊敬这位勤奋高产的诗人，而其诗词中流露出的气吞残虏、慷慨任侠的精神，更是备受后世学者推崇。王国维深爱陆游，他在《题友人小像》中自称："差喜平生同一癖，宵深爱诵剑南诗。"钱锺书在《谈艺录》中则说："放翁欲以学力为太白飞仙语，每对酒当歌，豪放飘逸……有宋一代中，要为学太白最似者。"对陆游评价最高的，当属梁启超："诗界千年靡靡风，兵魂销尽国魂空。集中什九从军乐，亘古男儿一放翁！"当梁启超将这首铿锵有力的赞美诗送给与之远隔数百年的陆游，这位晚近中国的重要人物，一定在陆游身上找到了心灵的感应。

"寒泉自换菖蒲水，活火闲煎橄榄茶。自是闲人足闲趣，本无心学野僧家。"从文士到战士再到隐士，是陆游的生命轨迹，也是陆游的诗词轨迹，但无论哪一种身份，活了85岁的陆游都未曾改变自己的本心。据说陆游受家庭影响，对医学颇有研究，后归隐田园，他常常免费为邻里诊治，有时他还要带上药箱，骑驴到较远的村庄去给更多病患医治，不仅分文不取，走时还会无偿赠药，当地许多人为了感谢他，都特意在给自己的孩子起名时带上了个"陆"字。其实，这位报国无门的诗人一直都在坚守着自己的梦想：当他无力治疗国家的沉疴，他便将所有的"远志"和"当归"都播撒在了百姓的心中，播撒在了他豪情四溢的泱泱诗篇之中。

被异化的鸿儒

　　当纯粹的儒学因政治的介入而变得复杂起来，大儒们的面目也开始变得模糊不清。

　　20多个世纪以前，孔子面对剧烈转型的东周社会，发出了"礼崩乐坏"的浩叹。为了找到一种重建礼乐的方式，他广办私学，传道三千弟子，周游列国，四处宣介他的思想主张。在百家争鸣的春秋时代，孔子作为儒家学派的重要代表，将儒学发展成为一种显学，此后，这个以"天地人"为核心，以天人、义利、心性的融合为目标的学说，开始在长达2000多年的封建帝制中产生着重要影响，无论是国家典章制度的制定，还是国民心理结构的建立，无论是人才队伍的选拔，还是生活方式的形成，都有儒学渗透其中。在漫长的岁月中，儒学本身也经历了一系列的发展演变，由西汉的经学儒学，到魏晋的玄学儒学，再到隋唐的注疏儒学，及至宋元明清的理学儒学。主张"天人合一""仁民爱物"的儒学，因为政治因素的介入，由一门纯粹的学术变成了为政治服务的工具。

在这里，我们要说的是中国理学儒学的集大成者——朱熹。在这位百科全书式的大儒身上，闪烁着儒学的理性之光，但同时，也交叠着儒学的发展悖论。绍兴二十一年（1151），22岁的朱熹向着福建泉州方向出发了，他此行的目的，是去泉州的同安县做一个主簿的小官，这是朱熹政治生涯的起点。然而，恐怕连他自己都不会想到，此次赴任途中的一次拜访，会成为他投身理学的开始。就在这一年，踌躇满志的朱熹途经延平，见到了隐居于此的学者李侗。李侗是朱熹父亲朱松的同窗好友，二人都曾师从宋代理学家罗从彦，由于罗从彦之师为程颐，因此李侗和朱松又是程颐的再传弟子。史载，李侗得罗从彦河洛之学，承《春秋》《中庸》《论语》《孟子》之说，提出"理与心一"的学术主张，认为治学需"默坐澄心，体认天理"，学成之后，李侗不求仕进，而是退居山野，虽遁世40余年，食饮不充，却怡然自乐。此时的朱熹正深受佛道影响，见到李侗，便和他兴致勃勃地当面"说禅"，结果李侗并不以为然，而是让朱熹多读"圣贤言语"。随着交流的深入，朱熹始对"圣贤言语渐渐有味"，并决心将弘扬光大理学作为自己的治学方向。当他的车驾越来越接近同安地界，他却隐约感到，自己的人生更应该定位为一位学者，而不是一名官员。

到了同安任上，朱熹与李侗之间仍旧保持着热络的师生之谊。身为同安主簿又兼管教育，让朱熹感到重任在肩，尤其是面对儒学的式微，更是让他忧心如焚，同安的乡贤都被他请来县学授课，他亲手整理的儒家经典更是超过了千卷。随着孔庙经史阁的藏书越来越多，县学越来越成规模，朱熹也越来越感到儒学的博大精深。正因如此，如兴二十七年（1157），朱熹在同安卸任时，他已意识到"妄佛求仙之世风，凋敝民气，耗散国力，有碍国家中兴"，遂再一次叩开老师李侗的柴扉，向李侗虚心求教儒学的诸多奥义，一住就是一个月的时间，此后，师徒间更是频繁鸿雁传书。"去而复来，所闻必超绝，盖其上达不已，日新如是。"这是朱熹对老师李侗发出的由衷赞美，而李侗对弟子朱熹也非常满意，认为他"颖悟绝人，力行可畏。其所论难，体认切至。从游累年，精思实体，而学之所造益深矣"。就这样，泉州这片山海灵秀之地，因为这对师徒的存在，而更加气韵生动，而对于朱熹而言，泉州，更是成为他由禅而儒的学术拐点，成为日后"程朱理学"的发轫之地。

此后，在朱熹40多年的生命旅途中，我们看到的是两条截然不同的轨迹，一条是他的仕宦之路，另一条则是他的治学之路。梳理朱熹的政治生涯，我们知道他曾任知南康，提典江西刑狱公事、秘阁修纂等职，最风光的时候，曾被当朝宰相赵汝愚推荐，升任焕章阁待制兼侍讲。考察朱熹的治学游踪，我们可以知道，他的活动范围相当广阔。他曾在故里修建"寒泉精舍"，为母守墓。正是在这里的六年时间，朱熹不仅潜心著述，而且开坛讲学，与创办"婺学"的吕祖谦有过长达一个半月的深度交流，是为"寒泉之会"。此后，朱熹又送吕祖谦至信州鹅湖寺，在那里，与陆九龄、陆九渊、刘清之等人交游唱和，尽管在这场"鹅湖之会"中，朱熹与陆氏兄弟存在分歧，论辩多日，但学术的分歧并未消弭文人之谊。在知江西南康军时，朱熹更是因重建白鹿洞书院而奠定了其理学宗师的地位。正是在他的极力倡导下，因战乱而仅剩断壁残垣的白鹿洞书院得以重新焕发生机。在兴建20间屋宇之后，他又制订了筹集资金购置学田的计划，保障了书院的长远发展。与此同时，自兼洞主的朱熹更是亲撰《洞学榜》，向各路府衙广求藏书，"承本路诸司及四方贤士大夫发到书籍，收藏应付学者看读"。在课程设计上，朱熹将《大学》《中庸》从《礼记》中摘出，与《论语》《孟子》汇成"四书"，成为白鹿洞书院重要课程。更为重要的，是朱熹为白鹿洞书院拟定了学规，指出了教育的目的在于明人伦，强调修身、处事、接物之要，反对官学中"务记览，为辞章，钓声名，取利禄"的流弊，主张"讲明义理，以修其身，然后推己及人"。《白鹿洞书院学规》一出，立刻被当时各大书院奉为圭臬。白鹿洞书院在名声大噪的同时，朱熹也成为天下学人景仰的理学宗师。

此后，朱熹又在层峦叠嶂的武夷山开办"武夷精舍"。在那里，他广招门徒，传经布道，并将精心节选注释的"四书"刻印发行。在长沙，他更是将自己的毕生所学倾注在岳麓书院，为这座千年学府打下了最坚实的根基。有学者考证，与朱熹有关的书院共有67所，分别为创建4所，修复3所，读书讲学47所，题诗题词13所。当为官与为学这两条并行的轨迹展现在我们面前，我们发现，朱熹的治学之路显得格外宽阔，格外耀眼。

毋庸置疑，朱熹是中国理学儒学的集大成者。在总结以往的儒家思想，尤其是在以周敦颐、二程为首的宋代理学思想的基础上，朱熹建立了一整套庞大而细密的理学体系。他提出了"理气论"，认为："天地之间，有理有气。理也者，形而上之道也，生物之本也；气也者，形而下之器也，生物之具也。""宇宙之间一理而已。天得之而为天，地得之而为地，而凡生于天地之间者，又各得之以为性；其张之为三纲，其纪之为五常，盖皆此理之流行，无所适而不在。"他提出了"动静论"，认为渐化中渗透着顿变，顿变中渗透着渐化，运动和静止可以看成是一个无限连续的过程，而时空的无限性又说明了动静的无限性，

[明]郭诩《朱子像》

动静之间不但相互排斥，而且相互统一。他倡导《大学》中的"格物致知"，主张分析事物的原理，以掌握事物的本质规律，认为"知之愈明，则行之愈笃；行之愈笃，则知之益明"。格物的目的是穷理，"'天生蒸民，有物有则'。盖视有当视之则，听有当听之则，如是而视，如是而听，便是；不如是而视，不如是而听，便不是……视听是物，聪明是则。推至于口之于味，鼻之于臭，莫不各有当然之则。所谓穷理者，穷此而已"。……

对于朱熹的学术成就，其门人黄榦曾总结为："继往圣将微之绪，启前贤未发之机，辨诸儒之得失，辟异端之讹谬，明天

大學

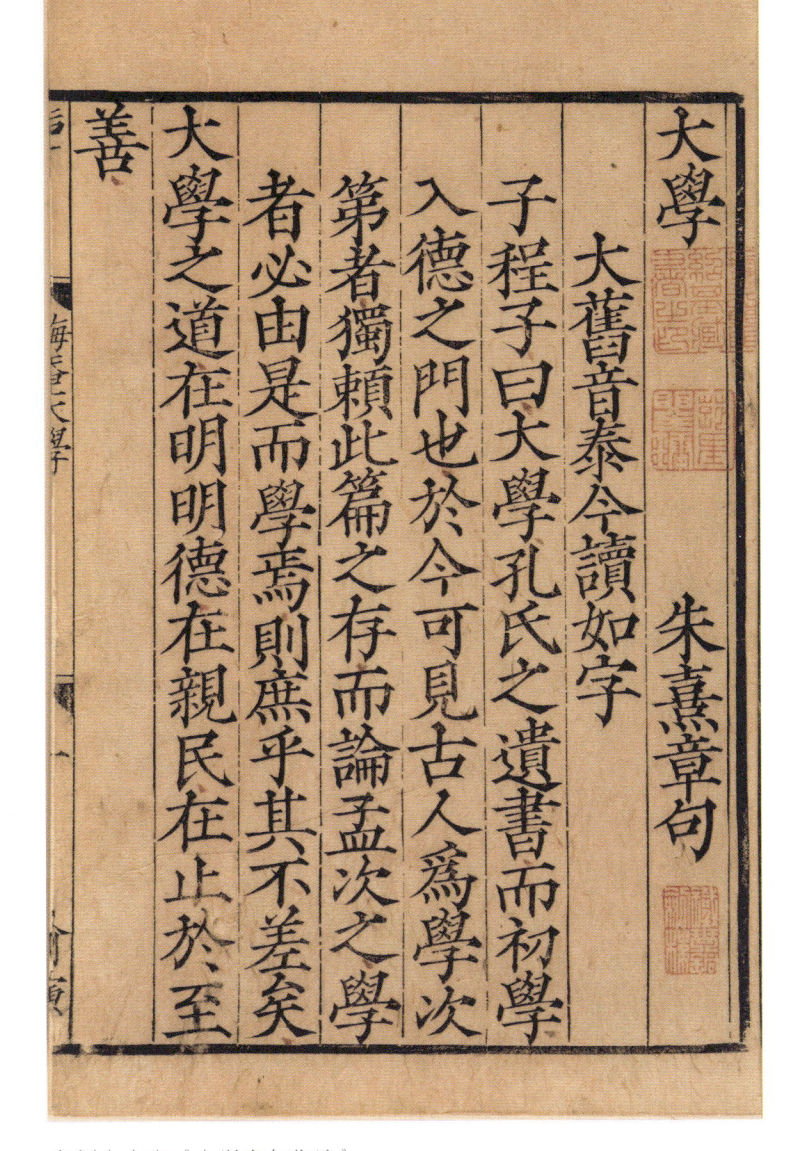

朱熹章句

大舊音泰今讀如字

子程子曰大學孔氏之遺書而初學入德之門也於今可見古人為學次第者獨賴此篇之存而論孟次之學者必由是而學焉則庶乎其不差矣

大學之道在明明德在親民在止於至善

宋刻本朱熹《大学章句集注》

理，正人心，事业之大，又孰有加于此者。"清人全祖望说朱子之学"致广大、尽精微、综罗百代"。张岱年先生更认为朱熹的学说是中国哲学史上论证最缜密最合理最清晰的哲学体系。

> 江水浸云影，鸿雁欲南飞。携壶结客，何处空翠渺烟霏。尘世难逢一笑，况有紫萸黄菊，堪插满头归。风景今朝是，身世昔人非。
> 酬佳节，须酩酊，莫相违。人生如寄，何事辛苦怨斜晖。无尽今来古往，多少春花秋月，那更有危机。与问牛山客，何必独沾衣。
> ——朱熹《水调歌头·檃栝杜牧之齐山诗》

这首《水调歌头》，为朱熹于淳熙九年（1182）所作。此时，由于朱熹在浙东常平司任上弹劾官吏贪墨无果，多次上书乞归，此间，恰逢重阳，友人邀他一起在玉山登高，遂作此词。"檃栝"，意为将原有的文章、著作剪裁改写。在这首《水调歌头》中，朱熹所"檃栝"的，是杜牧的诗歌《九日齐山登高》：

> 江涵秋影雁初飞，与客携壶上翠微。
> 尘世难逢开口笑，菊花须插满头归。
> 但将酩酊酬佳节，不用登临恨落晖。
> 古往今来只如此，牛山何必独沾衣。

宋人化用唐人诗句入词者多矣，存词仅18首的朱熹自然也不例外，然而，虽然化用唐人诗意，朱熹却将这首《水调歌头》赋予了崭新的哲学意味，彰显出儒家"天人合一"的思想境界，以至于明代薛瑄在《读书续录》中说："晦庵先生词，几于家弦户诵矣。其檃栝杜牧之《九日齐山登高》诗《水调歌头》一阕，气骨豪迈，则俯视苏、辛；音韵谐和，则仆命秦、柳，洗尽千古头巾俗态。"而清代洪力行则转引林凤逸所云："全用杜诗融会，叶调谐声，敲金戛玉，弥觉自然，樊川之风流俊逸，亦不得不为俯首矣。杜云：'尘世难逢开口笑'，先生云：'古今那更有危机'，识解又高一层。"

当然，纵观两宋词家，朱熹的词作也许让人感到理性有余而感性不足，但在感性旺沛的宋代，像朱熹这样思维缜密见解清晰的学者更属难能可贵。绍熙五年（1194）八月，刚刚即位的宋宁宗经宰相赵汝愚推荐，任命朱熹为焕章阁待制兼侍讲，作为自己的顾问和老师，朱熹利用给皇帝讲解《大学》的机会，上书"格物、致知、诚意、正心、修身、齐家、治国、平天下"八目，希望以此匡正君德。此时，处在仕途巅峰的朱熹觉得，自己的学术成果已经可以经世致用，涌上心头的是一份欣慰与自豪。

然而，朱熹不会知道，当一门纯粹的学问和政治捆绑在一起，就已经失去自由的张力。希望通过匡正君德限制君权滥用的朱熹显然太理想化了，他的宣讲很快就招致了宋宁宗和权臣韩侂胄的不满，仅仅在朝46日，朱熹便被宋宁宗罢去了待制兼侍讲之职。当然，一心治学无意仕途的朱熹对于这次来也匆匆去也匆匆的"官运"好像并未在意，他不久便带着门人去武夷山讲学了，《观书有感》正作于此间：

半亩方塘一鉴开，天光云影共徘徊。
问渠哪得清如许，为有源头活水来。

和数量甚少的存词相比，朱熹的存诗显然要多出太多，共计约1200首。明代王祎对朱熹诗的评价用了"冲雅"一词，意即朱熹的诗歌冲澹自然、平和萧散、含蓄蕴藉而又中正典雅，体现了朱熹诗的理趣与意趣。这首《观书有感》，正是"冲雅"的代表。"天下有道则见，无道则隐"，深谙孔子为官之道的朱熹相信，过一种与世无争的生活，能安安静静地做学问也是好的。

然而，朱熹生命的劫数还是接踵而至。庆元元年（1195），对于朱熹而言，是精神与肉体的浩劫之年，就在这一年，朱熹的好友赵汝愚遭权相韩侂胄排挤被罢相位，不久便死于永州贬所。由于朱熹和赵汝愚曾对韩侂胄颇有微词，韩侂胄一党便发起了一场抨击理学的运动，他们不仅怂恿宁宗将朱熹注释的"四书"等理学之书悉数除毁，而且斥理学为"伪学"，认为出于朱熹之手的《论语》《孟子》之集注，《大学》《中庸》之章句，皆"为世大禁"，朱熹则被斥为"伪师"，学生则被归为"伪徒"。已成傀儡的宋宁宗对韩侂胄这位一手遮天的权臣言听计从，很快就下诏命凡荐举官员，一律不取"伪学"之士，参加科举的，一旦有涉程朱义理则概不录用。不仅如此，这位皇帝还下诏捉拿了50多名"伪学逆党"，更有人叫嚣"请加少正卯之诛，以为欺君罔世、污世盗名者戒"，要将早已被削职为民的朱熹抓去斩首。在这场史称"庆元党禁"的腥风血雨中，朱熹的门徒和朋友有的马上和这位儒学宗师划清了界限，改换了门庭，有的则逃遁山野，归隐林泉。阴霾蔽日，落木萧萧，庆元六年（1200），在孤寂凄凉的病榻上，一代鸿儒朱熹含冤而逝。

当朱熹的名字再次被人们提及，已是嘉定二年（1209）。这一年，朝廷为这位大哲恢复清誉，并颁布诏书，将理学定为官方学说，使其成为声势日隆的显学，同时追赠朱熹为太师、信国公。九年时间，在逝去的朱熹身后，是狼藉的书稿和狼藉的名声，一场文化的浩劫，在摧毁朱子的生命之后，继续在摧毁他所建立的思想体系。尽管平反昭雪之后，理学的地位开始与日俱增，在此后的元明清三代，朱子理学成为封建统治者的官方哲学，科举取士也以朱熹的《四书集注》为标准，但那已不是朱熹所追求的精神本源了。在理学被披上华丽的外衣之后，我们看到的是封建统治者对理学精义的扭曲与误读。他们将"存天理，灭人欲"作为禁锢人们心灵的缰绳，却不会知道，朱熹所谓的"天理"，其实是自然发展的客观规律，而"灭人欲"也并不否定人们正常的生活和生理欲求。当后人将明清之际的愚昧与落后归罪于朱熹的理学，又有谁知道，朱熹已经将"社会伦理道德与自然界综合为更高层次的有机体"（李约瑟语），而他的"格物致知"的理学精义没有在中国掀起波澜，却对西方自然科学的发展有着重要的启发作用！

史载，朱熹小时候就十分聪颖，四岁就曾问其父"天之上何物？"在《宋史·天文志》中，有"朱熹家有浑仪"的记载，据说这位儒学大师曾和他的弟子彻夜观察天象，否定了当时人们认为北极星的位置就在天球北极的说法。一生都在追求"格物致知"的朱熹，实际面对的是一个生命的戏谑：他可以用一台浑天仪校正人们固有的观念，却无法参透政治的玄机。

清风明月万里行

宋代诗人中，杨万里（字廷秀，号诚斋）是相当高产的一位，他一生勤奋笔耕，据说创作了2万多首诗歌，今天留下来的有4200多首。他和陆游、范成大、尤袤并称为"中兴四大家"，而其诗名在当时应在陆游之上，宋人姜特立在《谢杨诚斋惠长句》中说："今日诗坛谁是主？诚斋诗律正施行。"就连陆游自己也说："文章有定价，议论有至公。我不如诚斋，此评天下同。"

杨万里生活的南宋，正是宋金时战时和、南弱北强的长期对峙时期。27岁便进士及第的他，不仅有着深厚的学养，更有着耿介敢言的人格操守。杨万里在担任隆兴府奉新知县时，见牢中关押许多交不起租税的百姓，果断下令将他们全部释放，并禁止敲诈百姓，同时放宽其税额、期限，结果不出一月，欠税全部交清。他刚正不阿，朝廷下令于江南诸郡行使铁钱会子，杨万里上书力谏，拒不奉诏，因此得罪皇帝和宰臣，迁转赣州知州。正因如此，南宋黄昇对其不吝其词，认为杨万里"以道德风节照映一世"。和他同时代的南宋著名政治家、文学家周必大则盛赞道："友人杨廷秀学问文章独步斯世。至于立朝谔谔，知无不言，言无不尽，要当求之古人，真所谓浩然之气，至刚至大。以直养而无害，塞于天地之间者。"

身为自觉赓续儒家道统的宋儒，杨万里对儒家理想人格中的"诚"极为推崇。他将其读书之室命名为"诚斋"，以明其志。在杨万里的眼中，一个"诚"字，不仅仅意味着真诚和专一，更有着深层的理学指向，他曾云："天行健，健即诚也，所谓诚者，天之道也；君子以自强不息，且不息亦诚也，所谓诚之者，人之道也。"这也正是他做人的原则与准绳。

> 名高身又贵，自住小村深。
> 清得门如水，贫惟带有金。
> 养生非药饵，常语尽规箴。
> 四海为儒者，相逢问信者。
>
> ——徐玑《见杨诚斋》

这首《见杨诚斋》，是南宋"永嘉四灵"之一徐玑写给杨万里的一首诗。杨万里淡泊名利在南宋文人中堪称楷模，为官期间，他一直过的是"清得门如水，贫惟带有金"的生活。更让人们敬佩的，还是他公而忘私的襟怀。在杨万里江东转运副使任满之时，本应有余钱万缗，他却全弃之于官库，分文不取。南宋罗大经在其《鹤林玉露》中，更是对安贫乐道的杨万里致以敬意，说他"退休南溪之上，老屋一区，仅庇风雨，长须赤脚，才三四人"。尽管生活拮据，住所逼仄，但杨万里却乐在其中，相信"仁者安其固然，故不忧"。行走在南宋的烟雨中，两袖清风的杨万里，背影是如此沉实笃定。

> 一君子进，小人未必退；一小人进，君子必退。非畏一小人也，知群小必以类至也。……驩兜入而四凶集，贾充不留而群小忻。

作为南宋著名的理学家，杨万里穷十七年之功，完成了一部诠释《周易》的学术著作《诚斋易传》，上面这段文字正是出自《诚斋易传》对"否卦"的一段解释。在杨万里看来，《周易》乃是"圣人通变之书"，儒家的"修齐治平"均可以在《周易》中找到答案。倡导儒学经世致用的杨万里以历史为切口，对《周易》进行深入的观照，从而在解《周易》的学术分支上，成为"史事宗"的代表人物。杨万里围绕《周易》对君子与小人关系的阐释，实际上是他开阔豁达的人才观。据说有一次在朝中担任吏部郎中的杨万里被时任宰相王淮问道："宰相何事最急先务"，杨万里以"人才最急先务"为答，并上陈《荐士录》，举荐朱熹等六十人，全都是端人正士。在杨万里看来，"人才，国家之命脉；气节，人才之命脉"，为君者选拔人才，必须明辨忠奸，善于看清君子与小人。他曾将南宋抗金名相张浚与高宗的一段对话载入《张魏公传》：张浚行至在所，"上亲书《周易》之否、泰卦以赐"。张浚遂因势劝高宗道："自古小人之陷君子，莫不以朋党为言。夫君子引其类而进，志在于天下国家而已，其道同，故其趋向亦同，曾何朋党之友。"作为张浚弟子，杨万里对此深以为然，他不仅在多个场合劝皇帝不拘一格降人才，更是针对孝宗朝宰相更迭频繁的问题，提出一个"等宰相"的概念。在他看来，宰相之才是需要时间考验的，做君主的不宜过度干预，"尔自求之，尔自得之，吾为尔用之焉耳"。当这些天下百姓公认的宰相之才被发掘出来，他们将"得而必任，任而必久，久而必成"。能够秉持这样的人才观，其根本出发点乃一个"诚"字，杨万里，这个坚持原则的文人，在生命的轨迹中，始终保有着一颗至诚之心，为了一个"诚"字，他甚至不惜触怒龙颜。史载，孝宗曾采纳翰林学士洪迈之议，以吕颐浩等人配飨高宗庙祀，杨万里据理力争，坚持主战名相张浚当配飨，指斥洪迈有"欺、专、私三罪"，结果惹怒孝宗，曰："万里以朕为何如主！"结果杨万里只能是被官贬筠州。

事实上，贬谪对于杨万里而言已经习以为常，孝宗说他"直不中律"，光宗说他"也有性气"，可杨万里最难能可贵的却是直陈时弊，全然没把皇帝的脸色看在眼里，把富贵功名放在心上。初入仕途，他就对张浚、胡铨两位爱国名臣推崇有加，他曾三次登门拜谒谪居永州的张浚，曾特请谪居衢州的胡铨为他写了《诚斋记》。杨万里在日后的宦海生涯里，始终以他们为榜样，矢志不改，终生不渝。

"为天下国家者不能忘于敌，天下之忧，复有大于此者乎？"这是杨万里面对中原沦丧、江山唯余半壁的局势，奋笔写下的《千虑策》的一句话。《千虑策》共30篇，分别从君道、国势、治原、人才、相、将、兵、驭吏、选法、刑法、冗官、民政等多个方面，总结靖康之耻，直指当朝之弊，忧国忧民之心日月可鉴。面对经过符离之败一蹶不振的宋孝宗，他的批评毫不留情，说其是"前日之勇一变而为怯，前日之锐一变而为钝"；与此同时，他又坚决反对从此盲目冒进，主张"守而取"，先实国力再图恢复。事实上，这位以诗歌名世的南宋文人，更是一个知兵善谋的帅才，他曾对历史上的武将作出过这样的划分：

过勇则轻，李陵是也；过智则奸，侯君集是也；过威则离，张飞是也；过强则骄，李光弼是也；过专则僭，王敦、苏峻是也；惟中，则勇而怯，智而愚，威而惠，强而谦，专而顺，皇甫嵩、郭子仪是也；承天宠者，禀君命而不专；怀万邦者，慰民心而不忮，为将如是，非特才将也，贤将也。

作为对这段文字的注解，是他在军事谋略上提出的一系列主张：他提出"选将不以新，不足以激天下之才"，主张不宜将宿望和资历作为对军中主将任命的标准；他提出"天下之兵必有所敛，有所散。有所敛，所以集天下有用之士；有所散，所以去天下无用之人"，主张裁汰冗兵，招募"危地之民"，以提升军队的战力；他提出"莫若去屯田之名，举两淮之屯田，不授之兵而授之民，田以口授，业以世守，如唐太宗之授田，使兵与民分"，主张两淮之民屯田，从而巩固南宋长江户庭，两淮藩篱；他提出"和不如战，战不如守。和则懈，战则力，故曰和不如战。战则殆，守则全，故曰战不如守"，主张对金的策略当以守为主，主守后战……这些兵家灼见，既体现了杨万里对宋金对峙局面的深度关注，也体现了他非凡的军事素养。"东南乃有此人物！"当在采石矶一战成名的虞允文在看过杨万里送呈的《千虑策》后，发出这样一声感叹。杨万里，已经将一个臣子的忠诚，融入了淡淡清风，汇入了皎皎明月。

莫言下岭便无难，赚得行人错喜欢。
政入万山围子里，一山放出一山拦。
——杨万里《过松源晨炊漆公店（其五）》

这首《过松源晨炊漆公店》，为杨万里在建康江东转运副使任上外出途经松源时所作。因为性格耿直，杨万里此时正被外放为官，面对连绵的群山，想起自己人生的经历，这位时年已经65岁的诗人心生感慨，咏出了"政入万山围子里，一山放出一山拦"的千古名句。唐诗重情，宋诗重理，综观杨万里的诗，我们发现，他的诗杂糅了新、奇、活、快，轻灵而不失幽默。他的诗，也许不像陆游的诗那样奔放、直露，却将心底的狂澜和人生哲理，如同涓涓细流一般缓缓地汇入文字中。

　　"予之诗，始学江西诸君子，既又学后山五字律，既又学半山老人七字绝句，晚乃学绝句于唐人。"这段出自《荆溪集序》的文字，记录的正是杨万里"诚斋体"诗风的形成轨迹。作为宋代文坛影响最大的诗歌流派，江西诗派对宋代诗人的影响至深，而杨万里生活的时代，正是江西派诗人主宰诗坛的时期。风华正茂的杨万里甫入诗坛，便融入了江西诗派声势浩大的集体大合唱之中，此间创作热情高涨，作诗千余首。然而，绍兴壬午年（1162）七月，杨万里却做出了一个惊人之举，将这些诗作统统付之一炬。在升腾的火光中，正当盛年的杨万里与其说是在与以黄庭坚、陈师道为代表的江西诗派告别，莫如说是在以一种破釜沉舟的姿态向着崭新的诗歌高度迈进。尽管在焚诗后的三年时间里，杨万里的创作锐减，但这段时间恰恰是杨万里不断寻求诗歌转向的探索期。当杨万里从王安石的"半山体"中寻找灵感，继而又以一句"受业初参王半山，终须投换晚唐间"，转而将晚唐体作为自己诗歌发力的出口，厚积薄发的杨万里，最终以"笔端有口，句中有眼"、自由活泼、清新晓畅的诗风独步南宋诗坛。

> 泉眼无声惜细流，树阴照水爱晴柔。
> 小荷才露尖尖角，早有蜻蜓立上头。
>
> ——杨万里《小池》

由此，这首流传千古的《小池》便以盎然的生机扑入我们的眼帘，"小荷才露尖尖角，早有蜻蜓立上头"成为杨万里谁也夺不走的诗歌标识。身为理学家的杨万里，对世界万物不仅多了一分热情，更多了一重理趣，他曾言："今夫木同一本根也，然方其荣也，枯者或与之同日；及其凋也，生者或与之并时。故华敷而叶损，枝槁而萌出，此造化无息之妙也。"正是本着这样的观察思路，我们才看到，杨万里的笔下，总是跃动着自然的生机，总是充满着天真的情趣："蝴蝶新生未解飞，须拳粉湿睡花枝。后来借得风光力，不记如痴似醉时。"看蝴蝶翩翩，我们感受到什么是"诗已尽而味方永"。"雨为梅花遭尽尘，柳勾日影自传神。不须苦问春多少，暖暮晴帘总是春。"看梅姿柳影，我们体悟到什么是"死蛇解弄活泼泼"。坐看"莺样衣裳钱样裁，冷霜凉露溅秋埃。比他红紫开差晚，时节来时毕竟开"的秋菊，我们则于秋风瑟瑟之际，悟到一种别样的理趣机锋……当"万象毕来，献予诗才"成为诚斋体的特有风格，我们看到，此时的杨万里，再也不是焚诗后的"学之愈力，作之愈寡"，而是呈现出如井喷般的诗歌才情。

> 新春早。春前十日春归了。春归了。落梅如雪，
> 野桃红小。

老夫不管春催老。只图烂醉花前倒。花前倒。儿扶归去，醒来窗晓。

——杨万里《忆秦娥·初春》

当然，清新质朴的诚斋体，并不单指杨万里的诗歌，同时还指他的词作。尽管和他流传至今的4200多首诗歌相比，仅存的8首词作实在数量悬殊，但其词与诗在风格上的一脉相承，却让诚斋体又占据了另外一种生动跳脱的文学体裁。翻检杨万里词，我们看到，无论是"新春早，春前十日春归了"，还是"未是秋光奇绝，看十五十六"，都和他的诗一样，"俚辞谚语，冲口而来"，正是这种通俗浅近化俚为雅的风格，使杨万里的词与诗在宋代文坛独树一帜。这种文风的形成，仍然要归因于杨万里透脱散淡的人生态度。他对苏轼的为人处世哲学十分崇敬，曾云"东坡诗情过于侬"，以此点明自己和苏轼在人格精神上的契合；他喜爱竹菊，它们傲岸不屈的品质直接对应着他的生命境界和人生信条。而当他最终因不满奸臣当道，致仕归田，视官爵如敝屣，说走就走，毫不犹豫。文格与人格的统一，在杨万里身上，实现了最丰盈的呈现。

史载，杨万里做京官时，常预备好由杭州回家乡的川资，锁于箱中藏起来，又嘱家人不许买一物，以免一朝离职回乡行李累赘，完全就像一个整装待发之人。如今，当我们再次回望这位将功名利禄如此看淡的宋代文人，我们要说，这便是中国文人应有的风骨，这便是中国文人应有的气性！

将乐谱变作诗篇

当宫廷的宴乐变成凄婉的离歌，汪元量，已经由移宫换羽的琴师变成了泣血写史的诗人。

颇具艺术禀赋的汪元量早在20岁的风华正茂之年，就已经是一位出色的宫廷琴师，专侍谢太皇太后、全太后两宫。此时的南宋王朝，已经在蒙古骑兵的一路冲杀中濒临亡国的境地，然而，流红叠翠的宫闱，奢靡的宴乐仍旧此起彼伏，在伶人的轻拢慢捻中，在舞女的翩翩舞姿中，王公贵族们酩酊大醉，根本听不到越来越近的铁蹄声。在这支奢华而庞大的乐队中，汪元量处于首席琴师的地位，他以飞扬的辞采和对音乐的独特感悟，深得两宫赏识，据说宋亡以后，曾位列九嫔之首的昭仪王清惠还专为汪元量作了一首绝句：

万里倦行役，秋来瘦几分。
因看河北月，忽忆海东云。

在这样一种笙歌无休的氛围中，宫廷乐师汪元量的任务就是吟风弄月，为锦衣玉食的贵妇们侑觞佐舞。当豪华的乐音充胀耳鼓，麻木的已不仅是太后、嫔妃们，还有汪元量本人。这样的场景和安史之乱前的李唐王朝如出一辙：皇城之内，一派灯红酒绿，沉歌醉舞；皇城之外，早已烽火连天。

打破这个场景的时间是宋恭帝德祐二年（1276），史称"德祐之变"。就在这一年，一直垂帘听政的谢太后终于在纸醉金迷的乐阵之外，听到了元朝大军叩响临安皇城的声音。慌乱之中，她赶紧叫停了歌舞，忙不迭地拿出传国玉玺，带着年幼的恭帝和一群大臣、嫔妃开城投降。自此，尽管南宋王朝一路被元军穷追猛打，直到祥兴二年（1279）才在崖山吐尽最后一丝气息，但德祐之变更像是这个没落王朝的终点——当偌大一座临安城插遍元军的旌旗，当3000多名王公贵族一起被押往大都，南宋王朝其实已经不复存在。和谢太后一样，汪元量在德祐之变中也经历了人生中一次重要的分野，当他被裹挟进北掳的队伍，他已经无法左右自己的命运。

> 鼓鞞惊破霓裳，海棠亭北多风雨。歌阑酒罢，玉啼金泣，此行良苦。驼背模糊，马头匼匝，朝朝暮暮。自都门燕别，龙艘锦缆，空载得、春归去。
>
> 目断东南半壁，怅长淮、已非吾土。受降城下，草如霜白，凄凉酸楚。粉阵红围，夜深人静，谁宾谁主。对渔灯一点，羁愁一搦，谱琴中语。
>
> ——汪元量《水龙吟·淮河舟中夜闻宫人琴声》

汪元量这首《水龙吟》，是他和三宫（谢太皇太后、全太后、宋恭帝赵㬎）一起被掳途中所作。从杭州到大都，多走水路，当夜行的舟楫划过淮河，一位宫女悲伤地拨动琴弦，汪元量的心也随着哀婉的旋律翻滚，黑色的波浪击碎月光，凄凉的《水龙吟》便在这破碎的月光中一气呵成。

自此，在南宋王朝行将就木的时刻，一位高奏《流水》的琴师随风而逝，而一位用泣血的文字记录宋亡历史的诗人却悄然而生。就在北掳途中，一直都鼓琴而歌的汪元量找到了另一种生命的载体。当他的身份不再是一个供人娱乐的乐工，而是一个俘虏，他的诗词便再也不是御用文人的应和之作，而是充满了"亡国之戚，去国之苦"。"龙艘锦缆，空载得、春归去"，和这首在船头完成的《水龙吟》一样，此时的汪元量在北掳的文字中刻意地使用了大量的"锦"字："太湖风卷浪头高，锦柁摇摇坐不牢"，这是船行太湖时的所见；"月殿不知何处在，锦帆摇曳到扬州"，这是进入扬州时的画面；"六十里天围锦帐，素车白马月中游"，这是行经湖州时的景象……这支亡国仪仗队，当然不可能像皇室巡游般堂皇煊赫，但汪元量在他的北掳之诗中，还是装饰出一派"锦绣"，而愈是如此，就愈发衬托出这支北掳队伍的落寞与屈辱。

事实上，汪元量这种愤懑情绪的流出，在临安城陷之前已经开始表露。咸淳九年（1273），襄阳城破，汪元量奋笔写下了《贾魏公雪中下湖》一诗：

> 冻木号风雪满天，平章犹放下湖船。
> 兽炉金帐羔儿美，不念襄阳已六年。

笔锋直指祸国殃民的奸相贾似道，一泓西湖碧水，此时已成为暗讽奸臣误国的载体。

> 钱塘门外看新晴，舞蝶游蜂没一星。
> 风挟断云横北巘，烟随飞雨度南屏。
> 苏堤柳树照波绿，吴苑麦苗连地青。
> 邂逅寻诗过岭去，鼓鞞声震浙江亭。
> ——汪元量《同毛敏仲出湖上由万松岭过浙江亭》

和《贾魏公雪中下湖》异曲同工，这首《同毛敏仲出湖上由万松岭过浙江亭》，同样是汪元量与友人泛舟西湖时的忧国之作。在这首诗中，有三分之二的篇幅都在描写钱塘至西湖一带的旖旎风光，但在尾联却突然笔锋一转，一句"邂逅寻诗过岭去，鼓鞞声震浙江亭"，有如裂帛之声，将前面铺陈的美景瞬间撕碎。此时，元军正兵锋锐利，铁蹄浩荡，身为南宋王朝的一名琴师，汪元量善听的耳朵已经在太平的弦歌声里听到了令人惊悸的亡国之音。

由此，随着临安城破，谢太后率众出降，汪元量心中的悲愤再也无须用暗喻反讽来呈现，喷涌在诗歌中，已经成为指名道姓的投枪与匕首。

"吕将军在守襄阳，十载襄阳铁脊梁。望断援兵无信息，声声骂杀贾平章。"对贾似道等奸佞的荒淫误国，他义愤填膺，口诛笔伐。

"乱点连声杀六更，荧荧庭燎待天明。侍臣已写归降表，臣妾佥名谢道清。"对谢太后可耻的投降行径，他更是直呼其名，毫不避讳。

对于这首记录下谢太后签字投降这一改朝换代历史时刻的诗歌,《四库全书总目提要》云:

> 以本朝太后,直斥其名,殊为非体。《春秋》责备贤者,于元量不能无讥。然元量以一供奉琴士,不预士大夫之列,而眷怀故主,始终不渝,宋季公卿,实视之有愧,其节概亦不可及。笔墨之间,偶然失检,视无礼于君者,其事固殊,是又当取其大端,恕其一眚者矣。

四库馆臣对汪元量总体的评价是肯定的,认为他"以一供奉琴士,不预士大夫之列,而眷怀故主,始终不渝,宋季公卿,实视之有愧,其节概亦不可及",但同时从清代官方标准看,又认为汪元量此诗有违文人著述原则:"笔墨之间,偶然失检,视无礼于君者。"然而,这恰恰是汪元量所秉持的文人风骨,尽管身份卑微,不过是一个供奉琴士,但在国破家亡时刻,位卑者却发出了振聋发聩的谴责之声。当一个王朝气数已尽,从一个抚琴之士的笔下喷射出火焰一般的文字,是多么无奈,又是多么可悲啊!

北掳的船行了一路,汪元量的愤懑之诗也写了一路。在汪元量这段时期的诗歌里,我们看到了太多杜诗的影子。对于"诗圣"杜甫,汪元量有一个认知发生掠转的节点,这个节点便是德祐之变。德祐之变前,汪元量读杜诗时还"颇厌其枯槁",然而历经德祐之变的家国丧乱之后,汪元量再读杜诗,已深感杜诗"近法秦州体,篇篇妙入神""斯时熟读之,始知句句好"。太平时期,杜诗并未对汪元量的诗歌创作产生多少影响,恰恰是在感受过玉碎宫倾的王朝末日之后，杜诗沉郁顿挫之气一下子和汪元量形成了命运的交叠和情感的共鸣。

正因如此，在后世史家的眼中，汪元量的诗歌才更具价值。北掳途中的耳闻目睹，"北留"期间的屈辱悲愤，都被汪元量用诗歌的形式记录了下来，而这些诗歌，无一不带着杜诗的沉郁与悲慨。"穷荒六月天，地有一尺雪。孤儿可怜人，哀哀泪流血"，汪元量像杜甫的"无边落木萧萧下，不尽长江滚滚来"一样，在叠字的运用中书写下幼帝的艰难处境；在《草地》中，"一月不梳头，一月不洗面"则直接化用了杜诗"百年浑得醉，一月不梳头"，而他的"岂无一尊酒，与子发慨慷"，则有杜诗"何时一尊酒，重与细论文"的影子。当然，身为一名随队北掳的琴师，汪元量眼中的景象和杜甫所描绘的还是有区别的，嫔妃娇娥、美人丽姝是在杜甫的诗行中寓讽刺讥诮之意，但在汪元量的诗里，她们这些被侮辱被伤害的形象已成为汪诗中最苍凉的意象。"六宫宫女泪涟涟，事主谁知不尽年。太后传宣许降国，伯颜丞相到帘前"，从走出临安皇城的那一刻起，这些粉黛囚徒的命运就已系于他人之手。"不堪回首泪盈盈，万里淮河听雨声。莫问萍齑并豆粥，且餐麦饭与鱼羹"，北掳途中，这些习惯了锦衣玉食的宫人面对的只有粗粝的麦饭与鱼羹；"北风吹雨入篷间，宫女腰肢瘦怯寒。阿监隔船相借问，计程今日到淮安"，在风吹雨打的行程中，这些弱不禁风的丽人经历的是难以承受的霜寒之痛，冻馁之苦。

当然，汪元量的北掳诗词并非单向的流动，还记得那位为汪元量写下"因看河北月，忽忆海东云"诗句的昭仪王清惠吗？这位感伤的美人，曾是度宗的宠妃，姿容妍丽，才情敏感，在一路向北的日子里，她和所有人一样，经历着风刀霜剑，也对

曾经的繁华岁月无限怅望,当舟行至南京夷山驿,一首伤感悲怆的《满江红》便濡笔而成:

太液芙蓉,浑不似、旧时颜色。曾记得、春风雨露,玉楼金阙。名播兰簪妃后里,晕潮莲脸君王侧。忽一声、鼙鼓揭天来,繁华歇。

龙虎散,风云灭。千古恨,凭谁说。对山河百二,泪盈襟血。客馆夜惊尘土梦,宫车晓碾关山月。问嫦娥、于我肯从容,同圆缺。

——王清惠《满江红》

一直伴慰三宫的汪元量显然读懂了这位王昭仪的心事,当浪花再次飞溅船头,一首和作便成为这支亡国队伍北掳途中最低沉的颤音:

天上人家,醉王母、蟠桃春色。被午夜、漏声催箭,晓光侵阙。花覆千官鸾阁外,香浮九鼎龙楼侧。恨黑风、吹雨湿霓裳,歌声歇。

人去后,书应绝。肠断处,心难说。更那堪杜宇,满山啼血。事去空流东汴水,愁来不见西湖月。有谁知、海上泣婵娟,菱花缺。

——汪元量《满江红·和王昭仪韵》

700多年后,我们仍能感受到这位宫廷琴师和王昭仪之间的复杂情感。《钱塘县志·文苑传·汪元量传》记载:"(汪元量)从三宫北去,留燕甚久。时故宫人王清惠、张琼英皆善诗,相见辄涕泣唱和，语极悲壮。"显然，在"北留"期间，亡国之痛，怀乡之情，是汪元量与这些凋零之花共同的话题。当然，在汪元量诗中，我们发现，他不仅以诗词为载体，对投降派声声泣血给予猛烈的鞭笞，对无助的粉黛囚徒掬一把同情之泪，还对抗元的志士勉之以充满激情的文字。正是在"北留"期间，汪元量遇到了矢志抗元的英雄文天祥。尽管此前和文天祥并没有多少交集，但当汪元量前去狱中探视，和文天祥共处一间囚室之中，他们便结下了深厚的友谊。文天祥知汪元量素以杜诗为圭臬，遂集杜甫诗句写成《胡笳十八拍》，并欣然为其作品作序，而汪元量则就着狱中昏暗的烛火，为文天祥写下了《妾薄命呈文山道人》《生挽文丞相》等诗作。文天祥壮烈殉国后，汪元量长歌当哭，用九首《浮丘道人招魂歌》为这位忠肝义胆的志士送行。"君当立高节，杀身以为忠"，秋风烈烈，落木萧萧，在"北留"的日子里，让汪元量丢失了为秦歌楚舞助兴的瑶琴，却同时让他收获了文字的厚重和思想的深沉。

由此，当《醉歌》《湖州歌》《越州歌》等百余首绝句承载下诗人的国破家亡之痛，当一个个真实的历史片段都化作凄凉的文字，汪元量已经在不经意间和杜甫的"三吏""三别"一样，为后世的人们留下了一段难得的"宋亡之诗史"。刘辰翁曾赞其诗曰，"南吟北啸，如赋史传"；马廷鸾题其诗曰"诗史"；李珏对汪元量之诗的评价更是切中肯綮："纪其亡国之戚，去国之苦，间关愁叹之状，备见于诗。……开元、天宝之事纪于草堂，后人以诗史目之，水云（汪元量号）之诗，亦宋亡之诗史也。"针对汪诗一事一咏的特点，潘耒在《书汪水云集后》则认为汪元量所"咏宋幼主降元后事，皆得之目击，多史传所未载"。当汪元量将所见所闻用诗歌串成一部泣血的宋亡史，他已经完成了由琴师到诗人再到史家的人生嬗变。

> 金陵故都最好,有朱楼迢递。嗟倦客、又此凭高,槛外已少佳致。更落尽梨花,飞尽杨花,春也成憔悴。问青山、三国英雄,六朝奇伟。
> 麦甸葵丘,荒台败垒。鹿豕衔枯荠。正朝打孤城,寂寞斜阳影里。听楼头、哀笳怨角,未把酒、愁心先醉。渐夜深,月满秦淮,烟笼寒水。
> 凄凄惨惨,冷冷清清,灯火渡头市。慨商女不知兴废。隔江犹唱庭花,余音亹亹。伤心千古,泪痕如洗。乌衣巷口青芜路,认依稀、王谢旧邻里。临春结绮。可怜红粉成灰,萧索白杨风起。
> 因思畴昔,铁索千寻,谩沉江底。挥羽扇、障西尘,便好角巾私第。清谈到底成何事。回首新亭,风景今如此。楚囚对泣何时已。叹人间、今古真儿戏。东风岁岁还来,吹入钟山,几重苍翠。
> ——汪元量《莺啼序·重过金陵》

"莺啼序"是词中最长的词牌,在音乐的相伴之下,这个词牌最适合铺陈渲染。身为乐师的汪元量正是在这个词牌之下,创作了这首《莺啼序·重过金陵》。此时,汪元量随三宫"北留"大都已13年,至元二十五年(1288),18岁的瀛国公赵㬎被遣往吐蕃学佛法,其母全太后出家为尼,汪元量遂上书元世祖乞南归。此后,这位经历人生起落的歌者便"数往来匡庐、彭蠡之间,若飘风行云,世莫能测其去留之迹。江右之人以为神仙,多画其像以祠之"(洒贤《读汪水云集》)。"叹人间、今古真儿戏。

东风岁岁还来，吹入钟山，几重苍翠"，重过金陵的汪元量，不知会不会想起13年前以俘虏身份经过金陵时为王昭仪写下的那首和作《满江红》，但有一点我们确信不疑，已被元世祖赐为黄冠道士的汪元量在云游四方的路上，笔墨纸砚一定是他必不可少的随身之物，而那把亡国之琴应该早被他扔在了大都……

岳麓书院的千年回望

穿过青翠的竹林，循着小桥流水，我们发现，世界最悠久保存最完好，如今仍在发挥着教育功能的高等学府，其实就在中国的潇湘大地上，它，就是岳麓书院。

坐落于岳麓山清风峡口的岳麓书院，始建于北宋开宝九年（976），当时的潭州知州朱洞在唐末僧人筑舍办学的基础上，扩大规模，创建了岳麓书院。到了北宋大中祥符五年（1012），著名学者周式成为这间隐匿在山林中的书院的首任山长。宋真宗听说周式在岳麓山脚下开坛讲经，将书院办得风生水起，曾特召他入宫，打算任命他为国子监主簿，留在京城讲学，但周式固辞不受，执意要返回山林。真宗见挽留不住，便赐给了他大量的内府书籍，并手书了"岳麓书院"的匾额送给他。辞别喧嚣的京城，重返静谧的林泉，周式找回的是一份生命的自在与逍遥，在他的主持下，岳麓书院在地方教育体系中的地位开始不断拔升。南宋时又在书院南建精舍。《宋史·尹谷传》载："初，潭士以居学肄业为重，州学生月试积分高等，升湘西岳麓书院生。又积分高等,升岳麓精舍生,潭人号为三学生。"从这段文字,可以看出当时岳麓书院的地位已相当于今天的大学。

其实,在北宋,书院并不独岳麓一家。由于朝廷和各级官府的重视,北宋书院呈现出百花齐放的景象,据史料记载,当时的书院已经达到600余所。在北宋众多的书院中,湖南长沙的岳麓书院和江西九江的白鹿洞书院、河南登封的嵩阳书院、河南商丘的应天书院一起,并称天下"四大书院"。当然,关于四大书院的构成,众说不一,但有一点却是不争的事实,那就是无论哪种说法,岳麓书院始终名列其中,而在办学规模和办学水平方面,岳麓书院一直处于宋代书院之首。

  记得追游故老家。红莲幕府在长沙。放船桥口秋随月,走马春园夜踏花。
  思往昔,谩咨嗟。几番魂梦转天涯。葵轩老子今何在,岳麓风雩噪暮鸦。

——吕胜己《鹧鸪天》

这首《鹧鸪天》,为南宋孝宗朝官员吕胜己所作。历经靖康之难的兵燹火劫,一度诗书鼎盛的岳麓书院也遭受重创,成为一片废墟。乾道二年(1166),时任湖南安抚使知潭州的刘珙开始重建岳麓书院。身为理学家刘子翚的侄子和学生,刘珙赶上了孝宗朝对理学政策宽松的好时机,而在平定了郴州爆发的农民起义之后,也让刘珙得以和南宋的理学信奉者们一样,将恢复和建立书院作为自己的一项使命。岳麓书院的重建工作进展得很快,不到半年的时间便宣告竣工。为了恢复和强化岳麓书院在南宋教育和学术上的地位,刘珙聘请著名理学家张栻主持书院。"记得追游故老家。红莲幕府在长沙。放船桥口秋随月，走马春园夜踏花。"正是在张栻主持岳麓书院的这段时期，吕胜己得以成为其门下弟子，当数年后吕胜己在《鹧鸪天》的韵律中，回望自己当年在岳麓书院的求学生活，相信这座掩映于茂林修竹中的学府，已经成为他心中永恒的精神家园。

提到张栻，我们必须向这位岳麓书院山长表达深深的敬意，因为正是他以严谨的治学态度和开放的治学理念将岳麓书院带入全盛期。身为南宋初年抗金名相张浚之子，张栻自幼便从父亲的言传身教中汲取到儒学的养分，在随侍父亲长达三十年的时间里，张栻的最大收获便是来自学养深厚且学术开明的父亲的"过庭之训"。张浚是四川绵竹人，一生出将入相，不仅在事功和为人上可堪旌表，在学术上也颇得蜀学精要。张栻在张浚身上学到的，不仅是以蜀学为主的家学，更重要的是张浚的忠孝精神。《宋史》载："（张栻）颖悟夙成，浚爱之，自幼学，所教莫非仁义忠孝之实。""仁义忠孝之实"，道出了张栻所受家学的核心要义。正是这样的核心要义，成了张栻为之恪守一生的道德准则。多年以后，张栻在给友人的题记中，曾说过这样一段话：

> 学圣人必学颜子，则有准的。颜氏之所以为有准的，何也？以其复也。复则见天地之心成位乎中，而人道立矣。然而欲进于此，奈何？其惟格物以至之，而克己以终之乎！呜呼！此先公之所以教某者。
>
> ——张栻《南轩集》

由格物到克己再到复礼，颜回所达到的仁人之境让张栻甚为崇敬，而这种崇敬的发端则是来自张浚的言传身教。当张栻用一句"此先公之所以教某者"追缅父亲，我们能够感受到，这位南宋理学大家已经将家学滋养视为自己学术生涯的重要基石和值得骄傲的人生偏得。

当然，张栻能最终在儒家学脉上闯出自己的一片天地，还是缘于传承了胡宏之学。绍兴三十一年（1161）春，张浚在湖南任职，张栻随父来到长沙，学术开明的张浚没有让自己的儿子只承袭家学，而是让他拜湖湘学派的创始人胡宏为师。胡宏之父胡安国乃北宋末期著名经学家，胡宏作为其少子，"卒传其父之学"。这位深居衡山的传道者对于张栻的"涕泣求见"颇有好感，在正式收他为徒后，对他格外器重，他曾在写给友人的信中对这位名相之后不吝其辞地说道："敬夫（张栻字）特访陋居，一见真如故交，言气契合，天下之英也。见其胸中甚正且大，日进不息，不可以浅局量也。河南之门，有人继起，幸甚！幸甚！"山风浩荡，云霭四合，一座衡山碧泉书院，就这样印刻下这对理学师徒的背影。当张栻在承继了父亲的蜀学之后，又以自己的勤学笃行尽得胡氏之学，从而成为继胡宏之后湖湘学派的领袖，我们看到，南宋理学的气脉之所以形成并得以延宕开来，领军者的转益多师、兼容并包，无疑是关键一环。

至此，我们可以将视线拉回到岳麓书院了。如果说岳麓书院的复建得益于湖南安抚使刘珙的行政高效，那么，岳麓书院的复兴则仰赖于理学大家张栻的治学方略。主持岳麓书院后，张栻并未固守胡氏父子的湖湘之学，而是在此基础上，博采众家之长，在编辑刊行胡宏著述的同时，又著书多部，对先儒学术加以诠释，诚如黄宗羲所言："南轩（张栻号）之学，得之五峰（胡宏号），论其所造大要，比五峰更纯粹，盖由其见处高，践履又实也。"在办学理念上,这位湖湘学派的继承者和开拓者,力主"明理居敬",倡导"学义、明理、修身、养性",认为教育不应只为"科举利禄"服务,而应"传道而济斯民",只传道而不济民便是虚妄之学,而只济民不传道又会无本无木,缺乏依托。在具体的授课过程中,这位敦厚的儒学大家十分注重对儒家经典的阐释学习,要求学生"日讲经书三起,日看纲目数页。通晓时务物理,参读古文诗赋",但他又不是让学生做一个只会寻章摘句的书呆子,而是真正做到学以致用。为此,他在为学生们讲授《孟子》《大学》的同时,亲自撰写了《孟子说》,以此为讲义,指导学生用儒家经典解决现实生活中的实际问题。更为难能可贵的是,在张栻主持的岳麓书院,学生是可以向老师提出质疑的,教与学常常是在一次次论辩中完成。在张栻《南轩集》中,我们看到的,正是一次次充满了知识含量的论辩现场,而正是这样轻松活跃的教学氛围,让教与学成了一种双向的流动,让看似僵硬的"道"变得更接地气,更为实用。"躬行于身,而观者化焉,凡动容周旋之间,无非教也。君子之善治其身,非为教人也,身修而教在其中,成己成物之道也。"从父亲张浚那里继承的仁义忠孝之风,被张栻于"动容周旋之间"潜移默化地传导给岳麓学子,而他强调的"世之兴废,生民之大本"的观念,更是融入岳麓学子经世济民、治国安邦的志向之中。千年以后,当人们走进岳麓书院,走进这片溢满书香之地,仍可以想象这样一幅画面:在清风竹影中,一位儒雅的学者面对着聚精会神的弟子们,轻摇羽扇,侃侃而谈,而他的弟子们在其经世致用的教学思想感召下,陆续从这座宁静的山中院落走出,走向传道济民的仕途,走向浴血杀敌的战场……

张栻能够让岳麓书院声名显赫,除了积极用世的办学思想,还有海纳百川不存门户之见的办学胸怀，因为正是他开放的胸襟，让一代理学宗师朱熹走进了这座"潇湘洙泗"。南宋乾道三年（1167），这位百科全书式的理学鸿儒应张栻之邀，不远千里专程从福建崇安来到潇湘大地，来到书声琅琅的岳麓书院。岳麓书院的千年历史，从此铭刻下这个特别的年份，因为就在这一年，朱熹和张栻"聚处同游岳麓""昼而燕坐，夜而栖宿"，在岳麓书院共处了两个多月。

> 熹此月八日抵长沙，今半月矣。荷敬夫爱予甚笃，相与讲明其所未闻，日有问学之益，至幸至幸。敬夫学问愈高，所见卓然，议论出人意表。近读其《语说》，不觉胸中洒然，诚可叹服。

这段文字，出自朱熹写给友人的信札，信中描述了自己初访岳麓时对张栻的深刻印象。事实上，岳麓之会并不是朱张二人的初识，他们的初识是在宋孝宗隆兴元年（1163），当时孝宗在临安召见张浚张栻父子，恰好朱熹也在临安等着召见，二人因此结交。到了隆兴二年（1164），张浚病故，张栻兄弟护送父亲灵柩回湖南衡山下葬，朱熹听闻，专程赶至豫章，到灵船上悼念张浚，并与张栻共处三日，二人的学术交流得以进一步加深。时间转到乾道三年（1167），此时的张栻35岁，朱熹38岁，一位已是湖湘学的泰斗，一位已是闽学的宗师，当他们携手走进清风峡口，一起登上赫曦台看旭日东升，一起品茗百泉轩，听溪水淙淙，流泉叮咚，这座山中书院，便更加厚重，更加丰盈起来。这两位年龄相仿学养相近的大师，在这次岳麓之会中，又会交流哪些更深层次的学术话题呢？

> 余早年从延平李先生学，受《中庸》之书，求喜怒哀乐未发之旨，未达，而先生没。余窃自悼其不敏，若穷人之无归。闻张钦夫得衡山胡氏学，则往从而问焉。钦夫告余以所闻，予亦未之省也，退而沉思，殆忘寝食。一日，喟然叹曰："人自婴儿以至老死，虽其语默动静之不同，然其大体莫非已发，特其未发者，为未尝发尔。"自此不复有疑，以为《中庸》之旨，果不外乎此矣。

这段文字，出自朱熹的《中和旧说序》，讲述了他和张栻就《中庸》之中已发未发问题的讨论。显然，这次岳麓之会让困惑朱熹的问题有了答案，而这只是二人论学的一部分。《朱子年谱》说，张、朱二人"往复而深相契者，太极之旨也"，钱穆《朱子新学案》则认为："朱子赴南岳前，于延平遗教仍未能坚定信守，而湖南一派持论则正与延平相反，故特往求教于南轩。"尽管关于张、朱二人在岳麓所论内容学界众说纷纭，但有一点却是毋庸置疑的，那就是二人都因此番岳麓之会相得益彰，在这座散发着书香的书院中，他们之间，没有学术派别的芥蒂与隔膜，有的只是双向的交流与包容。

更令人感动的，是张、朱二人在岳麓书院别开生面的开坛会讲。伴着山中的鸟鸣，这两位理学宗师面对慕名而来的学子，讲述奥渺精深的太极、心性、仁爱等诸多哲学命题，他们各自阐述着自己的观点，讲到兴处，甚至可以连续三昼夜不休息，而听讲的学生则可以根据二人的会讲，随意转换自己的阵营，站到自己支持的一方。这样开放的授课方式着实吸引了当时的众多学子，他们纷至沓来，生怕错过了岳麓山下的这场学术激辩，以至于出现了学者"座不能容""饮马池水立涸，舆止冠冕塞途"的盛况。一座绿树环绕的庭院，因为有了自由活跃的空气和严谨务实的学风，而成为万千学子争相朝拜的圣地，这不仅是岳麓书院之幸，更是中华文化之幸。

> 忆昔秋风里，寻盟湘水傍。
> 胜游朝挽袂，妙语夜连床。
> 别去多遗恨，归来识大方。
> 惟应微密处，犹欲细商量。
> ——朱熹《有怀南轩老兄呈伯崇择之二友二首（其一）》

天下没有不散的筵席，在岳麓书院驻留两个多月后，朱熹最终踏上了归程。"别去多遗恨，归来识大方。惟应微密处，犹欲细商量"，两个多月的相处，朱熹与张栻已成为心声互答的至交。他们一起看过岳麓书院的日落月升，一起聆听岳麓书院的啁啾鸟鸣，同时，也一起沉浸于岳麓书院的漫漫书香，一起走进岳麓书院的琅琅书声。两个多月的朝夕相处，让朱熹对张栻愈发敬佩，认为"钦夫见处，卓然不可及"，而张栻也受益颇多，认为深交朱熹之后，"只觉向来所讲之偏，惕然内惧，不敢不勉"。文人之间的友情就是这样，一盏茶、一杯酒、一首诗、一支曲都能成为拉近距离的纽带，但更重要的是心声的互答与精神的契合。正因如此，我们看到，当张栻于48岁英年早逝，浸润过岳麓之风的朱熹并没有让这座山中庭院断了文脉、荒了书声，绍熙四年（1193），赴任潭州的朱熹所做的第一件事，就是重新修复岳麓书院，"以穷日之力，治郡事甚劳，夜则与诸生讲论，随问而答，略无倦色"。此时的朱熹在政务与学术之间往来穿梭，乐而不疲，而我们看到的，则是作为"东南三贤"之"二贤"的张栻、朱熹在学术上的生命接力，是湖湘之学慢慢沁入的张朱传统，是岳麓书院亢然奏响的高山流水之声。

此后，作为历史上四大书院之一的岳麓书院虽然数次兴衰，却终得以赓续绵延、弦歌不绝，成为滋养国人心性的精神故园。尽管此间岳麓书院曾遭遇多次兵燹火劫，但浩荡的人文精神始终是这里不息的气脉。在婆娑的树影中，我们可以隔着历史的窗棂，看到思想家王夫之潜心著述的身影；在皎洁的月光下，一张平摊在太湖石上的《海国图志》大纲，让我们知道，魏源心中的那片海，其实发端于一片山中的院落；在曾国藩、左宗棠南征北战的军旅生涯中，我们能于萧森的铁器之外，嗅到一股来自书院的墨香。

在岳麓书院，有一眼清澈见底的泉水，名曰"文泉"。据说，清乾隆四十四年（1779）书院大修，在人们挖地基时，发现了这个泉眼，遂被人们命名为"文泉"，意为文思如泉。如今，240多年过去了，文泉依然在汩汩流淌，如果你到岳麓书院，喝上一口文泉水，相信会从清洌甘甜的泉水中，品出这座千年书院的悠悠韵味。

第三部分

东风夜放花千树

宋词里的滚滚红尘

风中的花蕊

当一个末世之君在丧钟声里颓然倒地，他所失去的不仅仅是王朝的疆域，还有后宫的娇娥。秦扫六合，掳掠而来的六国妃嫔充塞了整个阿房宫；唐兴隋亡，隋炀帝的三千粉黛很快便成为唐帝国的笼中鸟。其实，被囚禁的后宫佳丽就是王朝的宠物，换一个帝王，不过就是换了一个主人而已。然而，我们要提及的这位生活在五代十国时期的后宫丽人，却专情得令人唏嘘，她，便是后蜀皇帝孟昶之宠妃花蕊夫人。

历史上的花蕊夫人共有两位，一位是前蜀开国皇帝王建之妃徐氏，另一位就是后蜀皇帝孟昶之妃费氏，二者相比，费氏的名气要远远超过徐氏。"花不足以拟其色，蕊差堪状其容。"这位令花蕊失色的美人，生就一副粉面樱唇，玉骨冰肌，进宫不久，便被孟昶封为贵妃。

在短命的五代十国的诸多小朝廷中，孟昶统治的时间算是最长的。这位15岁即位在位31年的后蜀皇帝，即位之初还是有一些治世决心的，他曾亲自书写《官箴》："尔俸尔禄，民膏民脂，为人父母，罔不仁慈。特为尔戒，体朕深思。"在孟昶看来，整饬吏治直接关系到民生疾苦，至关重要，为此，他诏令将《官箴》下发到各郡县，并令刻石立碑于衙门大堂之上，以行朝乾夕惕之效。与此同时，他还下诏将《孝经》《论语》《尔雅》《尚书》等十部儒学经典立于石室太学，是为石刻十经，以利学子抄录。由于孟昶即位之初注重内治，这个身处巴蜀天府之国的小朝廷一度经济繁荣，文化鼎盛，《十国春秋》载："是时蜀中久安，斗米三钱，国都子弟不识菽麦之苗，金币充实，弦管诵歌，盈于间巷；合筵社会，昼夜相接。"

身处文化繁荣之中，孟昶的文学素养更是着实起到了重要的引领作用。史载，孟昶"性明敏，孝慈仁义，能文章，好博览，有诗才"，中国最早的春联据说就出自这位文人皇帝之手。据《蜀梼杌》记载："蜀未归宋前一年岁除日，昶令学士辛寅逊题桃符版于寝门，以其词非工，自命笔云：新年纳余庆，嘉节号长春。"孟昶写下的这副对联是中国有史记载的最早的春联。

孟昶工于词翰，花蕊夫人和他伉俪相得，她不仅艳压群芳，还写得一手好诗词，写景状物婉丽清秀，颇具辞采，存世的诗词有数十首。

"东宫降诞挺佳辰，少海星边拥瑞云。中尉传闻三日宴，翰林当撰洗儿文。"这是花蕊夫人笔下宫中新生婴儿的"洗三"风俗。

"斗草深宫玉槛前，春蒲如箭荇如钱。不知红药阑干曲，日暮何人落翠钿。"这是花蕊夫人在描绘宫中的斗草之乐。

"新秋女伴各相逢，罨画船飞别浦中。旋折荷花半歌舞，夕阳斜照满衣红。"这是花蕊夫人描摹宫中的赏荷之趣……

一位是儒雅风流的皇帝，一位是色艺双绝的贵妃，当后蜀的宫阙终日歌吹不断，文臣武将们都在说，这一对神仙眷侣已经完全沉浸在温柔乡里了。

在诗词唱和中缠绵，孟昶对这位知书达礼的美人更加恩宠。看到花蕊夫人最爱牡丹，孟昶便命人在成都城内遍植牡丹，并在宫中选育良种，兴建了一座姹紫嫣红的牡丹苑；为了让整个蜀都成为一座花海，他又派人将最好的木芙蓉栽出40余里，芙蓉花开，整个成都都灿若云霞，"望之皆如锦绣"；每到金秋时节，他都会携花蕊夫人畅游浣花溪，让沿江"都人士女"身着"珠翠绮罗"，装饰"名花异香"，作"倾城之游"，而他和花蕊夫人则坐在龙舟上，上下划行20余里，当百姓"望之如神仙之境"，他便对左右陶然笑道："曲江金殿锁千门，殆未及此。"而在绚烂的花海中徜徉，身处富贵优游的花蕊夫人，更是幸福地沉醉在浪漫的洪波之中。

　　冰肌玉骨，自清凉无汗。水殿风来暗香满。绣帘开、一点明月窥人，人未寝、欹枕钗横鬓乱。
　　起来携素手，庭户无声，时见疏星渡河汉。试问夜如何，夜已三更，金波淡、玉绳低转。但屈指、西风几时来，又不道、流年暗中偷换。

　　　　　　　　　　——苏轼《洞仙歌》

苏轼这首《洞仙歌》，在清丽淡雅的氛围中，为我们描绘出一位温婉端庄的女子形象。在这首词前，有一段小序是这样写的：

　　仆七岁时，见眉州老尼，姓朱，忘其名。年九十岁。自言尝随其师入蜀主孟昶宫中。一日大热，蜀主与花蕊夫人夜纳凉摩诃池上，作一词，朱具能记之。今四十年，朱已死久矣，人无知此词者，但记其首两句，暇日寻味，岂《洞仙歌令》乎？乃为足之云。

从这段文字，我们知道，这首《洞仙歌》原为后蜀皇帝孟昶在摩诃池上为花蕊夫人而作，后因原作不存，唯一能记诵的朱姓老尼也早已作古，诗文大家苏轼遂接首句"冰肌玉骨，自清凉无汗"，依《洞仙歌》词牌续写而成。《洞仙歌》又作《羽仙歌》，寓意"洞中之仙""羽化之仙"，歌咏对象也多为仙气缭绕，天女下凡。摩诃池源出梵语，意为"广大"。据唐人卢求《成都记》载："摩诃池在张仪子城内，隋蜀王秀取土筑广子城，因为池。有胡僧见之曰：'摩诃宫毗罗。'盖胡僧谓摩诃为大，宫毗罗为龙，谓此池广大有龙耳，因名摩诃池。"摩诃池自隋后不断引流扩建，到了后蜀皇帝孟昶在位时期，已由隋唐时的500亩扩展至1000亩。

"冰肌玉骨，自清凉无汗。水殿风来暗香满。绣帘开、一点明月窥人，人未寝、欹枕钗横鬓乱。"千年以后，我们在这首静美的宋词中徜徉，仍能想象出当年孟昶携花蕊夫人畅游摩诃池的情景：在碧波荡漾的水面，俊朗的皇帝和桃花一般的贵妃相偎在船头，两岸是柳丝花影，河的尽头便是沉香作栋、碧玉为户、冬暖夏凉的水晶行宫。"但屈指、西风几时来，又不道、流年暗中偷换。"这是一个颇似当年唐玄宗与杨贵妃的爱情故事，这个充满了文人气性的皇帝为花蕊夫人所做的一切，让花蕊夫人依稀觉得，"长相知"已经成为一个自己可以把握的梦境。"安排诸院接行廊，外槛周回十里强。青锦地衣红绣毯，尽铺龙脑郁金香。"当花蕊夫人幸福满满地将镂金刻玉的文字嵌入自己的诗行，她已沉醉其中，不愿醒来。

然而，"暗中偷换"的流年尚未催白花蕊夫人的青丝，便击碎了这个美人的玫瑰梦。终日与花蕊夫人盘桓于花前月下的孟昶，有着极高的情商，却不具备一个皇帝应有的政治智慧，尤其是他在执政后期的奢靡昏聩，更是让这个一度物阜民丰的蜀中之国朝着灭亡的深渊滑落。史载："（孟昶）常命一梭织成锦被，凡三幅帛，上镂二穴，名曰'鸳衾'。又以芙蓉花遍染缯为帐幔，名曰'芙蓉帐'。至溺器皆以七宝装之。"这位将自己的溺器都镶上了珠宝的后蜀皇帝，此时早已将即位之初诏令颁行全国的《官箴》抛之脑后，不仅吏治废弛，更使群小当道，当王昭远、伊审征等一群奸佞之徒内外为奸，把持朝政时，后蜀政权已经摇摇欲坠，岌岌可危。

然而，在天下清平、财富殷实中已经稳坐蜀中皇位30年的孟昶，早已麻痹了对纷乱的中原时刻警惕的神经，倚仗巴蜀山川的险隘，他天真地认为，无须增强武备，便可高枕无忧。然而，他想错了，当赵匡胤在发动陈桥兵变黄袍加身之后，按照丞相赵普为其制定的"先南后北""先弱后强"的统一战略，将马鞭指向了歌舞升平的后蜀。乾德三年（965），赵匡胤的军队向后蜀挺进，令这位马上皇帝没有想到的是这个富庶的蜀中之国竟如此不堪一击。尽管后蜀兵力是攻蜀宋军的三倍，但由于长期武备废弛，将士皆养尊处优，毫无战力，宋军兵临成都城下时，守城官兵已溃不成军，情急之下，孟昶大开府库，拿出帑银励士，又命太子孟玄喆统军守剑门，结果这个草包太子竟带了一大群宫娥、乐伎、优伶一道出征。这样一种毫无斗志的迎敌状态其结果可想而知，仅仅60余天，蜀都城头便挂起了降旗。

亡国之际，孟昶对左右说："吾父子以丰衣美食养士四十年，一旦遇敌，不能为我东向发一矢！"

"君王城上竖降旗，妾在深宫那得知！十四万人齐解甲，更无一个是男儿！"花蕊夫人多年后的这声质问，是一个柔弱女子对无能的后蜀君臣发出的一声断喝，更是对亡国后的处境的深深忧虑，当孟昶和花蕊夫人这对昔日的神仙眷侣凄凉地挥别曾给他们带来无限欢乐的蜀宫，被押赴宋都汴梁，他们听到身后杜鹃声声，每一声啼血的鸣叫，都在昭示着不祥。

> 初离蜀道心将碎，离恨绵绵，春日如年，马上时时闻杜鹃。
> ——花蕊夫人《采桑子》

这首仅存半阕的《采桑子》，据说是花蕊夫人在随行押赴汴梁途中经由川北葭萌关时，在驿馆的墙壁上匆匆写就。山高水深，蜀道艰难，迢迢归附之路让花蕊夫人无心打理自己的妆容，而曾经飞扬在摩诃池上的笑声，此时早已化为漫漫黄尘中的两行清泪。"长相知"的梦境戛然而止了，取而代之的，是无法预知的未来，想到这里，花蕊夫不禁悲从中来，在驿馆的墙壁上，写下内心的忧郁与彷徨。当然，宋军对这位和当年杨贵妃一样的"红颜祸水"没有一丝同情，他们粗暴地打断了这位悲伤丽人的痛苦歌吟，杜鹃之声在山谷间回荡，花蕊夫人和亡国之君的车驾继续艰难启动，徒留下两行尚未风干的墨痕。

"三千宫女皆花貌，妾最婵娟。此去朝天，只恐君王宠爱偏。"这半阕《采桑子》，为好事者接续花蕊夫人未竟之词而作。明代学者杨慎认为，下阕所表达的情绪完全无法对接上阕的情绪，在颠沛流离的北掳途中，忧心忡忡的花蕊夫人不可能有心思去想与三千娇娥争宠："续之者不惟虚空架桥，而词之鄙，亦狗尾续貂矣。"

孟昶死在到达汴梁后的第七天，《新五代史》记载："昶至京师，拜检校太师兼中书令，封秦国公，七日而卒，追封楚王。"关于孟昶之死，一直是个历史谜案，但从此后赵匡胤对花蕊夫人的百般示好看，这位亡国之君的结局便不言自明了。早在发兵征讨后蜀之前，赵匡胤就已经对倾国倾城秀外慧中的花蕊夫人垂涎三尺，一朝成为囊中之物，赵匡胤更是迫不及待地欲与她共度春宵。然而，令赵匡胤没有想到的是这位刚烈的巴蜀女子投给自己的却是一抹决绝的背影，她对赵匡胤说，夫君新丧，她必须一身缟素，免承雨露，并泪眼婆娑地央求赵匡胤让她护送孟昶的灵柩回蜀地。

对这位重情的女子，赵匡胤没有强求，他相信时间会冲淡一切，他给花蕊夫人安排了一座金碧辉煌的寝宫，相信这位国色天香的女人会回心转意。然而，他不会想到，在这座布满了金丝幔帐的寝宫，花蕊夫人却将孟昶的画像供在案头，终日拜祭，以泪洗面。一日，赵匡胤推门而入，但见香烟缭绕，便问花蕊夫人所供何人，情急之下，花蕊夫人便随口说这是张仙像，蜀地人认为虔诚供奉，可得子嗣，赵匡胤立时心中释然。然而，令花蕊夫人始料未及的是皇帝被打发走了，那幅"张仙像"却从此在后宫广为流传，为求得子嗣，妃嫔们纷纷效仿，毕恭毕敬地供奉起"张仙像"，很快，这股求子热潮便流入民间，成为民间历代传承的风俗。

> 世所传张仙像者，乃蜀王孟昶挟弹图也。初，花

> 蕊夫人入宋宫，念其故主，偶携此图，遂悬于壁，且祀之谨。一日，太祖幸而见之，致诘焉。夫人诡答之曰："此我蜀中张仙神也，祀之能令人有子。"非实有所谓张仙也。

花蕊夫人"假神祀昶"的故事，较早的出处，正是这段来自明中叶陆深的笔记《金台纪闻》，而这个故事早在北宋的巴蜀地区就已经广为流传，胡应麟在其《诗薮》中，曾言花蕊夫人"尝供事故主像，宋主问之，以张仙对，信慧黠女子也"，对花蕊夫人的快速反应评价很高。"假神祀昶"故事的最大"受益者"，似乎还是孟昶，这个生前纸醉金迷的后蜀皇帝永远不会想到，在他命归黄泉之后，会因为一个痴情的女人而成为善男信女们争相膜拜的神祇。

关于花蕊夫人命运的结局，世间流传多种说法：一说她郁郁寡欢，不久便患病而死；一说她以罪赐死；最令人嗟叹不已的当为"狩猎射死"一说。看到赵匡胤对这位"亡国祸水"意乱情迷，丞相赵普和皇弟赵光义都深感不祥，于是便特别安排了一次京郊秋狩，赵光义明明箭头指向的是一只惊慌失措的小鹿，然而最终落马的却是花容失色面白鬓散的花蕊夫人。在花蕊夫人手执穿胸而过的箭头倒地而死的一刻，这位可怜的丽人看到的是大惊失色的赵匡胤，是惊悚飞起的鸟儿，是浪一样翻滚的流云……

孤山不孤

以梅为妻，以鹤为子，隐遁山林的林逋隐得彻底，隐得透明。

这是西湖中的一座天然湖岛，作为葛岭的支脉，它东连白堤，西接西泠桥，孤立于湖中，故名孤山。孤山的高度只有30多米，这样的高度与名山实在无法相提并论，然而，山不在高，有仙则名，苏东坡、欧阳修、吴昌硕等文化名人都曾在此驻足，他们的诗文画作，给孤山渲染上了一层厚重的文化色彩，真正让孤山不孤，声名远播的却是林逋。

如同孤山在名山中的超然不显一样，生活在北宋初年的林逋有着与孤山一样的孤高气性，《宋史·隐逸传》评其曰："性恬淡好古，弗趋荣利。"早年的林逋与其说是一位清雅的文人，莫如说是一位行走四方的游侠，一个戎装佩剑的猛士。受祖父林克己的影响，林逋年轻时曾数次参加科举，结果均名落孙山。宋真宗即位后，因澶州之役令宋军士气大振，已在江淮间浪游多年的林逋似乎找到了人生的方向："几许摇鞭兴，淮天晚景中。

树林兼雨黑，草实着霜红。"透过这样的诗行，着青衫骑瘦马在散落的尘埃中捕捉灵感的林逋遽然生出投笔从戎的念头，像东汉的班超一样，他披挂戎装，一路经由芜湖、采石矶、寿县、舒城、无为、池阳、金陵等地，来到与澶州仅隔一条黄河的曹州。在那里，他拜谒了与林家有交往的曹州知州谢涛，寄望他能将自己送往抗辽的前线。然而，他很快就发现，在他人眼中，自己就是一个百无一用的书生，而此时的宋廷并没有扩大澶渊之役的战果，不仅签了屈辱的城下之盟，而且在此后不久，还将主战的宰相寇準罢免了，并以天书封禅的荒唐闹剧营造出繁荣的假象。这样的结果，显然跟林逋浴血沙场、马革裹尸的愿望相去甚远。"茂陵他日求遗稿，犹喜曾无封禅书"，这是林逋在临终时借用司马相如曾为汉武帝封禅写过谀辞一事，为自己不媚权贵不粉饰太平作出的人生总结，而这个人生总结的起点，正是在林逋刚过40岁的不惑之年。当人生的失意转换成襟怀的开阔，林逋最终选择在西湖中的孤山住了下来，且一住就是20年。"结庐西湖之孤山，二十年足不及城市。"20年间，林逋再也没有离开过西湖、离开过孤山，直至61岁病逝。

  20年的时间足够积淀起孤山的厚度。如果说40岁的林逋刚刚踏上孤山的时候，这里还只是一个草长莺飞杂花生树的孤岛，当20年的时间过去，这里已经成为充满文人气性的灵秀之地。结庐而居的林逋坐拥湖光山色，成为孤山朝夕相伴的守望者，而林逋对孤山的观照显然是一种积极的建设性的观照，正是由于他的到来，孤山才出现了满山盛开的梅花，从而成为西湖一道灿烂的风景。我们可以想象这样一幅画面：每当早晨第一缕阳光照到这座湖中小岛，粗布葛衣的林逋便荷锄出门，开始植梅了。在他的手中，一株株梅树迎风傲立，成为孤山的盛装。当朵朵梅花在万木萧瑟的季节吐蕊绽放,林逋便擎一坛清酒,徜徉花海,踏歌而行。这样的画面可能是所有文人的梦想,但真正能像林逋这样潇洒做到的,古往今来,又有几人?

> 众芳摇落独暄妍,占尽风情向小园。
> 疏影横斜水清浅,暗香浮动月黄昏。
> 霜禽欲下先偷眼,粉蝶如知合断魂。
> 幸有微吟可相狎,不须檀板共金尊。
> ——林逋《山园小梅》

林逋留存下来的咏梅诗共有八首,在宋时即被称为"孤山八梅"。在这八首咏梅诗中,有三联常被人津津乐道,一联为"雪后园林才半树,水边篱落忽横枝",一联为"湖水倒窥疏影动,屋檐斜入一枝低",还有一联就是《山园小梅》中这句脍炙人口的"疏影横斜水清浅,暗香浮动月黄昏"。尽管这副妙联改化自南唐江为的"竹影横斜水清浅,桂香浮动月黄昏",但不可否认的是,正是因为林逋将"竹影"改成了"疏影",将"桂香"改成了"暗香",才让孤山之梅跳脱出了此前文人笔下的所有梅花,和水与月的意象一起,共同融入了这位孤山隐士的精神世界。在这个精神世界里,我们看到的是淡泊闲逸、不问世事的林逋,是节义高蹈、独善其身的林逋,更是斋心冷月、孤立自得的林逋。当梅花作为道德人格的象征被林逋开启,这位苦练偶对执着于晚唐体的孤山隐士已找到了可以对应起自己精神向度的生命之花,这样的生命之花与湖光山色融为一体,更和超尘拔俗的心灵形成了最契合的观照。

由此,林逋的孤山之梅势必赢得世人的赞赏。欧阳修赞曰:

"前世咏梅者多矣，未有此句也。"辛弃疾则云："自有渊明方有菊，若无和靖即无梅。"最能说明问题的，是苏轼对林逋咏梅诗的承继。当我们吟诵起"孤山山下醉眠处，点缀裙腰纷不扫"，我们眼前的东坡居士，已走出了贬谪黄州的失意；当我们沉浸于"纷纷初疑月挂树，耿耿独与参横昏"的意境，我们完全可以看出这是一位文学大家向孤山隐士的致敬。尽管宋人周紫芝在其《竹坡诗话》中对苏轼此联评价甚高，认为"此语一出，和靖之气遂索然矣"，但人们更相信，林逋才是真正的爱梅之人，知梅之人，而只有当自己的生命与"雪中仙子"发生不可切分的联系，才会真正与梅心意相通。

冰清霜洁。昨夜梅花发。甚处玉龙三弄，声摇动、枝头月。

梦绝。金兽爇。晓寒兰烬灭。要卷珠帘清赏，且莫扫、阶前雪。

——林逋《霜天晓角》

必须承认，坐守孤山的林逋，绝非产量最高的咏梅者，但他在孤山梅林中留下的八诗一词，都是传世佳作，这首《霜天晓角》，同样延展了《山园小梅》的月色与梅香，铺陈开孤山的霜天与寒夜，而这，正是林逋让后世文人无可复制之处。王复礼在《御览孤山志》中云："和靖种梅三百六十余树，花既可观，实亦可售，每售梅实一树，以供一日之需。"360余株梅树对应着林逋在孤山上的春夏秋冬，这位以梅怡情的诗人同样也要以梅糊口，一株梅树的所得，就是自己一天的生活开销，梅花的清香飘满孤山，也渗透在诗人隐居生活的每一天，当一生未娶的林逋对友人说出要"以梅为妻"的时候,这样的痴情与忠贞一定出自他的心底。

  孤山不是终南山,终南山的密林之中,隐藏着一条可以堂皇入世的"终南捷径",而孤山没有,孤山只有漫山遍野的绚烂梅花。经营一座山需要的不仅仅是清朗闲适的心情,更需要淡泊宁静的定力,就在林逋遍植梅树的同时,他的白鹤也在以一种灵动之姿翱翔于湖光山色之间。据传,林逋的白鹤颇通人性,明代张岱《西湖梦寻》说:"(林逋)常畜双鹤,豢之樊中。逋每泛小艇,游湖中诸寺,有客来,童子开樊放鹤,纵入云霄,盘旋良久,逋必棹艇遄归,盖以鹤起为客至之验也。"尽管林逋隐居孤山,但文名早已飞出西湖,慕名造访的文人不乏欧阳修这样的大文豪,也有薛映、李及这样的小文人,然而不管是谁,林逋都会淡茶一杯,"清谈终日",而这时,他的白鹤既是召唤主人归来的信客,更是沟通文人心灵的使者。"鹤闲临水久,蜂懒采花疏""瘦鹤独随行药后,高僧相对试茶间",当这对绕水而飞的精灵飞进清新出尘的文字,它们就成了林逋最值得骄傲的孩子。袁宏道《孤山小记》说林逋是"孤山处士,妻梅子鹤,是世间第一种便宜人"。此言不虚,当"梅妻鹤子"构成一幅静谧的山水画,徜徉画中的林逋是如此惬意,又是如此享受。

    林中萧寂款吾庐,亹亹犹欣接绪余。
    去棹看当辨江树,离尊聊为摘园蔬。
    马卿才大常能赋,梅福官卑数上书。
    黼座垂精正求治,何时条对召公车。
          ——林逋《送范寺丞仲淹》

［宋］马麟《林和靖图》

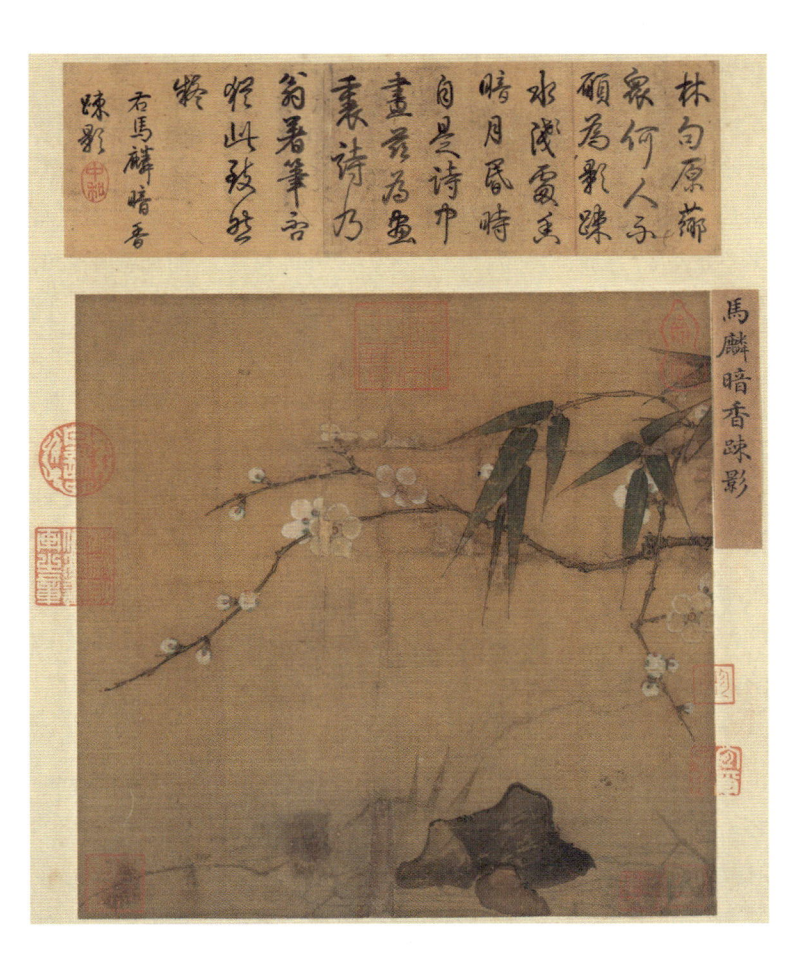

[宋]马麟《暗香疏影图》

在被鹤鸣唤来的访客之中，范仲淹无疑是一个重要的角色。尽管身隐孤山，林逋像柳宗元所说的，因僧人"不爱官，不争能，乐山水而嗜闲安者为多"而结交了大量方外之人，尤其是北宋的诗僧更是有30余位成为孤山常客，但这并不妨碍林逋对世象的敏锐洞察和对后辈的积极鼓励。晁补之曾说林逋"推挽后来，欲其闻达，则反复致志，如恐不及"。独居孤山的林逋其实已模糊了出世与入世的边界，与僧人们交往，他会吟出"青山日已远，香褫渐多尘"这样逸出尘外的诗句，而面对年轻的儒生，"其谈道"，则"孔孟也"，热心鼓励他们经世致用，闯出一片天地。

天圣六年（1028），还是大理寺丞兴化县令的范仲淹在白鹤的指引下，来到了孤山，这已是范仲淹第二次慕名拜访林逋。如果说天圣四年（1026）暮春的那次相遇让刚过而立之年的范仲淹对比自己大21岁的林逋心生敬意，那么此次前来，他更多的是想听一听这位忘年好友的意见。此时，身处卑位却心忧家国的范仲淹刚刚针对宋廷积贫积弱的政治局面写就了一道洋洋洒洒的《上执政书》，墨迹未干，他心中的第一个读者已经选定，不是朝中显贵，而是独守孤山的林逋！在范仲淹看来，隐居孤山的林逋不啻一位"山中宰相"。正是这位曾自言"世间事皆能之，惟不能担粪与着棋"的"山中宰相"，在范仲淹首次造访的时候，便展示了他过人的政治洞察力与判断力，让范仲淹心生敬仰。尽管林逋自己走出的是一条闲淡之路，但对年轻人，他更希望他们以积极的作为去实现自己的人生抱负。由此，我们便可以想见当范仲淹手握《上执政书》走进孤山时，林逋对这位忘年交的激赏与称叹。"马卿才大常能赋，梅福官卑数上书"，在看过范仲淹的《上执政书》后，林逋将眼前这样有着卓越政治才能的年轻后生比作司马相如，同时，也以汉成帝时一个叫梅福的卑微小官上书朝廷的故事鼓励范仲淹不要认为自己人微言轻，还是要积极表达自己的政治观点。

毫无疑问，这是一次愉快而又意义深远的"孤山对谈"。15年后，即庆历三年（1043）八月，当范仲淹升任参知政事，开启一场轰轰烈烈的庆历新政，这位心忧社稷的臣子一定会向孤山投去深情的一瞥，尽管岁月如梭，但他相信，那里永远住着一位孤山隐士，永远有一对白鹤在飞翔。

隐居孤山的林逋不仅吸引了众多的文人墨客，还吸引了当朝皇帝。大中祥符五年（1012），宋真宗听说林逋的诗词写得澄浃峭特，曾数邀其出山为官，但沉醉于"梅妻鹤子"诗境中的林逋根本不为利禄所动，没办法，宋真宗便"赐粟帛，诏长吏岁时劳问"。对此，时人颇为不解，可林逋却说："荣显，虚名也；供职，危事也；怎及两峰尊严而耸列，一湖澄碧而画中。"不仅如此，这位天天粗茶淡饭却自得其乐的画中人还在庐居旁侧，为自己建了一座坟墓，以此表白自己不求闻达仕途只愿老死孤山的心迹。

林逋淡泊名利的性格不仅体现在隐遁山林，还体现在为文之道。事实上，这位生活在画境中的文人应该有更多的作品存世，但他真正留给后世的诗词只有300多首，并且这些作品并不是他本人留存的。为什么呢？其原因还在于林逋飘逸不群的个性。据说他赋诗作词经常是随手写就，随手丢弃，从来不留，这种做法颇让友人不解，他们认为这些作品应该整理成集，传诸后世，林逋却说："吾方晦迹林壑，且不欲以诗名一时，况后世乎？"当好事者将他部分散佚的作品整理出300余首传世，我们真不知道，是应该感谢还是怪罪这些好事者，300首诗词固然为我们还原了一个闲云野鹤般的隐士，但这样一来，似乎又少了些许距离和神秘，隐士应当是在山岚中行走的歌者，若隐若现、若即若离最好。

据说，林逋去世之后，白鹤绕其墓悲鸣三天绝食而死，而孤山的梅花也为他二度盛开，而在《宋史》中，一句"仁宗嗟悼，赐谥和靖先生"的记载，则让我们看到林逋在宋人心中的地位。由此，经营孤山守望孤山20年的林逋，注定成为孤山永远的主人。据说率皇室宗亲南渡的赵构在定都临安后，曾在孤山大修皇家寺庙，为此勒令山上所有田宅墓坟一律迁出，却唯独保留下了林逋之墓。想来，这位偏安的皇帝也不想惊动在"梅妻鹤子"相伴下安然长眠的隐士吧。

融入红尘的修行

以融入红尘的方式礼佛悟道，在欲行禅，惠洪，是一个特殊的文人，更是一个另类的僧人。

有宋一代，佛教的播扬进入黄金期，据说到了宋真宗执政，为达到劝善禁恶的目的，他曾诏令全国设斋坛72所，普度僧尼，到天禧五年（1021），在祠部系籍的僧徒达397615人，尼61239人，寺院近4万所，成为两宋史上最壮观的佛教盛况。随着香火日隆，大批诗僧的出现成为丛林禅刹中一道特别的风景。在善男信女的膜拜中，在清风竹影的方外之地，这些诗僧用他们清隽的文字参悟着佛法，抒发着幽隐林泉的意趣。

和这些超然物外的诗僧相比，惠洪的出现显然是一个异类，迥异于诗僧们的修身苦行。惠洪的作诗为文用的一直都是凡夫俗性，他的创作土壤则是喧嚣的红尘。本为出世之人、尽作入世之诗，这种悖逆之态，直接导致了惠洪波折多舛的生命轨迹。

惠洪14岁父母双亡，出家入三峰山宝云寺，两年后剃度受戒，皈依佛门。元祐四年（1089），惠洪在汴梁天王寺试经合格，遂假借在籍僧人"惠洪"之名受牒，跟随宣秘法师宣讲《成唯识论》，此间，博涉经、论、子、史、佛，一时间，以诗文名重京华。然而很快，惠洪便遭遇到了生命之劫，就在他与达官显贵们以诗文交酬应和正酣之时，被一妒僧告发伪造度牒，不久便身陷囹圄。一年后，被削籍还俗的惠洪找到了与其私交甚笃的当朝显宦张商英、郭天信二人，经二人特奏，惠洪再次剃度为僧，法号惠洪，着紫衣袈裟，并被赐予"宝觉圆明"的师号。然而，命运好像有意要捉弄这位僧人，政和元年（1111），党争日趋激烈，张商英、郭天信二人同遭贬谪，而本是方外之人的惠洪由于与二人交往甚密，遂被下开封狱，继而被再度削籍，流放海南。按理说，蛮荒之地的流放生活已经够磨砺身心了，但惠洪的红尘劫数却并未停止，就在刚刚结束海南三载流放生活的当年，他又因太原一案牵扯入狱五个月。四年后，也就是政和八年（1118），惠洪又被一道士诬告，说他是张怀素"乱党犯上"案同谋，再度招致牢狱之灾，直到靖康元年（1126）宋钦宗继位，张商英、郭天信二人再度出山，惠洪上书刑部才恢复僧籍。此后，这位经历数度磨难的僧人便云游四方，直到两年后，在58岁时圆寂。

　　四次下狱，两次削籍，两次复牒，惠洪给我们呈现的是支离破碎的人生，为此，我们不禁要问，一个名重京华的尘外之人，为什么不能拥有一份佛门的清净？一个本应以木鱼黄卷为伴的僧人，为什么招致那么多红尘之劫？其实，答案就在于惠洪恃才不羁的性格本身。蔑视佛门清规，在僧籍制度相当完备的宋代，胆敢盗用编籍僧人的度牒，让他吃尽苦头；频繁走出山门，广结同道知音，使其身不由己地陷入党争的泥淖；本是方外之人，自当勿谈国事，而他却一生都在"好论古今乱治成败是非"，从来都是口无遮拦。站在出世与入世的临界点上，注定了惠洪的佛门修行无法清净。

然而，正因如此，惠洪丰富敏感的才情才成为宋代诗僧中一个显著特征。宋人郑獬在《郧溪集》中曾指出僧诗通弊："浮屠师之善于诗，自唐以来，其遗篇传于世者，班班可见。缚于其法，不能闳肆而演漾，故多幽独、衰病、枯槁之辞。"元人元好问曾说诗僧之诗充满了清寂的"蔬笋气"，而清人叶矫然在《龙性堂诗话初集》中，更是不客气地指出诗僧之诗意象清素简单，气象单调狭窄："沙门称诗者，率工今体，大概不外江山、月露、草木、虫鱼及禅偈语录字句而已。宋九僧诗最知名，伎俩亦不过此。"然而，纵览惠洪的存世之作，我们却发现，他的诗里充满了炫目的人间烟火，绝无寒俭之态。"事事无碍，如意自在。手把猪头，口诵净戒。趁出淫坊，未还酒债。十字街头，解开布袋。"早在唐代，华严宗四祖澄观就曾提出"四法界说"，"一事法界，二理法界，三理事无碍法界，四事事无碍法界"，将"事事无碍"视为华严最高法界。到了北宋时期，随着真净克文三首以"事事无碍，如意自在"开头的禅偈深入其禅子惠洪的内心，这位本来就率性不羁的僧人更是将世俗人生与禅学智慧相贯通，以融入红尘的方式开始自己的修行。"每欲一醉竟未尝，今朝杯翠如桄榔。须臾耳热仰天笑，气吞万里驹方骧。"当惠洪的诗歌中不闻古刹钟声，不见幽谷林泉，满眼都是冲天的酒气与喧嚣，这位北宋诗僧眼中的"事事无碍"，已经被其放大到了不舍声色，而证真空，"如风行空，无所妨碍"的境界。

由此，我们看到的惠洪，注定是一个特立独行的僧人。虽然身披袈裟，但他的骨子里却是士大夫；虽然身居空山，但他却不离对时政的臧否。正因如此，在惠洪早年的诗词中，我们似乎看不到他作为僧人的那份自觉：

> 小槽横捧梳妆薄，绿罗绾带仍斜搭。
> 十指纤纤葱乍剥，紫燕飞翻初弄拨。
> 梨园曲调皆品匝，敛容却复停时霎。
> 日烘花底光似泼，娇莺得暖歌唇滑。
> ……

从这首诗中，我们仿佛看到了一个沉风醉月、宴乐优游的士大夫形象，谁能想到它会出自一位本应口唱南无托钵而行的和尚之手？而品读"秦郎毛骨玉壶秋，望见令人忘百忧。便觉宗之未潇洒，肯容如晦独风流"这样的诗句，我们完全可以感受到，惠洪在赞美一位秦姓友人风神俊朗的同时，更多的是自己对红香粉腻的向往，对放浪不羁的追求。这种对红尘的深度融入，惠洪从剃度之初就一直如此：23岁，他用"想见醉围红粉处，雪笺佳句挽银钩"，构筑起自己对佳人的想象；29岁，他站在西湖边，以一句"先生诗妙真如画，为作春寒出浴图"，对应着苏东坡那句著名的"欲把西湖比西子，淡妆浓抹总相宜"，让朋友勃然大怒；而在32岁时，我们从"何当峰顶结茅庐，要看掀髯呵佛祖"中，看到了一个出家人呵佛骂祖的叛逆与张狂。

作为这种叛逆与张狂的直接结果，当然是栽跟头吃苦头。看到惠洪高调地出入于酒肆茶楼，酒肉穿肠，高谈阔论，丝毫不顾忌自己的僧人身份，那些专心吃斋念佛的僧人看不下去了，直接把惠洪当年伪造度牒之事扒了出来，结果换来的是他长达一年的牢狱之灾；而当本该清心礼佛的惠洪竟然能和宰相张商英、定武军节度使郭天信这些当朝显宦适意纵怀，称兄道弟，被皇帝又是赐紫袈裟，又是赐师号，朝中权贵人人欲为其弟子，这个行走于官场与道场之间的僧人，又将不可避免地卷入一般僧人绝无可能卷入的党争旋涡。政和元年（1111）十月，当惠洪被脊杖二十，发配海南，追求"事事无碍"的他，已经必须面对天涯海角的巨浪与烟瘴。

    一段文章种性。更谪仙风韵。画戟丛中，清香凝宴寝。
    落日清寒勒花信。愁似海、洗光词锦。后夜归舟，云涛喧醉枕。

——惠洪《清商怨》

  惠洪的这首《清商怨》，作于政和二年（1112），也就是他流寓海南的第二年。一句"后夜归舟，云涛喧醉枕"，让我们看到这个通过与清规戒律截然相悖而入世的僧人依旧保持着他的自由与超脱。事实上，被流逐海南的惠洪在来到这片瘴乡远地之前，已经有了一个励志的榜样，那就是苏轼。几乎将生命的最后岁月留在海南这座巨大政治监狱的苏轼，没有抱怨命运的不公，也没有面对海南的瘴疠之气长吁短叹，而是以自己的达观与豪放，将椰风海韵诉诸笔端，以自己渊博的知识去开启民智。正是因为有这样的榜样在前，惠洪自踏上海南的那一刻起，就在以"补东坡遗"的方式对苏轼进行心灵的观照。

  "夜半飓风携屋去，朝来瘴雾放天回。会须横笛骑云背，笑响从教落九垓。"来到琼州，面对自己的房屋半夜被飓风刮走，他反倒心游万仞，笑冲九霄。

  "琼山有月光相射，玉海无风浪自翻。戏下应传获罗什，秃头争看戴华轩。"得到琼州知州张子修的礼遇,他找到了一个僧人的自尊……

当然,与"苏门学士"黄庭坚私交甚笃的惠洪虽未拜于苏门,却在自觉师法苏轼。他不仅称颂"苏东坡得渊明之遗意",而且也在身体力行地体悟着苏轼的生命意趣:"东坡铛内相容摄,乞与馋禅掉舌寻",蛰居琼州"思远庵","东坡羹"就是惠洪在艰苦生活里的舌尖至味;"苍藓色侵盘马地,稻花香入放衙楼",路经陵水,惠洪通过对静谧的乡村小景的描摹,为"东坡补遗";而到了崖州,当他吃到新鲜的荔枝,一句"天公见我流涎甚,遣向崖州吃荔枝",更是和"日啖荔枝三百颗,不辞长作岭南人"的东坡居士形成了跨越时空的精神呼应……

> 凝祥宴罢闻歌吹。画毂走,香尘起。冠压花枝驰万骑。马行灯闹,凤楼帘卷,陆海鳌山对。
> 当年曾看天颜醉。御杯举,欢声沸。时节虽同悲乐异。海风吹梦,岭猿啼月,一枕思归泪。
> ——惠洪《青玉案》

当然,身处海南这片水云之地,惠洪不仅以追寻东坡的方式放达心境,更以深度融入红尘的方式面对瘴烟海雾。"青玉案"这个词牌,自从被贺铸的"一川烟草,满城风絮,梅子黄时雨"带火之后,宋金词人步其韵唱和效仿者甚多,惠洪的这首《青玉案》,可以说既是对"贺梅子"的致敬,又是自己身处红尘的"在欲行禅"。当然,对惠洪的这首《青玉案》,道学家们颇不以为然,胡仔在《苕溪渔隐丛话》中就直接拿他的"海风吹梦,岭猿啼月,一枕思归泪"和《上元宿百丈》中"十分春瘦缘何事，一掬归心未到家"相提并论，苛刻地批道："忘情绝爱，此瞿昙氏之所训。惠洪身为衲子，词句有'一枕思归泪'及'十分春瘦'之语，岂所当然！又自载之诗话，矜炫其言，何无识之甚邪！"王安石之女读到"十分春瘦缘何事，一掬归心未到家"，更是讥讽惠洪为"浪子和尚"。惠洪对色欲的张扬无忌显然是不需看人脸色的。流寓海南期间，他曾于琼州开元寺俨师院作《日用偈》八首，其三就曾毫不避讳地写出"道人何故，淫坊酒肆，我自调心，非干汝事"；政和三年（1113），在得知自己蒙恩释放后，惠洪兴奋之余，更是以"兰丛聚贵客，花轮环侍儿"直言自己的狎妓之事。显然，这位"身本缁徒，好为绮语"的诗僧，无论是流寓海南也好，后来盘桓于湖南、江西一带也罢，惠洪始终是一个沉醉风月的僧人，不仅出入烟花柳巷，甚至在筠州期间还曾纳室同居。

毋庸置疑，惠洪已经严重背离了佛门戒条，可是，正缘于这种个性的极度舒张和对诗文道统的彻底反动，让惠洪成了两宋时期游走于佛门净土与喧嚣红尘的特殊衲子。他在在遭人唾骂的同时，也得到了相当多的认同，其好友张商英盛赞他为"天下之英物，圣宋之异人"；到了清代，惠洪更是被许多人推为"宋僧之冠"。

然而，尽管惠洪经常走出佛门，游荡市井，又因此几度罹祸，却并不妨碍他一心向佛。从他的两次被削籍又两次复牒的经历，我们可以看出，惠洪的精神栖居之地仍然是丛林禅刹。

　　　　城里久偷闲。尘浣云衫。此身已是再眠蚕。隔岸
　　　有山归去好，万壑千岩。
　　　　霜晓更凭阑。减尽晴岚。微云生处是茅庵。试问

此生谁作伴，弥勒同龛。

——惠洪《浪淘沙》

惠洪的这首《浪淘沙》，反映的正是他担荷佛法、卫教护宗的心境。梳理这位"浪子和尚"的人生，我们可以看到两条交错并行又互不相扰的轨迹：在一条线上，他狂浪放纵，俨然红尘中人；而在另一条线上，他又勤学笃行，一片斋心冷月，为后世留下了大量的"文字禅"著述。在海南，被剥夺僧籍的惠洪本可不以僧人"自缚"，但他却以自己寓居的开元寺"俨师院"的"俨师"二字指称自己的衲子身份，北归之后，他更是将流寓海南的遭遇作为自己精研佛法自觉回归的动力。"新诗满箧江南去，又作丛林盛事传"，当经他注释的《法华经合论》《楞严经合论》《智证传》《临济宗旨》成为佛学要义，当他创作的《林间录》《石门文字禅》《天厨禁脔》《冷斋夜话》成为颇具见地的参禅心得，我们真的很难想象，这样一位游荡市井，蔑视清规的僧人，会给中国佛教史留下如此之多如此有价值的佛学经典。在走出"软红香雾"之后，在升腾的烟霭之中，"出九死而仅生，垂二十年重削发，无一辞叛佛而改图"的惠洪，其实，一直都是一个扬禅布道光辅丛林的禅师。

据说，惠洪在流寓海南时，始用"甘露灭"作为自己的别号，北归后，依然以其为斋名。在《冷斋夜话》中，惠洪对"甘露灭"的解释是："世尊以大方便晓诸众生，令知根本而妙意不可以言尽，故言甘露灭。灭者，寂灭；甘露，不死之药。如寂灭之体而不死者也。"纵观惠洪的一生，这位红尘衲子的"甘露灭"很有意味，在跳跃的生命之火中，他用张扬放旷的方式完成了人生的涅槃。

樊楼一粒沙

纵观中国历史上的青楼女子，名声最为煊赫的当首推北宋徽宗时期的李师师。身为名满京城汴梁的花魁，人们津津乐道于李师师的美貌，更将其散播坊间的野史逸闻当作茶余饭后的谈资。但有一点人们好像不经意地忽视了：在这位命运多舛的弱女子身上，"工具"这个词更像一个刺眼的胎记，贯穿了李师师短暂的一生。

据说，李师师本是汴梁东二厢永庆坊染局匠王寅之女，尚在襁褓中时，母亲便去世了，及至四岁，父亲王寅又坐事狱中而死。李师师于是被经营妓馆的李姥收养，改姓李，没入娼籍，开始她沦落风尘的命运。在飘荡于青楼的淫声浪语中，在京城汴梁浮华躁动的空气中，李师师渐渐出落成一位端庄秀丽的美人，当她手抚琴弦，轻移莲步，穿行于汴梁最热闹的烟花巷陌樊楼，她已经开始掌握歌妓的必修课。很快，李师师的琴棋书画便高出众人一等，而她楚楚可人的逸韵幽姿更是令京城的公子王孙和文人雅士们倾倒。身处勾栏之中，李师师自然无法掌握自己的命运，在她成为汴梁城中耀眼夺目的花魁的同时，收养她的李姥已经把她看成一棵摇钱树。

如果李师师仅仅如此，那也不过是一个沉寂于坊间的歌妓，真正让她名声大噪的，是当朝皇帝宋徽宗赵佶与她的一段缠绻情事。生性轻浮好色的宋徽宗赵佶尽管广有四海，拥有后宫"三千粉黛，八百烟娇"，却仍不觉惬意。一日，这位喜欢玩弄金石书画的艺术家皇帝百无聊赖，在团扇上写下了"选饭朝来不喜餐，御厨空费八珍盘"这两句诗，接下来却无法续出下文。站在旁边的一位太学生颇能揣度上意，沉思片刻，便续了句"人间有味俱尝遍，只许江梅一点酸"。遍尝了珍馐百味，当朝的一班佞臣如高俅、杨戬等人便极力怂恿宋徽宗微服出宫，让他见识一下民间的"江梅一点酸"，这"一点酸"是谁呢？正是当时已名动京城的樊楼名妓李师师。

由此，李师师便成为中国历史上唯一一位被皇帝临幸的妓女，而赵佶也成为唯一一位走出深宫踏进勾栏的皇帝。在诸多野史逸闻中，宋徽宗赵佶是以富商赵乙的身份微服出现在樊楼的。起初，心高气傲的李师师对这位一掷千金的"土豪"不屑一顾，直到"赵乙"端出了宫中珍藏多年的"蛇跗琴"，才打动李师师的芳心，"不施脂粉，衣绢素，无艳服""如出水芙蓉"般姗姗而至，让想感受"江梅一点酸"的大宋当朝皇帝得以一睹芳容。李师师肤若凝脂、眉目含情，加上微服狎妓的新鲜刺激，令宋徽宗彻底将后宫粉黛抛之脑后。当他与这位京师名妓有过一夜缠绵，当李师师的纤纤玉手拨响桐筝，宋徽宗已经皮酥骨软，亢奋不已。据野史记载，为了能和风华绝代的李师师夜夜厮守，同时又不暴露自己的皇帝身份，宋徽宗让人挖了一条地道，这条地道由宫中的艮岳一直通到了李师师所在的樊楼，"于此处为潜道，帝驾往还殊便"。当这句对于封建帝王而言极为特殊的表述出现在宋人所著的《李师师外传》之中，我们看到的，是"更思微行，为狎邪游"的宋徽宗急不可耐的神情，而李师师则无从选择，穿行于樊楼与宫廷之间，这位卖笑于风月场中的丽人已成为皇帝专属的泄欲工具。

由于与当朝皇帝有了这样一层暧昧关系，李师师的青楼居所自然成为一条特别的政治通道。携着众多好汉啸聚梁山的宋江，在与官兵一次次火拼的同时，也在不断积累着他被朝廷招安的资本。当上元灯节整座汴梁城一片灯火璀璨，认为时机成熟的宋江遣燕青一行人突然光顾李师师的香闺，托其代达圣听，表达梁山兄弟对朝廷的忠诚。这个插曲一直为诸多野史演绎，宋末元初童瓮天的《瓮天脞语》载有"山东巨寇宋江，将图归顺，潜入东京访李师师"的句子，《水浒传》更是将其作为一个饱蘸笔墨的章回。在第八十一回中，我们看到的，是一个被英俊倜傥的燕青点燃爱情之火的李师师，而以宋江为首的一众梁山好汉也正是利用了李师师的痴情，在三败高俅有了足够的政治筹码之后，派燕青前往汴梁，去打通李师师的"枕上关节"。李师师果然不遗余力地出手襄助，在宋徽宗面前大吹"枕边风"，使宋徽宗得以了解朝廷两次招安而不得的原因是奸佞作祟，从而为梁山好汉的招安彻底扫除了障碍。

宋人张邦基《汴都平康记》说李师师"慷慨飞扬，有丈夫气，以侠名倾一时，号飞将军。每客退，焚香啜茗，萧然自如，人靡得而窥之也"。《水浒传》的作者施耐庵不知在创作之初是否知道温婉多情的李师师在宋人的笔下还有一个"飞将军"的名号，但她几近于侠的性格，却被施耐庵巧妙地嵌入自己的鸿篇巨制之中。尽管李师师在《水浒传》中的出场仅有三次，但恰恰是这三次出场，让我们既看到了一个侠妓的形象，又看到了一个政治工具的形象，谁会想到，在梁山好汉与皇帝之间，会有一个孱弱的青楼女子搭起一座桥梁。

当然，李师师的青楼卖笑生涯中也不乏诗意相通的知音。在宋代这个中国封建文人的"黄金时代"，擅弄辞章的文人大都与妓女有着千丝万缕的联系，他们用华丽的辞藻和细致的体察，将与他们有过肌肤之亲的青楼女子描绘得秀色可餐，媚态如春。身处这样的社会氛围中，作为东京汴梁名妓的李师师自然少不了与文人士子们的接触，他们用生花的妙笔记录下了这位北宋丽人的绰约风姿，同时，也将喷薄的欲望倾泻进了剪红刻翠的文字里。

> 少年使酒走京华，纵步曾游小小家。
> 看舞霓裳羽衣曲，听歌玉树后庭花。
> 门侵杨柳垂珠箔，窗对樱桃卷碧纱。
> 坐客半惊随逝水，主人星散落天涯。
>
> 春风踏月过章华，青鸟双邀阿母家。
> 系马柳低当户叶，迎人桃出隔墙花。
> 鬟深钗暖云侵脸，臂薄衫寒玉映纱。
> 莫作一生惆怅事，邻州不在海西涯。
> ——晁冲之《都下追感往昔因成二首》

这两首诗的作者是北宋江西派诗人晁冲之。出身北宋名门世家，晁冲之与堂兄晁补之、晁说之、晁咏之都颇具文名。

绍圣初，党争剧烈，因族中多人遭谪贬放逐，晁冲之为避祸，便在距离汴梁不远的具茨山一带隐居，自号具茨，待十余年后再回汴梁，追忆往昔，遂作了这两首诗。诗中首句"少年使酒走京华，纵步曾游小小家"，正是以南齐时钱塘名妓苏小小代指京师名妓李师师。晁冲之在汴梁时，曾与李师师有过交往，正因如此，"看舞霓裳羽衣曲，听歌玉树后庭花"，才勾起晁冲之对能歌善舞的李师师的美好回忆。事实上，尽管晁冲之重返京师已是十年之后，但李师师已"声名溢于中国，李生者门第尤峻"，当然，此时的李师师已为徽宗所幸，一般人已很难染指，"莫作一生惆怅事，邻州不在海西涯"，对于沉浸于往昔岁月的晁冲之而言，只能是徒增感伤而已。

在众多的文人骚客中，最让李师师倾心仰慕的才子还是周邦彦。周邦彦不仅玉树临风，博涉百家，更能按谱制曲，所填词句，意韵清雅，深得李师师爱慕。据野史记载，一日宋徽宗有恙，周邦彦趁空密会李师师，然而就在二人耳鬓厮磨时，外面忽报圣驾莅临。一时间，周邦彦慌不择路，遂藏于李师师床下。宋徽宗到后，便迫不及待与李师师恣情调笑，并将一个刚刚由江南快马送来的鲜橙送给李师师。宋徽宗走后，周邦彦从床下爬出来，拍拍身上的尘土，一首新词便脱口而出：

　　并刀如水，吴盐胜雪，纤手破新橙。锦幄初温，兽烟不断，相对坐调笙。
　　低声问、向谁行宿，城上已三更。马滑霜浓，不如休去，直是少人行。

——周邦彦《少年游》

这首《少年游》，将一个皇帝狎妓的细节准确生动地白描出来。不久，宋徽宗再会李师师，李师师不经意间将这首词唱了出来，顿时惹得宋徽宗龙颜大怒，很快便将周邦彦削职为民，逐出京城。因一首放浪之词而丢了官职，着实让周邦彦郁闷不已，离京之前，这个当朝皇帝的"情敌"来到樊楼与李师师依依惜别，李师师也不胜感伤，一个无语弄弦，一个轻启朱唇，弦歌起处，正是周邦彦著名的长调《兰陵王》。

> 柳阴直，烟里丝丝弄碧。隋堤上，曾见几番，拂水飘绵送行色。登临望故国，谁识、京华倦客。长亭路，年去岁来，应折柔条过千尺。
>
> 闲寻旧踪迹，又酒趁哀弦，灯照离席，梨花榆火催寒食。愁一箭风快，半篙波暖，回头迢递便数驿，望人在天北。
>
> 凄恻。恨堆积。渐别浦萦回，津堠岑寂，斜阳冉冉春无极。念月榭携手，露桥闻笛。沉思前事，似梦里、泪暗滴。
>
> ——周邦彦《兰陵王》

周邦彦不会想到，这首伤心之作，后来会在中国词史上占据一席之地，《樵隐笔录》云："绍兴初，都下盛行周清真咏柳《兰陵王慢》，西楼南瓦皆歌之，谓之《渭城三叠》。"直接将此词与王维的《阳关三叠》相媲美。更让周邦彦不曾想到的，是自己仕途的峰回路转。就在他外放不久，经李师师再三求情，周邦彦终于被召回京。一个风尘歌妓，为了心仪的才子不惜触怒龙颜，可见其情真意切。而在狎妓成风的宋代，那些以狎妓为乐事的文人雅士又有多少人对青楼卖笑的歌妓投注过真正的情感？

很快，宋徽宗便不满足于天天走地道密会李师师了，将她召入宫中，册为明妃，希望与这位风华绝代的丽人日夜厮守。然而，由凡尘走进宫闱的李师师注定无法改变卑贱的命运。入宫不久，来势汹汹的金兵便进逼汴梁，徽宗被迫禅位给他的儿子钦宗，李师师被废为庶人，逐出宫门。《李师师外传》载，金兵攻破汴梁后，金主久闻李师师芳名，却苦寻不得，奸臣张邦昌为示好金主，遂派兵满城搜索，终将李师师捆缚至金营。金主见之，惊为天人，欲行污辱，李师师誓死不从，面对张邦昌对金人的谄媚嘴脸，她厉声骂道："吾以贱妓，蒙皇帝眷，宁一死无他志。若辈高爵厚禄，朝廷何负于汝，乃事事为斩灭宗社计？今又北面事丑虏，冀得一当，为呈身之地。吾岂作若辈羔雁贽耶？""乃脱金簪自刺其喉，不死；折而吞之，乃死。"

事实上，关于这位乱世佳人的下落，世间还流传有多种版本，有人说她并没有自杀身死，而是出家为尼，与青灯黄卷为伴；也有人说她被迫嫁给一个病残的金兵，最后不知所终；还有一种说法是李师师因金兵南下而被迫南渡，飘零于湖湘之间，成了一个无枝可栖的歌者。"辇毂繁华事可伤，师师垂老过湖湘。缕衣檀板无颜色，一曲当时动帝王。"当南宋文人刘子翚在其20首《汴京纪事》中，用无限苍凉的笔触为李师师独作一首，我们看到的，是见证了繁华的樊楼丽人步履蹒跚的垂老之躯，更有一位南渡文人发出的黍离之悲。对于湮没在历史风云中的李师师而言，不管结局究竟是哪一个版本，这个柔弱可怜的青楼女子更像是风中的一粒沙，根本无法决定自己的命运，"工具"，永远是李师师难以挣脱的宿命。

据传，李师师三岁时，其父曾将她寄名佛寺，老僧为她摸顶时，她突然大哭不止，这位老僧认为她很有佛缘，因为佛门弟子俗呼为师，故给她起名为"师师"。然而，这个与佛门有缘的女子，一生都飘荡于滚滚红尘之中，真正的澄澈与清净，对她而言，永远是个无法企及的梦。

以劫富济贫的方式叩谢皇恩

中国封建社会的农民起义,大都脱不了被剿杀、被利用、被招安的结局。

"官逼民反",是农民起义的诱因。沉重的赋税,严酷的统治,民不聊生饿殍遍野的生存处境,逼迫农民揭竿而起。从秦末农民起义到近代的太平天国运动、义和团运动,这些轰轰烈烈的农民运动都曾经搅动过历史的风云,给封建统治者以重创。然而,遗憾的是,曾经的摧城拔寨,曾经的攻势如虹,最终都以惨烈的失败告终,化成沉重的叹息。在历史长河中徜徉,我们可以看到:陈胜吴广起义成为秦王朝的梦魇,但真正坐拥天下的却是心机深厚的刘邦;叱咤风云的张角掀起黄巾起义的狂飙,但随之而来的却是诸侯割据的乱世;隋末李密的瓦岗军曾以潮水般的兵锋淹没了隋炀帝的奢靡时代,但开创新时代的却是来自太原的李渊父子;"冲天香阵透长安,满城尽带黄金甲"的唐末农民起义领袖黄巢,用鲜血染红了金色的铠甲,然而,真正开启大宋王朝的却是赵匡胤……沿着中国封建史的时间走廊前行，我们可以清晰地发现，这些曾经打下鲜明刻度的农民起义，最终要么被封建统治阶级悉数镇压，要么就是被一些趁乱起兵的地主阶层利用，真正像朱元璋那样成为"布衣天子"的义军领袖实在是凤毛麟角。

为什么会呈现出这样的结局呢？事实上，仔细盘点一下类似"等贵贱，均贫富"这样的"起义纲领"，我们不难看出，在中国封建史的几个时间节点呼啸而出的农民起义，大都打出的是"只反贪官，不反皇帝"的旗帜，而在"忠"与"义"间的摇摆和农民阶层自身认识的局限，最终令起义的战果化为乌有。

在这里，我们要说的是招安这种让农民起义偃旗息鼓的特殊方式。面对骁勇的义军，封建政权除了扼杀围剿，招安这种怀柔政策也是他们频繁使用的伎俩。事实证明，招安对许多农民起义都是奏效的，背负着忠义之名的义军弟兄们，在攻城略地中可能会一路势如破竹，但一纸朝廷的诰封，却能立即止住他们的脚步，而此前的煌煌战绩，也随之成为义军弟兄们加官晋爵的筹码。

说到招安，不能不提到宋江。随着《水浒传》的广泛流传，这位率领一百零七条好汉啸聚梁山的义军首领已成为"招安"这个名词最典型的代表。金圣叹说："此书写一百七人，都有一百七人行径心地，然曾未有如宋江之权诈不定者也。其结识天下好汉也，初无青天之旷荡，明月之皎洁，春雨之太和，夏霆之径直，惟一银子而已。"进而说宋江"全劣无好"，虽不无偏颇，却是一家之言。比金圣叹稍早的容与堂本《忠义水浒传》序云："水浒之众，皆大力大贤有忠有义之人可也，然未有忠义如宋公明者也。"可以说，自《水浒传》问世以来，人们对宋江形象一直都是众说纷纭，而聚讼的焦点正是两个字：招安。

在《水浒传》中，我们看到的是一个充满矛盾的宋江：他是仗义疏财的及时雨，是勇释晁盖的宋押司，是能和众弟兄大碗喝酒的"带头大哥"，是指挥若定从容不迫的大哥；但同时，他又是将"聚义堂"改为"忠义堂"，将"替天行道"的杏黄旗高高挂起的不二忠臣，是释放高俅冷了众人心的"官迷"，是征讨方腊的刽子手。梁山八百里水泊，曾是众好汉浴血的沙场，曾一度喧响着气壮山河的铿锵之声，但所有这些的终极目的好像就是一纸招安的圣旨。为了能被招安，宋江可谓小心翼翼，始终不离"忠义"二字：晁盖中箭身亡后，宋江坐上梁山头把交椅，第一次开"例会"就将"聚义堂"改为"忠义堂"，"小可今日权居此位，全赖众兄弟扶助，同心合意，同气相从，共为股肱，一同替天行道"。当众好汉聚齐，他在杏黄旗下的宣言是"惟愿朝廷早降恩光，赦免逆天大罪，众当竭力捐躯，尽忠报国，死而后已"；在第七十五回第一次招安时，吴用提出官军到后，"教他着些毒手，杀得他人亡马倒，梦里也怕，那时方受招安，才有些气度"。结果宋江的回答却是："你们若如此说时，须坏了'忠义'二字。"而在一次次与官军的"反围剿"过程中，身为梁山头领的宋江更是委曲求全，只是将胜利作为筹码，全然不顾武松、李逵等人的反对，对于被俘的宋将待之以礼，对于与林冲有不共戴天之仇的高俅更是低声下气，丝毫没有考虑林冲的感受。"今日也要招安，明日也要招安去，冷了弟兄们的心。""招安，招安！招甚鸟安！"当梁山好汉眼中的"及时雨"宋公明越来越急切地想摆脱自己的"草寇"身份，回归到"主流社会"，梁山，就只剩下虔诚无比的忠义，而全无攻城略地的斗志。

喜遇重阳，更佳酿今朝新熟。见碧水丹山，黄芦苦竹。头上尽教添白发，鬓边不可无黄菊。愿樽前长叙弟兄情，如金玉。

统豺虎，御边幅，号令明，军威肃。中心愿，平虏保民安国。日月常悬忠烈胆，风尘障却奸邪目。望天王降诏，早招安，心方足。

——宋江《满江红》

宋江这首《满江红》作于重阳节梁山的"菊花之会"。"望天王降诏，早招安，心方足"，众英雄酒酣耳热之际，宋江借着酒兴写下的这首《满江红》，字里行间，充满了被朝廷招安的急切与渴盼。真正接受招安之后，真的如他设想的那样，给弟兄们铺就了一条坦途吗？事实上，当宋江率众齐声跪倒在"替天行道"的杏黄旗下，感激涕零地接受朝廷的浩荡皇恩，这支能征善战的义军已成了朝廷的鹰犬。正是从梁山忠义堂出发，宋江开始指挥众好汉，以劫富济贫的方式叩谢皇恩。当这支变了味儿的义军披挂上官军的铠甲，去剿杀方腊的义军，昔日的八百里水泊已经不再生长英雄的故事，而是游荡着无数的冤魂。在损兵折将、亲手制造了梁山悲剧之后，这位一心盼着招安的义军首领接到的是朝廷赐予的一杯毒酒。即便行将走到生命的终点，宋江仍不改对朝廷的忠心："我自幼学儒，长而通吏，不幸失身于罪人，并不曾行半点异心之事。今日天子轻听谗佞，赐我药酒，得罪何辜！我死不争，只有李逵现在润州都统制，他若闻知朝廷行此奸弊，必然再去啸聚山林，把我等一世清名忠义之事坏了。只除是如此行方可。"当被诳来的李逵兴冲冲地把哥哥递上的毒酒一饮而尽，宋江，一手缔造梁山传奇的宋江，最终又亲手让传奇终结。

《水浒传》里的宋江，历史上确有其人，这位活跃在北宋徽宗时期的农民起义军领袖，曾一度是宋王朝的噩梦。和《水浒传》刻画的一百单八条好汉不同，宋江和其麾下的得力干将加起来只有三十六人，然而，就是这三十六人，却虎虎生威，在宋江的带领下，他们并没有以梁山为根据地，而是一路劫富济贫，先后攻克了十余个州县，令当朝统治者如坐针毡。《宋史·徽宗本纪》说，宋徽宗宣和三年（1121），"淮南盗宋江等犯淮阳军，遣将讨捕，又犯京东，江北，入楚、海州界，命知州张叔夜招降之"。《宋史·张叔夜传》载："宋江起河朔，转略十郡，官军莫敢撄其锋。"《宋史·侯蒙传》则以侯蒙的上书告诉我们，"江以三十六人横行齐、魏，官军数万无敢抗者，其才必过人"。正史之外，宋元野史笔记对这支规模不大却非常凌厉的义军也有记载，《通鉴续编》云："淮南盗宋江寇京东州郡，至海州。"《东都事略》说："淮南盗宋江犯淮阳军，又犯京东、河北，入楚、海州。"通过这些星星点点的文字记载，我们的脑海中已经可以大致刻画出宋江所率领的义军队伍形象，他们是揭竿而起的贩夫走卒，同时也是迅如闪电的急先锋，在这支勇猛善战的义军面前，官兵常常是不堪一击，闻风败走。当然，这支在中国历史上几乎可以忽略不计的义军队伍还是和封建时代其他农民起义一样，勇则勇矣，却有着骨子里的硬伤——尽管他们横贯中原，却最终跳不出皇权至上的魔咒，他们认为皇帝是受了奸臣的蒙蔽，而他们要做的，就是要清君侧，杀贪官。

  天南地北，问乾坤，何处可容狂客？借得山东烟水寨，来买凤城春色。翠袖围香，鲛绡笼玉，一笑千金值。神仙体态，薄幸如何销得！

想芦叶滩头，蓼花汀畔，皓月空凝碧。六六雁行连八九，只待金鸡消息。义胆包天，忠肝盖地，四海无人识。闲愁万种，醉乡一夜头白。

——宋江《念奴娇》

宋江的这首《念奴娇》，最初见于宋末元初童瓮天所著的《瓮天脞语》。杨慎《词品·拾遗·李师师》载：

> 李师师，汴京名妓。……后徽宗微行幸之，见《宣和遗事》。《瓮天脞语》又载宋江潜至李师师家，题一辞于壁云：
> 天南地北，问乾坤，何处可容狂客？借得山东烟水寨，来买凤城春色。翠袖围香，鲛绡笼玉，一笑千金值。神仙体态，薄幸如何销得！
> 想芦叶滩头，蓼花汀畔，皓月空凝碧。六六雁行连八九，只待金鸡消息。义胆包天，忠肝盖地，四海无人识。闲愁万种，醉乡一夜头白。
> 小辞盛于宋，而剧贼亦工如此。

宋江这首词在后来成书的《水浒传》中，仅将"鲛""玉""销""待""闲"五字换作了"绛""雪""消""等""离"，并未改其词境。当然，由于《瓮天脞语》在明代后期便已失传，因此有学者认为，初见于《瓮天脞语》的这首宋江词极有可能不是他本人所作，而是一首宋元之际的伪托之作。

学术的纷争聚讼总是仁者见仁，智者见智，各有其据，各执一词，我们姑且将之抛至一边，重新在历史的字缝中还原宋江。不管是自作也好，伪托也罢，在宋江的这首词中，我们能够感受到一个农民起义军领袖的"忠肝盖地，四海无人识"的惆怅，同时，也能感受到他"只待金鸡消息"的那份焦灼。事实上，宋江率领的这支义军队伍在忠与义的摇摆中，很快就走出了一条抛物线，还是前面提到的那位赞宋江"其才必过人"的侯蒙，在官军损兵折将，"莫敢撄其锋"的情况下，给皇帝想出了一个解决方案，那就是"不若赦江，使讨方腊以自赎"。此时，远比宋江义军声势更浩大的方腊义军正在浙江青溪一带啸聚而起，几十万的义军队伍，横跨江西、江苏、安徽、浙江的攻势，已经成为宋廷的一块心病，而侯蒙的这个办法显然正中皇帝下怀，最后在纸叔夜剿抚并用的攻势下，宋江只得率众弃甲，叩谢皇恩，结束了自己的"流寇"生涯。

然而，宋江接受招安给义军弟兄们带来的真是光明正途吗？关于宋江的生命结局，有多种说法，其中一种说法是徽宗皇帝采纳了侯蒙"以盗御盗"的策略，让刚刚受降的宋江率部攻打方腊，"辛丑，辛兴宗与宋江破贼上苑洞"。取胜后，宋江接受了宋廷武功大夫的诰封，与三十五员部将分任诸路巡检使，不久，便被宋廷用计杀害；另一种说法是宋江根本就没参与镇压方腊起义，相反，在接受招安之后，很快又"返性"，再次起兵反宋，最后兵败身死。其实，无论是哪种说法，最终的结局只有一个，那就是从发动起义到最后失败，宋江率领的这支义军只用了一年多一点的时间，就湮没在了历史的卷册之中。

但历史上真实的宋江决不会想到，在官方正史里记录下的关于他的片言只语，会让自己的形象在此后从宋元到明末的数百年间，不断被放大，被丰满，被复杂化，甚至被扭曲。南宋人龚圣与正是不满当时一些关于宋江的传说，遂作《宋江三十六人赞》，不仅让这三十六人有了像模像样的绰号，如呼保义宋江、智多星吴学究、玉麒麟卢俊义、活阎罗阮小七、黑旋风李逵等，更是用两句按语对三十六人进行了描摹，说到宋江，便是"不称假王，而呼保义。岂若狂卓，专犯忌讳"，说到卢俊义，便是"白玉麒麟，见之可爱。风尘大行，皮毛终坏"，说到李逵，便是"旋风黑恶，不辨雌雄。山谷之中，遇尔亦凶"……而随着元代水浒戏的大量涌现，宋江等三十六人的故事已经演变成替天行道、惩恶除霸的水浒故事，施耐庵正是把这些在不同地区流传的故事进行汇总、加工和再创作，才成就了一部脍炙人口的旷世之作《水浒传》。当宋江在人们的口口相传中被不断重构，人们相信，宋江已成为一个符号，一个徘徊于忠与义之间的符号，一个中国封建农民起义领袖的缩影。

在今天的水浒寨西，有一口石井名曰"宋江井"。据说这里本是一处深潭，当年梁山好汉在此安营扎寨，人马均赖此为生，故称此潭为宋江井，宋江接受招安后，曾于此井中藏下许多兵器铠甲。后来梁山好汉大多战死，幸存下来的阮小七回到石碣村重新当起渔民，因官府欺压，他便率众重返梁山，取出井中的兵器盔甲，再度揭竿而起。也许，从接受招安的那一刻起，宋江就已经料到了结局，只是他把这个秘密深深地藏在了一口水井之中，却再也无法找到当年的那个辘轳。

上半场温婉,下半场执着

陷入爱的激流,让李清照卓尔不群,才情旺沛,但同时,也让这位中国第一女词人的生命轨迹呈现出一道哀婉的曲线。

李清照的父亲李格非,是当时著名的散文家,在太学任博士,曾受知于苏东坡,是"苏门后四学士"中的一位,母亲王氏是仁宗天圣八年(1030)状元王拱辰的孙女。生于书香门第,蒙荫良好的家教和浓厚的儒家文化熏陶,使李清照从少女时代起就显露出迥异于其他显宦千金的才情。在姹紫嫣红的后花园里,在悠来荡去的秋千架上,李清照蛾眉如黛,粉靥如花,飞扬出一串串婉约灵动的怀春之词:

"和羞走。倚门回首,却把青梅嗅。"这是李清照在用生动的文字描绘一个少女的天真烂漫。

"常记溪亭日暮,沉醉不知归路。"这是李清照在用盎然的特写记述自己的醉归。

"试问卷帘人,却道海棠依旧。知否?知否?应是绿肥红瘦。"这是李清照在以精简的语言抒发惜花之情。

"海燕未来人斗草，江梅已过柳生绵。黄昏疏雨湿秋千。"这是李清照在闺阁中弥散怀春的意绪……

在抚琴弄筝的闲愁中，待字闺中的李清照期待着心中的如意郎君，憧憬着美好的爱情。

显然，在婚姻须遵父母之命媒妁之言的封建时代，李清照与赵明诚的结合是令人羡慕的。赵明诚的父亲赵挺之是朝中显宦，共同出身名门的成长背景，让李清照和赵明诚在文化修养上可以心意相通，而偏好金石碑帖的赵明诚，又在某种程度上激发着李清照的创作灵感。当时的赵明诚一出太学，便出任鸿胪少卿，月俸五千缗左右，这样的官职俸禄自然衣食无忧，于是这对新婚燕尔的小夫妻便将所有余钱全部用来购买金石书画，古玩碑帖。尽管此后不久赵李二人的家庭都发生变故，李格非、赵挺之相继成为党争的牺牲品，赵明诚被罢官，携李清照离开东京汴梁，回到老家山东，但这样的变故好像并未影响二人举案齐眉的爱情生活。"怕郎猜道，奴面不如花面好。云鬓斜簪，徒要教郎比并看。"对镜贴花黄的李清照，在爱情的潮水中激荡着自己的才思，更沉醉在爱与被爱的幸福之中。

薄雾浓云愁永昼，瑞脑销金兽。佳节又重阳，玉枕纱厨，半夜凉初透。

东篱把酒黄昏后，有暗香盈袖。莫道不销魂，帘卷西风，人比黄花瘦。

——李清照《醉花阴》

这首《醉花阴》，为李清照在重阳节所作。宣和二年（1120）六月，"六贼"之首蔡京被罢相，离开官场已经12年的赵明诚再度被起用，任莱州知州。由于时间仓促，李清照未能与夫君同往任所。对于这对恩爱夫妻而言，他们早已习惯秉烛看金石、斗茶竞才情的神仙日子，偶一分别，难免不舍，尤其是李清照这位心思细腻的才女，更是感到孤单寂寞。就在赵明诚前往莱州赴任不久，正逢九九重阳节，以往这个时候，李清照都要和赵明诚一起登高览胜、赏菊饮酒、互戴茱萸，但这一次，李清照却要独守空房。落寞凄清之际，李清照提笔写就了这首《醉花阴》，寄给了远在莱州的丈夫，以酬相思之苦。

赵明诚收到这首情深意笃的词后，对妻子的才情激赏不已，但又觉得自己毕竟也是太学出身，不能屈居妇人之后，于是索性闭门谢客，苦思冥想，用了三天时间，写下了50首《醉花阴》，然后再与李清照寄来的那首混在一起，请来自己的好友陆德夫，让他品评一下哪一首最好。

> 德夫玩之再三，曰："只三句绝佳。"明诚诘之。答曰："'莫道不销魂，帘卷西风，人比黄花瘦。'"正易安作也。

这段记录于《琅嬛记》中的故事，充分彰显出李清照巾帼不让须眉的才华。据说事后赵明诚颇为沮丧，把自己作的词全都毁掉，并决心此后不再作词。其实想想也是，身处词学极度兴盛的北宋，像赵明诚这样的饱学之士自然也会用长短句抒发自己的喜怒哀乐，但是谁让他娶了一位在中国文学史上最为杰出的女词人呢？当然，没有词作传世的赵明诚的烦恼更像是幸福的烦恼。当"一种相思，两处闲愁。此情无计可消除。才下眉头，却上心头"使一个痴情女子的思念跨越时空，成为赵明诚生命中永远的专享；当"每日晚，吏散，辄校勘二卷，题一卷"成为赵明诚与李清照莱州相聚后重新捡起的必修课，我们相信，这位北宋太守是幸福的。他与李清照琴瑟和鸣，知音共赏，已成为令世人羡慕的伉俪楷模。

然而，这份宁静的幸福，最终被金兵南下的铁蹄踏得粉碎。靖康二年（1127）春，金兵攻陷汴京，掳徽宗、钦宗北去。北宋灭亡。金人将徽、钦二帝远掳金国；五月，康王在应天匆匆继位，南宋建立。由于李清照和赵明诚家居山东，正处于沦陷区，夫妻二人和所有"北人"一样，被迫南渡。他们将多年辛苦收集的金石碑帖经过一番整理，在装满整整15车后，便一路疾行奔赴建康。然而，就在二人到达建康不久，新朝廷便任命赵明诚为湖州知州，由于时间紧急，赵明诚来不及带上家眷，便匆匆赴任。李清照不会想到，赵明诚此去，竟会和自己阴阳两隔。就在赵明诚启程赴任不久，李清照便接到了丈夫的来信，信中说他中暑染疾，大限将至。李清照连忙赶到赵明诚任所，但最终还是没能留住这位相敬如宾亦夫亦友的亲密爱人。"白日正中，叹庞翁之机捷；坚城自堕，怜杞妇之悲深。"斯人已逝，那些秉烛夜话的情景，那些竞才斗茶的往事都已成回忆。

> 寻寻觅觅，冷冷清清，凄凄惨惨戚戚。乍暖还寒时候，最难将息。三杯两盏淡酒，怎敌他、晚来风急！雁过也，正伤心，却是旧时相识。
>
> 满地黄花堆积，憔悴损，如今有谁堪摘？守着窗儿，独自怎生得黑！梧桐更兼细雨，到黄昏、点点滴滴。这次第，怎一个愁字了得！
>
> ——李清照《声声慢》

[清]姜壎《李清照小像》

　　这首广为传诵的《声声慢》，为李清照在靖康之变后某个秋日所作。国破家亡，让李清照迎着萧萧落木，生出彻骨的寒意，也第一次感到才情与爱情都没有回应的孤独。如果说当年赵明诚在异地为官时与自己的短暂之别，让李清照经常用"云中谁寄锦书来，雁字回时，月满西楼"这样的句子排遣寂寞，或是用"独抱浓愁无好梦，夜阑犹剪灯花弄"这样的情境记录相思，那么，当山河破碎爱人猝逝一起向这位曾经生活优渥的太守夫人袭来，李清照心中的哀愁已无从排解，落满泪痕的锦书再也不会有人回复，而明灭的灯花已经无法照亮忧伤的词牌。"寻寻觅觅，冷冷清清，凄凄惨惨戚戚"，当七组叠字如潮水一般兼天涌来，近900年以后，我们仍能和这个伤心至极的女词人实现由外而内、由浅入深的心灵共鸣；而随着淡酒、孤雁、残菊、梧桐、黄昏、细雨这些凄凉萧瑟的意象依次出现在《声声慢》的字里行间，我们知道，一直将爱情作为创作主题的李清照，正在逐渐告别那段幸福时光，而洋溢在她生命上半场的温婉、柔情甚至娇憨，都将走进破碎的梦境，永不再有。

长伴孤灯，身拥冷衾，李清照在伤逝中憔悴着自己的青春，而随之而来的打击令这位太守遗孀更觉寒冷。就在赵明诚死后不久，有人造谣称赵明诚曾和金人暗通款曲，献给金人一把金壶。其实，这本是赵明诚在病重期间有位叫张飞卿的学士带了一把玉壶来看望他，事后那位张学士还把玉壶带走了，但别有用心者却将此事添油加醋，颠倒黑白，不仅将玉壶讹传成了金壶，而且还成了赵明诚贿赂金人的礼物。当这个谣言传到高宗皇帝的耳中，刚刚死去的赵明诚尸骨未寒，便落了个投敌叛国的嫌疑，这就是所谓的"颁金案"。

为了洗清九泉之下丈夫的不白之冤，李清照以自己的羸弱之身开始了常人难以想象的奔走。由于金兵一路狂追，高宗和一班文武大臣如丧家之犬，不断地变换着行在。金兵的铁蹄腾踏黄尘时，李清照的绣襦也沾满了晨露和汗水；当可怜的宋高宗被金兵追到海上，李清照也不得不两度雇船出海。

  生当作人杰，死亦为鬼雄。
  至今思项羽，不肯过江东。
——李清照《夏日绝句》

言为心声。李清照这首妇孺皆知的《夏日绝句》，表达的正是对软弱的南宋小朝廷的不齿与愤怒。堂堂一个皇帝，面对汹涌而来的金兵，竟不思振作，只顾逃跑，一路被人追着打，从建康到台州，从台州到黄岩，又从黄岩到杭州，最后无路可退，只得逃到海上避敌。这样的苟且偷生与义不独生的项羽显然形成了鲜明的对比。被金兵铁蹄吓破胆的高宗皇帝怎么也不会想到，一路追随他的人群中，竟有一位充满丈夫气的才女，她用这首《夏日绝句》反衬了皇帝的懦弱，更用自己的坚贞开启了不畏风急浪高的人生下半场！

> 天接云涛连晓雾，星河欲转千帆舞。仿佛梦魂归帝所，闻天语，殷勤问我归何处。
> 我报路长嗟日暮，学诗谩有惊人句。九万里风鹏正举。风休住，蓬舟吹取三山去！
> ——李清照《渔家傲》

这首《渔家傲》，为李照清两度乘船出海追赶高宗船队时所作。纵览全词，我们再也看不到当年那个倚门回首嗅青梅的怀春少女，而是看到一位词风捩转慷慨前行的女中豪杰，诚如《蓼园词选》评云："此似不甚经意之作，却浑成大雅，无一毫钗粉气，自是北宋风格。"正是凭着这样的一股豪气，李清照在历经两年多的奔波之后，终于在杭州通过一位在朝中任职的朋友的帮助，向高宗澄清了事实，使亡夫的冤屈得以昭雪。"九万里风鹏正举。风休住，蓬舟吹取三山去！"穿越近900年时空，我们的眼前仿佛依然能看到李清照迎着狂涛巨浪，艰难地倚在船头，岁月的风刀霜剑在这位执着的女子脸上刻下印痕，而她却始终目光如炬，从未想过一丝放弃。

如果说不辞劳苦的申冤之路体现了李清照的情深意笃，那么续写赵明诚未竟的《金石录》则更是让后世的知音伉俪肃然起敬。绍兴二年（1132）春，就在丈夫平反昭雪，万物复苏之时，李清照开始挥洒自己的才华和心血，专心致志地整理完成凝聚了她和丈夫大半生心血的《金石录》。早在南渡之时，李清照存放在山东青州的图书什物因来不及运走被金兵纵火焚烧成了灰烬，此后，因为连年战乱，居无定所，李清照将运抵建康的15车金石书画器物又转运到她认为比较安全的赵明诚妹夫任职的洪州，因为当时将赵构扶上皇位的隆祐皇太后正在洪州。然而让李清照没有想到的是，正是这个隆祐皇太后，成了金人必欲除之而后快的重要目标，隆祐皇太后逃到哪里，金兵便追到哪里，一路兵燹火劫之下，安有完卵，李清照和赵明诚倾囊收藏的金石碑帖几乎全部散失殆尽！

赵明诚去世后，李清照始终将《金石录》带在身旁。南宋绍兴二年（1132），李清照寓居临安，花两年时间对《金石录》做最后润色，因赵明诚生前已写了《金石录》序文，李清照便深情地写下了千古奇文《金石录后序》，详述了夫妇俩所藏金石书画的聚散经过，抒发了悼念亡夫、追思故物的情怀，可谓李清照自传。

在李清照清丽婉约的词风中行走，我们可以感受到"轻解罗裳，独上兰舟"的灵动，能够领会到"帘卷西风，人比黄花瘦"的愁绪，正是这些细腻的文字，构成了宋词中一道别具异彩的风景。而李清照的《词论》，更是成为词学研究的重要资料。

> 始有柳屯田永者，变旧声作新声，出《乐章集》，大得声称于世；虽协音律，而词语尘下。又有张子野、宋子京兄弟，沈唐、元绛、晁次膺辈继出，虽时时有妙语，而破碎何足名家！至晏元献、欧阳永叔、苏子瞻，学际天人，作为小歌词，直如酌蠡水于大海，然皆句读不葺之诗尔。又往往不协音律者。

当这位中国第一女词人对柳永、张先、宋祁、晏殊、欧阳修、苏轼等一众大家提出畅快淋漓、毫无顾忌的点评臧否，当"词别是一家"成为这位后来以易安居士自名的杰出女性的文学主张，世人眼中的李清照，已经更加立体，更加丰盈！

据传，李清照有一孙姓友人，其小女十岁，极为聪颖，膝下无子的李清照曾有意将毕生所学传之于她，但这个小女孩却脱口道："才藻非女子事也。"令李清照失意很久。回望中国上下5000多年历史，一句"才藻非女子事"不知淹没了多少女子的才华，但也正因如此，才让李清照的才情不仅在男性主导的文坛一枝独秀，成为婉约派的一代词宗，更让一个执着女人的凄美爱情有了一串带泪的痕迹和诗意的注脚！

《钗头凤》,撑起一座园林

坐落于绍兴的沈园,是一处距今有着800多年历史的宋代私家园林,之所以得名沈园,盖因肇建此园的主人姓沈。据说这处园林在极盛之时占地面积曾达到70多亩,随着世事变迁,现在它的面积已经缩小到了20多亩。虽说如今的沈园和众多江南名园相比,格局有些逼仄,样貌也有些简单,但慕名来此的游人仍络绎不绝。其实,每一位到此的游人览胜倒在其次,更多的是来怀古,他们要凭吊的,是一对痴情的男女,一段凄美的爱情。

这段凄美爱情的主角便是陆游和唐琬。作为南宋高产的诗人,陆游一生豪放不羁,在他留给后世的近万首诗歌中,我们看到太多"上马狂击胡,下马草军书""国仇未报壮士老,匣中宝剑夜有声"这样铿锵有力的诗句,然而,在这位爱国诗人的内心深处,却有一个伤痛一生的心结,那就是他曾经的发妻唐琬。

据《齐东野语》记载,陆游"初娶唐氏……于母夫人为姑侄",清人况周颐《香东漫笔》则点出了这位南宋女子的名字:"放翁出妻姓唐名琬。"中国历来有同姓不婚的习俗,但于中表婚却是例外,尤其是像陆游唐琬这样的中表婚,在宋代更是明确地写进了法律:"其外姻虽有服,非尊卑者,为婚不禁。""姑舅兄弟为婚,在礼法不禁"。宋仁宗之女所下嫁的李玮家,就是其姑舅之子。至于民间,由于聚族而居或安土重迁的因素,姑舅兄弟,更是通婚甚多,以至于南宋有个叫袁采的文人甚至公开赞道:"人之议亲,多要因亲及亲,以示不相忘,此最风俗好处。"

陆游和唐琬,正是在这样一种约定俗成的社会氛围中走到了一起。唐琬是陆游的表妹,更是他生命中的知音。这位知书达理的大家闺秀和才华横溢的陆游青梅竹马,两小无猜,在双方父母的撮合下,二人喜结良缘。婚后的那段时光,无论是对于陆游还是对于唐琬来说,都是生命中一段最灿烂的时光,花前月下,这对令人艳羡的才子佳人琴瑟和鸣,伉俪相得。"少狂欺酒气吐虹,一笑未了千觞空。凉堂下帘人似玉,月色泠泠透湘竹。"泛舟湖上,对酒当歌,陆游的才华在爱的潮水中喷薄而出,而温柔端庄的唐琬则在爱的滋润下绽放出幸福的笑容。当我们吟诵出陆游的另外两句诗:"采得菊花作枕囊,曲屏深幌闷幽香""少日曾题菊枕诗,囊编残稿锁蛛丝",我们更会向这对爱意浓浓的才子佳人投去羡慕的眼神,以菊花做枕,将绚烂的秋色和温馨的花香带入美好的梦境之中,这是多么浪漫的天造姻缘啊!

然而,甜蜜的新婚生活很快就被压抑的阴霾取代。看到陆游终日与唐琬如胶似漆缱绻在温柔乡中,陆母终于按捺不住了。此时,礼部会试已迫在眉睫,而陆母对已经两次科举落第的陆游显然抱有厚望,她不能容忍出身名门望族的儿子因贪恋床笫之乐而荒疏了学业,断送了锦绣前程。封建时代的婆媳关系有如一根绵细的丝线,维护不好,极易崩断,即使陆母与唐琬的关系已是亲上加亲,但儿子的仕途更为重要。事实上,对于这位婆婆兼姑母,唐琬从一过门就赔尽了小心:

> 妾身虽甚愚,亦知君姑尊。
> 下床头鸡鸣,梳髻着襦裙。
> 堂上奉洒扫,厨中具盘飧。
> 青青摘葵苋,恨不美熊蹯。

在陆游的诗歌中,我们能看出唐琬的温婉贤淑,谨小慎微,可即便如此,陆母对唐琬的呵责辱骂仍不绝于耳。那么,陆母对这个从小看大的唐琬的态度变化仅仅是因为她影响了儿子的学业吗?翻检史料,我们发现,无后,才是陆母对唐琬心生嫌隙的真正原因所在!

> 姑色少不怡,衣袂湿泪痕。
> 所冀妾生男,庶几姑弄孙。
> 此志竟蹉跎,薄命来谗言。
> 放弃不敢怨,所悲孤大恩。
> ——陆游《夏夜舟中闻水鸟声甚哀若曰姑恶感而作诗》(节选)

这是陆游晚年写就的长诗。正是在这首诗中,陆游用一种名为"姑恶"的水鸟,暗示了自己对母亲的怨恨。据传"姑恶"是遭婆婆虐待而死的少妇变成,因其叫声甚哀,有"姑恶"之音,成为恶婆婆的代名词。"所冀妾生男,庶几姑弄孙。此志竟蹉跎,薄命来谗言。"从陆游再婚后多子而与唐琬并无婚生子女看,陆游诗中提及的这位少妇应该就是没有生育能力的唐琬,而这,才是唐琬不被陆母待见的主因。宋代合法的休妻和唐代一样,也有"七出"之说,即"一无子,二淫泆,三不事舅姑,四口舌,五盗窃,六妒忌,七恶疾。"排在第一的,便是无子。"婚娶何为,欲以传嗣""不孝有三,无后为大",当这样一种"断了香火"的"大不孝"堵在陆母心头,唐琬的悲剧命运便可想而知。

> 陆务观初娶唐氏,闳之女也,于其母夫人为姑侄。伉俪相得,而弗获于其姑。既出,而未忍绝之,则为别馆,时时往焉。姑知而掩之,虽先知挈去,然事不得隐,竟绝之。亦人伦之变也。
> ——周密《齐东野语》

南宋词人周密《齐东野语》的这段话,为我们讲述了一个弱女子的悲情时刻。当陆母让陆游一纸休书将唐琬休弃,不舍娇妻的陆游曾想到一个权宜之计——另置别馆,然而最终还是被陆母发现。封建礼教下的父母之命重若泰山,当字字泣血的休书飘落在婚床上,陆游已经无法面对爱妻婆娑的泪眼,此时,纵有千般恩爱,万种柔情,这位诗情盎然的才子只能斩断诗歌的翅膀,选择无望的放弃。

此后,这对被生生拆散的鸳鸯,最终没能走出生命的遗憾。在陆母的逼迫下,陆游很快便和一位王姓女子成婚;而遭受被休之辱的唐琬也在此后不久,改嫁了一位叫赵士程的宗室子弟。

自此，这对曾经深深相爱的眷侣，一个开始不问情事，埋头求取功名，这个则在连绵的愁思中努力培养着新的爱情支点。

然而，天意有时就是这样捉弄人，两颗已经伤痕累累的心，本以为随着时间的流逝，会慢慢平复，没有想到，他们会在一座沈园再次相遇。这是绍兴二十五年（1155）一个明媚的春日，此时，位于绍兴城南禹迹寺旁的沈园早已是花团锦簇，鸟鸣啁啾。按照宋朝的惯例，每年农历三月初一到四月初七，凡是私家园林都要对外开放，而沈园这座当时的越中（绍兴为古越国之地）名园，自然是人们踏青郊游的首选。游园的人们熙熙攘攘，好不热闹，因科场受挫回到绍兴的陆游，也在游园的人群之中，他希望能借着沈园的春色排遣心中的沉郁。然而，这位可怜的才子却不经意地在一片桃红柳绿之中，瞥见了那身熟悉的绣襦，邂逅了自己曾经的爱人！此时的唐琬已为他人妇，正在和夫君一起品酒赏春，当她的目光和远处陆游的目光交叠在一起，时间仿佛停滞，所有的话语冲到嘴边，全都变成一声难言的叹息。在征得丈夫同意后，唐琬邀请陆游一道饮酒，当她颤抖着将酒杯斟满，递给曾经的爱人，陆游再也无法控制自己的情绪，将杯中酒一饮而尽，便怅然离去。很快，人们便在沈园的围墙下看到了一位挥泪疾书的诗人。

红酥手，黄縢酒，满城春色宫墙柳。东风恶，欢情薄。一怀愁绪，几年离索。错！错！错！

春如旧，人空瘦，泪痕红浥鲛绡透。桃花落，闲池阁。山盟虽在，锦书难托。莫！莫！莫！

——陆游《钗头凤》

作为宋代文人的一种特有文化，题壁已成为他们日常生活重要构成。不同于当今一些游客"到此一游"的潦草涂鸦，宋代文人普遍视题壁为展示才学、传播声誉、抒发心情的有效方式。正因如此，我们才可以穿过时光的隧道，去感悟周邦彦"下马先寻题壁字"的心情，去领会姜夔"与君闲看壁间题"的乐趣。陆游的这首《钗头凤》，可以说既是宋代题壁文化的缩影，也是其情感宣泄的出口。有学者考证，"钗头凤"这一词牌为陆游首创，其词调源自唐代无名氏写的《撷芳词》：

> 风摇荡，雨蒙茸，翠条柔弱花头重。春衫窄，香肌湿。记得年时，共伊曾摘。
> 都如梦，何曾共，可怜孤似钗头凤。关山隔，晚云碧，燕儿来也，又无消息。

陆游正是从这首《撷芳词》中提取了"钗头凤"三字，稍加点化，形成了一个全新的词牌。也有学者认为，陆游的《钗头凤》更多的是借鉴了唐代诗人韩翃的《章台柳》：

> 章台柳，章台柳，往日依依今在否？纵使长条似旧垂，也应攀折他人手。

韩翃这首写给爱妾柳氏的哀伤之作与陆游的《钗头凤》如出一辙。时隔800多年，我们已无法确认《钗头凤》与《撷芳词》《章台柳》之间是否真正存在着某种联系，但不可否认的是，自陆游在沈园题壁之后，《钗头凤》已成为他情动千古的代表作。明末文人毛晋曾说："放翁咏《钗头凤》一事，孝义兼挚，更有一种啼笑不敢之情于笔墨之外，令人不能读竟。"当酒浇块垒成为这首千古之词的缘起，当人们纷纷插以竹木对这堵浸染了悲情的短墙呵护有加，当络绎不绝的游人以爱屋及乌的心情流连沈园并高声诵读这首《钗头凤》，春光明媚的沈园，总要下起霏霏细雨，如歌如吟，如泣如诉……

如果说沈园邂逅催生了"钗头凤"这个忧伤的词牌，那么沈园别后，另一首《钗头凤》则直接让这种忧伤定格成为盘桓沈园的永恒的忧伤。自沈园与陆游匆匆一见，唐琬的心头再也无法平静，本已熄灭的爱情之火，再次因沈园的邂逅而点燃。宋承唐俗，并不忌讳女子改嫁，被陆家一纸休书与陆游忍痛仳离的唐琬，毕竟是大家闺秀，本身又蕙质兰心，因此虽然被休，还是找到了赵士程这样一位宗室子弟，家也在绍兴。此人不仅"家有园馆之胜"，且堪称赵氏宗子中的贤者，常与骚人墨客相聚，否则，陆游与唐琬在沈园的偶遇，也便不会有宋人陈鹄在《西塘集耆旧续闻》中所说的"遣遗黄封酒、果馔，通殷勤"这样的事情。然而，尽管赵士程对唐琬与陆游的这段旧情给予了更多的理解，唐琬本人却无法跳出生命中的这道门槛，当她听说陆游在当天写下了《钗头凤》，不禁泪如雨下，无限感伤。自从被逐出陆家之后，这位多情的女人早已提不起吟诗作赋的兴致，然而，面对这首怅惋的《钗头凤》，她也写下了自己内心的悲怆。

> 世情薄，人情恶。雨送黄昏花易落。晓风干，泪痕残。欲笺心事，独语斜阑。难！难！难！
>
> 人成各，今非昨。病魂常似秋千索。角声寒，夜阑珊。怕人寻问，咽泪装欢。瞒！瞒！瞒！
>
> ——唐琬《钗头凤》

当每一朵殷红成为一个凄美的音符，咽泪装欢的唐琬不会想到，自己这首饱含深情的和作已经超越了陆游的悲伤；而充满了离愁别恨的《全宋词》，则因为这首《钗头凤》的加入，有了一个更加令人涕泪沾襟的角落。

此后不久，心力交瘁的唐琬便怏怏离世，伤心欲绝的陆游则在日后的宦游生涯中，将自责和悔憾背负了整整一生。尽管在很多人的眼中，陆游是一位梦中充斥着铁马冰河的爱国志士，但在他生命的另一面，我们看到的则是难以释怀的悲怆。在陆游为后世留下的《剑南诗稿》中，有多首谴责母亲专制给自己带来爱情悲剧的诗歌。和前面提到的那首"姑恶"诗一样，借着这只鸟儿，陆游让它不断地在自己黑色的诗行中飞进飞出："钓船夜过掠沙际，蒲苇萧萧姑恶声""不知姑恶何所恨，时时一声能断魂""孤愁忽起不可耐，风雨溪头姑恶声"……当这些充满了咒怨的文字被挤压进《剑南诗稿》，我们仿佛听到一声声"姑恶"的长鸣，感受到压抑在诗人心底的一腔激愤和满怀愁绪。

穿梭于沈园的四季轮回之中，人们记住的，永远是一个伤逝的诗人。就在陆游报国无门，退居绍兴之后，他曾多次重游沈园，写下了数首悼亡追忆唐琬的诗篇。

> 枫叶初丹槲叶黄，河阳愁鬓怯新霜。
> 林亭感旧空回首，泉路凭谁说断肠！
> 坏壁醉题尘漠漠，断云幽梦事茫茫。
> 年来妄念消除尽，回向禅龛一炷香。

这是68岁的陆游在林亭萧瑟的沈园感旧伤怀，此诗全题为

"禹迹寺南有沈氏小园，四十年前尝题小阕壁间，偶复一到而园已易主，刻小阕于石，读之怅然"。

> 城上斜阳画角哀，沈园非复旧池台。
> 伤心桥下春波绿，曾是惊鸿照影来。
> 梦断香消四十年，沈园柳老不吹绵。
> 此身行作稽山土，犹吊遗踪一泫然。

这是75岁的陆游在凭吊沈园遗踪时泫然涕下，诗名为《沈园二首》。

> 城南小陌又逢春，只见梅花不见人。
> 玉骨久沉泉下土，墨痕犹锁壁间尘。

这是81岁的陆游依然对沈园魂牵梦绕，诗名为《十二月二日夜梦游沈氏园亭（其二）》。

岁月的烟雨浸染着沈园的青砖，长寿的陆游以自己的"每入城，必登寺眺望，不能胜情"，延伸着思念的长度，而芳华早逝的唐琬则在陆游的余生里被定格成风姿绰约的丽人，眼含秋水的怨妇。当这份爱情被时空凝固，陆游、唐琬，已成为沈园真正的主人。

如今，在沈园种植最多的植物是梅花，在万木萧瑟的季节，一树树迎风绽放的梅花在用绚丽的色彩装点沈园的同时，也坚守着一个雪压不住风吹不散的爱情故事，而走进沈园的游人，定然不会抛开《钗头凤》的意境，木然地行走。

在癫狂中禅修

位于杭州飞来峰附近的灵隐寺，在中国众多的丛林禅刹中，堪称香火炽盛之地。掩映于苍松翠柏之中，伴着悠悠虫唱，啾啾鸟鸣，这座杭州最早的寺院已经走过了1600多年的历史，当年印度高僧慧理云游至此，见有一峰而叹道："此乃中天竺国灵鹫山一小岭，不知何代飞来？佛在世日，多为仙灵所隐。"遂于峰后建寺，名曰灵隐。在1600多年的沧桑岁月中，这里诞育过众多笃志禅修的高僧大德，但颇为有趣的是，灵隐寺遐迩闻名，却主要缘于一个戏谑清规、大戒不持的另类僧人道济。

生于宋代绍兴年间的道济，又被称为济颠，这个"颠"（同"癫"）字，成了他迥异于其他衲子的重要特征。《西湖游览志余》上说他"不饬细行，饮酒食肉，与市井浮沉，人以为颠也，故称济颠"。又有诗赞其道："非俗非僧，非凡非仙，打开荆棘林，透过金刚圈。眉毛厮结，鼻孔撩天。烧了护身符，落纸如云烟。有时结茅宴坐荒山巅，有时长安市上酒家眠。气吞九州，囊无一钱。"野史中关于道济的记载不少，大抵脱不开一个"癫"

字，这位被称作降龙罗汉转世的南宋僧人，俗名李修缘，民间传说其父母多年无子，遂到天台国清寺求子，拜降龙罗汉而得缘。由于父母早逝，18岁左右，李修缘在持服完毕后，便前往灵隐寺，跟随灵隐寺瞎堂禅师修禅悟道。瞎堂禅师即临济宗杨岐派高僧慧远，曾住持苏州虎丘寺，后由虎丘转赴临安，开堂于灵隐，成为灵隐寺住持。瞎堂禅师给李修缘剃度之后，为其取法号"道济"，《周易·系辞》有云，"知周乎万物而道济天下"，想来瞎堂禅师希望新收的这个弟子将来能"知周万物""道济天下"。可是让灵隐寺众僧没想到的是，刚刚剃度出家的道济很快呈现出完全与佛门衲子不同的风貌，用他的师侄、净慈寺高僧居简禅师为他撰写的《湖隐方圆叟舍利铭》中的评价，便是"狂而疏，介而洁，着语不刊削"。由于道济不拘佛门清规，疯癫狂悖，饮酒食肉毫无顾忌，寺中僧人对他呵责不已，几次找到瞎堂禅师欲将他逐出山门，瞎堂禅师却道："佛门广大，岂不容一颠僧。"众人方让道济继续留在了灵隐寺。

《钱塘湖隐济颠禅师语录》虽是演义小说，但从中我们可以看到济颠之"癫"已达极致：当众僧在殿上看经接施主，他却托着一盘肉，手敲引磬，搅在众内，口唱山歌；耐不住坐禅，他便在禅床上翻跟头，甚至在禅床上和猿猴嬉闹；他和一帮村里小儿戏耍，唱着小曲去西湖采莲；他称自己的肉身是"顽皮袋"；他经常是"寒暑无完衣"，赤着双脚，别人送给他的绫子和银两，他都分给了乞儿……在这些生动传神的描述中，我们看到的是一个诙谐疯癫的和尚。此时的宋朝，统治者已加强了对佛教的钳制，明令有鬻酒肉于僧道者，许人评告，重论其罪，而道济却独"呵佛骂祖，唤死如眠"，全然无视佛门戒律。在灵隐寺的晨钟暮鼓声里，这个不受羁绊我行我素的僧人为香客们点燃的，是一盏追求"大自在"的耀眼灯火。

> 粥去饭来何日了，都缘皮袋难医。这般躯壳好无知，入喉才到腹，转眼又还饥。
> 唯有衲僧浑不管，且须慢饮三杯。冬来犹挂夏天衣，虽然形丑陋，心孔未尝迷。
> ——道济《临江仙》

这首《临江仙》，可以看作是道济在癫狂中禅修的总结。在道济看来，"粥去饭来何日了，都缘皮袋难医"。世俗的食欲难填，其实折射出的是众生无法满足的欲望，这种欲望往往是"入喉才到腹""转眼又还饥"，而只要做到心中有佛，便无须拘泥于形式，"冬挂夏天衣"浑不管，"慢饮三杯"又何妨，只要"心孔未尝迷"，就可以实现禅宗明心见性的终极目标。

> 几百年来灵隐寺，如今却被铁牛门。
> 蹄中有漏难耕种，鼻孔撩天不受穿。
> 道眼何如驴眼瞎，寺门常似狱门关。
> 冷泉有水无鸥鹭，空使留名在世间。
> ——道济《嘲灵隐寺印铁牛》

和《临江仙》词形成呼应的，是道济的这首《嘲灵隐寺印铁牛》诗。这位癫僧，从来就没有将自己羁绊在灵隐寺的诵经打坐之中。如果说他在《临江仙》的字里行间，表明了自己禅修的方式与态度，那么，在《嘲灵隐寺印铁牛》的诗行中，则以灵隐寺铁牛作喻，直接对佛门清规对众生本原佛性的压抑进行了辛辣的讽刺与鞭笞。在不拘佛法的道济眼中，那些终日拜佛念经、枯坐禅床的僧人，并不一定真正悟透禅宗真谛，禅宗与佛教其他宗派的最大不同，其实是修行的日常化，墨守成规的僧人不一定得道，而像他这样在尘俗间游走的僧人，同样可以喻世宣佛，体悟禅宗之妙。

由此，我们看到的道济，注定成为南宋临安高僧群中一道特异的风景。

> 几度西湖独上船，篙师识我不论钱。
> 一声啼鸟破幽寂，正是山横落照边。
> ——道济《湖中夕泛归南屏四绝（其一）》

迎着西湖的烟雨，道济将篙师与啼鸟一齐诉诸笔端，对应起绚丽的山横落照，描绘出禅宗的无住之境。

> 五月西湖凉似秋，新荷吐蕊暗香浮。
> 明年花落人何在，把酒问花花点头。
> ——道济《湖中夕泛归南屏四绝（其四）》

走进西湖的暮春，道济临花把酒，与"花间一壶酒，独酌无相亲""举杯邀明月，对影成三人"的诗仙李白形成精神上的对应，一句"明年花落人何在，把酒问花花点头"，将禅宗的空与有、生与灭写得淋漓尽致。

当然，道济不止徜徉于山水间修禅，世间百态都是他传达禅心的载体："一竿翠竹，独力支撑。几幅油皮，四围遮盖""饶他瓮泻盆倾下，别造晴干，借此权为不漏天"，面对一把伞，这位看似癫狂的僧人，其实在袒露着丰盈的精神世界；"休言国手，谩说神仙。遍九州夺利于蝇头，布三路图名于蜗角"，面对一局棋，这位嘲笑弥勒的衲子，直刺蝇营狗苟的世俗……而浪迹红尘的道济的行迹显然不会止于一座灵隐寺，一泓秀西湖，诚如《湖隐方圆叟舍利铭》所云，道济"信脚半天下，落魄四十年，天台、雁荡、康庐、潜皖题墨尤隽永"。正是在雁荡一带云游的过程中，道济用一首《酹江月》为我们营造出仿若唐代诗僧皎然一般的空寂意境：

> 海天秋晚，正千树低黄，香垂橙橘。买个扁舟凌银浪，闲坐中川片石。练绕长江，翠围群岫，别是神仙窟。参差楼阁，半从烟雨中出。
> 好是鳌背花宫，狮踞莲座，对浮金涌碧。试问重来缘底事，沙雁沙鸥犹识。两岸笙簧，半空钟梵，咫尺分喧寂。倦摩双眼，细寻灵运遗迹。
>
> ——道济《酹江月》

"两岸笙簧，半空钟梵，咫尺分喧寂。倦摩双眼，细寻灵运遗迹。"不可否认，在两宋僧人中，儒释兼修诗文皆精者不乏其人，但像道济这样既不坐禅也不诵经，于酒酣耳热间出口成章者却并不多见。当然，如果道济只是戏谑无拘，不守清规，充其量不过说明他的另类，无法成为一代高僧大德，而道济之所以能光辅丛林，更重要的还在于他尽管酒肉穿肠，却能做到在欲行禅，弘扬佛法。在释明河《二颠师传》中，称道济"息人之诤，救人之死，皆为之于戏谑谈笑间，神出鬼没，人莫能测"。这个看似离经叛道的僧人，内心却有佛家的慈悲，他不仅四处化缘，重修了毁于大火的寺院，更兼济百姓，广结善缘。《净慈寺志》载："滨湖居民食螺，已断尾矣，济乞放水中，活而无尾。……一日骤雨忽至，邑生黄者趋避寺中。济预知其当击死，呼匿座下，衣覆之。迅雷绕座下不得，遂击道旁古松而止。"在这些记载中，我们看不到道济的疯癫狂悖，相反，我们看到的是一位普渡慈航的禅师。

当然，道济形象的家喻户晓，妇孺皆知，最终要归功于南宋以降民间话本的风行。翻检道济的生平资料，我们可以借助《北涧文集》《净慈寺志》《武林梵志》《五灯会元补遗》《灵隐寺志》《补续高僧传》这些佛教典籍中星星点点的描述，勾勒出这位南宋异僧的形象；明代《西湖游览志余》和作为高僧语录收录进《续藏经》的《钱塘湖隐济颠禅师语录》，则让道济从一个灵隐癫僧转而成为济公活佛。正是在一系列的神异逸闻之中，这个手执蒲扇疯疯癫癫的和尚成了正义的化身，成了寄托人们情感和梦想的特殊载体。这些初具话本性质的文字自然存在着对道济的夸大与神化，但为什么有宋一代高僧众多，被夸大和神化的高僧是道济呢？说到底，还是因为道济的"癫"，因为道济对禅林道统的背叛。这个南宋"疯僧"的存在，打破了被纳入国家体制的南宋禅林制度。此时的南宋僧人，需要经历"试经度僧""敕差住持"等多道门槛，难度与科举考试无异，一些能够吟诗作对的禅僧更是已普遍地士大夫化，成为丛林禅刹中的主流。正因如此，终日酒肉穿肠、不拘仪轨但同时又文章锦绣、心怀慈悲的道济便成了反主流的代表。道济之"疯"，正是无数人对抗禁锢的一种内心隐迹的戏谑式外显，而道济之"癫"，则缘于民间百姓所渴求企盼的"真"——高高在上的神祇他们已经拜得太多，捧得太多，他们更需要一位"鞋儿破，帽儿破，身上的袈裟破"的接地气的活佛形象。

正因如此,我们在《钱塘湖隐济颠禅师语录》中,便看到了这样的描述:

> 一向闻人说济公在灵隐寺募缘装佛,终日吃酒,众僧埋怨,大醉,扒上佛头一吐,次日三尊大佛真金装就,实是活佛。

在这段文字中,转型成为济公活佛的道济显然已被世人放大了他呵佛骂祖的形象,这则醉吐为佛像装金的神异传说,与其说是夸大了道济作为活佛的法力,不如说是世人拉近了与神祇的距离。随着民间济公信仰的日益增强,一部以《钱塘湖隐济颠禅师语录》为基础的传奇《醉菩提》,更是凸显出禅意俗化的意涵。

> 和尚济颠,夺舍多年。喝佛骂祖,唤死如眠。乃天台李驸马之裔,得灵隐远瞎堂之禅。饮酒食肉不碍道,打拳筋斗总皆禅。也曾倡家被里宿,也曾市上酒家眠。皮子队里,逆行顺化;散圣门前,掘地撩天。撒开手时,万缘皆净;火光生处,一径西天。

这段文字,本是《钱塘湖隐济颠禅师语录》结尾的颂词,但在《醉菩提》中,已成为其"家门"一折的开篇。事实上,出自明代戏曲家张大复之手的《醉菩提》,更应被视为第一部济公戏,它对济公形象的整合与重塑,对神异故事的移植与再造,进一步强化了民间济公信仰。此时的济公,已经是一个更加戏剧化、文学化的济公，他脱胎于南宋"疯僧"道济，又杂糅了更多可知可感的戏剧元素，让道济由人到神的演化过程更加饱满，也更加丰富。

由此，清人郭小亭《济公全传》，注定成为这条民间轨迹的集大成之作。在这部长篇神魔小说中，郭小亭从南宋以来的话本、曲艺入手，将神魔、公案、侠义与人情融入小说的章回之中，同时在头绪纷繁的故事中穿插进大量诗词、俚曲、山歌，从而全方位地展现出南宋的生活画卷和济公多元的性格特征。《济公全传》问世后，很快便在清末民初出现了神魔小说创作的高潮，当《二续济公传》《三续济公传》《四续济公传》等一批济公续传纷纷面世，当以《济公全传》为蓝本的戏曲、评书陆续被搬上舞台，道济—济颠—济公—活佛，便构成了中国文化一个特异的文化场，融入广大民众的精神生活空间。

是的，这就是那个在西湖的烟雨中体悟禅宗之妙的道济，这就是民间信仰的演变之路上逐渐被神化的济公。他的身上，杂糅了儒释二教的思想意识。他神通广大，疾恶如仇，又诙谐疯癫，不按常规行事，一把破蒲扇，一身烂袈裟，嬉笑怒骂之间，便平尽世间不平事。道济的"大戒"不持，藐视清规，看似是一个僧人对规则的叛逆，实则寄托了人们欲摆脱生活重压的理想；他"喝佛骂祖""浮沉市井"，看似是迥异于专注在青灯黄卷中的僧人，实则投射出人们对封建宗法制度的抗争；而他的托梦募化，古井运木，嘲弄官府，扶危济困，尤其是他智斗秦熺、惩治华云龙的故事，更随着人们的口口相传被彻底神化。当说书人逐渐将济公的形象演化为宣扬玄机禅理的戒坛，当济公这个诙谐又有正义感的形象在民众心中赢得广泛的认同，我们看到，济公的惩恶扬善、江湖侠义已经被诉诸救国无门的爱国志士的笔端，已经被熔铸进渴望恢复失地的将士的利剑，从济公身上，他们获得了自己壮志未酬的心理补偿，而济公，也由此从一个逸出尘外的普通僧人被推上折射着红尘之光的神坛。

今天，当我们走进灵隐寺，济公殿是一定要看的。有别于其他正殿中威严肃穆的神祇，道济的形象是歪戴僧帽、手执破扇的造型。佛门圣地之中，这样的形象，不仅没有让他受到冷落，反而迎来的是绵绵不绝的香火。纷至沓来的香客们虔诚地焚香膜拜这位被神化的禅师，其实也在追问着自己：真正的不受羁绊，在滚滚红尘中修身养性，我们做到了吗？

散处江湖的歌手

摊开生命的弦琴，拨响低沉的颤音，散处江湖的姜夔，是一个忧郁的流浪歌手。

姜夔的忧郁气质来自其飘无所依的生命困境。这位南宋江湖词风的奠基人，出身文人世家，自幼便跟随父亲宦游而各地迁转，十四岁时，父亲去世，他寄居汉阳姐姐家，在那里度过了自己的青春岁月。寄人篱下的成长经历造就了他多愁善感的性格，而成年之后的屡试不第，更让这位胸怀壮志的才子陷入深深的忧郁。"嗟呼！四海之内，知己者不为少矣，而未有能振之于窭困无聊之地者。"当跻身士林成为遥不可及的梦，姜夔只能混迹于幕府之间，成为一个身份卑微的清客，而他日常的生活来源，则全靠卖字和朋友的接济。"姜郎未仕不求田，倚赖生涯九万笺"，姜夔的朋友陈造曾用这样的诗句记录下姜夔的生命状态。文人生命的依托只有文字，它可能是让文人跻身显达的资本，也可能只是借以糊口的食粮，而彳亍于客居与漂泊中的姜夔，首先要用文字"为稻粱谋"，其次才是用才情赢得"生前身后名"。

不可否认,在宋代词人中,姜夔对音乐韵律的把握是最为精到的。由于词的导入源自西域的燕乐,因此与音乐的紧密贴合也便成为词与诗的最大区别,直到北宋苏轼引诗而济词,方才丰富了词的表现形式,走出了一条宋词诗化之路。而音乐禀赋极高的姜夔的理想境界则是要将音乐与文学糅合得至真至美,在他存世的80余首词作中,姜夔自注工尺旁谱的自制曲达到了17首之多。这些自制曲格高韵逸,别出心裁,清人郭麐《灵芬馆词话》评其词为:"一洗华靡,独标清绮,如瘦石孤花,清笙幽磬,入其境者疑有仙灵,闻其声者人人自远。"形象而准确地总结了姜夔词一种清幽高洁而又玄秘空灵、韵趣深蕴的艺术特色。

> 庾郎先自吟愁赋。凄凄更闻私语。露湿铜铺,苔侵石井,都是曾听伊处。哀音似诉。正思妇无眠,起寻机杼。曲曲屏山,夜凉独自甚情绪。
>
> 西窗又吹暗雨。为谁频断续,相和砧杵。候馆迎秋,离宫吊月,别有伤心无数。豳诗漫与。笑篱落呼灯,世间儿女。写入琴丝,一声声更苦。
>
> ——姜夔《齐天乐》

这首《齐天乐》,是姜夔应和友人张镃之作,词前有一段小序,交代出创作此词的经过:

> 丙辰岁,与张功父会饮张达可之堂。闻屋壁间蟋蟀有声,功父约予同赋,以授歌者。功父先成,辞

> 甚美。予裴回茉莉花间，仰见秋月，顿起幽思，寻亦得此。蟋蟀，中都呼为促织，善斗。好事者或以三二十万钱致一枚，镂象齿为楼观以贮之。

看看，文人之交就是这么有意思，一只隐于壁间的蟋蟀发出的声音，也能成为文人间相互斗文竞技的由头，而更有趣的是，这只只闻其声不见其形的蟋蟀，遇到了既通词翰又懂音律的姜夔！友人张镃的词作很快就写好了，但姜夔却在茉莉花丛里踟步再三，他必须写出一首更具音乐之美的新词，才会对应上自己的才情！皓月当空，花香满径，蟋蟀的叫声一声紧过一声，好像在歌咏着难得的良辰美景，又像是在催促姜夔快快写出令人惊艳的绝妙好词！

终于，当《齐天乐》的韵律缓缓响起，我们开始进入到一个由各种声音形成的音乐场。这里，有蟋蟀的鸣叫声，有诗人的吟哦声，有思妇的机杼声，有囚者的哀怨声，当这些声音一起融入舒缓的慢板，我们实际完成的，是一次伴着词人思绪的行走，而随着最后一句"写入琴丝，一声声更苦"，我们相信，那只藏在墙壁间的蟋蟀成了后人和姜夔进行心灵沟通的使者。这是作为词人的姜夔带给我们的想象空间，更是作为乐人的姜夔带给我们的音乐魅力！

按理说，以姜夔的才情是不应泯然于民间的，然而，回顾这位"江湖散人"的生命轨迹，我们看到，他一生曾漂泊于扬州、沔鄂、金陵、吴兴、吴淞、合肥、苏州、越州、杭州、梁溪、华亭、括苍、永嘉等地，无缘仕进，终身布衣，他出众的才华，尤其是在音乐上的才华并未改变他的生存困境。庆元三年（1197），一腔热情的姜夔向朝廷献上《大乐议》《琴瑟考古图》，建议整饬国乐，此后又进献《圣宋铙歌鼓吹十二章》。在这些颇具见地的音乐著述和恢弘的组曲中，姜夔洋洋洒洒地挥发着自己的才情，同时也指出教坊乐的诸多症结，在他看来："击钟磬者不知声，吹匏竹者不知穴，操琴瑟者不知弦，同奏则动手不均，迭奏则发声不属。"同时，他对雅乐中掺杂胡乐与俗乐的现象也不以为然："以意裁声，不合正律，繁数悲哀，弃其本根，失之太清……沉滞抑郁，腔调含糊，失之太浊。"作为一个对音乐极富敏感的文人，姜夔渴望通过一份对音乐的自信求取功名，然而，最终这些心血之作都如泥牛入海，并未引起朝廷的重视，尽管后来朝廷下诏允许他破格到礼部参加进士考试，但还是以落榜告终。身背一张破旧的七弦琴，姜夔，依然是一个裁云缝月的底层文人，依然是一个行走江湖的落魄歌手。

生活的困厄影响着姜夔的词风，而国家的多难更搅起歌手的乡愁。姜夔生活的时代，是宋金对峙的时代，战争的灾难加剧着生命的痛楚，化入文字，注定是哀婉的悲歌。

> 淮左名都，竹西佳处，解鞍少驻初程。过春风十里，尽荠麦青青。自胡马窥江去后，废池乔木，犹厌言兵。渐黄昏，清角吹寒，都在空城。
>
> 杜郎俊赏，算而今、重到须惊。纵豆蔻词工，青楼梦好，难赋深情。二十四桥仍在，波心荡、冷月无声。念桥边红药，年年知为谁生。
>
> ——姜夔《扬州慢》

姜夔这首《扬州慢》，作于他22岁的风华正茂之年，而依据则是多年以后姜夔为该词添加的一段小序：

> 淳熙丙申至日，予过维扬。夜雪初霁，荠麦弥望。入其城，则四顾萧条，寒水自碧，暮色渐起，戍角悲吟。予怀怆然，感慨今昔，因自度此曲。千岩老人以为有黍离之悲也。

南宋孝宗淳熙三年（1176）的一个冬日，四处漂泊的姜夔来到了扬州。这是他第一次来到扬州这座在唐代就达到极盛的历史名城。扬州不仅是南北水陆的重要枢纽，更是对外贸易的重要商埠，在姜夔的想象中，它就是"淮左名都，竹西佳处"，应当有张祜笔下的"十里长街市井连，月明桥上看神仙"的繁华，也应当有杜牧诗中"二十四桥明月夜，玉人何处教吹箫"的灵秀。然而，迎着凛冬的寒风，走过初霁的雪野，这座当年歌吹十里的"淮左名都"呈现在词人面前的，却是破败的城垣，荒芜的街衢。先后历经金兵的两次蹂躏，扬州早已不复昔日的繁华，放眼望去，尽是苍黑的焦土和流血的伤口。身为布衣的姜夔，当然不能像岳飞那样发出"壮志饥餐胡虏肉，笑谈渴饮匈奴血"的豪迈誓言，也很难进入辛弃疾"醉里挑灯看剑，梦回吹角连营"的铿锵梦境，但邦家罹难同样也在震荡着像姜夔这样的底层生命个体，站在自己生存的高度上，姜夔能看到的只有落寞的桥边红药，孤寂的无声冷月。生命层次和生命阅历的迥异，使铁马冰河的意象难以走进姜夔的文字，但黄昏中的清角吹寒同样也能传达出一介布衣的忧国之心。事实上，正是从这首《扬州慢》开始，姜夔便以一种独特的凄冷之美切入南宋词坛："候馆迎秋，离宫吊月，别有伤心无数。"在《齐天乐》的韵脚里，我们能够感受到萧索的悲声。"二十四桥仍在，波心荡、冷月无声。"在《扬州慢》的铺排中，我们能够触摸到时代的悲慨。"江国，正寂寂，叹寄与路遥，夜雪初积。"在《暗香》的旋律中，我们可以和词人的忧伤共鸣……诚如清人宋翔凤《乐府余论》所云："《齐天乐》，伤二帝北狩也；《扬州慢》，惜无意恢复也；《暗香》《疏影》，恨偏安也。"当登临之恨与咏物之叹共同交织进入哀婉的乐阵，在雾重霜浓的江湖中流浪，忧郁，是姜夔难以挣脱的主题。

心一旦忧郁起来，拨动任何琴弦都难以传出高亢的回响。翻检姜夔有限的存世之作，我们可以发现，其中有20余首词作都涉及一段青楼情事，占据了现存姜夔词的四分之一。青年时期的姜夔，一度浪迹江淮，就在他驻足合肥期间，结识了一位疑似出自勾栏的女子，此女通晓音律，又颇能填词作赋，被姜夔引为红颜知己。在他眼中，这位女子有着曼妙的身姿，"阅人多矣，谁得似长亭树""柳怯云松，更何必、十分梳洗"，有着精湛的琴艺，"为大乔、能拨春风，小乔妙移筝，雁啼秋水"，更有着温婉的性情，"问后约、空指蔷薇，算如此溪山，甚时重至"……可以说，在合肥勾留的那段日子成了姜夔生命中弥足珍贵的时光。经历了那么多的烟柳繁华，登临过那么多的亭台楼阁，姜夔的心始终都是一种客居心态，扬州不是他的，杭州不是他的，旅食于江湖的他，只有在合肥这样一座当时南宋的边地城市，才找到心灵的归宿。那位在烟雨中拨响桐筝的玉人，早已融入姜夔善感的心宅深处，她不再是侑觞佐酒的歌妓，而是一个真正懂他爱他欣赏他的亲密爱人。然而，这样的神仙眷侣一般的爱情，对于羁旅寄食的姜夔而言又岂能持久！绍熙二年（1191）冬，当一场纷纷扬扬的大雪簌簌飘落，天地间一片洁白，这段情事最终被覆压，被冻结，无缘而散，无果而终。

> 肥水东流无尽期。当初不合种相思。梦中未比丹青见，暗里忽惊山鸟啼。
> 春未绿，鬓先丝，人间别久不成悲。谁教岁岁红莲夜，两处沉吟各自知。
> ——姜夔《鹧鸪天·元夕有所梦》

这首《鹧鸪天》，是姜夔的一首记梦词，作于庆元三年（1197）元宵节。此时的姜夔已经40多岁，但20年前的那段情感在这首词中却历久弥新，那位色艺双绝的青楼女子成了姜夔一生的遗憾。"肥水东流无尽期，当初不合种相思。""谁教岁岁红莲夜，两处沉吟各自知。"在这些感伤的词句中，我们看到的是一个沉湎于往事不能释怀的词人。其实，姜夔虽一生漂泊，却是有妻室的，在他30岁时，姜夔结识了《扬州慢》小序中提到的那位"千岩老人"萧德藻。萧德藻诗文俱佳，与杨万里齐名。见到姜夔后，萧德藻盛赞其才，认为是"四十年作诗始得此友"，为此，特将侄女许配给他，随后姜夔便依萧德藻寓居湖州。按理说，这样的知遇之恩，姜夔应当感到高兴，但遍览其80首词作，根本找不出一篇描写夫妻情深的作品，倒是那个朦胧神秘的青楼女子始终是他精神恋爱的对象。为什么会这样？历史的迷雾太厚重，我们实在不得而知，但有一点也许是个主要原因，那就是生活的困顿与仕途的无望，加剧了姜夔婚姻生活的痛苦，处在这样一种状态之中，他只能向那位红颜知己倾吐心中的沉郁。其实，在回忆中陷得越深，就越发加重生命的痛苦，抚琴悲歌之中，姜夔用忧伤的长短句守住的，只是一段虚化而又致

宋姜白石先生象

癸酉二月為
蒼虬侍郎作

溥儒

溥心畬《姜夔画像》

命的情感。

在江湖烟雨中艰难行走，姜夔不会想到自己的词作会形成一派词风。这是一派来自社会底层的别样词风，它不是纸醉金迷里的华丽软语，也不是锦衣玉食中的故作闲愁，而更多的是黍离之悲。正是这一点，让姜夔成为南宋江湖词派的开山之师。当然，一支长箫，一袭青衫，一片江湖，又让他的生命背影比其他南宋词人更多出了几重意趣：他是林和靖之后赋梅的高手，"旧时月色，算几番照我，梅边吹笛。唤起玉人，不管清寒与攀摘""苔枝缀玉，有翠禽小小，枝上同宿。客里相逢，篱角黄昏，无言自倚修竹"，正是这样的《暗香》与《疏影》，才让南宋张炎在《词源》中不吝赞美之词，认为此二曲"前无古人，后无来者，自立新意，真为绝唱"；他对自己又是如此苛求，每一首词，他都要经历长时间的推敲打磨，并经过声妓反复试唱方能定稿，而当友人念其困厄，欲为他出资买官，则被他严词拒绝，在他看来，用金钱买来的功名有悖于自己的高洁之气……

这是作为"江湖散人"的姜夔不会想到的，他的80余首存词，会在豪放与婉约之间另辟蹊径，自成一家。清代冯煦认为："白石为南渡一人，千秋论定，无俟扬榷。"清末陈廷焯则说："姜尧章词清虚骚雅，每于伊郁中饶蕴藉，清真之劲敌，南宋一大家也。"生于宋元之交的张炎对姜夔词更是推崇备至，特用"清空"二字概括姜夔的词格，认为姜夔词"如野云孤飞，去留无迹"。的确，一生漂泊的姜夔就是一片孤飞的野云，在生命的乐章中，这位流浪歌者一生都在弹奏着低沉的曲调。嘉定十四年（1221），姜夔在贫病交迫中离开人世，竟凄惨到无钱安葬的境地，后来还是友人凑钱，方得葬于杭州钱塘门外。

史载，姜夔曾与南宋将领张俊之曾孙张鉴过从甚密，张鉴曾欲割无锡膏腴田庄赠姜夔以济其贫，后来此事不知何因终未能成。其实，现在想来，这件事对于姜夔而言，既是憾事又是幸事，真要是成为那座膏腴田庄的庄主，姜夔的生活状态肯定会有更多的亮色，但那样一来，我们还能够读到那么多令人动容的骚雅之词吗？在80余首词作中徜徉，我们还能够感受到飘浮在空气中的生命颤音吗？姜夔是一个歌手——是歌手，就应当具备一种渗到骨子里的忧郁气质；是歌手，就应当在路上。

春风得意"折丹桂"

"春风得意马蹄疾,一日看尽长安花。"中国科举制度,曾被一些学者认为是中国古代的"第五大发明"。经历了隋的肇始,唐的完善,到了两宋,科举制度进入了它的鼎盛期,此后,宋代科举制度的标准逐渐成为后世王朝效法的圭臬。

发动陈桥兵变并开创大宋基业的宋太祖赵匡胤自即位之日起,就深知治乱在于治心。这个从五代十国群雄割据的烽烟中一路笑到最后的武人,太知道武将擅权的危害了,他曾对自己的股肱之臣赵普说:"五代方镇残虐,民受其祸,朕今选儒臣干事者百余,分治大藩,纵皆贪浊,亦未及武臣一人也。"正因如此,自开国之初,赵匡胤便将重文抑武作为一项重要国策,而这项国策的重要抓手,便是重新捡起历经战乱废弛已久的科举制度。隋炀帝创立的科举制度,无疑是对秦汉以来"世胄蹑高位,英俊沉下僚"局面的一项创新之举。尽管这个在史书中被骂得狗血淋头的荒奢之君在位期间仅进行了三次分科考试,真正晋身显赫者寥寥无几,但科举毕竟给平民知识分子开通了一条公平竞争的管道，促进了社会阶层的流动与交融。及至唐代，这个中国历史上以海纳百川兼容并包屹立于世的庞大帝国已经让这项官吏选拔制度更加完善。当春风得意的登科举子们集体赶赴热闹喧嚣的曲江飨宴，并无比荣耀地在慈恩寺内的大雁塔下写上自己的名字，科举取士，已经以一种渗入民间的力量，成为寒门学子潜心苦读的动力，成为每一位读书人心中最瑰丽的梦。

宋代的科举制，不是对隋唐以来科举制单纯地"拿来"，而是以一系列的制度保障和创新手段，为这项封建王朝的重要"发明"做了进一步的提升与加固。在唐代，"采誉望""纳公卷"，一直是科举考试前的重要铺垫，天下举子若想增加被录取的机会，就要拿着自己的诗文去叩响台阁近臣之门，谓之"行卷"或"纳公卷"。举子们的诗文能否得到这些官员的垂青，能否在"誉望"方面赢得更多的激赏，决定了他们被知贡举官员看到的概率，而这种先入为主的印象分无疑是一张科举试卷之外重要的"加权"。"离离原上草，一岁一枯荣。野火烧不尽，春风吹又生"，当年，白居易正是凭借这首《赋得古原草送别》得到顾况的赏识，进而在长安"采誉望"；而写出"洞房昨夜停红烛，待晓堂前拜舅姑。妆罢低声问夫婿，画眉深浅入时无"的朱庆馀，更是凭借这首《闺意献张水部》，为自己的科举铺平了道路，最终如愿登第。正因如此，宋初，"采誉望""纳公卷"一度风行一时。然而很快，宋廷就发现了问题，"采誉望""纳公卷"固然可以全方位考察举子们的综合素养，但也极易成为结党营私、徇私舞弊的温床，容易将一些寒门举子拒之门外。当"贵者以势托，富者以财托，亲故者以情托"成为"公荐"乱象，宋太祖遂两次下诏废除"公荐"，要求"礼部贡举人，自今朝臣不得更发公荐，违者重置其罪"，最终将一纸考卷作为了科举考试中唯一的评定标准。这种做法在一定程度上杜绝了公卿大臣对考试过程的干预，从而让举子们尤其是没有什么"朋友圈"的举子们有了脱颖而出的可能。

除了罢公荐，停公卷，宋代科举取士的范围也进一步扩大。举子们可以来自社会各阶层，工商之士亦可参加科举考试，这无疑是对既往重农抑商观念的突破，要知道，当年李白正因是商人之子，才无缘科举之门的。当然，范围扩大了，并不意味着迈进这道门槛的随意性增加了，相反，比之前朝，对举子身份籍贯的甄别更加严格了。宋廷要求，参加科举考试之前，应试者需投纳家状，写清籍贯、姓名、年龄、三代、家庭成员等相关信息，以期杜绝"妄引宗枝""滥冒服属"现象；同时，必须有保官或者保人对应举者的籍贯、才学、品行等方面做担保，如有违制，担保者也要受罚。为了拓宽科举之门，延揽四方贤士，宋廷对世家子弟、贵胄之后在科举考试中的防范措施也相当严格，他们被安排在别院就试，有专门的主考官和监考员；同时，恩荫入仕的官宦子弟或是希望通过科考寻求上升空间的下层官吏也可参加科举考试，但需先提出申请，经皇帝批准方可应试，科举之日，另设场屋，谓之"锁厅试"。这项举措的施行，既在一定程度上限制了以恩荫和世袭等方式选拔官吏，同时也保证了生源的数量和质量，诚如宋太宗所云："朕欲博求俊彦于科场中，非敢望拔十得五，止得一二，亦可为致治之具矣。"

  雪晴山色分遥碧。辉映江南北。子今东去步蟾宫，看少展、垂天翼。

  晚来江上西风息。算不是新丰客。明年三月见君时，庆章绶、纡铜墨。

——王之道《折丹桂·用前韵送赵彦翔省试》

这首《折丹桂》，为宋人王之道送友人赵彦翔参加省试时所作，从这首词的字里行间，我们能感受到王之道对友人的殷殷热望。在唐代，州府举行的考试称为解试，尚书省礼部举行的考试通称省试，到了宋代，这种层层选拔的考试制度仍在沿用，王之道的友人赵彦翔能在解试中脱颖而出，去参加更高级别的省试，应该说，距离飞黄腾达之日仅咫尺之遥。宋代的科举制，沿袭了唐制，也深深地打上了宋代的烙印："三岁一贡举"的固定周期，让寒窗苦读的举子们有了稳定的目标和规划；"特奏名"制度的出台，让屡黜于礼部的举子有了可以被朝廷量才录用的机会；而及第即授官的做法，则完全降低了唐代举子们通过科举考试之后还要继续通过吏部考核方可释褐为官的门槛，让宋代举子们的仕进之路少了一重阻隔。当然，纵观宋代科举，最显著的特点还是殿试。尽管殿试在唐代就已有之，但将它与解试、省试一起，构成固定的科举考试三级制却是在宋代。宋太祖开宝六年（973），落第举子徐世廉状告知贡举李昉徇私舞弊，"帝乃籍终场下第人姓名，得三百六十人，皆召见，择其一百九十五人，并准以下，乃御殿给纸笔，别试诗赋"。自此之后，殿试成为宋代科举定制，殿试的主考官就是皇帝本人，而殿试的诸多关键环节也由皇帝把持，从而使天下举子们由有司产生的"座主门生"变为经皇帝钦定的"天子门生"，一改"自唐以来，进士皆为知举门生，恩出私门，不复知有人主"的旧习，有司的权力寻租空间被压缩了，皇帝的恩典畅通无阻了。当宋太祖面对经过解试、省试选拔出来的举子，亲自命题，当廷考试，这位在乱世烽烟中起家的武人，已经通过殿试进一步提升了自己的赫赫皇威，一句"向者登科名级，多为势家所取，致塞孤寒之路，甚无谓也。今朕躬亲临试，以可否进退，尽革畴昔之弊矣"，既道出了宋太祖将殿试固定成制的那份自得，更让贡举在此后的岁月中真正成为一项大宋举子之贡，天下英才之贡。

和隋唐设立科举制度的初衷一样，进入宋代，朝廷在科举录取的公平公正上可谓做足了文章。首先，针对考官，宋廷想出了三种办法来规避泄露考题、暗通款曲等舞弊行为，即锁院、糊名和誊录。宋太宗淳化三年（992）正月，翰林学士苏易简被任命为主考官，"既受诏，径赴贡院，以避请求"，锁院制度由此开始。宋代锁院制度十分严格，一经开科，确立考官人选，这些被任命的官员便要进入学士院，关闭院门，杜绝与外界的一切联系，直到科考结束，定出等第，方准归家。这项制度可以说从科举考试的第一个环节就给考官们上了一道"紧箍"，让疏通请托不复可能。锁院的时间一般为一个月甚至更长的时间，考官们虽然言行受限，却也不乏轻松的故事。欧阳修曾在《归田录》中记载了北宋嘉祐二年（1057）与端明殿学士韩绛、翰林学士王珪、侍读学士范镇、龙图阁学士梅挚同知礼部贡举的往事。几位考官平时就喜诗酒唱和，此次共锁一院，更是相谈甚欢，以往的考官大多谨言慎行，生怕哪句话说不对给自己惹上麻烦，但这几位考官却天天诗书互答，颇为惬意。"十五年前出门下，最荣今日预东堂"，这是作为学生和晚辈的王珪在向老师欧阳修表达敬意；"昔时叨入武成宫，曾看挥毫气吐虹。梦寐闲思十年事，笑谈今此一樽同"，这是欧阳修回忆当年王珪殿试时的俊逸才情；"淡墨题名第一人，孤生何幸继前尘"，这是范镇

［宋］佚名《柳堂读书图》

作为国子监和南省两试第一名，在和此前也在这两试中独占鳌头的欧阳修分享共同的高光时刻……高高的红墙，紧锁的院门，让科举考试严肃而庄重，而这些经历过"龙门之跃"的考官早已云淡风轻，在彼此的唱和中张扬生命中永远的光荣与骄傲！

如果说锁院制度成为针对考官设置的第一道禁锢，那么几乎与之同时的糊名制和誊录制的施行，则让考官们徇私舞弊的空间几乎压缩为零。还是在宋太宗淳化三年（992），将作监丞陈靖上疏，建议在科举考试中使用糊名的办法，宋太宗深以为然。糊名又称弥封，即将试卷上考生的姓名、籍贯、家世等信息封贴起来，使考官无法获知考生身份，只能凭文章评定其优劣。糊名制的施行，让阅卷环节更加公平公正，但考生们的笔迹还是容易被识别出来，为了解决这一问题，誊录制又迅速补位。所谓誊录，即考生交卷之后，设专班对考生试卷另行誊录，从而彻底抹去可以识别考生的一切痕迹。这项制度在宋真宗大中祥符元年（1008）已全面施行，为此，宋廷专设了誊录院，"令封印官封试卷付之，集书吏录本，监以内侍二人"，以防考生在试卷上以"点污"的形式与考官通气。糊名制和誊录制的施行，让科举考试的公平公正变得更加可行。史载，宋仁宗皇祐五年（1053）省试，国子监有个叫郑獬的考生自负其才，因排名第五，颇有怨气，将主考官比作"驽马"，结果惹恼了主考官。在接下来的殿试环节，主考官看到有份试卷很似郑獬文笔，当即便将其淘汰。然而待到拆封对名时，这个挟私报复的主考官才发现，那份被他淘汰的试卷根本就不是郑獬的，在这场殿试中，郑獬以其斐然的才情折桂，得了第一。900多年后，我们完全可以想见那位主考官满脸沮丧的表情，但这也恰恰说明了科举制度在宋代的严密与公平。

当然，为保障科举的公平，宋代除了对考官设定一道道"紧箍"，对考生的防范措施更是到了无以复加的程度。和唐代一样，宋代也不乏场屋怀挟之风，欧阳修在主持嘉祐二年（1057）科举考试时，就曾向仁宗上书道："窃闻近年举人公然怀挟文字，皆是小纸细书，抄节甚备。每写一本，笔工获钱三二十千。"从这段文字，可以看出，在宋初"打小抄"已形成一条"产业链"。科场历来是朝廷与举子们的博弈场，尤其是宋代，不仅考官们出题出得越来越古怪刁钻，从经史子集中大量搜章摘句捏合而成的"合题"或"关题"常令考生如坠五里云雾，无法破题落笔，而且针对考生的怀挟之弊，也有很多非常手段。在解试、省试、殿试中，均设有监门官和巡铺官员，考生在入场屋之前，要被严格搜身，到了南宋末年，甚至有被强行脱衣搜身者。一旦发现挟书入场，考生将六年内不得应举，如果再犯，则永不得应举。此外，还科举同保，实行连坐。宋太宗太平兴国七年（982）诏曰："或假手以干名，或挟书而就试，渐成浇薄，宜用澄清……仍令礼部，自今诸道解到贡举人，依吏部选人例，每十人为保。内有行止逾违，为他人所告者，并当连坐，永不在赴举之限。"除了对场屋怀挟有严厉的防范措施，宋廷对应举者的冒贯之风也有相应对策。所谓冒贯，即指应举者不在籍贯所在地区参加解试，而在其他录取概率较大的地区参加解试的行为。由于宋代地区解额分布不均，尤其是开封府解额最多，因此开封府也便成为冒贯的重灾区。针对这种情况，宋代出台了诸多举措，《宋史》载："景德四年，命有司详定《考校进士程式》，送礼部贡院，颁之诸州。士不还乡里而窃户他州以应选者，严其法。"而进入到真刀真枪的考试环节，场屋之内更是气氛肃森，考生不仅要另交一篇文章，以作日后核对笔迹姓名之用，而且，由于曾有"饮食公然传入,弹圆随水注入"的舞弊现象,甚至出台了禁送茶水饮食的科场禁令,从而出现了沈括《梦溪笔谈》记载的考生渴极喝研墨之水的极端情况。

> 丹诏天飞,见皇家愿治,侧席英才。鸿儒抱负素蕴,壮志兴怀。文场战胜,便从此、脱迹蒿莱。人共羡,鹿鸣劝驾,还因计吏偕来。
> 先春占早争开。是人间第一,唯有江梅。莆中旧传盛事,六亚三魁。桃花浪暖,更平地、听一声雷。蓝绶衮,芦鞭骏马,长安走遍天街。
> ——赵师侠《汉宫春·壬子莆中鹿鸣宴》

这首《汉宫春》,由词题可知作于壬子年(1192),作者赵师侠身为赵宋宗室后裔,赶上了宗子族群大规模走进科场的时代。因为在北宋初年,朝廷为了吸纳更多寒俊之士,是禁止宗子参加科举考试的,他们均由朝廷授官,坐食俸禄而不任事,实际上是被朝廷养起来的一群人。及至南宋,随着宋廷推出宗室第六、七代孙取消赐名授官的举措,像赵师侠这样的宗子由此挤上科举这座独木桥。幸运的是,赵师侠于淳熙二年(1175)中了进士,也有了官做。赵师侠作这首《汉宫春》时,距离自己参加科举考试已经过去了18个年头,但当年的荣耀仍历历在目。从词题看,赵师侠创作的这首词当是于莆中鹿鸣宴上即兴而为。那么,什么是鹿鸣宴呢?鹿鸣宴其实是一种饯行之宴,各地考生在成功通过解试准备赴省试之前,依例各州郡长官都要为他们饯行。这种饯行宴在唐已有之,唐人杜佑《通典》有"行乡饮酒礼,歌《鹿鸣》之诗"的记载。及至宋代,此风更是成为科举礼仪。鹿鸣宴上，不仅有举子，也有地方官员、郡望贤达，作为赵宋宗子，又是"资深进士"，赵师侠自然在被邀之列。当兴致盎然的赵师侠以过来人身份对新科举子寄予殷殷厚望，并以"莆中旧传盛事，六亚三魁"的桑梓之荣相勉，我们看到，两宋的科场赶路人，背负的是一身霜雪，点燃的是一腔豪情。

> 治世求才重，公朝校艺精。
> 临轩升造士，入彀得群英。
> 并跻云梯峻，联登桂籍荣。
> 庇民思善政，慈惠体予情。

这首《赐刘辉登第》，是宋仁宗现存唯一一首完整的闻喜宴赐诗。如果说鹿鸣宴表达的是一方州郡对举子的殷殷希望，那么闻喜宴则是皇帝在殿试之后赐予登科进士们的琼林宴。尽管在这样盛大的国宴上，新科进士们远不如鹿鸣宴上那般放松，但谁能忘记这人生最重要的高光时刻呢？

宋人黄庭坚曾将观古人书视为"君子事业"，将为科举而书而文视为"举子事业"，意即科举对文学的推动作用并不大，欧阳修、苏轼这些当年科场翘楚虽以时文登第，但最终都是因为观古人书，才做大了"君子事业"。黄庭坚此论不无道理，但我们更应看到的是，由于扩大了选才的范围，执行了严格的措施，宋代科举在最大限度上保证了选拔官吏的公平与公正，使进士的数量和质量都达到了中国历史上的极盛。有记载，宋太宗淳化三年（992），各地举送礼部省试的贡生达1.7万余人，进入南宋，曾到临安应举的考生则达十万之众；而在录取规模上，唐代录取进士每次不过二三十人，最少时甚至只有几个人，但到了宋代，进士的录取人数已从太宗朝的每次一百余人发展到神宗朝的每次四百至六百人，最多时是理宗宝庆二年（1226），竟有989人及第，是南宋进士录取最多的一科。更值得注意的是，两宋时期尤其是北宋，只有进士一等才有官升宰相的机会，宋人吕祖谦曾说："进士之科，往往皆为将相，皆极通显。"当范仲淹、欧阳修这些出身寒微的士子通过自己的努力，最终成为宋代政坛上耀眼的明星，当宋真宗用"书中自有千钟粟""书中车马多如簇""书中自有黄金屋""书中自有颜如玉"劝学于天下士子，我们看到，宋代科举制度，已经成为国家加速知识分子流动的重要手段，成为选拔官吏强化集权的有力举措，更成为凝聚天下士子抱负和理想的容器。

人间有味是清欢

中国饮食文化源远流长，每个王朝都有自己的饮食文化特征，同时，又有着赓续不衰的代际传承。当历史的车轮驶入宋代，这个在经济上进入鼎盛、在审美上达到高峰的王朝，悄然改变了唐代的粗犷胡风，向着细腻精巧的轨道行进。宋人饮食结构的丰富，饮食审美的提升，饮食风尚的多元，建构起300余年宋史的清雅之貌，也串联起燎烈炽热的人间烟火。

承接唐代遗风，宋人对羊肉的偏爱更甚，尤其是在王公贵族之间，更以食羊肉为贵。早在宋太祖开国时，就规定"饮食不贵异味，御厨止用羊肉"。史载，太祖曾请纳土入朝的吴越国君钱俶吃过一道名为"旋鲊"的宫廷御膳，这道菜的原料就是上等的羊肉，因御厨"仓卒被命，一夕取羊为醢以献焉，因号旋鲊"；到了真宗朝，皇宫内"不登彘肉"已成定俗，时称"膏嫩第一"的陕西冯翊羊肉成为宫廷首选，"御厨岁费羊数万口"；仁宗、英宗朝，上等羊肉的取材不再限于陕西，朝廷从"河北榷场博买契丹羊岁数万"；及神宗即位，皇宫年食羊肉数量已相当惊人，达"四十三万四千四百六十三斤四两""常支羊羔儿一十九口"；宋室南渡后，宫廷对羊肉的热情有增无减，高宗继续将食用羊肉视为祖制，孝宗时，仅皇后"中宫内膳"便"日供一羊"，更遑论其他。

上有所好，下必甚焉。由于宫廷食羊成为定俗，加之羊肉有补中益气、安心止惊的功效，羊肉遂成为宋人眼中最为重要的肉食。《夷坚志》曾有这样一段记载：

> 蒙城高公泗师鲁，绍兴末，监平江市征。吴中羊价绝高，肉一斤为钱九百。时郡守去官，浙漕林安宅居仁摄府事，其人介而啬，意郡僚买羊肉食者必贪，将索买物历验之。通判沈度公雅以告师鲁曰："君北人，必不免食此，盍取历窜改，毋为府公所困。"师鲁笑谢，为沈话前说，且曰："亦尝仿其体作一绝句云：'平江九百一斤羊，俸薄如何敢买尝？只把鱼虾充两膳，肚皮今作小池塘。'"

由这个故事可以看出，在南宋初期的江南地区，羊肉价格已经高得离谱，别说普通百姓，就是普通官吏都吃不起，所以当有个林姓官员认为郡僚之中买羊者必贪，高公泗的下属遂好意劝他"取历窜改，毋为府公所困"。没想到这个高公泗干脆作了首诗，告诉他，自己这点官俸根本买不起九百钱一斤的羊肉，尽买些鱼虾果腹，肚皮都快成小池塘了。当然，九百钱一斤的羊肉高公泗吃不起，有人还是吃得起的，不仅吃得起，而且还吃得很奢侈。还是《夷坚志》的记载，说镇江有一官员生活极度奢靡，羊肉"唯嚼汁，悉吐其滓"，如此暴殄天物式的吃法，即便是皇宫之中也不会有，那个较真儿的林姓官员还真有必要查一查这个镇江官员的贪腐问题。而这个林姓官员想必不会不知道，在北宋神宗朝，被贬惠州的苏轼吃羊肉的方法那才叫一个坦然。羊肉不是贵吗？老饕不是馋吗？那就索性买点最便宜的羊脊骨，"骨间亦有微肉，熟煮热漉……随意用酒薄点盐炙，微焦食之，终日摘剔，得微肉于牙綮间，如食蟹螯"，岂不快哉？

当然，在宋人的副食结构中，羊肉虽处顶端，但并不影响其他食材对宋人的诱惑力。还是接着说说东坡居士吧，尽管皇城之中"不登彘肉"，直接将猪肉打入了冷宫，但对于被贬黄州的苏东坡而言，猪肉却成为他眼中的人间至味：

> 净洗铛，少著水，柴头罨烟焰不起。待他自熟莫催他，火候足时他自美。黄州好猪肉，价贱如泥土。贵者不肯吃，贫者不解煮。早晨起来打两碗，饱得自家君莫管。

习惯了苏轼文风的人们也许觉得这样一首太过"打油"的诗歌不应是苏轼所作，但这首诗字里行间所流露出的洒脱豪放又怎会出自他人之手？正是因为苏轼对猪肉在烹饪之法上的精到记述，让"东坡肉"的名声不胫而走，成为令宋人垂涎欲滴的美食。除了猪肉，宋人还爱吃牛肉、鸡肉、鸭肉、鹅肉，甚至还喜食野味。当然，宋人对河鲜、海鲜也颇为偏爱，比如食用有剧毒的河豚就是宋代士人的时尚，据说诗人梅尧臣嗜吃河豚，常呼朋引伴聚食之，并留下了一首题为《范饶州坐中客语食河豚鱼》的诗，"春洲生荻芽，春岸飞杨花。河豚当是时，贵不数鱼虾",看来是把河豚当作至爱了。如果说河豚之毒还让一些人望而却步,那么,宋人的食蟹风尚则更为盛行,尤其是南宋时期,随着人们迁至港汊密布、河海交汇的江南水乡,上至宫廷下至民间,食蟹之风大盛。宋人的食蟹方式不一而足:将蟹拆开,调以盐梅、椒橙,然后洗手再食,谓之生吃的"洗手蟹";将蟹肉抠出,和白酒、姜末等一起置入掏空的橙子里,盖上橙盖,在笼屉蒸而食之,谓之熟吃的"蟹酿橙"。除此之外,还有"酒蟹""糖蟹""糟蟹""蟹包""蟹饭"等以蟹为食材的诸多做法,可谓五花八门。

> 雪山有缘,白首重来,信不偶然。怅怆凄未洗,平戎何策,英灵不绝,赖蜀多贤。耆旧二三,甲兵百万,力障狂澜回巨川。秋声静,共巍楼把酒,自足筹边。
>
> 何人为我笺天。焉用此客星留井躔。正柴桑栗里,稻肥蟹健,松江笠泽,莼美鲈鲜。百计求闲,一归未得,便得归闲能几年。持公赋,待后堂新唱,夸语彭宣。
>
> ——李曾伯《沁园春·乙卯初度和程都大韵》

南宋词人李曾伯的这首《沁园春》,在和友人共同抒发恢复之志的同时,也道出了宋人在秋风渐起时的食蟹之风。的确,持蟹而饮,构成了宋代饮食文化中一道特别的风景。宋人的饮食结构,除了副食的多样性,富于变化的主食,同样也值得一说。

在封建礼仪中,天子一日四餐,诸侯一日三餐,平民一日两餐，这种仪轨被打破，是在商品经济高速发展的宋代，自宋代开始，中国历史上的一日三餐制正式在民间成为定俗。走进宋人的日常，你会发现，宋人的早餐往往是从一碗粥开始的。《庄简集》所载的李光《食粥诗》这样写道：

> 晨起一瓯粥，香粳粲如玉。
> 稀稠要得所，进火宁过熟。
> 空肠得软暖，和气自渗漉。
> ……

可见宋人已将粥作为早餐不可或缺的主食。"粥香饧白杏花天"，这曾是李商隐对唐人一款"饧粥"的歌咏，到了宋代，粥的品类更加丰富，麦粥、米粥、白粥、乳粥、菜粥、豆粥……名目纷杂，品种繁多，林洪《山家清供》还提到了一款"梅粥"："扫落梅英，拣净洗之。用雪水同上白米煮粥，候熟，入英同煮。"这样一碗色香味俱全的"梅粥"，想想就让人口舌生津。

在宋人的主食中，不可不提到面食。一团面，在揉压擀切之间，就幻化出多种风姿。它们可以是面条：百合面、萝菔面、槐叶淘、自爱淘、梅花汤饼……辅料的不同，做法的差异，会让人们的味蕾得到不同的满足，尤其是北宋士人郑文宝创制的云英面，以藕、莲、芋、鸡、慈姑、百合混搭，以瘦肉、蜜糖烂蒸、风凉、捣细配之，味道甚佳。它们可以是炊饼：烤制而成的叫烤饼，笼中蒸熟的馒头叫笼饼，它们是街头小贩的提篮叫卖之物，是宋人随时可以充饥的果腹之物，更是被写入《水浒传》《金瓶梅》的生动细节。它们还可以是包子："包子"这一名称的使用始于宋代，熟谙发酵技术的宋人学会了将发酵的面皮包上各种馅料，热气蒸腾之中，一屉屉皮薄馅大的包子就是宋人的美食，仁宗皇帝过生日，赐给群臣的便是包子，而《东京梦华录》中记载的"山洞梅花包子"，单听名字就已经让人迫不及待地要想吃上一口……

与宋人饮食结构的丰富相伴生的，是宋人饮食审美的提升。"集四海之珍奇，皆归市易，会寰区之异味，悉在庖厨"，宋代食材的丰富多元，让追求精致、典雅的宋人在饮食审美上也更加讲求食不厌精、脍不厌细。一种食材，通过蒸、煮、烤、烙、煎、炸等不同的烹饪方式，可以做出数十种菜式。被人们视作贱物的泥鳅，经过厨师的精心料理，会由"曾不享嘉宾"变成"下箸胜紫鳞"；通常作为下脚料的猪腰子，通过得法的调和，转而成为人们争相食之的美味；围绕一张餐桌，宋人更会让精心制作的菜肴呈现出缤纷的色彩，三色肚丝羹、五色水团、十色头羹、十色咸豉……当五颜六色的食材搭配上琳琅满目的配料，激活的不仅是人们的味蕾，更让食客们充分地享受到视觉之美。

值得注意的是，宋人为了烘托宴饮的气氛，还将看菜做到了极致。所谓看菜，顾名思义，主要是用来看的，它在一场宴饮活动中的作用就是让餐桌变得异彩纷呈。事实上，这种看菜在唐代时就已经出现，《清异录》中曾记载过唐代有个法号梵正的比丘尼，颇擅此艺，曾将酱肉、鱼鲊、酱瓜等食材做成了惟妙惟肖的辋川二十一景的看菜。到了宋代，看菜已经发展得更加丰富，技法也更加高超。宋人吴自牧《梦粱录》载，在宋代酒楼食肆，客人"初坐定，酒家人先下看菜，问酒多寡，然后别换好菜蔬。有一等外郡士夫，未曾谙识者，便下箸吃，被酒家人哂笑"。这样的看菜，通常是酒家用以炫技的招牌，不是让人吃的,而是让人看的,当然,最终还是为了吸引人们大快朵颐酒家拿手的美食。民间的看菜如此,宫廷的看菜就极尽奢华了。《东京梦华录》载,在北宋的宫廷御食席面上,各国使节和群臣的面前都"分列环饼、油饼、枣塔为看盘,次列果子";为了表示对辽国使者的尊重,还要额外在他们的案几上增添羊、鸡、鹅、兔、连骨熟肉等,"以小绳缚之"。为了强化看菜"看"的功能,御厨们使尽十八般武艺,在食材的雕刻、装饰、造型上不遗余力,精益求精,对此,北宋名臣司马光颇不以为然:"饮食所以为味也,适口斯善矣。世人取果饵而刻镂之、朱绿之,以为盘案之玩,岂非以目食者乎?"

当然,宋人饮食审美并不囿于简单的表象,而更注重整体的协调。除了在菜肴色彩的搭配上讲求鲜艳靓丽,在食器上注重造型、纹饰优美,质地精良,宋人还格外讲求五味的调和,一席盛宴,会融入酸、甜、苦、辣、辛、咸之味,实际暗合了中国哲学观、宇宙观中的阴阳五行思想。在酒家厅堂的装饰装修上,店家也是颇费心思。《梦粱录》载,"汴京熟食店,张挂名画,所以勾引观者,留连食客""今之茶肆列花架,安顿奇松异桧等物于其上,装饰店面",及宋室南渡,此风延续,据说宋高宗有一次游幸西湖,"御舟经断桥,桥旁有小酒肆,颇雅洁,中饰素屏,书《风入松》一词于上,光尧(宋高宗)驻目,称赏久之,宣问何人所作,乃太学生俞国宝醉笔也"。

  一春长费买花钱,日日醉花边。玉骢惯识西湖路,骄嘶过、沽酒垆前。红杏香中箫鼓,绿杨影里秋千。
  暖风十里丽人天,花压鬓云偏。画船载取春归去,余情寄、湖水湖烟。明日重扶残醉，来寻陌上花钿。

——俞国宝《风入松》

凭借这首《风入松》，这个叫俞国宝的太学生得到高宗垂青，经赵构一字之改而声价十倍，有了美官。其实，两宋饮食文化的发展与文人士大夫阶层的助推密不可分，儒家礼教中"君子远庖厨"的观念，在宋代文人这里已经变得很淡薄，许多文人如老饕苏轼、老馋刘子翚、荔枝颠刘克庄等，不仅是美食家，还是烹饪高手。正是在他们的影响和推动下，宋代饮食和唐代饮食相比，出现了许多新的变化。

细雨斜风作晓寒，淡烟疏柳媚晴滩。入淮清洛渐漫漫。

雪沫乳花浮午盏，蓼茸蒿笋试春盘。人间有味是清欢。

——苏轼《浣溪沙》

苏轼这首《浣溪沙》，作于神宗元丰七年（1084）。当时，苏轼正赴河南汝州任团练使，途经安徽泗州，与泗州刘倩叔同游南山，吃了一次清淡爽口的野餐，回味不绝，遂成此词。创制了东坡肉、烤羊脊的苏轼，不仅对肉食保持热爱，对清淡的食材更是情有独钟。在黄州，他曾将最简单的白菜、萝卜、油菜、荠菜四者洗净放在一起煮，上置笼屉，用菜的热气将饭蒸熟，谓之"东坡羹"，苏轼曾自言不用鱼肉五味，而有自然之甘。由此，我们便不难理解苏轼在这首《浣溪沙》中流露出的那份恬然自适，"雪沫乳花浮午盏，蓼茸蒿笋试春盘。人间有味是清

宋徽宗赵佶《文会图》

欢",当雪一样的茶沫漫过杯盏,蓼茸蒿笋这些山中应季食材化入口中,这样的清欢远胜水陆八珍、饕餮盛宴!而谁又能说,这不是历尽风波的苏东坡简淡从容的生命态度呢?

和苏东坡一样,宋代众多文人清雅简约的观念直接带动起的是全社会的尚清意趣。在《山家清供》中,曾有一道关于薝卜煎的清淡美食是这样记载的:

> 旧访刘漫塘宰,留午酌,出此供,清芳,极可爱。询之,乃栀子花也。采大者,以汤灼过,少干,用甘草水和稀面,拖油煎之,名"薝卜煎"。杜诗云:"于身色有用,与道气相和。"今既制之,清和之风备矣。

其实,类似薝卜煎这种文人待客清供还有很多,它们有一个好听的名字——花馔,作为植物精华,宋代文人不仅将它们引入优美的诗词中,更将它们创制成口味清淡、唇齿留香的佳肴。当荼蘼粥、菊苗煎这些以花入馔的美食被端上餐桌,我们看到,花馔不仅成为文人间雅集唱和、曲水流觞的重要食谱,更成为文人表达疏简恬淡意趣的重要依托。

和花馔的流行相映成趣的,是两宋之际假荤食的风行。所谓假荤食,其实就是我们今天所说的素肉。这种以素为荤的食品,多为面筋与蔬笋、豆腐等混合而成,如假河魨、假元鱼等,"不惟如肉,其味亦无辩者"。在《山家清供》中,记载了假煎肉的制作方法,将葫芦和面筋切成薄片,分别加料后以油煎之,并辅以葱、油、酒等配料,出锅之后,肉香扑鼻,难辨真假。而在《东京梦华录》《梦粱录》的字里行间,我们同样可以看到,素食店在宋代的食肆间已相当普遍,飘扬的酒望子,纷至沓来的食客,反映出宋代饮食文化中"食不厌精"的另一面。

其实,花馔也好,素肉也罢,归根结底体现的是宋人尤其是文人的食素风尚。道教的盛行,让宋人将养生观念渗入到一餐一饭之中,贵生思想更成为社会的主流。在这种背景下,食菌、食笋、食蜜,就成为人们养生之选。"天下风流笋饼餤,人间济楚蕈馒头",这是苏轼眼中的人间至味;"南园苦笋味胜肉,箨龙称冤莫采录",这是黄庭坚对苦笋的推崇。而食素少荤、清淡饮食成了人们的饮食习惯。老饕苏轼有云:"夫已饥而食,蔬食有过于八珍。而既饱之余,虽刍豢满前,惟恐其不持去也。"王安石则认为"真味有淡泊"。《鹤林玉露》中讲述的仇泰然的故事,更是反映出宋代士人对食肉者的批判:

> 仇泰然守四明,与一幕官极相得。一日问及:"公家日用多少?"对以"十口之家,日用一千"。泰然曰:"何用许多钱?"曰:"早具少肉,晚菜羹。"泰然惊曰:"某为太守,居常不敢食肉,只是吃菜,公为小官,乃敢食肉,定非廉士。"

这则故事多少有点极端,同僚十口之家,日用一千,只因吃了点肉,就被只吃素食的仇泰然认为"定非廉士",委实过分了些,但从这个故事也可以看出宋代士人的尚俭之风。如果说宋初皇室公卿间还力求清俭,那么到了神宗元丰年间,朝堂上下已奢风渐成,为此,王安石曾指出这种风气潜在的社会风险,认为"富者贪而不知止,贫者则强勉其不足以追之",前面讲过对看菜提出批评的司马光也认为"近岁风俗尤为侈靡"。在两宋文人士大夫的力推下,饮食俭朴渐成一种社会风尚。出身贫寒的北宋宰相吕蒙正曾喜食鸡舌汤，一日见后花园鸡毛堆积如山，随行趁机提醒："鸡一舌耳，相公一汤用几许舌？食汤凡几时？"让吕蒙正自此再不食鸡舌汤。宋仁宗批阅奏章至深夜，想吃一碗羊肉汤，却最终忍住，就是担心以后夜宰一羊成为宫中定例。宋孝宗在一次宫廷宴会上，也提出"子鱼"虽味道至鲜，但尚需节俭食用。这些记载，也许不乏修史者的溢美之词，但我们毕竟从这些文字的缝隙里，看到了宋人"食不厌精，脍不厌细"的背后，追求清淡崇尚简朴的另一面。

将丰沛的情感注入一碗粥、一碟菜、一钵羹，将高级的审美融入一枝花、一片叶、一餐席，将诗化的灵魂渗入一次雅集、一场宴饮、一种风尚，这，便是宋代的饮食文化。这条夹藏于史书中的文化之脉，从未停止过它的腾动，千载而下，文火慢煨，亘古飘香……

茶香，氤氲而起

中国茶文化源远流长。这种神奇的东方树叶，早在3000多年前，就是巴蜀等西南小国献给周王朝的贡品，到了唐代，已成为上至王侯贵胄下至闾里细民钟爱的比屋之饮。进入宋代，这个风雅的王朝更是用300多年时间将茶与宋人的社会生活紧密相连，诚如王安石所云："夫茶之为民用，等于米盐，不可一日以无。"

宋代茶风之盛当然离不开皇帝们的"身体力行"。早在开国之初，嗜茶懂茶的宋太祖赵匡胤就曾在宫中专门设立了茶事机关，宫廷用茶已分等级；此后，太宗、真宗、仁宗、英宗、神宗、哲宗都对茶情有独钟，尤其是到了宋徽宗，更是将这份风雅之趣诉诸笔端，形成了一部洋洋大观的《大观茶论》。如果说唐代陆羽以一部《茶经》荣封"茶圣"，让唐人在制茶工艺及伴茶煮饮的原料上有了可以依托的文本，那么，这部出自大宋皇帝之手的《大观茶论》，则以20篇精到的专论，对北宋以来中国茶业的发达程度和制茶技术的发展状况进行了全方位的叙述，为后世了解宋代茶文化留下了珍贵的文献资料。

当然，宋徽宗能写出这样一部可与陆羽《茶经》媲美的茶论专著，既得益于他深厚的艺术素养，更得益于宋代茶区面积的不断增加和茶叶生产的迅猛发展。在宋代，淮南、江南、荆湖、两浙、福建的茶叶种植已相当广泛，尤其是福州、南建州、漳州更是成为宋代茶叶主产区。而随着宋代茶区的地理分布逐渐向低纬度地区辐射，岭南的广东南雄、循州，以及广西的静江府等地已经开辟出大量新茶园。北宋嘉祐四年（1059），仅东南区的茶叶产量就已高达2000多万斤；到了南宋，已有66个州242个县产茶，遍及秦岭以南各地。两宋时期，全国范围内出产的名茶已达293个品种，是唐代148种的近两倍，堪称丰富多元，琳琅满目。

有宋一代，贡茶无论是数量还是产地，都已超过唐代。"凤辇寻春半醉回，仙娥进水御帘开。牡丹花笑金钿动，传奏吴兴紫笋来。"在唐代，为朝廷供奉紫笋茶的浙江顾渚贡茶院是当时规模最大的贡茶院。到了宋代，不仅形成了更加完善的贡茶体系，而且于宋太宗太平兴国二年（977），在建安（今福建建瓯）北苑新设立了规模更加宏大的北苑贡茶院。这片位于闽北凤凰山麓的皇家茶园，早在五代时就已名声在外，《建瓯县志》载："张庭晖事闽为阁门使，家有茶焙，在建安凤凰山麓，周三十里。"后来张庭晖将此园献给当时的闽国国君，成了御茶园。这片绵亘起伏的茶园真正名噪天下，是在宋代。随着宋太宗在闽国御焙基础上进一步对北苑茶精工细作，这片山水清幽之地生产的贡茶名品已达数十种之多。当京挺、石乳、腊面、头金等贡茶不断推陈出新，当龙凤团茶彰显出其精湛的工艺和显赫的身价，北苑贡茶的名气已超过顾渚贡茶。会吃会玩能书擅画的

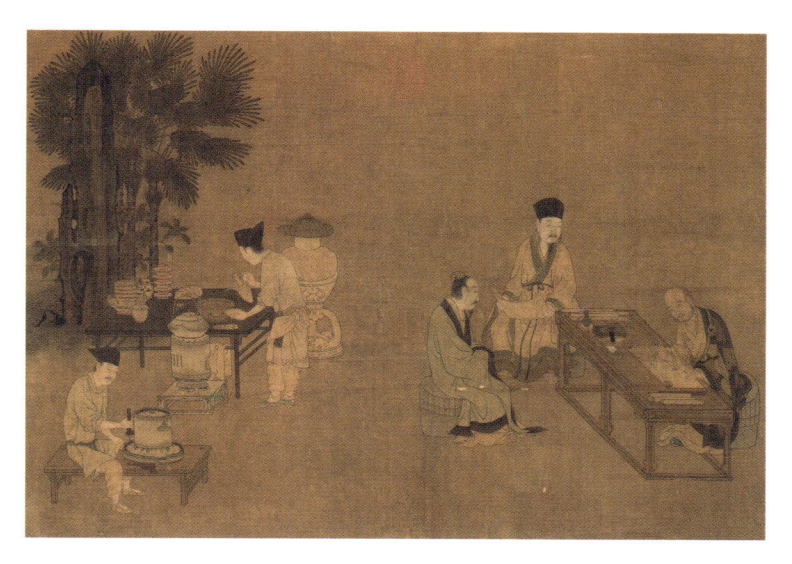

[宋]刘松年《撵茶图》

宋徽宗在《大观茶论》中不无骄傲地说："本朝之兴，岁修建溪之贡，龙团凤饼名冠天下。"宋徽宗在位期间，更是将北苑贡茶提升到了一个新的高度，"采择之精，制作之工，品第之胜，烹点之妙，莫不盛造其极"。当瑞云翔龙、龙园胜雪、无疆寿龙这些听上去就充满了皇家之气的名字成为令飞骑疾驰的东南特贡，北苑贡茶已成为瑶池玉液，仙露琼浆。

> 建安三千里，京师三月尝新茶。
> 人情好先务取胜，百物贵早相矜夸。
> 年穷腊尽春欲动，蛰雷未起驱龙蛇。

夜闻击鼓满山谷，千人助叫声喊呀。

万木寒痴睡不醒，惟有此树先萌芽。

乃知此为最灵物，宜其独得天地之英华。

——欧阳修《尝新茶呈圣俞》（节选）

  贡茶除了保障宫廷皇室的口体之养，还有一项功能就是播散皇恩笼络臣僚，宋代皇帝们普遍将分赐贡茶作为拉近君臣关系的重要手段，而能得到皇帝的赐茶尤其是能赐得一饼北苑贡茶，那绝对是人生殊荣。欧阳修这首长诗，描述的正是自己在农历三月被皇帝赐予一饼小龙团茶的兴奋之情。宋人叶梦得在《石林燕语》中曾云，在惊蛰或清明前制成的首批贡茶，是龙凤团茶最为金贵的头纲。欧阳修在《归田录》中说："其价值二两，然金可有，而茶不可得。"而皇帝赐给欧阳修的正是头纲！伴着茶香氤氲而起，这位北宋初年的文坛领袖在感激浩荡皇恩的同时，思绪已一路向南，飞向北苑御茶园。在那里，官员和茶农们正抢在蛰雷未起之时，入山祭祀，击鼓喊山，"万木寒痴睡不醒，惟有此树先萌芽"。正是这种做足了仪式感的东南嘉叶，让大宋臣子们有了可以矜夸一生的骄傲。"爱惜不尝惟恐尽，除将供养白头亲"，这是王禹偁得到龙凤茶之后，除供奉双亲已不舍再用；"密云晚出小团块，虽得一饼犹为丰"，这是黄裳在得到密云龙贡茶之后喜不自禁；最有趣的莫过于苏东坡，"乞郡三章字半斜，庙堂传笑眼昏花。上人问我迟留意，待赐头纲八饼茶"，这个要赶往外地的苏老饕真够可以，他磨磨蹭蹭迟迟不动身的原因，竟然是为了等着皇帝御赐的头纲团茶！

  如果说贡茶成为皇室的专属，那么随着榷茶制度的实行，宋廷则将茶叶贸易的巨大利润牢牢地掌控于手中。宋朝肇建之初，宋太祖就于京师、建安四地"置场榷茶"，设立了由官府垄断的专买专卖机构，并出台了严厉的惩治措施。太宗太平兴国年间，"凡园户岁课作茶输其租，余则官悉市之。其售于官者，皆先受钱而后入茶，谓之本钱。百姓岁输税愿折茶者，亦折为茶，谓之折税"。及至神宗即位，更是下令"川陕民茶尽卖入官，严禁私行交易，全蜀茶尽榷"。到了徽宗朝，经过蔡京对茶法的三次变革，北宋茶利已达峰值，南宋学者王应麟曾做过统计，"崇宁以后（茶利）岁入至二百万缗。视嘉祐五倍矣，政和元年正月始并引法，置都茶场，岁收四百余万缗"。当宋廷对茶产、购、运、销诸环节实行严格管控，庞大的税额，已成为中央财政收入的重要支柱。

"国家大事在戎，戎之大事在马"，将马与茶缔结在一起，曾是唐代茶政中重要的组成部分。伴着茶马互市的兴起，唐帝国自贞观朝起，就将以茶和亲、以茶输边的政治深意融入其近300年的岁月中。到了宋代，这个边事不断的王朝更是将茶税作为军费开支的重要来源，而"茶马互市"这项唐代重要的茶政在战火频仍的宋代则成为重要的战略措施。宋初，朝廷买马多用铜钱，每年不下数十万贯。考虑到"戎人得钱，悉销铸为器"，于边境不利，宋太宗曾下诏，"以布帛、茶及它物市马"，禁止使用铜钱买马。此后，由于边地少数民族皆知茶具有"攻肉食之膻腻"的功效；而宋与辽及西夏之间征伐不断，对战马的需求量逐年攀升；加之当时宋朝已有相当稳定的茶源——神宗时期，东南地区和巴蜀地区年总产茶已达6000万斤左右，其中四川茶叶年产量已达3000万斤……基于以上种种，神宗下诏："雅州名山茶，今专用博马，候年额马数足，方许杂买。"伴随这道诏书的下达，熙宁七年（1074），神宗派三司干当公事李杞入川，设立都大提举茶马司,对川茶的征榷、运输、销售及买马等环节进行统一管理;熙宁八年(1075),宋廷在熙河路设置了六个买马场,后又在秦凤及四川的黎州、雅州、泸州等地增设买马场;"茶马互市"在朝廷的管控下得以全面铺开。综观宋代的茶马比价,我们则会看到一条起伏的曲线:神宗元丰年间,一百斤茶可易一匹马;徽宗崇宁年间,已是"良马上等者每匹折茶二百五十斤;中等者二百二十斤;下等者二百斤",翻了一倍;到了南宋,马源锐减,到了千斤茶才可换一匹马的程度!

> 北苑春风,方圭圆璧,万里名动京关。碎身粉骨,功合上凌烟。尊俎风流战胜,降春睡、开拓愁边。纤纤捧,研膏溅乳,金缕鹧鸪斑。
>
> 相如,虽病渴,一觞一咏,宾有群贤。为扶起灯前,醉玉颓山。搜搅胸中万卷,还倾动、三峡词源。归来晚,文君未寝,相对小窗前。
>
> ——黄庭坚《满庭芳·茶》

茶的兴盛关联着宋代政治、经济与军事,同样也融入了内敛、沉静、温和的宋代文化。有学者曾做过统计,《全宋词》中涉茶之作近300首。在这些将茶入词的文人中,黄庭坚一人的作品就占了五分之一,无论是在数量还是质量上都堪称佼佼者。这首《满庭芳·茶》,正是他早年的作品。黄庭坚的家乡在江西分宁(今修水县),这里是被欧阳修称作"草茶第一"的双井茶的茶乡。守望郁郁葱葱的茶园,抚拭翠绿欲滴的茶芽,品味冲和淡远的茶香,让黄庭坚在他的长短句中铺陈起炫目的文采,编织起精致的意象,无论是"研膏溅乳"也好,还是"醉玉颓山"

也罢，我们都能真切地看到黄庭坚对茶的钟爱。这位不胜酒力常怀茗赴宴的江西文人，不仅将茶作为替酒的必备之物，而且还将自己对儒、释、道的理解化入了一碗碗茶汤、一首首词作之中。当"汤响松风，早减了、二分酒病"与儒家的中和之气紧密贴合，当"玉山未颓，兴寻巫峡"缭绕起道家的仙气，我们相信，此时的黄庭坚，就是富弼眼中的"分宁一茶客"，在淡泊与逍遥中将自己与茶合二为一。

当然，在两宋士大夫阶层中，嗜茶懂茶写茶的又何止黄庭坚一人！

"绮窗纤手，一缕破双团。云里游龙舞凤，香雾起、飞月轮边。"这是陈师道对龙凤团茶的热情歌咏。

"密云双凤，初破缕金团。窗外炉烟似动。开瓶试、一品香泉。"这是秦观对悠悠茶香的精确描述。

"红旗筠笼过银台，赤印囊封贡茗来。"这是苏颂描写贡茶入宫的生动情景。

"云龙正用饷近班，乞与粗官诚腼颜。"这是晁补之在得到友人黄庭坚赠送的小团龙后，不胜感激……

当然，宋代文人对茶的定义不仅仅是解渴养生的饮品，更是可以抒情言志的意象，可以表情达意的载体："森然可爱不可慢，骨清肉腻和且正"，颠沛一生却豪情不减的苏轼，将建茶的中和纯正直比君子之风，也张扬起自己的人生信条；"长安酒价减千万，成都药市无光辉。不如仙山一啜好，泠然便欲乘风飞"，读着这样的茶诗，我们看到的则是"居庙堂之高，则忧其民；处江湖之远，则忧其君"的范仲淹向往松风煮茗幽隐林泉的另一面……

龙焙今年绝品，谷帘自古珍泉。雪芽双井散神仙。苗裔来从北苑。

汤发云腴酽白，盏浮花乳轻圆。人间谁敢更争妍。斗取红窗粉面。

——苏轼《西江月》

皇家贡茶体系的不断完善，文人士大夫阶层用诗词注入的丰厚内涵，让宋代茶文化在中国茶史上绽放出绚丽的华彩。检阅宋代茶文化，我们可以看到，宫廷也好，士大夫阶层也罢，实际都在和民间繁盛的饮茶之风形成双向的互动：王孙贵胄与文士贤达对饮茶的讲究在影响着宋代民间的风尚，而流传于宋代街衢巷陌里的茶俗也在丰富着上流社会的风雅意趣。苏轼的这首《西江月》，反映的正是宋代上流社会与闾里细民之间在茶风茶俗上的交融，"雪芽双井散神仙。苗裔来从北苑"，描绘的是普通人难得一见的茶中珍品，而"人间谁敢更争妍。斗取红窗粉面"，则写出了广泛流传于宋代民间的斗茶之风。斗茶，又称"斗茗""茗战"，在唐代已经出现，但这项由茶衍生的娱乐活动真正进入到它的极盛期却是在宋代。宋人斗茶的场所大多在遍布于全国的大小茶肆或成规模的茶叶店中。孟元老在《东京梦华录》中，曾描述汴京茶肆之盛："余皆居民或茶坊，街心市井，至夜尤盛。"尤其是潘楼东街巷一带更是热闹："潘楼东去十字街，谓之土市子，又谓之竹竿市；又东十字大街，曰从行裹角。茶坊每五更点灯，博易买卖衣服、图画、花环、领抹之类，至晓即散，谓之鬼市子。""旧曹门街，北山子茶坊，内有仙洞、仙桥，士女往往夜游，吃茶于彼。"在鳞次栉比热闹喧嚣的茶肆之中，斗茶，一改宋人的温和内敛，呈现出好动善娱的另一面。

在斗茶过程中，一个重要的环节便是点茶。曾担任过福建路转运使的蔡襄在《茶录》中指出，点茶之要在于先将经过炙烤的茶饼碾成细末，再用茶罗筛得更细，"罗细则茶浮，粗则水浮"。"钞茶一钱匕，先注汤，调令极匀。又添注入，环回击拂。汤上盏可四分则止，视其面色鲜白，著盏无水痕为绝佳。建安斗试，以水痕先者为负，耐久者为胜。"在点茶过程中，操作不好便会出现云脚散或粥面聚的现象，直接被淘汰出局，至于笑到最后的高手，则被人们追捧为"三昧手"。蔡襄对点茶过程的生动描述，让我们的脑海中完全可以浮现出宋代斗茶的激烈场面：在通红的炭火映衬下，参与斗茶的人们面对眼前的茶盏，一边缓缓注入沸水，一边用茶筅反复击打，既要让茶末与水形成乳状，又要注意茶面汤花的色泽与均匀，不能让茶盏内沿与汤花相接处有水痕。这样充满观赏性的技术活当然值得一斗，胜者也配得上众人的掌声。当宋徽宗用"天下之士，励志清白，竟为闲暇修索之玩，莫不碎玉锵金，啜英咀华，较箧笥之精，争鉴裁之别"描摹斗茶过程中重要的点茶技法，我们相信，这位风雅之君早已手痒难耐，欲和臣子们一斗高低。

斗茶当然离不开水，对水质的挑剔和对水温的掌控，更是斗茶过程中重要的评判标准。唐人早在《茶经》中就已经知道了煎茶之水"山水上，江水中，井水下"，而到了宋代，宋人尤其是士大夫阶层对水的讲究更是到了极致。"一规苍玉琢蜿蜒，藉有佳人锦段鲜。莫笑持归淮海去，为君重试大明泉。"黄庭坚这首诗，写自己收到了友人赠予的龙团贡茶，不忍随意用水，必须用纯正的大明泉水。同样，对水质要求颇高的欧阳修还写了一篇名曰《大明水记》的杂文；范仲淹在《和章岷从事斗茶歌》

中，更用"鼎磨云外首山铜，瓶携江上中冷水。黄金碾畔绿尘飞，紫玉瓯心雪涛起"这样的锦绣文字，阐明斗茶过程中水质的重要性。当然，除了水质，水温也同样重要，"蟹眼已过鱼眼生，飕飕欲作松风鸣。蒙茸出磨细珠落，眩转绕瓯飞雪轻"。当我们在苏轼的诗行中细味煮水烹茶的火候之妙，不仅能看到唐人陆羽的"三沸"标准，更能看到一位北宋文人对水温掌控的传神记录。

　　说到宋代茶俗，不可能不说茶盏。茶盏质地的优劣，关乎斗茶的胜负，也影响着宋人品茗的心情。而宋代最负盛名的茶盏，一定是建盏。宋代茶文化的兴盛，让建窑烧制的建盏以堂皇之姿走上历史舞台。"茶色白，宜黑盏，建安所造者绀黑，纹如兔毫，其坯微厚，熁之久热难冷，最为要用"，蔡襄在《茶录》中，将《茶盏》单辟一节，其中，对建盏的描述可谓浓墨重彩。作为宋代茶文化最有力的推动者，同时也是斗茶的行家，宋徽宗在《大观茶论》中对建盏在斗茶中的作用更是有着深入的阐述："底必差深而微宽，底深则茶宜立而易以取乳，宽则运筅旋彻，不碍击拂。"正是依照这样的官方标准，宋代建盏出现了束口、敛口、撇口、敞口四种器型；根据釉纹之变，兔毫盏、鹧鸪盏、油滴盏、曜变盏这些窑变之作，在成为斗茶决胜的关键要素的同时，也成为宋人争相追捧的珍品，它们如暗夜星空一般的璀璨光华，照亮了宋人的面庞，也照亮了宋代茶文化的深处。

　　是的，这就是氤氲于两宋300余年的悠悠茶香，它们是可以彪炳身份的象征，是美丽诗词里的意象，是飨宴后留客的标配，更是人间烟火里永恒的传承……

一曲新词酒一杯

毫无疑问，酒文化是中国重要的文化符号。相传夏禹时期，有个叫仪狄的人，"始作酒醪"，"作酒而美"，"进之禹，禹饮而甘之"，此后，酒，便以甘洌的味道、醉人的香气弥散在华夏大地之上。杯盏起处，它曾映照过秦始皇一统六合的雄心；琼浆入口，它曾点燃过汉武帝拓土开疆的豪情。当然，它又是魏晋六朝的士人们醉倚竹林的慰藉之物，是泱泱唐风里诗人们击剑酣歌的重要依托。那么，到了宋代，酒，又与这个王朝发生了怎样的勾连？又如何融入这300余年的滚滚红尘的呢？

和唐代相比，宋代在酒的品类上更丰富。盛行于唐代的14种名酒如富水、若下、土窟春、石冻春、剑南烧春、西市腔、郎官清、阿婆清等分别产自湖北郢州、浙江乌程、河南荥阳、陕西富平、四川成都及都城长安。随着商品经济的发展和酿酒技术的不断提升，宋代不仅进入了黄酒生产的鼎盛期，在名酒的酿制上更是推陈出新，花样繁多，在宋人张能臣《酒名记》、周密《武林旧事》、吴自牧《梦粱录》等文献的记载中，被记录在册的名酒已达280余种。尤其是《酒名记》中记载的酒名，甚为雅致，如专供后妃家的名酒有香泉酒、天醇酒、琼酥酒、瑶池酒、瀛玉酒等；专供亲王家及驸马家的名酒有琼腴酒、兰芷酒、玉沥酒、金波酒、清醇酒等；至于散落于民间各大酒楼的名酒更是五花八门，有眉寿、仙醪、玉瓺、瑶醽、流霞、玉髓、玉醑、碧光、琼波、千日春、琼酥等。

  宋代酒类的多样性离不开酿酒原料的丰富。自酿酒技术发明以来，黍、稷、粟、麦、稻皆可酿酒。唐代安史之乱后，随着经济重心向江南偏移，稻米产量不断增加，尤其是宋朝开国以来，对农业生产极为重视，人们围湖造田、围海造田，不断拓展耕地面积，使得稻米产量达到了高点。宋真宗大中祥符五年（1012），"上以江、淮、两浙路稍旱即水田不登，乃遣使就福建取占城稻三万斛，分给三路，令择民田之高仰者莳之，盖旱稻也"，这是宋代朝廷在稻米的品种上想办法；熙宁变法使得神宗朝垦田数量达到近800万顷，这是在土地政策上下功夫。宋代稻米产量的不断攀升，为人们提供了更多适宜酿酒的原料。《会稽续志》载，宋代颇负盛名的越酿，正是得益于稻米品种的丰富。"扬州之种宜稻兮，越土最其所宜。糯种居其十六兮，又稻品之最奇。自海上以漂来兮，伊仙公之遗育。别黄籼与金钗兮，紫珠贯而累累。酒人取以为酿兮，辨五齐以致用"，当黄籼、金钗、紫珠这些优质的稻米品种成为越酿的上等原料，酒香便也在江南水乡飘散开来。佳稻出佳酿的例子又何止于越州，徽州酒所用的白矮糯，苏州酒所用的鹅脂糯，常熟酒所用的秋风糯，都是上乘的酿酒之稻。宋酒，不待入口，已经醉人。

  除了稻米是酿制宋酒的重要原料，小麦的广泛种植也极为重要。宋代杂植五谷的防灾之举和"禾则主佃均之，而麦则农专其利"的租佃政策，调动了农民种植麦子的积极性。有学者研究发现，南宋时长江流域尤其是长江下游，稻麦复种已经成为一项被广泛推广的耕作制度。随着小麦产量的提高，作为古已有之的制曲重要原料，麦曲的供应也得到充分保障。北宋时酿酒使用的麦曲还主要以北方小麦为主，宋室南渡后，尽管北方小麦已无法流通，但由于南方稻麦复种制度的施行，南宋时仍可以用上优质的麦曲，酿酒业的发展并未受到震荡。

和榷茶一样，在宋代，榷酒也成为中央财政的重要支柱。榷酒并非宋代首创，唐代便已开始施行。当然，为了将饮酒这件"政和民乐"之事做得更加体面，在唐代近300年间，皇都长安曾多次"特免其榷"，成为当时全国唯一一座酿酒不纳税的城市，从而吸引了大批酿酒高手和贩酒商旅。与唐朝相比，宋朝不仅建立了一整套完备的制度来保障榷酒的执行，同时，无论是在北宋还是在南宋，榷酒制度都从未中断，这也让宋朝成了中国历史上唯一自始至终实行榷酒制度的王朝。

> 官榷酒酤，其来久矣。太宗皇帝深恐病民，淳化五年三月戊申，诏曰："天下酒榷，先遣使者监管，宜募民掌之。减常课之十二，使其易办，吏勿复预。"盖民自鬻则取利轻，吉凶聚集，人易得酒，则有为生之乐，官无讥察警捕之劳，而课额一定，无敢违欠，公私两便。

这段文字，出自北宋王栐《燕翼诒谋录》。从这段文字看，在宋朝开国之初，中央政府就已经开始在全国的州府设置管理酒务的机关，其职责包括酿卖酒曲、征收酒课。官府一般在其设立的酒店卖酒，私商小贩可以在此取酒分销，谓之"脚店""拍户"，定下税额，官酒库获利不多。及至熙宁变法后，官酒库卖酒渐以营利为目的。到了北宋中后期，全国酒务已有近2000个，几乎遍布北宋全境。进入南宋，宋金交战频仍，军费吃紧，以赡军为目的赡军犒赏酒库、赡军激赏酒库日益增多，且军中将领也可直营酒库，"脚店""拍户"则可以从这些军酒库批酒分销。由此，官酒之侧，再出军酒，常令酒库附近的瓷窑忙得不亦乐乎，一个酒库年用酒瓶少则百万，多则千万。

除了官监酒务，买扑坊场也是宋代榷酒制度的一种形式。所谓买扑坊场，实际上就是一种承包制，具备一定实力的豪门大户可与官府签订为期三年的承包契约，承包酒坊酒场，并按契约规定的酒课额向官府缴纳酒税。在这三年的承包期内，承包者具备酿酒卖酒的权利，但也有特定的专卖区，"毋得越所酤地"。这种方式，让官府的酒课收入得到保障，但也容易出现私相授受的现象，正因如此，此后的买扑坊场又采用了"密封投状"的办法。各路买扑者均不知各自出价，官府则从中选取标价最高者签约。

> 榷法自祖宗以来行之久矣，至嘉祐末年，流弊之久，民间苦官务酒恶不可饮，比户私酝，故官中每岁酒课不敷，而民间犯法者亦众，此公私通患也。吾乡陈氏名广者，乡人目为陈万户，经由朝廷献利害，乞会计每岁官中所得酒课若干数目，均在人户作酒利钱送纳。吾郡合五邑人户，裒金资以往朝廷，下有司相度，从之。迄今六十余年，上下安便，官中无一毫之费，而坐收厚利，民间亦免冒禁抵刑之患，此公私两

利也。

从宋人杨时《与梁兼济》中的这段文字我们可以看到宋代榷酒的第三种形态"万户酒"。宋代榷酒制其实是官府与百姓之间的博弈：民间私酿，常令官府酒课不敷，而官府的榷酒又常令百姓怨声载道。南剑州的陈广于是替朝廷想了个办法：将南剑州的官方酒务撤掉，再将酒务课额分摊给民户缴纳，允许百姓自己酿酒。这个办法得到了朝廷的认可，南剑州百姓深感陈广之德，称其为"陈万户"，由是，"万户酒"作为一种特别的榷酒制度便流行开来。事实上，这种做法在宋初的夔州和广南东、西路等边地州县已经实施，而随着南剑州"万户酒"一词的广泛传播，这种操作简便的酒课所应用的地区开始越来越广。

> 乘兴，闲泛兰舟，渺渺烟波东去。淑气散幽香，满蕙兰汀渚。绿芜平畹，和风轻暖，曲岸垂杨，隐隐隔、桃花圃。芳树外，闪闪酒旗遥举。
> 羁旅。渐入三吴风景，水村渔市，闲思更远神京，抛掷幽会小欢何处。不堪独倚危樯，凝情西望日边，繁华地、归程阻。空自叹当时，言约无据。伤心最苦。伫立对、碧云将暮。关河远，怎奈向、此时情绪。
> ——柳永《洞仙歌》

和唐代的坊市制度不同，进入宋代，划分里坊的坊墙被取消，坊与市之间已不再泾渭分明，这种城市制度的变化让越来越多的市融入宋人的生活中。作为市的重要构成，鳞次栉比的酒店、酒楼便成为宋人经常光顾的消费场所。"绿芜平畹，和风轻暖，曲岸垂杨，隐隐隔、桃花圃。芳树外，闪闪酒旗遥举。"柳永的这首《洞仙歌》，作于其科场落第漫游江南期间，这位浪迹于秦楼楚馆的词中圣手，在用怅惋的文字抒发自己的愤懑的同时，也不经意地记录下了北宋初年酒楼的喧嚣繁华，一句"芳树外，闪闪酒旗遥举"，道出了江南的灯红酒绿，纸醉金迷。作为酒店招徕顾客的重要方式，高悬于门首的酒旗就是酒店远远便可望见的招牌，它们闪耀在宋人一次次的欢聚冶游之中，也飘摇于两宋的蒙蒙烟雨之中。宋人孟元老的《东京梦华录》曾这样记录当时东京汴梁的酒店之盛：

> 凡京师酒店，门首皆缚彩楼欢门。唯任店，入其门，一直主廊，约百余步；南北天井，两廊皆小阁子。向晚，灯烛荧煌，上下相照……白矾楼，后改为丰乐楼，宣和间更修。三层相高，五楼相向，各有飞桥栏槛，明暗相通；珠帘绣额，灯烛晃耀……州东宋门外，仁和店、姜店。州西，宜城楼、药张四店、班楼。金梁桥下，刘楼。曹门，蛮王家、乳酪张家。州北，八仙楼。戴楼门，张八家园宅正店。郑门，河王家、李七家正店。景灵宫东墙，长庆楼。在京正店七十二户，此外不能遍数……

丰乐楼、宜城楼、八仙楼、长庆楼……这些被记录在野史逸闻中的酒楼的名字，张扬着北宋汴京城的人声鼎沸，金粉浮华。透过历史的窗棂，我们仿佛可以看到灯烛闪耀的酒楼中衣着光鲜的豪商巨贾、官吏士绅推杯换盏的身影，听到他们觥筹交错的笑声。其实，穿越三百余年的两宋，宋代酒楼里的笑语欢声又岂是一部《东京梦华录》所能盛装得下？如果说汴京的七十二家豪华酒楼只是上流社会的消费之所，那么遍布各地的酒馆才是最贴合芸芸众生的打尖聚会之处，在这里，同样可以"望中酒旆闪闪"，同样不乏扑鼻的酒香。及至南宋，随着"暖风熏得游人醉，直把杭州作汴州"，南宋酒楼之盛更是不输北宋。翻检《武林旧事》，和乐楼、和丰楼、中和楼、春风楼、太和楼、太平楼等这些堂皇显赫的临安著名酒楼数不胜数，而遍布各地的小酒馆更是令人眼花缭乱。这些大大小小的酒楼酒馆，盛装着南渡贵族的偏安之乐，也激发了南渡苍生的黍离之悲。

  唱得梨园绝代声。前朝惟数李夫人。自从惊破霓裳后，楚奏吴歌扇里新。
  秦嶂雁，越溪砧。西风北客两飘零。尊前忽听当时曲，侧帽停杯泪满巾。

——朱敦儒《鹧鸪天》

  这首《鹧鸪天》，是南渡士人朱敦儒流落吴越时，在一家酒楼邂逅同样流落至此的北宋歌妓而生出的慨叹之作。为了促酒销酒，两宋酒楼无论官私，都有歌妓为客人奏曲歌唱，侑觞佐酒，可谓"歌舞当垆多丽人，使君歌了人皆饮"。当然，酒楼用来吸引客人的方式不仅有美女丽姝，每年开煮迎新酒期间，各大酒楼更是使出浑身解数：北宋汴梁"中秋节前，诸店皆卖新酒，重新结络门面彩楼，花头画竿，醉仙锦旆，市人争饮，至午未间，家家无酒，拽下望子"。到了南宋就更加热闹，各大酒楼不仅请出酒匠高手酿造上等好酒，同时请来杂剧百戏营造气氛，一时间，"高楼邃阁，绣幕如云，累足骈肩，真所谓'万人

'海'也"。"泰山为曲海为酿""青旗酒楼三百家",当人声鼎沸的酒楼、酒馆成为上至达官显贵下至贩夫走卒的欢聚畅饮之所,一部《宋史》,早已酒香四溢,醉态酩酊。

> 与客携壶上翠微。江涵秋影雁初飞。尘世难逢开口笑。年少。菊花须插满头归。
> 酩酊但酬佳节了。云峤。登临不用怨斜晖。古往今来谁不老。多少。牛山何必更沾衣。
> ——苏轼《少年游》

如果说灿若群星的唐代诗人用酒作为燃情剂,激发了生命的灵感,写出了传诵千载的佳作,那么,才情旺沛的宋代文人则用酒作为风雅之物,将一首首诗词浸润了酒香。作为北宋诗文大家的苏东坡,又怎会在这样的序列中缺席呢?"酩酊但酬佳节了。云峤。登临不用怨斜晖。"有学者统计,在东坡词中,与酒意象相关的词作有150余首。在这些洋溢着醇厚酒香的文字中,我们看到太多如同这首《少年游》一样的豪放之作,它们飘散在苏东坡跌宕起伏的生命轨迹中,是他的心灵独白,更是他的人生信条:"料峭春风吹酒醒,微冷,山头斜照却相迎。"这是他留给黄州的坚毅背影,贬为团练副使又如何?失去了丰厚的官俸又怎样?一畦东坡菜,一碗东坡肉,再喝上一碗自酿的东坡酒,连夕阳都会跟着沉醉!"几时归去,作个闲人。对一张琴,一壶酒,一溪云。"当他被再度起用,酒没有成为这位经历过文字之祸的文人借以庆贺的载体,相反,他却在返京路上,依旧保持着"也无风雨也无晴"的平常心。当然,真性情的苏东坡不可能没有感伤,面对窘塞的命运,他也曾写过"长恨此身非我有,何时忘却营营。夜阑风静縠纹平。小舟从此逝,江

《清明上河图》中的酒肆

海寄余生"这样心境凄凉的大醉之词,但当惦念他的友人在看到这首"绝命词"以为他投水而死时,他却正在卧榻之上鼾声如雷,全然将昨夜的失意抛之脑后……

不胜酒力的苏东坡在醉了自己的同时,也醉了后世。在宋代,化酒入诗、以酒入词的文人又岂止东坡一人。"一曲新词酒一杯,去年天气旧亭台。夕阳西下几时回。"身处醉意优游之中的晏殊,以"未尝一日不燕饮"的豪门酒局张扬起自己"太平宰相"的富贵之象。"宴酣之乐,非丝非竹,射者中,弈者胜,觥筹交错,起坐而喧哗者,众宾欢也。"贬谪滁州的欧阳修,用一篇脍炙人口的《醉翁亭记》记录下一个太守的行酒之乐,却没忘记用一句"醉翁之意不在酒,在乎山水之间也。山水之乐,得之心而寓之酒也"提领全篇。"醉里挑灯看剑,梦回吹角连营。八百里分麾下炙,五十弦翻塞外声,沙场秋点兵。"酒后的辛稼轩,耳畔鼓角争鸣,风声猎猎,这位南渡之后再也没能让利剑出鞘的"词中之龙",只能将一腔热血倾泻在酒杯之中……

当然,饮酒也并非男人的专利,宋代女性同样有一醉方休的权利:"千钟尚欲偕春醉,幸有荼蘼与海棠",这是朱淑真在姹紫嫣红的春园畅饮。"把酒临风千种恨。难问。梦回云散见无涯。妙舞清歌谁是主。回顾。高城不见夕阳斜。"这是贵妇人魏玩在锦衣玉食的同时,以酒为媒,激荡起内心深处的感伤。而作为千古第一女词人的李清照,又怎会让与须眉?"暖雨晴风初破冻,柳眼梅腮,已觉春心动。酒意诗情谁与共?泪融残粉花钿重。"借着一壶春酒,李清照向世人袒露出萌动的春心。"金尊倒,拚了尽烛,不管黄昏。"美酒与美器,彰显着这位太守夫人的雍容华贵。"昨夜雨疏风骤,浓睡不消残酒。试问卷帘人,却道海棠依旧。知否,知否?应是绿肥红瘦。"一场宿醉,让"绿肥红瘦"传唱至今。而走进"东篱把酒黄昏后,有暗香盈袖。莫道不销魂,帘卷西风,人比黄花瘦"的瑟瑟寒秋,这位心境萧索的女词人所依托的意象仍然是酒,身处醉境,曾经在少女时代"沉醉不知归路"的李清照,在生命的晚秋,已将杯中之物化作了对亡夫深深的追念,对家国无限的忧思……

好了,还是让我们用黄庭坚的那句"锁江亭上一樽酒,山自白云江自横"来结束我们的宋代酒文化穿越之旅吧。这个以杯酒释兵权肇建起来的王朝,曾以系统完善的榷酒制度丰盈了国家的税源,以热闹喧嚣的酒肆盛装起宋人的欢喜与忧伤,更以感人至深的文字构建起一醉方休的宋人背影,尽管岁月轮转,但我们依然能感知那个时代,杯盏不停,酒香四溢……

峭窄春衫小，忽掩赭黄衣

以穿越者的姿态进入宋朝，我们的眼中将是气势恢宏的楼宇、四通八达的街巷，而当我们落入这300余年滚滚红尘，与熙熙攘攘的宋人擦肩而过，首先进入我们视野的，必定是宋人的峨冠博带，盛装华服。那么，这个以优雅著称的王朝在服装服饰上给中国历史留下了怎样的一抹印记？又怎样外化出这个王朝的个性与特征？

  碾玉钗头双凤小。倒晕工夫，画得宫眉巧。嫩麹罗裙胜碧草。鸳鸯绣字春衫好。
  三月露桃芳意早。细看花枝，人面争多少。水调声长歌未了。掌中杯尽东池晓。
——晏幾道《蝶恋花》

晏幾道的这首《蝶恋花》，以扑面而来的色彩让我们走近宋人服饰。和开放张扬的大唐王朝相比，生活在宋代的人们，呈现给我们的更多的是沉静与内敛，而这样的国民性格体现在服装的色彩搭配上，便是淡雅之色的风行。"嫩麴罗裙胜碧草。鸳鸯绣字春衫好。"晏幾道，这位生活在梦中的公子，生命记忆似乎定格在了自己的少年时代。身为"太平宰相"晏殊的少子，经历家道兴衰的他便用其特有的"小山词"记录下自己少年时代的所见所感，这首《蝶恋花》，正是他少年镜像的折射。"嫩麴罗裙"，呈现出淡淡的黄绿色，而以这种胜过碧草的黄绿色作为女性罗裙的颜色，恰是宋人追逐的流行。班固云："黄者，中之色，君之服也。"在人们的印象中，黄者是天子之色，任何人不得僭越。这种以颜色定尊卑的制度到了唐代更甚。唐高祖建国之初曾定下规矩："天子宴服，亦名常服，唯以黄袍及衫，后渐用赤黄，遂禁士庶不得以赤黄为衣服杂饰。"到了宋代，宋太祖赵匡胤同样将纯黄定为了天子的专用色。但除了纯黄，这个王朝从一开始就对民间用黄保持一种宽容甚至放任，对新科进士，皇帝有时一时兴起会赐淡黄衣，军队之中的部分士兵会穿黄色军服，至于宋代的"庶人之服"，除了与皇袍相似的纯黄有着严格的禁令，仅限妇人儿童可穿，其余的黄色系谁穿上都无僭越之罪。由此，我们便可以看到，小山词中"嫩麴罗裙胜碧草"那女性罗裙淡淡的黄绿色已不足为奇；耆卿词中的"淡黄衫子郁金裙"让女性服饰在同一色系上呈现出明暗的变化；秦观词中的"揉蓝衫子杏黄裙"可以让杏黄与湛蓝两种强烈的对比之色集于女性一身。无论是"春衫是柳黄"也好，还是"忽掩赭黄衣"也罢，宋人对这种敏感色彩的使用已经到了极致。当李清照的"捻金雪柳"、辛弃疾的"蛾儿雪柳黄金缕"，让宋人身上跃动的黄色与四时光景相映成趣，我们看到的是这个王朝宽仁包容的生动侧面。

当然，宽仁不等于没有尊卑之别。早在宋朝开国之初的宋太祖建隆四年（963），宋廷便根据《开元杂礼》对宋代官僚体系的服装色彩进行了严格的等级划分，规定"文三品以上紫褶，五品以上绯褶，七品以上绿褶，九品以上碧褶，并白大口袴，起梁带，乌皮靴"。当紫色、红色、绿色将官职、层级锁定，也就锁定了官场地位的高低，画出了仕途晋升的轨迹，由绿变红，再到红得发紫，不仅成为官绅士族的人生理想，更成为宋代社会区分身份地位的重要标志。正是在这样一种社会心理驱动下，宋代的"赐紫"与"借紫"之风愈刮愈烈。皇帝为了拉拢臣子，对一些官位不及却年资长久或有大功之人，往往会特加赐紫，以示恩宠，是为"赐紫"。到了宋太宗即位，更是大开"借紫"之风，"诏朝官出知节镇及转运使、副，衣绯、绿者并借紫。知防御、团练、刺史州，衣绿者借绯，衣绯者借紫"。及至仁宗朝，很多知县级别的官员都可能穿紫上殿，"满朝朱紫贵"最终成为守不住的阶层界限。当紫色因为尊贵而致泛滥，进入南宋绍兴年间，连农夫身上都穿上了紫衫，朱熹那句"等闲识得东风面，万紫千红总是春"，想必已经不单纯是在描摹绚烂的春光，还有宋人艳丽多彩的服色。

> 九陌寒轻春尚早。灯火都门道。月下步莲人，薄薄香罗，峭窄春衫小。
>
> 梅妆浅淡风蛾袅。随路听嬉笑。无限面皮儿，虽则不同，各是一般好。
>
> ——曹组《醉花阴》

搜检宋词，我们可以从王千秋的"叠雪裁霜越纻匀，美人亲剪称腰身",看到与丽人的冰肌玉骨相映衬的白纻衫;从王之道的"衣与酴醿新借色,肌同蕾卜更薰香",看到酴醿之色的生动鲜活,从陈克的"淡墨花枝掩薄罗,嫩蓝裙子窄湘波",看到淡墨色着身时的那份素雅、宁静。可以说,正是这些令人眼花缭乱的颜色,让我们眼中的宋人生活场景变得瑰丽而斑斓。

与这些如水墨画般洇染开来的色彩相伴生的,是宋人在服装服饰款式上的丰富创意。"月下步莲人,薄薄香罗,峭窄春衫小。"如果说在遍吹自由开放之风的唐代,着露乳之衫,半裸酥胸于人前,成为女性尤其是贵族女性的穿着时尚,那么进入宋代,这个沉静、内敛的王朝所赋予女性的特殊气质,则让她们在服装服饰的穿搭上大大迥异于唐朝。在"惟务洁净,不可异众"的着装观念下,她们以峭窄、修长的服装造型凸显身材,而不是以露、透博取眼球。这种着装观在宋人尤其是宋代女性身上最典型的体现,便是褙子的出现。

在宋代仕女图中,褙子是一种最为常见的服装,其特点是直领对襟、不施襟纽,袖式收拢,腋下开衩,不束腰身,合体紧俏,整体呈现出H形。褙子一般不单独穿着,而是多罩于衫、襦、裙之外。由于褙子本身不施襟纽,衣襟敞开,在行走时便可露出里面衣服的色彩,使色彩搭配一目了然;加之褙子在腋下和后背均有飘带且不系结,女性在轻移莲步时宛若阆苑仙子,衣袂飘动,如同行云流水,充分彰显出女性的婀娜之姿,娴淑之态。当这种兼具线性美、峭窄美的褙子穿在女性身上,即便投给你的只是一个背影,相信也会是一道"背影杀"。

关于褙子的最早出处,有学者考证出自唐末马缟的《中华古今注》。书中有载:"背子,隋大业末,炀帝宫人、百官母妻等,绯罗蹙金飞凤背子。"这里所说的"背子"即宋人所穿的褙

穿褙子的妇女

子。隋代的"背子",更多流行于皇室贵族女性中,是她们参加祭祀礼拜宾客的礼服,而宋代的褙子,已是宋人尤其是宋代女性的常服。宋人高承也曾对这种大盛于宋的服装款式做过研究,他在《事物纪原》中说:"唐高祖减其袖谓之半臂,今背子也。"在他看来,宋人所穿的褙子,应在唐代流行的半臂装上找渊源。唐人的半臂装,是一款深受龟兹文化影响的短袖对襟上衣,没有纽襻,只是在胸前用带子系住,衣长至腰,紧贴身体,胸部几乎半袒,起初只在宫中流行,后来传至民间,渐成风尚。据传,中唐官员房琯对这种露体太多的半臂装很是看不惯,曾定出家法,严禁家中女眷着半臂装,但这也从侧面反映出半臂装在当时流行之盛。到了宋代,由于人们在着装观念上更注重内敛与舒适,也便有了我们在前面所提到的褙子,因其端庄典雅而深受宋代女性所爱,而又因其腋下开衩,行走方便,更是受到上至后妃命妇下至闾里民妇的普遍喜爱。近千年后,当我们从福州南宋黄昇墓出土的紫灰色绉纱镶花边窄袖褙子中还原出那位芳华早逝的贵族女性的身姿,当我们在江西德安南宋周氏墓出土的窄袖夹褙子上重构出周氏少妇的生命影像,我们相信,褙子作为一种特殊的符号,成了宋代平民社会的重要标识。

当然,宋人在服饰上的创意又何止褙子一项。在南宋,曾有一款名为"貉袖"的短上衣从上流社会流行到普通百姓。这款短上衣的特点是衣襟前后皆短:"长不过腰,两袖仅掩肘,以最厚之帛为之,仍用夹里,或其中用绵者,以紫皂缘之。"身处兵荒马乱的南宋,文官骑驴武官骑马都要求个方便,貉袖的出现恰恰顺应了这种上流社会方便骑乘的需求,而贩夫走卒们发现这款本属下里巴人才会穿的短打扮竟受到王公贵胄们的青睐,焉有不跟风之理?当南宋的街衢巷陌开始出现越来越多的貉袖,一种因战乱而形成的风尚也便流行开来。

如果说貉袖的流行是自上而下的，那么，旋裙的出现则是自下而上的。《江邻几杂志》载，宋代"妇人不服宽裤与襜，制旋裙，必前后开胯，以便乘驴。其风闻于都下妓女，而士人家反慕效之"。从这则记载看，宋代妓女之所以流行穿这种前后开胯的旋裙，主要是为了方便乘驴，而作为在风月场中一群宴饮笙歌的卑微女性，她们的每一次侑觞佐酒、青楼卖笑，又怎会离得开歌舞，这种旋裙，正是她们博取男性目光的最佳服饰。当舒展飘逸的裙裾如同彩云飞舞，沉醉其中的便不只是男性，更有上层的贵妇千金。当她们在这种似乎难登大雅之堂的民间服饰中发现了灵动之美，随后以更华贵的面料和更精细的做工裁制出属于自己的旋裙，其作用也便随之被抬升，成为固宠邀宠的工具。

说了这么多宋代女性的服装，也该朝宋代的男士瞥去一眼了。在宋代，男性的常服主要有衣、袍、襦、袄、衫、裳、直掇等，尤其值得一说的是直掇，这是一种宽大的长衣，没有下摆，背部只有一条笔直的中缝，穿在身上，颇能衬出男性的俊逸笔挺、玉树临风。直掇在质地上可分为罗、绸、皮、锦、纻丝等，在颜色上有皂黑、青、白、褐等。当然，身处文人扎堆的宋代，文人士大夫们的服装还是要显出与普通百姓的不同，宋人罗大经在《鹤林玉露》中记载了一款文人闲居时所穿的野服，此服"上衣下裳，衣用黄白青皆可，直领，两带结之，缘以皂，如道服，长与膝齐。裳必用黄，中及两旁皆四幅，不相属，头带皆用一色，取黄裳之义也。别以白绢为大带，两旁以青或皂缘之。见侪辈则系带，见卑者则否"。这种野服，其实就是文人士大夫们日常所穿的便服，因其切合礼仪又不失舒适，自然成了他们的首选。

当然，文人对服装时尚的拉动力并不止于一件野服，在头巾上形成自己特有的文化符号，才是两宋文人的本事。本为贱者之服的头巾，是在东汉末年渐为士人接受的，而将其提升成为一种时尚，则是在优雅的宋代。米芾曾云："士子国初皆顶鹿皮冠，弁遗制也，更无头巾……其后方见用紫罗为无顶头巾，谓之额子，犹不敢习庶人头巾。其后举人始以紫纱罗为长顶头巾，垂至背，以别庶人黔首，今则士人皆戴庶人花顶头巾，稍作幅巾、逍遥巾。"在黄州东坡之上种菜耕田的苏轼不会想到，他为了遮阳挡雨设计的巾式，会以一种"东坡巾"的名号成为北宋士人追逐的流行；"苏门四学士"之一的黄庭坚，在笔走龙蛇间头顶的"山谷巾"，和他的诗书一样令人争相效仿；开创了宋代理学的程颐，在以理学的奥义切入宋代士人生活的同时，也没忘记用自己的"程子巾"实现对于着装礼仪的引领；身居福建崇安的紫阳书堂，朱熹则让他的"紫阳巾"成为一道南宋文人肖像……当这些活跃在两宋文坛的文人，用他们的人格魅力与精神气质得到社会整体的尊慕与追随，这样的宋朝，谁说不风雅？谁说不风流？

  弯弯曲，新年新月钩寒玉。钩寒玉，凤鞋儿小，翠眉儿蹙。
  闹蛾雪柳添妆束，烛龙火树争驰逐。争驰逐，元宵三五，不如初六。

——朱淑真《忆秦娥》

说到两宋风流，就必须说到宋人的簪花风尚。女性簪花之俗早在汉代便已出现；进入唐代，我们从《簪花仕女图》的强烈色彩中亦可看到唐代女性人面桃花的风韵；而随着这股簪花之风刮到宋代，我们看到，无论是宫廷还是民间，已呈姹紫嫣红之势。"闹蛾雪柳添妆束，烛龙火树争驰逐"，宋代女词人朱淑真的这首《忆秦娥》，是对自己少女时代过正月初六时的一段回忆。所谓"闹蛾"，是以丝绢制成花朵连于发钗，再以硬纸制成蝴蝶草虫缚于铜丝之上，女子走起路来，花朵与蝴蝶随之而动，形成蝶恋花的万千媚态。"雪柳"则是以绢或金箔妆成花枝，与"闹蛾"相映成趣。宋代女性的美就这样从"头"开始了。她们可以用牡丹、芍药、茉莉、秋葵、腊梅等艳丽的鲜花扮靓自己的云鬓，也能用罗、绢、通草等制成栩栩如生的"宫花"，不分季候时令，永远明艳夺目。当爱美的宋代女性将春之牡丹、夏之茉莉、秋之雏菊、冬之腊梅这样的四时之花，以精心的着色和足可乱真的造型同集于一顶绚丽的花冠之上，我们相信，这种宋人独创的"四时景"虽"只欠香频到"，却足以迷醉人间，颠倒众生。

如果说宋代女性的簪花热情还只是历史的延续，那么，宋代男性的簪花之风则更具有开创的味道。关于宋代男性的簪花，我们早已在《水浒传》《金瓶梅》里管中窥豹：当头顶簪花的浪子燕青出现在李师师的面前，撩拨起的是一位东京名妓的脉脉春情；当插花而过的西门庆经过潘金莲的窗下，四目相对的时刻，一段孽缘已经暗自滋生。身处全民爱花的时代，文人们当然不会缺席。

"春色何须羯鼓催，君王元日领春回。牡丹芍药蔷薇朵，都向千官帽上开。"这是杨万里笔下的灿烂春光。

"万数簪花满御街，圣人先自景灵回。不知后面花多少，但见红云冉冉来。"这是姜夔笔下的盛大场面。

"与客携壶上翠微，江涵秋影雁初飞，尘世难逢开口笑，年少，菊花须插满头归。"这是苏东坡笔下的登高。

"前日海棠犹未破。点点胭脂，染就真珠颗。今日重来花下坐，乱铺宫锦春无那。剩摘繁枝簪几朵。"这是秦少游笔下的重阳……

四季铺锦绣，繁花插满头，与宋人相遇，你便会发现，宋人的审美藏在骨子里，融于云水间。

当然，爱美而又内敛的宋人也常常呈现出他们在服饰上追求奢华的一面。服饰用金，自古有之，至宋尤盛。尽管宋廷的禁金政策贯穿王朝始终，但宋人的竞奢之风却屡禁不绝。从王栐《燕翼诒谋录》中记载的禁金技术反向观之，我们可以看到，宋人服饰的用金技术有销金、贴金、缕金、解金、圈金、陷金、泥金、榜金、背金等，比唐代多出了四种。对金饰品的热衷并不局限于官宦之家，民间服饰用金现象也相当广泛。《宋史》载："民间习俗日渐侈靡，糜金以饰服器者不可胜数，重禁莫能止焉。"除了以金饰服成为宋人风尚，在面料的选择上，在佩饰的穿搭上，宋人也极尽讲究。《宋会要辑稿》载："在京及诸道州府臣僚士庶之家，多用锦背及遍地密花透背段等制造衣服。"这种奢靡之风也在向民间渗透，北宋李觏在《富国策》中尝言："庶民之家，必衣重锦、厚绫、罗縠之衣，名状百出，弗可胜穷。"《宋会要辑稿》也提到："民庶妻妾冠帔珠翠，僭拟贵族。"到了重大节俗之日，宋人尤其是宋代女性对时尚饰品的购买力更是惊人。金盈之在《新编醉翁谈录》中记载："（正月）妇人又为灯球、灯笼，大如枣栗，加珠翠之饰，合城妇女竞戴之。"当然，具备这种购买力的，也都是具备一定经济实力的中产之家，真正处在社会最底层的宋人衣能御寒食能果腹已经足矣，又岂敢奢求？

穿行于熙熙攘攘的宋人之中，我们就是这样眼花缭乱，目不暇接。突破了唐人的坊市制度，我们可以走进宋人热闹喧哗的临街小店，也可以走进能开通宵的夜市。在宋代街市中行走，我们除了去吃宋人的饭，喝宋人的酒，品宋人的茶，还应当到宋人一间挨着一间的服装铺去看一看：南坊沈家的白衣铺，徐官人的幞头铺，北坊钮家的腰带铺，清湖河下戚家的犀皮铺，宋家的领抹销金铺……当我们走进这些花团锦簇的服装铺，也便走进了那个花团锦簇的时代，那群花团锦簇的宋人……

二姓欢佳耦，喜气拥朱门

> 洞房昨夜停红烛，待晓堂前拜舅姑。
> 妆罢低声问夫婿，画眉深浅入时无。

　　唐人朱庆馀的这首《闺意献张水部》在唐诗中有一定的知名度。尽管这是应试举子的行卷之作，以新妇自喻，以新郎比张籍，以公婆比主考官，借以征询张籍的意见，但我们也可以将其看作是一首唐代新娘在洞房花烛之夜的传神之作。那么，穿越过唐人婚姻庆典的红帐与歌吹，走进宋人的婚礼现场，这项定型于周礼时代的制度，又发生了怎样的变化？在礼俗与观念上又有着怎样的不同？

　　经历过五代的烽烟与战乱，在一片焦土上建立起来的宋王朝，可以修复或重建圮毁的城垣，恢复民生，但很多观念与礼法的悄然嬗变，却已经很难改变，其中，就包含人们对婚姻的看法。自汉末以降，门阀制度已成一道森然的壁垒，世家大族与庶门之间泾渭分明，不得僭越；魏晋南北朝的婚姻讲究门当户对，士庶不婚；唐太宗李世民在贞观一朝，更是重修《氏族志》，试图建立起以李唐王室为核心的新的世家大族的门阀体系，而《唐律》中也明确规定贵贱不婚，良贱不婚，将婚姻门第等级固化为严格的律令。到了宋代，由于固有的门阀系统已经解体，而商品经济的发展又跃升到一个全新的阶段，从而使得门阀出身不再成为一道不可逾越的高墙，出现了宋人郑樵所云的"取士不问家世，婚姻不问阀阅"的观念嬗变。真宗朝的外戚刘美，将女儿嫁给了一位茶商，儿子则娶了一位土豪之女；仁宗朝的屯田员外郎凌景阳，娶的是一位在京城开酒店的富商之女。如果这两个例子还不够典型，那么最能说明问题的就是宋代皇室的婚姻了。据《宋史》统计，两宋41位后妃中，有21位并非出身官宦之家，占了一半，其中宋真宗皇后刘娥本就是寄人篱下的巴蜀孤女。

在这样的嬗变背后，悄然兴起的是宋代婚姻中的重财厚嫁之风。有学者研究发现，在宋代，士族娶妻的费用一般在五十贯以上，嫁女的费用则在一百贯以上。由于"重农抑商"政策的改变，使得一些在商品经济发展中崛起的富家大户需要在上流社会寻求更多的话语权，而这种话语权的取得，正是靠钱来开路。他们在嫁女时往往一掷千金，不惜以高陪嫁实现身份阶层的跃升，这样一来，不仅可以抬高其女在夫家的地位，同时也让娘家人脸上有光。在嫁女之日，"添箱""添房"这种来自族人亲朋之间的增加陪嫁之事，可谓锦上添花，给新娘撑足了面子。

在女方的陪嫁之中，有一种陪嫁颇能显示实力，那就是随嫁田。早在宋朝开国之初，宋太祖作为杯酒释兵权的一个重要交换条件就是田产。当石守信等人得到宋太祖一句"择便好田宅市之"的承诺,也便解决了此前开国君主对首功之臣除了江山再无可封的难题。此后,田产便成为衡量财富的重要标准。宋人马端临在《文献通考》中说:"田即为庶人所擅,然亦惟富者贵者可得之。富者有资可以买田,贵者有力可以占田,而耕田之夫率属役富贵者也。"这些拥有土地的富贵之家,不仅以大量的田产彰显他们的经济地位,同时,也在嫁女的过程中延续并保障着这种富贵。作为重要的奁产,这些富家之女在出嫁时将带有一处甚至多处丰沃的随嫁田,它们是自己嫁人时的底气,也是日后在夫家赢得话语权的重要筹码。翻阅史籍,我们可以看到,在两宋,这样的随嫁田着实可以让人另眼相待:虞艾"娶陈氏,得妻家标拨田一百二十种,与之随嫁";孙介"初有田三十亩,娶同县张氏,得奁资十亩";吴和中"再娶王氏""原有自随田二十三种";郑太师长女出嫁,为其"奁租五百亩"……当随嫁田成为两宋婚姻中一道金光灿然的标尺,宋人的厚嫁之风也便达到了极致。

和女方的高陪嫁相对应的,是男方在婚姻上对财产的追求。历经五代的丧乱,宋代新的门阀望族尽管在政治上拥有一定地位,但经济实力未必堪比前朝;而宋代商品经济高度发展之下催生的富贵之家,虽具备很强的经济实力,却苦于没有政治上的通道。正因如此,政治利益与经济利益的缔结,便成为宋人婚姻的重要表征,而在这一表征之下,科举士人就成了人们争相追逐的香饽饽。由于宋代科举制度不用像唐朝那样,在科举考试后还要经过吏部的考试,只要金榜题名,便有官做,因此,榜下捉婿之风比之唐朝更甚。据说北宋宰相杜衍年轻时家境寒苦,曾求婚于县里一大户人家之女,结果碰了一鼻子灰,没想到后来当他科举登第,这大户人家竟"厚资往见",急求一嫁。

朱彧《萍洲可谈》载："近岁富商庸俗与厚藏者，嫁女亦于榜下捉婿，厚捉钱以饵士人，使之俯就，一婿至千余缗。"彭乘在《墨客挥犀》中讲了一个故事，说有一寒门举子刚取得功名，富商巨贾便蜂拥而至，"命十数仆拥致其第。……须臾，有衣紫金者出曰：'某惟一女，亦不至丑陋，愿配君子，可乎？'"举子被众人围住，难以脱身，便谎称自己已有妻室，众商贾这才悻悻而去。有学者曾做过统计，两宋300余年共118榜科举考试中，平均每榜只有42名未婚进士，平均每年只有15人。这样的比例，势必使得新科举子变得"奇货可居"，而榜下捉婿的财产筹码也自然水涨船高。在利益的驱使下，本该你情我愿的婚姻越来越变成了一种交易，商贾之家希望通过嫁女抬高自己的政治地位，新科举子则希望通过一纸婚约改变自己的寒微之境。洪迈《夷坚志》载，饶州有个叫连少连的书生，被一萧姓富豪相中，托媒于连少连，但他并未同意。于是媒人劝道："秀才终岁辛苦，所获几何？今萧女奁具万计，及早成婚，即日可化穷薄为富商。"正是在这种金钱的诱惑下，许多被富家认为未来可期的举子抛弃了糟糠之妻，后世在民间流传甚广的"铡美案"正是这方面的典型案例。《夷坚志》对此现象也多有记载，如："宗子希哲……娶南城董宗安之女，获漕试文解，旋该绍熙覃恩出官，初调某主簿，利心忽起，妄以他事离其妻，再娶富室周氏，大获妆奁。"

> 臣窃闻近年进士登科，娶妻论财，全乖礼义。衣冠之家随所厚薄，则遣媒妁往返，甚于乞丐，小不如意，弃而之它。市井驵侩，出捐千金，则贸贸而来，安以就之。名挂仕版，身被命服，不顾廉耻，自为得

计,玷辱恩命,亏损名节,莫甚于此。

这段文字,出自北宋丁骘《请禁绝登科进士论财娶妻》的奏章。从这段文字看,在宋代,娶妻论财已蔚然成风。事实上,不仅丁骘,很多宋代高官都曾对此风有过尖锐的批评。司马光曾说,"世俗之贪鄙者将娶妇,先问资装之厚薄,将嫁女先问聘财之多少";蔡襄认为,"今之俗,娶其妻,不顾门户,直求资财";而范仲淹得知其子范纯仁娶妻,女家铺床甚至以罗绮为帷幔,更是怒不可遏:"罗绮岂为帷幔之物耶?吾家素清俭,安得乱吾家法?敢持至吾家,当火于庭!"这种世风所导致的直接后果,便是举子婚龄的延后,因为他们知道,唯有寒窗苦读,求取了功名,才会"书中自有黄金屋""书中自有颜如玉",而贫寒之家的女子,由于没有可资陪嫁的嫁奁,只能苦等情郎甚至孤独终老。宋人的这种婚姻观纵然打破了既往门阀制度的壁障,但也形成了新的社会痼疾。

> 若相媳妇,即男家亲人或婆往女家看中,即以钗子插冠中,谓之"插钗子",或不入意,即留一两端彩段,与之压惊,则此亲不谐矣。其媒人有数等,上等戴盖头,着紫背子,说宫亲官院恩泽;中等戴冠子,黄包髻背子,或只系裙手,把青凉伞儿,皆两人同行。下定了,即旦望媒人传语。

这段文字,出自《东京梦华录》,从这段文字我们可以看到,宋代婚俗已经有了一些变化。比如相亲这个环节,一支金钗已经成为有趣的意象和必要的物件。男方的家人或所托的媒人如

[宋]苏汉臣《妆靓仕女图》

果看中了女方,便将金钗插于女方的髻冠中;如不中意,便留下两匹彩缎,以示"此亲不谐"。这样的含蓄表达出现在注重风雅的宋代并不奇怪。从这段文字中,我们还发现媒妁这一特殊职业在宋代也分出了等级,上等媒妁穿着讲究,受托之人也都身处上流社会,中等媒妁在服饰和阵势上就差了一层,至于下等媒妁,就都是老妪了。

类似的变化还有很多,比如前面提到的铺房之俗,即新妇过门前一天女方前往男家布置新房,本为古礼所无,但在宋代却成了女方矜夸富多的婚俗；又如合髻，将两位新人的少许头发梳理、绾结在一起，以寓意白头偕老；再如新郎戴花胜，新婚之日，新郎所戴之花甚至达到"拥蔽其首"的程度。诸如此类的变化，宋代士大夫阶层当然看在眼里。在中国古代婚姻制度中，婚姻礼俗始终讲求隆重而庄严，而面对历经礼崩乐坏的五代之后所出现的婚俗之变，宋代士大夫阶层中的许多人都将恢复儒家礼仪视为己任：吕大防曾上书云："夫婚嫁，重礼也，而一出于委巷鄙俚之习。"朱光庭的奏书则写道："鄙俗杂乱，不识亲迎人伦之重，则是何尝有婚礼也？"而司马光对新郎戴花胜戴到"拥蔽其首"这样的婚俗甚是反感，认为如此一来，"殊失丈夫之容体"。

事实上，这些意欲重振周礼的士大夫所说的"委巷鄙俚之习"，更像是经历烽烟丧乱之后千年婚礼制度的异变与延伸，是随着王朝的更迭和观念的演化"小火慢煨"而成的，无法改变，也无须改变。当然，作为成于周代的"六礼"，在宋代新人的婚俗礼仪之中也从未消弭，无论是纳采、问名、纳吉也好，纳征、请期、亲迎也罢，每一项都是宋代新婚男女必经的生命仪式。

> 喜气拥朱门，光动绮罗香陌。行到紫薇花下，悟身非凡客。
> 不须脂粉涴天真，嫌怕太红白。留取黛眉浅处，画章台春色。
> ——王昂《好事近》

徽宗朝秘书省校书郎王昂的这首《好事近》，是一首颇为生动的催妆诗。身为徽宗重和元年（1118）状元，时年方二十九的王昂一定是当时榜下捉婿的焦点，而他在《全宋词》中留下的这首《好事近》，更让我们相信是他在新婚之际的兴奋之作。作为中国婚俗的一个有趣现象，催妆，既考验着新郎的耐性，又考验着新郎的才情。新娘看似磨磨蹭蹭的梳妆，其实在拉长新婚的期待值与幸福感，而新郎的一首首催妆诗，则让期待值更高，让幸福感更强。在诗风炽盛的大唐，新郎一定要写出几首像样的催妆诗，新娘才会千呼万唤始出来，而进入优雅风流的宋代，又怎会少了这样的内容呢？"留取黛眉浅处，画章台春色"，作为以文学称誉于时的头名状元，王昂的这首催妆词，与其说为自己的爱情留下了美好的注脚，莫如说让后世多了一个穿越回宋朝的理由。

  年少清新，襟裾那受红尘污。还他礼数。莫遣衣冠粗。
  拟倩东风，西逐轮蹄去。泠然御。飘飘仙趣。直到骖鸾处。

  此去何之，骈阗车马朝来起。扬鞭西指。意气眉间是。
  闾里儿童，竞瞩秦萧史。归时几。快瞻行李。还看如云喜。

  玳席华筵，嘉宾环集三千履。兰膏芬芷。一簇红莲里。
  花覆玉郎，苒苒青衫嫩。咸倾企。小登科第。有底新桃李。

> 玉树芝兰，冰清况有闺房秀。画堂如昼。相对倾醇酎。
>
> 合卺同牢，二姓欢佳耦。凭谁手。鬓丝同纽。共祝齐眉寿。
>
> ——廖行之《点绛唇·贺四十五舅授室四阕》

和北宋王昂《好事近》相呼应，南宋廖行之这四阕《点绛唇》，生动记录了宋代婚俗中亲迎的全程。"年少清新，襟裾那受红尘污。还他礼数。莫遭衣冠粗。"这是新郎在迎娶新娘前向女方家送去精美的衣冠。"扬鞭西指。意气眉间是。闾里儿童，竞瞩秦萧史。"这是新郎骑着高头大马迎娶新娘时，孩童们追逐争看的热闹场面。"玳席华筵，嘉宾环集三千履。兰膏芬芷。一簇红莲里。"这是新郎家在大摆宴席，其喜庆场面不亚于小登科第。"合卺同牢，二姓欢佳耦。凭谁手。鬓丝同纽。共祝齐眉寿。"这是新郎新娘在洞房花烛之夜，同喝交杯酒，共结连理丝。生动的细节，精确的描摹，让我们透过这四阕美丽宋词的字缝，直抵宋人亲迎的盛大婚礼现场之中，而呈现在我们眼前的早已是扑面而来的红：新人的婚服是红的，进门的喜字是红的，庆典的鞭炮是红的，洞房的帷帐是红的。响彻于我们耳畔的则是喜庆热烈的喧天锣鼓，间杂着婚礼司仪的铿锵之声，亲朋好友的祝福之声，街坊孩童的嬉戏之声……当一对红烛照亮洞房，一对璧人食则同牢，饮则合卺，这场盛大的婚礼也便成为新郎新娘生命中最难忘的记忆。

随着热闹的婚礼结束，一对新人也开始在每天柴米油盐酱醋茶的平淡生活中过起自己的小日子。初入婚姻的两个人都有适应的过程，难免斗个气，拌个嘴，有些小矛盾小争执亦属正常，而婚姻自古以来又不只是两个人的事，它是两个家族之间的缔结，需要的是两个家族的磨合。尤其是在封建男权社会，新过门的媳妇要"三日入厨下，洗手作羹汤。未谙姑食性，先遣小姑尝"，处处谨小慎微，即使如此，有时也难免遭遇被夫家"七出"的厄运。当然，行走在历史的长廊中，女性在婚姻中也并非一直是被动的受者，她们在婚姻上的自由度也是一点点地增加。在唐代，女方提出离婚的已不在少数，普通民女如不满夫家，可以主动提出离婚。"解怨释结，更莫相憎，一别两宽，各生欢喜"，这段出自敦煌文书中的文字，为我们记下了一对唐代夫妻和平分手时的劝慰和祝福。那么，进入民风内敛沉静的宋代，婚姻自由又呈现出怎样的表征呢？

《夷坚志》里有这样一个故事：唐州富人王八郎，跟一娼妓相好，遂喜新厌旧，向结发之妻提出离婚，结果没想到八郎之妻并没有忍气吞声，她一纸诉状将其告到了县衙，县令最终判了二人"仳离"，但要求八郎与其妻平分家产。从这个故事看，在宋代，婚姻自由不仅放得更开了，而且对女性财产的保护也越强了。翻检宋律，我们可以看到太多这样的制度之约："妇人夫在日已与兄弟伯叔分居，各立户籍，之后夫亡……庄田且任本妻为主""寡妻守志而无男者，承夫分。妻得承夫分财产，妻之财产也"……这些被写进宋律的文字，让我们看到的是宋代婚姻制度对女性的宽仁与保护，而作为这方面的突出例子，仍是前面我们提到的随嫁田。作为宋代女性最大的嫁奁和不动产，随嫁田是由女方自由支配的，一方面，女方可凭这部分随嫁田视情况贴补家用，另一方面，可为女方被夫家休掉或改嫁后的经济保障。《夷坚志》就记载了一则故事，说南城邓倚"时贫无置锥，又素不业儒"，而"彭藤州端之女以病风为夫所弃"，"彭无子，其女尽挟田产改嫁与倚"。

宋代社会对改嫁女性的接受度大大高于前代，有学者做过统计，单单一部《夷坚志》，就记录了61例妇女改嫁之事，其中，再嫁者55人，三嫁者6人。在宋代，上至皇室公卿，下至黎民百姓，改嫁女性都没有被人另眼相看：宋真宗的皇后刘娥，曾适他人，后入宫得宠，为一国母仪；宋仁宗的皇后曹氏，曾经历过郎君李植的逃婚，但最后却贵为皇后；王安石之子王雱，夫妻感情不合，王安石知其儿媳有离婚之意，竟"遂与择婿而嫁之"。至于民间，这样的离婚再嫁之事更为社会所接受。南宋末年有个叫阿区的妇女，在丧夫之后又先后两次改嫁，此女亡夫之弟以"背夫"之名将其告到官府，官府最后的判决是，"以一妇人而三易其夫，失节固已甚矣"，然而"其夫既死之后，或嫁或不嫁，惟阿区之自择"。当整个社会对女性婚姻在制度与观念上抱持以极大的宽容与开放，我们看到的，是宋人社会生活的另一个温和侧面。

"二姓欢佳耦""喜气拥朱门"，透过宋人的婚姻观念、婚姻礼俗、婚姻制度，我们看到的是"婚姻不问阀阅"的众生百相，是盛大隆重的"亲迎"场景，是新郎戴花胜"拥蔽其首"的喜感画面，是"嫁或不嫁，惟之自择"的自由空间……当然，这其中也不乏背妻弃子、河东狮吼的故事，但这样的故事，在历朝历代，又何尝不是重复上演呢？

一夜鱼龙舞

走进宋人的岁时节俗，也就走进了宋人国民性格中优雅恬淡又不失舒张活泼的集中呈现时刻。由北宋至南宋，这个在中国历史上存续了300余年的王朝，不像唐朝那般奔放张扬，在节俗上尽情彰显着唐人的狂欢精神，但岁月的演进却让这些节俗有了更丰富的内容，而宋人崇文抑武的社会氛围，更使这个王朝的每一个节日都变得文气满满，弥散着诗情画意。

太平日久，人物繁阜。垂髫之童，但习鼓舞；班白之老，不识干戈。时节相次，各有观赏。灯宵月夕，雪际花时，乞巧登高，教池游苑。举目则青楼画阁，绣户珠帘。雕车竞驻于天街，宝马争驰于御路，金翠耀目，罗绮飘香。新声巧笑于柳陌花衢，按管调弦于茶坊酒肆。

八荒争凑，万国咸通。集四海之珍奇，皆归市易；会寰区之异味，悉在庖厨。花光满路，何限春游；箫鼓喧空，几家夜宴。伎巧则惊人耳目，侈奢则长人精神。

在《东京梦华录》的序言中，孟元老以灵动的笔触对东京汴梁的繁华鼎盛做了深情的回望，而"灯宵月夕"也好，"乞巧登高"也罢，正是这些接踵而至的岁时节俗，才让宋人有了充分释放自己的理由，才让"雕车竞驻于天街，宝马争驰于御路"。事实上，不仅《东京梦华录》，《都城纪胜》《西湖老人繁胜录》《武林旧事》等这些宋人笔记都在字里行间通过对节俗的记载，为后世记下了宋的繁华，宋的风流。接下来，我们就一起按照时间的顺序，依次走进宋人的节日吧。

残腊初雪霁。梅白飘香蕊。依前又还是，迎春时候，大家都备。灶马门神，酒酹酴酥，桃符尽书吉利。
五更催驱傩，爆竹起。虚耗都教退。交年换新岁。长保身荣贵。愿与儿孙、尽老今生，祝寿遐昌，年年共同守岁。

——晁补之《失调名》

在中国人的岁时节俗中，春节无疑是最重要的节日，也是最具仪式感的节日。这个源于中国人驱邪祀神祈福避凶心理的节日，从一开始就有燃放爆竹除祟、洒扫庭院敬神、举家团圆守岁的仪式。到了唐代，秦叔宝、尉迟敬德、钟馗这些真实存在或半传说的唐人更是成为人们在除夕之夜被请上门扉、供于香案的神祇。进入宋代，人们在除夕、元日、人日和元宵节这些节日中，不仅延续了神圣而庄严的仪式，同时也加入了属于宋人特质的内容。晁补之这首《失调名》，涉及宋人除夕的仪式有：送灶王、贴门神、喝屠苏酒、驱傩、放爆竹等，每一项都有家族成员的共同参与，充满了驱邪祈福的意味。当爆竹声声成为一年最后一天里最热烈的声响，当戴着傩具的舞者在寒冷的冬夜做出各种夸张的动作，当由幼及长全家喝屠苏酒的场景延宕起宋人的忧生意识，阖家团圆、吉祥安康已成为这一天人们最朴素也是最温暖的愿望。

走进宋人的除夕，桃符是个值得特别关注的意象。作为一个崇尚道教的王朝，宋代的桃符更是融入了道家的符箓观念。《岁时广记》载，宋人的桃符有两种：一种为桃梧，即桃木杖，"以桃梗径寸许，长七八寸，中分之，书祈福禳灾之辞，岁旦插于门左右地而钉之"；另一种是"桃板"，"以薄木板二三尺，大四五寸，上画神像、狻猊、白泽之属，下书左郁垒、右神荼，或写春词，或书祝祷之语。岁旦则更之"。宋代各级官府的官员每到除夕前都会领到桃符，它们是朝廷对官员的年终赏赐，也是对官员的新年祝福。当然，身处文风炽盛的时代，文人们一定要让这块充满了寓意的桃木变得更加文采灿然。"门大要容千骑入，堂深不觉百男欢"，这是苏轼为友人王文甫题写的桃符；"四海共宗朱子学，万山环绕紫阳祠"，这是紫阳书院的桃符。文人们的笔走龙蛇不仅是文人圈的互娱，也是不会写诗的平民的乐事，"过门人挽住，相倩写桃符"，每到除夕，文人们常常被邻人甚至陌生人挽住求写桃符，他们往往都会欣然落笔，乐而为之，在这样一个喜庆之日，谁又会吝惜自己的祝福呢？

绛烛朱笼相随映。驰绣毂、尘清香衬。万金光射龙轩莹。绕端门、瑞雷轻振。

> 元宵为开圣景。严敷坐、观灯锡庆。帝家华英乘春兴。搴珠帘、望尧瞻舜。
>
> ——赵佶《金莲绕凤楼》

除夕过后，次第而至的是元日、人日。"爆竹声中一岁除，春风送暖入屠苏。千门万户曈曈日，总把新桃换旧符。"王安石脍炙人口的《元日》诗，让我们知道，宋人的大年初一同样离不开屠苏酒，同样可以挂桃符。至于大年初七的人日，则和唐代一样，是女人们比拼手艺的好机会，这一天，她们要"剪彩为人"，"以贴屏风，亦戴之头鬓"，彰显出一年之始的精气神。而要说到最能体现出宋人精气神的，当然要数元宵节了。"元宵为开圣景。严敷坐、观灯锡庆。帝家华英乘春兴。"宋徽宗赵佶的这首《金莲绕凤楼》，描绘的正是东京汴梁在正月十五元宵节这天普天同庆的热闹场面。早在宋太祖肇宋之初，这位担心武将夺权采取以文治国之策的开国皇帝就大力提倡宋人享乐，他曾对臣子道："人生如白驹过隙"，"多置歌儿舞女，日夕饮酒相欢，以终天年"。这条"祖训"传到了艺术家皇帝宋徽宗这里，更是被发挥到了极致。日常的莺歌燕舞自不必说，面对立春之后的第一个月圆之夜，这位风雅的皇帝又怎会错过？每到这一天，他都要亲临宣德楼现场看灯，据《武林旧事》的记载，便是"至二鼓，上乘小辇，幸宣德门观鳌山"，《东京梦华录》的记载更全，是日，"宣德楼上，皆垂黄缘帘，中一位乃御座……万姓皆在露台下观看，乐人时引万姓山呼"，当九五之尊与黎庶苍生之间仅隔了一道薄纱，这样的夜晚已注定不同寻常。

那么，吸引大宋皇帝与子民同贺的元宵节究竟是怎样一番光景呢？在文人扎堆的宋代，还是让我们用一首首宋词一个个词牌串起它的流光碎影吧!"春满鳌山,夜沉陆海,一天星斗",这是阎苍舒在用《水龙吟》的韵脚描绘璀璨的灯影。"东风夜放花千树,更吹落、星如雨。宝马雕车香满路。凤箫声动,玉壶光转,一夜鱼龙舞",这是辛弃疾在用"青玉案"的词牌描摹盛大的歌舞。"是当年,爆竹驱傩,插金幡胜",这是刘辰翁在用《金缕曲》的乐音编排酹酒娱神的元宵百戏。"元宵三五。正好嬉游去。梅柳蛾蝉斗济楚。换鞋儿、添头面,只等黄昏",这是赵师侠在《洞仙歌》的意境中传达一个女子对元宵嬉游的渴盼……在熙熙攘攘的人群中,在流光溢彩的灯河中,醉了的不只是大宋君民,还有万物复苏的春天……

> 春未老,风细柳斜斜。试上超然台上看,半壕春水一城花。烟雨暗千家。
>
> 寒食后,酒醒却咨嗟。休对故人思故国,且将新火试新茶。诗酒趁年华。
>
> ——苏轼《望江南》

苏轼的这首流传甚广的《望江南》,作于熙宁九年(1076)春,此时,他刚刚由杭州移守密州不到两年时间,此间,他曾命人修葺了城北的旧台,并由其弟苏辙取《道德经》"虽有荣观,燕处超然"之意,将此台命名为"超然台"。"寒食后,酒醒却咨嗟。休对故人思故国,且将新火试新茶。诗酒趁年华",苏轼这首超然台的登临之作,在表达自己旷达生命豪情的同时,也记录下了宋人春天里的寒食节日。对于这个有着悠久历史的节日,宋人和先人们一样,也在不折不扣地遵循着其特有的仪轨,那就是禁火三日。宋人庄绰在《鸡肋编》中,曾对寒食节有过这样的描述：

> 寒食火禁，盛于河东，而陕右亦不举爨者三日。以冬至后一百四日谓炊熟日，饭面饼饵之类，皆为信宿之具。又以糜粉蒸为甜团，切破暴干，尤可以留久。以松枝插枣糕置门楣，呼为"子推"，留之经岁，云可以治口疮。寒食日上冢，亦不设香火，纸钱挂于茔树。其去乡里者，皆登山望祭，裂冥帛于空中，谓之"擘钱"。

从这段文字中，我们可以看到寒食节期间特有的民俗。虽然此时烟火不再升腾，但子推、擘钱这些节日的物什却成了宋人重要的精神托寄，尤其是当这种精神托寄在禁火三日之后，迎来另一个重要的节日——清明，宋人对故去亲人的慎终追远便化作了绵绵不绝的清明雨，而那些挂于茔树上的纸钱也将随着"新火"被熊熊点燃。"何处不青青。青青是汉茔。长亭芳草路。寒食谁家墓"，透过刘辰翁伤感的《菩萨蛮》，我们看到的节序交替，是禁火与取火的"改火"仪俗，是《清明上河图》里宋人眼中的晶莹泪光。

当然，寒食与清明的节俗里并非只有悲戚的意象和感伤的泪水，还有盎然春色里的欢乐时光。在唐代，热情奔放的唐人就已经将"行乐不违亲"的生命意识融入寒食清明的节俗里，到了宋代，踏青、插柳、荡秋千这些户外活动仍是宋人在寒食清明期间重要的内容。《东京梦华录》中的东京汴梁，宋人在此间"往往就芳树之下，或园囿之间，罗列杯盘，互相劝酬。都城之歌儿舞女，遍满园亭，抵暮而归"；而《梦粱录》中的临安

（传）[宋]苏焯《端阳戏婴图》

也热闹非凡："车马往来繁盛，填塞都门。宴于郊者则就名园芳圃、奇花异木之处，宴于湖者则彩舟画舫，款款撑驾随处行乐。此日又有龙舟可观，都人不论贫富，倾城而出。笙歌鼎沸，鼓吹喧天。"在这大好春光里，文人们更是不会缺席："南园春半踏青时，风和闻马嘶。青梅如豆柳如眉，日长蝴蝶飞"，在欧阳修的笔下，我们看到的是楚楚动人的踏青少女；"斗草踏青天气，买花载酒心情"，在陈允平的笔下，我们看到的是宋人的"斗草"之乐；"黄蜂频扑秋千索，有当时、纤手香凝"，在吴文英的笔下，"荡秋千"这一唐人眼中的"半仙之戏"正弥散着衣袂飘动的宋代女性开心的笑声……这种充满朝气的生命状态，才是春天里应有的生命状态，尤其是上巳节，更是让人们以一种阳光的心态迎迓春天。他们在水边洗浴，洗除掉身上的秽气，谓之"祓禊"。当清澈的溪水浴遍周身，当暖暖的阳光照亮笑靥，我们便相信，欧阳修的"晴川祓禊归来晚"是可以理解的，而柳永的"水嬉舟动，禊饮筵开，银塘似染，金堤如绣"，又是多么令人神往！

进入农历五月春夏之交，宋人即将迎来另一个驱邪祀神的节日——端午。在古人的观念里，五月处于阴阳之交，"是月也，日长至，阴阳争，死生分"，实为"恶月"，在这样一个虫蠹并生的月份里，必须通过一个充满仪式感的日子来"镇"，这便是端午。如果说这个始于先秦的节日到魏晋南北朝时才算有了一套相对完善的仪俗，那么到了物阜民丰、道教盛行的宋代，它已和除夕一样，成为人们在门户上大做文章的节日。

> 挂天师，撑着眼，直下觑。骑个生狞大艾虎。闲神浪鬼，辟慑他方远方，大胆底，更敢来、上门下户。
> ——魏掞之《失调名》

南宋魏掞之这首《失调名》，活画出了宋人在端午时节的门户风景。道教在宋代的风行，使得驱邪求吉的观念深入人心，而到了"恶五月"，御瘟、断瘟、辞瘟更是成为宋人的心中之念，在这样的宗教氛围中，张天师便成为宋人在端午节这天迎请的最重要的道教神祇。《岁时杂记》载，在北宋汴梁，"端午，都人画天师像以卖，又合泥做张天师，以艾为头，以蒜为拳，置于门户之上"。宋室南渡后，这样的风俗仍在赓续，《梦粱录》载，南宋临安每到端午，"内司意思局以红纱彩金盝子，以菖蒲或通草雕刻天师驭虎像于中，四围以五色染菖蒲，悬围于左右。……以艾与百草缚成天师，悬于门额上"。当张天师这位在中国历史上创办了五斗米教的道教先师成为被宋人用艾草与菖蒲扎成的神祇，高悬于门额之上，人们就于此求得了一份精神的平静与安稳。

当然，求得精神安稳的宋人不会耽误口体之养，更不会放弃身体之娱。还是欧阳修，让我们看到了宋人在端午时节的纵情欢歌：

> 五月榴花妖艳烘。绿杨带雨垂垂重。五色新丝缠角粽。金盘送。生绡画扇盘双凤。
> 正是浴兰时节动，菖蒲酒美清尊共。叶里黄鹂时一弄。犹瞢忪。等闲惊破纱窗梦。
> ——欧阳修《渔家傲》

透过《渔家傲》的乐阵，我们看到的，是宋人对角粽的热衷，对菖蒲美酒的热爱。而这样的节俗似乎还少了一些狂欢的烈度，那么，就来一场酣畅激烈的竞渡之戏吧！周紫芝告诉我们，端午的江浙，"江风猎猎吹红旗，舟人结束夸水嬉。短衣青帽锦半臂，横波鼓鬣飞鲸鲵。江潮漫漫江水阔，浪花击碎千堆雪。画桡擘水挽不回，白羽离弦箭初脱"；而庄绰则将我们带到了端午故事的源头，在屈原的故乡湖北，"五月望日谓之'大端午'，泛舟竞渡。逐村之人，各为一舟，各雇一人凶悍者，于船首执旗，身挂楮钱，或争驶殴击，有致死者，则此人甘斗杀之刑"。……没错，这就是宋人的端午，有温和虔敬的请神仪式，也有百舟竞渡的生死之斗，而只有这样的宋人，才更立体，更真实！

宋人门额上的端午艾草香未散尽，一个让女性热盼的节日已经到来，那就是七夕。七夕作为中国民间节俗由来已久。"维天有汉，监亦有光。跂彼织女，终日七襄。虽则七襄，不成报章。睆彼牵牛，不以服箱"，早在《诗经》的文字里，人们就已将牵牛星与织女星联系在了一起。到了汉武帝即位，据传因其生日是七月七日，于是将七夕正式定为节日。此后，随着历史的积淀，七夕风俗日渐成型，到了宋代，七夕已成为女性颇具仪式感的乞巧之节。

> 炎光谢。过暮雨、芳尘轻洒。乍露冷风清庭户，爽天如水、玉钩遥挂。应是星娥嗟久阻，叙旧约、飙轮欲驾。极目处、微云暗度，耿耿银河高泻。
>
> 闲雅。须知此景，古今无价。运巧思、穿针楼上女，抬粉面、云鬟相亚。钿合金钗私语处，算谁在、回廊影下。愿天上人间，占得欢娱，年年今夜。
>
> ——柳永《二郎神》

柳永的这首《二郎神》，描绘了七夕这一民俗的生动场景。"运巧思、穿针楼上女，抬粉面、云鬟相亚"，每到这一天，女孩子们都要以特制的扁形七孔针和彩线，望月穿针，向织女乞巧。同时，还要将小蜘蛛置于盒中，候其织网，如蜘蛛所织之网疏密有致，圆正相宜，则为得巧。一些富家大户每到七夕更是在庭院中结彩楼，谓之"乞巧楼"，将仪式感做得更足。除了乞巧，坐看牛郎织女星也是女孩子们的赏心乐事，因为这一天，牛郎织女星会在银河相会，仰望星河，便仿佛听到了他们的缠绵情话。在中国节俗中，七夕是最温婉的节日，也是最浪漫的节日，它打开了女性的春情，也将女性对爱情与婚姻的憧憬和浩瀚的星空连接在了一起。当然，这样的节日也是大宋子民的盛大狂欢。七夕之夜，"倾城儿童女子，不问贫富，皆着新衣。富贵之家，于高楼危榭，安排筵会，以赏节序，又于广庭中设香案及酒果，遂令女郎望月瞻斗列拜，次乞巧于女、牛"，当吴自牧《梦粱录》中描绘的七夕场景如在眼前，当张先的"双针竞引双丝缕，家家尽道迎牛女"，秦观的"两情若是久长时，又岂在朝朝暮暮"成为传唱千年的七夕之词，我们相信，七夕之夜的牵牛织女星，已成为中国人不愿跳出的美丽童话。

如果说七夕是更偏重女性的节日，那么，随后登场的两个重要节日——中秋节和重阳节，更像是专属于文人士大夫们的节日。尽管在宋人的岁时节俗里，无论哪一个节日，都离不开文人们热情的吟咏，对于宋人而言，虽然中秋节和重阳节也充满了欢乐与祝福，"中秋夜，贵家结饰台榭，民间争占酒楼玩月"，"九月九日，则有茱萸酒、菊花糕"，但不可否认的是，月亮与菊花，更是中国文人的挚爱，在星光璀璨名家辈出的宋代，这两个自然界高洁的意象，成了文人们遣志抒怀的重要载体。

正因如此，我们看到，"明月几时有，把酒问青天，不知天上宫阙，今夕是何年"，苏东坡发出的这一千古之问，与其说是他在中秋之夜对"团圆"主题的自觉对接，莫如说是其在节日之聚上的一次精神抽离。这样的思绪又仿佛是宋代文人们共通的思绪，"人立梧桐影下，身在桂花香里""皓色谁同，归心暗折，听唳云孤雁"……当宋人的中秋词里充满了这样的文字，可以想见，宋代文人的中秋之夜，越热闹，也就越孤独。

和中秋词相对应的，是宋代文人的重阳词。翻检"一代之文学"的宋词，我们便会发现，重阳词在节序词中是最多的，充分反映了宋代文人对这个节日的喜爱。那么，什么是这个节日的文人之爱呢？是菊花，是登高，是美酒。尽管赏菊、登高、饮酒绝非宋代文人的专利，任何一个宋人在九九重阳节这天，都会沿袭这样的节俗，但殊为难得的是，宋代文人用他们灵动的文字，不仅为我们呈现了宋人的重阳之乐，更为我们呈现出了宋代文人整体的生命状态。在许多文人的内心深处，都住着那位"采菊东篱"的陶渊明，正因如此，汪莘的"可来共采篱边菊"、黄庭坚的"乱折黄花插满头"、周邦彦的"来折东篱半开菊"，才会让我们看到宋代文人与这位东晋隐士的心灵共鸣。而文人们的心之所向，又会时不时跳出那位发明了登山屐的谢灵运，与之应和，吟诵着晏幾道的"年年岁岁登高节"、李纲的"客中重九共登高"、赵长卿的"登高无奈空搔首"，就会让我们相信，中国文人不论官居何级，不管身价几何，骨子里总有太多相通的东西。

关于宋人的节俗，似乎写到这里就应搁笔了，但又有种意犹未尽的感觉。延续着先人的传统，宋人的节日过得丰富多彩，有滋有味。有学者统计，宋代大大小小的节日达70个，几乎囊括了中国所有的传统节日，而宋人所能享受到的公共假期最多时甚至达到了80多天！"凤箫声动，玉壶光转，一夜鱼龙舞"，当300余年的光影被浓缩成一年中若干个闪亮的光区，我们要说，这样的宋朝，你应该穿越一次，走上一遭！

钱塘，水汽纵横

杭州的性格，用水就可以作出充分的诠释：要看其温婉阴柔的一面，不妨迎着二月春风，荡舟西湖；而要领略杭州威猛阳刚的一面，就一定要在瑟瑟秋风吹起的时候，来到钱塘江畔。

钱塘江全长605公里，流域面积48887平方公里。作为浙江省最大的河流，钱塘江一路浩浩荡荡，流经杭州市闸口以下注入杭州湾，最后汇入东海。钱塘江之所以闻名于世，是因为它排山倒海、气势磅礴的钱塘潮，每年农历八月十八前后，钱塘江都会迎来蔚为壮观的钱塘潮：雷霆轰鸣，浊浪排空，一条雪线兼天涌来，这是钱塘江的一线潮；两股潮头交叉叠错，呈十字状碰撞，激起高达数米的潮墙，这是钱塘江的十字潮；咆哮而来的潮水遇到堤坝沙洲，被反弹折回，继而又以风驰电掣的速度翻卷回头，这是钱塘江的回头潮。在一道道高高涌起的水墙中，在一排排惊涛裂岸的浪潮中，钱塘江，更像是一个骁勇无敌的武士，呈现出这片说着吴侬软语的流域血性狂野的一面。

赋予钱塘江这种性格的，传说是春秋时期吴国大夫伍子胥。

这位精通文武之道的吴国老臣，曾辅佐新君夫差励精图治，击败越国，掳越王勾践夫妇，为含恨而逝的前任吴王阖闾报了当年的一箭之仇。然而，夫差的复仇并不彻底，当越国的珠宝和美人迷惑了夫差的眼睛，当勾践、范蠡等人最终被放回越国，伍子胥这位托孤重臣的愤懑已经达到极致："越十年生聚，十年教训，二十年之外，吴其为沼乎！"（《左传》）伍子胥的苦谏响彻姑苏台，而佞臣伯嚭的谗言却毒若蛇蝎，陶醉在歌舞升平之中的吴王夫差恼怒不已，越王勾践训练士兵的号音一声响过一声，而此时，夫差给伍子胥这位洞悉国运的老臣的最后选择，却是一柄赐死的属镂之剑。据《吴越春秋·夫差内传》记载，伍子胥被赐死后，"吴王乃取子胥尸，盛之以鸱夷之器，投之于江中，言曰：'胥，汝一死之后，何能有知？'即断其头，置高楼上，谓之曰：'日月炙汝肉，飘风飘汝眼，炎光烧汝骨，鱼鳖食汝肉。汝骨变形灰，有何所见？'乃弃其躯，投之江中。子胥因随流扬波，依潮来往，荡激崩岸"。当这位失意的英雄最终被沉尸钱塘江中，这条江也便被注入了一股壮志难酬的英雄气，在狂涛巨澜中，伍子胥披挂铠甲，跃马扬鞭，一路冲杀。"发愤驰腾，气若奔马。威凌万物，归神大海，仿佛之间，音兆常在。后世称述，盖子胥水仙也。"（《越绝书》）遥远的传说就这样夹带雷霆万钧之势兼天涌来，伍子胥，成了钱塘潮的千年主人。

当然，被尊为潮神的伍子胥只能是一个荡气回肠的传说，并不能解释钱塘潮的形成。早在汉晋时期，人们已经探究形成钱塘潮的真正原因。王充在《论衡》中曾直言："夫言吴王杀子胥投之于江，实也；言其恨恚驱水为涛者，虚也。"并进而指出，"涛（即潮）之起也，随月盛衰，小大满损不齐同"。葛洪在《抱朴子》中也对伍子胥"兴起"钱塘潮的说法提出了质疑，他认为:"俗人云:'涛是伍子胥所作。'妄也。子胥始死耳,天地开辟,已有涛水矣。"到了北宋,学者、官员燕肃对钱塘江进行实地调查后,提出了"沙潬说",较为科学地解释了钱塘江潮形成的原因:"今观浙江之口,起自纂风亭,北望嘉兴大山,水阔二百余里。……盖以下有沙潬,南北亘连,隔碍洪波,蹙遏潮势。……浊浪堆滞,后水益来,于是溢于沙潬,猛怒顿涌,声势激射,故起而为涛耳。非江山浅逼使之然也。"显然,钱塘潮的浊浪排空声里,有焚香长揖的朝拜者,同时,也不乏格物致知的探索者。

其实,我们若是仔细审视一下钱塘江流经的地形,便可以发现钱塘潮形成的奥秘。钱塘江注入的杭州湾,外宽内窄,外深内浅,是一个非常典型的喇叭状海湾。这样的地貌,缘于杭州湾剧烈的地质演变:前古生代,萧山断裂造成杭州湾地层断陷,形成钱塘江断陷盆地;新生代,杭州湾地壳升降使海湾成江湖,钱塘江初成;到了春秋时期,钱塘江巨大的喇叭状出海口已经形成,出海口的江面最宽处已达100公里,而往西到澉浦,江面骤缩至20公里,到了海宁盐官镇一带时,江面则只有不足3公里宽。当这个巨大的喇叭口吞纳进的大量海水,随着江面越来越窄,最终堆积成层层大浪,一道道水墙便被高高堆起,而由于日月引力的作用,农历的月半前后,潮头最大,尤其是八月十八前后,地球距太阳、月亮最近,引力最大,钱塘潮也最为壮观。纵观全球16个国家60余处海湾河口,比之著名的巴西亚马孙河、加拿大芬迪湾、英国塞文河,钱塘潮涌无论是从潮流速度、绝对高度还是观赏价值、遗产价值,都具备令人称叹的绝对优势。

当然,钱塘潮的惊涛拍岸带给人们的不仅仅是一道雄奇壮

[宋]李嵩《月夜看潮图》

阔的自然景观，更是岁月积淀而成的一道文化景观。大约从汉魏开始，钱塘观潮就已经成为一件民间盛事。

钱塘观潮真正达到极盛期，应当是在宋代。北宋时期，杭州已是经济发达交通便利的地区，湖光山色，鱼米飘香，常常成为文人士大夫们吟咏的意象，而波涛汹涌的钱塘潮更是常常被诉诸笔端。无论是范仲淹的"海面雷霆聚，江心瀑布横"，还是陈师道的"晴天摇动清江底，晚日浮沉急浪中"，都描摹出了钱塘潮一泻千里的气韵，而苏东坡更是用一句"八月十八潮，壮观天下无"拔升了钱塘潮的审美高度。当然，无论是北宋的仕杭文人，还是匆匆驻足的过境文人，都没有高过一个路经杭州的举子，他就是北宋的慢词大家柳永。从家乡福建崇安千里迢迢赶赴汴京应试，柳永特意在杭州驻留了些时日，而也正是在这里，精通音乐的柳永将奔涌的钱塘江谱入律吕而创制新声，以一曲《望海潮》产生了一个崭新的词牌，成为脍炙人口的佳作。

> 东南形胜，三吴都会，钱塘自古繁华。烟柳画桥，风帘翠幕，参差十万人家。云树绕堤沙。怒涛卷霜雪，天堑无涯。市列珠玑，户盈罗绮竞豪奢。
>
> 重湖叠巘清嘉。有三秋桂子，十里荷花。羌管弄晴，菱歌泛夜，嬉嬉钓叟莲娃。千骑拥高牙。乘醉听箫鼓，吟赏烟霞。异日图将好景，归去凤池夸。
>
> ——柳永《望海潮》

如果说柳永的"怒涛卷霜雪"是钱塘潮诗词景观的范本，那么随着宋室南渡，定都临安，进入南宋时代，钱塘江的政治意味和文化意涵也随之被提升到空前的高度。史载,南宋皇帝每年都要在农历八月十八这天登上高台,检阅水军。是日,"艨艟数百,分列两岸;既而尽奔腾分合五阵之势,并有乘骑弄旗标枪舞刀于水面者,如履平地。倏尔黄烟四起,人物略不相睹,水爆轰震,声如崩山。烟消波静,则一舸无迹,仅有'敌船'为火所焚,随波而逝"(周密《武林旧事》)。偏居江南一隅的赵宋王室定都烟柳繁华的临安,其实并无太多屏障可倚,身居江浙这块心腹之地的南宋统治者,更希望用一条奔流到海的钱塘江彰显一下王朝的底气,正因如此,南宋朝廷建了数十支水军,并于每年春秋两季检阅水军。每当钱江潮春潮与秋潮洪波涌起之时,也便是南宋朝廷向金使大秀肌肉的时刻,关于这种秀肌肉场景的描写,当然不只记录于周密《武林旧事》之中,南宋吴自牧《梦粱录》亦有记载:

> 统制部押于潮未来时,下水打阵展旗,百端呈拽,又于水中动鼓吹,前面导引,后抬将官于水面,舟楫分布左右,旗帜满船,上等舞枪飞箭,分别交战,试炮放烟,捷追敌舟,火箭群下,烧毁成功,鸣锣放教,赐犒等差。盖因车驾幸禁中观潮,殿庭下视江中,但见军仪于江中整肃部伍,望阙奏喏,声如雷震……

900多年后,我们仍然可以想象出这样的画面:汹涌的江涛奔腾入海,一艘艘艨艟斗舰伴着号炮与鸣镝,劈波斩浪,一往无前,岸边,是群情激昂的南宋君臣,是惊出冷汗的金国使者……"滔天力倦知何事,白马素车东去。堪恨处。人道是、子胥冤愤终千古",如辛弃疾这样的爱国词人,早就透过钱塘江的滚滚怒涛，看清了南宋统治者的苟且与懦弱，但在这些偏安者的眼中，钱塘潮更像是一道遮挡起自己虚弱内心的水墙，当他们迎着浩浩汤汤的大潮检阅水军，与其说在向金使表明与之抗衡的态度，莫如说在祈望金军勒停南侵的铁蹄，"秋水时至，百川灌河"，有钱塘潮在，有大宋水军在，金军，是不是可以休矣？

正因如此，在秀过肌肉后，便是南宋朝野上下全民观潮的狂欢时刻。

"淳熙十年八月十八日，驾诣德寿宫，奉迎上皇观潮。先期，浙江亭抓缚席屋五十间，至是，并用彩缬幕帘。上皇至，赐从官酒食，并免侍班，听从便观看。"这是记录于《西湖游览志余》的皇家观潮排场。

"每岁八月内，潮怒胜于常时，都人自十一日起，便有观者。至十六、十八日，倾城而出，车马纷纷。"这是《梦粱录》中杭州百姓的观潮盛况。

天工造化，让人们每年都要面对钱塘潮带来的潮患，但也正是这样的汹涌澎湃，激发了人们心中的热情，在秋风沉醉的季节和南宋君民形成共振。随着八月十八最佳观潮期的临近，钱塘江沿线从江干到六和塔十余里间，天天车马塞途，日日摩肩接踵，贵族富贾们早早就租下了沿江的屋宇，一些平民百姓则索性席地而坐，与此同时，在江畔的各种特色小吃和在江面上各种精彩纷呈的表演，则让人们在观潮的同时，感受到一种热热闹闹的节日气氛。当优人百戏、渔鼓弹词共同汇入钱塘潮宏大的交响，当歌儿舞女、酣乐醉酒成为上至王公贵族下至贩夫走卒共同的狂欢形式，即便贫苦市民都"解质借兑，带妻挟子，竟日嬉游，不醉不归"，我们相信，此时的钱塘江，一字潮也好，十字潮也罢，对观潮者而言都不重要，他们更喜欢的是兼天涌来的水势所带来的感官刺激，是人声鼎沸的氛围所营造的狂欢时刻。

最让人肾上腺激素飙升、让狂欢达到极致的，当推数百弄潮儿的表演。这些弄潮儿"皆披发文身，手持十幅大彩旗，争先鼓勇，溯迎而上，出没于鲸波万仞中，腾身百变，而旗尾略不沾湿，以此夸能"（周密《武林旧事》）。我们可以想象这样一幅图景：在汹涌的浪涛中，一群披发文身的弄潮儿手持彩旗，迎潮而立，潮头越是铺天盖地，他们弄潮的速度就越快越猛。和钱塘潮一起，这些弄潮儿构成了一道壮观的风景。

> 长忆观潮，满郭人争江上望。来疑沧海尽成空。万面鼓声中。
>
> 弄潮儿向涛头立。手把红旗旗不湿。别来几向梦中看。梦觉尚心寒。
>
> ——潘阆《酒泉子》

这首《酒泉子》，为北宋初年才子潘阆所作。史载，潘阆"总角之岁，天与诗性，故亲族骇其语焉。弱冠之年，世有诗名，故贤英服其才焉。今内翰广平宋公（白）赠诗云：'宋朝归圣主，潘阆是诗人。'"因恃才傲物，言行狂妄，潘阆得罪权贵，流落杭州。然而，文人命运的窘蹇往往一经山水的慰藉，便会激荡出绚丽的篇章。正是在浪迹杭州的几年间，潘阆用"酒泉子"这个词牌写了10首词，成为他离杭之后最珍贵的记忆，尤其是这首《酒泉子》，更因为用寥寥数语便生动刻画出了钱塘潮上的弄潮儿，而名震宋初词坛，以至于当时的太子中舍李允特为之作《潘阆咏潮图》。当北宋文学家王禹偁在《潘阆咏潮图赞并序》中盛赞潘阆"因赋《浙江观涛之什》，称为冠绝"，当曾写下12首观潮诗词的苏东坡对潘阆的《酒泉子》讽诵再三，赞不绝口，将其书于玉堂屏风之上，潘阆，在观潮之风未达极盛时，便已经把弄潮儿的形象深深地刻在人们心中。

北宋的弄潮之风如此，随着宋室南渡，其规模和阵仗自然就可想而知。"诮惯得、吴儿不怕蛟龙怒。风波平步。看红旆惊飞，跳鱼直上，蹙踏浪花舞。"在辛弃疾的笔下，这些挺立潮头如履平地的吴越健儿，已成为自己冲杀疆场收复失地的化身。"此身恰似弄潮儿，曾过了、千重浪"，经历宦海沉浮的陆游，更是将抗金报国的情怀寄寓在钱塘弄潮儿的身上……显然，在南宋的烟雨风云中，这些搴旗张盖、吹笛鸣钲的弄潮勇士已经成为更多元的喻体，而催生这个喻体的钱塘江，已经不是一道仅供观赏的风景，更是南宋百姓渴望恢复中原表达爱国之志的情感寄托。

如今，当我们登上位于杭州西湖之南钱塘江畔的月轮山，会看到一座佛塔——六和塔。它始建于北宋开宝三年（970），当时的吴越王钱弘俶为了镇住钱塘江潮，派僧人智元禅师督造，后来毁于兵燹；绍兴二十二年（1152），南宋统治者又原地重建，保存至今。到了杭州，六和塔是一定要登上去看一看的，当你登临高塔，举目眺望，既可以看到那湾融入了凄美爱情的西湖水，更可以看到浩浩荡荡奔流入海的钱塘江，而此时，你才会发现，其实杭州早就是一座刚柔并济的城市。

埙声，只吹给自己听

妾是什么？是侑觞佐酒的一把琵琶，是深宅大院里的一叶飘萍，是黄钟大吕中的一丝颤音。

> 轿儿排了，担儿装了，杜宇一声催起。从今一步一回头，怎睚得、一千余里。
> 旧时行处，旧时歌处，空有燕泥香坠。莫嫌白发不思量，也须有、思量去里。
>
> ——辛弃疾《鹊桥仙》

这首《鹊桥仙》，为辛弃疾将爱妾粉卿送走时所作，透过缱绻缠绵的文字，我们能够感受到这位爱国词人对爱妾的依依不舍。在我们的记忆里，稼轩词更多是铁血的交响，是"马作的卢飞快，弓如霹雳弦惊"的险恶沙场，是"举头西北浮云，倚天万里须长剑"的仰天长啸，是"我见青山多妩媚，料青山见我应如是"的超然物外、洒脱不羁。然而，在这首《鹊桥仙》中，我们却看到了这位失意英雄缠绵悱恻的另一面。"轿儿排了,担儿装了,杜宇一声催起",自己的爱妾粉卿就要走了,辛弃疾柔肠百转,与粉卿在一起的朝朝暮暮在老英雄的眼前频频闪现。这位娇美解语的丽人,曾纾解过他壮志难酬的人生落寞,但念及自己年老体衰,辛弃疾还是作了遣妾的决定。尽管"从今一步一回头,怎睚得、一千余里",尽管"莫嫌白发不思量,也须有、思量去里",辛弃疾依然独自回到了他的带湖别墅。在一路苍凉的唢呐声中,容貌姣好的粉卿如同一片凋零的落叶,转而飘进他人的府邸。

其实,辛弃疾将爱妾送走已不是第一次,透过浩淼的宋词,我们可以看到,辛弃疾吟咏送妾之事的词共有三首,是最多的。

  一自酒情诗兴懒,舞裙歌扇阑珊。好天良夜月团团。杜陵真好事,留得一钱看。
  岁晚人欺程不识,怎教阿堵留连。杨花榆荚雪漫天。从今花影下,只看绿苔圆。

——辛弃疾《临江仙》

这首《临江仙》,是辛弃疾在侍妾钱钱临行前写就的送别之作,一句"从今花影下,只看绿苔圆",道出他对钱钱的怜爱与不舍。

  医者索酬劳,那得许多钱物。只有一个整整,也盒盘盛得。
  下官歌舞转凄惶,剩得几枝笛。觑着这般火色,告妈妈将息。

——辛弃疾《好事近》

这首《好事近》，是辛弃疾将吹笛侍妾整整送人时流露的儿女情长，一句"下官歌舞转凄惶，剩得几枝笛"，道出了他心中的寂寞。当然，这只是被付诸了文字的部分，究竟这位以英雄自期的文人送走了自己多少侍妾，我们不得而知，但从出现在《稼轩词》里有名有姓的侍妾看，辛弃疾无论是在带湖还是在铅山，无论是在朝还是在野，身边始终不乏红颜侍妾，整整、田田、钱钱、香香、飞卿、粉卿、卿卿，这七个娇巧可人的名字，与其说构成了豪放奔逸的《稼轩词》的绵软一面，不如说记录了一个宋代士大夫于正史记载之外的另一种历史。

事实上，不独辛弃疾一人如此，许多和他一样的文人士大夫已经将送妾看成了一件再正常不过的事情，而送妾的原因也不一而足，有的是因为惧内，有的是因为年老力不从心，有的则是因一时豪气，以妾相赠。据《词坛纪事》载："宋驸马杨震，有十姬，名粉儿者尤胜。一日，招詹天游宴，出诸姬佐觞，天游属意粉儿，口占《浣溪沙》词……杨遂以粉儿赠之……"你看，只因友人给自己的美妾写了首词，立马就将美妾无偿赠与，出手何其"阔绰"！当然，送妾者还有一种原因，那就是"性贿赂"，为升官晋爵打"美色牌"。《宋史》记录了一个叫程松的人，因为在任期满迟迟未能升迁，郁闷之际想了个办法，那就是将自己的侍妾送给南宋当时的权臣韩侂胄，临别前，还特意给这位侍妾取了个名字"松寿"，韩侂胄不解其意，这个程松便说："欲使疵贱姓名常蒙记忆尔。"果然，这招"性贿赂"很快就奏效了，此前还为升迁发愁的程松不久便"除同知枢密院事，自宰邑至执政财四年",一路官运亨通。身处吟风弄月沉歌醉舞的宋代,士大夫们也没有忘记给他们这种行为赋予一个雅词"放琴客"。当然,这个词并非宋代士大夫的独创,琴客本义为弹琴者,自唐代顾况一首《宜城放琴客歌》吟咏其友去妾之事,"放琴客"一词便流传开来,成为遣散侍妾的别称。

显然,送妾也好,放琴客也罢,妾,已经成为物品,和明媒正娶的妻之间,划开了一道界限分明的鸿沟。封建宗法之下,饱读诗书的文人往往奉父母之命成婚,这种结合通常没有选择的自由,更多是以传宗接代为目的。正因如此,当他们远离家乡,进京赶考,便流连秦楼楚馆,在娼妓身上寻找肉体和精神的慰藉。这些勾栏女子,本身就生得花容月貌,又兼知书达礼,工于词翰,自然让风流文人找到了可以诗词互答的知音,乐不思蜀;一朝金榜题名,踏入仕途,已进入士大夫阶层的文人们囿于封建道统,往往不敢抛弃发妻,但这些青楼女子中却有不少人就此脱离娼籍,成为士大夫专属的家妓,而随着这些士大夫官阶地位的上升,他们的姬妾也便越来越多。事实上,纳妾之风走到宋代,已逾千年,而随着宋开国之初以文治国和纵欲享乐观念盛行,使得蓄妓纳妾之风远超前朝,上至魏阙之臣,下至州县小吏,均以纳妾作为地位和财富的象征,已不单单为了传宗接代,承继香火。《夷坚志》载:"观察使张渊,绍兴中为江东副总管,居建康。每以高价往都城买佳妾,列屋二十人。"《墨客挥犀》载,石曼卿曾遇一豪家,"日闻歌钟之声""家妓曳罗绮者数十人"。这些士大夫中也不乏"老当益壮"者,北宋婉约派代表张先在八十岁时仍娶了一位十八岁的女子为妾,有人曾为此即兴作诗道:

十八新娘八十郎，苍苍白发对红妆。
鸳鸯被里成双夜，一树梨花压海棠。

至于与李纲、赵鼎、李光并称"南宋四大名臣"的胡铨更不示弱，在77岁的人生暮年，五月刚得一子，六月便纳新妾。当纳妾成为达官贵人的声色之娱和炫耀之资，有宋一代，妾市也便大行其道，交易频繁，其主体，有青楼歌妓，也有良家女子。据宋代朱彧《萍洲可谈》载："京师买妾，每五千钱名一竿，美者售钱三十五个。近岁贵人，务以声色为得意，妾价腾贵至五千缗。"当这些柔弱的女子像商品一样被出售，被典卖，她们的青春已注定被禁锢，被物化，在封建宗法之下，她们自然无法取代正室的地位，但她们却是文人士大夫眼中的尤物。文人士大夫们将这些买来的姬妾打造成娱情娱性的可人儿，在士大夫阶层的雅集唱和中，她们不仅是装点门面的花瓶，更是侑觞佐酒的道具。

由此，侍妾的命运注定不能由自己掌握，卑微低贱的身份，让她们既要在男主人面前低声下气，又要在正室面前委曲求全。河南伊川万安山南麓出土的北宋扶风马氏墓志，是国内迄今为止发现的屈指可数的几通北宋妾室墓志之一。在这通不足400字的墓志中，我们知道这位马氏曾是北宋名臣范纯礼之妾，七岁时便"以良家子养于今尚书右丞范公纯礼"。对这位出身寒微自幼就被卖到范家的侍妾，墓志用"恭顺勤恪，有志趣"概括其德操，而之所以如此，除了侍奉男主人尽心尽力，很重要的一条，便是能与正室小心周旋，和睦共处。正因如此，马氏在众侍妾的争风吃醋中，虽常"为轧己者轾藦排摈"，却能得到范纯礼正室高平郡夫人王氏的庇护，"爱抚异甚"。在王氏病重期间，马氏更是"周旋奉事,忧见颜色"。马氏之子范正己为范纯礼独子,因此王氏死后,马氏地位陡增,得以主理家事,而马氏却始终保持着侧室身份的谨小慎微,"于范氏宗族姻娅,虽儿女行辈,见之离立避道。强之坐,必绝席降等"。透过墓志上的这些文字,一个在士家大族中如履薄冰赔尽小心的侍妾形象活生生地跃入我们的眼帘。正是由于马氏保持了一辈子"妾道",才在她46岁去世时换得了一通颇得范家认可的墓志。当然,身处侍妾的卑微地位,她根本无法与男主人同穴而葬,只能与早夭孙男"祔于墓隧之左次"。

> 茕茕寻坦路,凄风响枯枝。
> 路本羊肠形,折转多他岐。
> 误识为直道,偶陷深蒺藜。
> 密林蔽寒月,清光透妾肌。
> 野鸦彻夜啼,蒙鸱笑自悲。
> 雄狐绕妾号,鼫鼠相追随。
> 独近虎狼窟,啖吐安可期。
> 妾心岂不惧,仰赖穹苍垂。
> 少年学弹筝,善鼓阳春词。
> 长年学吹笙,一吹双凤仪。
> 中年惧家祸,众口生嫌疑。
> 主君不及察,逐妾江之埼。
>
> ——王氏《妾薄命叹》(节选)

这首《妾薄命叹》长诗,据传出自宋代巨鹿王氏之手,此诗有一小序,说明了创作的缘由:

钜鹿有王氏女，美容仪而家贫，同郡凌生纳为妾。凌妻极妒，尝俟凌出，使婢缚王掷深谷中。王偶脱而逸去，入他郡为女道士。作《妾薄命叹》千余言。一夕，见梦于凌，语所苦，且以诗授凌，凌觉而得其诗于褥前。后，凌妻死，王乃得复返。

　　从这段小序，我们看到的，是巨鹿（古称钜鹿）王氏与扶风马氏的天渊之别：同是侍妾，马氏因自己的小心翼翼而得享天年，而巨鹿王氏却命运多舛，被凌生所纳后，却遭到凌妻的嫉妒，趁凌生外出之际将其抛诸荒野。"罛罛寻坦路，凄风响枯枝""雄狐绕妾号，鼫鼠相追随"，历经九死一生的磨难，直到凌妻死后，王氏才得以复还。其实，在封建宗法制度下，前面提到的扶风马氏实在是屈指可数，更多侍妾的命运都如巨鹿王氏这般凄苦黯淡，她们不仅遭受着正室的欺凌与压迫，更是家族中低贱卑微的边缘人：因为未经"礼娶"，她们的侧室身份几乎一生都不容改变，尤其是在宋代理学的维护下，更是"主母之尊，欲使家众悦服，不可使侧室为之以乱尊卑"。因为地位低下，她们被残酷地剥夺亲权，生子必须认男主人嫡妻为母，她们只配做庶母。神宗朝有个叫李定的官员，曾"闻庶母仇氏死，匿不为服"，结果遭谏官弹劾，而这个李定给出的辩解竟是："实不知为仇氏所生，故疑不敢服。"同样因为出身有别，侍妾在死后也要归葬娘家，"不容与嫡并配"，有子之妾，其后代祭奠，方可"祔于正嫡而祭"……边缘人的命运，就是侍妾无法摆脱的宿命，从生到死，她们画出的注定是一道哀婉的曲线。

　　正因如此，在侍妾的生命里，她们的安全感只能来自主君的宠爱。作为士大夫阶层的私有财产,她们在青春韶华时,是和诗的知音,对弈的伴侣,更是士大夫呈现柔软一面的重要对象。

"琵琶绝艺。年纪都来十一二。拨弄幺弦。未解将心指下传。"这是苏轼在杭州初见年方十二岁的王朝云时为她写下的婉约之词。

"耳边曾道。甚时跃马归来,认得迎门轻笑。"这是时彦在描摹宠妾的似水柔情。

"娇痴却妒香香睡,唤起醒松说梦些。"这是辛弃疾在将睡得正香的香香叫醒,只为和她一起分享梦境……

这些文人士大夫常常会将身边宠妾视作忘忧之草解语之花,对她们说些无法和正室说出的心里话,为她们写下不曾给正室写下的诗词歌赋。然而,这些侍妾有一个共同的敌人,那就是时间,一旦色衰而爱弛,爱弛而恩绝,她们便又如过气的商品一样,继续被出售,被转让,甚至被抛弃,毫无生命的自由。像这样的事例,比比皆是。《宋稗类钞》载:

> 陈了翁之父尚书,与潘良贵义荣之父情好甚密。潘一日谓陈曰:"吾二人官职、年齿,种种相似,独有一事不如公,甚以为恨。"陈问之。潘曰:"公有三子,我乃无之。"陈曰:"吾有一婢,已生子矣,当以奉借。他日生子即见还。"既而遣至,即了翁之母也。未几,生良贵。后其母遂往来两家焉。一母生二名儒,前所未有。

陈了翁与潘良贵都是宋代较有名望的儒者,陈父与潘父交好，见到潘无子嗣，竟"慷慨"地将自己的妾送给潘父为其传宗接代，以至于陈了翁与潘良贵同出一母。这个"借妾生子"的故事甚至在当时一度传为美谈。"鬓边觑，试把花卜归期，才簪又重数。罗帐灯昏，呜咽梦中语",多次遣散侍妾的辛弃疾曾用这首《祝英台近》表达对一位侍妾的思念，而据说当时这位侍妾被遣，竟是因一件小事惹怒了这位"词中之龙"。至于一代文豪苏轼，诗词清雄豪放，然而，在他贬官之时，却将家中姬妾除了王朝云一人，统统送人，其中有两位姬妾身怀有孕，他也全然不顾，在小说家笔下，当友人提出用一匹白马换他一个叫春娘的姬妾，他竟慨然应允，春娘闻听，不堪其辱，撞树而死……当士大夫们将"放琴客"作为一桩雅事付诸行动，见诸笔端，红墙中的侍妾们已经习惯用埙作为盛装泪水的容器，一串串从湖中捞出的音符，被她们谱成湿淋淋的旋律，悲风怒号，她们是最孤独的演员，在被传递转让的过程中，埙声，只吹给她们自己听。

其实，相比较而言，落入文化士大夫的府邸，对于这些委身侧室的女人还是一件幸事，毕竟在这样的环境中，她们还能读一读诗书，抚一抚琴弦。如果落入了一些单纯为了满足肉欲、接续子嗣的达官显贵之家，这些可怜的女人便只能成为贵胄们宣淫泄欲的工具，生命也如草芥一般低贱。南宋名将杨政，杀妾亦如踩死蝼蚁一般，史载，其"姬妾数十人，皆有乐艺，但少不称意，必杖杀之，面剥其皮，自首至足，钉于此壁上，直俟干硬，方举而掷诸水"。南宋奸臣贾似道，有一次与众姬妾泛舟西湖，只因一妾偷看了一眼对面船上的男子，便被他枭首示众，后人因此还编了一出《红梅阁》的戏剧，流传甚广。这些寄身于深宅大院中的女子，其实是一群毫无尊严可言的粉黛囚徒,当她们在太湖石下埋下一方方泣血的香帕,她们的生命,她们的姣容,也随之化成尘土,随风而逝。

目前已知最早的"妾"字,出现于殷商时代的甲骨文中,意为有罪而充当仆役的女子,即女奴。奴隶社会的奴隶主对待战俘,常常采取剜眼、断肢、髡首等方式,将他们变为易于管束的奴隶。尽管此后在漫长的封建社会,这些被锁在豪门之中的女人已不再遭受各种酷刑,但和奴隶社会的女奴一样,她们在精神和肉体上已经被深深刻上了奴隶的烙印,被役使、被侮辱、被损害、被践踏,是她们的共同宿命。

三寸金莲的生命之痛

蹒跚于历史深处的三寸金莲，走出的是一条浸着血泪的漫漫长路。

很多人认为，最早掀起女性缠足之风的，是南唐后主李煜。这位才情滂沛却断送了江山的文人皇帝，用《虞美人》无限哀伤的韵律寻找往昔的时候，他的脑海中，一定会浮现出那位婀娜多姿的窅娘的倩影。这位南唐美人，不仅生就一副粉靥姣容，更有一双玲珑纤巧的小脚。据说当年李煜曾在宫中筑起一座高达六尺的金莲台，周围饰以珠宝璎珞，台中镌刻着金制的莲花，以锦帛缠足的窅娘就在这座莲台上且舞且歌，"屈上作新月状，着素袜，行舞莲中，回旋有凌云之态"，恍若凌波仙子一般，深得李煜宠幸。为了固幸邀宠，窅娘索性在平时也裹紧双足，以此俘获皇帝的目光，而后宫众妃嫔见状也纷纷效仿，一时渐成风尚。

当然，也有学者认为，缠足之风最初缘起于南齐。《南史》记载，南北朝时期齐东昏侯萧宝卷有一宠妃潘玉儿，生得娇巧可人，尤其是一双美足更是柔若无骨。为了讨这位丽人的欢心，萧宝卷没少下功夫，不仅为她建了神仙、永寿、玉寿三座宫殿，更是突发奇想，命工匠将黄金凿成莲花之状，一朵一朵地贴在地板上，当潘玉儿行走其上，如同脚下生出莲花一般，形成"步步生莲"的美艳画面。这个"三寸金莲"的掌故不仅让后宫以小脚为美，纷纷裹足以邀宠，同时也暗合了佛教中的"金莲"故事。《大唐西域记》载：

> 昔有仙人，隐居岩谷，仲春之月，鼓濯清流，麀鹿随饮，感生女子，姿貌过人，惟脚似鹿。仙人见已，收而养焉。其后命令求火，至余仙庐，足所履地，迹皆有莲华。

对此，《缠足史》的作者高洪兴认为，潘妃的莲步生花与佛教不无关联，"三寸金莲"的背后，可能是潘妃在模仿鹿女神话。

目前学界一个普遍的看法是，缠足之风真正兴起在宋代。自宋初开始，随着享乐之风的盛行，王公贵族之家终日偎红倚翠，弦歌不绝。"金陵佳丽不虚传，浦浦荷花水上仙。未会与民同乐意，却于宫里看金莲"，如果说南唐后主李煜的风雅多情带动起了以窅娘为代表的一群宫中丽人的缠足之风，那么当这个短命的小朝廷被纳入宋王朝的版图之中，这股缠足之风也便逐渐由宫廷流入达官贵人之家，成为宋代上流社会流行的时尚。

> 涂香莫惜莲承步，长愁罗袜凌波去。只见舞回风，都无行处踪。
> 偷穿宫样稳，并立双趺困。纤妙说应难。须从掌

上看。

——苏轼《菩萨蛮》

苏轼这首《菩萨蛮》，被视为中国诗词史上专咏缠足的第一首词。从这首透着香风的艳词中，我们可以看出，东坡居士不仅将视线停留在"乱石穿空，惊涛拍岸"上，同时也对女性的一双小脚有着深度的偏好。苏轼所处的神宗朝，正是缠足之风从宫廷走向教坊继而走向民间的时期，元人陶宗仪《南村辍耕录》载，"熙宁、元丰以前，人犹为者少"，以后"人人相效，以不为者为耻"。在史家眼中，熙宁、元丰年间无疑是宋朝的变革时代，而作为大宋之变的重要推动者，宋神宗不仅在朝野上下掀起了一场变革风暴，同时也让缠足这种畸态的审美大行其道。此后的徽宗朝，随着书画皇帝赵佶的"审美"意识的进一步拔升，缠足之风也愈刮愈烈。陆游《老学庵笔记》载："宣和末，妇人鞋底尖以二色合成，名错到底。"以徽宗朝农民起义为背景的《水浒传》，也不乏女性缠足的描写，如阎婆惜"金莲窄窄，湘裙微露不胜情；玉笋纤纤，翠袖半笼无限意"，金翠莲"纤腰袅娜，绿罗裙微露金莲"，李师师"露来玉指纤纤软，行处金莲步步娇"。这些对女性"三寸金莲"的细腻描写，无一不反映出宋代士大夫阶层对美女的评判标准。缠足之风在宋代的兴盛则是在南渡之后。《鹤林玉露》曾记录了一则以足之大小判定柔福帝姬的逸事。建炎四年（1130），"有女子诣阙，称为柔福，自虏中潜归。诏遣老宫人视之，其貌良是，问以宫禁旧事，略能言仿佛，但以足长大疑之。女子颦蹙曰：'金人驱迫如牛羊，跣足行万里，宁复故态哉？'上恻然不疑其诈，即诏入宫，授福国长公主，下降高世荣"。作为这桩宋代宫闱疑案的主角，高宗赵构同父异母的妹妹，柔福帝姬在汴京城陷时，曾和徽、钦二帝一起被远掳金国，受尽欺凌，当她得机逃回临安时，包括赵构在内的许多人都对其身份存疑，后来不知谁想了个办法，说看看脚吧，柔福帝姬自幼便缠足，只需一验便知。结果这归来的柔福还真不是一双小脚，不过她马上给出了一个看似合理的解释，那就是因为躲避金兵的追赶，光着脚一路狂奔，这双脚早已不复当年形状。这下，赵构释然了，当即将柔福帝姬迎回宫，封为福国长公主，还给她找了个驸马，赏赐给她了丰厚的嫁妆。当然，这个柔福帝姬最终的命运还是很悲惨。12年后，赵构母亲韦贤妃被金国释放归宋，当她听闻柔福帝姬之事，立指其伪，说真的柔福帝姬已于多年前身死金国，结果，赵构盛怒，将这个假冒的柔福帝姬杖毙于宫中。其实，历史的烟云总是让人真伪难辨，韦贤妃在金国的屈辱生活并不希望有一个见证者，从这个角度讲，柔福帝姬不管真假，都必须死，倒是这则以足证伪的逸事算是给南宋的缠足之盛留下了点证据。

当然，历史的证据不只来自文本，更来自考古发现。20世纪70年代，福州浮仓山出土的黄昇墓的6双弓鞋和16双罗袜，无疑成为南宋缠足之风普遍流行的有力证据。从出土的墓葬遗存考证，考古学家认为墓主人黄昇出身贵胄之家，16岁时嫁给了赵匡胤第十世孙赵与骏，可惜红颜薄命，仅过一年，黄昇便香消玉殒。这朵过早凋谢的生命之花生前没有为自己短暂的爱情生活留下些许痕迹，但作为南宋时期一位年轻的贵妇，她的死后哀荣却为后人复原了一位南宋女性的生命影像。黄昇墓葬的发掘，成为当时出土宋代服饰最多的一次考古发现，300余件随葬服饰和丝织品反映了这位南宋贵妇生前锦衣玉食的生活，尤其是那6双弓鞋和16双罗袜，更是让人们看到了南宋女性的缠足风尚。事实上，在当时的南宋社会，女性出嫁若能进入钟鸣鼎食之家，拥有一双娇秀的小脚，无疑是征服男方的资本。作为缠足女子之鞋——弓鞋，则以弓一般的拱起，盛托起女性的"三寸金莲"，它们不仅可以对"三寸金莲"起到装饰的作用，更是女人们展示女红技艺的作品。当一双双绣满纹饰的弓鞋在长不及地的裙裾下特意探出一角，当柔若蒲柳的缠足新娘在侍女的搀扶下走进新婚的洞房，小脚、弓鞋也便参与了她们生命中最重要的一次仪式。

> ……岂谓尔归期月而亡耶！岂谓昨日之喜变为今日之伤耶！人谁无死？尔年方十七，笄而事人，愿与夫共甘苦，同生死。岂谓千里之程，方出门行，未一日而止耶！余非特为尔伤也，抑伤吾孙薄祐而失此如宾之俪也！……
>
> ——《宋故黄氏墓铭》

从这篇充满伤逝之情的墓志铭，我们能够看到，芳华早逝的黄昇深得夫君宠爱，而随葬的那么多双纹饰秀美的弓鞋和浸润了馨香的罗袜，与其说完成的是一次青春的献祭，莫如说是赵与骏这位南宋士大夫对亡妻记忆的一次伤感的封存。

宋代女性缠足之风的背后，少不了文人士大夫的推波助澜。其实，不单单苏轼用一首《菩萨蛮·咏足》表达出自己的审美，宋代的许多文人士大夫都对当时女性的缠足之风大加褒扬。翻检《全宋词》，我们能够找到太多这样极尽铺排的句子："衬玉罗悭，销金样窄，载不起、盈盈一段春"，这是刘过眼中的小脚美人；"脸儿美，鞋儿窄，玉纤嫩，酥胸白"，这是秦观心中的美女标准;"珠履三千巧斗妍,就中弓窄只迁迁",这是史浩在宴席上发出的美足之叹;"弓靴三寸坐中倾,惊叹小如许",这是王之望面对"金莲"的吃惊神情……

消逝在前朝烟尘里的窅娘不会想到,她在金莲台上的翩跹起舞,会在宋代文人的笔下演变成香艳的文字,弥散在豪华奢靡的宫廷宴会中,萦绕在纸醉金迷的贵族府邸中,飘逸在莺歌燕舞的勾栏瓦舍中。无数个顾盼生姿的窅娘,在将花钿罗绮穿戴一身的同时,没有忘记用一双双弓鞋映衬她们的柔媚,用一款款生花的莲步锁定文人士大夫们的目光,而文人们最大的本事就是用文字记录下历史的现场:当我们走进向子谌参加的一次郡王之宴,便看到"初上舞裀时,争看袜罗弓窄。恰似晚霞零乱,衬一钩新月",从这样的描写中,我们知道了生于南唐的窅娘,正是通过将脚趾向上缠形成了新月的模样,才构成了宋代舞妓的标准。当我们走进赵令畤的《浣溪沙》,则会看到:"稳小弓鞋三寸罗,歌唇清韵一樱多。灯前秀艳总横波,指下鸣泉清杳渺。掌中回旋小婆娑,明朝归路奈情何?"宋代的一寸相当于现在的3.33厘米,三寸即为9.99厘米,赵令畤看到的那位丽人,正是用一双约10厘米长的小脚,实现了"掌中回旋小婆娑"。在赵长卿的《水龙吟》中,他笔下的"莲步弯弯,移归拍里,凌波难偶",迁想的其实是"凌波微步,罗袜生尘"的洛神……一双发生畸变的女人小脚,就这样调动起文人雅士高涨的热情,他们在浮华的长短句中露骨地宣泄,畅快地意淫,已成为这种病态审美最卖力的吹鼓手。

由此,女性是否缠足,缠得是否小巧周正,便成为男权社会评判美女的一项重要标准。在达官显宦们眼中,瘦、小、尖、弯、香、软的女人小脚,直接影响着他们肾上腺素的分泌,只有把玩抚摸女人的玉足，才会找到一种生理的快感。而这种缠足之风在宋代仅仅是个开始，当需要人搀扶的"抱小姐"以自身的柔弱折射出南宋理学森然强势的另一面，当载着贾客、妓女的小脚船从南宋中晚期的西子湖畔一直划向身后的历史，我们看到，在男权社会里，女人的一双小脚，对文人士大夫们的吸引力不是越来越弱，而是可怕地变得越来越强了。

据说清代有个叫方绚的人，曾专门写过一篇《香莲品藻》的文章，将女人的小脚分成了五式、三贵、九品、十八名等不同的等级，甚至连她们的洗脚也认为有十二宜、三不可无、四不可言之妙，十足一个疯狂的恋脚癖。清代李渔更是将女人的小脚视为调情的工具，他在《闲情偶寄》中写道："瘦欲无形，越看越生怜惜，此用之在日者也；柔若无骨，愈亲愈耐抚摸，此用之在夜者也。"更邪辟的当数以妓鞋行酒。这是一种盛行于清代的酒桌游戏，陪酒的妓女需将小鞋放在桌上供酒客们传递，传递时执鞋的酒客都要数着初一初二以至于三十的日子，而他们执鞋的姿势也要随着时日的不同按规定进行变换，或口向上，或底朝天，或持鞋尖，或执鞋底，或平举，或高举，其中如有错误，则要在鞋中放置酒杯罚酒。在一片淫声浪语中，女人的一双小脚成了男人们纵情声色的玩物。

正是由于男权的推波助澜，"三寸金莲"越来越像一粒被异化了的种子，在中国封建社会女性心中根深蒂固成致命的风范。纵览中国缠足史，我们看到，宋代是这种陋习的发轫期，到了元代，"不缠足为耻"的观念已经形成，而明代的缠足之风则愈发不可收。到了清代，这种畸形的风尚已经不可救药，当时的江苏、浙江、湖南、广东、山西等地都是著名的小脚"产地"，其中尤以山西大同为最。据说每年的农历四月初八，当地女子不论长幼，全都脱下鞋袜和裹脚布，将一双小脚搭在凳子上，供路人观赏。在人们的赞美声中，女人们陶醉于自己身上的这件"艺术品"，全然不觉，她们已经成为中国封建社会可悲的祭品。

当然，已经麻木于这种病态审美之中的女人们，永远忘不了她们在童年时代所经受的肉体与精神的双重摧残。一个女孩子，最早四岁，最迟八岁，就要在父母的逼迫下，开始接受这种惨无人道的酷刑了。清人宣鼎在《夜雨秋灯录》中曾云："母之于娇女也，虽爱若掌上明珠，独缠缚双趺，如酷吏之施毒刑，曾不能少加顾惜。"为了女儿将来能嫁个好人家，他们必须将手伸向女儿柔嫩的小脚。在用热水烫过后，女孩们的脚趾会被使劲向里扣合，同时在脚底抹上明矾，再以浆洗过的裹脚布将热腾腾的双脚一层层缠起来。在燠热的夜晚，那双受压迫的双脚根本无法让女孩们成眠，而随之而来的溃烂脓肿更让她们经受着痛苦的煎熬。在长达数月的包裹定型过程中，女孩子们的脚趾在渐渐畸变，几乎与脚跟相连，而所谓的脚弓早已严重变形，高高拱起。当这些受刑的女孩穿的鞋子越来越小，越来越紧，她们便如同完成了生命的"涅槃"，在第二性征未出现之前，率先通过一双小脚迈过了成为女人的门槛。当然，并不是每个女孩子的缠足都是这样顺利，更多的时候，她们的父母不得不借助一些外力加速双脚的畸变：利用竹片的挤压，可以让她们的双脚更像一双玲珑的肉粽，而在脚底裹进一些碎瓷，则可让皮肉出血溃烂得更快……毫无疑问，缠足是每一位封建社会女性在幼年时代的噩梦，但唯有经历过这样的噩梦，她们，才有继续做梦的权利。

据说在清代苏州，人们常选在农历八月二十四这一天给女孩子缠足。因为这一天人们都要用糯米和赤豆做成的糍团祭灶，而在他们看来，女孩子吃过这种黏软的糍团便能使脚骨变软，从而更利于缠足。对于那些女孩子来说，农历八月二十四的晚餐可能是她们一生中最难以下咽的晚餐，因为她们很清楚，就在这顿晚餐之后，她们将从双脚开始，经历成为女人的残忍裂变，而她们根本无处藏身，家里，烛光微弱，走出家门，更是黑暗无边……

跋
谛听宋词的余响

走进宋词,弦歌在耳;走出宋朝,余响不绝。

以诗证史是陈寅恪先生的治史方法,我更愿意将其作为自己从事文学创作的一条路径。如果说此前出版的《去唐朝》三卷本,让我借助唐诗的翅膀,分别以《帝王和帝国事》《诗人和人间世》《众生和烟火气》为抓手,完成了一次对大唐近三百年政治、经济、军事、文化、风俗、礼仪的穿越,那么,这本呈现在大家面前的《千千阕——宋词里的大宋小史》,则是这种创作形式的延续。领略了唐人的澎湃诗情,参与了唐人的狂欢热潮,看惯了唐人的刚健奋扬,我便一头扎进了《全宋词》的矩阵之中,那么多响亮的词牌,那么多参差错落的长短句,会呈现出怎样的宋朝?怎样的宋人?

必须承认,在闯入这片矩阵之前,我一直以为宋词较之唐诗而言,意境不够开阔,唐诗更多的是金樽对月的豪情,而宋词则是诗余,是清角吹寒,字里行间透着一份缠绵悱恻的儿女情长和落寞悲凉的颓废气息。正因如此，在最初起笔时，我特意挑选了苏轼、辛弃疾的词作为穿越宋朝的引擎，我觉得，"大江东去"和"醉里挑灯看剑"这样的豪放词风也许更能激发我的创作热情。

然而，历过一年的时间，随着一首首宋词被我小心翼翼地掰开，我更像是一个举着微弱火把的探险者，闯进了一个阔大的溶洞。起初站在洞口的时候，还以为即将开始的是一段短暂的旅程，没想到越走越开阔，越走越敞亮，走到最后，我才发现，前方依旧征途漫漫，地阔天高，而一路上我看到的风景，只不过是小小的一部分。但即便如此，已足令我乐在其中，心满意足了。

应当说，这本书于我而言，最大的收获还是让我在宋词与宋史之间找到了勾连的方式，尤其是随着写作的深入和对宋代社会生活的了解，我开始越来越理解宋人心中的那份黍离之悲。生于一个崇文抑武的王朝，处在一个颠沛流离的时代，宋词的词牌里注定要更多地承载悲伤。

"靖康耻，犹未雪。臣子恨，何时灭。"在《满江红》的悲歌中，我看到的是岳飞孤独的背影。

"六朝旧事随流水，但寒烟衰草凝绿。至今商女，时时犹唱，后庭遗曲。"在《桂枝香》的低吟中，我隐隐听到王安石的叹息声。

"念桥边红药，年年知为谁生。"在《扬州慢》的浅唱中，我看到姜夔眼中的清泪……

这些时代的歌者，无法驱散时代的阴霾，只能将一腔悲愤化入伤心的词牌。

由此，在写作本书的时候，人物的命运始终在牵扯着我的神经，他们的仕途辗转，他们的苦闷无助，成为我透过宋词的字缝看到的更多的东西，可以说，本书关注的是一个构建了文学峰峦的群体，他们的生活背景，是我的视野所在，而他们的创作背景，决定了我的落笔方式。

当然，穿行于两宋三百余年的历史之中，带给我的也不全是沉重。

"葵轩老子今何在，岳麓风雩噪暮鸦。"循着吕胜己《鹧鸪天》的旋律，我看到的，是掩映于茂林修竹中的岳麓书院经宋代学人之手所积聚起的浩荡的人文精神。"弄潮儿向涛头立。手把红旗旗不湿。别来几向梦中看。梦觉尚心寒。"应着潘阆《酒泉子》的节拍，我恍若置身于宋人争看弄潮儿的钱塘江畔。

"合卺同牢，二姓欢佳耦。凭谁手。鬓丝同纽。共祝齐眉寿。"走进廖行之《点绛唇》的意境，我便走进了一对宋代新婚夫妇的婚礼现场。

而吟诵着赵师侠的"更平地、听一声雷。蓝绶袠，芦鞭骏马，长安走遍天街"，我相信，两宋的科场赶路人，在参加过盛大的鹿鸣宴后，背负的是一身霜雪，点燃的则是一腔豪情……

宋词，宋史，宋人，一年的时间里，我就这样乘着不系之舟，以历史随笔的方式谛听着宋词余响，感受着大宋风华，而在这样的历史行走中，我并不孤独。父母的支持，始终是我前行的动力，他们的殷殷厚望，让我觉得，生在一个文化气息浓郁的家庭，是我人生的偏得；妻儿的支持，让我感受着温暖，他们默默的关注，虽然变不成书中的文字，却无疑构成了本书温馨的扉页。

"昨夜西风凋碧树，独上高楼，望尽天涯路"，宋词是一座蕴藏丰富的文学宝库，我对宋词的学习，还只是个开始，深知还有很长的路要走,还需要更多地向前贤、今贤及同辈人学习。这本书绝不是我学习宋词的终点,而是一个全新的起点,我深信,以此为起点,我将走得更远……

常　华